Mugla
Ula
ytin
Egrekli
Bozbel
Marmaris
Adaköy
Ortaca
Dalaman
Sogutköy
Taslika
Fethiye
Olüdeniz
arum
es Meer

Jörg Kastner

Die Tulpe des Bösen

Jörg Kastner

Die Tulpe des Bösen

Roman

Knaur

Besuchen Sie uns im Internet:
www.droemer-knaur.de

Ein Unternehmen der Droemerschen Verlagsanstalt
Th. Knaur Nachf. GmbH & Co. KG, München
Ein Projekt der AVA international GmbH
Autoren- und Verlagsagentur
www.ava-international.de

Redaktion: Susanne Wallbaum
Umschlaggestaltung: ZERO Werbeagentur, München
Umschlagabbildung: Bridgeman Art Library
Satz: Adobe InDesign im Verlag
Druck und Bindung: CPI – Ebner & Spiegel, Ulm
Printed in Germany
ISBN 978-3-426-66262-5

2 4 5 3 1

Für Corinna

Für Dich soll's
tausend Tulpen regnen

JK

Die Begebnisse der alten Zeiten schlummern meistenteils in neblichten Schatten; zuweilen schlafen sie in stockdicken Düsternissen; ja oft liegen sie gar als im Tode mit einer tiefen Stille umgeben. Daher ist es sehr mühsam, durch ihren Nebel zu schauen; es ist fast unmöglich, in ihrer Dunkelheit ein Licht zu suchen, ja ihren sprachlosen Leichnam zu finden.

Philipp von Zesen,
Beschreibung der Stadt Amsterdam (1664)

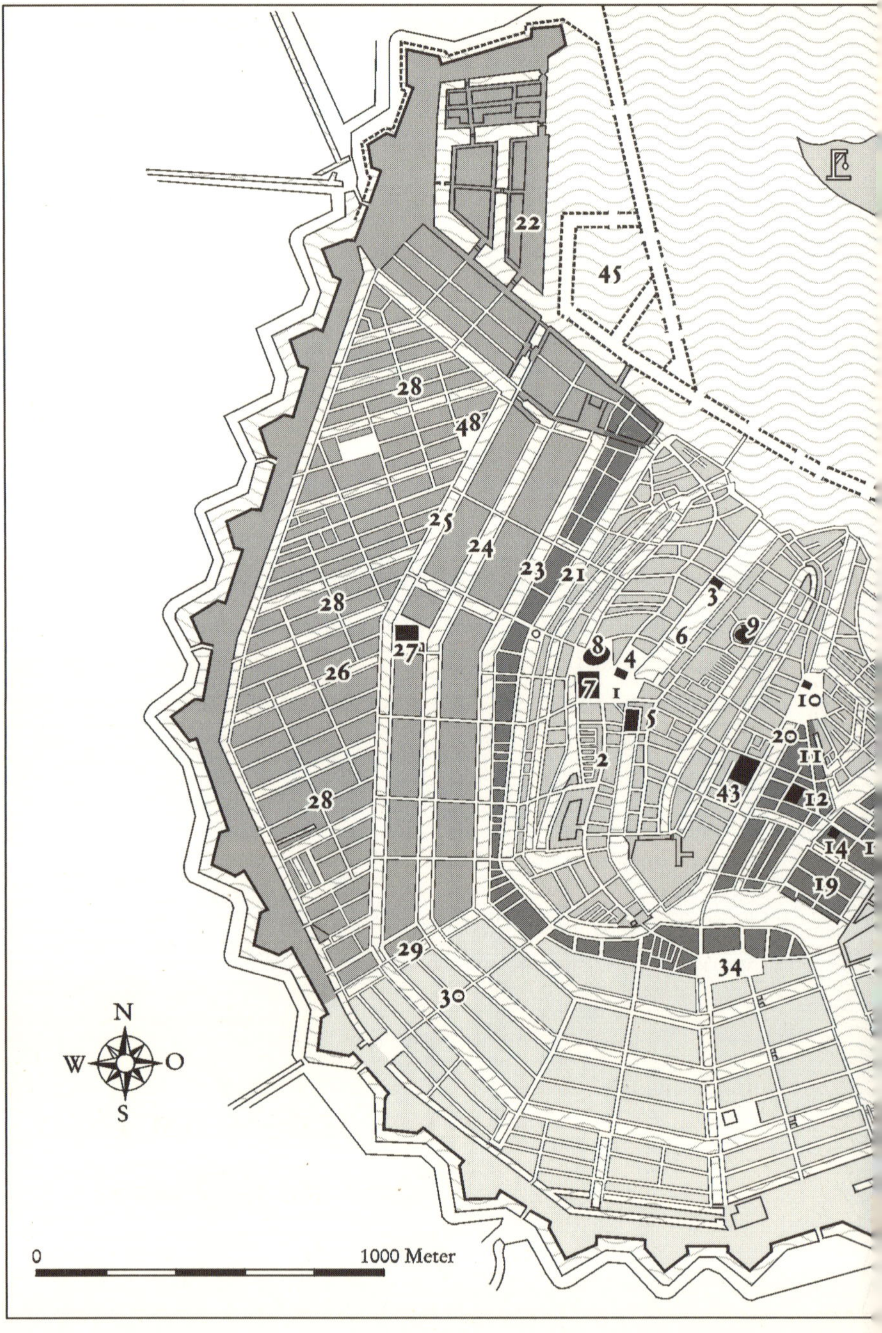
22
45
28
48
25
24
23
21
3
9
6
8
4
7
1
5
10
20
11
2
43
12
14
19
27
26
28
28
29
30
34
N
W
O
S
0
1000 Meter

1 Dam
2 Kalverstraat
3 Korenbeurs (Getreidebörse)
4 Oude Waag (Alte Waage)
5 Koopmansbeurs (Handelsbörse)
6 Damrak
7 Stadhuis (Rathaus)
8 Nieuwe Kerk (Neue Kirche)
9 Oude Kerk (Alte Kirche)
10 Nieuwe Waag (Neue Waage)
11 Anthonisbreestraat
12 Zuiderkerk (Südliche Kirche)
13 Jodenbreestraat
14 Rembrandthuis (Rembrandthaus)
15 Waleneiland
16 Rapenburg
17 Uilenburg
18 Marken
19 Vlooienburg
20 Kloveniersburgwal
21 Singel
22 Bickerseiland (Bicker-Insel)
23 Herengracht
24 Keizersgracht
25 Prinsengracht
26 Rozengracht
27 Westerkerk (Westliche Kirche)
28 Jordaan
29 Leidsegracht
30 Leidsestraat
31 Nieuwe Prinsengracht
32 Nieuwe Keizersgracht
33 Nieuwe Herengracht
34 Botermarkt
35 De Plantage
36 Nieuwe Vaart
37 Kattenburg
38 Wittenburg
39 Oostenburg
40 Seilerei (a), Werft (b), Dock (c) der VOC
41 Marine-Lokal (»'s Lants Magasyn«; »Staatliches Depot«)
42 West-Indisch Huis (Westindisches Haus)
43 Oost-Indisch Huis (Ostindisches Haus)
44 Oude Waal
45 Nieuwe Waal
46 's Lands Dok (staatliches Dock)
47 Volewijck
48 Noorderkerk
IJ
44
46
42
16
41
37
38
36
39
40c
40b
40a
35
35
18
AMSTERDAM UM 1650
BIS 1585
BIS 1657
WASSERFLÄCHE
BIS 1613
NACH 1657

Die Personen

Joan Blaeu – Kartenmacher und Ratsherr
Henk Bogaert – Büttel
Christoffel, genannt Stoffel – Sargmachergehilfe
Jan Dekkert – Büttel
Jaepke Dircks – Kuppler
Willem van Dorp – Tulpenzüchter
Ebbo – Faktotum von Willem van Dorp
Felix – das »Schlangenkind«
Greet Gerritsen – Witwe und Hauswirtin
Pieter Hartig – Apotheker
Joris Kampen – Büttel
Jeremias Katoen – Amtsinspektor
Balthasar de Koning – Bankier
Noortje – Frau des Büttels Joris Kampen
Dela Oetgens – Nachtläuferin
Claes Pieters – einäugiger Werftarbeiter
Paulus van Rosven – Sohn des Werftbesitzers Jacob van Rosven
Philipp Schuiten – Seilermeister und Ratsherr
Anna Swalmius – Tochter von Sybrandt Swalmius
Sybrandt Swalmius – der Tulpenhasser

Antonius Swildens – Herausgeber des *Amsterdamer Volksblattes*
Barent Vestens – Hauptkontorist des Kartenmachers Joan Blaeu
Geert Willems – Inhaber des Wirtshauses *Zu den drei Tulpen*
Catrijn van der Zyl – Schwester von Nicolaas van der Zyl
Nicolaas van der Zyl – Amtsrichter

Maße, Währung, Kaufkraft und Löhne in den Niederlanden des siebzehnten Jahrhunderts

- Fuß: Ein Fuß entspricht ungefähr dreißig Zentimetern.
- Klafter: Ein Klafter besteht aus sechs Fuß.
- Pfennig: Der Pfennig war die kleinste Recheneinheit bei der Preisgestaltung, aber es wurde keine entsprechende Münze geprägt. In der damaligen Zeit waren die Münzen verschiedenster Länder im Umlauf, gerade in einem globalen Handelszentrum wie Amsterdam.
- Stüber: Ein Stüber entspricht zwölf Pfennigen.
- Gulden: Ein Gulden besteht aus zwanzig Stübern.

Ein Krug Bier kostete etwa so viel wie ein Laib Brot, nämlich einen halben Stüber; der Preis eines Halbliterkruges als Gefäß (ohne Bier) betrug fünfzehn Stüber. Ein Bettlaken kostete sechseinhalb Stüber, ein Tisch drei Gulden.

Ein Facharbeiter verdiente im Jahr 150 Gulden, ein Lehrer oder Prediger 200 Gulden, ein Tuchmacher 250 Gulden, ein mittelständischer Kaufmann 1500 Gulden und ein Großkaufmann das Doppelte.

Das alles sind nur Richtwerte, ausschlaggebend waren Zeit und Ort. Eine Stadt wie Amsterdam dürfte ein teureres Pflaster gewesen sein als weite Teile der übrigen Niederlande.

Die Tulpe und die Niederländer

Eher zufällig sollen im Jahre 1562 die ersten Tulpenzwiebeln aus dem Osmanischen Reich in die Niederlande gelangt sein. An Bord eines Handelsschiffes, aus irgendeinem Grund zwischen Tuchballen eingeklemmt. Der überraschte Tuchhändler tat, was man mit Zwiebeln gemeinhin tut: Einen Teil der unbestellten Ware ließ er sich geröstet und mit Essig und Öl angemacht servieren. Das Gericht mundete ihm so gut, daß er die restlichen Zwiebeln in seinem Gemüsegarten in die Erde steckte, um im nächsten Jahr mehr davon essen zu können. Aber daraus wurde nichts, denn im Frühling überraschte ihn in seinem Beet eine farbenfrohe Tulpenpracht – so will es zumindest die Überlieferung.

Fest steht, daß die Tulpe im Verlauf des sechzehnten Jahrhunderts aus dem osmanischen Raum nach Europa kam und sich schnell ausbreitete. Im Jahre 1570 wurde sie in Augsburg gesichtet, zwei Jahre später in Wien, 1582 in England, 1593 in Frankfurt, 1598 in Südfrankreich. Die Tulpe fand überall Freunde und Bewunderer, nicht so sehr als Nahrungsmittel – obwohl sie dem Gelehrten Carolus Clusius in Zucker eingelegt ganz prächtig gemundet haben soll –, sondern wegen ihrer Schönheit. Die Vielfalt ihrer Formen und besonders Farben hatte es den Bewunderern angetan, vor allem aber die Tatsache, daß die Zwiebeln zuweilen ganz neue Blütenmuster hervorbrachten.

Besonders vernarrt in die Tulpe waren die Niederländer, denen ebenjener Gelehrte Clusius, im Jahre 1593 als Professor für Botanik an die Universität von Leiden berufen, die Blume nahebrachte. Die tüchtigen Niederländer machten aus der Leidenschaft ein Geschäft, und in den folgenden Jahrzehnten nahm der Handel mit Tulpenzwiebeln ungeahnte Ausmaße an, das Land verfiel in ein regelrechtes Tulpenfieber. Für eine einzige Zwiebel einer der seltenen Sorten, die sich durch ein ungewöhnliches Muster auszeichneten, wurden bald tausend, dann fünftausend, ja zehntausend Gulden gezahlt. Für diese Summe wäre schon ein feines Haus in bester Grachtenlage mitten in Amsterdam zu haben gewesen.

Doch im Jahre 1637 fand der Tulpenwahn ein jähes Ende, als die Nachfrage dem Angebot nicht mehr folgte. Immer mehr Spekulanten, die zu Geld gekommen waren, indem sie die Zwiebeln schon weiterverkauften, bevor sie die Ware überhaupt in Händen hielten, blieben auf ihren sündhaft teuer angekauften Beständen sitzen. Große wie kleine Tulpenhändler stürzten gleich reihenweise in die Armut.

Auf einmal stand die Tulpe in einem schlechten Ruf. Zwar gab es weiterhin Liebhaber, die mit ihr Handel trieben, aber die Preise waren fortan gesetzlich reguliert.

Nie wieder würde die Tulpe die Niederlande an den Rand einer Katastrophe bringen – dachte man …

Prolog

Montag, 8. Mai 1671

Am Abend des achten Mai im Jahre des Herrn 1671 verließ Balthasar de Koning das Wirtshaus *Zu den drei Tulpen* zu später Stunde. Er war guter Laune, weil es ein anregendes Beisammensein gewesen war und weil er nicht wußte, daß dies die Stunde seines Todes sein sollte.

Die Gespräche mit seinen Freunden hatten die Zeit wie im Fluge vergehen lassen, längst hatte die Nacht ihren dunklen Mantel über Amsterdam gebreitet. Ohne die neumodischen Öllampen, die seit dem vergangenen Jahr die Straßen und Grachten der Stadt säumten, wäre der Heimweg beschwerlich gewesen. So aber konnte der angesehene Bankier unbesorgt sein, und der bloße Gedanke an sein Bett ließ ihn gähnen.

Eine frische Brise wehte, und zu de Konings plötzlicher Müdigkeit gesellte sich ein leichtes Frösteln. Während er den Umhang über der Brust zusammenzog, fiel sein Blick auf das Schild der Gaststube, das mit leisem Quietschen im Wind schaukelte: drei ineinander verschlungene Tulpen, eine, wie er trotz der Dunkelheit wußte, mit roten, eine mit gelben und eine mit blauen Blütenblättern.

Einst, als er noch ein junger Mann gewesen war, hatte man ähnliche Schilder fast überall in Amsterdam gesehen. Damals, bevor so viele ehedem brave Bürger ihr Vermögen, wenn nicht gar Haus und Hof, bei der großen Tulpenspekulation verloren hatten. Seither haftete der Tulpe, die doch nichts für all den Wahnsinn konnte, ein Makel an. Aus einer schönen, unschuldigen Blume war eine Unheilsbotin geworden, ja fast eine Monstrosität. Nur noch wenige Gasthäuser trugen sie im Namen, aber Geert Willems, der Wirt der *Drei Tulpen*, war nach wie vor ein Freund jener besonderen Blume, so wie Balthasar de Koning und die anderen »Verehrer der Tulpe«, die sich jeden Montagabend bei ihm trafen.

Während de Koning den Weg zum Dam einschlug, beglückwünschte er sich dazu, einen Vater gehabt zu haben, dessen gesunder Geschäftssinn nie von ungesunder Gier nach immer noch mehr Reichtum verdrängt worden war. Er selbst war diesem Vorbild gefolgt, und so hatten die de Konings ihr Bankhaus allmählich vergrößern können. Jetzt gehörte es zu den fünf, sechs einflußreichsten der gesamten Niederlande. Er besaß Macht und Einfluß, aber er war sich auch seiner Verantwortung bewußt – für die junge Republik und die Menschen, die in ihr lebten. Es war *sein* Land, und Amsterdam war *seine* Stadt.

Mit Wohlgefallen ließ er seinen Blick über die schmalen Backsteinfassaden der Kaufmannshäuser gleiten, die wie die Perlen einer Kette die Grachten säumten. Hier wurde von Sonnenauf- bis Sonnenuntergang der Wohlstand Amsterdams erwirtschaftet, wurden Güter auf Schleppkähne verladen, Geschäfte besiegelt, ungeduldig Nachrichten über die Schiffe erwartet, auf denen die Waren der Amsterdamer Kaufleute um die halbe Welt reisten. Manches Schiff kehrte nicht zurück, verloren im Sturm, an aufsässige Eingeborene oder englische Piraten, aber das Risiko blieb kalkulierbar, besonders für den, der seine Mittel streute und nicht – wie damals die vom Tulpenwahn Verblendeten – alles auf ein einziges Geschäft setzte.

Den ganzen Tag lang waren die Menschen fleißig, abends erholten sie sich bei Bier und Tabak, bei Musik und Tanz. Balthasar de Koning hatte nichts dagegen, solange sich die Vergnügungen in einem vernünftigen Rahmen hielten. Konnten die Menschen für ein paar Abendstunden die Mühen des Tages vergessen, fiel ihnen das Aufstehen am nächsten Morgen nicht so schwer. Deshalb schmunzelte er nur, als ihm auf der Brücke vor der Zuiderkerk ein paar Angetrunkene begegneten, die inbrünstig, wenn auch in den verschiedensten Tonlagen, ein Lied über die Seefahrt und die Segnungen ferner Gestade schmetterten.

Er blieb stehen, um die wackeren Sänger vorüberzulassen, und setzte dann seinen Weg fort. Am Fuß der Brücke aber hielt er erneut inne, denn dort stand im Schatten eines Mauervorsprungs eine Gestalt, gerade so, daß sie vor dem Licht der Straßenlaternen verborgen blieb. Ob das Zufall oder Absicht war, vermochte er nicht zu sagen, gab es in Amsterdam doch leider allerlei lichtscheues Gesindel. Während er noch überlegte, ob es ratsam war, lauthals nach der Nachtwache zu rufen, kam Bewegung in die Gestalt, und sie trat vor ihn ins Licht.

Erleichtert stellte de Koning fest, daß er es nicht mit einem finsteren Straßenräuber, sondern mit einer Frau zu tun hatte, die zum Schutz gegen den Wind ein Tuch um ihr Haupt geschlungen hatte. Wollte sich hier eine Nachtläuferin an ihn heranmachen, ihm im Tausch gegen ein paar Stüber ihren Leib anbieten? Doch dann fiel sein Blick auf das lange Messer, das an ihrem Gürtel hing, ein Messer von der Art, wie ehrbare Frauen sie beim Einkauf auf dem Markt dabeihatten, um sich die jeweils benötigte Menge Käse oder Butter abzuschneiden.

»Verzeiht, Mijnheer«, hob die Frau schüchtern an. »Vielleicht könnt Ihr mir helfen. Ich habe mich verlaufen, und diese Betrunkenen eben mochte ich nicht ansprechen.«

De Koning nickte verständnisvoll, doch dann runzelte er

zweifelnd die Stirn. »Ihr habt Euch verlaufen, Mevrouw? Aber Ihr steht geradewegs neben der Zuiderkerk! Von hier aus sollte jeder Bürger Amsterdams seinen Weg finden.«

»Das mag sein, doch es nützt mir nichts, weil ich fremd bin in Amsterdam. Ich besuche hier meinen Bruder, um seine kranke Frau zu pflegen und mich um die Kinder zu kümmern, bis die Schwägerin wieder auf den Beinen ist.«

»Und wo müßt Ihr hin?«

»Zum Dam.«

De Koning hob den rechten Arm und zeigte in die Richtung, in die er ohnehin wollte. »Wir haben denselben Weg. Erlaubt also, daß ich Euch begleite.«

Die Frau lächelte. »Das wäre mir eine große Hilfe. So ganz wohl ist mir zu dieser späten Stunde nicht, mutterseelenallein in einer fremden Stadt.«

»Jetzt seid Ihr nicht länger allein, Mevrouw. Mein Name ist Balthasar de Koning.«

Er verbeugte sich leicht, und als er sich wieder aufrichtete, sah er dicht vor sich die Klinge ihres Messers aufblitzen.

»Ich weiß, wie Ihr heißt«, sagte die Frau mit seltsam veränderter Stimme und rammte ihm das Messer tief in die Brust.

Kapitel 1

Das Labyrinth bei Nacht

Das Labyrinth war niemals still, nicht einmal in der tiefsten Nacht. Rauhe Seemannskehlen, gewiß nicht zum Singen geschaffen, grölten unanständige Sauflieder. Musikanten spielten auf und ließen ihre Rohrflöten, Lauten und Drehorgeln um die Wette zetern. Frauen lachten, viel zu laut und viel zu schrill. Alles schien zu singen, zu fiedeln, zu schreien, zu lachen, selbst die Wände. In Jeremias Katoens Vorstellung war das Labyrinth ein lebendiges Wesen, ein Tier von gigantischen Ausmaßen, das atmete, das fraß, das soff, das nie zur Ruhe kam. Es ernährte sich von jenen, die hier nach geistloser Zerstreuung und billigem Vergnügen suchten, saugte sie mit ihren kleinen Sehnsüchten und nichtigen Begehrlichkeiten in sich auf und spie sie als ausgelaugte Hüllen seelenlosen Fleisches wieder aus.

»Ich glaube, da kommen sie«, sagte Jan Dekkert, der durch das winzige Fenster nach draußen spähte, auf die düsteren Gassen des Labyrinths.

Das Labyrinth – so nannten sie das unübersichtliche Gewirr enger, verwinkelter Gassen am Hafen, wo sich Spelunke an Spelunke reihte und ein ehrbarer Bürger binnen einer Nacht sein Geld, seine Ehre und leicht auch sein Leben verlieren konnte.

Hier war ein Menschenleben nicht mehr wert als einige Stüber, ein paar Becher Bier oder einen Krug Anisschnaps.

Katoen schob Dekkert sanft beiseite und blickte selbst nach draußen. Drei Personen näherten sich dem Haus, zwei Männer und eine Frau. Die Frau hatte sich bei einem der Männer eingehängt, flötete ihm etwas ins Ohr und strich mit der freien Hand über seinen Unterleib. Vergeblich bemühte sich Katoen, die Gesichter der drei zu erkennen.

Seit dem vergangenen Jahr gab es Straßenlaternen in Amsterdam, fast zweitausend an der Zahl, aber hier, am Rande der Stadt, herrschte weiterhin die altbekannte Finsternis. Es schien, als sträube das Labyrinth sich gegen jede Veränderung, als zöge es seine schmalen Gassen noch enger zusammen, damit kein unerwünschter Lichtschein auf das allnächtliche wüste Treiben fiel.

Auf der anderen Seite der Gasse befand sich ein Musico, ein Musiklokal namens *Der Goldene Hahn*, aus dem die leiernde Melodie einer überbeanspruchten Drehorgel herübertönte. Der helle Schein, der durch die großen Fenster des Lokals nach draußen fiel, beleuchtete für einen Augenblick auch die drei späten Fußgänger. Die Frau war etwas zu massig, etwas zu alt, und ihr Gesicht war etwas zu aufgedunsen, als daß ein Mann mit klarem Verstand an ihr hätte Gefallen finden können. Aber ihr Begleiter war nicht bei klarem Verstand, das zeigte sein schwankender Schritt. Er hatte genug intus, um auch die häßlichste Nachtläuferin noch schön zu finden. Seine saubere, ordentliche Kleidung verriet, daß er nicht in dieses Viertel gehörte. Ein ehrbarer Handwerker oder Kaufmann, den der Wunsch nach etwas Ablenkung vom harten Tagewerk hierher getrieben hatte. Gewiss hatte der andere Mann ihm die Erfüllung seines Wunsches in Aussicht gestellt. Er war sehr groß und kräftig – und ganz Herr seiner Sinne. Das breite, knochige Gesicht wirkte angespannt, obwohl er den Betrunkenen anlächelte und ihm irgendeinen Scherz zurief, der für Katoen jedoch im leiernden Singsang der Drehorgel unterging.

Katoen wandte sich seinem Gehilfen zu, der ihn erwartungsvoll ansah. »Sie sind es tatsächlich, Jaepke Dircks und die Dicke Dela. Mit einem Fisch an der Angel, der offenbar mit Freuden angebissen hat.«

»Ja, ganz freiwillig«, sagte Dekkert. »Eigentlich ist es ungerecht, daß wir uns wegen ein paar vergnügungssüchtiger Saufbrüder die Nacht um die Ohren schlagen.«

»Vergnügungssucht ist kein Verbrechen, jedenfalls nicht vor dem weltlichen Gesetz, Diebstahl dagegen schon. Und da einer der Geprellten ein guter Freund des Amtsrichters ist, wie van der Zyl mir zu verstehen gegeben hat, sollten wir dem Treiben ein Ende bereiten, wenn wir nachts wieder in Frieden schlafen wollen.«

Insgesamt vier Männer hatten sich bei den Behörden darüber beschwert, daß ihnen ihr sämtliches Geld gefehlt habe, als sie dieses Haus nach ein paar vergnüglichen Stunden, wie einer von ihnen es genannt hatte, verließen. Vermutlich gab es noch mehr Bestohlene, aber so manchen mochten die näheren, so »vergnüglichen« Umstände der Tat davon abhalten, die Sache zur Anzeige zu bringen.

Katoen hatte kein Mitleid mit ihnen. Erwachsene Männer sollten wissen, worauf sie sich einließen. Wer sich in den brodelnden Strudel des Labyrinths begab, mußte damit rechnen unterzugehen. Aber als einer der Amtsinspektoren der Stadt Amsterdam hatte er den Befehlen des Amtsrichters Folge zu leisten. Außerdem war er neugierig und wollte herausfinden, wie Dircks und seine Dirne vorgingen. Keiner der Bestohlenen, die bei den Behörden vorstellig geworden waren, hatte etwas von dem eigentlichen Vorgang des Diebstahls bemerkt. Erst hinterher hatte ein jeder von ihnen feststellt, daß der Platz seiner Börse nur noch von leerer Luft ausgefüllt wurde.

Die beiden Männer und die Frau verschwanden im Eingang des Hauses und damit aus Katoens Blickfeld. Dafür waren sie jetzt um so deutlicher zu hören, als sie lärmend die Treppe heraufkamen und schließlich vor der Tür des Nebenraums stehenblieben. Ein Schlüssel wurde herumgedreht, und die Tür nebenan schwang mit einem hellen Quietschen auf.

Katoen nahm einen der beiden wackligen Stühle, die zusammen mit einem Tisch und einem Bett von ähnlich zweifelhafter Qualität die ganze Einrichtung des Mietzimmers darstellten, und rückte ihn an die Wand zum Nebenraum. Er setzte sich und beugte sich vor, bis er durch das kleine Loch sehen konnte, das Dekkert eine Stunde zuvor in das zwar dicke, aber morsche Holz gebohrt hatte. Es war ihr Glück, daß hier am Hafen noch viele alte Häuser standen, bei deren Bau man hauptsächlich Holz verwendet hatte. Neue Gebäude mußten in Amsterdam schon seit vielen Jahren aus Backstein errichtet werden, um die Gefahr einer Feuersbrunst zu verringern.

Im Nebenzimmer entzündete Jaepke Dircks die Flamme einer kleinen Lampe, die neben einer bauchigen Flasche und drei schmucklosen Steingutbechern auf dem einzigen Tisch stand. Dann nahm er die Flasche und füllte sämtliche Becher.

»Auf Euer Wohl, Mijnheer! Trinkt nur, der gute Genever hier geht auf mich!«

Die Dicke Dela, im Trinken geübt, hatte ihren Becher als erste geleert und machte sich nun an den Kleidern ihres Freiers zu schaffen, wobei Katoen nicht ganz klar war, ob ihre leicht fahrigen Bewegungen der Erregung oder dem Entkleiden des Mannes dienen sollten. Der jedenfalls fühlte sich offenbar überrumpelt und stolperte zwei Schritte zurück.

Dircks stellte lachend seinen Becher ab. »Nicht so eilig! Erst das Geschäft und dann das Vergnügen. Über den Preis waren wir uns ja einig, Mijnheer. Wenn Ihr also so gütig wärt?«

»Aber selbstverständlich«, sagte der Freier mit schwerer

Zunge, stieß einen mächtigen Rülpser aus und kramte einen ledernen Beutel hervor; ein paar Münzen wanderten in die Hände des Kupplers. »Dreißig Stüber, wie abgesprochen.«

Dircks ließ die Münzen in einer Tasche seines Wamses verschwinden und zeigte auf das Bett im hinteren Teil des Zimmers. »Macht es Euch nur bequem, Mijnheer, damit Dela Euch verwöhnen kann. Ihr werdet es nicht bereuen.«

Der Freier steckte die Börse zurück unter sein Wams. Halb aus eigenem Antrieb, halb von Dela gezogen, fiel er aufs Bett, und die Nachtläuferin zog ihm die Hose herunter bis auf die Waden. Ihre kräftigen Hände packten sein Geschlecht und rieben es.

Er schloß die Augen. Sein Atem ging heftiger, und in regelmäßigen Abständen grunzte er wohlig. Die Hure fuhr fort, mechanisch wie ein Uhrwerk, bis der Mann sein Glied steif und fest in die Höhe reckte.

Jaepke Dircks saß die ganze Zeit über am Tisch, nippte hin und wieder an seinem Genever und sah dem Treiben auf dem Bett gelangweilt zu. Wenn Katoens Verdacht zutraf, sah er ähnliches Abend für Abend, und die dreißig Stüber Hurenlohn waren das wenigste, was er daran verdiente.

Die Dicke Dela ließ für einen Moment von dem Freier ab und raffte ihre Röcke, bis ihr bloßes Hinterteil zum Vorschein kam. Und was für ein Hinterteil! Zwei mächtige rosige Fleischkugeln, deren Gewicht Katoen lieber nicht zu schätzen versuchte.

Dekkert, der die ganze Zeit über auf dem zweiten Stuhl neben ihm gesessen hatte, beugte sich vor und flüsterte Katoen ins Ohr: »Was habt Ihr denn? Ihr seht so erschrocken aus.«

»Ihr wärt auch erschrocken, hätte man Euch zwei solche Schinken präsentiert«, erwiderte Katoen, ebenfalls im Flüsterton.

»Schinken?« Dekkerts Augen wurden groß, und er strich sich über den Bauch. »Das erinnert mich daran, daß ich schon seit Stunden nichts mehr gegessen habe.«

Im Nebenraum hatte die Nachtläuferin mit erstaunlicher Behendigkeit ihren schweren Leib auf den Freier geschwungen und begann, sich auf und nieder zu bewegen, in einem Rhythmus, den die Erfahrung aus tausend anderen Nächten sie gelehrt hatte. Der Mann grunzte lauter, und sein Unterleib schloß sich ihrem Rhythmus an.

»Gut macht Ihr das!« stöhnte Dela ohne echte Begeisterung. »Keiner macht das so gut wie Ihr!«

Ein zweifaches Grunzen war die Antwort.

Sie erhöhte die Geschwindigkeit des Auf und Abs, und ihr breiter Hintern klatschte wieder und wieder auf die Oberschenkel des Mannes. Sein Grunzen ging in ein fortwährendes Stöhnen über, als er sich aufbäumte und an Delas runden Armen festkrallte. Mit geweiteten Augen blickte er zur schimmeligen Zimmerdecke, während er seinen so mühevoll hervorgeholten Samen in den Schoß der Nachtläuferin ergoß.

»Endlich«, sagte Katoen kaum hörbar. Er fand dieses Treiben abstoßend; ihm wäre es am liebsten gewesen, man hätte sämtliche Dirnen aus Amsterdam verbannt.

Als ihr Freier sich beruhigt hatte, beendete die Dicke Dela ihre Anstrengungen. Sie rutschte von dem Mann herunter und legte sich neben ihn. Zum Glück, wie Katoen fand, rutschten dabei ihre Röcke über den wuchtigen Hintern. Mit einem fleckigen Taschentuch, das sie zwischen ihren Brüsten hervorgezogen hatte, betupfte sie die schweißnasse Stirn des Mannes.

»Ihr wart wunderbar«, flötete sie. »Noch niemand hat es mir so gut besorgt wie Ihr.«

Er murmelte etwas, das sich anhörte wie »leider schon vorbei«, und traf Anstalten, aus dem Bett zu steigen. Schnell zog Dela ihn zurück und hielt ihn fest.

»Aber Ihr wollt doch nicht schon gehen! Die Nacht ist noch jung. Ruht Euch ein wenig aus, und danach dürft Ihr noch einmal. Keine Sorge, das ist im Preis enthalten.« Während sie sprach, entblößte sie eine ihrer schweren, aber längst nicht mehr straffen Brüste und schob sie dem Freier in den Mund. Sanft strich sie ihm über das lichte Haar wie eine Mutter, die ihr Kind wiegt. »Entspannt Euch, Mijnheer. Schlaft ein wenig, damit Eure Kräfte zurückkehren.«

Sie sprach so leise, so sanft, daß Katoen um ein Haar darüber eingenickt wäre. Ihr Freier hielt die Augen geschlossen. Eine Weile nuckelte er an Delas Brust wie ein hungriger Säugling, dann rollte sein Kopf etwas zur Seite und lag still. Sein Unterleib war noch immer nackt, und sein erschlafftes Geschlecht wirkte nun geradezu kümmerlich. Er schien tatsächlich zu schlafen, woran der reichlich genossene Schnaps vermutlich die Hauptschuld trug.

Dela hob den Kopf und sah zu dem Kuppler hinüber, der ihr aufmunternd zunickte. Daraufhin streckte sie ihre rechte Hand zum Kopfende des Bettes aus, krümmte den Zeigefinger und klopfte mit dem Knöchel leise gegen die Wand, wobei sie offenbar einen bestimmten Takt einhielt.

Keine halbe Minute später tat sich in der Wand ein Loch auf, aus dem sich etwas hervorzwängte und lautlos ins Zimmer glitt. Jeremias Katoen hatte in seinen vielen Jahren als Ordnungshüter schon so einiges gesehen, aber bei diesem Anblick schlug sein Herz schneller. Das Licht der Tranfunzel war zu schwach, als daß er hätte erkennen können, was dort aus der Wand gekommen war. Ein Lebewesen zweifelsohne, aber ob Mensch oder Tier, das blieb im Schatten jenseits des Bettes verborgen. Konnte das überhaupt ein menschliches Wesen sein? Das Loch in der Wand war bei weitem nicht groß genug für einen Erwachsenen, und selbst ein Kind konnte dort nicht hindurchpassen, wenn es nicht gerade ein Säugling war.

Vorsichtig durchsuchte die Dicke Dela die Kleider ihres Freiers, bis sie endlich seine Geldbörse in der ausgestreckten Hand hielt. Mit einer flinken Bewegung schnappte das Wesen, das jenseits des Bettes am Boden kauerte, die Börse. Das geschah mit einer solchen Schnelligkeit, daß Katoen nicht sah, ob eine menschliche Hand oder eine Klaue nach dem Lederbeutel gegriffen hatte. Das Wesen glitt zurück in das Loch und verschloß es, vermutlich durch einen simplen Mechanismus.

Die Nachtläuferin hatte ihre Aufgabe erfüllt und wälzte sich aus dem Bett, das unter ihrem Gewicht bedenklich ächzte. Ihr Opfer drehte den Kopf etwas, hielt die Augen aber weiterhin geschlossen. Der wohlige Schlaf des Berauschten und Erschöpften hatte ihn fest im Griff.

Katoen sprang auf und zischte: »Es ist soweit, Dekkert. Gebt Kampen Bescheid!«

Dekkert eilte ans Fenster und riß es auf, um mit einem halblauten Zuruf seinen Kollegen auf der Straße zu alarmieren, der sich in einem engen Durchgang neben dem *Goldenen Hahn* versteckt hielt. Derweil nahm Katoen die beiden Doppelpistolen vom Tisch und überprüfte sie, bevor er eine an Dekkert weiterreichte. Sie liefen hinaus auf den Gang, und im selben Moment öffnete Jaepke Dircks die Tür des Nachbarzimmers.

Er staunte nicht schlecht, als er in vier Pistolenläufe blickte, stellte sich aber rasch auf die neue Situation ein und zwang sich sogar zu einem Lächeln. »Oh, bin ich etwa in fremdem Revier unterwegs, Freunde? Seid gewiß, daß ich euch nicht zu nahe treten wollte. Wir können uns sicher einig werden.«

Seine rechte Hand glitt in eine Tasche des dunklen Wamses.

»Laß die Hand, wo sie ist!« befahl Katoen. »Sonst schieße ich sie dir in Fetzen!«

Dircks lächelte noch immer, aber ein heftiges Zucken in seinen Augenwinkeln verriet, wie angespannt er wirklich war. »Ihr mißversteht mich, Freunde. Ich wollte meine Börse hervorziehen, um meine Einnahmen mit euch zu teilen. Ich wußte nicht, daß dieses Gebiet schon besetzt ist. Wenn ich's mir recht überlege, könnt ihr auch alles haben. Als kleine Entschädigung für den Ärger, den ihr durch mich hattet.«

»Wir sind nicht deine Freunde«, knurrte Katoen. »Ich bin Inspektor Jeremias Katoen, Beauftragter des Amtsrichters von Amsterdam, und das ist mein Büttel Jan Dekkert.«

»Trotzdem könnt ihr meine Einnahmen haben, und ich lege sogar noch was drauf. Ich weiß doch, daß die Leute des Amtsrichters nicht gerade üppig bezahlt werden.«

Dircks zeigte mit dem Daumen auf die Nachtläuferin, die, eine Brust noch immer entblößt, hinter ihn getreten war und mit jedem Atemzug eine Wolke billigen Fusels ausstieß. »Wenn ihr wollt, könnt ihr euch auch mit der Dicken Dela vergnügen, ganz umsonst. Einer nach dem anderen oder beide zugleich, wie es euch beliebt.«

»Was sind 'n das für Kerle?« fragte Dela. »Noch mehr Arbeit diese Nacht?«

»Schnauze!« fuhr der Kuppler sie an.

Katoen nahm Dekkert die doppelläufige Radschloßpistole ab, und der junge Büttel legte den beiden eiserne Handfesseln an, wobei er Dircks' rechte an Delas linke Hand schloß. Anschließend durchsuchte er sie und zog einen Dolch mit langer, spitz zulaufender Klinge aus Dircks' Stiefelschaft. Außerdem nahm er die gut gefüllte Börse des Kupplers an sich, bevor Katoen ihm die Pistole zurückgab.

Der Freier war durch den Lärm geweckt worden. Er rieb mit dem Unterarm über seine Augen und wälzte sich stöhnend aus dem Bett. Da er nicht an seine heruntergezogene Hose dachte, brachten ihn die ersten Schritte zu Fall. Er fluchte laut, rappelte sich auf und zog die Hose hoch. Katoen schätzte ihn auf fünfundvierzig bis fünfzig. Vermutlich warteten zu Hause eine Frau und eine Horde Kinder auf ihn. Die Augen des Mannes verengten sich zu Schlitzen, während er die Situation zu erfassen versuchte.

Bevor er noch eine Frage herausbrachte, erklärte Katoen: »Man hat Euch bestohlen, Mijnheer, Eure Börse ist weg.« Mit der linken Hand deutete er auf das traurige Hurenzimmer. »Das hier ist eine Falle.«

Jetzt schien der Mann hellwach zu sein. Hastig tastete er sein Wams und die Weste nach der Börse ab.

»Vielleicht kann ich Euch Euer Geld wiederbeschaffen«, fuhr Katoen fort. »Wartet hier!«

Während Dekkert bei den Gefangenen und dem bestohlenen Freier blieb, verließ Katoen das Haus. Viele Zimmertüren, die bei dem Lärm einen Spaltbreit geöffnet worden waren, wurden rasch geschlossen, als er an ihnen vorbeiging. Hier gab es noch mehr lichtscheues Gesindel und wohl auch manch braven Bürger auf Abwegen, und niemand legte Wert darauf, dem Amtsinspektor zu begegnen.

Draußen in der engen Gasse wurde die salzige Brise, die landeinwärts blies, überlagert von den Gerüchen des Unrats von Mensch und Tier. Das Labyrinth war eine der übelsten Gegenden von Amsterdam, und genau so stank es hier auch. Katoen hätte am liebsten die Luft angehalten.

»Hierher!«

Der Ruf kam von links. Katoen erkannte die etwas schrille Stimme von Joris Kampen. Der Büttel stand in dem Durchgang neben dem baufälligen Haus, aus dem Katoen gerade gekommen war, und winkte. Als Katoen näher trat, sah er, daß Kampen seine Pistole auf einen Bretterverschlag am Ende des Durchgangs gerichtet hielt. Er wischte sich mit einem Ärmel den Schweiß von der Stirn, und auf seinem breiten, etwas teigigen Gesicht zeichnete sich Erleichterung ab.

»Gut, daß Ihr hier seid, Mijnheer Katoen. Das Ding ist ganz schön flink. Nur der Anblick meiner Pistole hat es davon abgehalten, einfach an mir vorbeizulaufen. Jetzt hockt es in dem Verschlag da. Weiß der Allmächtige, was es gerade ausbrütet.«

»Ein Ding? Wovon redet Ihr?«

»Wenn ich das wüßte! Es ist so düster hier, man kann kaum etwas erkennen. Erst habe ich es für einen Menschen gehalten, dann wieder dachte ich, es sei ein Tier. Eine Raubkatze vielleicht oder ein großer Affe. Jedenfalls war es behende wie ein Tier, als es an der Hauswand entlangkletterte. Wir müssen vorsichtig sein, damit es uns nicht entwischt!«

»Dann holen wir doch die Nachtwache zu Hilfe«, schlug Katoen vor, zog eine hölzerne Rassel hervor und ließ sie mit einer hundertfach geübten Bewegung kreisen.

Der durchdringende Laut rief die Wächter herbei, die bei Nacht in Amsterdams Straßen und Grachten patrouillierten, und bald standen Katoen fast zwei Dutzend Bewaffnete zur Verfügung. Eine der Streifen führte einen Hund mit sich, ein großes Tier mit nachtschwarzem Fell und einem eindrucksvollen Gebiß.

Katoen ließ die Männer vor dem Durchgang eine enge Kette bilden und näherte sich, die Pistole noch immer in der Hand, dem windschiefen Verschlag. Die Bretter waren so nachlässig aneinandergenagelt worden, daß breite Ritzen zwischen ihnen klafften. Dennoch konnte er nicht erkennen, wer oder was sich da drinnen versteckte. In dem Durchgang war es schon dunkel genug, aber in dem Verschlag herrschte völlige Finsternis.

Das Tor war nur angelehnt, ein Schloß gab es nicht. Hier wurden wohl keine Kostbarkeiten aufbewahrt. Die Pistole in der rechten Hand, öffnete er mit der linken vorsichtig das Tor.

Jetzt hörte er leises, hastiges Atmen, wie von einem Tier, das sich, in die Enge getrieben, panikerfüllt in einen dunklen Winkel drückt. Aber das einzige, was er sah, waren ein paar leere Säcke auf dem Boden.

»Eine Laterne!« rief er.

Einer der Nachtwächter trat näher, und das flackernde Licht seiner Handlaterne fiel ins Innere des Verschlags. Eine Gestalt hockte zusammengekauert in der hintersten Ecke. Wie eine Schnecke, die sich in ihr Haus zurückgezogen hat, dachte Katoen. Doch dieses Wesen hatte kein Haus, in das es sich verkriechen konnte. Es war vollkommen nackt. Arme und Beine waren dünn, geradezu dürr, und wirkten ebenso zerbrechlich wie der schmale Leib. Von dem in den Händen verborgenen Kopf war nur das lange Haar zu sehen, dunkel und verfilzt, verdreckt wie der ganze Körper.

Vor Katoen hockte ein menschliches Wesen, ein Kind, ein Junge von vielleicht acht oder neun Jahren. Niemals zuvor war der Inspektor einem Erdensohn begegnet, der ihn mehr an ein wildes Tier erinnert hätte. Schuld daran war nicht allein der Schmutz. Die ganze Haltung des sehnigen Körpers war die eines Tieres, und die Augen, die ihn jetzt zwischen den vor dem Gesicht gespreizten Fingern hindurch ansahen, schienen keine menschliche Regung zu spiegeln. Was Katoen in ihnen las, waren nur die Angst des gestellten Wildes und das verzweifelte Sinnen auf einen Ausweg.

Der Junge hatte die Arme um die Knie geschlungen, eine Hand umklammerte die gestohlene Börse – die Beute des Raubtiers. Mit der freien Hand zeigte Katoen auf den Lederbeutel.

»Gib mir den Beutel, Junge!«

Er sprach ruhig, aber mit Nachdruck. Der Junge aber rührte sich nicht, sondern starrte nur ängstlich auf die Doppelmündung der auf ihn gerichteten Pistole. Katoen senkte den Zwillingslauf.

»Ich will dir nichts tun. Aber du mußt mir den Beutel geben, er gehört dir nicht!«

Ganz langsam bewegte sich der Junge, und schließlich hielt eine zitternde Hand den Beutel hoch. Katoen nahm ihn an sich, steckte ihn ein und wollte dann nach der Hand des Jungen greifen. Doch der zuckte zusammen und zog die Hand blitzschnell zurück.

»Nicht!« wimmerte er. »Nicht schlagen, bitte!«

»Ich werde dich nicht schlagen. Niemand wird dich schlagen, das verspreche ich dir. Aber du mußt jetzt nach draußen kommen!«

Katoen trat ein paar Schritte zurück, bis er außerhalb des Verschlages stand. Vielleicht fühlte der Junge sich so weniger bedroht. Tatsächlich erhob sich der kleine Dieb schwankend, und jetzt erst erkannte Katoen, wie mager er wirklich war. Dennoch war ihm schleierhaft, wie der Junge durch das kleine Loch in der Wand gepaßt hatte. Er nahm sich vor, das noch eingehend zu untersuchen.

Mit vorsichtigen Schritten kam der nackte Junge, am ganzen Leib zitternd, nach draußen, in den vollen Schein der Laterne.

Während Katoen noch überlegte, wo er ein paar Kleider für den Knaben herbekam, überstürzten sich die Ereignisse. Der Hund riß sich von dem Wächter los, der ihn an der Leine gehalten hatte, und sprang unter lautem Gebell auf den Verschlag zu. Dabei rannte er den Mann mit der Laterne einfach über den Haufen. Er streifte auch Katoen, und das mit solcher Wucht, daß der Inspektor ins Taumeln geriet.

Ein weiter Sprung, und der Hund landete auf dem Jungen und riß ihn mit sich zu Boden. Sie überschlugen sich, und es sah nach einem Ringkampf aus. Aber der Junge hatte der Bestie nichts entgegenzusetzen. Das Tier drückte ihn zu Boden und öffnete sein geiferndes Maul, um ihm den Hals zu zerfetzen.

Katoen riß die Pistole hoch, hielt sie mit beiden Händen und feuerte beide Läufe gleichzeitig ab.

Die doppelte Explosion war längst verhallt, als der Pulverrauch ihm noch Tränen in die Augen trieb. Er fuhr sich mit dem Ärmel übers Gesicht und schaute genauer hin. Vor ihm lagen zwei reglose Gestalten, der Junge und der Hund. Das Blei aus Katoens Pistole, aus solcher Nähe abgefeuert, hatte den Hundeschädel in unzählige Teile zerlegt. Überall klebten Fetzen von Fell und Knochen, auch auf dem nackten Leib des Jungen, der erneut zu zittern begann. Immerhin, dachte Katoen, er lebt!

Er reichte die abgeschossene Pistole Kampen, der mit offenem Mund dastand, und half dem Jungen auf die Beine. Der hatte jetzt, besudelt mit dem Blut und den Überresten des toten Hundes, noch mehr Ähnlichkeit mit einem wilden Tier. Katoen schickte einen der Nachtwächter ins Haus, aus irgendeinem Zimmer eine Decke holen. Wenig später kam der Mann mit einem löchrigen Wollfetzen zurück, den Katoen um die schmalen Schultern des Knaben legte.

Der Nachtwächter, der ursprünglich den Hund an der Leine gehalten hatte, schien nur langsam zu begreifen, was geschehen war. Er trat ein paar Schritte vor und starrte mit aufgerissenen Augen auf die traurigen Überreste des Tieres. Sein anfängliches Entsetzen verwandelte sich in Wut, und er fuhr Katoen an: »Wie konntet Ihr das tun? Ihr habt ihn einfach erschossen, meinen Hans!«

»Der Hund hätte den Jungen zerfleischt.«

»Na und? Mein Hans war ein wertvolles Tier, viel wertvoller als dieser Gossenjunge. Der ist doch auch nicht mehr als ein Tier!«

Das Kind ließ nicht erkennen, ob es sich von den Worten des Nachtwächters getroffen fühlte. Vermutlich hatte es in seinem kurzen Leben schon ganz andere Beschimpfungen über sich ergehen lassen.

»Dies ist ein Mensch«, erwiderte Katoen, »Euer Hans dagegen war ein Tier, ein gefährliches obendrein. Ihr hättet besser auf ihn aufpassen müssen, Mann! Soll ich einen Bericht darüber schreiben, daß der Hund sich aufgrund Eurer Nachlässigkeit losreißen konnte und erschossen werden mußte?«

Katoen war laut geworden, und der Nachtwächter wich unter seinen Worten zurück wie unter Peitschenhieben.

»Nein, schon gut«, sagte er kleinlaut und ging zu seinen Kameraden zurück.

Katoen beachtete ihn nicht weiter und wandte sich wieder dem Jungen zu, der noch immer am ganzen Leib zitterte. »Wie heißt du?«

Die Augen unter dem verfilzten Haar musterten den Amtsinspektor mit einer Mischung aus Furcht und Ratlosigkeit; es schien, als wüßte das Kind seinen eigenen Namen nicht. Zweimal wiederholte Katoen seine Frage, doch er erhielt keine Antwort. War der Junge nur so verängstigt, daß es ihm die Sprache verschlagen hatte, oder konnte es tatsächlich sein, daß er nicht wußte, wer er war?

Katoen, der vor dem Jungen in die Hocke gegangen war, erhob sich seufzend. »Also gut, dann werde ich dich Felix nennen. Felix, der Glückliche. Denn heute hast du Glück gehabt, wie mir scheint, und ich hoffe, daß dir glücklichere Zeiten bevorstehen, als du wohl hinter dir hast.«

Im Keller unter dem Neuen Rathaus roch es nach Schweiß und Exkrementen, nach Verderbnis und Furcht. Schon viele hatten hier ihre Untaten gestanden, und Jaepke Dircks würde keine Ausnahme machen, da war Jeremias Katoen sicher. Joris Kampen holte zum nächsten Schlag aus, das Leder zischte kurz durch die Luft und fraß sich mit einem klatschenden Geräusch in das Fleisch des Kupplers. Ein blutiger Striemen mehr auf seinem Rücken, und Dircks schrie auf, während er sich vor Schmerz wand.

Das Amsterdamer Recht erlaubte zwar nur, bereits Verurteilte auszupeitschen, aber hier unten nahm das niemand so genau. Die Peitsche war oft das einzige Mittel, einen verstockten Strolch zum Reden zu bringen. Jeder wußte das, und niemand störte sich daran. Nicht von ungefähr wurde dieser Ort gemeinhin Geißelkeller genannt.

Katoen packte den Gefangenen bei seinem hellen Schopf und zog seinen Kopf unsanft nach hinten, bis er in das schweißnasse Antlitz sehen konnte. Die Wut, die er in Dircks' Blick las, wog nichts gegen den Schmerz. Kein Zweifel, die Peitsche hatte den Willen des Mannes gebrochen.

»Ich habe den Eindruck, du willst jetzt reden. Oder?«

Dircks atmete schwer, und seine Lippen zitterten; Blut quoll aus der Unterlippe, auf die er sich vor Schmerz gebissen hatte. »Was bleibt mir übrig? Sonst schlägt Euer Büttel mich in Fetzen. Was wollt Ihr wissen?«

»Ich will ein Geständnis, Kuppler. Ich glaube dir nicht, daß du heute abend zum ersten Mal einen Freier beraubt hast. Der geheime Zugang zu dem Zimmer – das ist viel zu viel Aufwand für eine einmalige Geschichte.«

Noch immer war es Katoen ein Rätsel, wie der Junge, den er Felix genannt hatte, sich da hatte durchzwängen können. Er hatte den Schacht in Augenschein genommen, soweit das von den beiden Zugängen her möglich war, und hätte schwören können, daß selbst dieser magere Junge da nicht hindurchpaßte.

»Also gut, ich gebe es zu. Es war nicht das erste Mal.«

»Sondern?«

»Ich habe nicht mitgezählt. Neun oder zehn Männer haben es wohl mit Dela getrieben, seit mir das Schlangenkind gehört.«

»Das Schlangenkind?«

»Der Junge.«

»Wie ist sein Name?«

»Keine Ahnung, ist doch auch gleichgültig. Der alte Schausteller, von dem ich ihn gekauft habe, hat ihn Schlangenkind genannt, weil er sich winden kann wie eine Schlange. Der kommt überall durch, so was habe ich vorher noch nie gesehen.«

»Und das hat dich auf die Idee gebracht, nicht nur die Dicke Dela zu verkuppeln, sondern ihren Freiern gleich das ganze Geld abzunehmen. Und wenn einer seine Börse vermißt hat, konnte er Dela und dich ruhig durchsuchen. Ihr beide hattet nichts zu befürchten.«

»Ja, genau so.« Dircks verzog seinen Mund zu einem unangemessen wirkenden Grinsen. »Vielen Dank auch, Herr Amtsinspektor.«

»Wofür?«

»Wie ich hörte, habt Ihr einen Eurer eigenen Hunde erschossen, um den Jungen zu retten. Dafür bin ich Euch dankbar, der dreckige kleine Bengel hat mich nämlich fünfeinhalb Gulden gekostet.«

»Ich wette, er hat dir ein Vielfaches davon eingebracht.« Das Flackern in den Augen des Gefangenen bestätigte Katoen in seiner Vermutung. »Nun, damit ist es vorbei, Dircks. Der Junge untersteht ab sofort der Obhut der Obrigkeit.«

»Der Obhut der Obrigkeit?« Dircks wiederholte das ganz langsam. »Was heißt das?«

»Ich habe ihn ins Waisenhaus gebracht.«

Katoen wurde den Anblick des Jungen beim Abschied nicht los. Seit der Hund ihn angefallen hatte, war Felix stumm geblieben. Widerstandslos hatte er sich zum Waisenhaus bringen lassen, aber als Katoen sich zum Gehen wandte, hatte der Junge ihn angeschaut wie ein Ertrinkender die ausgestreckte Hand eines Retters. Er würde es vielleicht schwer haben in der ersten Zeit, aber im Waisenhaus war er hundertmal besser aufgehoben als bei Dircks oder im Rasphuis, dem Amsterdamer Zuchthaus für Männer und Jungen.

»Dazu hattet Ihr kein Recht!« krächzte Dircks. »Das Schlangenkind gehört mir!«

»Du willst deine schmutzigen Geschäfte mit dem Jungen wohl lustig weiterführen, was?«

Dircks wollte ihm etwas an den Kopf werfen, Widerworte oder eine Beschimpfung, wie sein Mienenspiel verriet, besann sich dann aber und sagte ruhig, nicht ohne einen beißenden Unterton: »Nein, natürlich nicht, ich bin doch ein reuiger Sünder.«

Diese Dreistigkeit trug ihm einen weiteren Peitschenhieb ein, und Katoen hatte nichts dagegen, daß sein Büttel das Leder schwang. Solches Gesindel verdiente keine Rücksicht. Aber der Schmerz würde vergehen und, so befürchtete der Amtsinspektor, keinen dauerhaften Eindruck bei dem Kuppler hinterlassen.

Katoen legte Kampen eine Hand auf die Schulter. »Wir können jetzt Schluß machen und uns etwas Schlaf gönnen. Die Nacht ist bald vorbei.« Zu Dircks gewandt, sagte er: »Und du vergiß nicht, dein Geständnis morgen vor dem Richter zu wiederholen!«

Dircks bedachte ihn mit einem Blick, der zu sagen schien: Dir wünsch ich alle Übel dieser Welt an den Hals.

Kapitel 2

Der Tote an der Zuiderkerk

Dienstag, 9. Mai 1671

Es war ein Fehler gewesen, erst noch seine Amtsstube im Rathaus aufzusuchen und dort mit Jan Dekkert etwas von dem Heidelbeerschnaps zu trinken, den er letzte Woche aus Utrecht mitgebracht hatte. Als Joris Kampen eintrat und ganz entgegen seinen sonstigen Gewohnheiten den angebotenen Trunk ablehnte, fragte Katoen sich augenblicklich, ob er in dieser Nacht noch Schlaf finden würde.

»Eben ist ein Bote vom Amtsrichter eingetroffen«, meldete Kampen. »Ihr sollt sofort zur Zuiderkerk kommen. Dort ist ein Mord geschehen.«

Katoen leerte seinen Becher und leckte die letzten Tropfen der rotblauen Flüssigkeit, die ihn mit angenehmer Wärme erfüllte, von seinen Lippen. »Wer hat wen ermordet?«

Ratlos hob Kampen die Hände an. »Ich weiß es nicht, Inspektor.«

»Würde man den Täter kennen, wäre Eure Anwesenheit kaum erforderlich«, sagte Dekkert und konnte ein schadenfrohes Grinsen nicht unterdrücken.

»*Unsere* Anwesenheit, meine Herren«, korrigierte Katoen und erwiderte Dekkerts Grinsen. »Was wäre ich ohne meine beiden wackeren Büttel?«

Mitternacht war längst vorüber, als sie den schlanken, hohen Turm der Zuiderkerk vor sich auftauchen sahen. Dem Inspektor kam er vor wie der mahnend in den Nachthimmel gereckte Zeigefinger eines Riesen. Ein ungutes Gefühl beschlich ihn, die unbestimmte Ahnung von einer großen Gefahr, die in den Schatten des nächtlichen Amsterdam zu lauern schien. Vielleicht, versuchte er sich zu beruhigen, bin ich einfach nur übermüdet.

Schon von weitem sah er, daß in der Nähe der Kirche, die Hendrik de Keyser im ersten Jahrzehnt dieses Jahrhunderts als erstes protestantisches Gotteshaus der Stadt erbaut hatte, etwas Ungewöhnliches vorgefallen war. Eine große Anzahl von Menschen hatte sich dort versammelt, darunter viele Nachtwächter, ausgerüstet mit Laterne und Spieß. Sie erkannten den Amtsinspektor und bildeten, ohne daß er sie dazu hätte auffordern müssen, eine Gasse für ihn und seine Büttel, bis sie vor dem Amtsrichter standen.

Nicolaas van der Zyl war ein beeindruckender Mann, allein schon durch seine Größe. Katoen hätte sich selbst nicht gerade als klein beschrieben, aber der Amtsrichter überragte ihn um Haupteslänge. Van der Zyls scharfe Gesichtszüge und die lange, leicht gebogene Nase verliehen ihm eine Strenge, die schon so manchem Angeklagten die Knie hatten zittern lassen. Zu dieser späten – oder frühen – Stunde wirkte er allerdings eher abgekämpft und besorgt. Katoen zog seinen federgeschmückten Hut, und der Amtsrichter erwiderte den Gruß mit einem kurzen Nicken.

»Gut, daß Ihr so rasch gekommen seid, Inspektor. Ich hatte gehofft, daß mein Bote Euch noch im Rathaus antrifft.«

»Ja, wir haben den Kuppler Dircks auf frischer Tat ertappt, und Freund Kampen hier vermochte ihm mit der Peitsche ein Geständnis zu entlocken.«

»Schön, schön«, murmelte van der Zyl und schien dem Fall,

mit dem er Katoen doch selbst betraut und auf dessen Dringlichkeit er gepocht hatte, kaum noch Bedeutung beizumessen. »Kuppelei und das Berauben von Freiern ist eine Sache, Mord eine andere. Und gar ein Mord wie dieser. Seht doch, zwei Nachtwächter haben die Leiche vor einer Stunde gefunden!«

Der Richter trat zur Seite und gab den Blick frei auf einen wuchtigen Körper, der vor einer kleinen Brücke lag. Die Laterne eines Nachtwächters stand neben dem reglosen Mann auf dem Boden und beleuchtete sein fleischiges Gesicht, das von einem grauen Bart umrahmt wurde. Der Mann hatte seinen Hut verloren, und das graue Haar hing wirr um sein Gesicht. In seinen Augen war kein Leben mehr.

»Den kenne ich«, sagte Katoen leise. »Ist das nicht der Bankier Balthasar de Koning?«

»Ganz recht«, bestätigte van der Zyl mit düsterer Miene.

Schlagartig begriff Katoen die Schwere des Vorfalls. De Koning war einer der einflußreichsten Männer Amsterdams, wenn nicht der ganzen Niederlande, gewesen. Kein Wunder, daß der Amtsrichter höchstpersönlich an den Ort des Geschehens geeilt war.

Van der Zyl trat dicht neben Katoen und sagte leise, so daß niemand außer dem Inspektor es verstehen konnte: »Dieser Fall ist von großer Brisanz, Katoen, und Ihr müßt ihn unbedingt lösen, schnell und diskret. Gut möglich, daß ich damit das Schicksal der gesamten Niederlande in Eure Hände lege!«

Die Eindringlichkeit, mit der van der Zyl das sagte, beunruhigte Katoen. »Ihr glaubt nicht an einen gewöhnlichen Raubmord?«

»Nein, auch wenn dem Toten die Börse fehlt. Ich gehe nicht davon aus, daß der Mörder sie hat. Vermutlich hat jemand von unseren Leuten sie ihm abgenommen. Wir wissen doch alle, daß die Nachtwächter jede Gelegenheit nutzen, ihre karge Besoldung aufzubessern.«

»Schon wahr, aber was macht Euch in diesem Fall so sicher?«

»Das hier.«

Als der Amtsrichter sich neben den Leichnam kniete, tat Katoen es ihm nach und sah zu, wie van der Zyl vorsichtig die geballte Rechte des Ermordeten öffnete. Darin lag etwas Flaches, Längliches, und erst bei genauerem Hinsehen erkannte Katoen, daß es sich um ein Blütenblatt handelte.

»Ein Blatt?«

»Von einer Tulpe, um genau zu sein«, sagte van der Zyl.

Katoen schaute es sich gründlich an. »Solch eine Tulpe habe ich noch nie gesehen. Das Blatt ist tiefschwarz, und diese tropfenförmigen roten Flecken erinnern an Blutstropfen.«

»Eine sehr seltene Tulpe, gewiß. Eine, mit der man zur Zeit des Tulpenfiebers ein Vermögen hätte verdienen können.«

»Oder verlieren«, gab Katoen zu bedenken.

»Oder verlieren, ja.«

Katoen ließ seinen Blick über den Leichnam schweifen; in der Brust klaffte ein tiefes Loch, und die Kleidung ringsum war blutgetränkt. »Ein Stich direkt ins Herz, mit großer Wucht ausgeführt. Der Mörder muß kräftig sein, oder großer Zorn hat ihn zu der Tat getrieben. Aber was hat dieses Blütenblatt damit zu tun? Und wie habt Ihr davon wissen können?«

»Ich hatte seine Faust schon geöffnet, bevor Ihr kamt. Gewußt habe ich es nicht, aber vermutet. Schließlich war es bei dem anderen Toten genauso.«

»Der andere Tote?« fragte Katoen und hatte das ungute Gefühl, daß er etwas sehr Unerfreuliches zu hören bekommen würde.

Van der Zyl erhob sich mit einem leisen Seufzen. »Das sollten wir nicht hier unter all diesen Leuten besprechen. Gehen wir zum Rathaus!«

Die flackernde Öllampe erhellte nur einen Teil der geräumigen Amtsstube van der Zyls. Die Schatten der Möbel tanzten an den Wänden, zuckten hin und her, als hätte die Unruhe der beiden Männer sie angesteckt. Katoen stand an einem der beiden Fenster und blickte hinaus auf die nächtliche Stadt. Sie erschien ihm wie ein Moloch, dem es finstere Geheimnisse zu entreißen galt.

Seine Büttel, Dekkert und Kampen, waren auf sein Geheiß bei der Leiche geblieben. Sie sollten die Bewohner der umliegenden Häuser danach befragen, ob sie etwas Wichtiges gesehen oder gehört hatten. Aber Katoen ahnte, daß das, was der Amtsrichter ihm zu eröffnen hatte, viel schwerwiegender war als das, was seine Gehilfen möglicherweise herausfanden.

Van der Zyl hatte sich, wie auch Katoen, seines Umhangs und Huts entledigt und war damit beschäftigt, sich eine Pfeife anzuzünden. Als der leicht beißende Geruch des glimmenden Tabaks sich ausbreitete, lehnte er sich auf seinem wuchtigen Stuhl zurück. Entspannt wirkte er jedoch keineswegs.

»Der andere Tote, von dem ich sprach, ist Jacob van Rosven«, hob er an.

»Der Werftbesitzer, ja, ich habe davon gehört. Er verstarb letzte Woche, nicht wahr?«

Der Amtsrichter nickte. »Genau vor einer Woche, am vergangenen Montag. Ich hätte Euch die Sache gleich anvertrauen sollen, aber Ihr wart nicht in Amsterdam.«

»Ich habe meinen Onkel in Utrecht besucht«, erklärte Katoen und dachte einen Augenblick lang sehnsuchtsvoll an die gemütlichen Abende, die Onkel Adalbert und er bei Heidelbeerschnaps und Tabak verbracht hatten. »Ich weiß nicht viel über den Mord an van Rosven, habe nur gehört, daß es auf dem Gelände seiner Werft auf der Insel Marken geschehen ist. Einer der Büttel sagte, es sei ein Raubmord gewesen.«

»Das war es nicht. Im Gegensatz zu de Koning trug der

tote van Rosven seine Börse noch bei sich, als wir ihn fanden. Wir haben die Umstände seines Todes in der Öffentlichkeit heruntergespielt und das Ganze absichtlich als Raubmord dargestellt, weil van Rosven ein bedeutender Mann gewesen ist und wir in unruhigen Zeiten leben. Ihr wißt, die Republik der Sieben Vereinigten Niederlande steht am Vorabend eines Krieges.«

Katoen nickte. »Wir werden den Franzosen zu mächtig, und König Ludwig ist ein neidischer, gieriger Mann. Wenn er die Gelegenheit wittert, sich ein paar neue Provinzen unter den Nagel zu reißen, dann haben wir wohl bald Krieg mit Frankreich.«

»Wenn wir Pech haben, nicht nur mit Frankreich, sondern mit allen unseren Nachbarn. Die kleineren Staaten bereiten mir weniger Sorge, aber auch die Engländer scheinen mit Ludwig, den sie aus unerfindlichen Gründen den Sonnenkönig nennen, obgleich er doch einen gewaltigen Schatten wirft, gemeinsame Sache zu machen. Der englische König Karl und Ludwig sollen schon im vergangenen Jahr ein geheimes Bündnis gegen uns geschlossen haben. England neidet uns den florierenden Überseehandel, und den Franzosenkönig gelüstet es, wie Ihr so richtig sagt, nach noch mehr Land und noch mehr Macht. Unsere Kundschafter in Frankreich melden, Ludwig ziehe insgeheim Truppen ein, um seine Landstreitkräfte auf einen Eroberungskrieg vorzubereiten. Und jetzt diese Morde! Jemand scheint es auf genau jene Herren abgesehen zu haben, auf deren Unterstützung die Niederlande im Kriegsfall angewiesen sind. De Koning war stets bereit, die Verteidigungsanstrengungen mit Geld zu fördern, und auf van Rosvens Werft sind einige unserer besten Kriegsschiffe gebaut worden. Wir müssen verhindern, daß der Mörder unserem Land weiteren Schaden zufügt – und auch, daß die Bevölkerung durch die Morde in Unruhe gerät. Die Lage erscheint ebenso bedrohlich wie vor zwei Jahren, als die Affäre mit den Todesbildern Amsterdam erschütterte. Damals habt Ihr unserer Republik gute Dienste geleistet und uns alle vor einer Katastrophe bewahrt, Katoen. Ich setze großes Vertrauen in Euch, mehr als in jeden anderen meiner Leute. Deshalb bitte ich Euch, die Morde an van Rosven und de Koning aufzuklären. Ihr braucht auf nichts und niemanden Rücksicht zu nehmen, ich halte Euch den Rükken frei!«

Van der Zyl hatte sich weit nach vorn gebeugt und starrte Katoen über seinen Tisch hinweg halb bittend, halb fordernd an. Es war offensichtlich, daß er sich große Sorgen machte.

»Denkt Ihr an gedungene Attentäter, die im Auftrag der Franzosen oder der Engländer handeln?« fragte Katoen.

Der Amtsrichter nickte. »Etwas in der Art, ja.«

Katoens Blick blieb an dem Gemälde hängen, das die Wand zu seiner Rechten schmückte. Es zeigte einen Mann mit hoher Stirn, der, eine Hand auf eine Schiffskanone gestützt, die andere in die Hüfte gestemmt, den Blick des Betrachters stolz erwiderte. Das war Maarten Harpertszoon Tromp, der als Oberbefehlshaber der niederländischen Marine den Feinden der jungen Republik schwere Niederlagen beigebracht hatte. Im Jahr 1639 hatte er die Zweite Spanische Armada, die nach Flandern unterwegs gewesen war, besiegt und damit das Ende der spanischen Seemacht eingeleitet. Später hatte er mit großem Einsatz die Engländer bekämpft, bis ihn 1653 in der Schlacht von Ter Heijde die tödliche Kugel eines Scharfschützen traf. Während er das Bild betrachtete, überkam Katoen das eigenartige Gefühl, daß Tromp ihm aufmunternd zuzwinkerte. Sein Vater hatte unter dem Admiral gedient und in der Schlacht gegen die Zweite Armada sein Leben verloren. Verlangte Tromp jetzt von ihm, daß auch er sein Leben für die Vereinigten Niederlande wagte?

Er lenkte seine Gedanken wieder auf die Gegenwart.

»Erzählt mir mehr von dem ersten Mord, Mijnheer van der Zyl!«

»Es geschah am späten Abend, als die Nachtwächter schon unterwegs waren. Aber sie konnten den Mord an van Rosven ebensowenig verhindern wie den an de Koning. Van Rosvens Leiche ist erst am nächsten Morgen auf dem Gelände seiner Werft entdeckt worden. Niemand weiß, was er bei Nacht da gesucht hat. Auch er wurde durch einen Stich ins Herz getötet, und in seiner Faust fand man das hier.«

Van der Zyl erhob sich, ging zu einem schmalen Schrank und entnahm ihm eine kleine, schmucklose Holzschatulle. Als er sie geöffnet vor Katoen auf den Tisch stellte, sah dieser etwas Dunkles darin liegen. Er nahm es heraus. Es war ein verwelktes Blütenblatt, schwarz und mit roten Tropfen gemustert.

»Dieselbe Tulpensorte«, sagte der Amtsrichter und legte das Blütenblatt, das er bei de Konings Leichnam gefunden hatte, ebenfalls auf den Tisch.

Katoen nahm auch das zweite Blatt hoch und hielt beide nebeneinander. »Eine immense Ähnlichkeit, in der Tat. Aber was will der Mörder uns damit sagen?«

»Vielleicht, daß er es auf die ›Verehrer der Tulpe‹ abgesehen hat. Ihr kennt die Vereinigung gewiß.«

»Ja. Gehört Ihr nicht auch dazu?«

Van der Zyl zog ausgiebig an seiner Pfeife und nickte. »Einige hochstehende Bürger unserer Stadt, denen die schönste Blume der Welt am Herzen liegt, haben sich in der Vereinigung zusammengeschlossen, und ich darf mich dazuzählen. Jeden Montagabend treffen wir uns im Wirtshaus *Zu den drei Tulpen* in der Jodenbreestraat, wobei unsere Liebe zur Tulpe nicht der einzige Grund der Zusammenkünfte ist. Wir setzen uns für wohltätige Zwecke ein, aber auch wichtige politische und wirtschaftliche Fragen werden dort ganz zwanglos besprochen, was zuweilen ergiebiger ist als eine offizielle Unterredung. Beide,

Jacob van Rosven und Balthasar de Koning, haben unserem Kreis angehört, und beide sind an einem Montagabend getötet worden, nachdem sie das Wirtshaus verlassen hatten.«

»Da seid Ihr sicher?«

»Gewiß, ich war bei beiden Zusammenkünften zugegen. Ich war noch nicht lange zu Hause und hatte mich noch nicht meiner Kleider entledigt, als ein Nachtwächter kam, um mir von dem Mord an de Koning zu berichten. Deswegen konnte ich so schnell bei der Zuiderkerk sein.«

Allmählich begriff Katoen, daß die große Sorge, die er bei Nicolaas van der Zyl spürte, nicht nur dem Schicksal der Niederlande galt, sondern auch seinem eigenen.

Kapitel 3

Tulpenfieber

Als Jeremias Katoen am späten Vormittag das Gelände der Werft betrat, die bis vor kurzem Jacob van Rosven gehört hatte, schlug ihm ein Gemisch aus den unterschiedlichsten Geräuschen und Gerüchen entgegen. Eine salzige Brise kam vom IJ, dem Meeresarm der Zuidersee, der Amsterdam vom nördlich gelegenen Volewijk trennte. Sie vermengte sich mit der schweren, klebrigen Ausdünstung von erhitztem Pech. Rechts von ihm hatten die Werftarbeiter ein dickbauchiges Handelsschiff gekielholt, um die Planken auszubessern. Über einer ummauerten Feuerstelle hing ein großer Kessel, in dem zwei Männer, die sich zum Schutz gegen den Gestank Tücher vor Mund und Nase gebunden hatten, das Kalfaterpech erhitzten, mit dem andere Arbeiter die neuen Plankengänge abdichteten. Überall auf der Werft wurde gehämmert und gesägt, und gellende Zurufe dienten der Verständigung. Die Möwen, die gelassen über allem kreisten, schienen sich einen Spaß daraus zu machen, den Lärm der Menschen mit ihrem schrillen Geschrei noch zu übertönen.

Die allgemeine Geschäftigkeit erfüllte Katoen mit Stolz auf sein Land und seine Mitbürger. Mit Fleiß, Disziplin und Zähigkeit hatten sich die Niederlande zur führenden Seefahrts- und

Handelsmacht hochgearbeitet. Kein Wunder, daß andere Nationen mit Neid und Furcht verfolgten, was sich in den Vereinigten Provinzen tat. Vor Katoens innerem Auge füllte sich das Meer vor Amsterdams Küste mit feindlichen Schiffen; überall waren Kanonendonner und Pulverrauch, und fremde Soldaten zogen mordend, brandschatzend und plündernd durch die Stadt. Er war fest entschlossen, es nicht so weit kommen zu lassen. Was immer in seiner Macht stand, um Amsterdam und die Vereinigten Niederlande zu beschützen, er wollte es tun. Sein Vater hatte mit Admiral Tromp auf See gekämpft, und er führte seinen Kampf hier, um jene Feinde zu vernichten, die womöglich gefährlicher waren als fremde Seeleute und Soldaten: Spione und Mörder.

Er stand neben dem gekielholten Schiff und sah sich um, als er plötzlich schnelle Schritte hörte und aus den Augenwinkeln eine schemenhafte Bewegung hinter sich wahrnahm. Alarmiert versuchte er, sich umzudrehen und gleichzeitig zur Seite auszuweichen. Doch es war zu spät: Etwas schlug hart gegen sein Kreuz und warf ihn zu Boden. Katoen fiel in den Schmutz und verlor seinen breitkrempigen Hut mit dem blauen Federbusch. Schnell rollte er sich zur Seite und entging dadurch einem weiteren Angriff. Ein kurzes Stück von einem Seil, am Ende zu einem dicken Knoten gebunden, klatschte auf die Stelle, an der er eben noch gelegen hatte.

Der Angreifer war ein nicht sonderlich großer, aber kräftiger Mann, fast haarlos, mit einer braunen Lederklappe über dem linken Auge. Schnaufend wie ein wilder Stier, drehte er sich zu Katoen um und holte mit seinem geknoteten Seil zu einem weiteren Schlag aus.

Jetzt kamen Katoen die Übungsstunden zugute, die er bei dem stadtbekannten Ringkämpfer Robbert Cors genommen hatte. Scherenartig umschlossen seine Beine die Unterschenkel des anderen, und der stürzte, noch bevor er seinen Schlag ausführen konnte, neben dem Amtsinspektor in den Schmutz. Der Mann stieß mit dem Kopf gegen einen Stapel Schiffsplanken und war für einen Augenblick benommen. Die Zeit reichte Katoen, um ihm das Seil zu entreißen und es weit von sich zu schleudern. Er hockte sich rittlings auf den Gestürzten und sah, daß dessen Augenklappe verrutscht war. Darunter gähnte eine leere Höhle.

Aber schon drohte neue Gefahr. Die Werftarbeiter kreisten die beiden am Boden liegenden Männer ein und bedachten Katoen mit mißtrauischen, ja feindseligen Blicken. Es waren durchweg kräftige Gestalten, und viele von ihnen hielten ein Werkzeug in Händen.

Ebenso ablehnend wie ihre Blicke waren ihre Worte: »Was will der fremde Stutzer hier?« – »Er schnüffelt rum!« – »Ist vielleicht van Rosvens Mörder oder ein Freund von ihm!« – »Jedenfalls hat er hier nichts zu suchen, geben wir's ihm!«

Der Mann, der zuletzt gesprochen hatte, ein stiernackiger Rotschopf, hielt in der Rechten einen Hammer mit einem länglichen, zylindrischen Kopf, einen Kalfathammer. Er trat einen Schritt auf Katoen zu und hob sein Werkzeug.

»Ich werde ihm mal ein bißchen auf den Kopf klopfen, das wird ihm die Neugier austreiben!«

Katoen trug keine Schußwaffe bei sich, aber an seiner rechten Hüfte hing ein Dolch. Den zog er mit blitzartiger Geschwindigkeit aus der Scheide und hielt die Spitze vor das einzige Auge seines ersten Gegners.

»Wenn sich einer von euch auch nur ein kleines Stück bewegt, könnt ihr euren Freund im Blindenhaus besuchen!«

Der Mann mit dem Kalfathammer erstarrte mitten in der Bewegung. Er schien nicht daran zu zweifeln, daß es Katoen ernst war. Katoen hatte keinen Grund, den Einäugigen zu schonen, der Mann hatte ihn ohne jede Rücksicht angegriffen.

Wieder bei vollem Bewußtsein, erkannte auch der Einäugige, in welcher Gefahr er schwebte. Die Dolchspitze dicht vor seinem Auge ließ ihn in kurzen, heftigen Stößen atmen; Angstschweiß glänzte auf seiner Stirn.

»Du kannst uns nicht alle besiegen, Fremder«, ergriff der Rotschopf das Wort. »Wenn du Claes etwas antust, schlagen wir dich zu Brei!«

»Das wird dem blinden Claes nichts mehr nützen«, erwiderte Katoen so ruhig und überlegen, wie es ihm in der angespannten Lage möglich war. »Und täuscht euch nicht, Freunde, ich bin sehr geschickt mit dem Dolch! Ein paar von euch nehme ich noch mit!«

»Wir wissen, wie geschickt du damit bist. Unseren Herrn, Jacob van Rosven, hat dein Dolch das Leben gekostet. Deswegen werden wir dich auf keinen Fall davonkommen lassen!«

Bevor Katoen etwas erwidern konnte, erscholl eine laute Stimme: »Was ist da los? Warum wird hier nicht gearbeitet?«

Die Männer bildeten eine Gasse, und ein vornehm gekleideter Herr trat hindurch. Unter dem sauber gestutzten Bart, der über dem Mund und am Kinn wuchs, steckte ein noch junges Gesicht. Katoen schätzte den Mann auf Mitte bis Ende Zwanzig.

»Also, was ist hier los?« fragte dieser noch einmal.

»Wir haben einen Fremden erwischt, der hier rumgeschnüffelt hat«, antwortete der Mann mit dem Kalfathammer. »Der Kerl sagt, er ist geschickt mit dem Dolch, und droht, Claes Pieters sein Auge auszustechen. Wahrscheinlich ist er der Mörder Eures Vaters, Mijnheer van Rosven.«

»So ein Unsinn!« sagte Katoen. »Ich bin Amtsinspektor Jeremias Katoen, und der Amtsrichter hat mich beauftragt, den Mord an Jacob van Rosven zu untersuchen.«

»Das kann jeder behaupten«, knurrte der Rotschopf.

»Wir können ja gemeinsam zum Rathaus gehen. Wenn du recht hast, Rotkopf, darfst du mir mit deinem Hammer den

Schädel einschlagen. Sollte aber ich recht behalten, lasse ich dich öffentlich auspeitschen. Nun, was hältst du davon?«

Unsicherheit flackerte in den Augen des Rothaarigen auf, und er blickte sich hilfesuchend nach seinen Kollegen um. Die aber scheuten die Verantwortung, eine Entscheidung zu fällen, und blickten betreten zu Boden.

Der junge van Rosven hob Katoens Hut auf und wandte sich an die Arbeiter. »Ich kenne diesen Mann aus dem Rathaus. Er gehört tatsächlich zu den Leuten des Amtsrichters. Also geht besser wieder an eure Arbeit, bevor er euch allesamt einlochen läßt.«

Zögernd leisteten die rauhen Burschen der Aufforderung Folge, während Katoen sich aufrappelte und den Dolch in die lederne Scheide an seiner Hüfte steckte. Claes Pieters blieb starr am Boden liegen, nur sein Auge folgte jeder Bewegung Katoens. Angst lag in seinem Blick, nun allerdings nicht mehr die Angst vor dem Dolch, sondern die vor der strafenden Hand des Gesetzes.

»Nehmt den Männern ihr Verhalten nicht übel, Mijnheer Katoen«, bat van Rosven. »Es sind schlichte, aber treue Seelen. Seit mein Vater hier ermordet aufgefunden worden ist, herrscht auf der Werft eine überaus gereizte Stimmung. Ihr habt es selbst erlebt. Mein Vater war bei seinen Leuten sehr beliebt, und jedem einzelnen von ihnen wäre es ein Vergnügen, den Mörder mit bloßen Händen zu richten.«

Katoen sah den Einäugigen an und seufzte. »Steh auf und geh an deine Arbeit zurück!«

Das ließ der Mann sich nicht zweimal sagen. Flink wie eine Katze kam er auf die Beine und verschwand hinter einem großen Holzschuppen.

»Ich danke Euch für Euer Verständnis«, sagte van Rosven und hielt Katoen den Hut hin. »Der gehört wohl Euch.«

Katoen nahm den Hut an sich und klopfte den Schmutz

vom Filz. Der blaue Federbusch war abgeknickt. Katoen zog ihn heraus und ließ ihn achtlos fallen.

»Das tut mir leid. Ich werde Euch den Hut ersetzen.«

»Nicht nötig, ich habe die Farbe Blau seit einiger Zeit ohnehin über.«

Der Wind drehte und trieb ihnen den schweren Pechgeruch entgegen.

»Gehen wir doch ein Stück«, schlug van Rosven vor. »Wo man nicht gut atmen kann, läßt es sich auch nicht gut reden.«

Sie gingen quer über das Werftgelände zum Ufer des IJ, wo sie sich auf einer hölzernen Werkzeugkiste niederließen. Auf dem Wasser herrschte reger Betrieb. Kleinere Schiffe kamen von der Zuidersee oder fuhren zu ihr hinaus, um den vor der Insel Texel ankernden großen Handelsschiffen die Ladung abzunehmen oder sie für eine neue Fahrt mit Fracht und Proviant zu versorgen. Katoen meinte sogar, den schweren Duft exotischer Gewürze wahrzunehmen.

Die Anspannung, die er seit Claes Pieters' Angriff empfunden hatte, ließ nach, und erst jetzt spürte er ein schmerzhaftes Pochen, das von seinem Kreuz ausging und über den ganzen Rücken ausstrahlte. Er stöhnte leise, als er seinen Rücken vorsichtig abtastete.

Van Rosven sah ihn besorgt an. »Hoffentlich ist es nichts Ernstes.«

»Das hoffe ich auch, Mijnheer …«

»Paulus van Rosven.« Er lächelte entschuldigend. »In all der Aufregung habe ich vergessen, mich richtig vorzustellen. Ich bin Jacob van Rosvens ältester Sohn.«

»Und Ihr führt nach dem Tod Eures Vaters die Geschäfte weiter?«

»Nicht allein, sondern gemeinsam mit meinem Bruder Mathijs, meiner Schwester Cornelia und meiner Mutter. So lautet der Letzte Wille meines Vaters.«

»Sind vier Köpfe nicht zu viel, wenn es gilt, eine Entscheidung zu treffen?«

»Im Gegenteil, vier Meinungen sind hilfreicher als drei, zwei oder eine, und entschieden wird so, wie die Mehrheit es für richtig hält.«

»Bei vier Stimmen muß es nicht unbedingt eine Mehrheit geben.«

»Auch daran hat mein Vater gedacht. In solchen Fällen ist die Stimme meiner Mutter die ausschlaggebende.«

»Euer Vater scheint sich alles genau überlegt zu haben.«

»Das hat er.« Nach einem langen, prüfenden Blick auf Katoen fügte der junge Werftbesitzer hinzu: »Ihr braucht also gar nicht erst daran zu denken, daß ein ungeduldiger Erbe meinen Vater auf dem Gewissen haben könnte.«

»Lest Ihr meine Gedanken, Mijnheer van Rosven?«

»Das nicht, aber ich erahne sie. Wenn Ihr in dem Fall ermittelt, muß Euch ein solcher Gedanke zwangsläufig kommen, dafür habe ich Verständnis. Aber glaubt mir, in unserer Familie sucht Ihr den Mörder vergebens. Für meine Geschwister lege ich die Hand ins Feuer, und meine Mutter ist ohnehin über jeden Zweifel erhaben.«

»Ich glaube Euch, denn es hat einen weiteren Mord gegeben, und der hat mit Eurer Familie nichts zu tun«, sagte Katoen und berichtete von Balthasar de Konings Ende.

Van Rosven zeigte sich bestürzt und brauchte eine ganze Weile, bis er sich wieder gefaßt hatte. Schließlich fragte er: »Aber wie kommt Ihr darauf, daß es sich in beiden Fällen um denselben Mörder handelt?«

»Erstens: Beide Männer wurden auf ähnliche Weise erstochen. Zweitens: Beide Taten ereigneten sich an einem Montagabend nach der Zusammenkunft der ›Verehrer der Tulpe‹. Drittens: Beide Opfer hielten das hier in der Hand.«

Katoen zog eine kleine hölzerne Schnupftabakdose hervor

und nahm den Deckel ab. In der Dose lag ein schwarzes, mit roten Flecken gesprenkeltes Blütenblatt.

Van Rosven nahm die Dose in die Hand und betrachtete ihren Inhalt ausgiebig. »Das ist also das Blütenblatt, das bei meinem Vater gefunden wurde!«

»Ihr wißt davon?«

»Der Amtsrichter hat mir davon erzählt.«

»Er hat es Euch nicht gezeigt?«

»Nein. Warum auch? Niemand in unserer Familie kennt sich auch nur annähernd so gut mit Tulpen aus wie mein Vater. Das war seine Leidenschaft.«

»Ihr könnt mir also nicht sagen, von welcher Tulpe dieses Blatt stammt?«

»Nein.«

»Habt Ihr schon einmal, vielleicht bei Eurem Vater oder in Eurem Haus, eine Tulpe mit diesem oder einem ähnlichen Muster gesehen?«

Van Rosven überlegte kurz und schüttelte dann den Kopf. »Nicht daß ich wüßte. Aber auch wenn Tulpen nicht gerade mein Steckenpferd sind, nehme ich doch an, daß es sich hier um ein sehr seltenes Muster handelt.«

»Um das zu sehen, muß man in der Tat kein Tulpenkenner sein.« Katoen nahm die Dose wieder an sich und setzte den Deckel darauf.

»Das ist übrigens nicht das Blütenblatt, das bei Eurem Vater gefunden wurde, sondern jenes, das der tote Balthasar de Koning in der Hand hielt. Allerdings ähneln beide Blätter einander ungemein. Wir können mit hoher Wahrscheinlichkeit davon ausgehen, daß ein und derselbe Täter beide Morde begangen hat.«

»Und habt Ihr schon eine Spur?«

»Nichts außer diesem Blütenblatt.«

Als Jeremias Katoen die Werft verließ, war er unzufrieden. Das Gespräch mit Paulus van Rosven war ebenso unergiebig verlaufen wie das mit Balthasar de Konings Angehörigen, das er geführt hatte, bevor er zur Werft gegangen war. Der Familie des Bankiers war das, was de Koning zugestoßen war, ebenso rätselhaft wie Paulus van Rosven das Schicksal seines Vaters. Niemand schien etwas zu wissen, das ihn bei seinen Ermittlungen hätte voranbringen können. Wieder und wieder reihte er in Gedanken alle bekannten Fakten aneinander und versuchte, einen Sinn dahinter zu entdecken. Zwei Montagabende, zwei Morde, zwei angesehene Bürger als Opfer, beide Mitglieder der »Verehrer der Tulpe«. Das alles paßte noch zu der Theorie des Amtsrichters, daß hier eine feindliche Macht die Fäden zog. Aber die Sache mit dem Blütenblatt, das vermutlich der Mörder hinterlassen hatte, machte das Ganze mysteriös.

Je länger er darüber nachdachte, desto mehr mußte er sich anstrengen, um überhaupt einen klaren Gedanken zu fassen. Nach dem nächtlichen Gespräch mit dem Amtsrichter war er noch in seine Wohnung am Botermarkt gegangen und hatte sich für ein paar Stunden hingelegt, aber obwohl er völlig übermüdet war, hatte er kaum Schlaf gefunden. Jetzt spürte er den Schlafmangel überdeutlich, und sein schmerzendes Kreuz tat ein übriges, um seine Stimmung zu drücken.

In seine quälenden Gedanken versunken, war er in südwestlicher Richtung gegangen, ohne daß er hätte sagen können, warum. Die Werftanlagen hatte er hinter sich gelassen, und zu seiner Linken erstreckten sich nun die ausgedehnten Grünanlagen der Plantage, wo die Amsterdamer abends nach getaner Arbeit gern flanierten. Jetzt aber, am hellichten Tag, drückte sich vorwiegend lichtscheues Gesindel im Schatten der Bäume herum, Dirnenpack und dessen Freier.

Er blieb am Rande der Plantage stehen und beobachtete eine Frau in einem auffälligen Kleid aus rot leuchtendem Stoff.

Sie hatte ihn auch gesehen und kam nun mit aufreizenden Bewegungen auf ihn zu. Sie war nicht so jung, wie ihr Kleid und der übertriebene Hüftschwung wohl glauben machen sollten, und ihr üppiger Leib drohte den roten Stoff jeden Augenblick zu sprengen. Ein seltsames Gefühl ergriff Katoen, eine Mischung aus Ekel und Wut, und er war versucht, das schamlose Weibsstück festzunehmen und wegen verbotener Hurerei anzuklagen. Die Dirne schien ihm anzusehen, daß er über ihr Erscheinen nicht erfreut war. Sie stockte plötzlich, und auf ihrem etwas zu breiten Gesicht zeichnete sich Unsicherheit ab, bevor sie auf dem Absatz kehrtmachte und sich schnellen Schrittes entfernte. Den Impuls, ihr nachzulaufen, um sie ihrer verdienten Strafe zuzuführen, unterdrückte er. Er war zu erschöpft und hatte Wichtigeres zu tun.

Erst jetzt wurde ihm bewußt, daß er nicht weit von der Jodenbreestraat entfernt war, wo sich das Wirtshaus *Zu den drei Tulpen* befand. War es gar kein Zufall, daß er diese Richtung eingeschlagen hatte? Er wandte sich nach rechts und mußte nicht mehr weit gehen, da das Wirtshaus am östlichen Ende der Jodenbreestraat stand. Das Schild mit den drei ineinander verschlungenen Tulpen über dem Eingang war weithin zu sehen. Er trat ein und stellte fest, daß es in dieser Wirtsstube heller war als in den meisten anderen. An den Wänden hingen Gemälde, ausnahmslos Darstellungen verschiedenster Tulpen. Sämtliche Blumen auf den Bildern hatten auffällig gemusterte Blütenblätter in allen möglichen Farben, doch nach einer schwarzen Tulpe mit tropfenförmigen roten Flecken suchte er vergebens.

Nur zwei Tische waren besetzt, und der Wirt, ein stämmiger Mann in den Vierzigern, langweilte sich sichtlich hinter seinem Ausschank. Katoen grüßte ihn höflich und bestellte ein Delfter Bier. »Und dazu eine Pfeife mit gutem Tabak.«

»Etwas von den besseren Sorten aus Utrecht oder Veluwe?«

fragte der Wirt, während er einen hübsch verzierten Bierkrug aus Zinn vor Katoen hinstellte.

»Ich meinte *wirklich* guten Tabak.«

Der Wirt lächelte. »Etwa den amerikanischen aus Virginia?«

»Wenn Ihr den habt.«

»Natürlich habe ich den, aber den meisten ist er zu teuer.«

»Für zwei Pfeifen wird es schon reichen, falls ich Euch auf ein Bier und eine Pfeife einladen darf.«

Das Lächeln des Wirts wuchs sich zu einem breiten Grinsen aus. »Das dürft Ihr, Mijnheer, das dürft Ihr!«

Sie setzten sich an einen Tisch nahe dem Ausschank, und bald erfüllte der würzige Duft des Tabaks den Raum. Erfreut stellte Katoen fest, daß er echten, unverschnittenen Virginia-Tabak rauchte. Vielfach hatte sich die Unsitte eingebürgert, ihn mit den billigeren einheimischen Sorten zu verschneiden. Die Pfeife und das Bier halfen ihm, sich zu entspannen. Die Wut, die ihn beim Anblick der Dirne ergriffen hatte, war verschwunden, und er spürte, daß er allmählich wieder klar denken konnte.

»Seid Ihr Geert Willems, der Inhaber dieses Wirthauses?« fragte er zwischen zwei Pfeifenzügen.

»Ja«, erwiderte sein Gegenüber zögernd, wie von plötzlichem Mißtrauen erfüllt. »Sind wir uns schon einmal begegnet?«

»Nein, aber der Amtsrichter erwähnte vergangene Nacht Euren Namen«, sagte Katoen und stellte sich vor. »Wißt Ihr, was sich ereignet hat, nachdem einer Eurer Gäste dieses Haus verlassen hatte?«

Trotz der rosigen Wangen verfinsterte sich die Miene des Wirts, und er nickte.

»Wie habt Ihr davon erfahren?«

»Dies ist ein Wirtshaus, da machen Neuigkeiten schneller

die Runde als irgendwo sonst. Ein paar Nachtwächter waren heute morgen hier, um sich nach ihrem Dienst zu stärken. Sie haben erzählt, was bei der Zuiderkerk geschehen ist.« Willems schlug mit der Faust auf den Tisch, daß die Zinnbecher erzitterten. »Letzte Woche Jacob van Rosven und jetzt Balthasar de Koning, das ist ein herber Schlag für die ›Verehrer der Tulpe‹! Und ein böser Zufall.«

»Wenn es etwas nicht ist, dann ein Zufall.«

Katoen stellte die längliche Holzdose auf den Tisch und öffnete sie.

»Was ist das?« fragte der Wirt.

Katoen deutete auf die Tulpenbilder an den Wänden. »Das solltet Ihr eigentlich wissen.«

»Das Blütenblatt einer Tulpe, das sehe ich. Sogar eines von einer sehr ungewöhnlichen Tulpe. Aber warum zeigt Ihr es mir?«

»Das wißt Ihr also noch nicht«, brummte Katoen und erklärte dem Wirt, was es mit dem Inhalt der Dose auf sich hatte. »Ihr seht selbst, Mijnheer Willems, daß ein Zufall somit auszuschließen ist.«

»Ja, schon, aber trotzdem verstehe ich es nicht. Warum tut jemand so etwas?«

»Wenn ich das wüßte, wäre ich ein gutes Stück weiter. Ich hatte gehofft, Ihr könntet mir ein paar Hinweise geben. Ihr scheint etwas von Tulpen zu verstehen. Vielleicht könnt Ihr mir sagen, was für eine Sorte das ist.«

Während er das sagte, schob Katoen die Holzdose Willems direkt vor die Nase. Der Wirt nahm das Blatt vorsichtig heraus, hielt es ins Licht und betrachtete es eingehend. Sein anfängliches Staunen verwandelte sich zunehmend in Bewunderung.

»Solch eine dunkle Färbung habe ich noch nie gesehen, diese Tulpe scheint tatsächlich tiefschwarze Blätter zu haben.

Und dann die Flecken, erstaunlich in der Form und in der Kraft der Farbe. Allgemein findet man bei Tulpen streifenförmige Muster, aber solche Tropfen? Das muß eine sehr seltene und wertvolle Züchtung sein.« Fast andächtig legte er das Blatt zurück in die Dose. »Zu Zeiten meines Vaters, als das Tulpenfieber grassierte und unser Wirtshaus als eine der bekanntesten Tulpenbörsen galt, wäre für eine Zwiebel von dieser Tulpe ein Vermögen geboten worden.«

»Hier wurde also mit Tulpen gehandelt?«

»Ja, wie in so vielen Wirtshäusern damals, doch heute will kaum noch ein Wirt etwas davon wissen. Kaum einer nennt sein Haus noch nach einer Tulpe, was damals gang und gäbe war. Nun ja, ich kann's verstehen, nicht wenige haben bei der Tulpenkatastrophe anno siebenunddreißig ihr gesamtes Vermögen verloren, und danach waren die Tulpen bei weitem nicht mehr so beliebt wie noch kurz zuvor. Nur zwei Häuser weiter auf der rechten Straßenseite, wenn Ihr Richtung Stadtmitte geht, wohnte so ein Pechvogel, Swalmius soll er geheißen haben. Ich war damals noch ein Kind, aber mein Vater hat die Geschichte oft erzählt. Dieser Swalmius war ein wohlhabender Mann und einer der größten Tulpenverehrer Amsterdams, aber nach dem Zusammenbruch des Tulpenmarktes mußte er sein Haus verkaufen, um seine Schulden zu begleichen; er war plötzlich bettelarm.«

»Ich war damals auch noch klein, viel zu klein, um überhaupt etwas von dem Tulpenfieber mitzubekommen. Auch später habe ich nie ganz verstanden, wie es so weit kommen konnte, daß Menschen ihr ganzes Vermögen für ein paar Tulpenzwiebeln einsetzten.«

»Manche sogar für eine einzige, wenn es ein besonderes Exemplar war.« Willems nahm einen ordentlichen Schluck Bier und lehnte sich zurück. »Ursprünglich war die Lust an der Tulpe ein Vergnügen der Wohlhabenden, aber dann wurde aus diesem Vergnügen ein regelrechtes Fieber, das auch das einfache Volk ergriff. Billige Tulpensorten wurden angeboten, was jedermann den Erwerb von Zwiebeln und den Handel mit ihnen ermöglichte. Aber die mit einem Mal große Nachfrage trieb auch die Preise vormals erschwinglicher Tulpen in die Höhe, und mancher verkaufte für gutes Geld, was er vorher für ein paar lächerliche Stüber erworben hatte. Das weckte den Geschäftssinn der Leute, gleich ob sie nun aus gehobenen oder niederen Kreisen stammten. Tulpen wurden gekauft und weiterverkauft, obwohl es noch nicht einmal die betreffenden Zwiebeln gab. Es wurde mit bloßem Papier gehandelt in der Hoffnung auf das zu Erwartende, und jeder, der gekauft hatte, wollte natürlich zu einem höheren Preis weiterverkaufen.«

Katoen, der aufmerksam zugehört hatte, fragte: »Aber wie kam es zu dem Zusammenbruch?«

»Ganz genau weiß man das nicht. Die Obrigkeit sah dem Treiben schon geraume Zeit mit wachsendem Unbehagen zu: Da wurden Tulpenzwiebeln verkauft, die es noch gar nicht gab, bezahlt mit Geld, das durch den Weiterverkauf überhaupt erst verdient werden mußte. Die gesamte Wirtschaft schien in Gefahr, und es kamen Gerüchte auf, daß der Tulpenhandel verboten werden sollte. Plötzlich wollte niemand mehr Tulpenzwiebeln kaufen, und das ganze Kartenhaus brach innerhalb kürzester Zeit in sich zusammen.«

»Euer Vater hat sich offenbar nicht verspekuliert.«

»Er hat sich nicht an dem Handel selbst beteiligt. Sein Geschäft war es, den Spekulanten sein Haus für ihre Zusammenkünfte zur Verfügung zu stellen. Es gab damals den schönen Brauch, daß bei jedem abgeschlossenen Geschäft der Käufer ein sogenanntes Weingeld zu entrichten hatte, einen halben Stüber pro Gulden, für den gegessen und getrunken wurde. Da ist in der Hochzeit des Tulpenfiebers ordentlich was zusammengekommen.«

»Dann ist Euer Vater zu seiner Geschäftstüchtigkeit ebenso zu beglückwünschen wie zu seiner Zurückhaltung.«

Willems lachte. »Ich als sein Erbe kann Euch nur beipflichten, Mijnheer.«

»Wie kommt es, daß er sein Wirtshaus nach der Tulpenkatastrophe nicht umbenannt hat?«

»Nicht alle fielen damals treulos von ihrer Liebe zur Tulpe ab. Einige der achtbaren Bürger, die ihr Vermögen nicht verloren hatten, fanden sich zu den ›Verehrern der Tulpe‹ zusammen und erwählten unser Wirtshaus als ihr Stammlokal.« Willems war erkennbar stolz darauf, daß diese Zusammenkünfte in seinem Haus abgehalten wurden.

Katoen spielte mit der Holzdose in seiner rechten Hand. »Wer immer hierfür verantwortlich ist, scheint nicht eben auf den guten Ruf der Tulpe bedacht zu sein.«

Kapitel 4

Der Tulpenmörder

Als Katoen das Wirtshaus *Zu den drei Tulpen* verließ, fühlte er sich etwas besser als noch eine Stunde zuvor. Das Bier und der Virginia-Tabak hatten ihm gutgetan, und auch der Schmerz in seinem Kreuz hatte deutlich nachgelassen. Dagegen machte ihm bald ein Ziehen in der Magengegend bewußt, daß er noch nichts gegessen hatte. Sobald er den Dam erreichte, das Herz Amsterdams, suchte er eine der vielen Garküchen auf und bestellte einen in Wein gedünsteten Karpfen und dazu einen guten Rheinwein.

Er saß an einem Fenster und verfolgte, während er mit großem Genuß seinen Magen füllte, das rege Treiben auf dem Dam. Zahlreiche Stände füllten den Platz auf dem mittleren Dam, wo an den Wochentagen von morgens bis spätabends der Fischmarkt abgehalten wurde. Die stämmigen Fischweiber priesen lauthals ihre Ware an, ob Hecht, Kabeljau, Lachs, Schellfisch, Heilbutt oder Scholle. Unweit des Fischmarkts drängten sich einheimische und fremde Kaufleute, manche in farbenprächtigen Gewändern, die sich von den dunklen Kleidern der Niederländer abhoben, durch die Eingänge der Börse, um in dem großen Innenhof ihre Geschäfte zu tätigen. Aber das Gewühl rings um die Börse entstand nicht nur durch die Kaufleute, im oberen Geschoß befanden sich auch etliche Läden, in denen Luxuswaren aus aller Herren Länder verkauft wurden: Zutphener Glas, chinesisches Porzellan oder Kupfergeschirr aus den deutschen Landen, lederne Handschuhe, seidene Taschentücher oder Damastteppiche, Ölgemälde, Radierungen oder Zeichnungen, alles war im Angebot. Katoens Blick wanderte weiter zu dem frei stehenden Gebäude der Stadtwaage, um die herum ein emsiges Kommen und Gehen herrschte, denn jeder Großhändler mußte seine Waren hier zur Steuererhebung wiegen lassen. Auf dem Dam schlug wahrlich das Herz Amsterdams, das Herz der gesamten Niederlande vielleicht, und die bunte, laute Betriebsamkeit ließ ihn für ein paar Minuten vergessen, daß mächtige Feinde das Land bedrohten und daß mitten in dieser Stadt ein Mörder sein Unwesen trieb.

Die große Glocke im Turm der Börse schlug zur zweiten Nachmittagsstunde und verkündete damit das Ende des Börsentages. Und sie erinnerte Katoen an seine Pflichten. Eilig bezahlte er sein Mahl, trat hinaus auf den Dam und wandte sich dem wuchtigen Neuen Rathaus zu, das mit der gleich nebenan liegenden Nieuwe Kerk um die Vorherrschaft über den Platz zu wetteifern schien. Der prunkvolle viereckige Rathausbau, den man schon als achtes Weltwunder bezeichnet hatte, war erst wenige Jahre zuvor errichtet worden, und der Baumeister Jacob van Campen hatte mehr als dreizehntausend Pfähle in die Erde rammen lassen, um dem Gebäude auf dem Dam, der letztlich nichts anderes war als ein Jahrhunderte zuvor angelegter Deich, einen festen Stand zu geben.

Für Katoen verkörperte das Rathaus geradezu vollendet die Unbeugsamkeit der Niederländer und ihr unbedingtes Streben nach Ansehen und Erfolg. Auch im Innern war es prächtig, von den marmornen Fußböden bis hin zu den teuren Skulpturen und Gemälden, die man bei den berühmtesten Bildhauern und Malern Amsterdams in Auftrag gegeben hatte. Allerdings war der Innenausbau noch längst nicht fertiggestellt; in irgendeinem Winkel wurde immer gehämmert oder gesägt, und es würde wohl noch einige Jahre dauern, bis alles so aussah, wie der Magistrat es sich vorgestellt hatte. Katoen erschien das, wenn er bei dem Vergleich zwischen diesem Gebäude und der niederländischen Seele blieb, nur passend: Auch der Niederländer war unermüdlich tätig, entwickelte sich weiter, baute Schiffe, errichtete Kolonien in Übersee, betrieb Handel mit allen Kontinenten, war, kurz gesagt, niemals fertig.

Katoen empfand sich als kleinen und doch wichtigen Bestandteil dieses geschäftigen Mechanismus, auch wenn er keine Schiffe baute, keine Waren herstellte, nicht zur See fuhr und keine fremden Gestade erforschte. Er sorgte für Sicherheit und Ordnung in Amsterdam, der wichtigsten Stadt der Sieben Provinzen, und trug damit auf seine Weise dazu bei, das große Ganze zusammenzuhalten. Das erfüllte ihn mit Zufriedenheit, und er war fest entschlossen, alles dafür zu tun, daß Amsterdam eine Stadt blieb, in der die Bürger sich ohne Furcht vor inneren oder äußeren Feinden bewegen konnten.

Im Schatten des Rathauses traf er seine beiden Büttel, die er am Morgen erneut ausgeschickt hatte, rund um die Zuiderkerk nach möglichen Zeugen des Mordes an Balthasar de Koning zu suchen. Als er sie nach dem Ergebnis ihrer Arbeit fragte, zogen sie lange Gesichter.

»Von Tür zu Tür sind wir gegangen und haben mit jedem gesprochen, den wir antrafen«, seufzte Joris Kampen und wischte, wie zum Beweis der vollbrachten Anstrengung, mit dem Ärmel seines Wamses eingebildeten Schweiß von seiner hohen Stirn. »Aber so gut wie niemand hat etwas mitbekommen.«

»Was heißt *so gut wie* niemand?« fragte Katoen.

Jan Dekkert ergriff das Wort: »Den Mord selbst hat niemand gesehen, aber der Seidenhändler Ephraim da Costa aus der Anthonisbreestraat glaubt, Balthasar de Koning etwa an der Stelle gesehen zu haben, wo sein Leichnam gefunden wurde, und zwar ungefähr zu der Zeit, zu der de Koning das Wirtshaus *Zu den drei Tulpen* verlassen hatte. Da Costa befand sich selbst auf dem Heimweg und hat sich deshalb nicht länger aufgehalten. Doch er meint, daß der Bankier mit einer Frau gesprochen hat.«

»Er glaubt und er meint«, ächzte Katoen. »Das hört sich nicht sonderlich verläßlich an.«

»Ich denke schon, daß die Aussage verläßlich ist«, fuhr Dekkert fort. »Es war spät, und da Costa war in Eile, hat deshalb nicht so genau hingesehen. Darum möchte er sich ungern festlegen. Aber ich halte ihn für einen gewissenhaften Mann und zuverlässigen Zeugen.«

»Hat er mitbekommen, worüber de Koning und diese Frau gesprochen haben?«

»Nein, leider nicht. Er hat noch nicht einmal das Gesicht der Frau gesehen.«

»Eine Mörderin statt eines Mörders?« seufzte Katoen. »Sie muß sehr kräftig oder sehr geschickt im Umgang mit dem Messer ein, sonst hätte sie de Koning die Klinge nicht so tief in die Brust stoßen können.«

Dekkert nahm seinen dunklen Hut ab und strich die hellen Locken zurück, die ihm in die Stirn gefallen waren. »Wenn diese Frau etwas mit dem Mord zu tun hat, muß sie nicht unbedingt die Mörderin selbst sein, sie könnte auch den Lockvogel gespielt haben. So wie die Dicke Dela den Lockvogel für den Kuppler Dircks abgegeben hat.«

»Wo ihr die Nachtläuferin erwähnt, wir sollten zusehen, daß wir rechtzeitig zur Verhandlung kommen«, sagte Katoen.

Die drei Männer betraten das Rathaus und eilten zu dem Schöffensaal an der rückwärtigen Seite. Die Verhandlung gegen die Dicke Dela hatte bereits begonnen, und der Amtsrichter bedachte die Nachzügler mit einem mißbilligenden Blick.

Es überraschte Katoen nicht, daß Nicolaas van der Zyl höchstpersönlich den Vorsitz führte. Immerhin hatten der Kuppler und seine Nachtläuferin einige ehrbare Bürger bestohlen, und vielleicht wollte der Amtsrichter angesichts des Mordes in der vergangenen Nacht deutlich machen, daß er sich für die Sicherheit der Amsterdamer Bevölkerung einsetzte.

Die Dicke Dela jedenfalls, die eigentlich Dela Oetgens hieß, fand keine Gnade vor seinen Augen; er verurteilte sie trotz all ihres Gewimmers und ihrer schluchzend vorgebrachten Beteuerungen, in Zukunft fromm und züchtig leben zu wollen, zu zwei Jahren Spinhuis. So hieß das Zuchthaus für Frauen, wo die Delinquentinnen durch harte körperliche Arbeit beim Spinnen zur seelischen und sittlichen Besserung geführt werden sollten.

Kaum hatten die Gerichtsdiener die Nachtläuferin aus dem Saal geführt, da rief der Amtsrichter auch schon die Verhandlung gegen Jaepke Dircks auf. Der trug ein frisches Hemd, so daß nichts von den Peitschenhieben der vergangenen Nacht zu sehen war. Als er sich aber auf die Anklagebank setzte, stieß er einen Schmerzenslaut aus, was Katoen mit Genugtuung aufnahm. Er hegte keinen Zweifel daran, daß Dircks hinter allem steckte. Dela und dieser seltsame Junge waren nur seine Werkzeuge gewesen. So stellte Katoen es auch mit Nachdruck bei seiner Aussage dar, wobei sich das Gesicht des Kupplers verfinsterte.

Aber als dieser selbst das Wort erhielt, schien er plötzlich wieder guter Laune zu sein, und bald erfuhren Katoen und alle anderen im Saal auch den Grund: Der Kuppler erbot sich, alles gestohlene Geld unverzüglich zurückzuzahlen und darüber hinaus das Doppelte der gesamten Summe an den Magistrat abzuführen, um eine Strafe zu vermeiden.

Überrascht beugte van der Zyl sich vor. »Ihr wollt Euch freikaufen? Ja, habt Ihr denn so viel Geld?«

»Ich habe es und kann jederzeit bezahlen.«

Der Amtsrichter beriet sich kurz mit seinen Schöffen und sagte dann: »Euer Vorschlag findet die Zustimmung des Gerichts, Angeklagter. Nicht, um Euch zu schonen allerdings, sondern weil auf diese Weise der von Euch angerichtete Schaden wiedergutgemacht wird.«

Enttäuschung und Wut ergriffen Katoen bei der Vorstellung, daß Dircks so davonkommen sollte.

»Die Dirne wird bestraft, aber der Kuppler, der sie auf die Straße geschickt hat, soll einfach so gehen dürfen?« Er war aufgestanden und hatte diese Worte laut in den Saal gerufen.

Van der Zyl sah ihn scharf an. »Ihr habt doch gehört, Amtsinspektor, daß der Angeklagte sich freikaufen will.«

»Ja! Mit dem Geld, das er zusammengestohlen hat!«

»Das zahlt er zurück, und mit der doppelten Summe kauft er seine Strafe ab«, belehrte ihn der Amtsrichter.

»Dircks wird viel mehr Bürger ausgenommen haben als die, von denen wir wissen«, erwiderte Katoen. »Viele werden aus Scham geschwiegen haben. Vermutlich reicht das, was der Angeklagte denen gestohlen hat, mühelos für den Freikauf aus.«

Dircks wandte sich an Katoen. »Das ist eine bloße Behauptung, die Ihr nicht beweisen könnt!«

Van der Zyl nickte. »Der Angeklagte hat recht.«

Katoen zeigte auf den Kuppler. »Wenn dieser Mann den Gerichtssaal ohne Strafe verläßt, wird das manch einem ein Ansporn sein, ihm nachzueifern.«

Wieder steckten der Amtsrichter und die Schöffen die Köpfe zusammen, und anschließend verkündete van der Zyl: »Das Gericht sieht den Einwand des Amtsinspektors Katoen als berechtigt an, zumal der Angeklagte die Tat wiederholt begangen hat. Deshalb wird ihm der Freikauf unter der Auflage gestattet, daß er auf dem Platz vor dem Rathaus zehn Hiebe mit der Peitsche erhält.«

Zufrieden nahm Katoen die Worte des Amtsrichters zur Kenntnis, und zufrieden sah er kurz darauf zu, wie das Leder der Peitsche über den Rücken des Kupplers tanzte, blutige Striemen zog und die noch frischen Wunden der vergangenen Nacht wieder aufriß. Vor Katoen, der sich unter die Schaulustigen rund um den Richtplatz gemischt hatte, verschmolz der sich windende Körper des Delinquenten mit dem halbnackten Leib der Dicken Dela, und voller Abscheu erinnerte er sich daran, wie sie in der Nacht auf ihrem Freier geritten war. Jaepke Dircks hatte das alles eingefädelt und erhielt nur, was er verdiente. Mit jedem einzelnen Peitschenhieb. Dircks aber heftete seinen Blick auf Katoen, und in seinen Augen blitzte unverhohlener Haß.

Mit gemischten Gefühlen betrat Katoen die Stube des Amtsrichters, der ihn im Anschluß an die Auspeitschung hatte rufen lassen. Wollte van der Zyl ihm den Kopf zurechtrücken, weil er sich in die Gerichtsverhandlung eingemischt hatte? Tatsächlich hatte der Amtsrichter, der an seinem Tisch saß und auf ein großes Papier starrte, eine äußerst verdrießliche Miene aufgesetzt.

»Ah, da seid Ihr ja, Katoen. Hier, habt Ihr das schon gesehen?«

Er nahm das Papier auf und hielt es Katoen hin. Es war die neueste Ausgabe des *Amsterdamer Volksblattes*, erschienen am selben Tag.

»Ich hatte heute noch keine Gelegenheit zum Zeitunglesen.«

»Dann schaut Euch den Artikel oben auf der Titelseite an«, sagte der Amtsrichter aufgeregt. »Nun lest schon!«

Also nahm Katoen die Zeitung und las.

Der Tulpenmörder

Zwei unheimliche Morde haben sich in Amsterdam ereignet, der erste in der vergangenen Nacht und der zweite sieben Nächte zuvor. Das erste Opfer ist der Werftbesitzer Jacob van Rosven, den man erstochen auf dem Gelände seiner eigenen Werft aufgefunden hat. Er kam an dem Abend von der wöchentlichen Versammlung der »Verehrer der Tulpe«, die sich jeden Montagabend im Wirtshaus »Zu den drei Tulpen« in der Jodenbreestraat zusammenfinden. Das zweite Opfer, der Bankier Balthasar de Koning, wurde nahe der Zuiderkerk gefunden, ebenfalls erstochen. Auch er kam geradewegs von besagter Versammlung aus besagtem Wirtshaus. Diese Übereinstimmung allein ist schon verdächtig und läßt darauf schließen, daß es sich um ein und denselben Täter handelt. Seltsamerweise schweigen sich die Behörden darüber aus - wie auch über den Umstand, daß beide Mordopfer ein Blütenblatt einer seltenen Tulpenart umklammert hielten, schwarz mit roten Flecken, die wie Blut aussehen. Hier scheint der Mörder einen geheimnisvollen Hinweis hinterlassen zu haben. Es stellt sich die Frage, wieso die Obrigkeit so verschwiegen tut. Will sie den ominösen Tulpenmörder vielleicht gar nicht fassen?

Unwillig warf Katoen die Zeitung auf den Tisch. »Damit haben diese Schreiberlinge unsere Absicht, die Bevölkerung nicht zu beunruhigen, durchkreuzt! Aber woher kennen die all diese Einzelheiten? Wer hat ihnen von den Blütenblättern erzählt?«

»Das eben sollt Ihr herausfinden! Der Herausgeber des *Volksblattes*, Antonius Swildens, hat seinen Sitz nicht weit von hier in der Kalverstraat.«

»Ich werde ihn umgehend aufsuchen.«

»Gut. Ach, Katoen, kommt doch heute abend in mein Haus. Ich gebe im Namen der ›Verehrer der Tulpe‹ eine kleine Wohltätigkeitsgesellschaft. Zunächst hatten wir erwogen, das Fest angesichts der schrecklichen Morde abzusagen, aber wir haben uns statt dessen entschlossen, es den beiden Toten zu widmen. Für Euch ist das eine gute Gelegenheit, sich mit unserer Tulpenvereinigung und ihren Mitgliedern vertraut zu machen.«

Katoen nahm seine beiden Büttel mit und berichtete ihnen von dem Gespräch mit dem Amtsrichter.

Als sie das Menschengewühl auf dem Dam hinter sich gelassen hatten und in die Kalverstraat mit ihren vielen Läden von Fleischern, Schustern und Korbflechtern einbogen, fragte Dekkert: »Warum hat Antonius Swildens diesen Artikel veröffentlicht, ohne vorher Rücksprache mit uns oder van der Zyl zu halten? Er kann sich doch denken, daß man im Rathaus darüber wenig erfreut sein wird.«

»Ich nehme an, genau das hat er bezweckt«, antwortete Katoen. »Swildens hat in früheren Jahren mehrfach vergeblich versucht, einen hohen Posten im Magistrat zu ergattern. Am liebsten wäre er wohl Bürgermeister geworden. Aber er hat eine Art an sich, die ihn wenig Freunde finden läßt, und ohne Freunde gelangt man nicht in ein solches Amt. Seit er damit gescheitert ist, hat er für keinen im Rathaus mehr ein gutes

Wort übrig. Im *Volksblatt* sind schon einige Schmähschriften über die Stadtverwaltung erschienen, aber der Artikel über den sogenannten Tulpenmörder bereitet mir besondere Sorgen: Die Fakten, die dort angeführt sind, stimmen allesamt!«

»Das ist für einen Zeitungsbericht in der Tat außergewöhnlich«, sagte Dekkert.

Swildens' Haus lag auf der rechten Straßenseite, neben einer der neumodischen Kaffeestuben, die seit ein paar Jahren in allen großen Städten entstanden. Diese hier war eine der ersten in Amsterdam. Die Tür zur Kaffeestube stand halb offen, und der strenge, würzige Duft kitzelte Katoen in der Nase. Er unterdrückte das plötzliche Verlangen nach einer großen Tasse Kaffee, mit Zimt gewürzt und mit Honig gesüßt, und zog nebenan an der Klingelschnur. Das schrille Läuten lockte einen jungen, mit Druckerschwärze beschmierten Mann vor die Tür, der sie bereitwillig zu Antonius Swildens führte, nachdem Katoen sich vorgestellt hatte.

Der Herausgeber des *Amsterdamer Volksblattes* residierte in einem erstaunlich kleinen Raum, der gerade mal Platz für Schreibtisch, Stuhl und zwei Bücherschränke bot. Den kleinen Rest freier Wand zierten zwei Ölbilder. Das neben dem Fenster zeigte einen großen Ostindienfahrer, der vor einer tropischen Küste ankerte, das zweite, das neben der Tür hing und auf das Swildens blickte, wenn er an seinem Tisch saß, war eine auffallend getreue Darstellung des Neuen Rathauses. Quälte der Mann sich selbst, indem er tagein, tagaus auf das Gebäude blickte, in das er so gern eingezogen wäre? Oder stachelte er damit seinen Haß an? Vielleicht beides, dachte Katoen, bevor er sich Antonius Swildens zuwandte.

Der mochte die Fünfzig schon überschritten haben, und seine verkniffene Miene half nicht, ihn jünger aussehen zu lassen. Er war fast vollkommen kahl, nur ein ergrauender Haarkranz zog sich um seinen Schädel. Ein ebenfalls ergrauter, spitzer

Kinnbart verlieh ihm eine gewisse Ähnlichkeit mit einem Ziegenbock. Er war von schmächtiger Statur und wirkte ganz wie ein Mann, der sein gesamtes Leben am Schreibtisch verbracht hat.

»Soso, Amtsinspektor seid Ihr also?« Er maß Katoen, der mangels weiterer Sitzgelegenheiten mit seinen beiden Begleitern vor dem Schreibtisch stand, mit einem ausgiebigen Blick. »Was sucht Ihr dann hier? Ihr solltet Eure Zeit besser damit zubringen, auf den Straßen Amsterdams für Ordnung zu sorgen!«

Katoen trat einen Schritt vor und tippte mit dem Zeigefinger auf die neueste Ausgabe des *Volksblattes*, die auf dem Tisch lag. »Deshalb bin ich hier. Wer hat den Artikel über den Tulpenmörder geschrieben?«

Swildens lehnte sich in seinem Stuhl zurück und verschränkte die Hände vor dem Bauch. »Warum sollte ich Euch das sagen?«

Katoen ahmte den hochnäsigen Tonfall nach. »Weil ich Euch sonst mit zum Rathaus nehme, das Euch ja sehr am Herzen zu liegen scheint. Dort werde ich Euch in den Geißelkeller sperren, bis Ihr meine Frage beantwortet.«

Swildens' vorgebliche Ruhe wich Empörung. »Wie könnt Ihr es wagen, mir so etwas anzudrohen? Als Herausgeber des *Amsterdamer Volksblattes* habe ich großen Einfluß!«

»Der wird Euch nichts nutzen. Der Geißelkeller hat dicke Wände, da hört Euch niemand.«

»Ihr habt kein Recht, das zu tun!«

»Und ob ich das habe! Indem Ihr den Verfasser dieses Artikels schützt, deckt Ihr womöglich den Tulpenmörder und macht Euch dadurch mitschuldig an seinen Taten.«

»Wie das?«

»Euer Artikel, das muß ich Euch lassen, enthält eine Menge Einzelheiten, wahre Einzelheiten, von denen kaum jemand weiß. Da stellt sich mir die Frage, woher Euer Wissen stammt. Vielleicht vom Mörder selbst?«

Swildens blickte erst Katoen und dann die beiden Büttel an und schien abzuschätzen, ob sie imstande waren, zu tun, was Katoen angedroht hatte; schließlich stieß er einen tiefen Seufzer aus, beugte sich vor und stützte die Ellbogen auf die tintenfleckige Tischplatte. »Ich selbst bin der Verfasser des Artikels. Übrigens schreibe ich die meisten Beiträge im *Volksblatt* selbst. Jeder Herausgeber sollte das tun, vermeidet er dadurch doch lästige Auseinandersetzungen mit aufsässigen Schreiberlingen, die sich für wer weiß wen halten, bloß weil sie die Buchstaben des Alphabets sinnvoll zu Wörtern anordnen können.«

»Und wie habt Ihr Kenntnis von den Einzelheiten der Morde erlangt?«

Ein schneller Griff in eine Schublade, und Swildens legte Katoen ein Stück Papier vor. Es war ein Brief, verfaßt in einer seltsam eckigen Handschrift, und er begann mit dem Satz: »Über folgende Umstände, über die der Amsterdamer Magistrat so eisern schweigt, solltet Ihr in Eurer Zeitung einmal berichten.« Was dann folgte, entsprach fast wörtlich dem Artikel, den Katoen in der Stube des Amtsrichters gelesen hatte.

»Mir scheint, nicht Ihr habt den Artikel verfaßt, Mijnheer Swildens, sondern der Absender dieses Briefes. Wer ist es?«

»Das weiß ich nicht. Der Brief ist in der Nacht unter der Haustür durchgeschoben worden, ein Absender ist nicht genannt.«

»Die Schrift erkennt Ihr nicht?«

Swildens schüttelte den Kopf. »Nein. Und wie auch? Diese Handschrift ist eindeutig verstellt, da bin ich mir sicher.«

»Das mag sein. Die ungelenken, kantigen Buchstaben passen so gar nicht zu den geschliffenen Formulierungen. Und Ihr habt wirklich nicht die geringste Ahnung, wer der Verfasser sein könnte?«

»Ich weiß es wirklich nicht.«

»Es sollte mich nicht wundern, wenn es der Mörder selbst ist. Und wenn ich recht habe, Swildens, dann habt Ihr mit ihm gemeinsame Sache gemacht.« Als der Herausgeber betreten schwieg, fuhr Katoen fort: »Den Brief nehme ich mit. Und Euch rate ich dringend, auch nicht eine Zeile mehr über den Tulpenmörder zu veröffentlichen. Solltet Ihr Euch nicht daran halten, setzen wir dieses Gespräch im Rathauskeller fort!«

Kapitel 5

Die Schönheit und der Tod

Nicolaas van der Zyl bewohnte ein großes Kaufmannshaus am Damrak, mit Blick auf das IJ. Der Damrak, der am Dam begann und ins IJ mündete, gehörte zu den breitesten Grachten Amsterdams, so daß auch verhältnismäßig große Schiffe auf ihm fahren konnten. Nur gutsituierte Bürger, in der Überzahl Kaufleute, wohnten hier, und an den Kais lagen zahlreiche Schiffe, Boote und Leichter. Der Ladekran, der unter dem Glockengiebel von van der Zyls Haus über das Wasser ragte, zeugte von der Zeit, als hier tatsächlich ein Kaufmann gelebt und das Gebäude nicht nur als Wohn-, sondern auch als Lagerhaus genutzt hatte. Van der Zyls Schwiegervater Wouter Jaelens war ein angesehenes Mitglied der Ostindischen Handelskompanie gewesen und hatte ein kleines Vermögen gemacht. Der Amtsrichter hatte dessen Tochter Hendrickje geheiratet, das einzige Kind, und nach dem Tod des Kaufmanns dessen Handelsbeteiligungen veräußert. Das Gebäude war zum reinen Wohnhaus geworden, einem sehr leeren Haus, seit van der Zyls Frau und seine beiden kleinen Kinder einige Jahre zuvor der Pest zum Opfer gefallen waren. Nun war es hell erleuchtet.

Jeremias Katoen wurde vom Hausherrn und seiner Schwester, der Apothekerswitwe Catrijn, begrüßt. Die blonde Catrijn lebte nicht bei ihrem Bruder, sie führte nach dem Tod ihres Mannes dessen Apotheke am Kloveniersburgwal weiter, zusammen mit einem Apotheker, den sie als Partner ins Geschäft aufgenommen hatte. So hatte Katoen es jedenfalls gehört. Wenn ihr Bruder allerdings eine Gesellschaft gab, übernahm sie die Rolle der Gastgeberin. Sie hatte die Dreißig wohl schon um ein paar Jahre überschritten, war also nur eine Handvoll Jahre jünger als ihr Bruder. Aber sie war noch immer eine hübsche Person, und als sie Katoen mit freundlichen Worten und einem offenen Lächeln willkommen hieß, wurde ihm warm ums Herz.

Der Amtsrichter nahm Katoen beim Arm und führte ihn in ein kleines Seitenzimmer, wo sie ungestört waren. Er füllte zwei Gläser mit Anislikör und bot seinem Gast eins an.

»Nun, Katoen, was habt Ihr bei Antonius Swildens erreicht?«

»Ich denke, er wird keine weiteren Artikel über den Tulpenmörder drucken«, antwortete Katoen und erzählte dem Amtsrichter, womit er Swildens gedroht hatte.

»Und Swildens war nicht zutiefst empört?«

»Doch, das war er, aber seine Angst vor dem Geißelkeller scheint größer zu sein als die Empörung.«

Van der Zyl klopfte Katoen auf die Schulter. »Gut gemacht, sehr gut! Einen solchen Warnschuß hat Swildens schon lange verdient. Hoffen wir, daß er mit seiner Nörgelei über den Magistrat in Zukunft zurückhaltender ist.« Er leerte sein Glas und stellte es zu der Likörkaraffe auf die Anrichte. »Habt Ihr auch herausgefunden, woher der Verfasser des Artikels all die Einzelheiten wußte?«

»Daher.« Katoen zog den Brief hervor, den er Swildens abgenommen hatte, gab ihn dem Amtsrichter und berichtete alles, was er darüber wußte. »Meine Büttel und ich haben sämtliche

Angestellte von Swildens und die Bewohner der umliegenden Häuser befragt, aber niemand will die Person gesehen haben, die den Brief unter Swildens' Haustür durchgeschoben hat.«

»Dann ist da entweder jemand sehr vorsichtig gewesen oder ...«

»Oder der Brief ist nie unter der Tür durchgeschoben worden«, ergänzte Katoen, als van der Zyl mitten im Satz verstummte, um sich noch einmal der Lektüre zu widmen. »Falls das der Fall ist, kann er auf andere Weise in das Haus gelangt sein, oder aber er ist dort entstanden. Solange wir keine weiteren Anhaltspunkte haben, werden wir diese Frage kaum klären können.«

Der Amtsrichter gab Katoen den Brief zurück. »Wer kann das nur geschrieben haben? Wer hat so intime Kenntnis von den Mordumständen?«

»Der Mörder selbst.«

Einen Augenblick lang starrte van der Zyl Katoen ungläubig an, dann aber nickte er. »Zweifellos verfügt der Mörder über dieses Wissen, aber warum gibt er es an die Öffentlichkeit weiter?«

»Aus demselben Grund, aus dem er die Blütenblätter bei den Leichen hinterläßt: Er will, daß seine Taten Aufmerksamkeit erregen. Als der Tod des Werftbesitzers trotz des Blütenblatts in seiner Hand kaum Beachtung fand, war der Mörder vermutlich enttäuscht und beschloß, bei seiner zweiten Untat durch diesen Brief für die erwünschte Aufmerksamkeit zu sorgen. Und er hat sein Ziel erreicht.«

»Das klingt zwar alles schlüssig, Katoen, aber es erklärt nicht, was den Mörder antreibt. Weshalb sucht er die Öffentlichkeit?«

»Wenn wir das wüßten, hätten wir ihn wohl schon. Oder umgekehrt: Vielleicht werden wir das erst wissen, wenn wir den Mörder haben.«

»Dann findet ihn, Katoen, findet ihn, und das schnell!«

Sie begaben sich in den großen Salon, wo Nicolaas van der Zyl seine Gäste mit einer Ansprache begrüßte. Er wies auf den traurigen Verlust hin, den die »Verehrer der Tulpe« durch die Morde an Jacob van Rosven und Balthasar de Koning erlitten hatten, und erklärte, daß er den Abend dem Gedenken an die beiden Verstorbenen widmen wolle. Er forderte seine Gäste auf, den Spendentopf, der auf einem kleinen runden Tisch stand, diesmal mit besonderer Freigebigkeit zu füllen, sollten die Einnahmen doch im Namen der Ermordeten der Amsterdamer Waisenkammer zur weiteren Verwendung übergeben werden.

Catrijn setzte sich an das Virginal, das unter einem goldgerahmten Wandspiegel stand, und jeder, der ein paar Münzen in den Spendentopf warf, durfte sich ein Lied wünschen. Catrijns Finger tanzten mit großer Leichtigkeit und Virtuosität über die Tasten, und Katoen sah ihr bewundernd zu. Mehr als einmal ertappte er sich dabei, daß er ihr schönes Gesicht mit den verführerischen roten Lippen in dem Spiegel betrachtete.

Dann aber beanspruchte der Amtsrichter seine Aufmerksamkeit, als er ihn der Reihe nach mit den »Verehrern der Tulpe« bekannt machte, insgesamt fast dreißig an der Zahl, durchweg Amsterdamer Bürger von Rang: Bankiers, Kaufleute, Ärzte. Aber keiner von ihnen schien etwas zu wissen, das Katoen bei seinen Nachforschungen hätte weiterhelfen können, und ebensowenig schien jemand die Tulpensorte zu kennen, zu der das schwarze Blütenblatt mit den roten Tropfen gehörte. Sooft er auch die Holzdose mit dem Blatt öffnete, jedesmal erntete er ein Kopfschütteln und mußte die Dose enttäuscht wieder schließen.

»Vielleicht solltet Ihr Euren Fund einmal dem alten Willem van Dorp zeigen. Angeblich gibt es keine Tulpe, die er nicht kennt.«

Der das sagte, war ein Mann fortgeschrittenen Alters; Katoen schätzte ihn auf mindestens siebzig. Er trug eine blütenweiße, altmodisch gearbeitete Halskrause, hatte ein eher schmales Gesicht, und sein schütteres, teils noch dunkles, teils bereits graues Haar war kurz geschnitten. Der üppige, aber akkurat gepflegte Bart dagegen war schon vollständig grau und am Kinn sogar weiß. Die zahlreichen Falten, die das Gesicht durchzogen, und die tiefen Ringe unter den Augen kündeten von einem ereignisreichen Leben, aber die großen, dunklen Augen wirkten kein bißchen müde. Im Gegenteil, hellwach musterten sie Katoen.

Der dachte, daß sein Gegenüber, der berühmte Kartenmacher und Verleger Joan Blaeu, im Alter seinem Vater, dem ebenso berühmten Kartenmacher und Verleger Willem Blaeu, immer ähnlicher wurde. Dessen Porträt hing im Rathaus, und es hätte genausogut ein Bildnis Joan Blaeus sein können. Nachdem Willem Blaeu vor mehr als dreißig Jahren gestorben war, führte der Sohn die Geschäfte und war dabei ebenso erfolgreich wie der Vater.

Der *Atlas Maior* den Joan Blaeu in mehreren Bänden veröffentlicht hatte und in dem auf penibel gearbeiteten Kupferstichtafeln die ganze bekannte Welt abgebildet war, hatte ihm großen Ruhm eingebracht. Joan Blaeu war, wie schon sein Vater, der offizielle Kartograph der Ostindischen Handelskompanie, und ohne seine Seekarten hätte wohl so manches Schiff sein fernes Ziel nie erreicht, wäre so mancher Handelsstützpunkt nie gegründet worden, hätte so manche Ladung exotischer Hölzer und Gewürze ihren Weg nach Amsterdam nicht gefunden. Die Kapitäne der großen, stolzen Ostindienfahrer wurden als Helden gefeiert, wenn sie ihr Schiff nach vielen Monaten auf See wohlbehalten und reich beladen zurück in die Heimat führten, aber ohne Männer wie Joan und Willem Blaeu, die still im Hintergrund wirkten, hätten sie ihre Erfolge nicht erringen können.

Joan Blaeu war einer der wichtigsten Bürger Amsterdams: der erste Kartograph, den man in den Magistrat berufen hatte. Seine weitreichenden Geschäftsbeziehungen hatten ihn über die Grenzen der Niederlande hinaus berühmt gemacht: In Wien hatte er eine Filiale eröffnet, und der König von Schweden hatte ihn zu seinem Drucker ernannt. Zu alledem war er offenbar auch ein »Verehrer der Tulpe«.

»Mijnheer Blaeu, es ist mir eine große Ehre«, sagte Katoen. »Ich wußte nicht, daß Ihr auch zu diesem erlauchten Kreis von Tulpenfreunden gehört.«

Blaeu lächelte. »Wer tagsüber hart arbeitet, hat sich für die Abende eine Beschäftigung verdient, die ihm ein wenig Freude und dem angestrengten Geist Abwechslung verschafft. Schon bei meinem Vater war das die Leidenschaft für die Tulpe, und ich habe diese Leidenschaft, wie es scheint, geerbt.«

Wieder dachte Katoen an Willem Blaeu, und ein seltsamer Zufall – wenn es denn einer war – kam ihm in den Sinn. »Starb Euer Vater nicht zur Zeit der großen Tulpenkrise?«

»In dem Jahr, das auf den Zusammenbruch des Tulpenmarktes folgte, im Oktober 1638. Aber da gibt es keinen Zusammenhang, falls Ihr darauf hinauswollt. Mein Vater war klug genug, die Tulpe als schönen Zeitvertreib zu betrachten, nicht aber als Geldanlage, wie so viele seiner Geschäftsfreunde es getan haben, einige zu ihrem großen Unglück.«

»Auch heute noch scheint die Tulpe so manchem Unglück zu bringen.« Katoen zog abermals die Holzdose hervor und öffnete sie. »Ihr wißt vermutlich, daß dieses Blütenblatt bei Euren ermordeten Freunden gefunden worden ist.«

»Ja. Ich habe heute das *Volksblatt* gelesen. Allerdings bin ich keineswegs der Meinung, daß die Behörden nichts zur Ergreifung des Mörders unternehmen. Vielmehr habe ich den Eindruck, daß Ihr hart an der Aufklärung des Falles arbeitet, Mijnheer Katoen.«

Nicolaas van der Zyl, der einen Teil ihres Gespräches mit angehört hatte, gesellte sich zu ihnen. »Darauf könnt Ihr Euch verlassen, lieber Joan. Jeremias Katoen ist mein bester Ermittler. Wenn jemand den Tulpenmörder, wie der Schmierer Swildens ihn genannt hat, fassen kann, dann er!«

»Das höre ich gern.« Mit diesen Worten nahm Blaeu das Tulpenblatt aus Katoens Dose und betrachtete es aus der Nähe. »Wirklich außergewöhnlich, solch ein Muster habe ich noch nie gesehen, weder in der Natur noch auf einer Abbildung. Eine wahrhaft seltene Sorte. Für eine Zwiebel davon würde ich schon ein paar Gulden springen lassen.«

»Das würde wohl so mancher von uns«, sagte der Amtsrichter. »Wobei ich Katoen recht geben muß, wenn er im Zusammenhang mit dieser besonderen Tulpe von Unglück spricht.«

»Wohl wahr«, seufzte Blaeu und gab Katoen das Blütenblatt zurück.

»Ihr habt vorhin einen Namen erwähnt, Mijnheer Blaeu«, hakte Katoen nach. »Torp oder so ähnlich.«

»Van Dorp, Willem van Dorp. Wenn einer in Amsterdam diese ungewöhnliche Tulpe kennt, dann er! Oder was meint Ihr, Freund Nicolaas?«

»In der Tat, der könnte uns helfen. Darauf hätte ich auch selbst kommen können!«

»Ist er nicht hier?« fragte Katoen. »Gehört er nicht zu den ›Verehrern der Tulpe‹?«

Zu seiner Verwunderung löste die Frage bei den beiden anderen große Belustigung aus.

»Verzeiht«, sagte der Kartograph schließlich und wischte sich mit einem weißen Tuch ein paar Lachtränen aus den Augenwinkeln. »Wir haben uns nicht über Euch lustig gemacht, Mijnheer Katoen, aber der alte van Dorp auf solch einem Fest, das ist wirklich eine erheiternde Vorstellung.«

»Inwiefern?«

»Er ist ein echter Einsiedler«, erklärte Blaeu. »Außer ein paar Dienstboten duldet er niemanden in seiner Nähe – nur seine Tulpen. Es heißt, der arme Irre spreche sogar zu den Blumen. Besuch empfängt er kaum, und so etwas wie Freunde kennt er nicht. Die könnten ihm seine wertvollen Tulpen, von denen er tatsächlich eine überaus ansehnliche Sammlung besitzt, stehlen. Deshalb lebt er auch außerhalb der Stadt, auf einem großen, streng bewachten Anwesen an der Straße nach Utrecht.«

»Dann muß er wohlhabend sein.«

»Das ist er«, sagte van der Zyl. »Er hat während des Tulpenfiebers nicht ein Vermögen verloren, sondern eins gewonnen. Deshalb steht er in der Gunst vieler, die damals weniger Glück hatten, nicht eben hoch.«

»Ich werde ihn morgen aufsuchen«, versprach Katoen.

»Tut das.« Van der Zyl nickte ihm aufmunternd zu. »Und jetzt bitte ich, mich zu entschuldigen. Ich muß einmal sehen, wo der Weinnachschub bleibt.«

Nachdem der Amtsrichter sich entfernt hatte, trat Blaeu dicht an Katoen heran und sagte mit gedämpfter Stimme: »Nicolaas ist sehr von Euch eingenommen, Mijnheer, das macht mir Mut.«

»Wozu braucht Ihr Mut?« fragte Katoen leicht verwirrt.

»Ich möchte Euch um Hilfe bitten, in einer schwierigen Angelegenheit, die unbedingt diskret behandelt werden muß. Unterderhand, versteht sich.«

»So unterderHand, daß nicht einmal der Amtsrichter von Amsterdam es wissen darf?«

Blaeu wirkte jetzt nicht mehr ganz so überlegen wie zu Beginn ihres Gesprächs. Ein paar Schweißtropfen glänzten auf seiner Stirn, und er fingerte an seiner Halskrause herum, als sei sie ihm plötzlich zu eng geworden. »Wie ich schon sagte, es handelt sich um eine schwierige Angelegenheit, die mir, sollte sie öffentlich bekanntwerden, geschäftlich großen Schaden zufügen könnte. Daher möche ich Euch um absolute Verschwiegenheit ersuchen.«

»Solange Ihr mich nicht um etwas Gesetzwidriges bittet, könnt Ihr Euch auf meine Diskretion verlassen, Mijnheer Blaeu. Aber worum handelt es sich?«

»Nicht hier, nicht jetzt.« Der Kartograph blickte sich beinahe gehetzt um. »Hier sind zu viele Menschen auf zu engem Raum, zu viele Ohren. Besucht mich doch morgen in meiner Werkstatt in der Gravenstraat, da können wir alles Weitere besprechen. Ach, noch etwas: Wenn Ihr mir helft, soll es Euer Schaden nicht sein.«

Mit diesen ebenso ominösen wie verheißungsvollen Worten verabschiedete Blaeu sich von Katoen, und kurz darauf verließ er das Fest. Ein wenig erschien es Katoen, als sei der Kartograph an diesem Abend nur seinetwegen zu van der Zyl gekommen.

Während er noch über Blaeus Ansinnen nachdachte, trat Catrijn, die ihr Virginalspiel soeben beendet hatte, auf ihn zu. Erneut bewunderte er ihre Schönheit, die durch das elegante blaue Samtkleid besonders zur Geltung kam. Die blonden Locken bildeten einen reizvollen Kontrast zu dem dunklen Stoff, und das dreieckige Dekolleté gewährte einen vielleicht etwas zu tiefen Einblick in ihre üppige Pracht. Kunstvoll drapierte Perlenketten krönten ihr Haupt, und um ihren weißen Hals lag eine goldene Kette mit einem Perlenanhänger, der zwischen den Wölbungen ihres Busens beinahe verschwand.

»Ihr habt mich enttäuscht, Mijnheer«, sagte sie mit gespielter Strenge und warf ihm einen betont vorwurfsvollen Blick zu.

Katoen schlug mit der flachen Hand gegen seine Brust. »Ich? Wodurch könnte ich Euer Mißfallen erregt haben?«

»Gar nichts habt Ihr getan, und eben das finde ich nicht schön. So gut wie jeder hier hat sich ein Lied von mir gewünscht, Ihr aber nicht!«

»Ich war zu beschäftigt, aber ich werde den Spendentopf natürlich trotzdem füttern.«

»Darum geht es mir nicht. Es ist eine Enttäuschung für mich, daß meine Musik Euch so wenig zu bedeuten scheint. Womöglich gefällt sie Euch nicht?«

Katoen fühlte sich unbehaglich. Es war eines jener Gespräche, wie nur Frauen sie zu führen vermochten, indem sie mit der Erwartungshaltung der Männer spielten. Die Schwester des Amtsrichters verfolgte, da war er sich sicher, ein bestimmtes Ziel, ging aber nicht geradewegs darauf los, sondern tänzelte geschickt um ihre eigentliche Absicht herum, verwirrte ihn und würde wohl dann auf das Wesentliche kommen, wenn er es am wenigsten vermutete.

»Ihr täuscht Euch, Euer Spiel hat mir ausnehmend gut gefallen.«

Catrijn drohte ihm mit erhobenem Zeigefinger. »Ihr wollt mich nur einwickeln. Immer, wenn ich in den Spiegel blickte, sah ich Euch ins Gespräch vertieft. Da hattet Ihr doch gar keine Gelegenheit, meiner Musik zu lauschen.«

»Und doch habe ich es mit großer Freude getan«, erwiderte er, beinahe ein wenig trotzig.

»Ach, wirklich? Dann könnt Ihr mir bestimmt sagen, wer das letzte Stück, das ich gespielt habe, komponiert hat!«

Als ihr Blick halb prüfend, halb herausfordernd auf ihm ruhte, spürte er ein Kribbeln im Nacken, wie er es von beginnenden Abenteuern her kannte. Vom ersten Wort an hatte Catrijn den Verlauf ihres Gesprächs bestimmt. Hatte sie ihn jetzt da, wo sie ihn haben wollte? Da es ihm unmöglich schien, hinter ihre Absichten zu kommen, richtete er seine Gedanken auf das Nächstliegende, auf ihre Frage, und lauschte den Klängen nach, die ihre geübten Finger wenige Minuten zuvor durch den großen Raum gesandt hatten.

»Sweelinck«, sagte er schließlich und hoffte, daß er überzeugter klang, als er war. »Das Stück stammt von Jan Pieterszoon Sweelinck.«

Noch immer ruhte Catrijns prüfender Blick auf ihm. »Seid Ihr Euch da sicher?«

»Ja«, log er, ohne zu zögern.

Catrijn klatschte entzückt in die Hände. »Ich bitte tausendmal um Vergebung für meinen Zweifel, Ihr habt ja doch zugehört! Einen derart vertrauenswürdigen Mann kann ich doch gewiß um Geleit fragen. Draußen wird es finster, und schwere Wolken verhängen den Himmel zusätzlich. Ich begebe mich nur ungern allein auf den Heimweg, gerade jetzt, da ganz Amsterdam sich vor dem Tulpenmörder fürchten muß. Wenn ich meinen Bruder so höre, könnte ich mich bei niemandem sicherer fühlen als bei Euch.«

Jetzt war also heraus, worauf Catrijn die ganze Zeit über abgezielt hatte. Erwartungsgemäß hatte sie einen kräftigen Haken geschlagen und war doch punktgenau ans Ziel gelangt. Vielleicht sollte man künftig nur noch Frauen als Ermittler einsetzen, schoß es Katoen durch den Kopf. Sie verstanden es gewiß vortrefflich, einen Verdächtigen auszuhorchen und gleichzeitig derart in Sicherheit zu wiegen, daß er von alldem nichts mitbekam.

Er unterdrückte ein Schmunzeln und erklärte, selbstverständlich werde er Catrijn gern nach Hause geleiten, und das war nicht einmal gelogen. Er würde auf dem Fest ihres Bruders nicht mehr in Erfahrung bringen, dessen war er gewiß. Warum sollte er da nicht für die reizende Catrijn den Kavalier geben?

Wegen des Wetters, dachte er, als sie am Damrak entlanggingen. Wie auf ein geheimes Kommando warfen die schweren

Wolken, die über dem schon fast nachtdunklen Amsterdam hingen, ihre nasse Fracht ab. Unablässig prasselte der Regen auf die Dächer, das Straßenpflaster und das Wasser im Damrak. Obwohl er rasch seinen Umhang über den Kopf zog, hatte er binnen Sekunden das Gefühl, durchnäßt zu sein. Catrijn, die ebenfalls ihren Umhang über den Kopf gelegt hatte, mußte es ähnlich gehen, und er fragte sie, ob sie lieber umkehren wolle zum Haus ihres Bruders.

»Nein, wozu? Naß sind wir ohnehin, da können wir unseren Weg auch fortsetzen.«

Also gingen sie weiter und machten sich bald nicht einmal mehr die Mühe, sich dicht bei den Häusern zu halten, was bei weniger starkem Regen ein wenig Schutz gewährt hätte. Ein heftiger Wind blies vom IJ landeinwärts, ließ die auf dem Damrak vertäuten Lastkähne tanzen und trieb den Regen in die kleinste Gasse, in den hintersten Winkel. Kaum jemand begegnete ihnen, nicht einmal eine Streife der Nachtwache. Die hatten sich wahrscheinlich samt und sonders in Amsterdams Kaschemmen geflüchtet. Eigentlich ideales Wetter für den Tulpenmörder, dachte Katoen.

War es der Gedanke an den Mörder, der ihn nervös werden ließ? Als sie die Brücke betraten, die sich über den Achterburgwal spannte, war ihm, als hätte er hinter sich einen Schatten bemerkt. Abrupt blieb er stehen und wirbelte um die eigene Achse, während seine rechte Hand den Dolchgriff an seiner Hüfte suchte.

Überrascht blieb auch Catrijn stehen. »Was habt Ihr denn, Mijnheer Katoen? Seid Ihr noch nicht naß genug, daß Ihr mitten auf der Brücke haltmacht?«

»Mir war, als hätte ich dort hinten bei den Häusern etwas gesehen.«

»Und was?«

»Einen Schatten, der uns verfolgt.«

»Die Nacht ist voller Schatten, aber wer sollte sich bei diesem Wetter die Mühe machen, uns zu folgen?«

Das war eine berechtigte Frage, fand Katoen um so mehr, je länger er durch den dichten Regenschleier starrte und zu erkennen versuchte, ob sich drüben bei den Häusern, die sie soeben passiert hatten, etwas bewegte. Er achtete besonders auf die Straßenlampen, deren Lichtkreise das schlechte Wetter zu milchigen hellen Flecken schrumpfen ließ. Trotzdem, wenn sich ein Verfolger hinter ihnen bewegte, mußte er unweigerlich in einen der Lichtflecke treten, und das würde Katoen sehen.

Aber es tat sich nichts. Vielleicht hatte der Verfolger – so es ihn gab – mitbekommen, daß er nicht unbemerkt geblieben war, und hielt deshalb still. Schon ein Hauseingang konnte in dieser Nacht einen Menschen verschlucken. Katoen widerstand der Versuchung, zurückzugehen und die Häuser Stück für Stück, Eingang für Eingang abzusuchen. Er war schon naß genug, und vermutlich bildete er sich bloß etwas ein.

Also drehte er sich wieder zu Catrijn um. »Meine Phantasie hat mir einen Streich gespielt, wie es aussieht. Gehen wir weiter!«

Catrijn lächelte schelmisch. »Das kommt davon, wenn man sich mit nichts anderem als der Jagd nach dem Tulpenmörder befaßt.«

Endlich erreichten sie Catrijns Haus, durchschritten eilig die Räumlichkeiten der zu ebener Erde liegenden Apotheke mit ihren vielfältigen, strengen Gerüchen und begaben sich über eine enge Treppe in das erste Obergeschoß, wo Catrijn ihn in einen behaglich eingerichteten Salon führte. Auch hier stand ein Virginal, und er stellte sich vor, wie sie abends hier saß und das Haus mit Musik erfüllte.

Es war eine angenehme Vorstellung, und er fragte sich, ob es nicht allmählich Zeit wurde, sein Junggesellendasein zu beenden. In der Jugend hatte es unbestreitbar seine Vorteile, frei und ungebunden zu sein, durch die Wirts- und Musikhäuser zu ziehen, bis der Morgen graute, und sein Leben nach niemandes Vorstellungen ausrichten zu müssen. Aber jetzt, da er bald seinen fünfunddreißigsten Geburtstag feiern würde, sehnte er sich immer öfter nach erleuchteten Zimmern, wenn er abends heimkam, nach einer Stimme, die ihn froh willkommen hieß, nach einer Umarmung und einem zärtlichen Kuß. Konnte Catrijn die Frau sein, die ihm das alles gab? Selbst jetzt, da sie tropfnaß vor ihm stand, fühlte er sich stark zu ihr hingezogen.

Und er selbst? Konnte er das bieten, was eine Frau wie Catrijn von einem Mann erwartete? Als Amtsinspektor hatte er eine gute Stellung inne, und von seinem Einkommen konnte er ohne Schwierigkeiten leben. Wollte er davon eine Familie ernähren, würde er sich einschränken oder etwas hinzuverdienen müssen. Oder auch nicht, denn Catrijns Apotheke schien gut zu gehen. Häßlich bin ich auch nicht, dachte er, als er sich in einem schmalen Spiegel sah, der neben der Salontür hing. Er war hoch gewachsen und schlank, hatte dunkelbraunes Haar, und sein Gesicht konnte trotz einer gewissen Härte im Ausdruck als gutaussehend bezeichnet werden. Er wußte, daß er beim schönen Geschlecht durchaus Anklang fand. Seit er sich im vergangenen Jahr den Bart hatte abnehmen lassen, den er lange um Mund und Kinn getragen hatte, wirkte er nach seiner Einschätzung sogar etwas jünger, als er war.

Hatte Catrijn seine Gedanken erraten? Ein unergründliches Lächeln lag plötzlich auf ihrem Gesicht, und rasch wandte er sich von dem Spiegel ab.

»Wartet hier, Mijnheer Katoen.« Sie verschwand kurz und kehrte mit einem kleinen Stapel Wolltücher zurück. »Bei dem Wetter schicke ich Euch nicht zurück auf die Straße, und so vollkommen durchnäßt könnt Ihr auch nicht bleiben, sonst holt Ihr Euch noch den Tod. Zieht Euch aus und reibt Euch trocken. Wenn ich selbst fertig bin, bringe ich Euch etwas

Trockenes zum Anziehen. Ich habe noch ein paar Sachen von meinem verstorbenen Mann, die müßten Euch eigentlich passen.«

Die Vorstellung, die nassen, an seinem Leib klebenden Kleider gegen trockene auszutauschen, war zu verlockend, als daß er hätte widersprechen mögen. Außerdem gefiel ihm die Aussicht, noch einige Zeit in Catrijns Nähe zu bleiben. Also zog er sich, nachdem sie den Salon verlassen hatte, aus, legte seine nassen Sachen über einen Stuhl, und rieb sich vom Kopf bis zu den Füßen mit den Wolltüchern ab.

Kaum war er fertig, bemerkte er, daß er nicht länger allein im Salon war. Catrijn war eingetreten und betrachtete unverhohlen seinen nackten Körper. Was ihn noch mehr verblüffte: Auch sie war vollkommen nackt, trug nichts außer der goldenen Kette, deren Perlenanhänger zufrieden zwischen ihren großen Brüsten ruhte. Ihr zuvor kunstvoll frisiertes Haar fiel jetzt offen über die runden Schultern, was sie um einige Jahre jünger aussehen ließ. Sie schien das Wohlgefallen in seinem Blick zu bemerken, und ein Lächeln huschte über ihre halb geöffneten Lippen.

Unvermittelt trat sie vor und streckte die Hand nach dem Stuhl aus, auf dem Katoens Sachen lagen. Mit einer schnellen Bewegung hatte sie seinen Dolch aus der Scheide gezogen und drückte ihm die Spitze gegen die Brust, genau an der Stelle, wo sein Herz saß. In ihren dunkelblauen Augen blitzte es auf.

»Hat der Tulpenmörder es so gemacht?« fragte sie. »War es diese Stelle, an der er zugestochen hat?«

»Ja«, antwortete Katoen verwirrt, und seine Stimme klang kratzig. »Wie kommt Ihr darauf?«

»Mein Bruder sagte etwas von einem Stich direkt ins Herz.« Sie legte ihre Linke neben der Dolchspitze auf seine Brust. »Euer Herz schlägt schnell, weil Ihr aufgeregt seid. Ist das so, wenn man einem Feind – seinem Mörder – gegenübersteht?«

»Ja, so ist das.«

Catrijn legte den Dolch zurück auf den Stuhl und lächelte breit. »Hier seid Ihr nicht in Gefahr. Ihr müßt nicht aufgeregt sein, jedenfalls nicht deswegen.«

Er streckte seine Arme aus und zog sie zu sich heran, drückte ihren warmen Leib gegen den seinen. »Ihr braucht keine Waffe, um das Herz eines Mannes schneller schlagen zu lassen, Catrijn!«

Ihre Lippen fanden sich zu einem langen Kuß, und dann küßte er ihre Wangen, ihre Schultern, ihre schweren Brüste, während seine Hände ihren leicht gewölbten Bauch streichelten. Seine Rechte glitt tiefer zu ihrem Schoß, der von einem hellen, gekräuselten Haarflaum bedeckt war. Dort ließ er seine Finger sanft kreisende Bewegungen vollführen. Catrijn begann vor Lust zu zittern, reckte ihren Unterleib nach vorn und rieb ihn an seiner Hand, wobei sie ihm Zärtlichkeiten ins Ohr flüsterte. Seine Finger fanden den Weg in ihren warmen, feuchten Schoß und liebkosten sie.

Ihr ganzer Körper erbebte so heftig, daß sie sich nicht länger aufrecht halten konnte. Beide sanken auf den weichen Teppich, und Catrijn sah ihn mit einer Mischung aus Dankbarkeit und Verlangen an. Als er sich über sie beugte, streckte sie sich rücklings aus und spreizte einladend die Schenkel.

Wie sie sich ihm so darbot, erfüllten ihn Verlangen und Glück. Die Vorstellung, sich mit dieser schönen Frau zu vereinigen, mußte jeden Mann mit Lust erfüllen, aber da war noch mehr: Er verspürte den Wunsch nach einem Leben an ihrer Seite, das auf einmal zum Greifen nahe schien.

Sanft drang er in Catrijn ein. In rhythmischen Stößen preßte er seinen Unterleib gegen ihren, langsam erst, dann schneller und heftiger, während sich ihre Münder erneut zu Küssen vereinigten, zu leidenschaftlichen, verlangenden, fast schmerzhaften Küssen. Katoen fühlte sich, als hätte er schon ewig auf Catrijn gewartet, und sie schien dieses Gefühl zu erwidern.

Beider Körper verschmolzen miteinander. Jeder spürte die Lust des anderen wie seine eigene, und so geschah es fast wie von selbst, daß sie beide gleichzeitig zum Höhepunkt kamen. Ein langgezogener Laut entrang sich Catrijns tiefster Kehle, halb Stöhnen und halb Schrei, halb Erfüllung und halb das Verlangen nach mehr.

Als sie schließlich voneinander abließen und nebeneinander auf dem Teppich lagen, waren sie beide schweißgebadet, als hätten sie sich nie abgetrocknet. Aber die Erschöpfung war eine außerordentlich wohlige. Katoen empfand eine Zufriedenheit wie schon lange nicht mehr, und stärker als je verspürte er den Wunsch, eine Frau an seiner Seite zu wissen – eine Frau wie Catrijn.

Die lachte plötzlich lauthals los.

»Was hast du?« fragte er perplex. »Lachst du mich an oder aus?«

»Beides. Mein Blick fiel gerade auf das Virginal.«

»Und?«

»Das letzte Stück, das ich bei meinem Bruder gespielt habe, war gar nicht von Sweelinck, sondern von Cornelis Schuyt. Du kennst dich in der Musik nicht besonders aus, oder?«

»Nein, nicht besonders«, gab er zu und stimmte in ihr Lachen ein. »Und ich hatte tatsächlich geglaubt, ich hätte richtig geraten!«

Sie lachten noch, als Katoen aus dem Augenwinkel ein Paar regennasser Stulpenstiefel sah, das plötzlich neben ihm auftauchte. Er verstummte, und sein Blick glitt an der Gestalt eines fremden Mannes hinauf bis zu dem finsteren Gesicht.

Das Gelächter und die Teppiche, die überall in Catrijns Wohnung lagen, mußten das Geräusch seiner Schritte verschluckt haben. Er war groß und kräftig, und seine geballten Hände zitterten.

»Unzucht, liederliche Unzucht!« kam es gepreßt über seine

bebenden Lippen, und ein harter Stiefeltritt traf Katoen in die rechte Seite.

Katoen ignorierte den brennenden Schmerz, packte, bevor der andere erneut zutreten konnte, dessen rechten Unterschenkel und drehte ihn mit aller Gewalt herum. Der Mann verlor das Gleichgewicht und stürzte auf einen Stuhl, der krachend unter ihm zusammenbrach.

Nackt, wie er war, warf Katoen sich auf den Fremden, aber der erholte sich schneller als erwartet. Ein Fausthieb traf Katoen ins Gesicht und blockte seinen Angriff ab. Benommen taumelte er zurück, bis er mit dem Rücken gegen eine Wand stieß.

Der Fremde griff nach einem Bein des zerbrochenen Stuhls, um damit auf Katoen einzuschlagen. Aber Catrijn, wie Katoen noch vollkommen nackt, hatte nach seinem Dolch gegriffen und drückte die Spitze gegen die linke Brustseite des Angreifers, wie sie es zuvor bei Katoen getan hatte. Das bremste seinen Eifer, und er verharrte mitten in der Bewegung.

»Jetzt ist Schluß, Pieter!« fuhr sie den Mann an. »Du weißt genau, daß du hier nichts zu suchen hast!«

»Wer ist das?« fragte Katoen, als er die Benommenheit abgeschüttelt hatte.

»Pieter Hartig, mit dem zusammen ich seit dem Tod meines Gemahls die Apotheke führe. Eigentlich verstehe ich mich auf den Beruf des Apothekers ebensogut, denn ich bin meinem Bernhard immer zur Hand gegangen. Aber die meisten Menschen haben größeres Vertrauen in die Arzneien, die ihnen ein Mann verabreicht.« Catrijn stieß einen Laut aus, der irgendwo zwischen Unwillen und Verachtung angesiedelt war. »Leider hat sich im Kopf dieses Mannes die Idee festgesetzt, er könne auch ansonsten die Stelle meines Gemahls einnehmen.«

Hartig knurrte wie ein in die Ecke gedrängtes Tier und hob die Hand mit dem Stuhlbein ein Stück höher.

Catrijn erhöhte den Druck mit dem Dolch. »Wenn du das Stuhlbein nicht sofort fallen läßt, Pieter, wird dein Herz wahrhaftig bluten!«

In ihrer Stimme und ihrem Blick lag eine unbedingte Entschlossenheit, die den Apotheker tatsächlich veranlaßte, sich von seiner Waffe zu trennen.

Ein kalter Schauder lief Katoen über den Rücken, als er Catrijn ansah und daran dachte, wie nahe die Schönheit und der Tod doch beieinanderlagen.

Kapitel 6

Der Tulpennarr

Mittwoch, 10. Mai 1671

Was für ein Narr war er doch!

Das sagte Jeremias Katoen sich wieder und wieder, während die graue Stute, die ihm die berittenen Wachen zur Verfügung gestellt hatten, in südlicher Richtung dahintrottete. Es war noch früh am Tag, und er hatte die Sonne noch nicht gesehen. Riesige graue Wolkenknäuel hingen über Amsterdam und dem Umland, und es regnete ununterbrochen, mal nur leicht, dann wieder stärker, als könnten die Wolken sich nicht entscheiden, ob sie ihre Wasserfracht nun abladen sollten oder nicht. Katoen hatte seinen Hut tief in die Stirn gezogen und einen schweren Umhang umgelegt, aber es war nicht das schlechte Wetter, das ihn mit sich hadern ließ. Seine Gedanken kreisten um die vergangene Nacht und seine Dummheit, sich mit der Schwester des Amtsrichters einzulassen.

Dummheit? Catrijn war eine schöne und anziehende Frau, und er hatte das Zusammensein mit ihr über die Maßen genossen. Das Auftauchen des eifersüchtigen Apothekers dagegen war weniger angenehm gewesen. Katoen konnte den Blick des Mannes nicht vergessen. Sehnsüchtig und enttäuscht zugleich hatte er Catrijn angesehen – zornig und haßerfüllt dagegen Katoen.

Hartig schien Catrijn mit jeder Faser seines Herzens zu begehren und erlitt das Schicksal, das so manchen Liebenden traf: Seine Gefühle wurden nicht erwidert.

Nachdem er das Stuhlbein fallen gelassen hatte, war er von Catrijn mit scharfen, geradezu erniedrigenden Worten zurechtgewiesen worden und hatte vor ihr gestanden wie ein gescholtenes Kind vor der zornigen Mutter. Hätte Katoen nicht noch schmerzhaft den Stiefeltritt im Leib und den Fausthieb im Gesicht verspürt, er hätte Mitleid mit ihm gehabt. Schließlich hatte Catrijn den Apotheker fortgeschickt, und er hatte den Salon wortlos und mit gesenktem Haupt verlassen. Wie Katoen von Catrijn erfahren hatte, lebte der Mann in einer kleinen Wohnung im Hinterhaus.

»Da hast du einen ebenso eifersüchtigen wie unberechenbaren Verehrer«, hatte Katoen zu ihr gesagt, während er sich mit einem Taschentuch das Blut von den Lippen wischte. »Sollte mich nicht wundern, wenn er vorhin der Verfolger an der Brücke war.«

Catrijn hatte ihm das Taschentuch aus der Hand genommen und sanft seine Lippen abgetupft. »Das wäre doch ein großer Zufall gewesen … Ich weiß auch gar nicht, was er um diese Zeit und bei dem Hundewetter draußen zu suchen hatte.«

»Eben darum glaube ich nicht an einen Zufall. Aber draußen gewesen ist er, das beweist seine nasse Kleidung.«

Sie hatte mitten in der Bewegung innegehalten und ihn erstaunt angesehen. »Aber das würde ja bedeuten, daß …«

»Daß er dir die ganze Zeit über vor dem Haus deines Bruders aufgelauert hat, ja. Anscheinend wollte er sich vergewissern, ob und in wessen Begleitung du nach Hause gehst.«

»Pieter soll all die Stunden vor Nicolaas' Haus gestanden haben?« Catrijn hatte den Kopf geschüttelt. »Das glaube ich nicht. Warum sollte er das tun?«

»Weil er bis über beide Ohren in dich verliebt ist, Catrijn.

Die Liebe vermag aus einem Mann alles zu machen, den tapfersten Helden oder den verrücktesten Narren.«

»Das klingt, als würdest du aus Erfahrung sprechen«, hatte sie mit fragendem Blick gesagt.

Er hatte sie vieldeutig angegrinst. »Ich habe schon so einiges erlebt.«

»Dann sollst du jetzt noch mehr erleben«, hatte sie erwidert und ihn auf den Mund geküßt, vorsichtig erst, dann leidenschaftlich. Dabei hatte sie sich an ihn gedrückt, und ihre verführerische Wärme und Nacktheit hätten ihn beinahe erneut mitgerissen.

Doch diesmal hatte er der Versuchung widerstanden und Catrijn sanft zurückgedrängt. Die Enttäuschung in ihrem Gesicht war ihm nicht verborgen geblieben. Aber es war besser so gewesen. Er hätte immerzu an Hartig denken müssen und daran, daß Catrijn keine Frau war wie jede andere.

Sie war die Schwester des mächtigen Amtsrichters der Stadt Amsterdam, des geachteten und einflußreichen Bürgers Nicolaas van der Zyl, jenes Mannes, dem Katoen zu Gehorsam verpflichtet war. Schon allein deshalb war es eine Narretei gewesen, sich mit ihr einzulassen, ganz unabhängig davon, ob es den eifersüchtigen Hartig oder gar noch andere Verehrer gab oder nicht. Eine Verbindung Katoens mit seiner Schwester würde van der Zyl wohl als nicht standesgemäß ansehen und kaum gutheißen. So groß Katoens Verlangen nach Catrijn auch war, an diesem Mittwochmorgen, als der kühle Regen ihm entgegenschlug und er wieder imstande war, klar zu denken, beschloß er, fortan die Finger von ihr zu lassen.

Er kam langsamer voran als erwartet. Der Regen hatte die von Wagenrädern und Hufen zerwühlte Straße nach Utrecht aufgeweicht und in eine einzige Schlammpfütze verwandelt. Wann immer es ging, hielt er sein Pferd ein Stück abseits der Straße, wo der Boden fester war. Kaum eine Menschenseele war unterwegs, was an der frühen Stunde, aber mehr noch am Wetter liegen mochte. Der erste, der ihm begegnete, seit er Amsterdam hinter sich gelassen hatte, war ein alter Bauer, der sich abmühte, einen schwerbeladenen Eselskarren voranzubringen. Vermutlich wollte er seine Waren in Amsterdam auf dem Markt verkaufen. Aber kaum hatte sich der Karren ein paar Klafter voranbewegt, blieb er auch schon wieder im Schlamm stecken.

»Guten Morgen, Mijnheer«, grüßte Katoen, nachdem er die Stute neben dem Karren gezügelt hatte.

Der Bauer starrte ihn mit verkniffenem Gesicht an und wischte sich Schweiß oder Regen von den Augen, vielleicht beides. »Was soll an diesem Morgen gut sein?«

Katoen grinste. »Die Aussicht auf ein Ende des Unwetters.«

»Na, vielleicht habt Ihr recht«, brummte der Bauer. »Freuen wir uns also auf das Gute, solange das Schlechte uns heimsucht.«

»Ihr tut recht, so zu denken, mein Freund. Nicht mehr lange, und Ihr seht die Mauern von Amsterdam.«

»Dem Herrn sei's gedankt. Und Ihr, Mijnheer, habt Ihr noch einen weiten Weg vor Euch?«

»Das will ich nicht hoffen. Ich suche das Anwesen von Willem van Dorp. Kennt Ihr den Weg?«

Kaum hatte er den Namen des Tulpenzüchters ausgesprochen, verfinsterten sich die Züge des Bauern auch schon wieder. »Zu dem Tulpennarren wollt Ihr? Das ist ein rechter Einsiedler, dem scheint niemand willkommen zu sein. Was wollt Ihr denn von dem?«

»Geschäfte. Ihr wißt also, wo ich ihn finde?«

»An der Roten Mühle müßt ihr nach links abbiegen. Aber gebt acht, der Weg ist schmal und leicht zu übersehen, besonders bei diesem Wetter. Wenn Ihr ihm folgt, seid Ihr auch schon so gut wie da.«

Katoen kannte die Rote Mühle, die direkt an der Straße stand. Früher einmal, als die Windmühle von leuchtend roter Farbe gewesen war, hatte sie ihren Namen zu Recht getragen. Jetzt war sie schon seit Jahren außer Betrieb, nur mehr eine Ruine, und von der roten Farbe war so gut wie nichts mehr zu erkennen, aber die Bezeichnung »Rote Mühle« hatte sich gehalten.

Katoen fand die schmale Abzweigung, die der Bauer erwähnt hatte, und keine zehn Minuten später endete der Weg vor einer hohen Mauer, die ein Anwesen von beträchtlicher Größe umschloß.

Er stieg ab und fand das Eingangstor aus schweren Holzbohlen fest verschlossen. An einer Seite hing eine Klingelschnur, an der er etliche Male zog, bis er nach drei oder vier Minuten endlich etwas hörte: Hundegebell. Kurz darauf wurde das Tor einen schmalen Spalt geöffnet, und erneut erscholl lautes Gebell.

Was Katoen durch den Spalt erblickte, war alles andere als vertrauenerweckend. Der unermüdlich kläffende Hund auf der anderen Seite des Tores entpuppte sich als eine große, struppige Bestie, deren Rasse beim besten Willen nicht zu erkennen war. Wahrscheinlich kamen bei diesem Tier die boshaftesten und gefährlichsten Einflüsse so gut wie aller boshaften und gefährlichen Hunderassen zum Tragen. Über den Mann, der das Tier an der Leine hielt, hätte sich vermutlich Ähnliches sagen lassen. Er war von überaus kräftiger Statur, und eine breite Narbe lief quer über sein Gesicht, von der rechten Schläfe bis unter den linken Mundwinkel. Anstelle der Nase hatte er nur ein knorpeliges Gebilde, die Lippen waren zerteilt wie von einem Messer zerschnitten. Bei Nacht in einer unbelebten Gasse hätte er so manchem arglosen Passanten einen Heidenschrecken eingejagt.

»Was wollt Ihr?« stieß der Mann mit einem seltsamen Akzent hervor, und Speichel rann über sein Kinn. Er hatte kaum noch Zähne im Mund, und die wenigen verbliebenen Stummel waren schwarz wie die Nacht.

»Ich möchte zu Willem van Dorp.«

»Mein Herr empfängt keine Besucher.«

Nach dieser knappen Mitteilung wollte der Mann mit dem Narbengesicht das Tor auch schon wieder schließen, doch Katoens strenger Blick hielt ihn davon ab.

»Mich wird er empfangen müssen«, sagte er in ebenso brüskem Ton, wie sein Gegenüber ihn angeschlagen hatte. »Der Amtsrichter von Amsterdam schickt mich. Und wenn Ihr mich nicht sofort einlaßt, macht Ihr Euch der Behinderung der Justiz schuldig!«

In dem verunstalteten Gesicht begann es zu arbeiten, was sich in einem heftigen Zucken der Mund- und Augenwinkel zeigte. Katoen wollte die Sache beschleunigen, indem er das Tor aufdrückte, aber das war ein Fehler. Der Hund bellte wie verrückt und zerrte so wild an der Leine, daß selbst der kräftige Mann ihn kaum halten konnte. Von dem Gebell erschreckt, scheute Katoens sonst so gutmütige Stute und wollte ausbrechen. Er mußte seine ganze Kraft aufbieten, um sie zu bändigen, und um ein Haar wäre er dabei aus dem Sattel geglitten und im Dreck gelandet.

»Haltet den Köter bloß fest!« fuhr er das Narbengesicht an, sobald er das Pferd wieder unter Kontrolle hatte. »Und führt mich endlich zu Eurem Herrn!«

Widerwillig trat der Mann beiseite, so daß Katoen mitsamt der Stute das Tor passieren konnte. Der Hund hatte sich vom lauten Bellen auf ein leiseres, aber nicht minder gefährlich klingendes Knurren verlegt, und das Pferd tänzelte nervös hin und her.

Sorgsam schloß der Diener das Tor wieder und legte einen schweren Riegel davor. »Bindet Euer Pferd besser hier an, bevor ich Euch zu meinem Herrn führe.« Er sabberte so stark beim Sprechen, daß er sich zweimal mit dem Ärmel über Mund und Kinn wischen mußte.

Katoen band sein Tier an den Torriegel und folgte dem Mann auf einem schnurgeraden Pfad, der zwischen scheinbar endlosen Blumenbeeten hindurch zu einem großen Haus führte. Verwundert sah er sich um und dachte über die Mauer nach, die das große Grundstück umgab.

Etwas stimmte hier nicht, von innen wirkte das Anwesen viel größer als von draußen. Scheinbar endlose Reihen von Beeten mit Tulpen unterschiedlichster Färbung und Zeichnung umgaben das Haus. Weitaus mehr Beete, als eigentlich auf das Grundstück gepaßt hätten!

Er blieb stehen, um mit dem Blick den Verlauf der Umfassungsmauer zu verfolgen. Dabei kam er an einen Punkt, an dem die Mauer abrupt endete und nahtlos in ein Beet mit gelbroten Tulpen überging. Wie konnte das sein? Eben noch hatte er sich die Mauer von außen angeschaut und an dieser Stelle keine Öffnung erkennen können. Warum sollte Willem van Dorp auch die eigene Mauer durchbrechen, die doch offenbar dem Schutz seiner Tulpenzucht diente?

Doch dann entdeckte er, daß die Mauer ab der Bruchstelle einfach nur um sechzig oder mehr Klafter nach hinten versetzt war. Dennoch ergab das Ganze keinen Sinn, hatte die Mauer an dieser Seite von außen doch durchgehend gerade ausgesehen.

Katoen war kurz davor, an seinem Verstand zu zweifeln. Er schloß für einen Moment die Augen und sah sich, als er sie wieder öffnete, einem verknöcherten kleinen Mann gegenüber, der so schmutzig war, daß es dem teuren Samt, aus dem sein Wams gefertigt war, hohnzusprechen schien. Er trug einen Hut, dessen einst wohl steife Krempe schlapp herunterhing, so daß das Regenwasser ungehindert auf die schmalen, leicht vorgebeugten Schultern des Mannes tropfen konnte. Die zahlreichen Runzeln in dem länglichen Gesicht und der graue Kinnbart ließen Katoen schlußfolgern, daß sein Gegenüber die Sechzig, vielleicht auch die Siebzig überschritten hatte. Die kleinen, tiefliegenden Augen blickten ihn jedoch hellwach und mit deutlich erkennbarem Mißtrauen an.

»Wer seid Ihr? Was wollt Ihr? Warum hat Ebbo Euch eingelassen?« fragte der Alte mit knarziger Stimme.

»Ebbo?« fragte Katoen gedehnt. »Was für ein seltsamer Name. Heißt so der Mann oder der Hund?«

»Der Mann natürlich«, schnarrte der Alte, und seine Ungehaltenheit nahm spürbar zu.

»Dann heißt er so seltsam, wie er spricht.«

»Ebbo kommt aus dem Brandenburgischen, daher sein Akzent.«

»Und die feuchte Aussprache?«

»Er hatte als Soldat bei der Ostindischen Kompanie unterschrieben, und irgendein Wilder hätte ihm beinahe mit der Kriegsaxt den Schädel gespalten. Es hieß, Ebbo habe daraufhin seinem Gegner bei lebendigem Leib den Kopf abgerissen. Mit ihm ist nicht zu spaßen.« Der Alte grinste, so als sei es ihm durchaus recht, wenn sein Besucher das als Drohung auffaßte. »Ich frage Euch noch einmal, wer Ihr seid und was Ihr hier wollt!«

Katoen nannte seinen Namen und fügte hinzu: »Nicolaas van der Zyl, der Amtsrichter von Amsterdam, schickt mich zu Euch.«

Schlagartig hellte sich die verkniffene Miene des Alten auf. »Der Amtsrichter, wirklich? Aber warum sagt Ihr das nicht gleich, Mijnheer Katoen? Es freut mich, daß Ihr endlich den Weg zu mir gefunden habt. Ich bin Willem van Dorp. Kommt doch mit mir ins Haus, Ihr werdet ja ganz naß.«

»Das bin ich längst.«

»Jaja, Ihr seid sogar stehengeblieben, um meine Tulpen zu

bewundern. Ihr habt eben ein Auge für das Schöne, selbst bei schlechtem Wetter.«

»Offen gestanden galt meine Aufmerksamkeit mehr Eurer Umfassungsmauer. Da scheint mir etwas nicht zu stimmen. Dort, wo sie plötzlich so weit nach hinten versetzt ist. Seht Ihr, was ich meine? Entweder meine Augen trügen mich oder mein Verstand.«

»Weder noch.« Van Dorp stieß einen seltsamen Laut aus, der entfernt an das Gackern eines Huhns erinnerte und wohl seine Art zu lachen war. »Und wenn Ihr Euch doch für eins von beiden entscheiden müßt, so traut Eurem Verstand. Kommt einmal hierher, dann versteht Ihr es!«

Er ging ein paar Schritte auf einem schmalen Pfad, sichtlich darauf bedacht, die Tulpen in den Beeten links und rechts nicht mit seinen erdverkrusteten Stiefeln zu berühren. Katoen folgte ihm, ebenso vorsichtig, was van Dorp nicht davon abhielt, ihn wiederholt zur Achtsamkeit zu ermahnen. Rechts von blau-roten Tulpen flankiert und links von solchen, deren Blütenblätter fast golden schimmerten, stand Katoen schließlich hinter dem Tulpenzüchter und folgte mit dem Blick dessen ausgestrecktem Arm.

»Jetzt müßtet Ihr die Spiegel, denen wir die Illusion verdanken, erkennen können«, sagte van Dorp.

Und so war es. Katoen sah hölzerne Gestelle, an denen große Spiegel befestigt waren. Überall auf dem Anwesen mußten sie stehen, und ein Spiegel warf sein Bild in den nächsten. So entstand der Eindruck einer viel größeren Fläche. Das mußte ein kleines Vermögen gekostet haben.

»Wozu ist das gut?« fragte Katoen. »Wachsen Eure Tulpen so besser?«

»Das leider nicht. Aber ich sehe mehr Tulpen.«

»Noch mehr, als Ihr ohnehin schon besitzt?«

»Ganz recht.«

»Aber Ihr habt unzählige Beete. Warum wollt Ihr Euch einbilden, noch mehr zu besitzen?«

»Es geht nicht um den Besitz, sondern um den Anblick. Tulpen sind für mich das Schönste, das Befriedigendste auf dieser Welt! Ihre Schönheit übertrifft die jeder Frau und ihre Treue, wenn man sie gut behandelt, die eines jeden Menschen. Zudem ist man nicht, wie bei den Frauen, an eine gebunden, sondern kann viele Arten von Schönheit und Pracht genießen und immer wieder neue entdecken.«

»Solange man nicht verheiratet ist, steht einem das auch bei den Frauen frei.«

Van Dorps Miene war unzweifelhaft zu entnehmen, daß er an Katoens Bemerkung ganz und gar nichts Komisches fand. »Ihr scheint von der Tulpenzucht nicht viel zu verstehen, Mijnheer. Die Schönheit, die sich auf den Beeten rings um uns her entfaltet, ist mit vielen Jahren harter, hingebungsvoller Arbeit erkauft. Wißt Ihr, wie lange es dauert, bis aus dem Samen der Tulpe eine blühende Pflanze wird? Nein? Dann sage ich es Euch: sechs volle Jahre, zuweilen auch sieben. Und während dieser ganzen Zeit ist ungewiß, welche Farbe und welches Muster die Tulpe letztlich haben wird. Für einen leidenschaftlichen Züchter kann es ein Schicksalsschlag sein, wenn nach so langer Zeit nur eine mittelmäßige Tulpe wächst!«

Katoen kratzte alles zusammen, was er jemals über die Tulpenzucht gehört hatte, und erwiderte: »Aber Ihr seid doch gar nicht darauf angewiesen, jede einzelne Tulpenzwiebel aus einem Samen zu ziehen. Ist es nicht vielmehr so, daß eine Tulpe, hat sie erst einmal geblüht, an ihrer Zwiebel Auswüchse bildet, die man Brutzwiebeln nennt und aus denen man in viel kürzerer Zeit neue Tulpen ziehen kann?«

»Oho, jetzt werft Ihr Euch aber in die Brust. Gleich werdet Ihr mir auch noch erklären, daß bei der Tulpenzucht mittels der Brutzwiebel nicht nur der Zeitraum kürzer, sondern auch die Wahrscheinlichkeit größer ist, daß die neue Tulpe ihrer Mutter ähnelt, wie?«

»Ist es denn so?« fragte Katoen unsicher.

»Ja, es ist so, und trotzdem ist das kein Wundermittel für uns Züchter. Mehr als zwei oder allenfalls drei Tulpenzwiebeln könnt Ihr im Jahr nämlich kaum von einer Mutterzwiebel ernten, und schon nach wenigen Jahren ist die Mutterzwiebel mit ihren Kräften am Ende und stirbt ab. Nein, nein, wie Ihr es auch dreht und wendet, mein Geschäft ist ein sehr mühevolles. Damit ich die Früchte meiner Arbeit besser genießen kann, habe ich dieses Spiegelsystem ersonnen, das aus einem Teich von Tulpen ein ganzes Meer werden läßt.«

»Ihr seid ein ebenso leidenschaftlicher wie erfinderischer Mann, Mijnheer van Dorp.«

Der Tulpenzüchter bedankte sich für das Kompliment und lud Katoen ein, ihm in sein Haus zu folgen. Ebbo und der Hund blieben ungeachtet des Regens draußen zurück, um, wie Katoen annahm, das Anwesen zu bewachen. Im Haus nahm eine ältliche Dienstmagd, die auf den Namen Male hörte, Katoen Hut und Umhang ab und brachte ihm ein großes Wolltuch, damit er sich ein wenig abtrocknen konnte. Auch der Hausherr erhielt solch ein Tuch. Ihre verschmutzten Stiefel tauschten sie gegen schwere, warme Pantoffeln. Nur ein Paar stand bereit, und Male benötigte einige Zeit, um ein zweites zu bringen. Daraus ersah Katoen, daß van Dorp tatsächlich nur selten Besuch empfing.

Van Dorp führte ihn in einen Salon mit großen Fenstern, von denen aus man einen herrlichen Blick auf die Tulpenbeete hatte. Das Spiegelsystem tat seine Wirkung, und von hier aus schien es tatsächlich, als sei das Haus eine kleine Insel in einem Tulpenmeer.

An den Wänden hingen Ölbilder, die Tulpen mit seltener Zeichnung zeigten. Da Katoen solche Tulpen noch nie mit eigenen Augen gesehen hatte, nahm er an, daß es sich um wertvolle Exemplare handelte. Ein Bücherschrank, der nahezu ausschließlich Bücher über Tulpen enthielt, nahm beinahe eine gesamte Wand in Anspruch.

»Ich habe nicht gewußt, daß es so viele Bücher über Tulpen gibt«, murmelte Katoen, während Male die von ihrem Herrn bestellte heiße Schokolade servierte.

»Schwer zu sagen, ob es mehr Tulpensorten oder Bücher über dieselben gibt. Wenn Wissenschaft sich mit Leidenschaft mischt, ist dies stets eine äußerst fruchtbare Beziehung.« Genießerisch nahm van Dorp einen kleinen Schluck von seiner Schokolade. »Die Tulpen da draußen sind natürlich das Eigentliche, die Bücher hier gäbe es ohne sie nicht. Und doch sind sie sicherer, beständiger. Die Tulpen verblühen, wenn sie nicht sogar vorher von heimtückischen Dieben gestohlen oder von verblendeten Irren getötet werden!« Es hörte sich an, als sei das Leben einer Tulpe für ihn mindestens so wertvoll wie das eines Menschen. »Leider kommt das immer wieder vor, und ich kann meine Pflanzen nur durch aufmerksame Wächter und eine ausgeklügelte Warnanlage beschützen. Aber jetzt seid Ihr ja da, Mijnheer Katoen, um die Übergriffe auf mein Eigentum im Namen der Obrigkeit zu unterbinden. Ich habe schon nicht mehr geglaubt, daß meine Briefe an den Amsterdamer Magistrat etwas bewirken würden.«

Auch Katoen trank von der heißen, süßen Schokolade, die in seinem Mund eine Vielfalt exotischer Aromen entfaltete und in seinem Magen eine wohltuende Wärme verbreitete, während er darüber nachdachte, wie er seinem Gastgeber die bittere Wahrheit am schonendsten beibringen konnte. Doch es gab keinen Königsweg. Unweigerlich würde er sich den Zorn des eigenbrötlerischen Mannes zuziehen, um dessen Hilfe er doch eigentlich bitten wollte.

Und genauso kam es: Sobald Katoen den Irrtum des Tulpenzüchters aufgeklärt hatte – auf die behutsamste Art, die ihm zu Gebote stand –, schien dieser drauf und dran, vor Wut seine Tasse aus kostbarem chinesischen Porzellan umzustoßen. »Ihr … Ihr wollt mir gar nicht helfen? Alle sind gegen mich, wieder einmal, selbst die feinen Herren im Amsterdamer Magistrat! Aber weshalb seid Ihr dann hier?«

Katoen versicherte van Dorp, daß er sich jederzeit an ihn und auch an den Magistrat wenden könne, wenn er Sorgen habe, und fuhr fort: »Für heute allerdings bin ich es, der Euch um Hilfe bittet. Überall in Amsterdam rühmt man Euch als den größten Tulpenkenner weit und breit, und daher hoffe ich, von Euch zu erfahren, um was für eine Tulpe es sich hierbei handelt.«

Zunächst blickte van Dorp skeptisch auf den Inhalt der kleinen Holzdose hinab, doch rasch gewann der Tulpenliebhaber in ihm die Oberhand. Mit spitzen Fingern hielt er das schwarzrote Blütenblatt ins Licht und betrachtete es eingehend.

»Das ist ungewöhnlich, sehr ungewöhnlich«, sagte er schließlich und schaute Katoen an. »Eine schwarze Tulpe habe ich bisher nicht für möglich gehalten! Und dann dieses eigenartige Muster, auch da kenne ich nichts Vergleichbares. Woher habt Ihr dieses Blatt?«

Katoen erklärte es ihm und fügte hinzu: »Noch ist es ein völliges Rätsel, warum der Mörder bei jedem seiner Opfer solch ein Blatt hinterlassen hat. Wenn Ihr mir sagen könntet, von welcher Tulpe es stammt, würde mir das vielleicht weiterhelfen.«

»Dieses Blatt«, sagte van Dorp gedehnt, während er es unverwandt ansah, »stammt von einer sehr, sehr seltenen Tulpe.«

»Und von welcher?« fragte Katoen ungeduldig.

Van Dorp legte das Blatt zurück in die Holzdose und wandte sich seinem Besucher zu. »Das weiß ich nicht, ich habe solch eine Tulpe noch nie gesehen. Gerade das beweist aber, daß es sich um eine äußerst seltene Sorte handeln muß.«

Enttäuscht sah Katoen auf das Blatt und dann wieder hoffnungsvoll zu dem Tulpenzüchter. »Vielleicht fällt Euch doch noch etwas ein, wenn Ihr eine Weile überlegt. Ihr besitzt so viele Bücher über Tulpen, möglicherweise findet Ihr in einem davon eine Abbildung, die zu diesem Blatt paßt.«

Van Dorps rechter Zeigefinger wies auf das schwarze Blatt mit den blutroten Tropfen. »Diese Tulpe ist in keinem meiner Bücher abgebildet. Ich muß nicht nachschauen, um Euch das mit Sicherheit zu sagen. Ich kenne jede einzelne Abbildung und Beschreibung in den Büchern meiner Sammlung, und Ihr könnt getrost davon ausgehen, daß kaum jemand eine so große Sammlung an Tulpenbüchern sein eigen nennt wie ich.«

Katoen blieb nichts anderes übrig, als die Dose wieder zu verschließen und einzustecken. Er war noch nicht ganz damit fertig, als draußen Geschrei und Gebell erscholl, begleitet von dem schrillen Bimmeln einer Glocke.

»Alarm!« Van Dorp stemmte sich aus seinem Sessel. »Jemand hat den Alarm ausgelöst! Es ist die Glocke nach hinten raus!«

Ungeachtet seines Alters lief er so schnell zum Hinterausgang, daß Katoen Mühe hatte, ihm zu folgen.

Kapitel 7

Die Bluttulpe

Als Katoen hinter van Dorp ins Freie trat, staunte er erneut über die Vielzahl verschiedenfarbiger Tulpenfelder, die einander nach einem bestimmten Muster abzuwechseln schienen. Auch hier sorgte van Dorps Spiegelsystem für die Illusion eines wahren Tulpenmeeres. Katoen zwang sich, seinen Blick auf die nähere Umgebung zu richten, und sah ein Gemenge aus mehreren Menschen und dem großen, struppigen Hund, dessen Bekanntschaft er bereits gemacht hatte. Ebbo hielt ihn zwar an der Leine, konnte ihn aber kaum von zwei anderen Personen zurückhalten, die Katoen nicht kannte: einem kleinen, schmalen Mann ungefähr in van Dorps Alter und einer hochgewachsenen, dunkelhaarigen Frau, die er auf Anfang Dreißig schätzte. Der Mann lag mitten in einem Beet blau-gelber Tulpen und versuchte, sich mit Hilfe der Frau aufzurichten. Doch kaum wollte er auf die Beine kommen, tat der abwechselnd bellende und knurrende Hund einen Satz nach vorn und brachte ihn erneut zu Fall.

Van Dorp blieb kurz vor dem Tulpenbeet stehen und schrie: »Swalmius! Das ist dieser verdammte Swalmius! Wenn er sich weiter so in dem Beet herumwälzt, zerstört er noch meinen ganzen Bestand an ›Königin Kleopatra‹!«

»Königin Kleopatra« war offenbar der Name, den van Dorp seiner blau-gelben Tulpensorte gegeben hatte, getreu dem alten Züchterbrauch, die Blumen mit möglichst hochtrabend klingenden Namen zu versehen. Jahre zuvor hatte Katoen einmal im Wirtshaus ein Gespräch zwischen zwei Tulpenzüchtern mit angehört, in dem es von Admiralen, Generalen, Königinnen und selbst Kaisern unter den Tulpen nur so gewimmelt hatte.

»Wenn Ihr Eure Tulpen schützen wollt, pfeift Euren Hund zurück!« riet er dem aufgebrachten van Dorp, dachte dabei aber eher an Leib und Leben der beiden Fremden. »Durch das Hin und Her mit dem rasenden Köter gehen die meisten Pflanzen kaputt.«

»Ihr habt recht«, sagte der Tulpenzüchter und wies Ebbo an, den Hund wegzubringen.

Als Ebbo sich mit dem widerstrebenden Tier entfernte, konnte sich der Mann namens Swalmius endlich aufrappeln. Er war von Kopf bis Fuß mit Erde und Pflanzenteilen bedeckt. Der Name Swalmius kam Katoen bekannt vor, aber er konnte ihn nicht einordnen.

»Hast du dir etwas getan, Vater?« fragte die Frau, die selbst etwas mitgenommen wirkte. »Bist du verletzt?«

Der Alte klopfte sich wacker den Schmutz von den dunklen, alles andere als taufrischen Kleidern. »Es geht schon, Anna, es geht schon. Warum bist du mir bloß gefolgt? Ich allein hätte viel weniger Aufsehen erregt!«

»Glaubst du etwa, der Hund hätte dich allein nicht aufgespürt?« fragte die Frau ungläubig.

»Er ist nicht nur von dem Hund entdeckt worden, sondern hat auch eine Warnglocke ausgelöst«, erläuterte van Dorp mit sichtlicher Befriedigung. »Ich bin gegen Diebe und Halunken bestens gewappnet, auch gegen einen unverbesserlichen Tulpenhasser wie Euch, Sybrandt Swalmius. Merkt Euch das ein für allemal! Und glaubt nicht, Euer Eindringen hier würde ohne Nachspiel bleiben. Neben mir steht ein Amtsinspektor, und der wird Eure Tat zur Anzeige bringen!«

Jetzt erst bemerkte Katoen das feine Gespinst von Drähten, das die Tulpenbeete durchzog und, wenn es unachtsam berührt wurde, die Warnglocke hinter dem Haus in Gang setzte. Vermutlich gab es vor dem Haus und an den Seiten entsprechende Vorrichtungen.

Die Frau, deren Kleidung ebenso schlicht und abgetragen war wie die ihres Vaters, wandte sich an den Tulpenzüchter. »Seht doch bitte von einer Anzeige ab, Mijnheer van Dorp! Ihr wißt, daß mein Vater zuweilen ganz von Sinnen ist, wenn es um die Tulpen geht. Er hat heute im *Volksblatt* von den Tulpenmorden gelesen, und danach war er nicht mehr zu halten. Sein ganzer Haß auf die Tulpen ist wieder ausgebrochen. Bitte, habt Verständnis!«

Angewidert verzog van Dorp das Gesicht. »Haß auf Tulpen? Wie sollte ich dafür Verständnis haben? Seht Euch doch das Beet an, völlig zertrampelt! Ersetzt Euer Vater mir etwa den Schaden? Er ist doch arm wie eine Kirchenmaus. Nein, nein, ich bestehe darauf, daß der Amtsinspektor sich der Sache annimmt!« Bei den letzten Worten bedachte er Katoen mit einem auffordernden Blick.

»Das werde ich«, sagte Katoen und wandte sich an die beiden Eindringlinge. »Ihr kommt aus Amsterdam, nehme ich an?« Als die Frau nickte, fuhr er mit aufgesetzter Strenge fort: »Dann werde ich Euch dahin zurückbringen, bevor Ihr hier weiteres Unheil anrichten könnt.«

»Mein Vater ist vollkommen erschöpft«, erwiderte Anna Swalmius. »Er kann jetzt unmöglich nach Amsterdam zurückgehen.«

»Ich habe ein Pferd, darauf kann er reiten. Und Ihr ebenso.«

So kam es, daß Vater und Tochter Swalmius kurz darauf auf

der grauen Stute saßen, während Katoen das Tier am Zügel zurück nach Amsterdam führte und meinte, bei jedem Schritt tiefer im Schlamm zu versinken.

Der Marsch nach Amsterdam verlief schweigend. Erst als die Mauern der Stadt in Sichtweite kamen, hörte Katoen von hinten die angenehme Stimme der Frau: »Könnt Ihr nicht von einer Anzeige absehen, Herr Amtsinspektor? Mein Vater ist wirklich ein armer Mann, van Dorp dagegen schwimmt geradezu im Geld. Gewiß, ihm ist etwas Schaden in einem seiner Tulpenbeete entstanden, aber wirtschaftlich fällt das für ihn nicht ins Gewicht.«

Katoen blieb stehen und wandte sich zu den beiden um. »Ich glaube eher, er trauert um jede einzelne Pflanze, die bei Eurem Abenteuer abgeknickt oder zertrampelt wurde. Getötet, würde er wohl sagen.«

»Ja, das tut er sicher«, seufzte Anna. »Er liebt die Tulpen mit ebensolcher Inbrunst, wie mein Vater sie haßt. Leidenschaft ist ein heißes Feuer, gleich, ob das Gute oder das Schlechte in ihr brennt.«

»Wer ist für Euch der Gute und wer der Schlechte?«

Ohne zu zögern, antwortete Anna, die hinter ihrem Vater auf dem Pferd saß und ihn umschlungen hielt, wie um ihn zu beschützen: »Meine Meinung ist in dieser Frage nicht maßgeblich. Jeder der beiden ist aus seiner Sicht der Gute und hält den jeweils anderen mit einiger Berechtigung für den Bösen. Willem van Dorp hat sein Vermögen mit dem Kauf und Verkauf von Tulpenzwiebeln gemacht, kurz bevor der unselige Handel in sich zusammenbrach. Da nimmt es nicht wunder, daß er die Tulpen über alles liebt. Mein Vater dagegen hat durch das plötzliche Ende der Tulpenspekulation sein gesamtes Vermögen und damit sein Ansehen verloren. Aus Gram darüber ist ihm die Frau gestorben. Ist es da nicht verständlich, daß er die Tulpen und alle, die durch sie zu Reichtum und Ansehen gelangt sind, haßt?«

Während Anna noch sprach, fiel Katoen plötzlich wieder ein, woher er den Namen Swalmius kannte: Geert Willems, der Wirt der *Drei Tulpen*, hatte ihn erwähnt.

»Euer Vater besaß einmal ein Haus in der Jodenbreestraat, nicht wahr?«

»Ja, aber das ist lange her, viele Jahrzehnte, so lange, daß es kaum mehr wahr zu sein scheint.«

Wenn Swalmius' Frau damals gestorben war, mußte Anna noch sehr klein gewesen sein, ein Säugling. Oder sie war älter, als sie aussah. Auf jeden Fall hatte sie sich gut gehalten, und die wenigen Falten in ihrem schmalen Gesicht unterstrichen nur die Entschlossenheit ihres Ausdrucks. Im Augenblick allerdings schaute sie sorgenvoll drein, und ein Schatten lag über ihrem Gesicht. Daß sie sich so liebevoll ihres Vaters annahm, rührte ihn, und er mußte sich eingestehen, daß er nicht nur von ihrem klaren, schönen Gesicht und ihrem schlanken Körper beeindruckt war, sondern auch von ihrem Wesen.

»Sorgt Euch nicht länger, Anna, ich will Euren Vater nicht anzeigen.«

»Aber bei van Dorp habt Ihr doch gesagt, Ihr …«

»Das habe ich nur gesagt, um Euch möglichst rasch und unbehelligt von seinem Anwesen fortzubringen. Ich wollte vermeiden, daß van Dorp sich weiter aufregt. Meine Hoffnung ist, daß sein Zorn in den nächsten Tagen verraucht und er davon absieht, Euch und Euren Vaters, wegen Eures Vordringens in seinen Garten zu behelligen.«

»Und wenn nicht?«

Er lächelte. »Dann dürft Ihr Euch um so glücklicher schätzen, den Amtsinspektor Jeremias Katoen zu Euren Freunden zu zählen.«

Er brachte die beiden zu ihrer kleinen Wohnung in einem

heruntergekommenen Mietshaus im Jordaanviertel. In dieser Gegend wohnte in der Regel nur, wer sich nichts Besseres leisten konnte. Die Wohnung von Sybrandt Swalmius und seiner Tochter bestand genaugenommen aus einem einzigen Zimmer. Die winzige Kammer, die daran angrenzte und Anna als Schlafstatt diente, ein zweites Zimmer zu nennen wäre anmaßend gewesen.

Sie legten ihre nassen, verschmutzten Überkleider ab, und Anna schenkte aus einer nicht mehr ganz heilen Karaffe Kirschlikör in drei Gläser. Der Likör brannte im Rachen wie Feuer und schmeckte ansonsten nur scheußlich, aber Katoen ließ sich das nicht anmerken und lobte das Getränk höflich, woraufhin Anna es sich nicht nehmen ließ, ihm ein zweites Glas einzugießen.

Während er tapfer trank, hatte Katoen Gelegenheit, sich ausgiebig in dem Zimmer umzusehen. Feuchte Flecke bildeten an den Wänden ein groteskes Muster. Das einzige Fenster war halb blind und so klein, daß es bei dem schlechten Wetter in dem Zimmer so düster war, als sei die Abenddämmerung schon über Amsterdam hereingebrochen. Obwohl auf dem Tisch eine kleine Schale stand, in der ein unförmiger, mit einem Docht versehener Talgklumpen wohl so etwas wie eine Kerze darstellen sollte, machten weder Anna noch ihr Vater Anstalten, sie zu entzünden. Aus Sparsamkeit, wie Katoen annahm. Aber bei alldem war die kleine Wohnung sauber, was sicher Anna zu verdanken war.

Wer einmal ein prächtiges Haus in der Jodenbreestraat besessen hatte, für den mußte dieses Loch wie die schlimmste Kerkerzelle sein. Aber Anna erinnerte sich vermutlich kaum an das Haus, und ihr Vater wirkte so abgestumpft, daß er vielleicht gar nicht mehr richtig wahrnahm, wo er sich befand. Der alte Mann nippte hin und wieder an seinem Kirschlikör; ansonsten saß er reglos in einem mehrfach geflickten Sessel.

Als Katoen die Frau leise auf den Zustand ihres Vater ansprach, sagte sie: »So ist er die meiste Zeit über. Seine Gedanken weilen dann in der Vergangenheit, in der Zeit, als er ein anderes Leben führte. Für ihn ist es wohl das beste.«

»Aber was ist mit Euch? Ist das alles hier nicht bedrükkend?«

Anna verzog ihre sanft geschwungenen Lippen zu einem Lächeln. »Sorgt Euch nicht um mich, Mijnheer Katoen. Ich bin voll und ganz damit beschäftigt, das nötige Geld für die Miete und unser täglich Brot zu verdienen. Da habe ich gar keine Zeit, Trübsal zu blasen.«

»Ihr habt also einen ausreichenden Verdienst?« fragte Katoen – nicht aus reiner Neugier, sondern weil ihm das Schicksal von Vater und Tochter Swalmius naheging.

»Ja, wir kommen zurecht. Seit einiger Zeit arbeite ich an mehreren Abenden in der Woche als Bedienung in einem Wirtshaus. Bis vor kurzem war ich in einer Näherei angestellt, aber dann mußte ich mir etwas Neues suchen. Diese Arbeit ging mir verloren, weil ich hin und wieder gefehlt habe.« Anna senkte die Stimme. »Wegen meines Vaters. Manchmal packt es ihn, so wie heute. Ich war nur kurz zum Einholen weg. Als ich zurückkam, war er fort, und ich fand die Zeitung auf dem Fußboden.« Sie wies auf ein schmales Regal, auf dem die jüngste Ausgabe des *Amsterdamer Volksblattes* mit dem Artikel über die Tulpenmorde lag. »Da wußte ich, daß es Vater wieder erwischt hat. Ich bin losgerannt und konnte in Erfahrung bringen, daß er aufgeregt in südlicher Richtung gelaufen war. Mir war klar, daß er wieder einmal zu van Dorp wollte. Ich bin ihm gefolgt, kam aber nicht mehr rechtzeitig, um zu verhindern, daß er über die Mauer von van Dorps Anwesen klettert. Wenn ihn der Tulpenhaß überfällt, verfügt er über die Tatkraft eines jungen Mannes.«

Katoen dachte daran, daß viele dem Wahnsinn Anheimgefallene über unnatürlich große Kraft verfügten, hütete sich aber, das laut zu sagen.

Anna griff erst jetzt nach ihrem Glas und trank einen gehörigen Schluck von dem scharfen Likör. Dann fragte sie: »Was hat Euch zu Willem van Dorp geführt, Mijnheer Katoen? Haben wieder einmal Tulpendiebe seine Beete geplündert?«

Er schüttelte den Kopf, stand von seinem Stuhl auf, ging zu dem Regal, auf dem das *Amsterdamer Volksblatt* lag, und tippte auf den Artikel über die Morde. »Ich war aus demselben Grund bei ihm wie Euer Vater.«

»Aber was hat van Dorp mit den Morden zu tun?«

»Nichts, jedenfalls nicht direkt. Ich wollte von ihm eine Auskunft einholen, hierüber.«

Er setzte sich wieder und zeigte Anna die geöffnete Dose mit dem Blütenblatt.

»Ist das eins der Blätter, die man bei den Ermordeten gefunden hat?«

»Ja, es ist …«

Er verstummte, als Sybrandt Swalmius sich plötzlich aus seinem Sessel stemmte, näher an den Tisch trat und die Dose in die Hand nahm. Gebannt verfolgte Katoen jede seiner Bewegungen. Würde erneut der Wahnsinn von dem alten Mann Besitz ergreifen? Der Gedanke, daß er dafür verantwortlich sein könnte, gefiel Katoen gar nicht.

»So, wie in dem Zeitungsbericht beschrieben«, sagte Swalmius leise, wie zu sich selbst. »Schwarz mit blutroten Tropfen.« Er ging zu dem kleinen Fenster und hielt das Blütenblatt gegen das Licht. »Ja, das ist sie. Das ist sie!«

Katoen und Anna traten zu ihm, und die Frau fragte sanft: »Was hast du, Vater? Warum regt dich dieses Tulpenblatt derart auf?«

Swalmius sah seine Tochter an und schien sie jetzt erst wahrzunehmen. »Aber Kind, es ist die Tulpe des Bösen!«

Natürlich war Swalmius verrückt, daran hegte Katoen keinen Zweifel, doch im Ton des Alten lag eine Ernsthaftigkeit, die ihn aufhorchen ließ.

»Die Tulpe des Bösen?« fragte er deshalb. »Was bedeutet das?«

Swalmius gab ihm die Dose zurück, fast so, als sei er froh darüber, sie nicht länger halten zu müssen. »So heißt die seltene Tulpensorte, zu der dieses Blatt gehört. Ein anderer Name, der sich auf die roten Tropfen bezieht, lautet Bluttulpe.«

»Hm«, machte Katoen ungläubig. »Versteht Ihr so viel mehr von Tulpen als der Tulpennarr van Dorp, Mijnheer Swalmius? Ich habe ihn nämlich gefragt, um was für eine Tulpensorte es sich hierbei handelt, und er wußte es nicht.«

»Das hat er gesagt?«

»Ja.«

»Dann hat er gelogen. Ich mag ihn wirklich nicht, aber ich muß ihm zugestehen, daß er einer der größten Tulpenkenner ist. Selbstverständlich ist ihm die Bluttulpe ebenso bekannt wie mir.«

»Warum hätte er mich anlügen sollen?« fragte Katoen.

»Das weiß ich nicht.«

»Und woher kennt Ihr diese Bluttulpe oder Tulpe des Bösen?«

»Vor vielen Jahren, als ich noch ein allseits geschätzter Kaufmann war und in den besten Kreisen verkehrte, hat mir ein anderer Tulpenfreund ein altes Manuskript gezeigt, die Aufzeichnungen eines französischen Kreuzfahrers über seine Erlebnisse bei der Belagerung von Akkon und während seiner Rückkehr aus dem Heiligen Land. Darin schildert der Kreuzfahrer, wie sein Schiff durch einen Sturm an eine unbekannte Küste verschlagen wurde. Dort soll es große Beete mit Tulpen gegeben haben, Tulpen wie diese hier.« Swalmius wies auf die Dose mit dem Tulpenblatt in Katoens Hand.

»Woher wißt Ihr so genau, daß es sich um genau diese Tulpensorte gehandelt hat?« warf Katoen ein.

»Der Kreuzfahrer hat die Blume sehr genau beschrieben, und er hatte dem Manuskript auch eine Abbildung beigefügt. Für mich besteht kein Zweifel, daß jenes Blatt in Eurer Hand von der sagenumwobenen Tulpe des Bösen stammt.«

»Das alte Manuskript scheint großen Eindruck auf Euch gemacht zu haben, Mijnheer Swalmius.«

»Das hat es in der Tat.«

»Warum?«

»Als ich den Bericht las, habe ich zum ersten Mal gespürt, welch dunkle Seite die Tulpe, die ich bis dahin wegen ihrer Schönheit uneingeschränkt bewundert hatte, auch besitzt. Kurz darauf habe ich am eigenen Leib erfahren, daß die Tulpe, diese – wie ich damals noch dachte – wunderbarste und vielfältigste aller Blumen, einen Mann ins Unglück stürzen kann.«

Swalmius griff nach seinem Glas und stürzte den Rest Likör darin hastig hinunter. Seine Augen wurden glasig, so als wollte sich sein Geist wieder in ferner Vergangenheit verlieren.

Schnell fragte Katoen: »Was stand noch in dem Bericht des Kreuzfahrers?«

»Etwas Schreckliches! Hätte ich es mir doch damals schon eine Warnung sein und mich zu der Einsicht bringen lassen, daß die Tulpe ein Werk des Teufels ist!«

Swalmius legte eine Hand vor die Augen, als könne er den Blick in den schlimmen Teil seiner Vergangenheit nicht ertragen. Er schwankte leicht wie auf einem Schiff bei mittlerem Seegang.

Anna faßte ihn am Arm und sah ihn besorgt an. »Du solltest dich hinlegen und etwas schlafen, Vater. Für heute hast du genug an alte Zeiten gedacht.«

»Nein!« Der Alte stieß die Tochter von sich weg. »Unser

Gast soll eine Antwort auf seine Frage erhalten.« Er sah Katoen an, und sein Blick schien wieder völlig klar. »Der Chronist berichtet, wie er und seine Schicksalsgefährten in der Nähe ihres beschädigten Schiffes auf eine große Festung stießen, eine osmanische Festung, doch bewacht wurde sie von Christen, die im Sold der Ungläubigen standen. Ihr müßt wissen, Mijnheer Katoen, daß dieser Bericht unvollständig war. Einige Seiten haben gefehlt, andere waren durch einen Wasserschaden unlesbar geworden. Aber so viel ging doch daraus hervor: Der Schatz, den die Söldner in der Festung bewachten, bestand nicht aus Silber, Gold oder Edelsteinen, sondern es waren jene Tulpen. Beete mit Tulpen wie derjenigen, zu der Euer Blütenblatt gehört. Eine Tulpe mit schwarzer Blüte muß doch vom Teufel stammen, oder?«

»Wenn Ihr es sagt.«

»Ja, sie muß vom Teufel stammen«, fuhr der Alte fort. »Tulpen mit nachtschwarzer Blüte! Wer sonst könnte so etwas ersinnen? Und sie stammt ohne Frage vom Teufel, denn unter ihrem Einfluß begannen die Kreuzfahrer, die sich gegen den Widerstand der Söldner in den Besitz einiger Bluttulpen gebracht hatten, sich selbst zu töten. Das ist das schreckliche Geheimnis dieser Tulpe: Wer Ihr zu nahe kommt, verliert den Verstand und ist nur noch von dem Wunsch besessen, seinem Leben ein Ende zu bereiten und seine Seele dem Teufel auszuliefern. So erging es den meisten Gestrandeten, sie starben von eigener Hand. Nur der Chronist und einige Gefährten konnten mit dem eilig wieder flottgemachten Schiff dem Verhängnis entkommen.« Er atmete schwer, als hätten ihn seine Erläuterungen über Gebühr angestrengt. »Jetzt kennt Ihr das Geheimnis Eures Blütenblattes, das Geheimnis der Tulpe des Bösen.«

»Das ergibt keinen Sinn«, sagte Katoen kopfschüttelnd. »Weder Jacob van Rosven noch Balthasar de Koning ist von eigener Hand gestorben. Warum also hielten beide ein Blütenblatt dieser ominösen Tulpe des Bösen umklammert?«

Der Alte schien ratlos. »Das kann ich Euch nicht sagen. Es ist so lange her, daß ich den Bericht gelesen habe. Aber vielleicht entdeckt Ihr einen Hinweis darin.«

»Wo finde ich das Manuskript des Kreuzfahrers? Etwa in der großen Büchersammlung von Willem van Dorp?«

»Nein, ihm gehört es nicht. Allerdings war er damals zugegen, als unser gemeinsamer Freund es uns zeigte.«

»Wem gehört es dann?« fragte Katoen ungeduldig.

»Damals gehörte es dem Kartenmacher Willem Blaeu. Jetzt wird es wohl im Besitz seines Sohnes sein, Joan Blaeu.«

Kapitel 8

Das Geheimnis des Kartenmachers

Joan Blaeu bereitete Katoen in der neuen Druckerei in der Gravenstraat, die er erst vier Jahre zuvor eröffnet hatte, einen herzlichen Empfang und führte ihn durch die einzelnen Räume, in denen fleißig gearbeitet wurde. Die Gerüche von Papier, Druckerschwärze, Leim und Holz lagen schwer in der Luft, während Kupferplatten als Druckvorlagen für Landkarten gestochen, in den schweren Pressen Karten und Buchtexte gedruckt und in der Buchbinderei die einzelnen Blätter zu dickleibigen Bänden zusammengefügt wurden. Mit sichtlichem Stolz auf seine Lebensleistung erklärte der Kartenmacher und Verleger seinem Gast jeden Arbeitsschritt.

Während sie zuschauten, wie ein Geselle Blaeus mit sicherer Hand die Küstenlinie einer Katoen unbekannten Insel in eine blankpolierte Kupferplatte grub, sagte Joan Blaeu: »Die meisten unserer Mitbürger denken, daß im Sitz der Ostindischen Kompanie das Herz unserer Handelsmacht schlägt, aber sie täuschen sich. Das Herz schlägt hier!« Er klopfte mit der rechten Hand auf das kleine Pult, auf dem eine spiegelverkehrte Zeichnung lag – die Vorlage, nach der der Kupferstecher arbeitete. »Ohne die Karten, die wir hier mit höchster Genauigkeit fertigen, wäre kaum ein Ziel zu finden, ginge so manches Schiff auf hoher See verloren. Aber dank unserer Karten kehren die Schiffe heim, und sie bringen das Wissen um neue Inseln und Küsten mit, die Grundlage für weitere und noch genauere Karten. Wie das Blut durch das menschliche Herz, so fließt jede Schiffsladung aus oder nach Übersee durch meine Werkstätten.«

»Oder durch die eines Eurer Kollegen«, wagte Katoen einzuwenden, da Joan Blaeu zwar der bekannteste und erfolgreichste Kartenmacher Amsterdams war, doch bei weitem nicht der einzige.

»Kollegen? Oder meintet Ihr Konkurrenten?«

»Ich weiß nicht, wie Ihr das seht, Mijnheer Blaeu.«

Unter dem Bart des Kartenmachers zeichnete sich ein dünnes Lächeln ab. »Sprechen wir von Kollegen, denn wer wirklich gut ist, hat keine Konkurrenz zu fürchten. Nicht von ungefähr war ich gezwungen, neben meiner Druckerei in der Bloemgracht hier eine weitere Werkstatt zu eröffnen. Anders könnte ich die vielen Aufträge, die mir vorliegen, gar nicht bewältigen.«

»Es freut mich, daß Eure Geschäfte so gut gehen.«

»Mich auch.« Blaeus Lächeln verschwand schlagartig, wich einem ernsten, ja angespannten Ausdruck. »Und Ihr sollt dafür sorgen, daß es auch so bleibt, Mijnheer Katoen. Aber darüber sprechen wir besser in meinem Privatkontor.«

Auf dem Weg dorthin erzählte Katoen von seiner Unterredung mit Sybrandt Swalmius und von dem Bericht des Kreuzfahrers, der Swalmius zufolge Blaeus Vater gehört hatte. »Ich würde diesen Bericht gern einmal sehen.«

»Da kann ich Euch leider nicht helfen«, erwiderte Blaeu. »Ich habe nie von einem solchen Manuskript gehört. Der alte Swalmius ist ja auch nicht mehr ganz klar im Kopf.«

»Was diesen Punkt betrifft, erschien er mir sogar sehr klar.«

»Vielleicht hat er Euch die Wahrheit erzählt. Aber wenn

dem so ist, dann muß mein Vater das Manuskript zu seinen Lebzeiten schon weggegeben haben. In seinem Nachlaß habe ich es jedenfalls nicht gefunden.«

Obwohl Blaeu sich sehr freimütig gab, argwöhnte Katoen, daß er angelogen wurde. Er hätte gar nicht sagen können, wie er darauf kam. Vielleicht war es ein kaum hörbarer Unterton in den Worten des Kartenmachers, vielleicht etwas in der Art, wie er Katoen ansah. Katoen hatte schon vielen Lügnern gegenübergestanden und ein Gespür dafür entwickelt, wann jemand die Wahrheit sagte und wann nicht. Längst nicht immer schlugen seine inneren Warnglocken Alam, aber in diesem Fall spürte er ein deutliches Unbehagen.

Joan Blaeus Privatkontor im Erdgeschoß des Hauses war sehr geräumig und hell; zwei große Fenster boten einen schönen Ausblick auf die roten Ziegelsteinmauern der Nieuwe Kerk. Im Kontor saß, über ein Buch mit langen Zahlenkolonnen gebeugt, ein großer, breitschultriger Mann Ende Vierzig, der mehr wie ein Arbeiter wirkte und nicht so sehr wie jemand, der seine Tage damit verbringt, über Büchern zu brüten. Und doch stellte Joan Blaeu ihn als seinen Hauptkontoristen vor, Barent Vestens.

»Und dies hier ist Mijnheer Jeremias Katoen, der Amtsinspektor, der uns in dieser schwierigen Angelegenheit hoffentlich beistehen wird«, erklärte Blaeu seinem Angestellten.

Vestens erhob sich von seinem spartanischen Schemel. »Dann lasse ich Euch jetzt besser allein.«

Blaeu legte Vestens die Hände auf die Schultern und drückte ihn sanft zurück auf den Schemel. »Unsinn, Barent, du wirst dabeisein. Schließlich bist du in alles eingeweiht, und du weißt, wie sehr ich deinen scharfen Verstand schätze.« Zu Katoen gewandt, fügte er hinzu: »Barent Vestens ist meine rechte Hand in allen geschäftlichen Belangen. Nur er und ich sind über die delikate Affäre im Bilde, niemand sonst.«

»Auch Eure Söhne nicht?« fragte Katoen, der wußte, daß Blaeu zwei seiner Söhne mit verschiedenen Bereichen seiner weitverzweigten Geschäfte betraut hatte. Der dritte hatte die Rechte studiert und sich als Advokat niedergelasssen und war seinem Vater auf diese Art sicher auch recht nützlich.

»Nein, auch die nicht. Je kleiner der Kreis der Eingeweihten bleibt, desto besser. Meinen Söhnen könnte gegenüber einem ihrer zahlreichen Geschäftsfreunde eine Bemerkung herausrutschen, die fatale Folgen hätte. Amsterdam ist eine große Stadt, aber Gerüchte machen hier ebenso schnell die Runde wie im kleinsten Dorf. Die Fähigkeiten meiner Söhne in allen Ehren, aber da vertraue ich eher auf meinen Freund Barent.«

»Was genau ist Euer Problem?« fragte Katoen, nachdem sie sich gesetzt hatten.

Blaeu seufzte schwer, die Sache war ihm offensichtlich unangenehm. »Vor ein paar Nächten hatten wir ungebetenen Besuch hier in der Werkstatt – die Kartenschnapper.«

So nannte man eine Diebesbande, die sich darauf verlegt hatte, wertvolle Landkarten und ihre Vorlagen aus Druckereien zu stehlen, um sie für teures Geld an die Konkurrenten der Bestohlenen zu verkaufen. Seit einiger Zeit war es um die Bande ruhig geworden, und Katoen hatte schon geglaubt, sie hätte sich zurückgezogen.

»Was haben sie gestohlen?«

»Ein Paket mit alten, sehr wertvollen Karten, die Kapitäne der Ostindischen Kompanie auf ihren Fahrten angefertigt hatten.«

»Was noch?«

»Das ist alles. Vielleicht hatten sie keine Zeit, noch weiter hier herumzustöbern.«

»Vielleicht«, sagte Katoen. »Vielleicht haben die Einbrecher aber auch gezielt nach dieser Beute gesucht.«

»Woher hätten sie davon und von ihrem Aufbewahrungsort wissen sollen?«

»Ich glaube schon lange, daß die Kartenschnapper mit Informanten zusammenarbeiten, mit Angestellten ihrer Opfer.«

Vestens fuhr mit einer seiner großen Hände durch seinen üppigen rotblonden Bart, es war eine Geste des Zweifelns. »Ich kann mir nicht recht vorstellen, daß es hier einen Verräter geben soll. Im Gegensatz zu manch anderen Druckhäusern werden die Leute hier gut bezahlt.«

»Es wird mir ohnehin nicht möglich sein, in diesem Fall zu helfen«, sagte Katoen. »Es tut mir leid, Mijnheer Blaeu, wenn ich Euch enttäuschen muß. Wir haben in der Vergangenheit mehrfach versucht, den Kartenschnappern ihr schmutziges Handwerk zu legen, leider ohne Erfolg. Was nicht zuletzt daran liegt, daß viele Eurer Kollegen eine schützende Hand über die Bande halten. Schließlich kommen viele Kartenmacher dadurch an Material, das ihnen sonst verwehrt bliebe. Ich fürchte, Ihr werdet Euer gestohlenes Eigentum niemals wiedersehen.«

Blaeus Züge verhärteten sich. »O doch, das werde ich!«

»Was macht Euch da so sicher?«

»Die Diebe haben mir in einem Brief angeboten, mein Eigentum zurückzukaufen, für eine exorbitante Summe allerdings. Die gestohlenen Karten mögen ja einiges wert sein, aber zwölftausend Gulden gewiß nicht.«

»Zwölf-tau-send?« wiederholte Katoen, ungläubig jede Silbe betonend. »Das ist ja ein kleines Vermögen!«

»Ja, mehr, als so mancher meiner Kollegen im Jahr verdient.«

»Und trotzdem wollt Ihr die geforderte Summe zahlen, wie ich Euren Worten entnehme?«

»Verhandlungen über die Höhe der Summe haben die Kartenschnapper in ihrem Schreiben ausgeschlossen. Also muß ich zahlen, wenn ich verhindern will, daß die gestohlenen Karten in fremde Hände gelangen.«

»Vielleicht wäre das angesichts der geforderten Summe für Euch das kleinere Übel, Mijnheer Blaeu.«

»Da irrt Ihr. Was mir Sorgen bereitet, ist weniger die Möglichkeit, daß einer meiner Konku…, ähm, Kollegen die Karten für seine Zwecke nutzen könnte. Vielmehr geht es um meine Reputation, die beschädigt würde, wenn sich herumspräche, daß die Kartenschnapper mich bestohlen haben. Auch andere Kartenmacher möchten für die Ostindische Kompanie arbeiten und würden jede Gelegenheit nutzen, mich in ein schlechtes Licht zu rücken.«

Das klang dann doch eher nach Konkurrenten als nach Kollegen, fand Katoen, aber diesen Gedanken behielt er für sich.

»Da ist mir ein begrenzter finanzieller Verlust, den ich dank meiner gut laufenden Geschäfte ausgleichen kann, lieber«, fuhr Blaeu fort. »Der Austausch der gestohlenen Karten gegen das Geld soll heute um Mitternacht stattfinden, in der Gegend am Hafen, die auch Labyrinth genannt wird. Der Abgesandte der Kartenschnapper erwartet den Geldboten auf dem Hof eines ehemaligen Wirtshauses, *Zum Grünen Papagei*. Kennt Ihr den Ort?«

Katoen nickte. »Ich bin in der Gegend oft unterwegs, das bringt mein Beruf mit sich. Der *Grüne Papagei* war in der Tat eine üble Spelunke. Ein Segen für alle ehrlichen Bürger, daß es den Laden nicht mehr gibt. Aber sagt, sind zwölftausend Gulden nicht eine immense Summe für einen einzelnen Geldboten?«

»Die Kartenschnapper wollen keine Münzen haben, sondern kleine Wechsel in Höhe von fünfzig bis einhundert Gulden, ausgestellt von der Amsterdamer Wechselbank«, erklärte Blaeu.

Vestens stieß ein mürrisches Schnauben aus. »Trotzdem ist

es viel Geld für einen einzelnen. Ich habe mich angeboten, es zu den Kartenschnappern zu bringen, aber das wolltet Ihr ja nicht, Joan.«

Blaeu warf ihm einen beschwichtigenden Blick zu. »Ich weiß deinen Mut ebenso zu schätzen wie deine körperliche Stärke, Barent, aber das allein genügt nicht, um es mit den Kartenschnappern aufzunehmen. Die Rolle des Boten muß jemand übernehmen, der sich mit solchen Leuten auskennt, der weiß, wie sie denken, und eine Falle schon auf große Entfernung wittert.« Er wandte sich wieder Katoen zu. »Kurz gesagt, ein Mann wie Ihr, Mijnheer Katoen!«

»Ich soll für Euch den Geldboten spielen?«

»Ja, das sollt Ihr. Und es soll sich für Euch lohnen. Ich weiß wohl, daß das, worum ich Euch bitte, nicht zu Euren Aufgaben als Amtsinspektor gehört. Seid Ihr erfolgreich und bringt mir die gestohlenen Karten zurück, so soll Euch als Lohn ein Zwanzigstel der geforderten Summe zustehen.«

»Sechshundert Gulden? Das ist mehr, als ich in zwei Jahren verdiene.«

»Daran könnt Ihr erkennen, wie viel Eure Hilfe mir gilt. Also, wie sieht es aus, kann ich auf Euch zählen?«

»Das könnt Ihr!« versicherte Katoen nach nur kurzem Überlegen.

Die Summe, die Joan Blaeu ihm bot, war natürlich verlockend. Aber eigentlich hatte ihn etwas anderes bewogen, das Angebot anzunehmen. Nach wie vor vermutete er, daß Blaeu, was den Bericht des mittelalterlichen Kreuzfahrers betraf, ihm gegenüber nicht aufrichtig gewesen war. Warum? Wenn er sich in Blaeus Dienste stellte, gelang es ihm vielleicht, hinter das Geheimnis des Kartenmachers zu kommen.

Kapitel 9

Ein unerwartetes Wiedersehen

Während er tiefer und tiefer in das mitternächtliche Labyrinth eindrang, fragte Jeremias Katoen sich, ob er zu leichtfertig gewesen war, als er ungefähr zehn Stunden zuvor dem Kartenmacher Joan Blaeu versprochen hatte, für ihn den Geldboten zu spielen. Oder, besser, den Wechselboten, dachte er mit Blick auf den schweren Lederbeutel, den er mit der linken Hand hielt. Darin befanden sich die verlangten Wechsel; die Kartenschnapper würden keine Schwierigkeiten haben, damit überall in den Niederlanden und auch außerhalb der Landesgrenzen zu bezahlen wie mit barer Münze. Die Amsterdamer Wechselbank genoß in allen zivilisierten Ländern Anerkennung, und die Summen auf den Wechseln waren so klein, daß niemand mißtrauisch werden würde.

Nicht nur vor den Kartenschnappern mußte er sich in acht nehmen. Im Labyrinth war zu dieser späten Stunde mit Halunken jedweder Art zu rechnen, die einem schon für einen Bruchteil dessen, was Katoen bei sich trug, den Hals durchschnitten. Blaeu würde wenig erfreut sein, wenn die Wechsel von irgendwelchen Strolchen geraubt wurden. Zum Glück wußte niemand außer Katoen, Blaeu und dessen Hauptkontorist Barent Vestens von Katoens nächtlicher Mission. Die Kartenschnapper gingen zwar davon aus, daß Blaeu einen Boten schickte, aber sie wußten nicht, wer dieser Bote war und aus welcher Richtung er kam. Doch je weiter Katoen sich seinem Ziel näherte, desto mehr mußte er damit rechnen, ihnen aufzufallen.

Er fühlte sich weit weniger sicher als zwei Nächte zuvor, und das hatte zwei Gründe. Zum einen waren die Kartenschnapper ungleich gefährlicher als der Kuppler Jaepke Dircks, und zum anderen war Katoen diesmal allein und unbewaffnet. Erst nachdem er Blaeu versprochen hatte, für ihn als Bote aufzutreten, hatte der Kartenmacher ihm eröffnet, daß er, um die im Schreiben der Kartenschnapper festgelegten Bedingungen zu erfüllen, keine Waffen bei sich tragen dürfe. Auf seinen Protest hatte Blaeu kühl erwidert, daß er für sechshundert Gulden schon etwas wagen müsse. Jetzt, da sein Ziel in unmittelbarer Nähe lag, hätte Katoen gern einen Teil seines Lohns dafür gegeben, ein Paar geladener Doppelpistolen bei sich zu tragen. Er hätte die Waffen natürlich unter seinem Umhang verbergen können, aber er mußte damit rechnen, durchsucht zu werden. Deshalb hatte er den schweren Spazierstock mitgenommen, den er in der rechten Hand hielt und den die Kartenschnapper hoffentlich nicht als Waffe einstuften.

Als der *Grüne Papagei* nur noch zwei Gehminuten entfernt war, blieb er stehen und lauschte in die Nacht. Er hörte nichts als die zur Nachtzeit hier am Hafen üblichen Geräusche: die nicht ganz astreine Melodie einer Sackpfeife und nicht recht dazu passenden Gesang aus rauhen Seemannskehlen; helles Frauengelächter, zu schrill, um wirklich fröhlich zu klingen; Hundegebell und das Kreischen der Möwen. Alle menschlichen Laute kamen aus der Ferne, denn der *Grüne Papagei* und die Gebäude ringsum standen leer. Ihr Holz war derart morsch, daß jederzeit mit ihrem Einsturz zu rechnen war. Deshalb hatte der Magistrat ihre weitere Nutzung untersagt, und jetzt warteten sie darauf, eingerissen zu werden. Die Kartenschnapper hatten diesen verlassenen Ort geschickt gewählt.

Er hörte und sah nichts Verdächtiges und wurde doch das Gefühl nicht los, verfolgt zu werden. Ähnlich wie am Abend zuvor auf dem Weg zu Catrijns Haus. Mit den Jahren hatte er ein Gespür dafür entwickelt, fast fühlte es sich an wie ein zweites Paar Augen, das nach hinten schauen konnte, und ein zweites Paar Ohren, das auch noch die leisesten Geräusche wahrnahm. Zudem hielt er es für mehr als unwahrscheinlich, daß die Kartenschnapper wirklich nur einen einzigen Mann schickten, um den Austausch abzuwickeln. Immerhin mußten sie damit rechnen, daß Joan Blaeu sich nicht an die Bedingungen hielt und die Behörden informierte. Nein, Katoen ging fest davon aus, daß die Diebesbande im verborgenen lauerte, um ihrem Abgesandten im Notfall beizustehen.

Der kalte Nachtwind frischte auf, und er setzte seinen Weg fort. Als er auf den dunklen Klotz, der einst den *Grünen Papagei* beherbergt hatte, zutrat, vernahm er ein merkwürdiges Geräusch, ein monotones Klopfen. Dann sah er auch schon die Ursache: Der große Holzpapagei, der einst über dem Eingang der Schenke gehangen hatte, schaukelte jetzt kopfüber, nur noch an einem losen Draht hängend, im Wind und stieß mit dem spitzen Schnabel wieder und wieder gegen die Holzwand wie ein übergroßer Specht.

Das leichte Kribbeln in Katoens Nacken, in der Regel ein untrügliches Alarmzeichen, blieb, aber noch immer war weit und breit niemand zu sehen. Durch einen schmalen Gang neben dem alten Wirtshaus gelangte er auf den Hinterhof, wo es erbärmlich nach Unrat und totem Getier stank. Hier hielt sich gewiß niemand freiwillig auf, und so war es der perfekte Ort für den geplanten Austausch.

Die Wolken hatten sich gegen Abend verzogen, und das

blasse Licht der Gestirne sorgte dafür, daß man selbst in diesem verlassenen Teil des Labyrinths etwas sehen konnte, aber letztlich waren es auf mittlere und größere Entfernung doch nur grobe Umrisse. Katoen hielt sich dicht an der Rückwand des *Grünen Papageis*, was es schwerer machte, ihn zu sehen, und versuchte seinerseits zu erkennen, was die Schatten am anderen Ende des Innenhofs verbergen mochten. Der Hof war ungewöhnlich groß; früher, als der *Grüne Papagei* noch eine zwar verrufene, aber von See- und Schauerleuten gern aufgesuchte Schenke gewesen war, hatte man hier Ring- und andere Wettkämpfe ausgetragen.

Plötzlich erscholl ein Ruf: »Kommt in die Mitte des Hofes, ich habe Euch längst entdeckt!«

Katoen lauschte der tiefen, etwas rauhen Stimme nach. Er hätte schwören können, daß er sie schon einmal gehört hatte, aber er kam nicht darauf, wo.

»Ihr wartet schon länger hier«, antwortete er schließlich. »Also tretet Ihr zuerst vor.«

Ein kurzes, kehliges Lachen, und dann sagte der andere: »Ihr solltet keine Spielchen mit mir treiben, Freund! Ihr wollt schließlich etwas von mir!«

Katoen sah ein, daß ein weiteres Hinauszögern der Begegnung nichts einbrachte. »Also gut, treten wir gemeinsam vor, bei drei.«

Er zählte laut bis drei und trat dann langsam auf den Hof hinaus. Am gegenüberliegenden Ende des Hofs, wo sich ein großer Verschlag an die Umfassungsmauer duckte, löste sich eine Gestalt aus dem Schatten und kam ihm ebenso langsam entgegen. Der Mann war groß und von kräftiger Statur, und seine Bewegungen hatten etwas Ungelenkes, so als behindere ihn etwas beim Gehen. Vergebens bemühte sich Katoen, das Gesicht zu erkennen. Wie er selbst trug auch der Abgesandte der Kartenschnapper einen Hut, und die herunterhängende

Krempe verdeckte sein Gesicht. Katoen sah keine Waffe bei ihm – allerdings auch nicht das Paket mit den gestohlenen Karten.

Er blieb stehen. »Ihr haltet Euch nicht an die Absprache, Mijnheer! Wo ist Eure Ware?«

»Die liegt dahinten im Verschlag. Ich will mich erst vergewissern, daß Euer Beutel auch das enthält, was er soll.«

Katoen nahm an, daß ein Komplize des Mannes in dem Verschlag wartete, um im Zweifelsfall mit den wertvollen Karten zu verschwinden.

»Das ist gegen die Absprache«, sagte er.

Der andere war nur noch drei, vier Schritte von ihm entfernt. »Habt Euch nicht so. Wir sind es, die hier die Bedingun…«

Mitten im Wort brach er ab und blieb stehen. Er konnte wohl inzwischen Katoens Züge ebenso erkennen wie der Amtsinspektor die seinen. Der Mann hatte ein breites, grobes Gesicht, in dem die Knochen deutlich hervortraten. Ein Gesicht, das auch unter anderen Umständen und an einem anderen Ort nichts Gutes verheißen hätte. Ein Gesicht, auf dem sich bei Katoens Anblick erst grenzenloses Erstaunen und dann blanker Haß abzeichnete. Jetzt ahnte Katoen, warum der andere sich so ungelenk bewegt hatte. Die Peitschenhiebe, die sein Rücken vor kurzem hatte hinnehmen müssen, machten ihm wohl noch immer jede Bewegung zur Qual.

»Eine Falle!« rief Jaepke Dircks aus vollem Halse. »Es ist eine Falle. Das ist der Amtsinspektor Jeremias …«

Weiter kam er nicht. Katoen sprang vor und zog ihm den schweren Spazierstock quer über den Schädel. Dircks riß abwehrend die Hände hoch und taumelte zurück.

Aber es war zu spät. Gleich mehrere dunkle Gestalten, drei oder vier, stürmten auf Katoen zu. Offenbar hatten die Kartenschnapper nicht vor, das Feld kampflos zu räumen. Nicht ohne den Beutel. Obwohl sie aus ihrer Sicht in eine Falle gelaufen waren, spekulierten sie darauf, daß Katoen die erwarteten Wechsel bei sich trug.

Der erste, der ihn angriff, war ein hagerer Kerl mit einer Waffe aus Übersee, einem Kurzschwert mit vorwärts geschwungener Schneide. Katoen blockte den ersten Hieb mit dem Lederbeutel ab, den er gegen den Schwertarm des Angreifers schlug.

Gleichzeitig drückte er auf einen kaum sichtbaren Knopf an Knauf seines Stocks, und die Umhüllung löste sich von der Klinge – es war ein Stockdegen. Mit einer geschickten Bewegung schleuderte er den unteren Teils des Stocks, die Degenscheide, zur Seite. Der Degen hatte eine dreikantige, spitze und sehr scharfe Klinge, in geübten Händen eine gefährliche Waffe. Das mußte auch der Hagere erkennen, als diese Klinge sich durch seinen rechten Unterarm bohrte. Der Mann schrie auf und ließ sein Kurzschwert fallen.

Zwei weitere Gegner bedrängten Katoen jetzt, einer mit einem simplen Holzknüppel, der andere mit einem Degen. Die Angriffe des letzteren parierte er mit seiner eigenen Klinge, während er gleichzeitig den Lederbeutel als Schutz gegen die Schläge mit dem Knüppel hochriß. Aber einer der Schläge kam durch und traf ihn empfindlich am linken Oberarm. Ein brennender Schmerz in seiner ganzen linken Seite war die Folge, und fast hätte er den Lederbeutel fallen lassen.

Als ein weiterer Kartenschnapper, bewaffnet mit einer langstieligen Axt, vor ihm auftauchte, wich Katoen, ohne wirkliche Hoffnung, mit heiler Haut aus der Sache herauszukommen, zurück. Daß er hier ausgerechnet auf Jaepke Dircks traf, war elendes Pech. Dircks' unverhohlener Haß gegen ihn ließ jeden Versuch, die Auseinandersetzung durch ein paar klärende Worte zu bereinigen, aussichtslos erscheinen.

Während er verzweifelt überlegte, was er tun konnte, sah

er eine weitere Gestalt mit einem Degen in der Hand aus dem Dunkel auftauchen. Das schien sein Schicksal endgültig zu besiegeln.

Doch dieser Mann griff nicht ihn an, sondern den Kartenschnapper mit der Axt. Verwirrend fand Katoen auch, daß sein unerwarteter Helfer, ein Mann von großer, schlanker Gestalt, über Kopf und Gesicht eine schwarze Maske trug, die nur Augen, Nase und Mund freiließ. Der Maskierte war ein erfahrener Fechter und brachte seinen Gegner mit schnellen, gewandten Manövern in die Defensive. Sein Degen riß das Wams des Kartenschnappers auf und verletzte ihn rechts an der Brust.

Auch Katoens Gegner war von dem plötzlichen Auftauchen des Maskierten überrascht worden, was Katoen zu einem Gegenangriff ausnutzte. Bevor der wuchtige Mann noch mit dem Knüppel ausholen konnte, hatte Katoen ihm seine Klinge in die Brust gestoßen. Der Aufschrei des Getroffenen gellte über den Hof. Der Mann ließ den Knüppel fallen, preßte beide Hände gegen die Wunde und sackte auf die Knie.

Katoens zweiter Gegner zog sich zurück und rief etwas, das Katoen nicht verstand. Es mußte ein Signalruf an die Komplizen gewesen sein, denn gleich darauf hörte er eilige Schritte näher kommen.

»Laßt uns von hier verschwinden!« rief er seinem maskierten Retter zu. »Die Kerle kriegen gleich Verstärkung!«

Er selbst klaubte rasch seine Degenscheide auf und verließ den Hinterhof im Laufschritt. Als er draußen vor dem *Grünen Papagei* stand, war von dem geheimnisvollen Helfer nichts mehr zu sehen. Der schien auf einem anderen Weg so unerwartet verschwunden zu sein, wie er aufgetaucht war; das Gewirr enger Gassen hatte ihn wohl schon verschluckt. Wie gern Katoen auch gewußt hätte, wer das gewesen war, er hegte nicht die geringste Absicht, im Dunkel des Labyrinths nach dem

Fremden zu suchen. Zu groß war die Gefahr, dabei den Kartenschnappern in die Hände zu fallen.

Die Verstärkung der Kartenschnapper mußte den Hinterhof inzwischen erreicht haben. Er hörte Fetzen einer lauten, hastigen Unterhaltung.

Eilig entfernte er sich vom Ort des vereitelten Tauschhandels, der sich so plötzlich in ein Schlachtfeld verwandelt hatte. Aber nicht um den mißglückten Austausch kreisten seine Gedanken, sondern um den Mann mit der schwarzen Maske.

Kapitel 10

Der Verfolger

Donnerstag, 11. Mai 1671

»Was ist das?« fragte Joan Blaeu, als Katoen ihm am nächsten Morgen in der Gravenstraat den Lederbeutel zurückgab.

»Eure Wechsel.« Katoen sah die fragenden Blicke des Kartenmachers und seines Hauptkontoristen und berichtete, was sich in der vergangenen Nacht zugetragen hatte. »Und jetzt kehre ich, unverrichteter Dinge und zerknirscht, zu Euch zurück.«

Blaeu wirkte wie versteinert, und Barent Vestens ergriff das Wort: »Ihr habt Eure Aufgabe nicht erfüllt, Mijnheer Katoen, also steht Euch auch das vereinbarte Entgelt nicht zu.«

Katoen hielt dem vorwurfsvollen Blick stand und erwiderte ruhig: »Das ist mir bewußt.«

»Ihr nehmt das alles sehr gelassen!« knurrte Vestens.

»Als mich in der Nacht auf dem Hinterhof des *Grünen Papageis* die bewaffneten Kartenschnapper angriffen, war ich wahrlich nicht gelassen, aber inzwischen hatte ich Zeit, mich zu beruhigen. Mein linker Arm allerdings, wo mich ein Holzknüppel traf, schmerzt noch immer.«

»Immerhin seid Ihr mit heiler Haut davongekommen«, brummte der Hauptkontorist, noch immer in vorwurfsvollem Ton.

»Ich hatte Glück«, erwiderte Katoen nur.

Von dem geheimnisvollen Helfer erzählte er den beiden nichts. Im nachhinein kam ihm das Eingreifen des Maskierten, der wie aus dem Nichts aufgetaucht und auf ebenso mysteriöse Weise wieder verschwunden war, wie ein Traum vor. Den nächtlichen Mißerfolg eingestehen zu müssen war schon unangenehm genug, da vermied er es lieber, von einem Helfer zu berichten, über den er so gar nichts wußte.

»Ob Ihr in der vergangenen Nacht Glück hattet, ist Ansichtssache«, fuhr Vestens fort. »Durch Euer Verhalten ist der Rückkauf der gestohlenen Karten vereitelt worden. Es ist Eure Schuld, wenn der Diebstahl jetzt bekannt wird und unsere Reputation Schaden nimmt!«

»Ich habe mein Bestes getan. Daß ich beim *Grünen Papagei* ausgerechnet auf jenen Jaepke Dircks treffen mußte, den ich erst zwei Nächte zuvor festgenommen hatte, war ein dummer Zufall. Mir war nicht bekannt, daß er mit den Kartenschnappern in einem Boot sitzt. Und noch etwas, Mijnheer Vestens: Falls Eure Reputation tatsächlich Schaden nehmen sollte, so habt Ihr und Joan Blaeu Euch das selbst zuzuschreiben. Ihr hättet Eure wertvollen Karten besser gegen Diebe sichern sollen, dann wäre Euch all das erspart geblieben. Ich habe immerhin vergangene Nacht mein Leben aufs Spiel gesetzt, während Ihr in Eurem warmen Bett gelegen habt!«

Er war immer lauter geworden, und die von Vestens bemängelte Gelassenheit war ihm abhanden gekommen. Es gefiel ihm überhaupt nicht, daß er hier zum Sündenbock gemacht werden sollte.

Vestens wollte etwas erwidern, wurde aber durch eine beschwichtigende Geste des Kartenmachers zurückgehalten.

Zu Katoen sagte Blaeu: »Ihr habt recht mit Eurem Vorwurf, was unsere Nachlässigkeit betrifft. Aber da die Kartenschnapper in den vergangenen Monaten so gut wie gar nicht von sich reden machten, haben wir uns sicher gefühlt. Zu sicher, wie wir jetzt wissen. Das Kind ist nun einmal in den Brunnen gefallen, und wir können uns nur bemühen, es wieder herauszuziehen. Mijnheer Katoen, ich habe nach wie vor unbegrenztes Vertrauen in Eure Fähigkeiten. Zum Beweis gebe ich Euch zehn Prozent Eurer Erfolgsprämie vorab.« Er legte einen schweren kleinen Lederbeutel mit klingenden Münzen vor Katoen auf den Tisch. »Das Geld gehört Euch auf jeden Fall. Nehmt es für Eure Mühen und für die Schmerzen, die man Euch zugefügt hat. Jetzt möchte ich wissen: Habt Ihr einen Vorschlag, wie wir vorgehen sollten?«

»Wir könnten versuchen, über Jaepke Dircks an die Kartenschnapper heranzukommen«, antwortete Katoen, während er die sechzig Gulden einsteckte. »Ich habe meine Leute bereits angewiesen, nach ihm zu suchen. Durch ihn könnten wir erneut mit den Kartenschnappern in Verbindung treten und den Irrtum der vergangenen Nacht aufklären.«

»Das hört sich vielversprechend an«, sagte Blaeu.

Vestens rutschte unruhig auf seinem Schemel hin und her. »Ich weiß nicht recht. Wieso sollte dieser Dircks Euch helfen, wenn er nicht gut auf Euch zu sprechen ist?«

Katoen lächelte kalt. »Ich werde ihn schon dazu bringen.«

Das Kribbeln in seinem Nacken war wieder da!

Katoen hatte die Werkstatt des Kartenmachers verlassen und schickte sich an, die Nieuwe Kerk an ihrer Stirnseite zu umrunden, als ihn ein ähnliches Gefühl befiel wie in der Nacht zuvor. Waren es in der Nacht die Kartenschnapper gewesen, deren unsichtbare Anwesenheit ihn alarmiert hatte, oder der Mann mit der schwarzen Maske, der gewiß nicht zufällig beim *Grünen Papagei* aufgetaucht war? Egal, dachte Katoen und wischte die Frage beiseite. Jetzt sollte er seine Gedanken besser auf den gegenwärtigen Verfolger richten, wer immer es auch sein mochte.

Er blieb vor dem Eingang zur Nieuwe Kerk stehen und tat, als lese er die verschiedenen Aushänge, die an einer großen Holztafel befestigt waren, um auf Gottesdienste und andere Veranstaltungen hinzuweisen. In Wahrheit beobachtete er aus den Augenwinkeln den regen Verkehr auf der Straße.

Unter dem kaum bewölkten Morgenhimmel, der wie ein leuchtend blaues Tuch über Amsterdam lag, herrschte reges Treiben. Von Pferden oder Ochsen gezogene Lastschlitten brachten Waren von oder zu den Anlegestellen am Damrak und am Singel; die Schlitten wurden innerhalb Amsterdams gern anstelle von Lastkarren benutzt, deren Räder sich bei den vielen geschwungenen Brücken, die über die Grachten führten, als untauglich erwiesen hatten. Händler trugen ihre Waren in großen Kiepen zum Markt. Hausfrauen und Dienstmädchen waren mit Körben unterwegs, um die Einkäufe für den Tag zu tätigen.

War einer von ihnen ein geheimer Verfolger, vielleicht gar der Unbekannte mit der Maske? Oder verbarg sich jemand hinter den Linden, die den Singel dort drüben säumten? Er vermochte es nicht zu sagen, aber es reute ihn, daß er nicht den Stockdegen bei sich führte, sondern nur den Dolch an der rechten Hüfte. Womöglich war es nicht nur ein einzelner Verfolger.

Jagten ihn die Kartenschnapper? Ein Angriff auf einen Amtsinspektor mitten am Tag und in dieser belebten Gegend, das konnte er sich kaum vorstellen, zumal die Kartenschnapper bislang mehr durch gewieftes als durch gewalttätiges Vorgehen bekannt geworden waren. Andererseits hatten sie beim *Grünen Papagei* bewiesen, daß sie auch vor äußerster Brutalität nicht zurückschreckten.

Abrupt drehte er sich um und musterte die Vorübergehenden, aber niemand ließ die Maske des harmlosen Passanten fallen. Er setzte seinen bisherigen Weg, der ihn zum Dam geführt hätte, nicht fort. Hätte er das getan, hätte er im Rathaus zwar Hilfe gefunden, aber dort hätte sich der Verfolger kaum zu erkennen gegeben. Also ging er in Richtung Singel und überlegte, wie er dort eine Falle stellen konnte. Mittlerweile hatte er sich entschieden, von nur einem Verfolger auszugehen. Eine ganze Bande hätte ihm auffallen müssen – das hoffte er zumindest.

Der Singel war einst ein Festungskanal gewesen, Teil der Verteidigungsanlagen, mit denen Amsterdam seine Bürger und seinen Reichtum vor äußeren Feinden schützte. An der Innenseite jenes Kanals war die Stadtmauer verlaufen, doch die immer weiter wachsende Stadt war längst über den Singel hinausgegangen, die Mauern waren schon vor einem Dreivierteljahrhundert abgerissen worden, und jetzt reihte sich dort Haus an Haus.

Katoen hielt auf die Stelle zu, wo die Oude Lelie Straat den Singel kreuzte und die breite Torensluis-Brücke die Gracht überspannte. Wo die Brücke das diesseitige Ufer berührte, erhob sich der gewaltige Rooden-Poorts-Turm. Vorrangig diente er als Militärgefängnis, aber die Wachen lieferten auch Betrunkene aus der Umgegend zur Ausnüchterung dort ein. Ein guter Ort, um sich einem Verfolger zu stellen, dachte Katoen. Im Notfall konnte er die Gefängnisaufseher zu Hilfe rufen.

An den Rändern der Brücke und auf dem Platz davor hatten Händler ihre Marktstände aufgebaut. An einem nahe gelegenen Kai wurden Schiffe entladen, deren Waren auf dem Brückenmarkt frisch zum Verkauf angeboten wurden. In dem Getümmel von Händlern, Schauerleuten und Passanten konnte man sich zwar gut verbergen, aber Katoen hatte beschlossen, den Spieß umzudrehen: Ein Verfolger mußte ihm hier dicht auf den Fersen bleiben, wollte er ihn nicht aus den Augen verlieren, und das wollte er ausnutzen, um dem Unbekannten, der für ihn bisher nicht mehr als eine bloße Ahnung war, eine Falle zu stellen.

Als er an einem Tulpenstand vorbeikam, suchten seine Augen wie von selbst nach einer schwarzen Tulpe mit blutroten Tropfen, aber der gichtgekrümmte Händler hatte nur helle, leuchtende Blumen im Angebot. Katoen beschleunigte seine Schritte und ging die glitschigen Stufen hinunter zum Kai, wo er geschickt zwischen aufgetürmten Kisten und Fässern hindurchlief. Vor ihm tauchte ein fast mannshoher Stapel breiter Kisten auf, genau das, wonach er suchte. Mit einer schnellen Drehung kauerte er sich hinter die Kisten und zog seinen Dolch. Reglos verharrte er und lauschte.

Schnelle, seltsam leise Schritte näherten sich. Er hatte sich also nicht getäuscht. Da war jemand hinter ihm her!

Nun waren die Schritte ganz nahe, hatten den Kistenstapel beinahe erreicht. Katoen streckte ein Bein aus und spürte, wie etwas dagegenstieß. Der Verfolger stolperte, rutschte auf dem nassen Stein aus und schlug der Länge nach hin. Eine Sekunde später hatte Katoen sich auch schon auf ihn geschwungen und hielt in der rechten Hand den Dolch, bereit, jederzeit zuzustoßen.

Aber das tat er nicht. Statt dessen ließ er, erstaunt und erleichtert zugleich, die Rechte mit der Waffe sinken. Unter ihm lag eine kleine, dünne Gestalt, ein Kind, das in einem schlichten Wams und einer ebenso schlichten Hose steckte, beides mehrfach geflickt. Nur zu gut kannte er diese Kleider, hatte er selbst doch früher ähnliche getragen; es waren die Kleider von Waisenkindern.

Der schmächtige Junge, den Jaepke Dircks »Schlangenkind« genannt und den der Kuppler für seine schmutzigen Geschäfte mißbraucht hatte, sah ihn ängstlich an. Rasch steckte Katoen den Dolch zurück in die Scheide und gab den Jungen frei.

»Felix?« Er nannte das Kind bei dem Namen, den er selbst ihm gegeben hatte, weil er keinen anderen kannte. »Was tust du hier?«

»Ich bin Euch gefolgt«, antwortete der Junge mit den fast mädchenhaft geschwungenen Lippen nach einigem Zögern leise.

»Das habe ich wohl gemerkt. Wie lange schon?«

»Seit heute morgen.«

»Und gestern?«

Verwirrt blickte der Junge ihn an, und Katoen stellte zu seinem Befremden fest, daß Felix' Augen schwarz waren. Zumindest waren sie derart dunkel, daß er sie nicht anders hätte beschreiben können. Im Waisenhaus hatte man den Jungen gründlich gewaschen, sein Haar und seine Nägel geschnitten und ihn in die zwar abgetragenen, aber sauberen Kleider gesteckt, doch das schwarzhaarige, dunkelhäutige Kind erschien ihm trotzdem wie ein Wesen aus einem fremden Land. Wie eine schwarze Raubkatze aus dem Dschungel der fernen Gewürzinseln, eine Raubkatze, die durch einen geheimnisvollen Zauber Menschengestalt angenommen hatte.

»Bist du mir gestern auch schon gefolgt?« präzisierte Katoen seine letzte Frage.

»Nein. Ich bin erst heute morgen aus dem Waisenhaus weg, gleich nach dem Wecken.«

»Warum bist du weggelaufen?«

»Um Euch zu suchen.«

Inzwischen hatten sie die Aufmerksamkeit einiger Schauerleute erregt, die fragend zu ihnen herübersahen. Katoen half dem Jungen auf, und sie verließen den Kai.

Anfangs hielt er Felix am Oberarm fest, dann ließ er ihn los. Warum sollte der Junge flüchten, wenn er ihm doch eben noch nachgelaufen war? Aber kaum hatte er seinen Griff gelockert, war Felix auch schon verschwunden. Katoen sah sich um und entdeckte ihn vor dem Stand eines Spielzeugverkäufers, dessen Vorführung der Junge, wie auch ein paar andere Kinder, mit großen Augen verfolgte. Der wohlgenährte Mann hielt ein umrandetes Holzbrett hoch, über dessen Vorderseite ein feinmaschiges Gitter gespannt war. Zwischen der hölzernen Rückwand und dem Gitter steckte eine Vielzahl kleiner Holzkugeln, die in verschiedenen Farben bemalt waren. Immer wieder schüttelte der Mann das Brett, und das so geschickt, daß die Kugeln jedesmal eine andere Figur bildeten.

»Seht doch, liebe Kinder, welch schöne Bilder ihr mit den Holzkugeln schaffen könnt! Hier, der Kopf eines Pferdes! Ein Lastkahn! Ein Haus! Und hier, eine prächtige Kutsche!« Doch die eben noch freundliche Miene des Händlers verdüsterte sich, als sein Blick auf Felix fiel. »He, du, Waisenkind, verschwinde von hier! Du kannst dir doch nichts kaufen und versperrst anderen Kindern nur die Sicht!«

Katoen trat an den Stand und sagte laut: »Vielleicht hat der Junge Geld dabei.«

»Ach was!« Der Händler machte eine verächtliche Geste. »Ich habe noch nie ein Waisenkind mit Geld in der Tasche gesehen. Der Waisenbengel hat nicht einen Pfennig in der Tasche.«

»Würdet Ihr ihm denn das Spielzeug da für einen Pfennig verkaufen?«

»Wenn er den hat, natürlich!« Der Spielzeugverkäufer lachte laut, und ein paar der Umstehenden fielen in das Gelächter ein.

Katoen ging in die Hocke und drückte Felix eine kleine deutsche Münze, die dem Wert eines Pfennigs entsprach, in die Hand. »Kauf es dir!«

Staunend blickte Felix erst Katoen und dann das Geldstück an, bevor er die Hand in Richtung des Händlers ausstreckte.

»Na los, gebt ihm das Spielzeug!« sagte Katoen.

Der verblüffte Händler schüttelte den Kopf. »Nein, nein, so haben wir nicht gewettet. Ihr habt dem Jungen den Pfennig gegeben.«

»Und jetzt gehört er ihm. Ihr habt gesagt, Ihr würdet ihm das Spielzeug für einen Pfennig verkaufen. Also, nun steht zu Eurem Wort!«

Der Spielzeugverkäufer schüttelte den Kopf noch energischer. »Ich denke nicht daran!«

Mit einem schnellen Schritt stand Katoen neben dem Mann, packte ihn am Kragen seines grauen Wamses und zog ihn unsanft zu sich heran. »Wenn Ihr dem Jungen jetzt nicht das Spielzeug verkauft, werfe ich Euch und Euren ganzen Kram hier in den Singel!«

Hektische rote Flecke tanzten im Mondgesicht des Händlers. »Das wagt Ihr nicht. Ich werde die Wachen da vorn im Turm rufen und Euch einsperren lassen!«

»Da bin ich gespannt. Es wäre sicher das erste Mal, daß sie einen Amtsinspektor, einen Vertreter des Amtsrichters, einsperren.«

»Ihr seid ...« Der Händler stockte, und Katoen nickte. »Das ... das wußte ich nicht. Selbstverständlich soll der Junge sein Spielzeug kriegen.«

»Gut«, sagte Katoen nur und ließ den Mann los.

Der beugte sich zu Felix vor, rang sich ein Lächeln ab und hielt ihm das Spielzeug hin. »Hier, nimm, Junge!«

Zögernd griff Felix mit der linken Hand danach, während er die rechte mit der Münze weiterhin ausgestreckt hielt.

»Nein, laß nur«, sagte der Händler. »Ich schenke dir das Perlenbrett.«

»Der Junge hat Geld«, sagte Katoen kühl, »und er wird die Ware bezahlen!«

»Ja, natürlich.« Der Spielzeugverkäufer nickte und nahm die Münze aus der Kinderhand.

Katoen legte einen Arm um Felix' Schultern. »Jetzt komm, mein Sohn, wir gehen erst einmal etwas essen. Du hast sicher Hunger, oder?«

Felix nickte, und sie verließen den Spielzeugstand und die gaffende Menge, die sich schnell zu dem kleinen Schauspiel eingefunden hatte. Unweit der Brücke gab es eine Garküche, in der Katoen Brot, Ziegenkäse und kalten Braten bestellte, dazu ein Bier für sich und Ziegenmilch für Felix.

Der Junge ließ es sich schmecken, während das Perlenbrett in Reichweite neben ihm auf dem Tisch lag. Für Katoen sah es so aus, als behielte er es ständig im Auge. Vielleicht war es sein erstes eigenes Spielzeug.

Nachdem Felix eine Portion verdrückt hatte, die ausgereicht hätte, um einen erwachsenen Mann für den ganzen Tag zu sättigen, fragte Katoen ihn erneut, warum er aus dem Waisenhaus weggelaufen sei.

Der Junge suchte lange nach geeigneten Worten. »Dort ist alles so streng. Es ist nicht schön da.«

»Dazu ist ein Waisenhaus auch nicht da. Du hast ein Dach über dem Kopf, ein warmes Bett in der Nacht, Kleidung und genug zu essen.« Katoen grinste. »Auch wenn es hier sicher besser schmeckt.«

»Ich hab keine Zeit für mich. Ihr kennt das nicht. Wir müssen immer nur lernen und arbeiten.«

»Hattest du denn Zeit für dich, als du für den Kuppler gearbeitet hast?«

Felix trank von der Ziegenmilch, die rund um seinen Mund einen weißen Bart hinterließ, und nickte. »Mehr als jetzt. Da war ich nicht immer nur in einem Haus eingesperrt.«

»Du solltest froh sein, daß man sich so um dich kümmert.«

Der Junge seufzte und wiederholte: »Ihr kennt das nicht.«

»Doch«, erwiderte Katoen. »Ich kenne das. Auch ich

habe ein paar Jahre in einem Waisenhaus zugebracht, nachdem mein Vater gestorben war. Er war Seemann, mußt du wissen, und hat unter Admiral Tromp gegen die Spanier gekämpft. Nachdem er in der Schlacht gegen die Zweite Spanische Armada gefallen war, kamen meine Schwester und ich ins Waisenhaus.«

»Ihr habt wenigstens eine Schwester.«

»Aber ich habe sie kaum gesehen. Damals gab es das große Waisenhaus an der Amstel, in das ich dich gebracht habe, noch nicht. Es war nicht so wie heute, daß Jungen und Mädchen im selben Haus wohnen.«

»Hattet Ihr keine Mutter?«

Katoens Züge verdüsterten sich. »Die war schon vorher von uns gegangen. Eine Nachbarin hat sich um meine Schwester und mich gekümmert, wenn unser Vater auf See war. Er hat ihr dafür Geld gegeben. Aber nach seinem Tod ging das nicht mehr, und so kamen wir ins Waisenhaus. Allerdings hat sich nach ein paar Jahren ein Bruder meines Vaters gemeldet, der in Utrecht lebte; der hat uns zu sich genommen.«

»Warum erst so spät?«

»Er hatte erst da von unserem Schicksal erfahren. Er und mein Vater hatten sich viele Jahre zuvor zerstritten und keinerlei Verbindung mehr unterhalten.«

»Hm«, knurrte Felix unzufrieden. »Wie kann man sich mit seinem Bruder so streiten? Ich wäre froh, wenn ich einen hätte!«

»Hast du denn gar niemanden, der zu dir gehört?«

»Nein.« Felix senkte den Blick, als müsse er sich für seine Antwort schämen.

»Was ist mit deinen Eltern, mit deiner Familie geschehen?«

»Das weiß ich nicht«, sagte Felix, der noch immer die Tischplatte anstarrte. »Ich kann mich an nichts erinnern. Von meiner Familie weiß ich nichts außer den Bildern, die ich manchmal sehe, wenn ich träume. Dann versuche ich, die Gesichter meines Vaters und meiner Mutter zu erkennen, aber es will mir nicht gelingen. Ich sehe nur verschwommene Gestalten, Tiere, Wagen und Zelte.«

»Zelte?«

»Ja. Zelte auf einer Waldlichtung. Dazwischen bewegen sich Menschen. Sie sitzen beisammen, tanzen, singen. Und plötzlich sind die Feuerreiter da …« Bei den letzten Worten hatte er begonnen zu zittern. »Sie kommen von allen Seiten, und dann steht das ganze Lager in Flammen!«

»Und was dann?«

»Das weiß ich nicht. Die Flammen haben alles verbrannt. Ich kann mich nur noch an später erinnern. Da war ich bei einem Schausteller und mußte mich immer zwischen dicht beieinanderstehenden Holzstäben hindurchwinden. Die Leute haben dafür bezahlt, das Schlangenkind zu sehen.«

»Woher hast du diese Fähigkeit? Von deinen Eltern?«

Jetzt erst sah Felix ihn wieder an, aber sein Blick war seltsam leer.

»Ich weiß es nicht. Ich weiß gar nichts von damals.«

»Quäl dich nicht weiter mit diesen Gedanken, Felix.« Katoen stutzte. »Ist es dir überhaupt recht, wenn ich Felix zu dir sage?«

»Es gefällt mir. Endlich habe ich einen Namen.« Felix zierte sich etwas, bevor er weitersprach: »Darf ich bei Euch bleiben?«

»Wie meinst du das?«

»Ich möchte nicht zurück ins Waisenhaus.«

»Das geht nicht«, sagte Katoen und sah sofort die Enttäuschung auf dem Gesicht des Jungen. »Ich lebe allein und habe niemanden, der sich um dich kümmern könnte. Aber ich sage dir was: Ich werde dich oft besuchen, und wenn ich Zeit habe, unternehmen wir einen Ausflug. Der Spielzeugverkäufer an der Torensluis freut sich bestimmt, wenn er uns wiedersieht.«

Er lächelte verschwörerisch, und schließlich lächelte auch Felix. Vielleicht, dachte Katoen hoffnungsvoll, habe ich dem Jungen den passenden Namen gegeben.

Kapitel 11

Der Schwager des Sargmachers

Katoen brachte Felix zurück in das Waisenhaus an der Amstel und nahm den Hausvater kurz beiseite. Der ließ sich durch gute Worte und noch mehr durch eine kleine Spende dazu bewegen, kein Wort über den ungenehmigten Ausflug des Jungen zu verlieren. Als Katoen sich von Felix verabschiedete, drückte dieser das Perlenbrett fest gegen seine Brust, sagte aber kein Wort.

Zurück im Rathaus, traf Katoen auf den Amtsrichter, der gerade von einer Sitzung kam und ihn auf ein Wort in seine Dienststube bat. »Ihr seid sehr beschäftigt, Mijnheer Katoen, man bekommt Euch kaum zu Gesicht. Ich hoffe, Eure Ermittlungen machen Fortschritte.«

Katoen verstand die versteckte Frage sehr wohl. Van der Zyl zündete sich eine Pfeife an und tat, als sei er allein damit beschäftigt. Aber Katoen war sich sicher, daß er die ungeteilte Aufmerksamkeit des Amtsrichters besaß.

»Die Ermittlungen gestalten sich schwierig, und noch ist es zu früh, um auch nur ansatzweise von einem bestimmten Verdacht zu sprechen. Es fehlt noch an Fakten, und ich möchte mich nicht in Spekulationen ergehen.«

Er fühlte sich unbehaglich, und sein Stuhl kam ihm auf

einmal sehr unbequem vor. Würde der Amtsrichter sich mit diesen vagen Erläuterungen zufriedengeben, oder würde er nachhaken? Würde Katoen erklären müssen, was er in der vergangenen Nacht beim *Grünen Papagei* gesucht hatte? Letzteres wollte er vermeiden, zumindest zum gegenwärtigen Zeitpunkt. Es war zwar nicht ungewöhnlich, daß ein Amtsinspektor sein nicht übermäßig üppiges Gehalt durch private Aufträge aufbesserte, aber in diesem Fall waren die Verhältnisse etwas undurchsichtiger, da er den Verdacht nicht los wurde, daß Joan Blaeu etwas vor ihm verbarg.

Wie würde van der Zyl diesen Verdacht aufnehmen? Würde er Ermittlungen in diese Richtung behindern oder gar unterbinden? Nein, das glaubte Katoen nicht, dafür waren das Pflichtbewußtsein des Amtsrichters und sein Bestreben nach Aufklärung der Tulpenmorde zu groß. Aber vielleicht setzte er Blaeu, der zu seinen Freunden zählte, von Katoens Verdacht in Kenntnis, und wenn nicht absichtlich, dann möglicherweise durch eine unüberlegte Bemerkung.

Deshalb hielt Katoen es für besser, van der Zyl derzeit nicht wissen zu lassen, daß einer der angesehensten Bürger der Stadt, ein Mitglied des Magistrats, ihm suspekt erschien. Sicher war Blaeu selbst nicht der Mörder, aber daß er leugnete, etwas von dem Manuskript des Kreuzfahrers zu wissen, warf den Schatten eines zwar ungewissen, aber doch nagenden Verdachts auf ihn.

»Ihr werdet das Richtige tun, ich setze vollstes Vertrauen in Euch«, sagte van der Zyl zu Katoens Erleichterung. »Laßt es mich wissen, wenn sich etwas Neues ergibt.«

»Das werde ich«, versprach Katoen mit dem geheimen Vorsatz, den Zeitpunkt, zu dem er den Amtsrichter über die Ermittlungen ins Bild setzte, selbst zu bestimmen.

»Gut, dann begebt Euch wieder an Eure Arbeit!« Van der Zyls Mund verzog sich zu einem Lächeln. »Aber vergeßt dabei das Leben nicht!«

»Wie darf ich das verstehen?«

»Bei allem Fleiß, den Ihr an den Tag legt, und bei aller Dringlichkeit, die dieser Fall zweifellos hat, solltet Ihr Eure Kräfte nicht über Gebühr strapazieren. Spannt auch einmal aus, am besten im Kreise Eurer Familie.«

»Mein Onkel lebt in Utrecht, und meine Schwester ist in Schoonhoven verheiratet. Hier in Amsterdam bin ich ohne Familie.«

»Habt Ihr noch nie daran gedacht, selbst eine zu gründen?«

»Daran denken und es tun sind zwei verschiedene Dinge. Ersteres ist einfach, aber das zweite erfordert die nötige Zeit und vor allem ...«

»Ja?« fragte van der Zyl, als Katoen zögerte.

»Die richtige Frau.«

»Da habt Ihr allerdings recht, Katoen, die will erst einmal gefunden sein. Aber verliert das nicht aus den Augen, Ihr seid jetzt im richtigen Alter zum Heiraten. Aus Euch kann in dieser Stadt etwas werden, aber ein erfolgreicher Mann braucht eine treue Frau an seiner Seite. Nun ja, Ihr werdet das schon machen. Doch auch wenn Ihr noch ledig seid, solltet Ihr die angenehmen Seiten des Lebens nicht vernachlässigen. Oder gerade deshalb.« Der Amtsrichter lachte. »Meine Schwester und ich wollen morgen abend eine kleine Bootspartie mit Picknick unternehmen. Seid dabei doch bitte unser Gast! Ihr kennt Catrijn ja. Sie würde sich bestimmt freuen, Euch wiederzusehen.«

Katoen zögerte. Wußte der Amtsrichter, was nach der Geselligkeit in seinem Haus zwischen seiner Schwester und dem Amtsinspektor geschehen war? Ahnte er es zumindest? Vielleicht hatte Catrijn etwas angedeutet. Jedenfalls klang die Einladung eingedenk der vorangegangenen Worte van der Zyls gar nicht so, als habe er etwas gegen eine Verbindung von Katoen und Catrijn einzuwenden, ganz im Gegenteil. Was Katoen verwunderte, aber auch erfreute. Offenbar hatte er sich diesbezüglich ganz unnötig Sorgen gemacht. Und da er Catrijn unter diesen Umständen nur zu gern wiedersehen wollte, nahm er die Einladung schließlich an.

»Wunderbar«, sagte van der Zyl erfreut. »Dann erwarte ich Euch morgen abend um fünf beim Boot. Es liegt direkt vor meinem Haus. Das Wetter scheint sich zu bessern, es wird gewiß ein herrlicher Ausflug!«

Als Katoen das Zimmer des Amtsrichters verließ, war er bester Laune, was ihm sein Abenteuer der vergangenen Nacht als nicht mehr gar so unerquicklich erscheinen ließ. Daß van der Zyl ihn auf den Bootsausflug einlud und dabei ganz offen von seiner Schwester sprach, war mehr als nur ein gutes Zeichen. Es öffnete ihm die Tür in eine neue Welt, in die Kreise der verdientesten Bürger von Amsterdam. Schon sah er sich, Catrijn an seiner Seite, als einen der Ihren.

Bislang hatte er nicht recht gewußt, wohin es in seinem Leben noch gehen würde. Gewiß, als Amtsinspektor hatte er, der Sohn eines einfachen Seemannes, es zu etwas gebracht, und anfangs war er sehr stolz gewesen auf das, was er erreicht hatte. Aber mittlerweile fühlte er eine seltsame Leere in sich – und den Wunsch, seinem Leben etwas hinzuzufügen, etwas Wichtiges, Entscheidendes.

Eine Frau und Kinder, eine Familie, war es das, was ihm fehlte? Ja, das war es wohl. Während seines Beisammenseins mit Felix hatte er sich wie ein Vater gefühlt, der zu seinem Sohn spricht, und es war ein gutes Gefühl gewesen. Die Worte des Amtsrichters ließen das bisher Nebelhafte in greifbare Nähe rücken, und von einer inneren Hochstimmung erfüllt, suchte Katoen seine Dienststube auf. Er summte ein schwungvolles Seemannslied vor sich hin, das er in einem Musico aufgeschnappt hatte.

Sobald er die Zimmertür geöffnet hatte, verstummte er

schlagartig. Da saßen Jan Dekkert und Joris Kampen, und ihre Mienen verrieten, daß sie seine gute Laune befremdlich fanden.

»Gibt es gute Neuigkeiten?« fragte Dekkert. »Dann laßt sie uns doch wissen!«

Katoen schloß die Tür hinter sich, legte seinen Hut ab und nahm Platz. »Nichts Weltbewegendes. Ich komme gerade von van der Zyl, und er hat mich seines Vertrauens in unsere Arbeit versichert. Was habt Ihr herausgefunden?«

In Kampens sonst immer etwas müde wirkenden Augen leuchtete es auf. »Wir wissen etwas über Jaepke Dircks!«

»Und was?«

Bevor Kampen die Frage beantworten konnte, beugte Dekkert, der eindeutig der hellere und regere von beiden war, sich zu Katoen vor. »Warum sind wir eigentlich hinter Dircks her? Sollten wir nicht all unsere Kräfte darauf verwenden, den Tulpenmörder zu fassen?«

»Vielleicht fassen wir ihn gerade dann, wenn wir uns den Kuppler noch einmal vorknöpfen.«

»Ihr sprecht in Rätseln.«

Es war an der Zeit, seine beiden Büttel einzuweihen. Er war auf ihre Hilfe angewiesen, also öffnete er den Lederbeutel, den er von Blaeu erhalten hatte, und zählte jedem der beiden zehn Gulden in die Hand.

»Wofür ist das?« fragte Dekkert verblüfft.

»Ihr solltet lieber fragen, von wem.«

Dekkert sah ihn gespannt an. »Also gut, von wem?«

»Von dem ehrenwerten Joan Blaeu«, sagte Katoen und erzählte ihnen von seinen Gesprächen mit dem Kartenmacher, von den nächtlichen Ereignissen beim *Grünen Papagei* und von seinem Verdacht gegen Blaeu.

Dekkert kicherte. »Also laßt Ihr Euch von Meister Blaeu dafür bezahlen, daß Ihr insgeheim gegen ihn ermittelt!«

»Wenn Ihr es so ausdrückt, treibt Ihr es sehr auf die Spitze.«

»Und doch ist es so, oder?«

»Vielleicht. Zunächst einmal zahlt Blaeu die Belohnung dafür, daß er seine gestohlenen Karten wiedererhält. Was sich daraus ergibt, werden wir sehen. Nehmt die zehn Gulden also als Anzahlung, das Zehnfache wartet auf jeden von Euch, wenn wir Blaeu die Karten zurückbringen. Aber zu niemandem ein Wort! Joan Blaeu ist ein mächtiger Mann, und falls er unschuldig ist, sollten wir ihn nicht grundlos verärgern. Also, wie steht es, seid Ihr dabei?«

»Ja«, sagte Dekkert nach kurzem Nachdenken, und auch Kampen willigte ein. Da war Dekkert aber schon einen Schritt weiter und sagte: »Ihr wollt über Dircks an die Kartenschnapper herankommen, nehme ich an.«

»So ist es. Letzte Nacht hat Dircks mir die Sache verdorben. Da ist es nur recht und billig, wenn er uns jetzt behilflich ist.«

»Freiwillig wird er das kaum sein.«

»Damit rechne ich auch nicht.«

Dekkert grinste breit. »Dann ist gewiß hilfreich, was wir über ihn in Erfahrung gebracht haben. Er kuppelt nämlich fröhlich weiter.«

»Erzählt mehr!« verlangte Katoen, während er drei kleine Zinnbecher mit dem selbstgebrannten Heidelbeerschnaps seines Onkels füllte.

»Kennt Ihr den Sargmacher an der Prinsengracht, dicht bei der Westerkerk?« fragte Dekkert, während er seinen Becher zum Mund führte.

Katoen nickte. »Ein großes Geschäft mit angrenzender Werkstatt in einem umgebauten Lagerhaus, ungefähr da, wo die Rozengracht auf die Prinsengracht stößt, nicht wahr?«

»Genau. Der Inhaber heißt Maurits Hoven, und er ist verheiratet.«

»Das soll vorkommen.«

Dekkert sah Katoen frohlockend an. »Ratet, mit wem!«

»Ihr solltet Euer Geld als Geschichtenerzähler verdienen, Jan«, seufzte Katoen. »Ihr habt wirklich eine Begabung dafür, die einfachsten Dinge spannend darzustellen. Wenn wir alle, die sich unerlaubt in Amsterdam aufhalten, einbeziehen, kommen wir auf zweihunderttausend Einwohner. Wie soll ich da erraten, wer die Frau dieses Sargmachers ist?«

»Ihr Name ist Gefjon Dircks.«

Katoen wurde hellhörig. »Sagtet Ihr Dircks?«

»Ja, sie ist die Schwester unseres Kupplers.«

Katoen las in dem kaum verhohlenen Grinsen Dekkerts, daß dieser eine wichtige Tatsache zu berichten hatte, sich offenbar aber jedes Wort aus der Nase ziehen lassen wollte. Also sagte er: »Gut und schön, aber was hilft uns das weiter?«

Bevor Dekkert seine große Neuigkeit verkünden konnte, platzte es aus Kampen heraus: »Sie treiben es da, in der Sargmacherei!« Er strahlte bei dieser Eröffnung über das ganze Gesicht und merkte gar nicht, daß Dekkert ihm einen finsteren Blick zuwarf.

»Wer treibt dort was?« fragte Katoen, und sein Ton verriet, daß er allmählich die Geduld verlor.

»In dem Haus befinden sich keine Wohnungen«, beeilte sich Dekkert zu erklären, »nur die Sargmacherei und ein großes Holzlager. Maurits Hoven wohnt mit seiner Familie ein paar Häuser weiter.«

»Bald kenne ich die Familienverhältnisse des Sargmachers besser als er selbst«, knurrte Katoen. »Nur frage ich mich, wozu?«

Dekkert stellte seinen leeren Becher auf den Tisch und hob die rechte Hand mit ausgestrecktem Zeigefinger. »Paßt auf, jetzt kommt es. Jaepke Dircks nutzt die Sargmacherei nachts für seine Kuppeleien. Er läßt Huren und Freier heranschaffen, die es dort treiben, und zwar ohne Wissen seines Schwagers. Es heißt, daß es heute wieder eine Sargnacht geben soll, wie er das nennt. Eine beschwipste Dirne hat es uns verraten, nachdem wir ihrem Schwips noch ein wenig nachgeholfen haben.«

»Könnte sie Dircks verraten, daß wir nach ihm suchen?«

»Keine Sorge.« Kampen strahlte noch immer – oder schon wieder. »Nachdem wir ihr reichlich Genever spendiert und dadurch ihre Zunge gelockert hatten, haben wir sie wegen Trunkenheit in der Öffentlichkeit eingesperrt.« Der Büttel kicherte wie ein kleines Kind über einen gelungenen Streich.

»Gut«, sagte Katoen und wandte sich an Dekkert. »Was heißt das, heute gibt es wieder eine Sargnacht?«

»Na ja, Betten gibt es in der Sargmacherei nicht, und irgendwo müssen die Huren ja liegen.«

Katoen starrte ihn ungläubig an. »Ihr meint, sie liegen in den Särgen?«

»So hat die betrunkene Dirne es uns erzählt. Sie sagt, daß viele Freier dafür sogar was extra springen lassen. Das scheint sie besonders anzufeuern.«

Katoen wischte die Vorstellung von dem, was sich nachts in der Sargmacherei abspielen mochte, beiseite. »Sei es, wie es will, für uns ist wichtig, daß wir Dircks dort antreffen.«

»Die Hure sagte, er würde da sein«, erklärte Dekkert. »Sie meinte, er hätte Angst, sonst um seinen Kuppellohn geprellt zu werden.«

Katoen schlug mit der rechten Faust so fest in die linke Hand, daß ein lautes Klatschen ertönte. »Dann haben wir ihn, den Schwager des Sargmachers!«

Die Westerkerk mit ihrem hohen Glockenturm beherrschte diesen Teil der Prinsengracht, jetzt, in der Nacht, noch deutlicher als bei Tag. Selbst die großen Häuser der reichen Kaufleute, die sich in der Prinsengracht niedergelassen hatten, wirkten im Vergleich mit der Kirche wie kleine Kinder neben ihrem riesigen Vater. Es war, als duckten sie sich in den gewaltigen Schatten des Gotteshauses, ängstlich vielleicht, aber auch auf der Suche nach Geborgenheit. So jedenfalls schien es Jeremias Katoen, als er und seine Büttel hinter einer Gruppe von Ulmen hockten und die schräg gegenüber der Kirche liegende Sargmacherei beobachteten.

Bisher hatten sie drei Nachtläuferinnen und vier Männer, die wie ehrbare Bürger aussahen, das ehemalige Lagerhaus betreten sehen. Womit sich die Worte der von Dekkert und Kampen befragten Dirne bestätigten. Auch wenn er es mit der Religion nicht so genau nahm, empfand Katoen doch das schändliche Treiben so nahe bei der Westerkerk als empörend. Es erschien ihm als Verhöhnung all dessen, woran die achtbaren Bürger Amsterdams glaubten, wonach sie strebten, wofür sie Tag um Tag ihrer ehrlichen Arbeit nachgingen.

Andererseits – war die Westerkerk nicht ein geeigneter Ort für düstere Umtriebe? Schon zwei Jahre zuvor hatten sich hier schauerliche Dinge ereignet. Der junge Maler Cornelis Suythof hatte in der Kirche nach den sterblichen Überresten des früh verschiedenen Titus van Rijn, Sohn des Malers Rembrandt van Rijn, gegraben und nur die Knochen eines Tieres gefunden. Jetzt lag Titus tatsächlich in der Westerkerk begraben und dicht bei ihm sein Vater. Katoen selbst hatte für die Bestattung von Titus gesorgt, und er war auch einer der wenigen gewesen, die dem verarmten Rembrandt das letzte Geleit gegeben hatten. Die ganze dunkle Affäre um Rembrandt und die blauen Bilder ließ ihn noch immer schaudern, und eigentlich hatte er sich gewünscht, nie wieder in etwas ähnliches verstrickt zu werden. Jetzt mußte er fürchten, daß dieser Wunsch nicht in Erfüllung ging.

Auch wenn vieles noch wie von dichtem Nebel verschleiert war, ahnte er, daß die Tulpenmorde einen nicht weniger gefährlichen, grauenerregenden Hintergrund hatten. Es war wie ein Alptraum, dessen Verlauf man nicht kennt, von dem man aber weiß, daß er böse enden wird.

Ein starker Wind, der raschelnd durch die Kronen der Ulmen fuhr, ließ Joris Kampen frösteln. »Ich glaube nicht, daß noch mehr Freier kommen. Wir sollten zuschlagen.«

Jan Dekkert grinste ihn herausfordernd an. »Wer hat dir das eingeflüstert, dein gesunder Menschenverstand oder deine klappernden Knochen? Du hättest ein dickeres Wams anziehen sollen.«

Kampen rieb sich wärmend die Oberarme. »Kann ich ahnen, daß es in der Nacht so kalt wird? Schließlich haben wir Mai.«

Dekkert wandte sich an Katoen. »Joris hat aber recht, Inspektor, wir könnten wirklich zuschlagen. In der Sargmacherei wird sich nicht viel mehr tun als jetzt.«

Katoen beobachtete die großen, vergitterten Fenster des ehemaligen Lagerhauses. Nur ein schwacher Lichtschein drang nach draußen, zu unbedeutend, um von zufälligen Passanten wahrgenommen zu werden. Jaepke Dircks ging sehr vorsichtig zu Werke – falls er sich denn überhaupt in dem Haus aufhielt.

»Ich hätte gern Gewißheit darüber, ob wir Dircks wirklich in der Sargmacherei antreffen«, sagte Katoen in demselben Flüsterton, in dem auch die beiden Büttel gesprochen hatten. »Bis jetzt haben wir ihn nicht gesehen, sondern nur den Mann, der die Tür geöffnet hat, diesen …«

»Er heißt Cristoffel, aber alle nennen ihn Stoffel«, warf Dekkert ein. »Er arbeitet in der Werkstatt des Sargmachers. Vermutlich ist er es, der dem Kuppler und seinen Dirnen des Nachts Zugang zu dem Gebäude verschafft. Auch wenn Dircks nicht da ist, sollten wir diesem Treiben ein Ende bereiten.«

»Aber wegen Dircks sind wir hier«, wandte Katoen ein. »Ein zweites Mal bietet sich uns diese Gelegenheit nicht.«

Kampen deutete nach links. »Da, da kommt jemand!«

Die Gestalt eines Mannes mit dunklem Umhang und tief in die Stirn gezogenem Hut trat in den Lichtkreis einer der Straßenlaternen. Es ging auf Mitternacht zu, und es war kaum noch jemand unterwegs. Katoens Vermutung, daß dieser Mann einem bestimmten Ziel ganz in der Nähe zustrebte, bestätigte sich, als er vor der Sargmacherei stehenblieb und den eisernen Türklopfer betätigte: dreimal kurz hintereinander und nach einer kurzen Pause noch zweimal. Das gleiche Klopfzeichen hatten auch die anderen benutzt.

Gespannt beobachteten die drei, wie die Tür geöffnet wurden, aber sie wurden aufs neue enttäuscht. Abermals war es nicht Jaepke Dircks, der den späten Besucher einließ. Zu erkennen war nur ein kleiner, aber kräftiger Mann mit O-Beinen, der Gehilfe des Sargmachers, Stoffel. Er wechselte leise ein paar Worte mit dem Neuankömmling, ließ ihn eintreten und schloß die Tür hinter ihm.

»Noch immer nichts von diesem Dircks zu sehen«, stellte Kampen überflüssigerweise fest. »Was tun wir jetzt, Baas?«

Fast wäre es Katoen in diesem Augenblick lieber gewesen, nicht der Baas – der Boß – zu sein, denn es fiel ihm nicht leicht, eine Entscheidung zu treffen. Wenn sie in die Sargmacherei eindrangen und Dircks nicht dort antrafen, wäre der Kuppler gewarnt und würde ihnen nicht so leicht wieder eine Gelegenheit bieten, ihn auf frischer Tat zu ertappen. Griffen sie jetzt nicht zu, war ebenso fraglich, wann sie ihn das nächste Mal erwischen konnten.

Die Zeit drängte, nicht nur in bezug auf die gestohlenen Karten. Viel größer war Katoens Sorge, daß der Tulpenmörder erneut zuschlagen könnte. Und falls er es am nächsten Montag zu tun gedachte, blieben ihnen gerade noch drei Tage Zeit, ihn zu fassen, vier, wenn man den Montag mitzählte.

Freilich bestand die Möglichkeit, daß Stoffel, die Freier und die Nachtläuferinnen den Kuppler durch ihre Aussagen belasteten, aber um das zu erreichen, hätte Katoen aus dem, was sich in der Sargmacherei zutrug, einen offiziellen Vorgang machen müssen. Das lag nicht in seiner Absicht, weshalb er auch darauf verzichtet hatte, die Nachtwache zur Unterstützung anzufordern. Im Gegensatz zu der Falle, die seine Büttel und er Dircks am vergangenen Montagabend im Labyrinth gestellt hatten, waren sie dieses Mal auf sich allein gestellt.

»Ach, was soll's«, knurrte er schließlich. »Wir gehen da jetzt rein! Überprüft eure Waffen!«

Sie trugen jeder eine doppelläufige Pistole bei sich, und keine Minute später standen sie mit schußbereiten Waffen vor dem Eingang der Sargmacherei. Katoen griff mit der Linken nach dem eisernen Türklopfer und ließ ihn dreimal kurz hintereinander gegen das Holz schlagen, wartete ein paar Sekunden und klopfte dann noch zweimal. Von drinnen war nichts zu hören. Der schwache Lichtschein, der zuvor durch die Fenster nach draußen gefallen war, war erloschen.

»Haben die etwa Lunte gerochen?« zischte Kampen.

Katoen bedeutete ihm zu schweigen, denn er hatte jetzt doch etwas gehört. Ein leises Quietschen, wie man es beim Öffnen oder Schließen einer Tür zuweilen vernimmt, dann lauter werdende Schritte. Ein Schlüssel wurde im Schloß herumgedreht, und die Haustür ging einen Spaltbreit auf.

Vor ihnen stand Stoffel, dessen mächtiger Kopf mit dem wirren roten Haarschopf im Verhältnis zu seinem Körper viel zu groß wirkte. Der Anblick von gleich drei Freiern sorgte für einen erstaunten Ausdruck auf dem mit Sommersprossen gesprenkelten Gesicht. Als der Gehilfe des Sargmachers die Schußwaffen erblickte und begriff, daß die drei keineswegs Freier waren, sondern unzweifelhaft andere Absichten verfolgten, gesellte sich, wie seine geweiteten Augen verrieten, zu seinem Erstaunen nackte Angst.

»Schön ruhig bleiben«, ermahnte Katoen ihn flüsternd und drückte Stoffel den Doppellauf seiner Pistole gegen die Stirn. »Wenn du Lärm schlägst, verteile ich den Inhalt deines Kopfes über halb Amsterdam. Verstanden?«

Stoffel, der kaum zu atmen wagte, nickte vorsichtig.

»Ist Jaepke Dircks da drin?«

Wieder nickte der Rothaarige nur ganz kurz.

»Dann führ uns zu ihm, aber hübsch leise! Denk immer daran, daß sechs mit Blei gefüllte Läufe auf dich gerichtet sind!«

Stoffel machte ganz langsam kehrt und ging, gefolgt von den drei unerwarteten Besuchern, durch eine Diele. Vor einer Tür, hinter der undeutliche Worte und ein nur allzu deutliches Stöhnen ertönten, blieb er stehen.

»Aufmachen und reingehen!« befahl Katoen. »Und immer die Ruhe bewahren!«

Stoffel öffnete die Tür, die in den Angeln quietschte, und trat in einen großen Raum, der von zwei von der Decke herabhängenden Öllampen beleuchtet wurde. Das Licht war schummrig, dem angemessen, was Katoen und seine Begleiter zu Gesicht bekamen. Eine ganze Anzahl von Särgen stand in dem Raum. Drei waren nach vorn gezogen und offen. In jedem der drei Särge lag eine entkleidete Nachtläuferin.

Die erste, ein üppiges Ding mit langem Haar, noch röter als das von Stoffel, hielt eng einen Freier umschlungen, der keuchend sein nacktes weißes Hinterteil auf und ab bewegte. Er stieß abgehackte Laute aus und bearbeitete die Frau mit solcher Gewalt, als wollte er sie durchbohren. Bei jedem Rammstoß stöhnte die Hure laut auf, und es klang durchaus echt. Allerdings fragte Katoen sich, ob sie vor Lust stöhnte oder vor Schmerz.

Die zweite Frau kniete im Sarg und hatte ihrem Freier den Rücken zugewendet, was angesichts der Tatsache, daß die besten Jahre schon weit hinter ihr lagen, durchaus angebracht schien. Während der hinter ihr kauernde Mann, auf jeden Fall jünger als sie, in sie eindrang, verzog sie ihr hageres, faltiges Gesicht, und es sah eher angestrengt aus als lustvoll. In ihrem geöffneten Mund saßen nur noch wenige, fast schwarze Zähne.

Die dritte Nachtläuferin dagegen war noch recht jung, und keine einzige Falte durchzog ihr ausdrucksloses Pfannkuchengesicht. Sie beschäftigte sich gleich mit zwei Freiern. Einen hatte sie, wie ihre rothaarige Kollegin es tat, zwischen ihren prallen Schenkeln eingeklemmt, und ihre Linke lag auf seinem Gesäß, um ihn bei seinen Bemühungen zu unterstützen. Ihre andere Hand aber langte über den Sargrand hinaus und hielt das Geschlecht eines weiteren Mannes umklammert, der mit heruntergelassenen Hosen neben dem Sarg kniete und wohlig erschauerte, während die Hure sein anschwellendes Glied massierte.

Der letzte Freier, der erst kurze Zeit vorher eingetreten war, ein feister Mann fortgeschrittenen Alters, saß auf einem der anderen Särge und beobachtete das Treiben mit glänzenden Augen. Er hatte seine Hose geöffnet und sein Glied hervorgeholt, das er mit einer Hand streichelte. In der anderen Hand hielt er einen Steingutbecher, aus dem er hin und wieder einen Schluck nahm. Als er die drei Bewaffneten eintreten sah, ließ er vor Schreck den Becher fallen. Der zersprang, sobald er auf dem Boden aufschlug, und eine dunkle Flüssigkeit breitete sich zwischen den Scherben aus.

An einem Ende des Raums dienten drei übereinandergestapelte Särge als Schanktisch, auf dem mehrere Becher standen. Jaepke Dircks hielt einen bauchigen Krug in der Hand und war damit beschäftigt, die Becher zu füllen. Als sein Blick auf die Eindringlinge fiel, war er so überrascht, daß er die Hälfte verschüttete, bevor er den Krug auf den Sarg stellte.

Mit raschen Schritten war Katoen bei ihm und richtete die Pistole auf seine Brust. »Ich wünsche Euch einen guten Abend, Mijnheer Dircks.«

In dem derben Gesicht des Kupplers zuckte es, und es kostete ihn sichtlich Mühe, ruhig zu bleiben. »Was … wollt Ihr von mir, Katoen?«

»Gestern nacht beim *Grünen Papagei* ging alles so schnell, da sind wir gar nicht zum Plaudern gekommen. Ich dachte, das holen wir jetzt nach. Oder störe ich?«

Bevor Dircks etwas erwidern konnte, knurrte der Freier, der auf dem Sarg hockte und den anderen zusah: »Ihr stört uns alle. Wer seid Ihr? Was wollt Ihr hier?«

»Ich bin Amtsinspektor der Stadt Amsterdam. Und was wir hier wollen, muß ich wohl kaum erklären. Diese widerliche Unzucht verstößt gegen das Gesetz, vom Anstand ganz zu schweigen.«

»Ich habe großen Einfluß beim Magistrat. Ich kann dafür sorgen, daß Ihr die längste Zeit Amtsinspektor gewesen seid!«

Katoen bedachte den Mann mit einem geringschätzigen Blick. »Wenn ich öffentlich berichte, was ich hier gesehen habe, lacht die ganze Stadt über Euch. Ich bezweifle, daß der Magistrat Euch dann überhaupt noch anhört. Ihr solltet froh sein, daß ich bis jetzt nicht nach Eurem Namen gefragt habe, und Ihr solltet schleunigst von hier verschwinden, bevor ich das nachhole! Dann nämlich habt Ihr mit größerem Ärger zu rechnen als mit einer feuchten Hose!«

Der Freier, der hinter der alten Nachtläuferin kniete, rief: »Heißt das, Ihr laßt uns gehen?«

Katoen nickte. »Verschwindet von hier, Ihr und das Weibsvolk! Macht schnell und vermeidet jedes Aufsehen, zu Eurem eigenen Nutzen!«

Das ließen sich die Nachtläuferinnen wie die Freier nicht zweimal sagen. Eilig stiegen sie aus den Särgen, rafften ihre auf dem Boden verstreuten Kleider zusammen und zogen sich hastig an. Auch der Mann mit den angeblich guten Verbindungen zum Magistrat hatte erkannt, daß ein geordneter Rückzug für ihn besser war als eine Auseinandersetzung mit Katoen. Hastig zog er seine Hose hoch und verließ den Raum, bevor er noch alle Knöpfe geschlossen hatte.

Katoen wandte sich an Stoffel. »Du kannst auch gehen. Aber wenn du das Geschäft deines Herrn noch ein einziges Mal als Hurenhaus mißbrauchst, werde ich den Sargmacher Hoven darüber in Kenntnis setzen, und dann landest du vor Gericht.«

»J-ja, danke«, stotterte der Rothaarige. »I-ich muß hier aber noch aufräumen.«

»Nicht jetzt, komm in einer halben Stunde wieder.«

»Ja, Mijnheer, danke nochmals«, sagte Stoffel und schloß sich den abziehenden Nachtläuferinnen und Freiern an.

Während Katoen mit dem Gehilfen des Sargmachers beschäftigt gewesen war, hatte Dircks seinen Blick auf eine offene Holzkiste gerichtet, die nicht weit von seinem Sargausschank auf dem Boden stand. Darin lagen allerhand Werkzeuge, von denen einige recht gute Waffen abgegeben hätten: Hämmer, Beitel, Sägen, ein Bohrgewinde, ein Beil und anderes mehr.

»Denkt nicht einmal daran, Dircks!« warnte Katoen. »Bevor Eure Hand auch nur in die Nähe der Kiste kommt, seid Ihr tot!«

»Offenbar«, sagte der Kuppler mit belegter Stimme und starrte auf Katoens doppelläufige Pistole. Dann sah er dem Amtsinspektor in die Augen. »Ihr veranstaltet das Ganze hier nur meinetwegen, oder?«

»Ihr seid ein kluger Mann, Dircks, nur setzt Ihr leider Euren Verstand für die falschen Ziele ein. Die Sargmacherei Eures Schwagers nachts in ein Hurenhaus zu verwandeln, auf einen solchen Gedanken muß man erst einmal kommen.«

Dircks, der das als Lob zu nehmen schien, grinste. »Ist billiger, als Zimmer für die Weiber anzumieten. Und es gibt eine

Menge Männer in Amsterdam, die gern mehr dafür bezahlen, es in einem Sarg zu treiben. Das könnte für uns beide ein gutes Geschäft sein, Katoen.«

Katoen seufzte. »Ihr lernt es nie, was? Ich will mit Euren dreckigen Geschäften nichts zu schaffen haben. Im übrigen steht Ihr kurz davor, wieder vor Gericht zu landen. Dann allerdings, das verspreche ich Euch, werdet Ihr Euch nicht freikaufen können. Wenn ich erzähle, was ich hier gesehen habe, stehen Euch ein paar schwere Jahre im Rasphuis bevor!«

Erneut zuckten die Gesichtsmuskeln des Kupplers, und es fiel ihm sichtlich schwer, nicht auf Katoen loszugehen. Aber letztlich siegte seine Schläue über seinen Zorn. Er wußte, daß er gegen sechs geladene Pistolenläufe auch nicht den Hauch einer Erfolgsaussicht hatte. Das Blei würde ihn auf die kurze Distanz in Fetzen reißen.

»Ich sehe schon, mit Euch ist nicht zu handeln, Herr Amtsinspektor.« Er betonte die letzten beiden Worte dermaßen, daß es sich fast wie eine Verhöhnung anhörte. »Dann sagt mir endlich, was Ihr dafür verlangt, daß ich dem Rasphuis entgehe!«

Statt zu antworten, fragte Katoen: »Dekkert, Kampen, sind alle weg?«

»Ja«, antwortete Dekkert. »Die feine Gesellschaft hat sich verzogen.«

»Gut. Kampen, Ihr bewacht die Eingangstür und sorgt dafür, daß wir keine ungebetenen Besucher haben. Dekkert, Ihr bleibt hier.«

Während Kampen den Raum verließ, wandte Katoen sich wieder dem Kuppler zu. »Was ich von Euch will, ist eigentlich recht simpel: Macht den Schaden wieder gut, den Ihr vergangene Nacht angerichtet habt!«

»Ich verstehe nicht.«

»Ich kam in ehrlicher Absicht zum *Grünen Papagei*. Es war

keine Falle. Durch Euer Geschrei habt Ihr den Handel vereitelt.«

»Und der Maskierte? Hat der etwa nicht zu Euch gehört?«

»Nein, auch wenn Ihr mir das nicht glaubt. Ich war von seinem Auftauchen nicht minder überrascht als Ihr. Sagt das Euren Komplizen. Und sagt Ihnen auch, daß der Eigentümer nach wie vor gewillt ist, die Ware zurückzukaufen. Sie sollen Zeit und Ort für ein neues Treffen benennen.«

Dircks schüttelte den Kopf. »Aber ich gehöre nicht zu den Kartenschnappern!«

»Da hatte ich aber einen anderen Eindruck.«

»Die haben mich angeheuert, eigens für dieses Treffen. Ich wußte nicht, daß ich es mit Euch zu tun bekomme, sonst hätte ich abgelehnt. Als ich Euch gegenüberstand, war ich ebenso verblüfft wie Ihr.«

»Wer genau hat Euch angeheuert? Und wann?«

»Gestern nachmittag ist einer der Kartenschnapper zu mir gekommen, aber seinen Namen hat er nicht genannt.«

»Und warum hat keiner aus der Bande den Boten spielen wollen?«

»Vielleicht aus Furcht vor einer Falle?«

»Möglich«, brummte Katoen. »Ihr habt doch bestimmt eine Möglichkeit, Verbindung zu Eurem Auftraggeber aufzunehmen.«

Der Kuppler schluckte schwer. »Wenn ich Euch das verrate, Katoen, schneiden die Kartenschnapper mich bei lebendigem Leib in Streifen. Dann lasse ich mich lieber von Euch ins Rasphuis sperren.«

»Das kann schnell geschehen. Aber behaltet Euer Wissen ruhig für Euch. Wichtig ist nur, daß Ihr Verbindung zu den Kartenschnappern aufnehmt und ihnen sagt, was ich Euch gesagt habe. Dann kommt Ihr zu mir und teilt mir den neuen Treffpunkt mit. Ihr wißt ja, wo Ihr mich findet.«

»Was ist, wenn die gar kein weiteres Treffen wollen? Vielleicht trauen sie Euch nicht mehr.«

»Ihr solltet sie in Eurem eigenen Interesse von meiner Redlichkeit überzeugen, Dircks!« sagte Katoen und kitzelte den Hals des Kupplers mit der doppelten Mündung seiner Waffe.

Kapitel 12

Die Waffen einer Frau (1)

Freitag, 12. Mai 1671

Am Freitagmorgen war von der Kälte der vergangenen Nacht nicht mehr viel zu spüren. Der Wind hatte sich gelegt, und kaum eine Wolke hing am Himmel. Die verheißungsvollen Strahlen der über den Dächern Amsterdams aufsteigenden Sonne entfalteten ungehindert ihre wärmende Kraft und steigerten Katoens gute Laune noch, als er sich auf den Weg zur Gravenstraat machte, um Joan Blaeu zu berichten, daß es neue Hoffnung gab. Zwar war nicht gewiß, daß die Kartenschnapper sich auf ein zweites Treffen einließen, doch er vertraute der Überredungskunst des Kupplers Dircks. Der wußte, was ihm blühte, wenn Katoen die Vorkommnisse in der Sargmacherei zur Anzeige brachte, und würde sich anstrengen, die Kartenschnapper von Katoens ehrlichen Absichten zu überzeugen. Ein erfolgreicher Rückkauf der gestohlenen Karten wiederum würde ihm, so hoffte Katoen, das Vertrauen des Kartenmachers einbringen, und das würde ihm helfen herauszufinden, warum Blaeu sich über das Manuskript des Kreuzfahrers ausschwieg.

So zumindest malte Katoen es sich aus, während er die frische Luft einatmete und begann, ein fröhliches Lied zu pfeifen, denn ihm schien, daß an diesem Morgen alles pfiff und sang, nicht nur die Vögel, die in den Bäumen und auf den Dächern saßen. Auch die alltäglichen Laute der geschäftigen Stadt klangen in seinen Ohren wie eine heitere Melodie: die Kommandos der Fuhrleute, die ihre Schlittengespanne antrieben; das Schnaufen der Pferde und Ochsen; die Rufe der Marktweiber, die ihre Waren anpriesen; das muntere Plappern der Hausfrauen, die zum Markt unterwegs waren; das Kratzen der Scheuerbürsten, mit denen die Dienstmägde die Hauseingänge und das Straßenpflaster davor reinigten; das Klappern des Geschirrs, das aus den Wirtshäusern und Garküchern drang; das Kläffen der Straßenköter, die sich um ein paar Abfälle zankten. All das ergab für ihn das Lied einer gedeihenden Stadt, eines aufstrebendes Volkes, und er fiel wie von selbst mit seinem Pfeifen ein.

Das Konzert endete abrupt, als er in der Nähe von Joan Blaeus Werkstatt mit einer Frau zusammenstieß, deren Hast ungleich größer war als die Aufmerksamkeit, die sie ihren Mitmenschen schenkte. Sie trug ein schmuckloses Kleid in schlichtem Braun und hatte ein helles Tuch um den Kopf geschlungen. Sie war so in Eile, daß sie ohne ein Wort der Entschuldigung weitergehen wollte, in dieselbe Richtung wie Katoen. Er aber packte sie am Oberarm und hielt sie fest.

»Anna?«

Sie wandte sich zu ihm um, und ihr schmales Gesicht, das eben noch verkniffen gewirkt hatte, hellte sich ein wenig auf. »Oh, Ihr seid das, der Amtsinspektor Katoen. Verzeiht, daß ich Euch nicht gleich erkannt habe, aber ich muß mich sehr sputen.«

Anna Swalmius schien von großer innerer Unruhe getrieben. Als Katoen ihren Arm losließ, spürte er, wie sehr es sie drängte, ihren Weg fortzusetzen.

»Dieser schöne Morgen ist nicht zum Hetzen geschaffen«, sagte er lächelnd. »Wohin wollt Ihr so dringend?«

»Zu Joan Blaeu, dem Kartenmacher.«

Katoen machte aus seinem Erstaunen keinen Hehl. »Wirklich? Dann haben wir denselben Weg. Aber Eure Eile verstehe ich dennoch nicht.«

»Mein Vater ist mir schon wieder fortgelaufen«, erklärte sie in gequältem Ton. »Ich hoffe, ihn dort zu finden.«

»Bei Joan Blaeu? Wie kommt Ihr darauf?«

Wortlos nahm sie ein paar bedruckte Bögen Papier aus dem dünnen Beutel, der an ihrer Hüfte hing, und reichte sie Katoen. Es war die neueste Ausgabe des *Amsterdamer Morgens*, und Anna zeigte auf einen Artikel auf der zweiten Seite.

Neues Buch für Tulpenfreunde

Der bekannte Amsterdamer Verleger Joan Willemszoon Blaeu will ein neues Buch drucken für alle Freunde der Tulpe und solche, die es werden wollen.

In dem Band, den Blaeu in seiner neuen Druckwerkstatt in der Gravenstraat herzustellen gedenkt, sollen die Schönheiten der Tulpe und die Vorzüge, die man dank der Beschäftigung mit ihr erfährt, gepriesen werden.

Der Verleger selbst ist ein großer Tulpenfreund und gehört jenen »Verehrern der Tulpe« an, die sich durch ihre Wohltätigkeit in ganz Amsterdam einen Namen gemacht haben. Meister Blaeu nennt es sein Ziel, mit dem Buch, dessen Beiträge von namhaften Tulpenkennern stammen, das Ansehen der Tulpe zu heben und dieser Blume wieder zu der allgemeinen Wertschätzung zu verhelfen, die sie vor der Katastrophe besaß, mit der das Tulpenfieber vor mehr als dreißig Jahren seinen traurigen Höhepunkt erreichte.

Sobald Katoen den Artikel gelesen hatte, war ihm klar, weshalb Anna so eilig zu der Werkstatt des Kartenmachers wollte. »Ihr befürchtet, daß Euer Vater bei Joan Blaeu aus der Haut fährt, wie er es auch bei Willem van Dorp getan hat, nicht wahr?«

»Ja, ich ahne das Schlimmste. Vater wird alles tun, um das Erscheinen dieses Tulpenbuches zu verhindern.«

»In Blaeus Werkstatt wird man schon mit ihm fertigwerden.«

»Das eben befürchte ich. Mein Vater ist alt und schwach, ihm kann leicht etwas zustoßen.«

Katoen gab ihr die Zeitung zurück. »Ihr solltet Eurem Vater keine Zeitungen zu lesen geben, wenn er sich gleich derart aufregt.«

»Ach, nein? Er hat mit seinem Vermögen auch die Welt verloren, in der er lebte. Wollt Ihr ihm jetzt obendrein noch sein einziges Vergnügen nehmen, das darin besteht, über die Welt zu lesen?«

Seine Worte schienen Anna verletzt zu haben, was nicht in seiner Absicht gelegen hatte. Er hätte sie gern getröstet und seines Mitgefühls versichert, doch ihm fehlten die passenden Worte. Also sagte er nur: »Laßt uns zusammen zu Blaeus Werkstatt gehen und sehen, ob wir Euren Vater da finden.«

Die Tür zur Werkstatt stand offen, aus dem Innern drangen tumultartige Geräusche. Katoens Blick kreuzte den seiner Begleiterin, sie wußten, daß sie beide dasselbe dachten: Sybrandt Swalmius ist hier!

Anna stürmte hinein, Katoen folgte ihr. Sie brauchten nur dem Lärm nachzugehen. In dem Raum mit den Druckerpressen trafen sie auf Joan Blaeu und zwei seiner Angestellten. Die beiden letzteren hielten mit Mühe einen sich wie wild gebärdenden Sybrandt Swalmius fest. Obwohl sie viel jünger waren als der Tulpenhasser, schien er den beiden an Kraft ebenbürtig zu sein. Er zappelte und strampelte so heftig, daß Katoen befürchtete, er könne sich selbst verletzen. Als er jedoch seine Tochter erblickte, beruhigte er sich und unternahm keinerlei Anstrengung mehr, sich aus dem festen Griff der beiden Männer zu winden.

Joan Blaeus verärgertes Gesicht hellte sich auf, als der Amtsinspektor eintrat. »Mijnheer Katoen, wie gut, daß Ihr da seid, genau im rechten Augenblick! Helft mir, diesen Wahnsinnigen loszuwerden!«

»Sprecht nicht so über meinen Vater!« herrschte Anna ihn an. »Er war schon mit Eurem Vater befreundet.«

»Bevor der Wahnsinn Besitz von ihm ergriffen hat«, schnaubte Blaeu.

Anna funkelte ihn böse an. »Ihr wißt genau, warum er so geworden ist.«

»Weil er sein ganzes Vermögen verspekuliert hat, ja. Wenn Ihr mich fragt, ist das keine Empfehlung für einen Mann und auch keine für seine geistige Gesundheit.«

Während des Wortwechsels mußte die Aufmerksamkeit der beiden Angestellten, die Swalmius weiterhin festhielten, nachgelassen haben. Eine schnelle, ruckartige Bewegung des Alten, der eben noch ganz ruhig dagestanden hatte, und er hatte sich losgerissen. Flink wie ein Wiesel lief er hinaus auf den Gang.

»Was steht Ihr so dumm da?« fuhr Blaeu die beiden Männer an. »Lauft ihm nach! Wenn er irgendwelchen Schaden anrichtet, ziehe ich es Euch vom Lohn ab!« Etwas leiser fügte er hinzu: »Bei dem alten Hungerleider ist ohnehin nichts zu holen.«

Die beiden zogen pflichtschuldigst ein betroffenes Gesicht und folgten Swalmius mit mehr Eifer als Geschick. Beim Verlassen des Raumes behinderten sie sich gegenseitig, was dem Tulpenhasser einen kleinen Vorsprung verschaffte.

Katoen und Anna folgten dem Alten und seinen Häschern. Katoen spürte eine vage Sorge in sich aufsteigen, aber er hätte nicht sagen können, ob sie wirklich dem verwirrten alten Mann galt oder nicht vielleicht doch dessen Tochter, zu der er sich trotz ihrer nüchternen, fast spröden Art hingezogen fühlte. Vielleicht rührte ihn die Hingabe, mit der sie sich für ihren Vater einsetzte. Wünschte nicht jeder Mann sich eine Frau, die eine solche Leidenschaft für ihn an den Tag legte?

Der alte Swalmius stürzte zum Privatkontor des Kartenmachers, ohne daß seine Verfolger es verhindern konnten. Dort aber hielten ihn die kräftigen Arme des Hauptkontoisten Barent Vestens auf. Vestens packte Swalmius, wirbelte ihn herum wie eine Strohpuppe und drückte ihn schließlich gegen eine Wand wie eine Fliege, die es zu zerquetschen galt.

»Haltet sofort ein, Vestens!« schrie Katoen. »Ihr brecht ihm noch das Rückgrat!«

»Er hätte es nicht anders verdient!« bellte der Hauptkontorist. »Wer in fremde Häuser eindringt und anderer Leute Eigentum zerstört, darf keine Rücksicht erwarten!«

Anna drängte sich an allen vorbei und drückte Vestens, kaum daß sie neben ihm stand, einen Dolch gegen den Hals. Katoen hatte die Waffe vorher nicht gesehen, und Anna gebrauchte sie mit einer Gewandtheit und Schnelligkeit, die ihresgleichen suchten. Die Dolchspitze durchstieß das Fleisch, und ein kleines rotes Rinnsal floß in den weißen Kragen des Hauptkontoristen.

»Laßt meinen Vater los, oder ich töte Euch!«

Sie schrie nicht, klang nicht einmal aufgeregt. Der ruhige Ton ließ ihre Drohung um so gefährlicher erscheinen.

Katoen wagte es nicht, einzugreifen, weil er befürchtete, die heikle Lage könnte dadurch vollends außer Kontrolle geraten. Auch die beiden Angestellten standen starr und staunend daneben.

»Also gut, wie Ihr wollt«, sagte Vestens zähneknirschend und ließ Swalmius los.

Der war noch nicht ganz wieder auf eigenen Füßen, da wirbelte Vestens herum und versetzte Anna einen Schlag in die Seite. Anna taumelte und wäre wohl gestürzt, hätte sie sich nicht an einer Stuhllehne festgehalten. Der Dolch entglitt ihrer Hand und fiel auf den wie ein Schachbrett gefliesten Boden. Vestens wollte einen Fuß auf den Dolch stellen, aber Anna war schneller als er, so schnell, daß Katoen aus dem Staunen gar nicht mehr herauskam. Sie hechtete zu dem Dolch, vollführte dabei eine Rolle, kam mit der Waffe in der Hand wieder zum Stehen und drehte sich auch schon um die eigene Achse. Wieder drückte die Dolchspitze gegen die Kehle des Hauptkontoristen, der mitten in der Bewegung erstarrte.

»Was geht hier vor?« fragte hinter Katoen der herbeigeeilte Kartenmacher. »Warum sorgt Ihr nicht endlich für Ruhe, Mijnheer Katoen? Seht Ihr nicht, daß dieses Weibsstück den guten Barent bedroht?«

»Euer *guter Barent* ist auch kein Waisenknabe«, erwiderte Katoen. »Aber Ihr habt recht, es ist genug der Aufregung. Laßt von dem Mann ab, Anna. Ich stehe dafür ein, daß er weder Euch noch Eurem Vater ein Haar krümmen wird.«

Zögernd kam Anna der Aufforderung nach, und der Dolch verschwand irgendwo unter ihrem Kleid. Sie ging zu ihrem Vater, der noch etwas wacklig auf den Beinen war, und stützte ihn.

»Aber, Katoen, Ihr wollt Swalmius und seine Tochter doch nicht ungeschoren davonkommen lassen!« ereiferte Blaeu sich. »Ich verlange, daß sie für diesen Vorfall zur Rechenschaft gezogen werden!«

»Wollt Ihr das wirklich, Mijnheer Blaeu?« fragte Katoen. »Bedenkt das öffentliche Aufsehen. Würden die Leute sich nicht die Mäuler darüber zerreißen, daß es einem alten, verwirrten Mann und seiner Tochter gelungen ist, Eure gesamte Werkstatt in Aufregung zu versetzen?«

Blaeu strich nachdenklich über seinen Kinnbart. »Hm, da habt Ihr recht. Schließlich ist ja auch kein Schaden entstanden. Also gut, lassen wir die Sache auf sich beruhen. Aber die beiden sollen mir nicht noch einmal unter die Augen kommen!«

Katoen nickte und begleitete Vater und Tochter nach draußen. »Wenn Ihr Euch rechts haltet, gelangt Ihr gleich an ein kleines Wirtshaus, den *Lachenden Schwan*. Wartet dort auf mich, ich habe noch etwas mit Blaeu zu besprechen.«

»Ja, gut«, sagte Anna leise. »Und danke für Eure Hilfe, wieder einmal. Ihr habt Blaeu besänftigt.«

Katoen winkte ab. »Er wäre auch allein darauf gekommen, daß ein solches öffentliches Aufsehen ihm nur schaden würde.«

»Da bin ich mir nicht so sicher.« Anna ergriff mit beiden Händen seine Rechte und hielt sie fest. »Wir sind Euch zu Dank verpflichtet, Jeremias Katoen!«

Katoens Unterredung mit Blaeu und Vestens war kurz. Er berichtete, daß er aller Voraussicht nach bald Verbindung zu den Kartenschnappern aufnehmen und sich dann wieder bei Blaeu melden würde. Und der Kartenmacher zeigte sich erwartungsgemäß erleichtert darüber, daß er seine Karten mit etwas Glück doch noch zurückerhalten würde.

Im *Lachenden Schwan* warteten Vater und Tochter Swalmius. Sie hatten noch nichts bestellt, wohl weniger aus Höflichkeit als vielmehr wegen ihrer schmalen Börse. Katoen ließ für alle Brot, Käse und einen Krug Bier auftischen und erkundigte sich nach dem Befinden von Sybrandt Swalmius.

»Besser, danke«, sagte der Alte. »Es tut mir leid, daß ich einmal mehr die Gewalt über mich verloren habe, aber allein der Gedanke an dieses neue Buch, das Blaeu drucken will, hat mich rasend gemacht.«

»Warum nur?« fragte Katoen. »Es gibt doch bereits unzählige Bücher über Tulpen, was kann eines mehr da schaden?«

»Viel, sehr viel sogar! Die alten Bücher befinden sich im Besitz von wenigen reichen Tulpenfreunden wie van Dorp. Aber das neue wird, wenn es nach Blaeu geht, großes Aufsehen erregen und große Verbreitung finden. Damit lockt er neue Menschen an, sich mit der Tulpe zu beschäftigen, und manch einer wird in den Bann der Teufelsblume geraten!«

Während er sprach, wurde Swalmius immer lauter. Offenbar erregte ihn das Thema noch immer.

Anna ergriff eine seiner Hände und streichelte sanft über den altersfleckigen Handrücken. »Wir sollten über etwas anderes sprechen!«

»Ja«, pflichtete Katoen bei. »Zum Beispiel über Euren Dolch. Ihr seid ja eine wahre Meisterin im Umgang mit der Waffe.«

Anna lächelte, aber es war ein aufgesetztes Lächeln, das keinen Einblick in ihr Innerstes erlaubte. »Ich habe früh gelernt, auf mich selbst achtzugeben. Die Waffen einer Frau sind dann am wirkungsvollsten, wenn sie unerwartet eingesetzt werden.«

»Diese Art von Waffen erwartet man bei einer Frau allerdings nicht.«

»Ich möchte mich bei Euch bedanken, Mijnheer Katoen«, fuhr Anna fort.

»Das habt Ihr schon getan.«

»Nur mit Worten. Mein Vater und ich leben in bescheidenen Verhältnissen, wie Ihr gesehen habt, und doch würden wir uns sehr freuen, wenn Ihr heute abend zum Essen unser Gast wärt.«

»Ich fühle mich geehrt, aber wir sollten das an einem anderen Abend nachholen. Für heute habe ich bereits eine Einladung. Außerdem habe ich noch bei einer ehemaligen Kneipe im Labyrinth eine wichtige Mission zu erfüllen, wenn auch erst eine halbe Stunde vor Mitternacht.«

»Wart Ihr deshalb bei Blaeu?« fragte Anna.

»Ja«, antwortete Katoen und fragte sich, ob die Saat seiner Lüge aufgehen würde.

Kapitel 13

Die Waffen einer Frau (2)

Als Katoen am Damrak entlangschritt, wurde dort, obwohl der Abend nahte, noch fleißig gearbeitet. An den Kränen, die aus den Dachspeichern der Kaufmannshäuser ragten, hingen Netze und Kisten, die nach oben gezogen oder auf die im Wasser dümpelnden Frachtschiffe und Lastkähne hinabgelassen wurden. Es herrschte ein wahres Gewimmel von Schiffen, Kähnen und Booten, und Katoen bewunderte die Schiffer, die es immer wieder verstanden, Zusammenstöße zu vermeiden.

Auf einer Höhe mit ihm hatte soeben ein mit großen Weinfässern beladener Kahn abgelegt und trieb, wie es aussah, geradewegs auf ein Ruderboot zu, aber dem Steuermann gelang es verblüffenderweise, den Kahn an dem Boot vorbeizuleiten und Kurs aufs IJ zu nehmen. In der großen Bucht, an die Amsterdam sich schmiegte, ankerten die Frachtschiffe, die aufgrund ihrer Größe nicht in den Damrak einfahren konnten und zum Aufnehmen und Löschen ihrer Fracht auf die Lastkähne angewiesen waren.

Aber nicht nur Weine und Gewürze, Felle und Stoffe, Holz und Porzellan wurden hier umgeladen, auch für zahlreiche Reisende war der Damrak der Weg, über den sie in die Stadt gelangten oder sie verließen. An der Nieuwe Brug legte ein Passagierschiff an, und ein Teil der Ankommenden würde sicher zur Freude der Herbergsväter die Nacht über oder auch länger in Amsterdam verweilen. Die anderen würden sich, begleitet von bezahlten Führern und Lastenträgern, zu einer der vielen Treckschuten begeben, die, von Pferdegespannen gezogen, Amsterdam auf dem Wasserweg mit anderen Städten verbanden. Wenn der Dam das Herz Amsterdams war, so konnte der Damrak mit Fug und Recht als seine Hauptlebensader bezeichnet werden.

Aber nicht überall wurde hart gearbeitet. Am Kran eines der großen Häuser, schon nahe am IJ, hingen keine Waren, und nicht ein Lastkahn hatte davor festgemacht, sondern eine kleine Jolle. Es war der Anlegeplatz am Haus des Amtsrichters, der neben seiner Schwester an dem Segelboot stand und einen großen Korb an Bord hievte. Als er Katoen erblickte, winkte er, und Katoen winkte zurück. Er freute sich auf die Bootspartie und auf das Wiedersehen mit Catrijn.

Hinter ihm lag ein geschäftiger Tag. Seine Büttel hatten sich um kleinere Delikte gekümmert, die in den vergangenen Tagen angezeigt worden waren, er selbst hatte sich unterdessen über die Zeit des großen Tulpenfiebers kundig gemacht und dann, bestärkt durch das Ergebnis seiner Nachforschungen, die Vorbereitungen für seinen nächtlichen Ausflug getroffen. Es war durchaus ungewiss, ob der erfolgreich sein würde, deshalb verdrängte er schnell jeden Gedanken daran. Jetzt wollte er nur die Stunden genießen, die vor ihm lagen.

Bruder und Schwester begrüßten ihn herzlich, und mit einem kleinen Sprung vom Kai gelangte er an Bord. Zu seiner Überraschung übernahm Catrijn das Ruder, während Nicolaas van der Zyl das Boot abstieß. Einen Augenblick lang sah es so aus, als würden sie zwischen einem auslaufenden Frachtschiff und einem einlaufenden Lastkahn zerquetscht werden, aber Catrijn steuerte die Jolle mit sicherer Hand zwischen beiden hindurch, und bald lag das offene IJ vor ihnen. Auch hier herrschte reger Schiffsverkehr, aber bei weitem nicht ein solches Gedränge wie im Damrak.

Strahlend sah Catrijn ihren Bruder an. »Nun sag, wie habe ich das gemacht?«

»Wie ein alter Seebär«, erwiderte der Amtsrichter und drückte ihr lachend einen Kuß auf die Wange.

»Ich hatte ja auch einen guten Lehrmeister«, sagte sie, und Katoen war klar, daß sie ihren Bruder meinte.

Sie sah hübsch aus in ihrem hellblauen Kleid und dem passenden Kopftuch, das mit ein paar blaßroten Blumen bestickt war. Katoen empfand beinahe so etwas wie Eifersucht, als der Amtsrichter sie küßte. Es war zwar ein brüderlicher Kuß, aber er sah es trotzdem nicht gern, wenn ein anderer Mann ihr so nahe kam.

»Willst du jetzt das Ruder übernehmen?« fragte sie.

Nicolaas van der Zyl winkte ab. »Aber nein, du machst das ganz hervorragend. Du bringst uns schon sicher übers IJ, und ich unterhalte mich derweil ein wenig mit unserem Gast.«

Er erkundigte sich nach dem Stand der Ermittlungen, und Katoen antwortete wahrheitsgemäß, daß es nur langsam vorangehe. »Ich fürchte, bis zum kommenden Montag haben wir den Tulpenmörder noch nicht. Ihr solltet lieber dafür sorgen, daß die ›Verehrer der Tulpe‹ diesmal ihre Zusammenkunft ausfallen lassen, denn wir müssen damit rechnen, daß er wieder zuschlägt.«

Van der Zyl schaute mißmutig drein. »Vielleicht ist es gerade das, was er beabsichtigt, er oder seine Auftraggeber. Dieser Hetzartikel im *Volksblatt* hat die Öffentlichkeit beunruhigt, die Tulpenmorde sind Stadtgespräch. Wenn wir jetzt unser Treffen ausfallen lassen, könnte das für viele so aussehen, als fürchteten wir uns – als seien wir schwach. Aber Schwäche im Innern dürfen wir uns nicht erlauben, jetzt, da die Gefahr an unseren Grenzen wächst!«

»Steht es so schlecht?«

»Schlechter. Unsere Spione melden, daß die Franzosen ihre geheimen Verhandlungen mit den Engländern, den Schweden, den Bayern sowie dem Hochstift Münster und Kurköln verstärkt haben, um eine Allianz gegen uns zu schmieden. König Ludwig stellt im ganzen Land frische Regimenter auf, und die Engländer legen ein neues Kriegsschiff nach dem anderen auf Reede. Seit Admiral de Ruyter vor vier Jahren einen Großteil ihrer Kriegsflotte zerstört und ihnen die Schmach zugefügt hat, ihr Flaggschiff *Royal Charles* zu entführen, brennen sie darauf, Rache zu üben. Den Frieden von Breda haben sie nur mit uns geschlossen, weil sie nach dem Verlust ihrer Kriegsschiffe nicht anders konnten. Dabei haben sie es immer nur als Waffenstillstand aufgefaßt, als eine Gelegenheit, ihre Flotte wieder aufzurüsten.«

»Unsere Flotte ist stark und vermag ihnen eine neue Niederlage beizubringen.«

»Was nützt uns das, wenn das gewaltige Heer Ludwigs uns gleichzeitig von der Landseite angreift? Die Feinde werden uns zahlenmäßig überlegen sein, und das überstehen wir nur, wenn wir im Innern stark wie Eisen sind. Bröckeln wir aber wie alter Kork, dann ist unser Schicksal besiegelt!«

Katoen schwieg betroffen. Sein Blick glitt über das Wasser des IJ zum Damrak mit seiner bunten Betriebsamkeit, die den Anschein erweckte, als könne nichts sie stören. Es war ein trügerisches Bild, aber das ahnten die braven Bürger nicht, für die in ihrer seligen Unwissenheit nur der Lohn zählte, mit dessen Hilfe sie die Mägen ihrer Frauen und Kinder füllen konnten. Was der Amtsricher erzählt hatte, erhöhte den Druck, der auf ihm lastete, und ein Schatten legte sich auf die gelöste Stimmung, in der er sich eben noch befunden hatte.

»Wenn die Engländer schon so verbohrt sind, können wir uns dann nicht wenigstens mit den Franzosen auf diplomatischem Wege einigen?«

»Wohl kaum«, seufzte van der Zyl. »Ludwig ist auf uns ebenso schlecht zu sprechen wie König Karl drüben auf der englischen Insel. Er wirft uns vor, ihn vor drei Jahren zum Aachener Frieden mit für Frankreich ungünstigen Bedingungen gedrängt zu haben.«

»Hört endlich auf, über Politik zu reden«, rief Catrijn, die den kleinen Segler um einen dickbauchigen, vor Volewijk ankernden Frachter herumlenkte. »Dieser warme Maiabend ist zu schön, um ihn mit derart ernsten Fragen zu verbringen.«

Volewijk war ein noch weitgehend unerschlossenes Stück Land, das dem Nordufer Amsterdams gegenüberlag und, einer riesigen Zunge gleich, ins IJ hineinragte. Viele Vögel hatten hier ihre Nistplätze; daher hatte die ehemalige Sandbank ihren Namen, der so viel hieß wie Vogelquartier. Für die Bürger Amsterdams war dies ein beliebter Ausflugsort.

Catrijn hielt auf die südwestliche Spitze der Landzunge zu, wo das Galgenfeld lag: eine ummauerte Höhle, über der ein Gerüst aus steinernen Säulen und Eisenstangen aufragte. Die Stangen waren über die drei Säulen gelegt und dort befestigt; Stricke hingen daran. Die meisten Stricke schaukelten leer im sanften Wind, drei aber wurden von einer schweren Last straff gezogen: den Leichen Hingerichteter.

Hier am Wasser, bei klarer Sicht von Amsterdam aus gut zu sehen, wurden zur Mahnung für alle Gesetzesbrecher die zum Tode Verurteilten nach Vollstreckung der Strafe aufgehängt, bis sie verwest waren und ihre kümmerlichen Überreste sich von den Stricken lösten, um in die Höhle zu fallen. Was stets ein großes Spektakel war. Manchmal, wenn am Sonntag Väter mit ihren Kindern herkamen, warfen vorlaute Jungen mit Steinen nach den Toten, damit sie sich vorzeitig von dem Gerüst lösten. An diesem Tag hingen drei Hingerichtete dort, zwei Männer und eine Frau.

Catrijn brachte die Jolle so dicht wie möglich ans Galgenfeld heran und wies mit der freien Hand zu dem Gerüst. »Der junge Mann scheint da noch nicht lange zu hängen, er ist noch kaum verwest. Aber warum fehlen ihm die Augen?«

»Sie wurden ihm mit einem glühenden Eisen ausgestochen, bevor er stranguliert wurde«, erklärte ihr Bruder. »Die gerechte Strafe dafür, daß er seinem Brotherrn, dem Stellmacher Christiaens, im Streit ein Auge ausgestochen hat.«

»Worüber haben sie sich gestritten?« fragte Catrijn.

»Über die Hände des Jüngelchens da«, antwortete ihr Bruder und kicherte. »Sie lagen nämlich auf den Brüsten von des Stellmachers Eheweib. Das Gericht hat vor der Urteilsfindung lange darüber debattiert, ob dem Übeltäter vor der Hinrichtung die Hände genommen werden, die Augen oder beides. Wir haben uns am Ende für die Augen entschieden, da der Stellmacher eins verloren hat, sein Weib aber nicht die Brüste. Du siehst, Catrijn, die Rechtsfindung ist manchmal sehr mühselig.«

»Was hat der andere Mann verbrochen, der schon halb verfault ist und bald vom Galgen fällt?«

Van der Zyl schirmte die Augen zum Schutz gegen die Sonne mit der flachen Hand ab und sah angestrengt zum Galgenfeld hinüber. »Den kann man ja kaum erkennen, so wenig Haut hängt noch an den Knochen. Wißt Ihr es noch, Jeremias?«

»Das war ein alter Mann, Buisman oder Bruisman hat er geheißen. Wir hatten ihn schon mehrmals wegen unerlaubten Bettelns festgenommen, aber er tat es immer wieder. Bei seiner letzten Festnahme war er volltrunken und hat mit einem rostigen Eisenstück auf einen von der Nachtwache eingestochen wie mit einem Messer. Der Nachtwächter wird für den Rest seines Lebens eine häßliche Narbe mitten im Gesicht haben.«

»Ja, ich erinnere mich«, sagte der Amtsrichter. »Wir können nicht dulden, daß jemand die Hüter von Recht und Ordnung derart angreift und damit ihre Autorität untergräbt. Die Todesstrafe war mehr als gerechtfertigt. Wir können nur hoffen, daß der Anblick des alten Knochensacks eine abschreckende Wirkung auf das Bettlerpack hat!«

Der Blick seiner Schwester war bereits weitergewandert zu der Frauenleiche. Sie war noch frisch. Obwohl die Vögel schon ein gehöriges Stück Fleisch aus ihrem Gesicht gerissen hatten, war zu erkennen, daß sie einmal sehr hübsch gewesen war.

»Und die Frau?«

»Elsje Steegh. Du müßtest von ihr gehört haben, über den Fall wurde allenthalben gesprochen.«

»Die Dienstmagd, die ihren Herrn verführen und zum Mord an seiner Gemahlin anstiften wollte?«

»Ja, Catrijn. Aber der Kaufmann Paul de Raaf, ein ehrenwerter Mann, seinem Weib in Liebe zugetan, hat das ruchlose Ansinnen zur Anzeige gebracht. Zur Strafe wurde der Dienstmagd vor ihrem Tod ein Holzpflock in den Unterleib getrieben.«

Catrijn sah das tote Mädchen lange an und stieß schließlich einen tiefen Seufzer aus. »Ich beneide dich nicht um deinen Beruf, Bruderherz. Es ist gewiß nicht leicht, die Bösen von den Guten zu unterscheiden und immer eine gerechte Strafe zu finden. Und wie wichtig eine umsichtige Rechtsprechung doch für das Wohlergehen unserer Stadt ist! Findest du das nicht auch, Jeremias?«

»Allerdings«, sagte Katoen.

Er hatte sich bereits vom Galgenfeld abgewendet. Lieber blickte er auf den dichten Wald aus Schiffsmasten, die aus dem Wasser des IJ wuchsen wie Pflanzen aus dem fruchtbarsten Boden. Es hatte ihm noch nie Vergnügen bereitet, die Leichen auf Volewijk baumeln zu sehen.

Catrijn brachte die Jolle sicher an einen der Anlegeplätze. Katoen sprang ans Ufer und vertäute sie, bevor er Catrijn heraushalf.

Ihr Bruder reichte ihnen den schweren Korb und sagte: »Macht die Jolle ruhig wieder los, Jeremias! Ich kann leider nicht bleiben. Dringende Geschäfte rufen mich zurück. Aber ich hole Euch und Catrijn in zwei, drei Stunden hier ab.«

Verwundert, aber nicht betrübt, löste Katoen die Halteleine und stieß die Jolle von dem schmalen Steg ab. Van der Zyl steuerte das Boot auf direktem Kurs zurück nach Amsterdam und erwies sich dabei als ebenso geschickter Segler wie seine Schwester.

Die versetzte Katoen einen liebevollen Stoß. »Nun starr nicht meinem Bruder hinterher! So hübsch wie ich ist er doch wohl nicht, oder? Wir sollten uns lieber einen schönen Platz für unser Picknick suchen. Du trägst den Korb, und ich geh voran.«

Grinsend nahm er den Korb auf und folgte ihr. »Das ist mal eine gerechte Arbeitsteilung.«

Anders als sonntags, wenn ganze Familien mit der Ausflugsfähre herüberkamen, um sich rund um das Galgenfeld zu einem gemütlichen Picknick niederzulassen, waren jetzt nur wenige Menschen zu sehen. Es fiel Katoen und Catrijn nicht schwer, einen abgeschiedenen Platz zu finden, an dem sie für sich waren, eine kleine Lichtung, umgeben von Pappeln und Strandwinden, deren rosa Blüten dem Platz ein verträumtes Aussehen gaben. Er nahm die Wolldecke, die oben auf dem Korb lag, und breitete sie auf der grünen Wiese aus.

Als er mitten in der Bewegung innhielt und angestrengt auf einen Punkt irgendwo zwischen den Pappeln spähte, fragte Catrijn: »Was hast du, Jeremias?«

»Ich spähe und horche.«

»Wonach?«

»Nach einem liebeskranken Apotheker. Er wird uns doch nicht wieder gefolgt sein?«

»Du erlaubst dir einen Scherz mit einer armen, unschuldigen Frau?« Sie zwickte ihn leicht in die Wange, wie es eine Mutter bei ihrem frechen Kind tut. »Aber keine Sorge, heute stört Pieter Hartig uns nicht. Als ich das Haus verließ, steckte er mitten in der Arbeit.«

»Warum suchst du dir nicht einen anderen, der deine Geschäfte führt?«

»So lästig er in dieser gewissen Hinsicht sein mag, so zuverlässig ist er in geschäftlichen Dingen. Bevor er kam, habe ich es mit zwei anderen versucht, und beide glaubten, sie könnten eine schutzlose Witwe übers Ohr hauen.«

»Schutzlos?« Katoen lachte. »Das bist du als Schwester des Amtsrichters wohl kaum.«

»Das habe ich ihnen auch klargemacht. Seit Pieter bei mir ist, laufen die Geschäfte so gut wie nie zuvor. Manchmal muß ich ihm sogar aushelfen, so viel gibt es zu tun.«

»Stimmt, du kennst dich ja mit der Arbeit eines Apothekers aus.«

»Ebenso gut wie Pieter. Aber laß uns diesen schönen Abend nicht mit Gerede über Pieter Hartig verbringen! Beschäftigen wir uns lieber mit dem Hier und Jetzt, mit uns. Hunger?«

Er rieb sich den Bauch. »Jetzt, wo du es ansprichst.«

Sie packte den Korb aus. »Schinkenpasteten, Goudamer Käse, kalter Spanferkelbraten und süße Apfeltörtchen. Zu trinken gibt's eine Flasche Bordeaux und einen Krug Delfter Bier. Ich hoffe, es ist etwas für dich dabei.«

Nur kurz blickte er auf die Leckereien, dann schaute er Catrijn wieder an und löste ihr Kopftuch. »Alles, was ich hier sehe, gefällt mir ausgesprochen gut.«

»So?« Sie lächelte. »Und nach was gelüstet es dich besonders?«

»Nach Fleisch. Ich bin begierig auf zartes Fleisch.«

Das Zusammensein mit Catrijn hatte sein Verlangen nach ihr geweckt. Er löste die dünnen Bänder, die das Oberteil ihres Kleides vorn zusammenhielten. Seine Rechte fuhr unter den Stoff und umfaßte die warme, zarte Haut ihrer Brüste.

Catrijn setzte fort, womit er begonnen hatte, und knüpfte die Bänder weiter auf, bis sie das ganze Oberteil hinunter auf die Hüften streifen konnte. Ihre Brüste, zwischen denen der Perlenanhänger lag, leuchteten in der Abendsonne verführerisch wie frisches Obst, das nur darauf wartet, gepflückt zu werden. Erneut umfaßte er sie, diesmal mit beiden Händen, ganz sanft erst, dann etwas fester, und Catrijn erschauerte unter der Berührung. Er küßte die Brustwarzen und bemerkte fasziniert, wie sie sich zu großen, harten Knospen versteiften. Die ganze Frau wirkte auf ihn wie eine reife Frucht, die verspeist werden will, und er fragte sich, warum sich nicht schon längst ein Mann gefunden hatte, der ihr Witwendasein beendete. Sie mußte viele Verehrer haben, und gewiß nicht alle waren solche ungehobelten Klötze wie der Apotheker Hartig.

»Was hast du?« fragte sie. »Warum hältst du inne?«

»Wie lange bist du schon Witwe, Catrijn?«

Die Frage schien sie zu verwirren. »Fünf Jahre ungefähr.«

»Zu lange. Warum hast du nicht längst wieder geheiratet?«

»Ich habe auf den Richtigen gewartet«, sagte sie lächelnd und begann, ihn von seinen Kleidern zu befreien.

Kurz darauf waren ihrer beider Körper so ineinander verschlungen, daß sie wie einer wirkten, und ihr gemeinsamer, schneller und schneller werdender Rhythmus war wie die Bewegung eines einzigen Menschen. Ihre Zungen, ihre Arme, ihre Beine, sein hartes Glied und ihr feuchter Schoß – alles verschmolz zu einem einzigen Wesen, einem Geschöpf der Leidenschaft. Und viel zu schnell erfolgte die Explosion, die es wieder in zwei aufspaltete, die schwer atmend und schwitzend nebeneinander auf der Decke lagen, umspielt vom sanften, warmen Frühlingswind.

Eine ganze Weile lagen sie einfach schweigend da und sahen in den blauen Himmel, in den, zwischen dem Laubwerk der Pappeln durchscheinend, das Galgengerüst mit den drei verwesenden Leichen ragte. Catrijn bewegte sich als erste und füllte zwei Zinnbecher mit Delfter Bier. Entspannt und zufrieden verfolgte er jede Bewegung ihres nackten Leibes, während sie vor dem Eßkorb kniete. Fast fühlte er sich wie ein verheirateter Mann, dem diese Frau mit Haut und Haaren gehörte, und das war ein gutes Gefühl.

Catrijn reichte ihm einen Becher. »Zur Abkühlung.«

Er küßte sie auf den Mund, bevor er genüßlich das Bier seine Kehle hinunterrinnen ließ. Sie tranken, und dann verspeisten sie, was Catrijn mitgebracht hatte. Sie lächelte plötzlich.

»Was hast du?« fragte er.

»Dieses Picknick und wir beide – es kommt mir nicht vor wie das erste Mal, sondern so, als würden wir schon seit Jahren hierherkommen.«

»Mir geht es ganz genauso.«

Sie hörte auf zu kauen und betrachtete ihn forschend. »Und wie gefällt dir diese Vorstellung?«

»Ganz hervorragend.«

Sie küßten sich erneut, und wieder vereinigten sich ihre Leiber, um einander zum Höhepunkt zu führen. Hinterher mußten sie sich anziehen, weil der Wind, der vom nahen IJ kam, kühler und kräftiger blies.

»Auch Nicolaas hält viel von dir, sehr viel«, sagte Catrijn unvermittelt.

»So? Ist es nicht unter der Würde des Amtsrichters, wenn einer seiner Inspektoren seine Schwester heiratet?«

»Er wird nicht mehr lange Amtsrichter sein.«

Überrascht fragte Katoen: »Wieso nicht?«

»Die hohe Politik ruft ihn. Unserem Land steht eine große Krise bevor, und die besten Männer werden gebraucht, sie zu bewältigen. Nicolaas zählt gewiß dazu und wird bald unter denen sein, die die Republik der Sieben Vereinigten Niederlande regieren. Dann braucht Amsterdam einen neuen Amtsrichter, einen erfahrenen Mann wie dich, Jeremias. Ich habe mit Nicolaas darüber gesprochen. Wir sind uns darüber einig, daß du sein Nachfolger sein wirst.«

Als sie das sagte, leuchteten ihre Augen, und er sah darin viel mehr als Zuneigung und Leidenschaft. Catrijn war keine Frau, die sich nur von ihren Gefühlen treiben ließ. Was er in ihren Augen entdeckte, war ein Plan für die Zukunft. Und er war ebenso ein Teil davon wie das Picknick hier auf Volewijk.

Aber der Plan stimmte ihn nicht froh, vielleicht weil es nicht seiner war. Von einem Augenblick zum anderen fühlte er sich benutzt, hin und her gestoßen wie die Leichen da drüben am Galgengerüst, die im auffrischenden Wind zu schwanken begannen.

Zum zweiten Mal an diesem Tag machte er die Erfahrung, daß die Waffen der Frauen vielfältig waren. Bei der Erinnerung an die Leidenschaft, die Catrijn und ihn noch kurz zuvor vereint hatte, fragte er sich, welches die gefährlichere Waffe war, der Wille einer Frau oder ihr Körper. Vielleicht, dachte er, beides vereint.

Kapitel 14

Die Waffen einer Frau (3)

War es möglicherweise doch unklug gewesen, ausgerechnet diesen Ort auszuwählen? Katoen wurde unsicher, als er nachts zur elften Stunde durch das Labyrinth ging, auf demselben Weg, den er zwei Nächte zuvor genommen hatte, dem Weg zum *Grünen Papagei*. Vielleicht erwarteten ihn hier böse Überraschungen, schienen doch die Kartenschnapper die Gegend zu ihrem Revier zu zählen. Aber auf die Schnelle war ihm kein geeigneterer Ort eingefallen, ein Ort zudem mit der Aura des Bedrohlichen. Wie zwei Nächte zuvor, trug er seinen Stockdegen bei sich, und mit jedem Schritt, den er tat, machte er sich mehr darauf gefaßt, die Waffe gebrauchen zu müssen.

In seinen Gedanken wich die Dunkelheit dem blauen Himmel über Volewijk, und er sah sich wieder mit Catrijn auf der Lichtung, nackt und eng umschlungen, voller Leidenschaft. Wirklich? Hatte Catrijn sich ihm aus Verlangen hingegeben oder aus Berechnung? Was sie hinterher vor ihm ausgebreitet hatte, ihre Pläne für eine gemeinsame Zukunft, schien alles, was zuvor zwischen ihnen gewesen war, zu Bausteinen eines größeren Werkes zu degradieren. Hatte sie nur getan, was sie als notwendig erachtete, um ihn an sich zu binden?

Und selbst wenn es so war, durfte er ihr das zum Vorwurf machen? Vielleicht nicht, denn auch er hatte sich gewünscht, sie für sich zu gewinnen. Tat nicht jeder auf seine Art, was er konnte, um seine Ziele zu erreichen? Catrijn setzte nun einmal ihre Waffen ein, die Waffen einer Frau.

Was ihn mehr erboste, war der Verdacht, daß Catrijns Bruder in die Sache verwickelt war, wenn nicht als treibende Kraft, dann doch zumindest als Mitverschwörer in diesem kleinen Liebeskomplott. Daß Nicolaas van der Zyl auf Volewijk wegen angeblich dringender Geschäfte nicht mit an Land gegangen war, erschien im nachhinein als eine zwischen Bruder und Schwester ausgemachte Sache, damit Catrijn ihr Opfer ungestört umgarnen konnte.

Opfer? Er lachte in sich hinein. Das war wohl übertrieben. Er hatte das Zusammensein mit Catrijn sehr genossen, doch ein bitterer Nachgeschmack trübte das Vergnügen.

Vielleicht hätte es ihm schmeicheln sollen, daß einer so wichtigen Persönlichkeit wie dem Amtsrichter offenbar daran gelegen war, ihn als seinen Schwager zu sehen. Manch einer wäre angesichts dessen mit stolzgeschwellter Brust durch Amsterdam gelaufen. Katoen aber mochte es nun einmal nicht, wenn andere über sein Schicksal entschieden. Von Kindesbeinen an auf sich allein gestellt, war er daran gewöhnt, seine eigenen Entscheidungen zu treffen und seinen eigenen Weg zu gehen.

Seit Catrijn ihm von ihren und ihres Bruders Plänen erzählt hatte, war seine gute Laune verflogen, und in ihm nagten Zweifel, ob es wirklich gut war, sich mit einer Frau einzulassen, die zwar begehrenswert, aber auch ebenso berechnend war. Er war froh gewesen, als endlich Nicolaas van der Zyl zurückkehrte und sie wieder an Bord der Jolle nahm. Auf der Rückfahrt zum Damrak hatte der Amtsrichter an der Ruderpinne gesessen und das Boot geschickt über das IJ geführt. Catrijns Vorschlag, sich zum gemeinsamen Kirchgang am Sonntag zu verabreden, hatte Katoen nur halbherzig zugestimmt.

Er zwang sich, nicht länger darüber nachzudenken, und richtete seine ganze Aufmerksamkeit statt dessen auf die Gegenwart aus, auf das Labyrinth mit seinen dunklen Gassen und den abbruchreifen, düsteren Gebäuden. Die Häuser, zwischen denen er hindurchging, erschienen ihm wie riesige Gräber, Wohnungen jener ruhelosen Seelen, deren Körper auf Volewijk verrotteten. Einbildungen, sagte er sich. Diese Umgebung zur Nachtzeit rief die absonderlichsten Vorstellungen wach. Natürlich gab es keine Geister, auch nicht in diesem verlassenen Teil des Labyrinths, dafür aber sehr lebendige Bewohner, die durch die Gassen huschten: Ratten und herumstreunende Katzen. Und, von einer Sekunde auf die andere, auch Menschen!

Sie lösten sich aus den Schatten vor und hinter ihm, versperrten ihm den Weg nach vorn und den Rückzug. Drei waren es vor ihm und drei hinter ihm. Langsam traten sie auf ihn zu, bewaffnet mit Knüppeln und Dolchen.

Er zog den Stockdegen aus der Scheide, die er diesmal nicht beiseite warf, sondern in der linken Hand behielt.

»Verschwindet!« rief er. »Ich bin Amtsinspektor. Ein Angriff auf mich kann euch teuer zu stehen kommen!«

Das einzige, was folgte, war das höhnische Lachen eines der Männer vor ihm.

Katoen beschloß, als erster anzugreifen. Sein Degen wirbelte durch die Luft, und gleich zwei der Männer wichen zurück. Der dritte holte mit seinem Knüppel aus, war aber so langsam, daß Katoen ohne große Mühe ausweichen konnte.

Er wirbelte herum, um sich den Männern zuzuwenden, die hinter ihm standen. In diesem Augenblick tauchte eine weitere Gestalt im Rücken jener drei auf, bewaffnet mit einem Degen. Das Gesicht war nicht zu erkennen, was nicht an der dunklen Nacht lag, sondern an einer schwarzen Maske.

Die drei Männer fuhren herum und stellten sich dem Maskierten, hatten aber genügend Respekt vor seiner Klinge, um jeden Angriff zu unterlassen.

Katoen sprang neben den Mann mit der Maske, als wolle er es mit ihm gemeinsam gegen die anderen aufnehmen. Aber eine schnelle Bewegung seines linken Arms ließ die Degenscheide hart auf die rechte Hand des Maskierten schlagen. Der ließ ein dumpfes Stöhnen hören. Die getroffene Hand öffnete sich wie unter Zwang, und der Degen fiel klirrend auf das abgewetzte Pflaster.

Auch Katoen ließ Degen und Scheide fallen, dann warf er sich auf den Maskierten und riß ihn mit sich zu Boden. Sie wälzten sich kurz hin und her, doch Katoen war stärker und kam bald auf dem anderen zu liegen. Er setzte sich rittlings auf ihn und drückte seine Arme fest aufs Pflaster.

Die anderen Männer hatten sich um sie geschart, griffen aber nicht ein. Sie waren nahe genug, daß Katoen im Licht der Gestirne ihre Gesichter erkennen konnte. Vier der Männer gehörten zur Nachtwache, zählten zu den Vertrauenswürdigsten unter ihren Kollegen. Genau aus dem Grund hatte Katoen sie für diese Mission ausgewählt und ihnen ein ordentliches Handgeld bezahlt. Die beiden anderen waren seine Büttel, Jan Dekkert und Joris Kampen.

»Das hat ja gut geklappt«, sagte letzterer feixend und starrte auf den Maskierten. »Wer ist denn unser Degenheld?«

»Keine Fragen«, raunzte Katoen ihn an. »Ihr sechs verschwindet jetzt. Sucht euch ein gemütliches Wirtshaus und trinkt so viel, wie ihr wollt oder könnt, auf meine Kosten. Und darüber vergeßt ihr, daß ihr heute abend überhaupt hiergewesen seid! Verstanden?«

»Aber, Baas!« Kampen schien enttäuscht. »Seid Ihr sicher, daß Ihr uns nicht mehr braucht? Das ist eine üble Gegend. Ich möchte hier nachts nicht allein rumlaufen!«

»Ich bin ja nicht allein. Ich habe hier einen erstklassigen Fechter bei mir. Also, fort mit Euch!«

Dekkert legte grüßend die Hand an seinen Hut. »Wir gehen uns ordentlich betrinken, Baas, freut Euch schon auf die Rechnung.« Dann wandte er sich zu den anderen um. »Worauf wartet ihr, Männer? Auf ins Wirtshaus, das ist ein Befehl!«

Lachend zogen die Männer ab. Kampen, der am Ende der kleinen Gruppe ging, drehte sich noch mehrmals zu Katoen um, aber schließlich wurde auch er von der Nacht verschluckt.

Katoen blickte auf das maskierte Gesicht unter ihm und sagte: »Ich hoffe, ich habe Euch nicht zu weh getan, Juffrouw?«

»Warum nennt Ihr mich Fräulein? Ihr könnt mich ruhig beim Namen nennen wie sonst auch!«

»Aber gern, Anna«, sagte er und nahm ihr die schwarze Stoffmaske ab.

Anna Swalmius bedachte ihn mit einem durchdringenden Blick, in dem Neugier lag, aber keine Feindseligkeit. »Wie seid Ihr darauf gekommen?«

»Ihr habt Euch selbst verraten, heute vormittag in der Gravenstraat, als Ihr Eurem Vater gegen Barent Vestens beigestanden habt. Eure Schnelligkeit und Gewandtheit im Kampf haben mich sehr an den Maskierten erinnert, der mir vor zwei Nächten da drüben beim *Grünen Papagei* so unerwartet geholfen hat. Oder die Maskierte, wie ich besser sagen sollte.«

Anna stöhnte leise und verzog das Gesicht, was Katoen darauf aufmerksam machte, daß sein auf ihr lastendes Gewicht ihr Schmerzen bereitete.

»Lauft ja nicht fort«, ermahnte er sie, als er sie freigab. »Ich wüßte Euch schon zu finden.«

»Ich werde nicht fortlaufen«, versprach sie, stand auf und rieb mit der linken Hand über ihren rechten Unterarm, der offenbar noch weh tat.

Derweil hob Katoen ihre Waffe auf und betrachtete sie aus der Nähe. Erst jetzt erkannte er, daß es sich nicht um einen Degen handelte, sondern um eine etwas schwerere Waffe, die allmählich aus dem Gebrauch kam, ein Rapier. Es lag gut in der Hand und mußte aus einer der besten Werkstätten stammen, wie er an dem durchbrochenen Faustschutzbügel mit den reichen Silberverzierungen erkannte. Die schlanke zweischneidige Klinge war aus bestem Stahl gefertigt, die ganze Waffe meisterlich gearbeitet. Er führte einen Scheinangriff gegen einen unsichtbaren Gegner aus und stellte fest, daß das Rapier außerordentlich gut ausgewogen war.

»Eine schöne Waffe«, sagte er. »Aus einer französischen oder spanischen Schmiede, nehme ich an.«

»Französisch.« Annas Blick hing an dem Rapier. »Darf ich es wiederhaben?«

Das klang, als ginge es ihr um mehr als die bloße Waffe.

Katoen lächelte. »Zuerst müßt Ihr mir versprechen, die Klinge nicht gegen mich zu führen, Ihr könnt nämlich zu gut damit umgehen. Ich habe heute viel gelernt über die gefährlichen Waffen, die einer Frau zur Verfügung stehen.«

Anna blieb ernst. »Ich werde die Klinge nicht gegen Euch führen, Ihr habt mein Wort. Es war mein Wunsch, Euch zu helfen, Ihr aber habt mich getäuscht und in eine Falle gelockt!«

»Hättet Ihr die Maske denn freiwillig abgenommen?«

Sie schwieg, und er gab ihr das Rapier zurück. Mit einer geschickten Bewegung steckte sie es in die Lederscheide, die an einem ebenfalls ledernen Bandelier hing. Dann suchte sie nach dem Hut, den sie bei der Auseinandersetzung verloren hatte, einem breitkrempigen Männerhut. Ihr ganzer Aufzug war der eines Mannes: Lederwams, Männerhosen und Stulpenstiefel. Das lange Haar schob sie unter den Hut, und wer nicht genau hinsah, mochte sie jetzt tatsächlich für einen Mann halten, zumal mit dem Rapier an ihrer Hüfte.

Auch Katoen hatte bei der Rangelei seinen Hut verloren. Er klopfte ihn an seinem linken Unterarm aus, setzte ihn auf und führte die beiden Teile seines Stockdegens wieder zusammen.

»Eure Waffe ist auch nicht alltäglich«, stellte Anna fest. »Eigens für Euch angefertigt?«

»Nein, für einen Spion der Franzosen.«

»Der hat sie Euch sicher nicht freiwillig überlassen.«

»Nein.« Er lachte rauh. »Aber da, wo er jetzt ist, braucht er keine Waffe mehr.«

Eine Ratte huschte dreist zwischen ihnen hindurch und verschwand wieder in der Dunkelheit.

»Ich hätte Euch noch einige Fragen zu stellen, Anna, aber dies ist nicht der rechte Ort dafür. Hier gibt es zu viele Ratten, solche mit vier wie auch solche mit zwei Beinen. Wir könnten ein Wirtshaus aufsuchen, aber ich würde einen ruhigeren Ort vorziehen. Vielleicht mögt Ihr mich zu meiner Wohnung am Botermarkt begleiten, selbstverständlich ohne Hintergedanken.«

Zum ersten Mal an diesem Abend sah er sie lächeln. »Ihr könnt ruhig Hintergedanken hegen, ich bin ja bewaffnet.«

»Vergeßt Euer Versprechen nicht, Anna!« erwiderte er mit gespielter Strenge.

»Also gut. Ich begleite Euch im vollen Bewußtsein meines Versprechens, und Ihr hegt keine Hintergedanken. Mein Vater braucht um die Ehre seiner Tochter nicht besorgt zu sein.«

»Wer?«

»Mein Vater.«

Katoen stand dicht vor ihr und sah ihr tief in die Augen. »Wer ist das?«

Anna stutzte. »Aber Ihr kennt ihn doch, Sybrandt Swalmius.«

»Ich glaube nicht, daß ich Euren Vater kenne. Heute nachmittag habe ich einige Nachforschungen angestellt, und eines kann ich mit Sicherheit sagen: Ihr seid nicht die Tochter von Sybrandt Swalmius!«

Kapitel 15

Annas Vater

Sonnabend, 13. Mai 1671

Der Botermarkt lag nahe der Amstel, dem Fluß, dem Amsterdam seinen Namen verdankte. Das in den Amstelländer Niederungen entspringende Gewässer durchfloß die Stadt von Süden nach Norden und mündete ins IJ. Dort, an der Mündung, hatten vierhundert Jahre zuvor Fischer einen Damm errichtet, und aus ihrer kleinen Siedlung Amstelerdam war Amsterdam erwachsen, eine der größten und reichsten Städte der Welt.

Das schmale Haus, in dem Jeremias Katoen wohnte, stand direkt an dem rechteckigen Marktplatz, auf dem jeden Montag die Bauern aus dem Umland Milch, Butter und Käse feilboten. Es gehörte einer gutmütigen Frau, Greet Gerritsen, der Witwe eines Goldschmieds, die sich nach dem Tod ihres Gemahls und der Verehelichung und dem Auszug ihrer beiden Töchter durch die Vermietung der beiden oberen Stockwerke ihren Lebensunterhalt verdiente. Er war zufrieden hier. Die Witwe Gerritsen verlangte nicht sonderlich viel Miete, und es war ein sauberes, ruhiges Haus. Wenn überhaupt etwas zu hören war, dann das Auf und Ab der im Erdgeschoß lebenden Vermieterin, wenn sie ihre Hausarbeit verrichtete. Über Katoen wohnte ein junger Maler aus Leiden, der in dem Raum unter dem Treppengiebel sein Atelier eingerichtet hatte und jeden Montag seine Staffelei auf dem Markt aufstellte, um das Treiben dort mit Farbe und Pinsel einzufangen. Ansonsten bekam Katoen nicht viel mit von der Arbeit des jungen Mannes; wenn er heimkehrte, war das zum Malen erforderliche Tageslicht meistens schon erloschen.

Behutsam schloß er die Haustür auf, und es schlug ihnen der durchdringende Geruch von Scheuerseife entgegen, der in Katoens Vorstellung untrennbar mit diesem Haus verbunden war.

Auf der knarrenden Treppe bat er Anna, leise zu sein. »Die Witwe Gerritsen wäre wenig erfreut, so spät bei einem ihrer Mieter Damenbesuch zu sehen.«

Wie zur Untermauerung seiner Worte hörten sie die Glocken der Zuiderkerk zur zwölften Stunde schlagen, als Katoen den Schlüssel ins Schloß seiner Wohnungstür steckte. Mit zwei großen Zimmern und einer zusätzlichen Kammer, die derzeit vollkommen leer stand, war die Wohnung für ihn allein fast schon unanständig groß. Das empfand er um so deutlicher bei der Erinnerung an die beengten Verhältnisse, in denen Anna und Sybrandt Swalmius lebten.

Als er die Öllampe im Wohnzimmer entzündet hatte, betrachtete Anna die beiden Ölbilder, die er für wenig Geld bei einem Kunsthändler am Damrak erstanden hatte. Eins zeigte vor einem palmenbewachsenen Landstrich einen großen Kauffahrer der Ostindischen Kompanie, umschwärmt von kleinen Booten kaum bekleideter Eingeborener, das andere eine geschäftige Straßenszene in Neu-Amsterdam. Das zweite Bild hatte er von dem Händler als Dreingabe zum ersten bekommen. Seit die nordamerikanische Kolonie Neu-Niederland und ihr Verwaltungssitz Neu-Amsterdam im Jahre 1664 von den Engländern erobert worden waren, standen Bilder, die das Leben der Kolonisten an der amerikanischen Ostküste zeigten, nicht mehr hoch im Kurs.

»Schlummert in Euch das Fernweh, Mijnheer Katoen?«

»Ein wenig schon. Das habe ich wohl von meinem Vater geerbt. Er war Seemann.« Er stellte seinen Stockdegen in eine Ecke. »Ihr könnt Euer Bandelier ruhig ablegen. Hier seid Ihr sicher. Setzt Euch in den Sessel dort, er ist am bequemsten.«

Zögernd streifte sie das Bandelier über den Kopf, nachdem sie ihren Hut abgenommen hatte. Beides legte sie vor sich auf den Tisch, bevor sie sich in dem Sessel niederließ, den er ihr angeboten hatte. Das Bandelier lag so vor ihr, daß sie jederzeit das Rapier aus der Scheide ziehen konnte, was gewiß kein Zufall war. Allerdings war der Sessel weich, und sie versank fast in ihm. Bis sie sich daraus erhoben hätte und kampfbereit sein würde, wäre Katoen es auch. Das zumindest hoffte er für den Fall, daß ihre Unterhaltung keinen friedlichen Verlauf nehmen würde.

Er tischte nicht mehr ganz frisches Brot auf und Käse, der auch schon geraume Zeit darauf wartete, gegessen zu werden. Dazu gab es schales Dünnbier. Es war alles andere als eine verlockende Mahlzeit, aber mehr hatte er nicht zu bieten. Anna jedenfalls griff nicht zu, vielleicht weil sie keinen Hunger hatte, vielleicht aber auch, weil es ihr in ihrer augenblicklichen Lage an Unbefangenheit fehlte. Katoen hielt sich gleichfalls zurück. Er war noch immer gesättigt von den Leckereien aus Catrijns Korb.

»Wir haben gerade von meinem Vater gesprochen«, sagte er. »Jetzt würde ich gern etwas über den Euren hören!«

Anna breitete in einer Geste der Ratlosigkeit die Arme aus. »Was soll ich Euch da sagen?«

»Die Wahrheit wäre ganz angenehm. Fangt doch mit dem Namen an.«

»Sybrandt Swalmius, das wißt Ihr bereits.«

»Unsinn!« sagte er, lauter als beabsichtigt. »Er ist ebensowenig Euer Vater, wie Ihr Anna Swalmius heißt! Marlit de Hooch, die Gemahlin von Sybrandt Swalmius, starb im Mai des Jahres 1637, nachdem ihr Mann sein Vermögen verspekuliert und damit sein Dasein als weithin geschätzter Buch- und Bilderhändler beendet hatte. Ob sie freiwillig aus dem Leben schied oder aus Gram und Not verstarb, ist ungeklärt. Sie trug ein Kind im Leib, als sie verschied, das erste Kind, das sie ihrem Mann geboren hätte. Swalmius hat danach nie wieder geheiratet.«

»Was nicht bedeuten muß, daß er keine Tochter hat.«

»Wollt Ihr damit andeuten, daß Ihr seine illegitime Tochter seid?«

»Nein, ich wollte lediglich auf diese Möglichkeit hinweisen. Ich bin kein leiblicher Abkömmling von Sybrandt Swalmius, da habt Ihr recht, und doch darf ich mich mit Fug und Recht seine Tochter nennen. Ich bin sogar fast in dem Alter, das sein Kind jetzt hätte, wäre Marlit nicht verstorben. Er behandelt mich wie eine Tochter und ich ihn wie einen Vater. Er hat sein leibliches Kind noch vor der Geburt verloren, und ich verlor meine leiblichen Eltern, als ich noch ein Kind war. Ich habe einige Jahre im Waisenhaus verbracht und war mehr als froh, als ich schließlich zu Swalmius kam. Zunächst war ich einfach seine Magd, aber er hat mich schon bald als seine Tochter angesehen. Mag sein, daß er in seinem jetzigen Zustand keinen großen Eindruck mehr macht, aber ich bin froh, daß er mich Tochter nennt!«

»Er konnte sich eine Dienstmagd leisten?«

»Zu der Zeit ging es ihm besser, er verdiente einigermaßen mit einem Gemälde- und Bücherstand am Singel. Wohl nicht zu vergleichen mit seinem früheren Geschäft, aber es reichte zum Leben. Doch je älter er wurde, desto hartnäckiger suchten ihn die Geister der Vergangenheit heim, und er konnte seinen Beruf nicht mehr ausüben. Als seine bescheidenen Ersparnisse aufgebraucht waren, sind wir in die kleine Wohnung im Jordaan gezogen.«

Die Geschichte ließ Katoen nicht unberührt. Er kannte das Leben im Waisenhaus und die Freude, die ein Waisenkind empfand, wenn es nach Jahren zu Menschen kam, die es Vater, Mutter oder, wie in seinem Fall, Onkel nennen durfte. Es war, als würde einem ein neues Leben geschenkt. Was Anna erzählte, lag im Bereich des Wahrscheinlichen, wenn er auch nicht wußte, ob es die Wahrheit war.

»Wie hießen Eure leiblichen Eltern?« fragte er.

»Julien de Montfor und Susanna Beest.«

»Und Euer wahrer Name?«

»Anne de Montfor, aber Ihr könnt mich ruhig weiter Anna nennen, Mijnheer Katoen. Das ist der Name, den ich jetzt führe.«

»Und Ihr könnt Jeremias zu mir sagen, das klingt weniger umständlich.«

Anna nickte knapp und gab nicht zu erkennen, ob ihr etwas daran lag, ihn beim Vornamen zu nennen.

»Euer Vater war Franzose?« fuhr er fort.

»Ja. Als er meine Mutter heiratete, erwarb er das Amsterdamer Bügerrecht. Sie war die Tochter eines Schornsteinfegers, der gar nicht weit von hier in einem Haus an der Amstel wohnte.«

»Wie seid Ihr ins Waisenhaus gekommen?«

»Ich habe meine Eltern im Jahr 1651 bei einem Anschlag verloren.«

Katoen wurde hellhörig. »Bei einem Anschlag?«

»Einem Mordanschlag. Eines Nachts haben Unbekannte mit großen Steinen die Scheiben unseres Hauses eingeworfen. Dann kamen mit Öl gefüllte Flaschen und brennende Scheite geflogen. Binnen weniger Augenblicke stand das Haus in Flammen. Ich konnte mich retten, aber meine Eltern hatten weniger Glück, sie sind jämmerlich verbrannt. Mein Großvater mütterlicherseits war da schon ein paar Jahre tot, und sonst hatte ich keine Verwandten.«

»Seid Ihr sicher, daß es ein Anschlag war und nicht bloß ein Unfall? Vielleicht ist das Feuer in Eurem Elternhaus durch eine Öllampe verursacht worden, die beschädigt war oder heruntergefallen ist?«

Anna schüttelte den Kopf, so heftig, daß ihr langes Haar hin und her flog. »Es war kein Unfall, das weiß ich genau. Ich habe das Klirren der Scheiben gehört, als die Steine und Ölflaschen ins Haus geworfen wurden. Und als ich ins Freie taumelte, habe ich einen Mann gesehen, der unser Haus beobachtete. Sobald er mich bemerkte, ist er weggerannt. Leider konnte ich sein Gesicht nicht erkennen. Damals hat sogar einer Eurer Vorgänger, ein Inspektor des Amtsrichters, gesagt, es sei ein Anschlag gewesen. Kurz darauf allerdings wollte er nichts mehr davon wissen.«

»Warum?«

»Ich nehme an, er wurde bestochen oder bedroht. Vielleicht auch beides.«

»Von wem?«

»Wohl von denen, die den Mord an meinen Eltern zu verantworten haben.«

»Das klingt, als hättet Ihr einen bestimmten Verdacht.«

»Den habe ich, aber ich kann ihn nicht beweisen.«

»Mir könnt Ihr sagen, wen Ihr für die Mörder haltet, Anna!«

Sie warf ihm einen zweifelnden Blick zu. »Warum sollte ich Euch trauen?«

Er nahm ihre Hände in seine und drückte sie leicht. »Weil ich es gut mit Euch meine. Habt Ihr das noch nicht bemerkt?«

»Das sind große Worte aus dem Mund eines Mannes, der mich eben erst in eine üble Falle gelockt hat.«

Er ließ ihre Hände los und grinste schief. »So übel fand ich sie gar nicht. Sie ist doch prächtig zugeschnappt.«

»Die Männer, die ich verdächtige, gehören zu den einflußreichsten der Stadt. Warum solltet Ihr mir mehr vertrauen als ihnen?«

Katoen nahm einen Schluck von dem Dünnbier. Es war schal. »Mit dem Vertrauen ist das so eine Sache, Anna. Wenn niemand damit anfängt, kommt es niemals zustande.«

Sie nickte. »Da habt Ihr wohl recht. Aber ich weiß ohnehin keine Namen, sondern kann nur sagen, daß die Mörder meiner Eltern Verbindungen zur Ostindischen Kompanie haben. Ich nehme an, daß einige von ihnen – oder sogar alle – zu den ›Verehrern der Tulpe‹ gehören. Oder gehörten, denn einige dürften mittlerweile gestorben sein.«

Das war eine Eröffnung, die Katoen fürs erste sprachlos machte. Die »Verehrer der Tulpe«! Da erklärte Anna kurzerhand einige der bedeutendsten Bürger Amsterdams zu Mördern! Angestrengt suchte er nach den richtigen Worten für eine Erwiderung.

Noch bevor sie ihm einfielen, hallte Lärm durchs Haus: ein abgehacktes, sich mehrmals wiederholendes Geräusch. Erst beim zweiten Hinhören kam er darauf, daß es sich um den Türklopfer handelte. Aber Mitternacht war vorüber, wer konnte das zu so später Stunde sein?

Das Pochen des Türklopfers erstarb. Statt dessen waren Stimmen und Schritte zu hören, die Treppe knarrte immer lauter, und schließlich klopfte jemand an seine Wohnungstür.

Er wies Anna an, still zu sein, indem er mahnend den Zeigefinger an die Lippen hob. Dann ging er hinaus in die kleine Diele und zog die Tür hinter sich zu, bevor er fragte: »Wer ist da?«

»Ich bin es, Mijnheer Katoen.«

Die Antwort mochte vage sein, aber er erkannte den stets

leicht näselnden Ton seiner Vermieterin und öffnete die Tür. Da stand die Witwe Gerritsen, in einen Schlafrock gehüllt und mit dicken Pantoffeln an den Füßen, was ihre ohnehin schon gedrungene Gestalt noch rundlicher erscheinen ließ. Die grauen Locken, die unter der weißen Nachthaube hervorlugten, ließen sie noch mehr wie den Inbegriff der gutherzigen Großmutter aussehen.

Neben ihr stand ein Junge, vielleicht vierzehn oder fünfzehn Jahre alt, barfuß und in abgerissenen Kleidern. Katoen sah sofort, daß es ein Straßenjunge war, ein Streuner, der seinen Eltern entweder gleichgültig geworden oder davongelaufen war. Falls er überhaupt noch Eltern hatte und nicht zu denen gehörte, die eigentlich im Waisenhaus hätten leben sollen, es aber aus dem einen oder anderen Grund vorzogen, selbst für sich zu sorgen.

»Das ist er«, sagte Greet Gerritsen zu dem Jungen.

»Ihr seid der Amtsinspektor Katoen?« fragte dieser zögernd.

»Der angesichts der späten Störung sehr erstaunte Amtsinspektor Katoen, ja. Und wer bist du?«

»Der Wachhabende vom Rooden-Poorts-Turm schickt mich. Er sagt, wenn ich mich beeile und Euch schnell benachrichtige, werdet Ihr mich belohnen.«

»So? Sagt er das?« Grinsend kramte Katoen zwei Stüber aus einer Tasche seines Wamses und drückte sie dem Jungen in die Hand. »Und worüber sollst du mich so schnell benachrichtigen?«

»Im Rooden-Poorts-Turm halten sie ihn gefangen«, sprudelte es aus dem Jungen hervor.

»Wen?«

»Na, den Tulpenmörder!«

Das war nun in der Tat eine Überraschung, und im ersten Augenblick meinte Katoen sich verhört zu haben.

»Sie haben den Tulpenmörder gefangen?« fragte er ungläubig. »Bist du dir sicher?«

»Das hat der Wachhabende gesagt. Ihr sollt so schnell wie möglich hinkommen.«

»Da hat er verdammt noch mal recht«, knurrte Katoen und sah, wie die Witwe Gerritsen zusammenzuckte. Rasch fügte er, an sie gewandt, hinzu: »Verzeiht meine Ausdrucksweise, aber solch eine Nachricht zu dieser Stunde kann einen schon durcheinanderbringen.«

Keine zehn Minuten später war er mit Anna Swalmius, die weiterhin mit diesem Namen angesprochen werden wollte, in nordwestlicher Richtung unterwegs. Die Witwe Gerritsen hatte nicht gemerkt, wie sie das Haus verließ. Mit dem Herrenhut auf dem Kopf und dem Rapier an der Seite sah Anna auf den ersten Blick wieder aus wie ein Mann. Noch längst nicht alle Fragen, die Katoen ihr hatte stellen wollen, waren beantwortet, aber das mußte warten. Der Gedanke, daß er in Kürze dem Tulpenmörder gegenüberstehen würde, drängte alles andere in den Hintergrund, selbst die ungeheure Anschuldigung, die Anna gegenüber den »Verehrern der Tulpe« erhoben hatte.

Sie folgten dem Verlauf der Binnenamstel und ihrer kanalisierten Fortsetzung, dem Rokin. Dabei kamen sie an einem der Halsgiebelhäuser vorbei, durch die der Architekt Philip Vingboons zu Ehren gekommen war. Dieses hatte er im Auftrag des Kaufmanns Pieter Janszoon Sweelinck errichtet, Sohn des Komponisten Jan Pieterszoon Sweelinck. Katoen mußte an den Dienstagabend denken, die Gesellschaft bei Nicolaas van der Zyl und Catrijn, die erst die Gäste mit ihrem Virginalspiel und später ihn mit ihrem verführerischen Körper betört hatte.

Seltsam, daß er sie immer wieder mit Anna verglich, wo die beiden doch so unterschiedlich waren. Die Schwester des

Amtsrichters verkehrte in den besten Kreisen und war es gewöhnt, daß hochverdiente Herren nur auf einen Wink von ihr warteten, um ihr einen Gefallen zu erweisen. Die – wie er nun wußte – angenommene Tochter des Tulpenhassers dagegen erschien still und verschlossen, und ihr Dasein war ein täglicher Kampf gegen die Armut.

Bei genauerer Betrachtung aber erschienen ihm die beiden doch nicht ganz so verschieden. Beide hatten sie einen starken Willen, und jede versuchte auf ihre Weise, ihre Ziele zu erreichen. Und zu beiden, das mußte er sich eingestehen, fühlte er sich stark hingezogen.

Über den Dam gelangten sie zum Singel, wo sie sich im Schatten des Rooden-Poorts-Turms voneinander verabschiedeten.

»Und ich treffe Euch morgen bei Eurem Ziehvater in der Wohnung an?« vergewisserte er sich.

»Glaubt Ihr, ich würde ihn im Stich lassen, nach all den Jahren?«

»Nein, Anna, das glaube ich nicht.«

»Was soll dann die Frage?«

»Nun, Ihr könntet auf den Gedanken kommen, zu verschwinden und Euren Ziehvater mitzunehmen.«

»Und warum sollte ich das tun?«

»Ich weiß es nicht«, seufzte er. »Aber da ich Eure Geschichte noch nicht zur Gänze kenne, muß ich alles für möglich halten.«

Plötzlich lächelte Anna, und es stand ihr gut zu Gesicht. »Gebt acht, Jeremias, daß Euer Beruf nicht Euren Charakter verdirbt. Ständiges Mißtrauen kann einen Menschen von innen her zerfressen.«

Sie schien aus Erfahrung zu sprechen, und ihr Lächeln war nicht heiter, sondern tiefgründig. Vielleicht hätte er nachfragen sollen, wie sie zu dieser Erkenntnis gelangt war, aber im

Augenblick beschäftigte ihn viel mehr, daß sie ihn zum ersten Mal mit seinem Vornamen angesprochen hatte.

»Ihr trefft mich morgen bei meinem Vater an, aber erst gegen Abend, zur sechsten Stunde. Ich habe aushilfsweise eine neue Anstellung als Näherin gefunden und muß morgen Geld verdienen.«

Anna ging über die Torensluis-Brücke davon. Er blickte ihr nach, bis ihre schlanke Gestalt mit den dunklen Umrissen der Häuser in der Oude Lelie Straat verschmolz, und hoffte, daß sie ein reines Gewissen hatte, welch Geheimnis auch immer sie hüten mochte.

Am Eingangstor des Gefängnisturmes wurde er bei der müde dreinblickenden Wache vorstellig. Der Mann rief den Wachhabenden, einen noch sehr jungen, milchgesichtigen Offizier, der sich als Leutnant Soeteman vorstellte und seiner Aufregung darüber, den Tulpenmörder gefaßt zu haben, kaum Herr wurde.

»Erst seit Anfang des Monats versehe ich hier meinen Dienst, und dann so etwas«, stammelte er. »Ich hoffe, es war richtig, Euch gleich zu unterrichten, Mijnheer Katoen.«

»Selbstverständlich, alles andere hätte ich Euch sogar übelgenommen«, versicherte Katoen zur Erleichterung des Wachhabenden. »Dem Profos habt Ihr nicht Bescheid gegeben?«

»Nein, der schläft schon und hat angeordnet, daß er nur geweckt werden darf, wenn es unerläßlich ist.« Leutnant Soeteman brachte seinen Mund nahe an Katoens rechtes Ohr und raunte: »Ich glaube, er will mich auf die Probe stellen und sehen, ob ich allein zurechtkomme. Weil ich noch so jung bin, wißt Ihr?«

Katoen setzte eine verständnisvolle Miene auf. »Schon möglich. Könnte ich den Tulpenmörder jetzt sehen?«

»Aber ja doch, folgt mir bitte!«

Die meisten der Gefängniszellen, in denen Angehörige

des Militärs einsaßen, lagen nicht im Turm selbst, sondern im Gemäuer der Brücke. Der Wachhabende führte Katoen aber in den Turm, in dem es über der Wohnung des Profos, des Gefängnisaufsehers, zwei große Ausnüchterungszellen gab, eine für Männer und eine für Frauen. Die Wachen, denen sie auf ihrem Weg begegneten, blickten ihnen erwartungsvoll entgegen, und Katoen begann zu ahnen, daß hier etwas nicht stimmte.

Die Ausnüchterungszellen lagen dicht am Wasser. Die Luft war klamm, und Katoen hörte ein ständiges Plätschern und Gurgeln, das nur gelegentlich vom Schnarchen eines Betrunkenen oder einer krächzenden Stimme aus der Frauenzelle übertönt wurde. Zwei Wachen saßen an einem kleinen Tisch und beschäftigten sich lustlos mit einem abgegriffenen Kartenspiel. Als sie Katoen und den Wachhabenden bemerkten, wurden sie schlagartig munter, und auch auf ihren Gesichtern zeichnete sich jene seltsame Erwartung ab.

Der junge Leutnant nahm die Laterne hoch, die auf dem Tisch stand, und leuchtete in die Männerzelle hinein. »Der hier vorn links am Gitter ist es. Er hat die Morde gestanden.«

Dort lag ein ungepflegter Mann in den Fünfzigern auf einer mit Stroh gefüllten Matratze und schnarchte selig vor sich hin. Sein aufgedunsenes Gesicht mit der roten Knollennase verriet den gewohnheitsmäßigen Säufer.

»So, der ist es also«, sagte Katoen. »Wie seid Ihr an sein Geständnis gelangt, Herr Leutnant?«

»Er hat es freiwillig geliefert. Er ließ mich holen und sagte, für einen Becher Roten würde er mir ein Geheimnis verraten.«

»Und Ihr habt ihm den Wein gegeben?«

Der Wachhabende nickte. »Er hatte schon so viel in sich reingekippt, da konnte ein Becher mehr keinen weiteren Schaden anrichten. Und dann hat er tatsächlich die Tulpenmorde gestanden, genau so, wie es im *Volksblatt* gestanden hat. Wollt Ihr ihn vernehmen? Soll ich ihn wecken?«

»Nein, laßt nur. Der Schläfer sündigt nicht.«

Die beiden Wachen am Tisch konnten ein Grinsen kaum noch unterdrücken, aber das sah der Wachhabende nicht. Er starrte Katoen fassungslos an.

»Ihr wollt den Mann also erst morgen früh vernehmen?«

»Nicht nötig. Laßt ihn ruhig laufen, wenn er ausgeschlafen hat.«

»Aber … aber er ist doch der Tulpenmörder! Er hat die Taten gestanden!«

»Er hat nachgeplappert, was in der Zeitung stand.« Jetzt war es an Katoen, dem Leutnant etwas zuzuraunen. »Hört zu! Dieser Mann da heißt Paul Klok, aber üblicherweise wird er Plauderpaule genannt. Für einen Becher Wein oder Schnaps erzählt er Euch nämlich, was Ihr hören wollt: daß er der Tulpenmörder ist, der König von Frankreich oder ein Eingeborener von den Molukken.«

»Aber warum hat er dann gesagt, er sei der Tulp…«

»Weil ihm jemand diesen Floh ins Ohr gesetzt hat«, unterbrach Katoen den Wachhabenden. »Und wenn ich Euch einen Rat geben darf, dann laßt die ganze Sache jetzt ruhen. Vor allen Dingen solltet Ihr sie Euren Untergebenen gegenüber nicht erwähnen, auch nicht, wenn sie Euch heute nacht ins Gesicht lachen. Ihr seid nicht der erste junge Offizier, der ihnen auf den Leim gegangen ist, und Ihr werdet nicht der letzte sein. Spendiert ihnen lieber nach Dienstschluß ein Bier, dann werden sie keinen Schabernack mehr mit Euch treiben.«

Das Gesicht des Leutnants wurde puterrot, als er begriff, daß seine Männer ihn hereingelegt hatten.

Nicht nur ihn, dachte Katoen, als er vor dem Gefängnisturm am Singel stand und gähnend auf das nächtliche Amsterdam blickte. Es wäre auch zu schön gewesen, hätte sich die Affäre um den Tulpenmörder gleichsam von selbst erledigt. Vor ihm erstreckte sich die große Stadt am IJ, dunkel und geheimnisvoll, und irgendwo in dem Gewirr der Straßen und Plätze, der Gassen und Grachten versteckte sich der wahre Tulpenmörder.

Kapitel 16

Der Kater und die Maus

Ein prächtiges Weib!« seufzte Joris Kampen und betrachtete mit leuchtenden Augen die üppige Frau, deren Kleider für das ausladende Hinterteil und den wogenden Busen beinahe zu eng waren. »Schade, daß sie nur aus Holz ist!«

Jan Dekkert legte seinem Kollegen eine Hand auf die Schulter und grinste ihn an. »Sei doch froh, so gerätst du wenigstens nicht in Versuchung. Schließlich hast du eine Frau und zwei kleine Kinder.«

»Ja, das stimmt«, brummte Kampen, ohne wirklich froh zu klingen.

Jeremias Katoen stand mit seinen Bütteln vor dem *Goldhäubchen*, einem Wirtshaus am Hafen, dessen Ruf bestenfalls ein zweifelhafter war. Das lebensgroße dralle Holzweib, auf dessen Kopf eine goldene Haube saß, sollte nicht nur männliche Gäste anlocken; es war zugleich ein Zeichen an alle Frauen mit lockerem Lebenswandel, daß sie hier willkommen waren. Sie zahlten im *Goldhäubchen* für Bier und Schnaps nur den halben Preis und fanden sich entsprechend zahlreich hier ein. Mit ihnen kamen die Kuppler und Inhaber von Musicos, die hofften, Nachschub für ihre Geschäfte anwerben zu können.

Hartnäckig und wohl zu Recht hielt sich das Gerücht, der Wirt des *Goldhäubchens* lasse sich von ihnen dafür bezahlen, daß er an Frauen so günstig Getränke ausschenke, aber bislang hatte man ihm nichts nachweisen können.

Katoen sah hinauf in den blauen Himmel, an dem ein paar kleine Wolken gemächlich dahinzogen. Es war ein warmer Sonnabendnachmittag, und die sanfte Brise, die durch die Grachten wehte, hatte eine belebende Wirkung. Er verspürte nicht die geringste Lust, die düstere, von Alkohol- und Tabakdunst erfüllte Kaschemme zu betreten.

Zweifelnd sah er Dekkert an: »Seid Ihr sicher, daß Dircks da drin ist?«

»Ziemlich. Vor einer halben Stunde jedenfalls saß er noch an einem Tisch hinten rechts, das weiß ich genau. Aber keine Sorge, er hat mich nicht gesehen, so sehr war er in das Gespräch mit der Schwarzen Sis vertieft.«

»Sis Maliers?« fragte Katoen. »Haben wir die nicht ins Spinhuis gesteckt?«

Dekkert nickte. »Haben wir, aber sie ist wieder draußen. Und offenbar ist es im Spinhuis nicht gelungen, ihr einen anderen Lebenswandel schmackhaft zu machen. Sonst wäre Dircks nicht hinter ihr her.«

Kampen grinste. »Die Katze läßt das Mausen nicht. Oder in diesem Fall der Kater.«

»Dann gehe ich jetzt hinein und sehe nach unserem Kater«, sagte Katoen. »Jan, Ihr paßt hier draußen auf, daß unser Freund mir nicht durch die Lappen geht. Und Ihr, Joris, übernehmt den hinteren Ausgang zur Waalseilandsgracht.«

»Ja, Baas«, sagte Kampen und begab sich forschen Schrittes zu der Gasse, die ein paar Häuser weiter zur Waalseilandsgracht führte.

Katoen wartete zwei, drei Minuten, bevor er das *Goldhäubchen* betrat. Drinnen standen an die fünfzehn Tische, und ungefähr die Hälfte davon war besetzt. Es dauerte nicht lange, bis er Jaepke Dircks entdeckt hatte. Er saß an der von Dekkert beschriebenen Stelle und füllte aus einem irdenen Krug zwei Zinnbecher, einen für sich selbst, den anderen für eine Frau mit pechschwarzem Haar, die Katoen den Rücken zuwandte. Er hätte ein Monatssalär darauf verwettet, daß der Kuppler die Schwarze Sis anzuwerben versuchte.

Als Katoen näher trat, entdeckte Dircks ihn, und seine Miene wurde schlagartig finster. Er wollte sich von der hölzernen Sitzbank erheben, aber Katoen war mit ein paar schnellen Schritten bei ihm, legte eine Hand auf seine rechte Schulter und drückte ihn zurück auf die Bank.

»Bleibt ruhig sitzen, Dircks! So plaudert es sich viel gemütlicher, und ich denke, wir haben etwas zu besprechen.«

Die Schwarze Sis hatte Katoen erkannt, und in ihrem noch jungen, aber bereits verlebten Gesicht zeichnete sich aufkeimende Angst ab. Ins Spinhuis zog es sie gewiß nicht zurück.

»I-ich wollte gerade gehen«, stammelte sie und blickte Katoen an wie ein Kind, das den strengen Vater darum bittet, vorzeitig vom gedeckten Tisch aufstehen zu dürfen.

»Dann geh!« sagte Katoen kalt. »Mit dir habe ich nichts zu bereden. Jedenfalls im Augenblick nicht. Wenn du willst, daß es dabei bleibt, dann halt dich künftig besser von hier fern – und von deinem Freund Dircks!«

»Aber ja, das werde ich«, sagte sie hastig, stand ebenso hastig auf und verließ das Wirtshaus.

Katoen nahm ihr das nicht ab. Er war sicher, daß sie über kurz oder lang wieder im Spinhuis landen würde. Sie war eine von den Frauen, die lieber ihren Körper hergaben, um ihren Lebensunterhalt zu verdienen, als sechs Tage die Woche in einer Werkstatt oder als Dienstmagd in einem Haushalt zu arbeiten. Vielleicht war das tatsächlich angenehmer und einfacher, zumindest für eine gewisse Zeit. Frauen wie sie schienen nicht daran zu denken, was im Alter aus ihnen werden sollte. Nun, auch die Schwarze Sis wird eines Tages vor dieser Frage stehen, dachte er und ließ sich auf der Bank nieder, auf der eben noch sie gesessen hatte. Er verschränkte die Arme vor der Brust und sah Dircks abwartend an.

Der schob den für die Dirne bestimmten Zinnbecher zu Katoen hinüber und lächelte gequält. »Darf ich Euch auf einen Holunderschnaps einladen?«

»Nein, ich bin nicht zum Trinken hergekommen.«

Katoen schob den Becher quer über den Tisch zu Dircks zurück, und zwar so heftig, daß er umkippte und seinen dunklen Inhalt halb über die Tischplatte und halb über Dircks' Lederwams ergoß.

»He, was soll das?« empörte sich der Kuppler. »Was habe ich Euch getan?«

»Fragt lieber, was Ihr nicht getan habt!«

»Ich weiß nicht, wovon Ihr sprecht, Katoen.«

»Nein? Und ich dachte, wir hätten eine Vereinbarung getroffen. Wolltet Ihr Euch nicht bei mir melden? Statt dessen muß ich halb Amsterdam nach Euch absuchen. Ihr scheint es kaum erwarten zu können, Eure Muskeln beim Holzzersägen im Rasphuis zu stählen!«

Erneut rang Dircks sich ein Lächeln ab, aber hinter dieser Maske lauerte der alte Haß. »Das ist ein Mißverständnis. Ich wollte Euch aufsuchen, heute noch.«

Katoen, der die ganze Zeit leise gesprochen hatte, senkte seine Stimme noch weiter. »Also habt Ihr mit den Kartenschnappern etwas ausgemacht?«

»Ja«, antwortete der Kuppler ebenso leise. »Ich konnte sie dazu bewegen, sich auf ein zweites Treffen mit Euch einzulassen, aber es war nicht einfach.«

Er sah Katoen in einer Weise an, als erwarte er eine Belohnung, aber Katoen fragte nur: »Wann?«

»Montag, am späten Abend.«

Katoen schüttelte den Kopf. »Das geht nicht, Ihr müßt das Treffen um einen Tag verschieben.«

Dircks zog die dichten Brauen über seinen tiefliegenden Augen zusammen. »Unmöglich! Ihr könnt froh sein, daß die Kartenschnapper sich mit Euch überhaupt noch einmal treffen wollen. Wie stellt Ihr Euch das vor?«

»Ganz einfach. Ihr geht hin und sagt ihnen, daß es mir am Montag nicht paßt. Ich habe an dem Abend schon etwas vor.«

»Aber ich dachte, diese Begegnung sei Euch so wichtig!«

»Nicht laut werden!« ermahnte Katoen sein Gegenüber. »Wir wollen doch, daß unsere kleine Unterredung unter uns bleibt. Was mir wichtig ist, habe ich zu entscheiden. Kümmert Ihr Euch lieber darum, daß das Treffen zustande kommt. Wird das nichts, ziehe ich Euch dafür zur Rechenschaft, Dircks!«

Weitere Erklärungen hielt Katoen nicht für nötig. Schon gar nicht wollte er Dircks auf die Nase binden, daß er beabsichtigte, dem Tulpenmörder am Montag eine Falle zu stellen. Je weniger davon wußten, desto besser. Sonst bestand die Gefahr, daß der Mörder, wer immer er war, etwas davon mitbekam.

Als Katoen die Schenke verließ, blickte Dircks ihm zornig nach, aber das kümmerte ihn nicht. Dircks hatte zu parieren, denn in diesem Spiel war Katoen der Kater, und der Kuppler war die Maus.

Kapitel 17

Die Tulpenküste

Zwei Stunden später klopfte Katoen an die Tür von Swalmius' kleiner Wohnung im Jordaan. Als Anna öffnete, sah er wohl sehr erstaunt aus, denn sie sagte lächelnd: »Gebt es zu, mit mir habt Ihr nicht gerechnet!«

Er erwiderte das Lächeln. »Sagen wir, ich hatte leichte Zweifel. Aber um so mehr freue ich mich, Euch zu sehen.«

»Weil Eure Zweifel sich nicht bestätigt haben?«

»Nicht nur deshalb. Ich freue mich auch auf einen Spaziergang mit Euch. Wie war Euer erster Tag in der neuen Anstellung?«

»Anstrengend, aber das bin ich gewohnt. Tretet doch ein.«

Als er in die armselige Wohnung kam, mußte er an seinen Besuch im *Goldhäubchen* und die Schwarze Sis denken. Sie und Anna hatten es gewiß beide nicht leicht, aber sie hatten sich unterschiedliche Wege aus der Misere gesucht. Während Sis ihren Körper feilbot, arbeitete Anna hart und kümmerte sich dabei noch selbstlos um den Mann, den sie Vater nannte. Auch wenn er sie noch immer nicht ganz durchschaute, hatte Katoen doch großen Respekt vor ihr.

Sybrandt Swalmius saß unter dem kleinen Fenster, durch das spärliches Licht auf ein Buch fiel, eine zerlesene, stockfleckige Ausgabe von Willem Bontekoes berühmtem Bericht über seine Reise nach Ostindien. Der alte Mann hatte das Buch auf den Knien. Sein Kopf war nach hinten gesunken, die Augen waren geschlossen, und er schnarchte leise. Es war ein äußerst friedlicher Anblick. Hätte Katoen ihn nicht auch schon ganz anders erlebt, er hätte nicht für möglich gehalten, wozu der Tulpenhasser im Zustand der Erregung fähig war.

Anna band ein helles Tuch um ihren Kopf. »Ich bin soweit.«

»Und Euer Ziehvater?«

»Den lassen wir schlafen.«

»Wird er sich nicht wundern, wenn er aufwacht und Ihr seid nicht hier?«

»Ich habe ihm gesagt, daß Ihr mich besuchen kommt. Er wird sich schon denken, daß wir ein wenig an der frischen Luft sind.«

Zweifelnd blickte Katoen auf den Schlafenden. »Habt Ihr nicht Angst, daß er …« Mitten in der Frage brach er ab, weil er Annas Gefühle nicht unnötig verletzen wollte.

Sie hatte ihn auch so verstanden und sagte: »Ich kann nicht ständig bei ihm sein. Seine Anfälle sind eher selten, und ich glaube nicht, daß heute etwas passiert. Er hat keine Zeitung hier, nur Bontekoes Reisebericht und ein paar andere alte Bücher. Nichts, das ihn aufregen könnte.«

Sie verließen das Haus und traten hinaus in eine schmale Gasse, in der sich ein paar Kinder vergnügten, indem sie einen jungen Hund hin und her scheuchten.

»Wohin gehen wir?« fragte Anna.

»Was haltet Ihr von der Plantage?«

Sie nickte. »Viel.«

Also wandten sie sich nach Osten und durchschritten das Jordaanviertel in Richtung des Grachtengürtels. Der nahende Sonntag machte sich bemerkbar: Einige kleine Läden und

Werkstätten wurden bereits geschlossen, weil ihre Inhaber nach einer arbeitsreichen Woche noch etwas von der milden Frühlingsluft haben wollten. Die weitaus meisten Geschäfte aber waren noch geöffnet und würden es wohl auch bleiben, bis die Sonne unterging. Wer im Jordaan lebte, hatte in der Regel nicht eben viel Geld, und jede Stunde Arbeit, jeder Hammerschlag, jeder verkaufte Korb oder Gürtel bedeutete für die kommende Woche ein Stück Fleisch mehr auf dem Teller.

Als die Prinsengracht vor ihnen auftauchte, fragte Katoen: »Sagt Ihr es Eurem Ziehvater auch, wenn Ihr das Rapier umschnallt und nachts unterwegs seid?«

»In unserer engen Wohnung läßt sich gar nicht vermeiden, daß er es mitbekommt.«

»Und das ist ihm recht?«

»Ganz bestimmt nicht. Er sorgt sich um mich. Aber er weiß auch, wie wichtig es für mich ist, das Vermächtnis zu erfüllen. Deshalb würde er niemals versuchen, mich aufzuhalten.«

»Ich nehme an, Ihr sprecht vom Vermächtnis Eures leiblichen Vaters.« Als Anna nickte, fuhr er fort: »War er es, der Euch in die Fechtkunst eingeführt hat?«

»Ja. Da er keinen Sohn hatte, brachte er mir, seiner einzigen Tochter, alles bei, was er wußte und beherrschte. Jedenfalls, so gut ich es in dem Alter aufzunehmen vermochte. Später habe ich mein Können bei einem anderen Fechtlehrer verfeinert.«

»Dieser Julien de Montfor muß ein beeindruckender Mann gewesen sein, wenn ich bedenke, mit welcher Entschlossenheit Ihr so viele Jahre nach seinem Tod darangeht, sein Vermächtnis zu erfüllen.«

»Sicher war er ein beeindruckender Mann, aber ich denke, Ihr hättet für Euren Vater dasselbe getan.«

»Mag sein«, sagte Katoen leise und versuchte vergeblich, sich ein Bild seines Vaters in Erinnerung zu rufen.

Irgendwann hatte er einfach vergessen, wie sein Vater ausgesehen hatte. Das Bild, das er vor seinem inneren Auge sah, war eine Mischung aus den Seeleuten, wie man ihnen in Amsterdam auf Schritt und Tritt begegnete, und jenen verwegenen, heroischen Gestalten auf Gemälden, wie sie fast in jedem öffentlichen Gebäude und jedem größeren Bürgerhaus hingen. In Katoens Vorstellung war sein Vater ein sehr großer und sehr starker Mann, wie alle Väter es für ihre Kinder sind, die Haut gebräunt von der Sonne und gegerbt von dem rauhen Wind auf See, der Blick geschärft durch das Ausschauhalten nach feindlichen Schiffen und fremden Gestaden, in einer Hand ein langes Messer, in der anderen eine geladene Pistole, stets bereit, einen englischen oder spanischen Segler zu entern.

Als sie die breiten Grachten überquerten, die das alte Amsterdam, die Keimzelle der ständig wachsenden Stadt, wie ein Hufeisen umschlossen, schlug ihnen ein fauliger Geruch entgegen. Das war die Kehrseite des warmen Wetters: Die Abfälle und der Unrat, von den Amsterdamer Bürgern sorglos in die Grachten gekippt, würden bald schon im wahrsten Sinne des Wortes zum Himmel stinken. Katoen und Anna beschleunigten ihren Schritt, um den Grachtengürtel schnell hinter sich zu lassen. Sie kamen durch belebte Straßen und mußten immer wieder Lastschlitten ausweichen. Bevor der Tag dem Abend wich und die Woche zu Ende ging, schien die Stadt noch einmal zeigen zu wollen, welch große Kraft in ihr steckte.

Im Vergleich zu dieser Geschäftigkeit waren die Grünanlagen der Plantage eine Oase der Ruhe. Vereinzelt begegneten sie anderen Spaziergängern, und nur ganz von fern hörten sie ein gleichmäßiges metallisches Hämmern, als sie einen der schnurgeraden Wege zwischen bunt leuchtenden Beeten mit Gladiolen und langstieligen Tulpen entlangschlenderten. Der auflandige Wind wehte das Geräusch von Süden heran, wo dem Meer einige Jahre zuvor durch Erdaufschüttung die

Inseln Kattenburg, Wittenburg und Oostenburg abgetrotzt worden waren. Oostenburg diente als Stützpunkt für Dock und Werft der Ostindischen Kompanie. Das leise Hämmern, das einen seltsamen Gegensatz zum Gezwitscher der zahlreichen Vögel bildete, kam vermutlich aus der Ankerschmiede.

Katoen streifte seine Begleiterin mit einem Seitenblick und dachte zurück an die vergangene Nacht, als sie Wams und Hosen anstatt eines Kleides, Stulpenstiefel anstelle von Schuhen und einen Hut statt ihres Kopftuches getragen hatte. Und das Rapier, das sie besser zu führen wußte als mancher Mann. Es war ein und dieselbe Person, und doch schien die Frau, die da neben ihm durch die Plantage flanierte, nichts mit der kämpferischen Anna der vergangenen Nacht gemeinsam zu haben, so als wohnten zwei grundverschiedene Wesen in Annas Körper.

Katoen kaufte an einem Stand zwei Becher mit Himbeersaft, und sie setzten sich auf eine der Steinbänke, die in Abständen den Weg säumten. Jetzt erst wurde ihm bewußt, daß sie unmittelbar auf ein großes Tulpenbeet blickten. Die an den Rändern ausgefransten Blütenblätter leuchteten in einem kräftigen Gelb und waren von roten, ebenfalls zerfransenden Streifen durchzogen. So schön die gelb-rote Blütenpracht auch war, es ging doch zugleich etwas Beunruhigendes, Bedrohliches von ihr aus. Vielleicht lag das an den roten Streifen, die, wenn die Blüten sich im Wind bewegten, aussahen wie züngelnde Flammen.

»Laßt uns lieber einen anderen Platz suchen«, schlug er vor.

Anna wirkte amüsiert. »Das ist lieb von Euch, Jeremias, aber Ihr müßt wirklich keine Rücksicht auf mich nehmen, weil man meinen Vater den Tulpenhasser nennt. Ich teile die dunkle Leidenschaft, die in seiner Seele schlummert, nicht. Was er erlebt hat, trübt seinen Verstand, sonst wüßte er, daß die Tulpen unschuldig sind und es immer waren. Die Menschen sind es, die sich selbst oder ihre Mitmenschen ins Unglück stürzen, durch Gier, durch Haß oder einfach nur durch Unachtsamkeit. Alle wollten sich damals das große Tulpenfieber zunutze machen, je mehr es dabei zu verdienen gab, desto besser, und niemand dachte daran, daß das, was der eine verdient, vom anderen auch bezahlt werden muß.«

»So hat die Tulpe Euren Ziehvater und viele andere mit ihm ins Unglück gestürzt.«

»Falsch. Die Tulpe war nur der Gegenstand ihres Drangs nach Gewinn. Das hätte ebensogut eine andere Blume sein können, ein seltenes Gewürz aus Übersee, Gold oder Silber. Wer sein Haus oder sein Geschäft für ein paar Tulpenzwiebeln hingibt, trägt selbst die Schuld an seinem Unglück.«

»Wollt Ihr Euren Ziehvater anklagen?«

»Nein, das will ich ganz gewiß nicht. Warum auch? Ich bin kein Opfer seiner Spekulationen, sondern habe ihn erst kennengelernt, als er längst sein eigenes Opfer geworden war. Er hat mich aufgenommen und sich um mich gekümmert, und ich empfinde für ihn nichts als Dankbarkeit, Sorge und Liebe.«

»Ihr sprecht von ihm, als sei er Euer wahrer Vater.«

»Kann mir der eine nicht so lieb sein wie der andere? Ihre Charaktere mögen unterschiedlich sein, aber ihre Schicksale haben Gemeinsamkeiten. Beide haben ihr Leben der Tulpe gewidmet, und beide sind dadurch ins Unglück geraten. Der Unterschied ist, daß Sybrandt Swalmius langsam stirbt und dabei leidet, wohingegen Julien de Montfor einen schnellen Tod fand.«

»Ihr macht mich neugierig. Vielleicht ist es das Beste, Ihr erzählt mir die Geschichte von Anfang an.«

Anna nahm einen Schluck aus ihrem Zinnbecher, den sie mit beiden Händen umfaßte, und schien zu überlegen, wie sie beginnen sollte. »Was wißt Ihr über die Geschichte der Tulpe?« fragte sie schließlich.

»Oh, nicht sonderlich viel. Hierzulande kennt man sie noch keine hundert Jahre. Wenn ich mich recht entsinne, hat ein Franzose mit lateinischem Namen sie in die Niederlande gebracht.«

»Ihr entsinnt Euch recht, Jeremias, jedenfalls einigermaßen. Eigentlich hieß er Charles de l'Écluse, aber allgemein ist er als Carolus Clusius bekannt. Allerdings war er nicht Franzose, sondern Flame, geboren in Atrecht an der Grenze zu Frankreich. Im Jahr 1593 wurde er als Professor für Botanik an die Universität von Leiden berufen, und er brachte einen Vorrat an Tulpenzwiebeln mit. Von dort aus fand die Tulpe schnell Verbreitung überall in den Niederlanden. Es heißt übrigens, Clusius habe so viel Geld für seine Tulpenzwiebeln verlangt, daß er kaum Käufer gefunden habe, dafür aber kräftig bestohlen worden sei.«

»Da fehlte ihm wohl eine so ausgeklügelte Warneinrichtung, wie unser Tulpennarr van Dorp sie ersonnen hat«, sagte Katoen und dachte an seine erste Begegnung mit Anna in van Dorps Tulpengarten zurück. »Wie ist dieser Clusius eigentlich in den Besitz seiner Tulpenzwiebeln gelangt?«

»Soweit ich weiß, hat er sie ergattert, als er Hofbotaniker bei Kaiser Maximilian II. in Wien war, in den siebziger Jahren des vorigen Jahrhunderts. Ein Gesandter des Kaisers Ferdinand, Maximilians Vater, hatte Tulpenzwiebeln aus dem Osmanischen Reich nach Wien geschickt, und für Clusius wurde die Tulpenzucht bald zur Leidenschaft.«

»Kommt nicht sogar der Name ›Tulpe‹ aus der Sprache der Türken?«

»So sagt man, ja. Er soll von der türkischen Bezeichnung für eine Kopfbedeckung abgeleitet sein, die dem Blütenkelch der Tulpe ähnelt. Andere wieder meinen, diese Übersetzung beruhe auf einem Irrtum. Ich kann es Euch nicht sagen, mein Wissen ist zu lückenhaft.«

»Ganz und gar nicht. Ihr seid sehr bewandert in der Geschichte der Tulpe, Anna.«

»Langweile ich Euch?«

»Nein, sprecht ruhig weiter«, sagte er in der sicheren Erwartung, daß der spannende Teil ihrer Erzählung erst noch kommen würde.

»Wie später wir Niederländer waren auch die Türken ganz vernarrt in die Tulpe, und der mit Abstand größte Tulpenliebhaber war nach allgemeiner Auffassung im vergangenen Jahrhundert der Sultan Süleyman, genannt der Prächtige. Er hat seinen Palast mit so vielen Tulpen geschmückt, daß der Volksmund ihn bald ›Palast der Tulpen und Tränen‹ nannte.«

»Warum Tränen?« fragte Katoen.

»Das weiß ich auch nicht so genau. Ich vermute, das Volk mußte gehörig dafür bluten, daß seinem Herrscher so viele Tulpen zur Verfügung standen. So ist es doch meistens mit den Menschen und ihren Herrschern, oder?«

»Da habt Ihr wohl recht.«

»Süleyman der Prächtige jedenfalls konnte von seinen geliebten Tulpen nicht genug bekommen, und wo er keine echten Blumen haben konnte, da ließ er Bilder von ihnen anbringen: auf den Vasen im Palast, auf den Fliesen an den Wänden, auf seinen Gewändern; ja, die Tulpe wurde sogar Bestandteil seines Wappens. Es heißt, er habe zum Frühlingsvollmond ein Fest gegeben, dessen Zierde eine halbe Million blühende Tulpen waren. Ihr seht also, man kann Sultan Süleyman mit Fug und Recht als den größten Verehrer der Tulpe im Osmanischen Reich bezeichnen.«

Die Art, in der Anna die letzten Worte vorbrachte, ließ Katoen aufhorchen. »War er es denn Eurer Meinung nach nicht?«

Anna sah nicht ihn an, sondern blickte über das leuchtende Tulpenbeet, als sie sagte: »Die meisten Menschen wissen nicht, daß es schon vor Süleyman einen Herrscher gab, der von einer ähnlichen Besessenheit für die Tulpe erfüllt war. Jahrhunderte vor Süleyman, als das Osmanische Reich noch im Entstehen begriffen war. Der Name dieses Sultans ist heute vergessen, aber sein Vermächtnis besteht fort.«

Sie sprach jetzt sehr langsam, fast schleppend, und Katoen spürte, daß sie sich überwinden mußte, um ihre Erzählung fortzusetzen. Er drängte sie nicht, sondern trank von seinem Himbeersaft und wartete einfach ab. Er hatte den Eindruck, daß sie ihm mehr und mehr Vertrauen entgegenbrachte, und das wollte er nicht zerstören.

Plötzlich wandte sie sich ihm zu und fragte: »Habt Ihr das Blütenblatt dabei, das bei einem der Ermordeten gefunden wurde?«

»Seit Tagen trage ich es mit mir herum«, antwortete Katoen, holte die Tabakdose hervor und öffnete sie. »Und die ganze Zeit frage ich mich, ob dieses Tulpenblatt mir nun Glück bringt oder Unglück für mich ist. Vermutlich letzteres, denn der Mörder läuft noch immer frei herum.«

»Die Tulpe des Bösen hat noch niemandem Glück gebracht, aber das wußte jener osmanische Herrscher nicht, der glaubte, in ihr seinen größten Schatz gefunden zu haben.«

Katoen starrte auf das schwarze Blatt mit den blutroten Tupfen. »Die Tulpe des Bösen? So hat Euer Ziehvater sie auch genannt. Was ist denn an ihr so böse?«

»Die Macht, die sie über Menschen ausübt.«

Einen Augenblick lang glaubte Katoen, Swalmius hätte seine Ziehtochter mit seinem Wahnsinn angesteckt, aber ihr Blick wirkte weder entrückt noch von eifernder Leidenschaft beseelt, und ihre Stimme klang fest und bestimmt.

Trotzdem wandte er ein: »Eine Pflanze kann keine Macht über Menschen ausüben! Was redet Ihr da, Anna?«

Sie deutete auf das harmlos erscheinende Blatt in der Holzdose. »Diese Tulpe kann es, wenn ein Mensch ihr zu lange ausgesetzt ist. Sie zwingt ihm ihren Willen auf und treibt ihn in den Tod.« Wie Anna das sagte, klang es ganz selbstverständlich, dabei war es in Wahrheit ungeheuerlich.

Unsicher sagte Katoen: »Das klingt fast so, als wolltet Ihr sagen, nicht ein Mensch habe die Tulpenmorde begangen, sondern ... eine Tulpe!«

»Nein, das war ganz sicher ein Mensch. Die Tulpe des Bösen benutzt kein Messer, bei ihr wird das Opfer zur Waffe.«

Er schüttelte unwillig den Kopf. »Ihr sprecht in Rätseln, Anna!«

»Dann will ich es der Reihe nach erzählen. Jener Herrscher aus ferner Zeit, von dem ich sprach, kam in den Besitz einer seltenen Tulpensorte, deren Blätter so dunkel waren wie bei keiner anderen Tulpe, gesprenkelt mit rot leuchtenden Tropfen. Er besaß nur wenige Exemplare dieser unbekannten Pflanze, und die machte er aus Verehrung seiner Lieblingsfrau zum Geschenk. In jedem ihrer Gemächer stand eine dieser Tulpen, damit sie Tag und Nacht in den Genuß ihres Anblicks kam. Der Sultan ahnte nicht, daß dieser Pflanze eine böse Kraft innewohnt, die den Geist des Menschen betört, ihn in den Wahnsinn treibt und schließlich dazu bringt, sich selbst das Leben zu nehmen. Die Lieblingsfrau des Sultans stürzte sich aus dem Fenster ihres Schlafgemaches. Ihr Leib, in dem ein Kind des Sultans heranwuchs, lag zerschmettert im Hof des Palastes.«

»Woher wußte man, daß die Tulpe der Auslöser war?« fragte Katoen zweifelnd. »Ihr Geist kann sich auch aus einem anderen Grund verwirrt haben.«

»Kurz darauf haben zwei Dienerinnen der Dahingegangenen ebenfalls den Tod gesucht, aber auch da war die Tulpe noch nicht verdächtig. Erst als auch noch der Tulpenverwalter des Sultans, der die gefleckte Tulpe in seine Obhut genommen hatte, durch eige Hand starb, wurde man mißtrauisch und kettete zur Probe mehrere ungläubige Gefangene in einem Raum an, in dem ein paar von diesen Tulpen in einer Vase standen.«

»Und was geschah?« fragte Katoen, der, ob er wollte oder nicht, der Faszination von Annas Geschichte erlegen war, auch wenn sie eher nach einem morgenländischen Märchen als nach der Wahrheit klang.

»Einer nach dem anderen verfiel dem Wahnsinn und hätte sich das Leben genommen, wären nicht die Ketten gewesen. Zweien von ihnen soll es gelungen sein, sich gegenseitig mit ihren Ketten zu erwürgen. Da erkannte der Sultan, daß er sich mit den gefleckten Tulpen keinen Schatz in den Palast geholt hatte, sondern eine Verkörperung des Bösen, und seither heißt jene Pflanze nur noch ›Tulpe des Bösen‹ oder, wegen ihres ungewöhnlichen Musters, ›Bluttulpe‹.«

»Ich nehme an, der Sultan hat den gesamten Bestand sofort vernichten lassen.«

»Nein, dazu war er nicht in der Lage, denn die Schönheit dieser Blume betörte ihn noch immer, trotz all des Unglücks, das sie angerichtet hatte. Die Vorstellung, daß er für das Aussterben dieser einzigartigen Pflanze verantwortlich sein sollte, konnte er nicht ertragen. Deshalb ließ er alle noch vorhandenen Exemplare in eine Festung an einem abgelegenen Küstenstreifen bringen, wo die Tulpe des Bösen fortan unter strenger Bewachung gehalten werden sollte. Den Wachen wurde eingeschärft, sich niemals zu lange in der unmittelbaren Nähe der Pflanzen aufzuhalten. Aber um ganz sicherzugehen, daß nie wieder ein Gläubiger der Tulpe des Bösen zum Opfer fallen würde, verfügte der Sultan, daß die Besatzung der Festung ausschließlich aus ungläubigen Söldnern bestehen sollte.«

»Aus Christen also?«

»Ja, aus Christen. Es hat immer Christen gegeben, die auf der morgenländischen Seite gekämpft haben, aus den unterschiedlichsten Gründen; viele haben es für Geld getan, andere aus Überzeugung. Mein Vater, Julien de Montfor, tat es aus Dankbarkeit, weil osmanische Krieger sein Leben geschont hatten, als er ihnen, nach einem Schiffsunglück an ihre Küste gespült, in die Hände gefallen war. Außerdem war es wenig wahrscheinlich, daß er an der Tulpenküste, wie man jenen Küstenstreifen inzwischen nannte, gegen seine Glaubensbrüder würde kämpfen müssen.« Anna seufzte. »Doch das Schicksal wollte es anders. Eines Tages tauchte ein großes Schiff der Ostindischen Kompanie, die *Admiraal van der Haghen*, vor der Küste auf und nahm die Festung unter Feuer. Vorher hatten die Niederländer heimlich einen Trupp Soldaten an Land gesetzt, der während der Kanonade in die Festung eindrang und in dem allgemeinen Aufruhr einige Tulpenzwiebeln an sich bringen konnte. Sobald die Niederländer die Zwiebeln an Bord gebracht hatten, drehte das Schiff ab, um ebenso schnell wieder zu verschwinden, wie es aufgetaucht war. Die Angreifer hatten ja, was sie wollten.«

»Die Tulpenzwiebeln«, murmelte Katoen, noch ganz gefangen von dem, was er gehört hatte. »Das klingt nach einem sorgfältig geplanten Überfall, nach einer Expedition mit dem Ziel, diese Zwiebeln zu erbeuten. Aber so viel Aufwand wegen einiger Tulpenzwiebeln?«

»Es war die Zeit des großen Tulpenfiebers; damals waren nicht wenige bereit, für eine einzige Zwiebel ihr ganzes Vermögen zu opfern. Wenn es auch nur wenige Exemplare waren, die damals erbeutet wurden, so waren es doch Zwiebeln einer bis dahin in den Niederlanden unbekannten Sorte, einmalig in ihrer Art und damit unermeßlich wertvoll.«

»Die Männer von der *Admiraal van der Haghen* müssen gewußt haben, wonach sie suchten, aber woher …« Er schlug sich mit der flachen Hand gegen die Stirn. »Natürlich, das Manuskript des Kreuzfahrers, von dem Euer Ziehvater erzählt hat!«

»Ihr liegt richtig, das Manuskript befand sich im Besitz von Joan Blaeus Vater, Willem Blaeu, dem Kartographen der Ostindischen Kompanie. Das wissen wir mit Sicherheit, weil er es seinen Freunden Swalmius und van Dorp gezeigt hat. Vermutlich in einem Augenblick des Überschwangs, als seine Freude über die Nachricht von der ungewöhnlichen Tulpe so groß war, daß er sich einfach jemandem mitteilen mußte. Vielleicht sind Willem Blaeu und die hohen Herren von der Ostindischen Kompanie auch erst später darauf gekommen, daß es besser sein könnte, das Ganze geheimzuhalten. Wie auch immer, anhand der Angaben in dem Manuskript muß es Willem Blaeu möglich gewesen sein, eine recht genaue Karte mit der Lage der Tulpenküste zu zeichnen. Und dann hat die Ostindische Kompanie ein bewaffnetes Schiff in geheimer Mission ausgeschickt – mit Erfolg.«

»Bestand denn für die Männer auf dem Schiff nicht die Gefahr, unter den Einfluß der erbeuteten Tulpen zu gelangen?«

»Die Zwiebeln an sich sind, soweit ich weiß, nicht gefährlich.«

»Das würde also erklären, wie die Tulpe des Bösen in die Niederlande gelangt ist«, sagte Katoen und nickte. »Ist anschließend mit den Zwiebeln gehandelt worden? Man müßte doch davon gehört haben.«

»Ich glaube nicht, daß mit ihnen spekuliert worden ist. Weder mir noch meinem Vater ist etwas Derartiges zu Ohren gekommen.«

»Verzeiht, Anna, aber ich komme mit Euren Vätern durcheinander. Sprecht Ihr jetzt von Swalmius oder von de Montfor?«

»Keiner von beiden hat etwas von einem Handel mit den Bluttulpen gehört. Dafür sind die Zwiebeln wohl etwas zu spät in den Niederlanden eingetroffen. Als die *Admiraal van der Haghen* von ihrer Fahrt zur Tulpenküste zurückgekehrt war, vermeintlich nur mit Gewürzen und tropischem Holz an Bord, hatte sich das Tulpenfieber bereits in das große Tulpenunglück verwandelt. Der Markt war zusammengebrochen; viele Spekulanten waren verarmt, die übrigen unsicher, ob sie ihre Außenstände jemals würden eintreiben können. Alles in allem ein denkbar schlechter Zeitpunkt, um mit seltenen Tulpen zu handeln. Ich denke, die Zwiebeln sind nie in den Handel gelangt, auch dann nicht, als der Tulpenmarkt sich etwas erholte.«

Katoen dachte eine ganze Weile nach und sagte schließlich: »Etwas will mir nicht in den Kopf. Wenn die Tulpe des Bösen derart gefährlich ist und die Handelsherren, von denen die *Admiraal van der Haghen* auf die Reise geschickt wurde, das aus dem Manuskript des Kreuzfahrers auch gewußt haben, wie konnten sie glauben, jemals Geschäfte mit ihr machen zu können? Oder wollten sie das teuflische Gewächs um des schieren Gewinns willen an Ahnungslose verkaufen?«

»Über diese Frage habe ich mir schon oft den Kopf zerbrochen«, seufzte Anna. »Letztlich können wir nur Mutmaßungen anstellen. Vielleicht wollten erfahrene Tulpenzüchter versuchen, der Tulpe ihren verderblichen Einfluß zu nehmen. Aber auch wenn das nicht gelungen wäre, eine so wertvolle Blume wäre bestimmt nur an einen kleinen Kreis vermögender Tulpenliebhaber verkauft worden. Denen hätte man mitteilen können, wie sie mit ihr umzugehen haben, ohne in Gefahr zu geraten. Möglich ist das, wie mein Vater mir gesagt hat.« Lächelnd fügte sie hinzu: »Meinen leiblichen Vater meine ich jetzt. Er und seine Wachsoldaten an der Tulpenküste waren angewiesen worden, sich den Pflanzen für höchstens eine halbe Stunde am Tag zu nähern. Ansonsten hatten sie einen Abstand von mindestens dreißig Klaftern einzuhalten.«

Katoen grinste. »Das wäre nichts für mich: für teures Geld die Zwiebel einer seltenen Tulpe kaufen und dann die Pflanze immer nur aus der Ferne bewundern.«

Jetzt lächelte auch Anna. »Das verstehe ich, Jeremias, aber wahre Tulpenliebhaber sehen das wohl anders. Ihnen geht es darum, eine seltene Tulpe zu besitzen, und schon den Erwerb betreiben sie mit großer Leidenschaft. Kennt Ihr keine Vergnügungen, keine Freuden abseits Eurer Arbeit?«

»Ich bin schon zufrieden, wenn ich mich abends mit ein paar Kollegen bei einem Krug Bier unterhalten kann, wozu ich in letzter Zeit leider nicht häufig komme. Auch meinen Freund Robbert Cors habe ich lange nicht gesehen.«

»Den berühmten Ringkampfmeister?«

»Ja, er hat mich im Ringen unterwiesen. Jetzt unterweise ich ihn im Schachspiel, und zumindest da bin ich ihm über.« Mit Cors war er seit eineinhalb Jahren befreundet, und zuletzt gesehen hatte er ihn vor seiner Reise nach Utrecht. Aber im Augenblick fand er einfach nicht die Ruhe für einen Schachabend. Die Partie, die er derzeit auf dem großen Brett namens Amsterdam spielte, nahm ihn voll und ganz in Anspruch. Er schüttelte den Gedanken an Cors ab und fragte: »Was ist aus den Tulpenzwiebeln geworden?«

»Das eben versuche ich, wie auch schon Julien de Montfor, herauszufinden. Er hat sich mit zwei Gefährten nach den Niederlanden aufgemacht, um die Schmach zu tilgen und die gestohlenen Zwiebeln zurückzuholen. Seine Begleiter gingen bei einem Sturm über Bord, und so kam er allein nach Amsterdam, heiratete meine Mutter und führte nach außen hin ein bürgerliches Leben als Antiquitätenhändler. Insgeheim war er immer bestrebt, mehr über den Verbleib der gestohlenen Zwiebeln herauszufinden. Und irgend etwas muß er ja entdeckt haben, sonst wären er und meine Mutter nicht auf so grausame Weise getötet worden.«

Kein Wunder, daß Anna innerlich so zerrissen war. Sie trug das Erbe ihres leiblichen Vaters in sich und bemühte sich, seine Aufgabe weiterzuverfolgen und gleichzeitig den Tod ihrer

Eltern zu rächen. Auf der anderen Seite war sie als Tochter von Sybrandt Swalmius eine junge Frau wie andere auch – nach außen hin.

»Ist es ein Zufall, daß Ihr ausgerechnet zu Swalmius gekommen seid?« fragte er. »Schließlich weiß er viel über die Zeit des Tulpenfiebers. Eine unschätzbare Quelle für Euch, oder?«

Anna lächelte. »Ihr seid ein richtiger Schlaukopf!«

»Oh, das bringt mein Beruf so mit sich.«

»Ich muß gestehen, ich habe mich besonders angestrengt, um zu Swalmius zu kommen, denn ich hatte gehört, daß er einer der größten Tulpenliebhaber war.«

»Weiß er das?«

»Ja, ich habe es ihm später, als er mich fragte, ob ich ihm eine Tochter sein wolle, erzählt.«

»Euer leiblicher Vater, de Montfor, hat der Euch aufgefordert, weiter nach den Tulpenzwiebeln zu forschen?«

»Nein, aber er hat mich in alles eingeweiht, schon als ich noch sehr jung war. Er hat immer gesagt, sollte meine Mutter ihm eines Tages einen Sohn schenken, solle der seinen Weg weitergehen, falls es ihm nicht gelinge, die gestohlenen Tulpen aufzuspüren. Aber ich bin das einzige Kind geblieben. Vielleicht ist das gut so, vielleicht wären sonst noch mehr Leben in den Flammen verbrannt. Ich folge lediglich einer inneren Verpflichtung, einem Versprechen, das ich mir selbst gegeben habe.«

»Und das Euch schließlich dazu gebracht hat, mir hinterherzuschleichen«, stellte Katoen fest.

»Jahrelang hatte ich jede Spur von der Tulpe des Bösen verloren, und dann las ich plötzlich im *Amsterdamer Volksblatt* von diesen Morden. Ich habe herausgefunden, daß Ihr mit den Ermittlungen betraut worden seid, und bin Euch bei Euren nächtlichen Unternehmungen heimlich gefolgt.«

»Dazu müßt Ihr mir regelrecht aufgelauert haben.«

»Gestern nicht. Da habt Ihr es mir leichtgemacht, indem Ihr mir von Eurem angeblichen Treffen erzähltet. Ich Närrin hätte wissen sollen, daß das eine Falle ist.«

»Sie war eben sehr überzeugend. Zwei Tage zuvor hatte ich wirklich ein Treffen beim *Grünen Papagei* wie Ihr wißt. Leider ist das alles völlig schiefgegangen.«

»Was treibt Euch nachts in diese verlassene Gegend am Hafen?«

»Darüber darf ich nicht sprechen, ich habe mein Wort gegeben.«

»Etwa dem Kartenmacher Blaeu?«

Katoen versuchte, sich nichts anmerken zu lassen. »Wie kommt Ihr darauf?«

»Weil Ihr offenbar bei ihm ein und aus geht.«

»Verdächtigt Ihr Blaeu, weil er jetzt der Kartograph der Ostindischen Kompanie ist?«

»Einmal das, und außerdem dürfte er als Erbe seines Vaters auch im Besitz des alten Manuskriptes sein.«

»Ich habe ihn danach gefragt, nachdem Euer Ziehvater mir davon erzählt hatte, und er bestreitet es. Er sagt, er habe noch nie von diesem Manuskript gehört.«

»Und was glaubt Ihr, Jeremias?«

»Vielleicht lügt Blaeu, aber solange man es ihm nicht nachweisen kann, spielt das keine Rolle.«

Anna legte den Kopf schief und bedachte ihn mit einem prüfenden Blick. »Ihr laßt Euch nicht gern in die Karten schauen, oder?«

»Lieber bin ich selbst derjenige, der anderen in die Karten schaut.«

Katoen blickte auf das Tulpenbeet und sah Bienen und Hummeln fleißig von Blüte zu Blüte fliegen. Am Rande des Beetes tummelten sich ein paar Kaninchen zwischen Holunderbüschen. Es war ein so friedliches Bild, daß ihm Annas Bericht über die Tulpe des Bösen fast schon wie eine Verleumdung vorkam.

»Es tut mir leid«, seufzte er, »aber ich kann mir einfach nicht vorstellen, daß eine Tulpe Menschen in den Tod zu treiben vermag. Es ist eine tolle Geschichte, ein schauriges Märchen, aber es ist schlichtweg unglaublich!«

»So? Dann denkt Euch einmal, wir schrieben nicht das Jahr 1671, sondern 1631, das war die Zeit vor dem großen Tulpenwahn. Hättet Ihr damals geglaubt, daß eine Blume, die Tulpe, Tausende und Abertausende braver Bürger in den Ruin stürzen könnte?«

»Der Vergleich hinkt. Die Spekulation ging von den Menschen aus, Ihr selbst habt das vorhin festgestellt. Im Gegensatz dazu soll Eure angebliche Tulpe des Bösen in der Lage sein, den Menschen die Sinne zu verwirren, sie in den Selbstmord zu treiben.«

»Und wenn ich mich nun getäuscht habe? Wenn die Tulpe tatsächlich imstande ist, Menschen zu beeinflussen? Wenn sich deshalb so viele während des Tulpenfiebers verspekuliert haben?«

Katoen musterte sie eingehend, um herauszufinden, ob sie glaubte, was sie da sagte. Aber ihr Gesichtsausdruck verriet nicht, ob sie einfach ihrer Phantasie freien Lauf ließ oder das Unvorstellbare, das sie andeutete, wirklich für möglich hielt.

»Jetzt phantasiert Ihr aber, Anna!«

»Findet Ihr?« Sie hob die Schultern und ließ sie wieder sinken. »Mag schon sein, aber bei der Tulpe des Bösen liegen Phantasie und Wahrheit so dicht beieinander, daß eine Grenze kaum zu ziehen ist. Die Zweifel, die ich Euch eben geschildert habe, gehen mir oft durch den Kopf, aber wer weiß schon, was richtig und was falsch ist? Ich habe Euch berichtet, was mein Vater Julien de Montfor mir erzählt hat. Auch er kannte vieles nur aus den Erzählungen anderer. Diese Erzählungen mögen nicht in allen Punkten mit der Wahrheit übereinstimmen, aber gezielt belogen hat er mich ganz sicher nicht. Und ich Euch ebensowenig, falls Ihr Euch das fragt.«

Katoen brachte die leeren Zinnbecher zurück zu dem Saftverkäufer, der sie mit einem feuchten Lappen auswischte, und dann setzten sie, schweigend zunächst, ihren Spaziergang fort. Seine Gedanken kreisten immerzu um das, was sie ihm erzählt hatte. Die meisten Menschen hätten das alles als Lügengeschichte oder Phantasterei abgetan, aber er hatte schon Dinge erlebt, über die sich dasselbe hätte sagen lassen. Von einer Sekunde zur anderen lachte er auf, so laut, daß ein verliebtes Paar stehenblieb und sich nach ihm umsah.

»Was erheitert Euch so?« fragte Anna.

»Die Erkenntnis, daß die meisten Leute mich umstandslos ins Irrenhaus sperren lassen würden, wüßten sie, worüber ich mir Gedanken mache.«

»Und worüber macht Ihr Euch Gedanken?«

»Über Eure tödliche Tulpe.«

»Und?«

»Ich habe beschlossen, Eure Geschichte zu glauben.«

»Ach, auf einmal? Warum das?«

»Andernfalls hätte ich gar nichts in der Hand. Was Ihr mir über die Tulpe des Bösen erzählt habt, mag höchst unwahrscheinlich klingen, aber etwas Plausibleres habe ich auch nicht anzubieten. Außerdem hatte ich es schon einmal mit einer unheilvollen Macht zu tun, an deren Existenz ich zuvor nicht geglaubt hätte.«

Anna sah ihn überrascht an. »Eine unheilvolle Macht? Wovon sprecht Ihr?«

Katoen dachte an die blauen Bilder Rembrandts, wischte die Erinnerung aber sogleich beiseite. »Lassen wir das, es gehört nicht hierher. Kommen wir lieber zu Euch zurück. Nach allem, was Ihr mir erzählt habt, stellt sich mir die Frage, ob ich Euch festnehmen soll, Anna.«

»Mich? Wieso?«

»Ihr selbst sagt, daß Ihr die ›Verehrer der Tulpe‹ oder doch einige von ihnen für die Hintermänner des Mordes an Euren Eltern haltet, für die Personen, die damals den Überfall auf die Tulpenküste veranlaßt haben – oder doch zumindest für deren Erben. Die Toten sind mit dem bewußten Blütenblatt in der Hand gefunden worden, und wir haben einen Zeugen, der den Bankier de Koning kurz vor seinem Tod in Gesellschaft einer Frau gesehen haben will. Damit seid Ihr meine Hauptverdächtige.«

»Ihr vergeßt die Tulpenblätter! Wäre ich diejenige, die sie den Toten in die Hand gedrückt hat, hätte ich die Tulpe des Bösen doch bereits aufgespürt.«

»Vielleicht habt Ihr noch nicht alle Exemplare gefunden, oder aber Ihr wollt trotzdem Eure Rache an den ›Verehrern der Tulpe‹ vollenden.«

»Hätte ich Euch dann meine Geschichte so offen erzählt?«

»Das wiederum ist der Punkt, der für Euch spricht.«

»Ihr nehmt mich also nicht fest?«

»Nein. Ich gehe lieber hier draußen mit Euch spazieren, als mich im Geißelkeller des Rathauses mit Euch zu unterhalten.«

»Aber verdächtigen tut Ihr mich dennoch, nicht wahr?«

»Ein wenig, ja. Daß Ihr den Tod Eurer Eltern rächen wollt, ist ein starkes Motiv. Es ist schwer für ein Kind, die Eltern zu verlieren.«

»Das klingt, als wüßtet Ihr aus eigener Erfahrung, wovon Ihr sprecht.«

»Genauso ist es«, erwiderte er und erzählte ihr vom Tod seines Vaters und seinen Jahren im Waisenhaus.

Warum er sich ausgerechnet Anna offenbarte, wußte er

selbst nicht so recht, schließlich stand sie im Verdacht, de Koning und van Rosven ermordet zu haben oder zumindest in die Morde verwickelt zu sein. Aber auf einer anderen Ebene hatte er Zutrauen zu ihr gefaßt wie selten zuvor zu einem Menschen und hoffte inständig, sie möge unschuldig sein.

»Ihr hattet auch keine leichte Kindheit«, sagte Anna. »Den Vater zu verlieren, nachdem schon die Mutter so früh gestorben ist, stelle ich mir schlimm vor. Vielleicht ist das sogar noch schlimmer, als Vater und Mutter auf einen Schlag zu verlieren.«

»Meine Mutter ist nicht gestorben, jedenfalls war sie es damals nicht«, sagte er und spürte, wie seine Kehle plötzlich rauh wurde, als wehrte sich etwas in ihm gegen das, was er Anna erzählen wollte. »Sie hat uns verlassen.«

»Verlassen? Warum das?«

»So richtig habe ich es nie verstanden und mein Vater wohl auch nicht. Natürlich war er viel auf See, und daß er so viel weg war, mag dazu beigetragen haben, daß meine Mutter sich einsam und unglücklich fühlte. Onkel Adalbert sagt immer, sie habe schlechtes Blut in sich gehabt, und vielleicht ist da was dran.«

»Schlechtes Blut? Ihr sprecht in Rätseln.«

»Sie war eine Dirne, als mein Vater sie kennenlernte, und als sie ihn verließ, war sie wieder eine – oder immer noch, das weiß ich nicht so genau. Vielleicht hat sie zwischenzeitlich ernsthaft versucht, eine gute Ehefrau und Mutter zu sein, vielleicht. Vielleicht hat aber auch mein Onkel von Anfang an ihr wahres Wesen erkannt. Er hatte meinen Vater, seinen jüngeren Bruder, eindringlich vor der Heirat gewarnt, und als mein Vater nicht auf ihn hörte, hat mein Onkel kurzerhand den Kontakt zu ihm abgebrochen.«

»Deshalb hat er Euch und Eure Schwester erst später aus dem Waisenhaus geholt.«

»Ja. Natürlich haben die Behörden versucht, ihn zu finden. Aber er lebte einige Jahre in Neu-Amsterdam, und in der Zeit haben sie vergeblich nach ihm gesucht. Als er in die Niederlande zurückkehrte, war sein Zorn auf den Bruder verraucht, und er suchte nach ihm. Statt dessen fand er meine Schwester Annetje und mich und zog uns auf wie seine eigenen Kinder.«

Er dachte an seine Mutter und versuchte, sich an das Schlaflied zu erinnern, das sie ihm und Annetje manchmal gesungen hatte. Es wollte ihm nicht gelingen. Das Lied war aus seiner Erinnerung verschwunden wie die Stimme seiner Mutter und auch ihr Gesicht. Sie hatte sich vollständig aufgelöst wie ein Stück Holz, das sich im Feuer in Rauch verwandelt. Und doch sah er seine Mutter, sehr oft sogar, immer dann, wenn er einer Dirne gegenüberstand.

Seine Gedanken kehrten in die Gegenwart zurück, und er sagte: »Es ist spät geworden, Anna. Ich bringe Euch besser heim, sonst sorgt sich Euer Ziehvater noch um Euch. Etwas müßt Ihr mir versprechen: Mischt Euch in Zukunft nicht in meine Ermittlungen ein, und haltet Euch von den ›Verehrern der Tulpe‹ fern!«

»Da verlangt Ihr Unmögliches von mir.«

»Ich weiß, Ihr habt Euch selbst ein Versprechen gegeben, aber wartet mit Euren Nachforschungen wenigstens, bis ich den Tulpenmörder überführt habe. Wer weiß, vielleicht komme ich dabei dem Geheimnis der Bluttulpe auf die Spur, und damit wäre auch Euch geholfen.«

»Ihr werdet mich auch wirklich unterrichten, wenn Ihr etwas Wichtiges herausfindet, Jeremias?«

»Versprochen, Anna.«

Sie gingen den Weg zurück, den sie gekommen waren. Die Sonne stand schon sehr tief, und die meisten Straßen lagen im Abendschatten. Als sie an dem mächtigen Viereck der Handelsbörse entlanggingen, meinte Katoen, im Schatten einer

Seitengasse ein Gesicht gesehen zu haben, dessen herbe Züge und vorspringendes Kinn ihm bekannt vorkamen: das Gesicht des Apothekers Pieter Hartig.

Doch er mußte sich getäuscht haben. Denn als er ein zweites Mal hinschaute, war das Gesicht verschwunden.

Kapitel 18

Ein Sonntag in Amsterdam

Sonntag, 14. Mai 1671

In der Nacht hatte es heftig geregnet, und das Pflaster dampfte noch vor Feuchtigkeit, als Katoen am Sonntagmorgen durch die Kalverstraat zum Dam ging. Aber die Wolken verzogen sich eine nach der anderen, während das Läuten der Glocken die Bürger zum Gottesdienst rief, und der Tag des Herrn würde gewiß ein herrlicher werden.

Auf Schritt und Tritt begegnete er fein herausgeputzten Kirchgängern, die ihre weißesten Hauben, ihre neuesten Hüte und ihre glänzendsten Kleider trugen. Auf dem Dam angelangt, teilte sich die Menge. Nach links, am Rathaus vorbei, gingen die Besucher der Nieuwe Kerk. Die anderen lenkten ihre Schritte nach rechts und spazierten ein Stück den Damrak entlang, auf dem es nicht so geschäftig zuging wie an anderen Tagen. Sonntags wurde kein Laden geöffnet, kein Marktstand aufgebaut, kein Wechsel eingelöst und kein Hering gefangen. Vormittags, zur Zeit des Gottesdienstes, blieben sogar die Stadttore geschlossen, damit die Andacht der Gläubigen nicht durch den Lärm An- oder Abreisender gestört wurde. Die Schiffe und Kähne lagen vertäut an den Kais und schaukelten friedlich im Wasser, als wüßten sie, daß ein ruhiger Tag auf sie wartete. Die Menschen, die dem Damrak folgten, wollten zur Oude Kerk. Es gab keine festgelegten Kirchengemeinden in Amsterdam. Jeder ging in den Gottesdienst, der ihm am besten gefiel.

Katoen hatte sich mit Nicolaas van der Zyl und Catrijn an der Nieuwe Kerk verabredet, die mit der Oude Kerk im ständigen Streit darüber lag, die bedeutendste Kirche Amsterdams zu sein. Als er die zahlreichen hohen Herren sah, darunter viele Mitglieder des Magistrats, die sich vor dem Hauptportal der Nieuwe Kerk versammelt hatten, kam er für sich zu dem Schluß, daß sie den geheimen Wettbewerb gewonnen hatte. Sie stand auf dem Dam, direkt neben dem Rathaus, und damit schlug das Herz der Stadt auch in ihr.

Auch Joan Blaeu stand im Kreise seiner Familie vor der Kirche und war in ein Gespräch mit dem Amtsrichter vertieft. Catrijn stand neben ihrem Bruder und schien aufmerksam zuzuhören. Sie trug ein sandfarbenes Kleid und eine passende Haube, die im Licht der an Kraft gewinnenden Sonne fast golden schimmerten.

Unwillkürlich dachte er an den Abend auf Volewijk, daran, wie sie sich einander hingegeben hatten. Vielleicht war es nicht recht, im Angesicht des Gotteshauses solcherlei Gedanken zu haben, aber er konnte nicht anders. Catrijn strahlte etwas aus, das in einem Mann den Wunsch erweckte, sie zu besitzen, sich mit ihr zu vereinigen. Ihre Schönheit, ihr Stolz und ihr Selbstbewußtsein suchten ihresgleichen. Doch er fragte sich, ob sie sich tatsächlich von einem Mann besitzen lassen würde oder ob nicht vielmehr sie die Besitzende war.

Als sie ihm von den Plänen erzählt hatte, die ihr Bruder und sie mit ihm hatten, war dieser Zweifel in ihm erwacht. Seit diesem Moment fühlte er eine innere Distanz zu ihr, die all ihre Schönheit und sein unleugbares Verlangen nach ihren Liebkosungen nicht zu überbrücken vermochten. Er freute sich nicht einmal auf das Wiedersehen; er war nur hergekommen, weil sie es so verabredet hatten.

Üblicherweise ging er zum Gottesdienst in die Zuiderkerk, einfach aus dem Grund, weil sie von seiner Wohnung am Botermarkt aus etwas schneller zu erreichen war. Der Glaube hatte keine große Bedeutung für ihn, er nahm sein Schicksal lieber in die eigenen Hände, als darauf zu vertrauen, daß Gott sich seiner erbarmte. Seit jener Zeit, als das Kind Jeremias tage- und nächtelang vergebens gebetet hatte, daß seine Mutter zurückkehren möge, hielt er nicht mehr viel vom Beten. Aus eigenem Antrieb wäre er nicht oft zur Kirche gegangen, aber in der Regel begleitete er seine Hauswirtin, der er damit einen Gefallen tat, besonders dann, wenn die Nachbarn sie beim gemeinsamen Kirchgang sahen.

Catrijn bemerkte ihn, und ihre Blicke trafen sich. Sie wirkte seltsam kühl, so als bereite das Zusammentreffen auch ihr keine rechte Freude. Er wollte das Gespräch, das Nicolaas van der Zyl mit Joan Blaeu führte, nicht stören, und nickte ihr deshalb nur aus der Ferne zu. Ihre Erwiderung bestand ebenfalls in einem Nicken, das sehr knapp ausfiel. Ihr Bruder sah es trotzdem und kam, um Katoen zu begrüßen. Catrijn schien ihm eher widerwillig zu folgen.

»Schön, daß Ihr da seid, lieber Jeremias«, begrüßte der Amtsrichter ihn. »Gehen wir hinein, der Gottesdienst fängt gleich an. Zum Plaudern ist hinterher noch Zeit genug.«

Nachdem auch Katoen und Catrijn einander auf sehr förmliche Art begrüßt hatten, betraten sie die Kirche. Seit dem großen Feuer von 1645, bei dem sie im Innern vollständig ausgebrannt war, haftete der Nieuwe Kerk ein strenger Brandgeruch an. Selbst jetzt noch, mehr als fünfundzwanzig Jahre nach dem Unglück, sorgte er für ein unangenehmes Kitzeln in den Nasen.

Der Prediger auf der von Albert Vinckenbrinck in fünfzehnjähriger Arbeit geschnitzten Kanzel, die im Vergleich zur übrigen Ausstattung der Kirche äußerst prunkvoll wirkte, verkündete eine halbe Stunde lang die neuesten amtlichen und kirchlichen Bekanntmachungen und sprach dann über die christlichen Tugenden Fleiß und Genügsamkeit, die seiner Darlegung nach auch die Tugenden eines jeden guten Amsterdamer Bürgers waren. Predigten wie diese hatte Katoen oft gehört, und irgendwann nahm er die Worte gar nicht mehr im einzelnen wahr. Statt dessen sah er immer wieder an Nicolaas van der Zyl vorbei zu Catrijn hinüber, die ihn jedoch keines Blickes würdigte. Vielleicht lauschte sie andächtig, vielleicht ignorierte sie ihn aber auch bewußt. Ihr Gebaren vor der Kirche ließ eher auf letzteres schließen.

Nach dem Gottesdienst, der fast drei Stunden gedauert hatte, strömten die Menschen, begleitet von den feierlichen Klängen der vergoldeten Orgel, ins Freie, wo inzwischen schönster Sonnenschein herrschte. Vor der Kirche bildeten sich zahlreiche kleine Gruppen; die Amsterdamer tauschten sich über die Predigt und die jüngsten Ereignisse aus.

Nicolaas van der Zyl nahm Katoen beiseite und fragte: »Habt Ihr für morgen abend alles vorbereitet?«

»Alles wie besprochen, aber ich weiß nicht, ob wir das Richtige tun.«

»Was könnte schiefgehen, wenn Ihr Eure Leute rings um die *Drei Tulpen* postiert?«

»Wir dürfen das Netz nicht zu engmaschig knüpfen, sonst wird der Mörder gewarnt. Ein gewisses Risiko bleibt, und wenn er tatsächlich ein Opfer fände, wäre das katastrophal.«

Das eben noch so zuversichtliche Gesicht des Amtsrichters nahm einen düsteren Ausdruck an. »Da habt Ihr allerdings recht, Jeremias. Aber ich vertraue auf Euch und Eure Männer. Ihr steht mir dafür gerade, daß nicht noch ein ›Verehrer der Tulpe‹ von diesem Irren niedergemetzelt wird.«

»Ja, natürlich«, seufzte Katoen, und jetzt war es an ihm, ein düsteres Gesicht zu ziehen, behagte es ihm doch gar nicht, daß van der Zyl die gesamte Verantwortung so geschickt auf ihn abwälzte. »Wenn wir es denn wenigstens mit einem Irren zu tun hätten!«

»Wieso?«

»Ein Irrsiniger würde vielleicht einen Fehler begehen, der es uns erlaubt, ihn zu fassen. Leider habe ich den Eindruck, daß dieser Mörder sehr planvoll handelt und nichts dem Zufall überläßt.«

»Dann tut es ihm gleich, und Ihr werdet ihn morgen vielleicht schon im Geißelkeller verhören!« Van der Zyl winkte seine Schwester heran, die sich mit ein paar Damen aus höchsten Kreisen unterhalten hatte. »Catrijn, mein Herz, wollen wir unseren Freund Jeremias zu einem kleinen Mahl und einem gemütlichen Nachmittag am Damrak einladen?«

Bevor sie noch antworten konnte, sagte Katoen schnell: »Es tut mir leid, aber ich habe schon etwas vor.«

Catrijn musterte ihn skeptisch und wandte sich dann an ihren Bruder: »Hast du ihn etwa mit Arbeit überhäuft, Nicolaas?«

»Für heute nicht.«

Katoen setzte ein entschuldigendes Lächeln auf. »Ich habe eine Verabredung.«

»Mit einer Frau, vermute ich«, sagte Catrijn schnippisch.

»Nein, mit einem Kind.«

»Mit einem Kind?« wiederholte sie und runzelte ungläubig die Stirn. »Bezeichnest du die Tochter des Tulpenhassers Swalmius als Kind?«

»Wieso sprichst du von ihr?«

»Weil sie wohl deine Verabredung ist.«

»Das ist sie nicht. Wie kannst du so etwas behaupten?«

»Gestern noch bist du mit ihr zusammengewesen. Gar nicht weit von hier seid ihr beide gesehen worden.«

Auf einmal begriff er, wie Catrijn zu ihrem Verdacht kam.

Hatte er also am Abend zuvor doch Pieter Hartig in der Nähe der Handelsbörse gesehen! Und der Apotheker hatte nichts Eiligeres zu tun gehabt, als seiner Angebeteten zu erzählen, was er beobachtet hatte.

»Arbeitet dein Apotheker neuerdings auch als Spion für dich, Catrijn?«

»Pieter war zufällig zugegen, er mußte eine Lieferung zum Singel bringen. Du glaubst doch nicht, daß ich es nötig habe, dir nachzuspionieren!«

Van der Zyl hob beschwichtigend die Hände. »Bitte, bitte, keinen Streit am Tag des Herrn! Wenn Jeremias verabredet ist, werden wir uns eben ein andermal gemütlich zusammensetzen. Vielleicht können wir dann bereits die Festnahme des Tulpenmörders feiern!«

Katoen verabschiedete sich von den beiden und empfand große Erleichterung, als er die Nieuwe Kerk hinter sich ließ. Ihm war nicht danach, diesen schönen Tag mit Catrijn und ihrem Bruder zu verbringen, deshalb hatte er ein wenig geschwindelt. Er war nicht verabredet, aber er hatte doch ein Versprechen abgegeben, das er einlösen wollte. Eilig überquerte er den Dam und folgte dem Verlauf des Rokins, der eine Verlängerung des Damraks auf der anderen Seite des Dams darstellte, bis zur Amstel und zum Waisenhaus. Er sprach kurz mit dem Hausvater, während Felix geholt wurde. Der Junge staunte nicht schlecht, als er ihn entdeckte. Vermutlich hatte er nicht so recht geglaubt, daß Katoen sich tatsächlich um ihn kümmern und nach ihm sehen würde.

»Der Herr Amtsinspektor ist gekommen, um dich zu einem Ausflug abzuholen, Felix«, sagte der Hausvater in dem ihm eigenen Ton, der stets etwas zu würdevoll und feierlich klang. »Du bist ein braver Junge gewesen, also hast du dir den Ausflug verdient. Ich wünsche dir einen schönen Tag!«

Katoen mußte sich auf die Unterlippe beißen, um nicht zu

lachen, als der Hausvater Felix einen braven Jungen nannte. Schließlich war Felix erst drei Tage zuvor ausgerissen, aber diese Tatsache schien durch Katoens Spende für die Waisenkasse aus dem Gedächtnis des Hausvaters gelöscht worden zu sein.

Als sie draußen standen, fragte er den Jungen: »Wie war das Essen heute?«

»Es gab genug.«

»Aha. Und wie hat es geschmeckt?«

»Hm«, machte Felix nur und schnitt eine Grimasse.

»Dann nehme ich an, du hast noch Appetit.«

Das Aufleuchten in den Augen des Jungen war Antwort genug. Sie suchten die nächste Garküche auf, und Felix durfte sich etwas aussuchen. Er entschied sich für in Honig gewälzte Mandelküchlein und bekam dazu einen großen Becher Milch. Katoen, der etwas Herzhaftes bevorzugte, bestellte sich gekochte Muscheln, frischen Spargel und dazu ein kaltes Bier. Daß Felix tatsächlich noch hungrig war, zeigte sich daran, daß er kein einziges Mandelküchlein auf dem Teller ließ.

Nach dem Essen mietete Katoen ein Ruderboot. Sie fuhren damit zur Prinsengracht und umrundeten gemächlich das alte Amsterdam. Katoen erklärte dem Jungen alle Sehenswürdigkeiten und staunte, wie wenig Felix von alldem wußte. Sein Revier waren bislang die engen, schmutzigen Gassen des Hafenviertels gewesen. Katoen wollte ihm zeigen, daß die Stadt auch schöne Seiten hatte.

Als vor ihnen die Westerkerk auftauchte, fühlte er sich an sein nächtliches Abenteuer in der Sargmacherei erinnert. Schnell verdrängte er die Gedanken an den Kuppler Dircks, die Kartenschnapper und den Tulpenmörder, sie sollten sein Beisammensein mit Felix nicht stören. Er ruderte in die Rozengracht hinein und legte vor dem Nieuwe Doolhof an, dem Vergnügungsgarten, den der aus Frankfurt stammende Mechaniker David Lingelbach angelegt hatte und der deshalb auch

Lingelbachs Irrgarten genannt wurde. Dabei war der eigentliche Irrgarten nur ein Teil der Attraktionen, die ständig verbessert und erweitert wurden. Zahlreiche mechanische Schaubilder, die Szenen aus der Bibel und aus der Geschichte der Niederlande zeigten, begannen sich zu bewegen, sobald man eine Münze einwarf; anderen Automaten entlockte man mit einer kleinen Spende vergnügliche Musik.

Katoen lag richtig mit der Annahme, daß es Felix hier gefallen könnte. Mit der Zeit wurde der Junge immer lebendiger, tanzte zu den verschiedenen Melodien der mechanischen Musikanten und klatschte bei besonders spannenden Schaubildern begeistert in die Hände. Wenn Katoen ihm die Bedeutung der Szenen erklärte, hörte er andächtig zu und stellte hin und wieder Fragen, die immer den Kern der Sache trafen. Zweifellos war Felix ein sehr aufgeweckter Junge, auch wenn er, abgesehen von den wenigen Tagen im Waisenhaus, über keinerlei Schulbildung verfügte. Katoen nahm sich vor, ihn nach Kräften zu fördern und alles dafür zu tun, daß er im Waisenhaus die Erziehung erfuhr, die ihm bislang versagt geblieben war.

Sie verbrachten den ganzen Nachmittag im Irrgarten, vertilgten süße Eierkuchen und stillten ihren Durst mit eisgekühltem Saft. Als der Abend nahte und sie zurück zum Bootsanleger schlenderten, legte Felix seine kleine Hand in die von Katoen.

Kapitel 19

Die Nacht des Mörders

Montag, 15. Mai 1671

Es war ein ganz gewöhnlicher Montagabend. Die Geschäfte hatten ihre Türen geschlossen, und Amsterdam kam zur Ruhe. Längst brannten die Öllampen der neuartigen Straßenbeleuchtung, aber die Sichtverhältnisse waren trotzdem schlecht. Es hatte sich abgekühlt, und den ganzen Tag über waren immer wieder Regenschauer niedergegangen. Jetzt drängte dicker Nebel vom IJ in die Stadt und streckte seine schmutziggrauen Finger in Grachten, Straßen und Gassen, als wolle er jede Lampe einzeln auslöschen.

Natürlich brannten die Lampen weiter, aber der sich voranwälzende Nebel nahm ihnen die Kraft und degradierte sie zu schummrigen Funzeln. Das hielt die Bürger, die den Tag über hart gearbeitet hatten, nicht davon ab, Wirtshäuser und Musicos aufzusuchen, um sich bei Wein, Bier, Schnaps, Kartenspiel und fröhlichen Liedern zu entspannen. Schließlich kannten sie ihre Stadt und die Wege, die sie nehmen mußten. Also war es trotz des Nebels ein ganz gewöhnlicher Montagabend – scheinbar.

Jeremias Katoen, der sich in den engen Durchlaß zwischen zwei Häusern am östlichen Ende der Jodenbreestraat, schräg gegenüber dem Wirtshaus *Zu den drei Tulpen*, drückte, war sich nicht sicher, ob er den Nebel begrüßen oder verfluchen sollte. Das engmaschige Netz, das seine Leute rund um den Versammlungsort der »Verehrer der Tulpe« gezogen hatten, blieb dem Mörder, sollte er an diesem Abend tatsächlich auf ein weiteres Opfer aussein, aufgrund der schlechten Sicht mit höherer Wahrscheinlichkeit verborgen, als es sonst zu erwarten gewesen wäre. Aber auch er konnte den grauen Dunst nutzen, um sich zu verstecken. Die Sicht wurde von Minute zu Minute schlechter, und wer nicht entdeckt werden wollte, konnte sich mit ein wenig Geschick außerhalb der traurigen Lichtflecken bewegen.

Mit diesem Argument hatte Katoen am Nachmittag, als der Nebel sich über dem Hafen zusammenzuziehen begann, versucht, den Amtsrichter doch noch umzustimmen und dazu zu bewegen, daß er die wöchentliche Versammlung der Tulpenliebhaber an eine andere Örtlichkeit verlegte, wenn er sie schon nicht absagen mochte. Katoen hatte das Rathaus als einen zentralen und halbwegs sicheren Ort vorgeschlagen. Vom Dam aus war der Heimweg für die meisten der »Verehrer der Tulpe« weitaus kürzer als von diesem Teil der Jodenbreestraat aus, der schon recht nahe an der Plantage und den Außenbezirken Amsterdams lag.

Nicolaas van der Zyl hatte seinen Vorschlag rundweg abgelehnt und Katoen dabei angesehen, als habe er vorgeschlagen, die Stadttore freiwillig für einen Einmarsch der Franzosen zu öffnen. »Wie stellt Ihr Euch das vor, die Versammlung so kurzfristig zu verlegen, Katoen? Was für ein Signal wäre das an die Mitbrüder meiner Vereinigung und an die ganze Stadt? Sollen die einflußreichsten Bürger Amsterdams öffentlich eingestehen, daß sie sich fürchten vor … vor einem sogenannten Tulpenmörder? Dann könnten wir wohl kaum erwarten, daß die braven Amsterdamer noch zu uns aufschauen, wenn der Krieg ausbricht und wir wirklich auf ihr Vertrauen, ihre Loyalität und ihren Mut angewiesen sind. Und dann auch noch ins Rathaus! Also wirklich, Katoen, ich hätte Euch mehr politischen Verstand zugetraut. Natürlich fällen wir an unseren Tulpenabenden so manche Entscheidung, die später in der Sitzung des Magistrats nur noch abgesegnet wird. Aber unser Treffen ins Rathaus zu verlegen hieße, den Magistrat aufs äußerste zu brüskieren. Das würde den Eindruck hervorrufen, wir pfiffen auf den Magistrat und setzten uns an seine Stelle. Nein, nein, nein, das geht ganz und gar nicht!«

Van der Zyls Ablehnung war so heftig gewesen, daß er Katoen sogar wieder mit dem Familiennamen angeredet hatte, was diesem allerdings gar nicht unangenehm war. Die kürzlich noch gehegte Vorstellung, demnächst mit dem Amtsrichter verschwägert zu sein, lag ihm jetzt so fern wie die Handelsniederlassung Batavia in Niederländisch-Indien. Aber im Augenblick verschwendete er daran keinen Gedanken. Jetzt galt es, den Tulpenmörder zu fassen oder zumindest dafür Sorge zu tragen, daß van der Zyl und seine Tulpenbrüder diesen Abend überlebten.

Sämtliche Inspektoren und ihre Büttel waren im Einsatz, unterstützt von der Nachtwache. Die langgezogene Jodenbreestraat und alle von ihr abzweigenden Straßen und Gassen wurden überwacht. Katoens Männer warteten im Norden auf den von Menschenhand aufgeschütteten Inseln Uilenburg und Marken, auf denen man Werften, Werkstätten, Lagerhäuser und einige Handelsgebäude der Ostindischen Kompanie errichtet hatte, und bewachten im Süden die Brücken hinüber zur Insel Vlooienburg mit ihren vielen jüdischen Geschäften, in denen Bücher, Gemälde, Geschirr, Vasen, Kerzenständer und dergleichen angeboten wurden. Sie patrouillierten im östlichen Randbezirk der Plantage ebenso wie im Gebiet rund um die Zuiderkerk. Selbst in den Grachten hockten ein paar Wachen in Ruderbooten, um jederzeit auf dem Wasser oder vom Wasser her einzugreifen.

Katoen hatte alles menschenmögliche getan, um einen weiteren Tulpenmord zu verhindern, und doch fühlte er sich unwohl. Mit dem Nebel kam die Kälte und kroch in seine Glieder, obwohl er einen wollenen Umhang übergeworfen hatte. Sowenig er das Wetter beeinflussen konnte, so wenig konnte er auch auf den Mörder einwirken, solange er nichts von ihm wußte. Der Nebel und der Mörder, beide erschienen diffus und unangreifbar.

Endlich öffnete sich die Wirtshaustür, und die ersten Tulpenfreunde traten den Heimweg an. In kleinen Gruppen, die sich aber nach und nach auflösen würden, wenn jeder seinem eigenen Haus, seinem weichen Bett und seinem warmen Weib zustrebte. Die Männer wirkten fröhlich und scherzten, als seien sie sich keiner Gefahr bewußt. Katoen aber erschienen sie ein wenig zu laut, ganz so, als machten sie sich selbst Mut.

Er sah drei Männern nach, die zusammen ostwärts gingen, und dachte, daß einer von ihnen ihm bekannt vorkam. Ganz kurz nur hatte er eben das Gesicht mit dem sauber gestutzten Bart gesehen, ein junges Gesicht, doch er erinnerte sich an das Zusammentreffen mit dem Mann am vergangenen Dienstag. Offenbar hatte Paulus van Rosven nach dem Tod seines Vaters dessen Platz in der Runde der »Verehrer der Tulpe« eingenommen.

Um ihn brauchte Katoen sich wohl keine Sorgen zu machen. Die Wahrscheinlichkeit, daß es nach dem Vater auch den Sohn erwischte, erschien ihm doch sehr gering. Andererseits hatte diese Nacht etwas Unberechenbares, das spürte er, und trotz aller Vorsichtsmaßnahmen konnte er jetzt nichts anderes mehr tun als hoffen, daß es nicht die Nacht des Mörders wurde.

Joris Kampen saß auf einer von mehreren alten Holzkisten, die neben einem Lagerhaus auf der Insel Marken standen, und zählte seine Finger. Er wußte zwar, daß er im Besitz aller zehn Finger war, aber irgend etwas mußte er tun, um gegen die Langeweile anzukämpfen – und gegen die Müdigkeit, die ihn zu übermannen drohte. Er gähnte herzhaft und wünschte sich nichts sehnlicher, als in seinem Bett zu liegen, bei seiner drallen, warmen Noortje, die ihm am Abend zuvor erst gesagt hatte, daß sie ein Kind erwartete. Ihr drittes. Eigentlich schon das vierte, aber ein Mädchen war kurz nach der Geburt am Fieber gestorben. Dafür machten Frans und Elka sich ganz prächtig.

Eine Weile überlegte er, wie sie das Kind, das in Noortjes Leib heranwuchs, nennen sollten. Aber solange sie nicht wußten, ob es ein Junge oder ein Mädchen wurde, war das eine unlösbare und damit viel zu anstrengende Aufgabe. Und er haßte Anstrengungen, jedenfalls dann, wenn sie zu nichts führten. So wie dieses stundenlange Warten auf einen Mörder, der wohl nicht kommen würde. Und sollte er doch kommen, würde er sich kaum diese abends verlassene Gegend am Hafen aussuchen, sondern sich da auf die Lauer legen, wo die prächtigen Häuser der angesehenen Bürger standen.

In Zukunft allerdings würde Kampen sich ein bißchen mehr anstrengen müssen, wenn es galt, ein weiteres hungriges Maul zu stopfen.

Was er als Büttel der Stadt Amsterdam verdiente, würde dazu kaum reichen. Aber er war ganz zuversichtlich, etwas Passendes zu finden. Möglich, daß ein paar der reichen Pfeffersäcke sich erkenntlich zeigten, wenn er ihnen versprach, auf die Sicherheit ihrer Häuser besonders zu achten.

Kampen wußte, daß viele seiner Kollegen ähnliche Geschäfte tätigten, um ihren schmalen Lohn aufzubessern. Sogar sein Baas, der offenbar gut mit dem Kartenmacher Blaeu konnte. Das war natürlich ein ganz großer Fisch, den Katoen da an der Angel hatte. So ehrgeizig war Kampen gar nicht. Aber ein paar

Gulden extra im Monat konnte er schon gebrauchen. Er beschloß, den Baas einfach mal zu fragen. Der wußte sicher was. Vielleicht empfahl er ihn sogar dem Kartenmacher.

Ein Geräusch ließ ihn zusammenfahren, und er griff nach der geladenen Doppelpistole, die er neben sich auf eine andere Kiste gelegt hatte. Das schwere, kalte Metall in seinen Händen vermittelte ihm ein Gefühl von Sicherheit. Wer immer der Tulpenmörder auch war, er war ein Mensch und, wenn Kampen beide Läufe seiner Waffe abfeuerte, im Nu ein sehr toter Mensch.

Er spähte auf die Straße vor ihm, konnte aber nicht erkennen, woher das Geräusch stammte. Es war nur ein kurzes Klappern gewesen, so als habe jemand ein Tor zugeschlagen.

Zwar standen auch hier auf Marken schon die ersten Straßenlampen, aber ihre Anzahl war noch verschwindend gering; sie waren in so großen Abständen aufgestellt, daß sie auch bei besserem Wetter die Straße nicht flächendeckend hätten erhellen können. Schon die Wände der Gebäude auf der gegenüberliegenden Straßenseite begannen zu verschwimmen, soweit sie nicht unmittelbar gegenüber von Kampens Versteck lagen. Um ihn her breitete sich eine trübe, graue Suppe aus, und er kam sich vor wie ein Stück Gemüse, das verloren darin schwamm.

Es gab schlichtweg keinen Hinweis darauf, was das Geräusch verursacht haben konnte. Ein Tier vielleicht, wahrscheinlich eine der Ratten, die sich so zahlreich am Hafen herumtrieben.

Jedenfalls war es nicht der Tulpenmörder gewesen, ganz sicher nicht. Nichts würde in dieser Nacht geschehen, rein gar nichts.

Fast wünschte er sich, der Tulpenmörder möge gleichsam vor seinen Augen zuschlagen. Dann würde er ihn festnehmen oder erschießen und zum Helden der ganzen Stadt aufsteigen. Vielleicht würde man ihm eine Belohnung zukommen lassen, und ganz sicher würde er dann keine Schwierigkeiten haben, sich ein gutes Zubrot zu verdienen.

Gähnend legte er die Pistole zurück auf die Kiste und betrachtete seine Hände mit den ausgestreckten Fingern.

»Eins«, zählte er langsam, »zwei, drei, vier ...«

Nachdem der Viehhändler Johann de Mos, der am östlichen Ende der Jodenbreestraat wohnte, sich verabschiedet hatte, waren sie nur noch zu zweit. An der Seite des Seilermeisters Philipp Schuiten überschritt Paulus van Rosven die Brücke zur Insel Marken und war, als sie die Mitte der Brücke erreicht hatten, plötzlich froh, nicht ganz allein unterwegs zu sein. Nicht an diesem Abend, dem Montagabend, genau zwei Wochen nach dem Mord an seinem Vater. Hier auf der Brücke war der Nebel so dicht, daß von der Welt ringsherum nichts mehr dazusein schien. Es war, als gebe es Amsterdam, die große Stadt mit ihren Häusern, Kirchen und Türmen, nur noch in der Erinnerung. Wie unter einem inneren Zwang beschleunigte van Rosven seine Schritte.

»Habt Ihr es eilig, Paulus?« fragte der Mann neben ihm.

Philipp Schuiten hätte sein Vater sein können. Das Haar und der volle Bart, der ein rundes, gutmütiges Gesicht umrahmte, zeigten erste Anzeichen von Grau. Eher von kleinem Wuchs, war er kräftig gebaut und wirkte robust, wie nur Männer es tun, die ein Leben lang hart gearbeitet haben. Im Fall von Philipp Schuiten hatte diese harte Arbeit sich ausgezahlt, seine Seilerei auf Marken zählte zu den drei größten der Stadt, und er hatte einen Sitz im Magistrat.

In seiner Werkstatt entstand das Tauwerk für die Schiffe, die auf van Rosvens Werft gebaut wurden, und die langjährige Zusammenarbeit hatte den Seilermeister und Jacob van Rosven zu Freunden werden lassen. Schon den ganzen Abend über hatte Paulus van Rosven gespürt, daß Schuiten auch ihm ein – väterlicher – Freund sein wollte, und dafür war er sehr dankbar.

»Es ist schon spät, und meine Leute sorgen sich bestimmt, wo ich bleibe. Besonders angesichts …«

Er brauchte es nicht auszusprechen, Schuiten verstand ihn und nickte. »Ihr tut recht daran, an Eure Familie zu denken, mein Junge. Die Familie und das Geschäft, das sind die Dinge, um die ein braver Mann sich zu kümmern hat, die ihn ausmachen und sein Dasein rechtfertigen, vor den Menschen und vor Gott. Euer Vater hat ebenso gedacht, und ich weiß, daß Ihr ihm ein würdiger Nachfolger sein werdet.« Der Seilermeister lächelte. »Außerdem habt Ihr eine sehr hübsche Frau, wenn ich mich recht entsinne. Das wird Euch ein zusätzlicher Ansporn sein, endlich heimzukommen.«

»So ist es«, antwortete van Rosven und lächelte zurück, aber eigentlich galt sein Lächeln nicht Schuiten, sondern seiner Frau Hiskia. Sie war ihm in den vergangenen zwei Wochen ein großer Trost gewesen, eine Stütze geradezu, und wahrscheinlich würde er auch an diesem Abend erst einschlafen können, wenn er seinen Kopf in ihre Arme gebettet hatte, wenn er das sanfte Streicheln ihrer Hand auf dem Arm spürte und ihre rotblonden Locken sein Gesicht kitzelten. Hiskia und der kleine Jacob, erst zwei Jahre alt und nach dem Großvater benannt, waren sein ganzer Stolz.

Als sie die Brücke hinter sich gelassen hatten, blieb Schuiten stehen und legte van Rosven eine Hand auf die Schulter. »Ihr werdet das Kind schon schaukeln, Paulus. Ihr kommt ganz nach Eurem Vater, das spüre ich. Mit Euch an der Spitze hat die Werft, die Euer Vater aufgebaut hat, noch viele erfolgreiche Jahre vor sich. Ihr werdet es richtig machen, so wie Jacob. Er und ich, wir haben beide unsere Wohnhäuser hier auf die Insel gebaut, nahe bei unseren Werkstätten. Nicht so wie die feinen Pinkel in ihren vornehmen Grachtenvierteln, die unter sich bleiben wollen und dabei die Verbindung zu ihren Arbeitern verlieren und zu der Arbeit, der sie ihren Reichtum verdanken. Fragt Euch immer, was Euer Vater getan hätte, sollten Euch einmal Zweifel überfallen. Und wenn Ihr dann noch eines Rates bedürft, fragt mich! Jederzeit.«

Van Rosven wollte sich für die Ermutigung bedanken, aber das war Schuiten peinlich, und er winkte ab.

»Genug der Worte. Seht zu, daß Ihr nach Hause kommt, Paulus. Ich muß hier nach links, wie Ihr wißt. Euer Weg ist ja auch nicht mehr lang, aber trotzdem, paßt gut auf Euch auf!«

Van Rosven zog seine Rassel hervor. Die Instrumente, die üblicherweise die Nachtwachen benutzten, hatte zuvor im Wirtshaus *Zu den drei Tulpen* Amtsrichter van der Zyl an die »Verehrer der Tulpe« ausgegeben. »Ich habe ja das hier, um nötigenfalls Hilfe herbeizurufen. Aber ich glaube nicht, daß sich heute nacht etwas Schlimmes ereignet. Bei diesem Wetter könnte der Mörder sein Opfer ja gar nicht erkennen.«

»Hoffen wir es«, sagte Schuiten und wünschte ihm eine gute Nacht.

Paulus van Rosven kannte den Heimweg, selbst im dicksten Nebel, und so kreisten seine Gedanken nicht um die Straße, durch die er ging, vorbei an Werkstätten und Lagerhäusern. Er dachte an den Abend im Wirtshaus, das erste Treffen der »Verehrer der Tulpe«, an dem er teilgenommen hatte. Obwohl er die Leidenschaft seines Vaters für die Tulpe nicht teilte, hatte er sich nach einigem Überlegen dazu entschlossen. Schließlich ging es bei den wöchentlichen Treffen längst nicht nur um die Blume, mit der die Niederländer sich in ganz eigenartiger und unerklärlicher Weise verbunden fühlten, sondern auch um die Geschicke Amsterdams und des ganzen Landes. Seine Mutter und seine Geschwister hatten vor allem das Wohlergehen der Werft van Rosven im Sinn gehabt, als sie ihn drängten, den

Platz seines Vaters bei den »Verehrern der Tulpe« einzunehmen. Jetzt, nach dem Treffen, wußte er, daß die Verantwortung für das Gemeinwohl den Tulpenfreunden mindestens ebenso am Herzen lag wie die eigenen Interessen.

Diese Erkenntnis stimmte ihn froh, und zugleich erfüllte ihn das, was er über die Bedrohung der Vereinigten Republiken durch Frankreich und dessen Verbündete erfahren hatte, mit Sorge. Die Wahrheit war viel düsterer als das, was in den Zeitungen stand. Zu ahnen, fast schon zu wissen, daß bald wieder die Kanonen donnern, Handelsschiffe geentert und ganze Heringsfangflotten versenkt werden sollten, bedrückte ihn, zumal niemand eine Möglichkeit gesehen hatte, den Konflikt auf friedlichem Weg beizulegen. Den Niederlanden blieb nichts anderes übrig, als ihre Flotte aufzurüsten, ihre Truppen zu mobilisieren, neue Waffen, neues Pulver und neue Munition zu ordern. Das ganze Land schien in einen Nebel eingehüllt, noch dichter als der, der an diesem Abend über Amsterdam lag, und noch wiegten die meisten Menschen sich in trügerischer Sicherheit.

Wenn der große Nebel der Sorglosigkeit sich aber verzog, würden die feindlichen Schiffe auf den Meeren und die feindlichen Soldaten an den Grenzen nur allzu deutlich zu sehen sein. Die »Verehrer der Tulpe« waren übereingekommen, daß es das Beste sei, die Bevölkerung behutsam auf die neue Lage vorzubereiten, so daß mit dem Wissen der Menschen auch ihr Vertrauen in die eigenen Kräfte und ihre Entschlossenheit zur Verteidigung wachsen konnten.

Der Nebel über Amsterdam war inzwischen so dicht geworden, daß Paulus van Rosven nichts anderes mehr sah als die Gebäude unmittelbar zur Rechten und zur Linken. Ein schwaches Glimmen, das er weiter vorn ausmachte, stammte wohl von einer der Straßenlaternen, die dieser erfinderische Städtemaler, Jan van der Heyden, ersonnen hatte. Trotzdem wußte er, daß das große, nur umrißhaft erkennbare Gebäude vor ihm sein Ziel war, das Heim der Familie van Rosven. Ein schönes, aber nicht zu protziges Halsgiebelhaus, von dessen oberen Stockwerken aus man einen prächtigen Blick auf den Hafen und die Van-Rosven-Werft hatte.

Abends, nach getaner Arbeit, hatte sein Vater oft oben am Fenster gestanden und zufrieden hinausgeschaut, so als gehöre ihm nicht nur die florierende Werft, sondern ganz Amsterdam.

Paulus van Rosven erschrak, als sich eine Gestalt mit menschlichen Umrissen aus dem Dunst schälte. Ganz starr stand sie da, mitten auf der Straße, als warte sie auf ihn. Wie ein Geist.

Ruckartig blieb er stehen und versuchte, Genaueres zu erkennen, wenigstens die groben Gesichtszüge – falls die Gestalt denn ein Gesicht besaß.

Unsinn, schalt er sich im stillen dafür, daß er, wenn auch nur für einen Augenblick, an ein Gespenst gedacht hatte, eine Wiederkehr seines Vaters aus dem Jenseits. Das gab es nicht, und so etwas auch nur zu denken war eine Sünde. Außerdem war es einfach dumm.

»Ich wünsche Euch einen guten Abend«, sagte er und hörte selbst, daß seine Stimme nicht so fest klang wie sonst. »Kann ich Euch helfen? Findet Ihr den Weg nicht?«

»Ich wollte Euch gerade fragen, ob ich Euch helfen kann, Mijnheer«, entgegnete die Gestalt und setzte sich in Bewegung, kam langsam auf van Rosven zu.

Die Stimme kannte er nicht. Sie klang seltsam dumpf, aber das mochte am Nebel liegen, der nicht nur die Konturen der Menschen und Häuser verschluckte, sondern auch Stimmen und Geräusche.

Erst als die Gestalt unmittelbar vor ihm stand, erkannte van Rosven zu seiner Erleichterung, daß er es mit einem Nachtwächter zu tun hatte. Der große Mann mit dem dunklen Umhang hielt in einer Hand eine Laterne, die allerdings erloschen war. Ganz beruhigt war van Rosven dennoch nicht. Er hatte das Gefühl, daß irgend etwas nicht stimmte, sagte sich aber, daß er vielleicht an diesem Abend einfach etwas schreckhafter war, als er sich selbst eingestehen wollte.

»Ist alles in Ordnung, Mijnheer?« fragte der Nachtwächter.

»Ja, danke, aber Ihr scheint Schwierigkeiten mit Eurer Laterne zu haben.«

»Sie will heute einfach nicht brennen, aber bei dem Nebel würde sie ohnehin nicht viel nützen.«

Der Nachtwächter hob die Laterne hoch, als wolle er sie van Rosven zeigen. Und dann bewegte der Mann sich plötzlich rasend schnell, schlug van Rosven die Laterne gegen den Kopf. Die Blechlaterne war nicht sonderlich schwer, aber die Wucht, mit der der Schlag geführt wurde, machte sie doch zu einer gefährlichen Waffe. Als sie van Rosven an der Schläfe traf, schoß ein stechender Schmerz durch seinen Kopf.

Er führte die Hand zur Schläfe und spürte Feuchtigkeit – sein Blut. Und mit einem Mal wußte er, was mit dem Nachtwächter nicht stimmte: Der Mann war allein, die Nachtwächter aber waren grundsätzlich zu zweit unterwegs.

Dieser Mann war ebensowenig ein Nachtwächter, wie er selbst einer war. Nein, dort stand derjenige, der seinen Vater auf dem Gewissen hatte – der Tulpenmörder!

Diese Erkenntnis löste seltsamerweise keine blinde Angst in van Rosven aus. Sein Gehirn arbeitete noch und sagte ihm, daß er schnellstens fliehen mußte, wenn er überleben wollte. Und das wollte er, für Hiskia und den kleinen Jacob.

Der Weg zu seinem Haus, wo er Hilfe gefunden hätte, war durch den Mörder versperrt. Es stand nur wenige Schritte von ihm entfernt, aber im Augenblick hätte es genausogut in einer anderen Stadt oder einem anderen Land stehen können. Wenn es eine Rettung gab, lag sie hinter ihm.

Er wollte kehrtmachen und wegrennen, während der Mörder die Laterne fallen ließ und nach dem Degen an seiner Hüfte griff, aber er stolperte über eine Unebenheit im Straßenpflaster, verlor das Gleichgewicht und ging zu Boden. Immerhin gelang es ihm, den Sturz mit beiden Händen abzufangen.

Zunächst wollte er sein Mißgeschick verfluchen, aber dann erkannte er, daß der Sturz ihm vielleicht das Leben gerettet hatte. Der schnelle Stoß mit dem Degen, den der andere ausführte, ging ins Leere, weil auch der Mörder nicht mit van Rosvens Sturz gerechnet hatte. Von seinem eigenen Schwung mitgerissen, geriet der Fremde selbst ins Straucheln und konnte sich nur mit Mühe aufrecht halten.

Van Rosven nutzte die Zeit, um aufzuspringen und den Weg zurückzulaufen, den er gekommen war. Er wollte nach der Rassel greifen, aber sie war nicht mehr da; er mußte sie bei dem Sturz verloren haben. Van Rosven holte tief Luft und rief um Hilfe.

»... fünf, sechs, sieben«, murmelte Joris Kampen lustlos und hielt auf einmal inne.

Noch immer auf seine ausgestreckten Finger starrend, lauschte er in den Nebel hinein. Hatte er da nicht etwas gehört? Es hätte eine menschliche Stimme sein können, aber ebensogut auch das Quieken einer Ratte. Dann hörte er es erneut, und diesmal klang es eindeutig wie die Stimme eines Menschen. War das nicht sogar ein Hilferuf?

Kampens Linke tastete nach der Holzrassel, die an seiner Seite hing und mit der er die Wachen in seiner näheren Umgebung verständigen sollte, sobald ihm etwas Verdächtiges unterkam. Aber er war sich seiner Sache nicht sicher. Wenn er die Rassel jetzt grundlos benutzte, verscheuchte er den Mörder womöglich. Dann war es seine Schuld, wenn das ganze Unternehmen fehlschlug. Dabei brauchte er doch gerade jetzt einen Erfolg! Er griff nach der Doppelpistole und beschloss, selbst herauszufinden, was da los war, bevor er Alarm schlug.

Er rannte in die Richtung, aus der die gellenden Laute kamen – und wäre fast mit einem anderen Mann zusammengestoßen, der ihm in großer Hast entgegenkam. Das war der Mann, der die Rufe ausstieß, und es waren tatsächlich Hilferufe!

Kampen hätte nicht damit gerechnet, daß er dem Geschehen so nahe war. Dieser verdammte Nebel, er täuschte einen, wo er nur konnte!

»Wer seid Ihr?« fragte er. »Warum schreit Ihr so?«

Aber statt zu antworten, starrte der andere nur auf die Pistole in Kampens Hand.

»Ich bin Büttel der Stadt Amsterdam«, erklärte Kampen. »Jetzt sagt mir endlich, was los ist!«

Der andere Mann, schlank, jung und gutgekleidet, zeigte hinter sich. »Er ist hinter mir her, der Mörder!«

»Der Tulpenmörder? Seid Ihr sicher?«

Der andere zeigte auf die blutende Wunde an seiner linken Schläfe. »Er wollte mich umbringen, seht Ihr das nicht? Er hat mir hier aufgelauert, weil er mich töten will, so wie vor zwei Wochen meinen Vater …« Er keuchte, war völlig außer Atem.

»Wie Euren Vater?« wiederholte Kampen. »Das heißt ja … dann seid Ihr …«

»Paulus van Rosven.«

Als er den Namen hörte, wußte Kampen, daß der Mann vor ihm in Gefahr war. Er konnte kaum fassen, daß sein Wunsch in Erfüllung gehen sollte. Bald würde er, Joris Kampen, der Held von ganz Amsterdam sein!

»Haltet Euch hinter mir, Mijnheer van Rosven. Ich werde Euch beschützen und Verstärkung herbeirufen.«

Er wollte die Rassel hervorholen, aber sie hatte sich in seinem Umhang verhakt. Er war so damit beschäftigt, sie von dem Stoff zu lösen, daß er die Gestalt, die aus dem Dunst vor ihm auftauchte, nicht bemerkte.

Erst ein Aufschrei van Rosvens alarmierte ihn, aber da war es bereits zu spät. Bevor Kampen auch nur daran denken konnte, die Hand mit der Pistole zu erheben, fuhr ihm die Klinge eines Degens durch die Brust wie ein Messer durch weiche Butter. Während er zu Boden sackte, dachte er, daß nun doch kein Held aus ihm werden würde.

Mit geweiteten Augen sah Paulus van Rosven, wie der Büttel in sich zusammensackte, ohne einen Schrei oder ein Stöhnen, einfach so.

Noch bevor der Mann am Boden lag, hatte der Angreifer seinen Degen aus dessen Brust wieder herausgezogen. Van Rosven war klar, daß der Mörder die Waffe nun gegen ihn richten würde.

Aber er lief nicht weg, nicht mehr. Er hatte den Entschluß gefaßt, um sein Leben zu kämpfen und, wenn Gott mit ihm war, seinen Vater zu rächen. Daß Jesus, Gottes Sohn, nicht Rache gepredigt hatte, sondern Nächstenliebe, spielte in diesem Augenblick keine Rolle für ihn. Er spürte in sich einen übermächtigen Zorn, der alles andere in den Hintergrund drängte.

Bevor der Mörder den Degen gegen ihn richten konnte, hatte van Rosven sich auf ihn geworfen und riß ihn zu Boden. Ineinander verkrallt, rollten sie über das kalte, feuchte Pflaster, jeder bestrebt, die Oberhand zu gewinnen. Van Rosven achtete darauf, daß der Mörder seine rechte Hand nicht freibekam, die Hand mit dem Degen; seine Linke hielt das rechte Handgelenk des Gegners fest umklammert.

Aber dann riß der sein Knie hoch und rammte es van Rosven in die linke Seite. Der Schmerz war unerwartet heftig, und für einen Augenblick ließen seine Kräfte nach. Das genügte dem Mörder, um ihn abzuschütteln.

Taumelnd erhob der Unbekannte sich, und sein keuchender, rasselnder Atem zeigte van Rosven, daß der Kampf ihn deutlich mitgenommen hatte. Aber dasselbe galt auch für ihn. Noch immer schmerzte seine Seite, und seit dem Schlag mit der Laterne spürte er ein unangenehmes Pochen im Schädel, das ihn an den Rand der Übelkeit brachte.

Er widerstand der Versuchung, sich auf der Stelle zu übergeben. Dazu blieb keine Zeit, wenn er die nächste Minute überleben wollte, denn schon wankte der Mörder, den todbringenden Degen in der Rechten, auf ihn zu.

Van Rosven wollte aufstehen, um sich zu verteidigen, und da merkte er, daß der Kniestoß ihm mehr zugesetzt hatte als angenommen. Seine Bewegungen erschienen ihm unendlich langsam, und es kostete ihn schon Mühe, auch nur auf die Knie zu kommen. Niemals würde er sich ganz aufrichten können, bevor der Mörder, dessen starres Gesicht zu allem entschlossen wirkte, ihn erreicht hatte.

Also faßte er einen anderen Plan. Zur Verwunderung seines Gegners ließ er sich wieder fallen und rollte sich über das Straßenpflaster, bis er den reglosen Büttel erreichte. Der hielt noch immer seine Doppelpistole in der Hand.

Rasch griff van Rosven nach der Waffe und richtete sie auf den Mörder, der sich bereits über ihn beugte. Van Rosven sah die Degenklinge, die wie ein Blitzschlag auf ihn niederfuhr, und feuerte beide Pistolenläufe ab.

Es war nicht nur die Nacht des Nebels, sondern tatsächlich auch die Nacht des Mörders!

Dieser Gedanke durchfuhr Jeremias Katoen, als er die Detonation hörte. In seinen Ohren klang es wie ein Schuß.

Oder wie zwei schnell aufeinanderfolgende Schüsse. Er besaß genügend Erfahrung mit Schusswaffen und dachte sofort an die Doppelpistolen, wie er selbst eine bei sich trug. An jeden Amtsinspektor und jeden Büttel, der an diesem Abend im Einsatz war, war eine solche Waffe ausgegeben worden. Und einer hatte soeben von ihr Gebrauch gemacht.

Als Katoen aus seinem Versteck auf die Straße sprang, kam Nicolaas van der Zyl aus den *Drei Tulpen* und blickte ihn fragend an. »War das ein Schuß?«

»Ich fürchte, ja.«

»Warum fürchten? Vielleicht hat einer unserer Männer soeben den Tulpenmörder zur Strecke gebracht!«

Die Frage war berechtigt, aber Katoen konnte keine befriedigende Antwort geben. »Ich habe einfach ein ungutes Gefühl.«

Der Amtsrichter bedachte ihn mit einem verwunderten Blick, bevor er fragte: »Von wo ist der Schuß gekommen?«

Katoen zeigte in die Richtung, wo die Insel Marken hinter einer Nebelwand verborgen lag. »Von dort, glaube ich.«

Seite an Seite liefen sie zu der Brücke, die hinüber auf die Insel führte, und trafen dabei auf mehrere Nachtwächter und zwei Büttel, darunter Jan Dekkert, der einen abgehetzten Eindruck machte.

»Ich habe mich beeilt, als ich den Schuß hörte«, keuchte er. »Da drüben auf Marken haben wir Joris postiert.«

»Ich weiß«, erwiderte Katoen und hastete, gefolgt von van der Zyl und den anderen, über die Brücke.

Sie liefen die Straße entlang, die zum Haus der van Rosvens führte, bis eine Ansammlung von Menschen vor ihnen auftauchte.

Mehrere Nachtwächter umringten zwei am Boden liegende Gestalten. Zwei Männer, und keiner von ihnen regte sich auch nur ein bißchen.

Der eine war Joris Kampen. Seltsam krumm lag er da, auf der linken Seite, und sein starrer Blick ging ins Leere.

Eine tiefe Wunde klaffte in seiner Brust, dicht unterhalb des Herzens, und neben seinem toten Leib bildete sich eine Blutlache.

Van der Zyl sah Katoen an. »Das ist einer Eurer Büttel.«

»Ja, Joris Kampen.«

»Hm«, machte der Amtsrichter nur und wandte sich dem zweiten Mann zu, der auf dem Rücken lag. Er bot ein ähnliches Bild wie Kampen. Auch seine Brust war in der Herzgegend durchbohrt, und auch sein Blick war gebrochen. Neben seiner rechten Hand, die zur Faust geballt war, lag eine abgefeuerte Doppelpistole, wohl Kampens Dienstwaffe.

»Sie werden doch nicht gegeneinander gekämpft haben«, brummte van der Zyl.

»Kaum«, meinte Dekkert. »Ich sehe nämlich weder eine Stichwaffe noch eine Schußverletzung. Hier muß noch ein Dritter gewesen sein.«

»Ja, der Tulpenmörder«, sagte Katoen, und seine Stimme klang in seinen eigenen Ohren fremd, fast wie Metall. »Er hat Kampen ebenso getötet wie van Rosven.«

»Van Rosven?« wiederholte Dekkert alarmiert.

Katoen schluckte, bevor er antwortete: »Der Tote hier ist Paulus van Rosven. Der Sohn des ersten Opfers ist das dritte Opfer des Mörders geworden.«

»Schlimm ist das«, murmelte van der Zyl, »furchtbar. Paulus war heute zum ersten Mal bei uns, und dann das! Nur zwei Wochen nach seinem Vater! Wie bringe ich das bloß seiner Familie bei? Und er hinterläßt Frau und Kind!«

»Das tut Joris Kampen auch«, sagte Katoen.

»Jaja, natürlich.«

Dekkert starrte mit düsterer Miene seinen toten Kollegen an und fragte: »Woher wissen wir überhaupt, daß es der

Tulpenmörder war? Diesmal hat er keinen Dolch zurückgelassen.«

Katoen kniete neben dem toten Paulus van Rosven nieder und öffnete seine Hand. Darin lag ein Blütenblatt, schwarz mit blutroten Tropfen.

Kapitel 20

Schatten über Amsterdam

Dienstag, 16. Mai 1671

Am Dienstagvormittag hing noch immer Nebel über Amsterdam. Zusätzlich hatte Regen eingesetzt, kein heftiger Schauer, sondern ein ständiges, penetrantes Nieseln. Das sieht wirklich unangenehm aus, dachte Katoen, als er durch die großen Rathausfenster hinaus auf den Dam blickte, wo noch nicht so viel Betrieb herrschte wie sonst um diese Tageszeit. Weniger Marktstände, weniger Besucher. Das Wetter schreckte Händler wie Käufer ab, Katoen aber wäre froh gewesen, hätte er jetzt da draußen sein können. Statt dessen hatte der Amtsrichter ihn zu sich bestellt, und ihm war klar, daß es keine angenehme Unterredung werden würde.

Nicolaas van der Zyl mußte eben noch draußen gewesen sein. Sein Haar schimmerte feucht, und unter seinem Umhang, der an einem Holzhaken neben der Tür hing, bildete sich eine kleine Pfütze. Sie erinnerte Katoen an die Blutlache, die er neben Kampens Leiche gesehen hatte. Der Amtsrichter saß rauchend hinter seinem Schreibtisch und wirkte grau im Gesicht. Seine Schultern hingen nach vorn, und er hatte in diesem Augenblick nichts, aber auch gar nichts gemein mit dem wackeren Admiral Maarten Harpertszoon Tromp, der von dem Wandgemälde aus den Raum überblickte.

»Setzt Euch, Katoen.« Van der Zyl deutete in einer fahrigen Geste auf den Besucherstuhl. »Wenn ich Euch so anblicke, denke ich, Ihr seht genauso elend aus, wie ich mich fühle.«

Jetzt mußte Katoen trotz allem grinsen. »Danke gleichfalls, Mijnher van der Zyl.«

»Sagt ruhig Nicolaas zu mir, Jeremias.«

Verwundert nahm Katoen zur Kenntnis, daß sein Gegenüber innerhalb einer Minute vom Familien- zum Rufnamen überging. Wie lange würde er wohl diesmal dabei bleiben?

»Wir haben uns vergangene Nacht wohl beide nicht mit Ruhm bekleckert«, seufzte der Amtsrichter.

Daher wehte also der Wind. Van der Zyl suchte jemanden, auf den er einen Teil der Verantwortung abwälzen konnte, obwohl er derjenige gewesen war, der darauf bestanden hatte, das Treffen am Montagabend im Wirtshaus *Zu den drei Tulpen* abzuhalten.

Katoen mußte sich nichts vorwerfen, er hatte den Plan zur Überwachung der Gegend rund um das Wirtshaus nach bestem Wissen und Gewissen aufgestellt. Auf den Nebel hatte er keinen Einfluß. Aber er beschloß, sich ruhig und abwartend zu verhalten. Es war nicht klug, sich seinen Vorgesetzten zum Feind zu machen.

»Ich komme gerade vom Haus der van Rosvens«, fuhr van der Zyl fort. »Kein angenehmer Besuch, das kann ich Euch flüstern. Paulus' Mutter und seine Schwester waren in Tränen aufgelöst, und sein Bruder Mathijs konnte seinen Drang, mich nicht nur mit Worten, sondern auch mit Fäusten anzugreifen, nur mühsam bezähmen. Er hält mich, Euch sowie sämtliche Amtsinspektoren, Büttel und Nachtwächter Amsterdams für vollkommen unfähig. Leider hatte ich angesichts der Ereignisse der letzten Nacht keine überzeugenden Gegenargumente.«

»Wie hat die Witwe es aufgenommen?«

»Das war das Schlimmste. Sie hat nichts gesagt, kein einziges Wort. Keine Begrüßung, kein Abschied, keine Frage, nicht einmal ein Vorwurf – jedenfalls nicht mit Worten. Aber ihr Blick, Jeremias, ihr Blick hat mich durchbohrt. Das hättet Ihr nicht erleben wollen.«

»Nein, sicher nicht«, murmelte Katoen und dachte schweren Herzens daran, daß ihm eine ähnliche Erfahrung bevorstand; den Kondolenzbesuch bei Kampens Familie hatte er noch vor sich.

»Nur der kleine Junge weiß noch nicht, was geschehen ist«, sagte van der Zyl. »Ganz munter hat er dagesessen und mit einem Holzpferd gespielt, das sich auf Rädern hin und her schieben läßt. Ich kam mir vor wie Odysseus im Bauch des Trojanischen Pferdes, als sei ich da, um aus heiterem Himmel Unheil und Schrecken zu verbreiten.« Er richtete sich auf, seine Gestalt straffte sich, und er zeigte mit dem Stiel seiner Pfeife auf Katoen. »Jeremias, Ihr müßt endlich etwas unternehmen, um den Tulpenmörder unschädlich zu machen! Ganz gleich, wie, aber handelt bald! Bringt mir den Mann in Fesseln oder gevierteilt, oder serviert mir meinetwegen bloß sein Haupt auf einem silbernen Tablett! Wir müssen ihn kriegen, schnell!«

»Wenn ich ihn in dieser Woche nicht fasse, gebe ich den Fall ab«, sagte Katoen und erwiderte van der Zyls erwartungsvollen Blick. Er sah, daß diese Antwort dem Amtsrichter nicht genügte. »Ich werde dann selbstverständlich alle Verantwortung für das Versagen in diesem Fall auf mich nehmen.«

Van der Zyl atmete kaum merklich auf und nahm einen Zug aus seiner Pfeife, bevor er sagte: »Gut, mein Lieber, Ihr seid ein Mann von Ehre, das habe ich schon immer gewußt. Mir scheint, Ihr verfolgt eine bestimmte Spur.«

»Das schon, aber sie ist nicht bestimmt genug, um etwas darüber zu sagen. Noch nicht.«

Katoen dachte an Joan Blaeu und die Kartenschnapper und fragte sich, ob ihn das überhaupt weiterbringen würde. Je länger sich diese Geschichte hinzog, desto mehr erhärtete sich sein Verdacht, daß er sich, was Blaeu betraf, in etwas verrannt hatte. Aber es war zu spät; er stand bei Blaeu im Wort, und er hatte Geld von ihm genommen. Ein Kaufmann, der Geld gab, erwartete eine Gegenleistung, immer.

»Hat denn niemand den Mörder gestern auf der Insel Marken gesehen?« fragte der Amtsrichter.

»Niemand, und bei dem Wetter ist das auch kein Wunder. Unsere Büttel sind von Haus zu Haus gegangen, haben an jede Tür geklopft, vergebens. Aber wer schaut auch aus dem Fenster, um den Nebel anzustarren? Den einzigen Hinweis, wenn man das so nennen kann, stellt eine Handlaterne dar, die in der Nähe von van Rosvens Haus auf der Straße gefunden wurde. Sie ist beschädigt, könnte bei einem Kampf kaputtgegangen sein. Rote Flecke am Rahmen der Laterne sehen aus wie Blut.«

»Eine Handlaterne? Wie soll uns das weiterhelfen?«

»Es ist genau so eine Laterne, wie die Nachtwächter sie benutzen. Aber keiner unserer Nachtwächter hat seine Laterne als vermißt oder beschädigt gemeldet.«

Als van der Zyl begriff, was Katoens Worte bedeuteten, setzte er eine erstaunte Miene auf. »Wollt Ihr damit sagen, der Mörder ist einer unserer Leute, ein Nachtwächter? Das wäre nicht gut, das wäre gar nicht gut. Es würde das Vertrauen der Bürger in die Obrigkeit erschüttern, und gerade jetzt können wir das überhaupt nicht gebrauchen.«

»Das muß es nicht bedeuten. Aber der Mörder könnte sich als Nachtwächter verkleidet haben, um sein Opfer in falscher Sicherheit zu wiegen und um nicht aufzufallen, wenn er einem unserer Männer begegnet. Das Blut an der Laterne könnte von Paulus van Rosven stammen, von seiner Kopfverletzung.«

»Aber der Mörder wußte nicht, daß wir das Gebiet um die Jodenbreestraat überwachen.«

»Da er gewiß nicht dumm ist, konnte er sich das denken. Und sollte er doch Nachtwächter sein, hat er es auch gewußt. Je länger ich darüber nachdenke, desto mehr spricht für diese Annahme. Wer kennt sich im nächtlichen Amsterdam besser aus als ein Nachtwächter? Er kann sich überall bewegen, ohne Verdacht zu erregen.«

Der Amtsrichter legte seine Pfeife in eine flache Schale, faltete die Hände und rieb nervös die Daumen aneinander. »Ich weiß nur zu gut, daß unsere Nachtwächter keine Engel sind. Einige von ihnen stecken schon gern mal etwas ein, das ihnen nicht gehört, und wenn es zuviel wird, bekommen sie es mit mir zu tun. Aber diese Morde sind doch etwas ganz anderes! Traut Ihr das ernsthaft einem von diesen Männern zu?«

»Was bleibt mir übrig? Solange der Mörder nicht gefaßt ist, kann jeder da draußen es sein.« Katoen wies auf die beiden Fenster in van der Zyls Rücken, durch die die umliegenden Häuser nur schemenhaft zu sehen waren.

Van der Zyl nickte ihm ermutigend zu. »Ihr werdet ihn fassen, Jeremias, in den nächsten Tagen, da bin ich mir sicher. Ihr seid der rechte Mann, um die Schatten über Amsterdam zu vertreiben, das habt Ihr mehr als einmal bewiesen. Und wenn das alles überstanden ist, werde ich persönlich dafür sorgen, daß Catrijn sich mit Euch versöhnt. Ihr dürft meiner Schwester ihr Verhalten am Sonntag nicht übelnehmen. Frauen sind in Herzensangelegenheiten zuweilen überempfindlich, aber das wißt Ihr sicher.«

Katoen war überrascht. Im Grunde hatte der Amtsrichter nichts anderes gesagt als: »Faßt den Tulpenmörder, und Ihr dürft meine Schwester heiraten.« Katoen aber war gar nicht mehr so sicher, ob ein Leben an ihrer Seite für ihn eine verlockende Aussicht darstellte.

Van der Zyl faßte sein Schweigen anders auf. »Ihr scheint

mir nicht gerade frohgemut, Jeremias. Glaubt mir, in wichtigen Dingen hat meine Schwester immer auf mich gehört!«

Nur um überhaupt etwas zu sagen, erwiderte Katoen: »Am Sonntag hatte ich den Eindruck, daß sie auch sehr genau auf diesen Apotheker hört.«

»Ach, Hartig.« Der Amtsrichter wedelte geringschätzig mit der Hand. »Der liebeskranke Tor ist doch kein Rivale für Euch. Catrijn hätte sich einen anderen Apotheker ins Geschäft holen sollen als ausgerechnet diesen gescheiterten Schauspieler.« Als er Katoens fragende Miene sah, erklärte er: »Jaja, Pieter Hartig war früher beim Theater, in Haarlem. Nach einem Eklat, irgendeine dumme Eifersuchtsgeschichte, glaube ich, mußte er nicht nur das Theater verlassen, sondern gleich die Stadt. Er kam nach Amsterdam und hat seinen alten Beruf an den Nagel gehängt. Doch es scheint noch genug Schauspielerblut in seinen Adern zu fließen, um Catrijn in die Irre zu führen. Wenn er sich künftig nicht zurückhält, werde ich mal ein ernstes Wort mit ihm reden müssen. Kümmert Euch nicht um ihn, Jeremias, Eure ganze Sorge sollte nur einem Mann gelten, dem Tulpenmörder!«

Auf dem Gang, an dem Katoens Amtsstube lag, stand Jan Dekkert und blickte seinem Baas halb skeptisch, halb erwartungsvoll entgegen. Sein jungenhaftes Gesicht wirkte gar nicht mehr so jung, und die sonst stets leuchtenden blauen Augen waren stumpf und umschattet von tiefen Ringen. Man sah ihm die aufreibende, nahezu schlaflose Nacht an.

»Wie war es?« fragte er, noch bevor Katoen ihn ganz erreicht hatte. »Sind wir noch im Spiel?«

Katoen nickte. »Wenigstens für eine Woche. Wenn wir den Tulpenmörder dann nicht haben, werde ich zurücktreten.«

»Von dem Fall?«

»Von dem Fall und von meinem Amt.«

Dekkert stieß einen leisen Fluch aus und sagte: »Wir werden das Dreckschwein kriegen, das Joris auf dem Gewissen hat! Eine Woche wird uns reichen!«

»Mögen Eure Worte erhört werden«, sagte Katoen mit einem dankbaren, aber müden Lächeln. »Wie wäre es mit einem wärmenden Schluck im *Damtänzer?*«

»Gern.«

Sie holten ihre Hüte und Umhänge und verließen das Rathaus. Der *Damtänzer* war ein großes Wirtshaus am Dam, über dessen Eingang sich zu jeder vollen Stunde ein mechanischer Tänzer drehte, ein Apparat, wie er gut in Lingelbachs Irrgarten gepaßt hätte. Das zurückhaltende Markttreiben auf dem Dam zeigte im Wirtshaus seine Wirkung: Noch nicht einmal die Hälfte der Tische war besetzt. Katoen erinnerte sich an Tage, an denen man hier froh sein konnte, an einem bereits besetzten Tisch noch einen freien Platz zu ergattern. Sie suchten sich einen abgeschiedenen Tisch zwischen Ausschank und Tür und bestellten eine kleine Karaffe Tänzerbrand. So nannte sich die Spezialität des Hauses, ein durch Hinzugabe diverser Gewürze aromatisierter Branntwein, dessen Rezept streng unter Verschluß gehalten wurde.

Die füllige Schankmagd nickte und fragte: »Haben die Herren auch Hunger?«

»Eigentlich ja«, sagte Katoen und erweiterte seine Bestellung um einen Teller Schmalzbrote. Als die Magd den Tisch verlassen hatte, fügte er hinzu: »Ich habe seit gestern abend nichts mehr gegessen. Jetzt merke ich plötzlich, wie hungrig ich bin.«

»Mir geht's ähnlich«, sagte Dekkert. »Ich habe zwar heute morgen versucht zu frühstücken, aber ich konnte keinen Bissen herunterbringen. Immerzu mußte ich an Joris denken, wie er da auf Marken lag und das Leben aus ihm heraustropfte. Wie die Tropfen auf dieser verdammten Tulpe. Wenn wir den

Mörder haben, stopfe ich ihm so viele Tulpen ins Maul, daß er daran erstickt!«

»Ich fühle genau wie Ihr, Jan, aber trotzdem müssen wir einen kühlen Kopf bewahren, wenn wir nicht versagen wollen.«

Die Schankmagd brachte den Branntwein und die Brote. Sie hoben die gefüllten Becher, und Katoen sagte: »Auf Joris Kampen! Auf daß wir ihn nie vergessen!«

Dekkert wiederholte den Trinkspruch, und sie leerten ihre Becher auf einen Zug. Im ersten Augenblick brannte es tatsächlich in Katoen, aber schnell verwandelte das Brennen sich in ein Gefühl wohliger Wärme, die auf seinen ganzen Körper ausstrahlte. Die eigentümliche Gewürzmischung hinterließ einen angenehmen Geschmack im Mund – und das Verlangen nach mehr. Er füllte die Becher erneut und nahm sich ein Schmalzbrot.

»Was sind unsere nächsten Schritte, Baas?« fragte Dekkert.

»Ihr könnt doch recht gut mit den Nachtwächtern, stimmt's?«

»Ja, schließlich war ich auch mal einer.«

»Dann hört Euch bei ihnen um«, sagte Katoen und erzählte von seinem Verdacht.

Dekkert zog ein mißmutiges Gesicht. »Ich bin nicht gerade erpicht darauf, bei meinen alten Kameraden herumzuschnüffeln.«

»Das verstehe ich, und trotzdem müßt Ihr es tun. Wir dürfen nichts außer acht lassen. Stellt Euch vor, Joris' Mörder ist tatsächlich unter den Nachtwächtern zu finden. Soll er dann ungestraft davonkommen?«

»Nein«, sagte Dekkert leise. »Natürlich nicht. Was können wir noch tun?«

»Ich will hoffen, daß ich endlich in der Sache mit Joan Blaeu weiterkomme. Eigentlich hatte ich gestern schon erwartet, etwas von Dircks zu hören. Der Kuppler hegt offenbar kein großes Verlangen danach, mich zu treffen.«

»Was ich ihm nicht einmal verdenken kann«, erwiderte Dekkert und grinste. »Es dürfte ihn immer noch ziemlich hart ankommen, auf dem Rücken zu schlafen. Aber wie hängt das eigentlich alles zusammen, Baas? Was hat der Kuppler Dircks mit dem Kartenmacher Blaeu zu tun?«

»Die Geschichte ist verzwickt, und bevor ich sie Euch erzähle, Jan, müßt Ihr mir unbedingtes Stillschweigen zusichern, ganz gleich, was Ihr später denken mögt.«

»Ich vertraue Euch, Baas, und genauso könnte Ihr mir vertrauen. Ich werde schweigen, wie Ihr es verlangt.«

Katoen las im Gesicht seines Büttels, daß dieser meinte, was er sagte. Er kannte Dekkert lange genug, um ihn richtig einschätzen zu können. Also erzählte er ihm von der Tulpenküste und dem Manuskript des Kreuzfahrers, von dem Söldner Julien de Montfor und der geheimen Fahrt des Ostindienseglers *Admiraal van der Haghen*, von dem Einbruch in Blaeus Werkstatt und den Kartenschnappern. Dekkert hörte mit wachsendem Staunen zu und unterbrach ihn nur hin und wieder, um eine Zwischenfrage zu stellen.

Als Katoen schließlich geendet hatte, fragte Dekkert: »Was läßt Euch vermuten, daß die Sache mit den Kartenschnappern etwas mit den Tulpenmorden zu tun hat?«

»Blaeu hat rundweg abgestritten, etwas von dem Manuskript des Kreuzfahrers zu wissen. Das allein macht ihn in gewisser Weise verdächtig. Blaeus Vater starb im Oktober 1638, eineinhalb Jahre nach dem Zusammenbruch des Tulpenhandels. Die *Admiraal van der Haghen* ist im November 1638 heimgekehrt, nach zweieinhalbjähriger Fahrt, das habe ich gestern in den Hafenunterlagen überprüft. Natürlich wird die geheimnisvolle Tulpenküste in den Papieren nicht erwähnt; offizielles Ziel der Fahrt war Batavia. Da hätte die Reise aber nur ein Jahr oder meinethalben eineinhalb Jahre dauern dürfen. Das Schiff hat also mit Sicherheit noch ein weiteres Ziel angesteuert, das in den Unterlagen nicht vermerkt ist. Willem Blaeus Söhne Joan und Cornelis, der vier Jahre später starb, hatten die Nachfolge ihres Vaters angetreten. Es ist daher anzunehmen, daß die Ostindische Kompanie sie beauftragt hat, die bei der Expedition der *Admiraal van der Haghen* gewonnenen Erkenntnisse kartographisch festzuhalten. Immerhin ist Joan Blaeu auch heute noch Kartograph der Kompanie. Er muß etwas von der Sache wissen, und sein Leugnen kann nur bedeuten, daß er etwas zu verbergen hat. Ich habe schon gedacht …«

»Was?« fragte Dekkert, als Katoen stockte.

»Ob die Kartenschnapper vielleicht etwas gestohlen haben, das mit der Sache im Zusammenhang steht? Vielleicht die Karte von der Tulpenküste oder das Manuskript des Kreuzfahrers? Oder beides? Gut möglich, daß Blaeu beides am selben Ort verwahrt hat.«

»Möglich, ja, aber möglich ist auch vieles andere.« Dekkert stützte die Stirn in beide Hände. »Mir brummt der Schädel nach Eurer wilden Geschichte, Baas. Wärt Ihr ein anderer, würde ich Euch einen Märchenonkel nennen.«

Katoen nahm noch einen Schluck von dem wunderbaren Branntwein und seufzte: »Ich würde wer weiß was drum geben, wenn das alles nur Märchen wären. Es ist nicht angenehm, einen hohen Herrn wie Joan Blaeu zu verdächtigen, ein Mitglied des Amsterdamer Magistrats.«

Er sah kurz über die Schulter seines Büttels hinweg zur Tür, durch die soeben ein kleiner, aufgrund seiner Haltung und teuren Kleidung aber dennoch imposanter Mann trat. Ihre Blicke kreuzten sich, und der Neuankömmling hielt auf ihren Tisch zu. »Wenn man den Teufel nennt, kommt er schon gerennt.«

Dekkert, der die Situation erfaßt hatte, sich aber nicht

auffällig umdrehen wollte, erkundigte sich leise: »Ist es etwa Blaeu?«

»Nein, der nicht, aber ein anderer aus der Riege der Ratsherren.«

Da war Philipp Schuiten auch schon heran und fragte, den Blick auf Katoen gerichtet: »Ihr seid doch der Amtsinspektor Jeremias Katoen, nicht wahr?«

»Ganz recht«, antwortete Katoen ruhig.

»Man sagte mir im Rathaus, daß ich Euch vermutlich hier finde. Der Amtsrichter hat Euch beauftragt, den Tulpenmörder zu fassen, stimmt das?«

»So verhält es sich.«

»Was tut Ihr dann hier?«

Noch immer ruhig, erwiderte Katoen: »Ich wüßte nicht, was Euch das angeht, Mijnheer.«

Schuiten schnappte nach Luft. »Das ist unerhört! Wißt Ihr nicht, wer ich bin?«

»Ihr seid der Seilermeister Philipp Schuiten.«

»Und ich gehöre dem Rat der Stadt Amsterdam an.«

»Auch das ist mir bekannt.«

»Wie könnt Ihr es dann wagen, Euch mir gegenüber so respektlos zu benehmen?«

»Wenn sich hier jemand respektlos benimmt, seid Ihr das, Mijnheer Schuiten. Ihr platzt hier herein und poltert drauflos, ohne einen Gruß, ohne Euch auch nur vorzustellen. Und Ihr wollt mir Vorschriften über gutes Benehmen machen?«

Schuiten stutzte, zog die Stirn in Falten und fuhr sich mit der Hand über den Mund. »Hm, Ihr habt nicht ganz unrecht, ich an Eurer Stelle wäre wohl auch erbost. Aber Ihr müßt mich verstehen, Mijnheer Katoen, Jacob van Rosven war ein guter Freund von mir. Und jetzt hat es auch noch seinen Sohn erwischt. Ich bin mit Paulus vom Treffen der ›Verehrer der Tulpe‹ heimgegangen, bis unsere Wege sich auf Marken trennten.

Jetzt mache ich mir natürlich Vorwürfe, daß ich ihn nicht bis vor seine Haustür begleitet habe. Aber wer konnte das ahnen?« Er ruderte mit den Armen durch die Luft, als suche er nach einem Halt. »Ich bin ins Rathaus gegangen, um Euch nach Neuigkeiten zu fragen, und nun finde ich Euch hier, beim Branntwein!«

»Das ist meine erste Mahlzeit seit achtzehn Stunden, und geschlafen habe ich auch so gut wie nicht«, sagte Katoen sachlich. »Aber wenn Ihr meint, Euch über mich beschweren zu müssen, bitte sehr, Ihr wißt ja, wo Ihr den Amtsrichter findet.«

»Nein, nein, nichts für ungut«, brummte Schuiten zerknirscht. »Ich sehe ja ein, daß ich mit meinem Urteil etwas vorschnell war. Gibt es denn schon etwas Neues über den Mord von gestern?«

»Die Morde«, stellte Katoen richtig. »Einer meiner Büttel ist ebenfalls umgekommen, wahrscheinlich bei dem Versuch, Paulus van Rosven beizustehen. Um Eure Frage zu beantworten: Nein, es gibt noch keine Neuigkeiten, nur Spuren, die wir verfolgen. Doch da Ihr gerade hier seid, erlaubt auch mir eine Frage: Ist Euch gestern abend auf Marken ein Nachtwächter aufgefallen?«

»Nein. Nachdem Paulus und ich die Brücke überquert hatten, sind wir niemandem begegnet, jedenfalls solange wir zusammen gingen. Auch auf meinem restlichen Weg nach Hause habe ich keinen Nachtwächter gesehen. Warum fragt Ihr danach?«

»Ach, nur so, es gibt da bei den aufgestellten Wachposten eine Unregelmäßigkeit zu klären.« Katoen lächelte den Seilermeister an, auch wenn ihm gar nicht nach Lächeln war. »Kann ich sonst noch etwas für Euch tun, Mijnheer Schuiten?«

»Ich denke, nicht. Ihr werdet den Magistrat unterrichten, sobald Ihr etwas Wichtiges erfahrt, nehme ich an.«

»Aber selbstverständlich. Ich berichte dem Amtsrichter, und der berichtet dem Magistrat.«

»Gut, gut, ich danke Euch.« Mit einem weitaus versöhnlicheren Gesichtsausdruck als bei seinem Eintreten verabschiedete Schuiten sich und verließ das Wirtshaus.

»Puh«, machte Dekkert. »Zeitweilig dachte ich, Ihr wollt es Euch auf Teufel komm raus mit dem Magistrat verscherzen.«

»Ich habe in den vergangenen Stunden schon einiges schlucken müssen. Irgendwann ist es genug. Aber ich kann Schuiten verstehen. Der Tulpenmörder bringt uns alle noch an den Rand des Wahnsinns.«

»Wenn wir nur wüßten, wo wir nach ihm suchen müssen.« Dekkert starrte in seinen Becher, als sei dort eine Antwort zu finden, und blickte wieder auf. »Wie steht es eigentlich mit der Tochter des Tulpenhassers? Offenbar schleicht sie gern des Nachts durch Amsterdam, und sie ist, wie Ihr sagtet, äußerst geschickt mit dem Rapier. Mit so einer Waffe könnten Joris und der junge van Rosven ermordet worden sein.«

»Aber nicht von ihr.«

»Was macht Euch da so sicher, Baas?«

»Ich weiß, daß sie die ganze letzte Nacht zu Hause bei ihrem Ziehvater war.«

»Wie das?«

»Ganz einfach, ich habe sie überwachen lassen.«

»Aber alle unsere Leute waren doch rund um die Jodenbreestraat im Einsatz.«

»Es war keiner von unseren Leuten. Bogaert hat das übernommen.«

Dekkert schien überrascht, wenn auch nicht angenehm überrascht. »Henk Bogaert?«

»Derselbe.«

Der Büttel schüttelte den Kopf. »Wie könnt Ihr dem trauen? Der ist doch sogar bei der Nachtwache rausgeflogen, weil er brave Bürger schikaniert hat!«

»Da gibt es andere, die das eher verdient hätten. Bogaert hatte einfach das Pech; der Magistrat hat damals ein Bauernopfer gebraucht, weil sich die Beschwerden über Übergriffe der Nachtwächter häuften.«

»Für mich ist der Kerl eine Ratte, ein ganzes Rattenpack.«

»Ich gestatte Euch Eure Meinung, Jan, gestattet Ihr mir also auch meine. Bogaert kann zweifellos unangenehm werden, aber er kennt sich in Amsterdam bestens aus, auch in den Kreisen, mit denen brave Bürger lieber nichts zu tun haben. Während der drei Jahre seit seinem Rauswurf hat er schon für manchen hochstehenden Bürger die Kastanien aus dem Feuer geholt, und auch ich habe ihn zwei-, dreimal eingesetzt, wenn ich nicht wollte, daß Amtspersonen als Ermittler in Erscheinung treten.«

»Ich will hoffen, daß er Euch gute Dienste geleistet hat«, knurrte Dekkert, immer noch unzufrieden. »Schließlich läßt er sich dafür auch gut bezahlen.«

»Ihr solltet Eure Abneigung gegen Henk Bogaert ein wenig zügeln, Jan, ich überlege mir nämlich, ihn zu Joris' Nachfolger zu ernennen.«

»Aber, aber …« Dekkert schnappte nach Luft. »Joris ist noch keine vierundzwanzig Stunden tot, und Ihr denkt schon an einen Nachfolger?« Das war mehr als eine Frage; Katoen hörte den empörten Vorwurf deutlich heraus.

»Das muß ich, unsere Uhr läuft allmählich ab. Wir brauchen so schnell wie möglich einen Nachfolger.«

»Aber ausgerechnet Bogaert?«

»Ich sagte Euch schon, daß ich Euer Urteil über ihn nicht teile. Wenn ich mich tatsächlich dazu entschließen sollte, Bogaert zum Büttel zu ernennen, erwarte ich von Euch, daß Ihr unvoreingenommen mit ihm zusammenarbeitet. Habt Ihr mich verstanden?«

»Ja«, brachte Dekkert nach einigem Zögern hervor.

»Seid mir nicht böse, Jan. Ich brauche Eure Unterstützung mehr denn je. Und sollte ich vorzeitig aus diesem Spiel aussteigen, müßt Ihr den Fall abschließen.«

»Ihr meint, falls wir den Mörder bis zum Ende der Woche nicht erwischen? Wenn Ihr zurücktretet, wird der Amtsrichter mich kaum an der Sache dranbleiben lassen. Er wird einen anderen Amtsinspektor beauftragen, und der hat seine eigenen Büttel.«

»Wohl wahr. Ich meinte auch eher den Fall, daß ich diese Woche nicht überlebe. Wie wir an Joris sehen, sind auch wir nicht unverwundbar. Außerdem muß ich mich noch einmal mit den Kartenschnappern treffen, falls der verfluchte Dircks mich nicht verschaukelt.«

»Ihr solltet auf keinen Fall allein zu dem Treffen gehen.«

»Die Kartenschnapper werden darauf bestehen, wie beim letzten Mal auch.«

»Ich könnte Euch heimlich folgen.« Dekkert grinste schief. »Meinetwegen zusammen mit Bogaert.«

»Das ehrt Euch, Jan, aber wenn die Kartenschnapper dahinterkommen, ist die ganze Unternehmung gefährdet. Das erste Treffen ist schon zu einem wüsten Hauen und Stechen verkommen. Wenn noch einmal etwas schiefgeht, kann ich die Sache vermutlich ganz vergessen.«

»Aber selbst wenn alles klappt und Ihr Blaeus gestohlene Unterlagen zurückkaufen könnt, ist noch nicht sicher, daß uns das im Fall des Tulpenmörders wirklich weiterbringt. Was, wenn es zwischen beiden Fällen nicht den geringsten Zusammenhang gibt?«

»Mein Gefühl sagt mir zwar etwas anderes, aber wenn es doch so sein sollte, erhalte ich von Blaeu wenigstens den Rest der versprochenen Belohnung, immerhin fünfhundertvierzig Gulden. Eine stattliche Summe, die wir gut gebrauchen können.«

»Ja? Wofür?«

»Joris hinterläßt Frau und Kinder, und wie ich das sehe, sind die nicht auf Rosen gebettet.«

»Das stimmt allerdings. Das Geld für Joris' Familie zu verwenden ist ein guter Plan, Baas. Wart Ihr denn schon dort?«

Katoen schüttelte den Kopf. »Das ist mein nächster Weg, und ich werde ihn schweren Herzens gehen.«

»Möchtet Ihr, daß ich Euch begleite?«

»Nein, besser nicht. Besucht Joris' Angehörige ein anderes Mal. Wenn hin und wieder jemand von uns vorbeischaut, fühlen sie sich nicht so allein gelassen.« Er leerte den letzten Becher Branntwein und wischte sich mit dem Handrücken über den Mund. »Auf geht's!«

Es ging auf Mittag zu, als Katoen den Weg zum Jordaanviertel einschlug. Der Nebel hatte sich noch immer nicht verzogen, die ganze Welt schien nur noch aus Dunst und Feuchtigkeit zu bestehen. Er mußte sich zwingen, einen Fuß vor den anderen zu setzen, nicht wegen des Wetters, sondern wegen der Aufgabe, die vor ihm lag.

Zwar hatte noch in der Nacht ein Bote des Amtsrichters Joris Kampens Gemahlin vom Ableben ihres Mannes unterrichtet, doch das würde ihm die Sache kaum erleichtern. Die Verzweiflung, die Tränen, vielleicht sogar Vorwürfe, offen ausgesprochen oder nur durch Blicke übermittelt, aber deshalb nicht weniger bedrückend, das alles war ihm nicht neu, und doch hatte er sich nie daran gewöhnen können. Aber es war nun einmal seine Pflicht; er schuldete das dem Toten ebenso wie den Hinterbliebenen.

Joris Kampen war immer zuverlässig gewesen, wenn auch weder der Hellste noch der Schnellste. Aufgaben, die Köpfchen und Gewandtheit verlangten, hatte Katoen deshalb stets lieber Dekkert übertragen, und Kampen hatte das vielleicht gewußt oder zumindest gespürt. Aber Katoen hatte nie einen Grund gehabt, sich über ihn zu beklagen. Hatte er Kampen mit einem klar umrissenen Auftrag betraut, hatte dieser ihn erfüllt. Er hatte stets seinen Mann gestanden, so wie am Abend zuvor, als er sich, wie es aussah, dem Tulpenmörder entgegengestellt hatte, um Paulus van Rosven zu schützen. Zwar hatte er versagt, aber Katoen konnte nicht sagen, ob es ihm an Kampens Stelle nicht ebenso ergangen wäre. Vielleicht war es schlichtweg ein Zufall, daß Kampen tot war und er noch lebte.

Als er den Grachtengürtel hinter sich gelassen hatte und den Randbezirk des Jordaan erreichte, fielen ihm die Schritte auf. Nicht seine, sondern fremde Schritte im Nebel, die ihn zu begleiten schienen. Er vermutete, daß sie hinter ihm waren. War das ein Zufall, oder wurde er verfolgt?

Die Vorsicht gebot, letzteres anzunehmen. Aber was sollte er tun? Hier an den Grachten war es so diesig, daß er einen anderen Menschen erst hätte sehen können, wenn der auf Armeslänge an ihn herangekommen wäre. Der mutmaßliche Verfolger schien sich an Katoens Schritten auszurichten. Blieb Katoen stehen, um ihm aufzulauern, würde der andere das unweigerlich hören und ebenfalls anhalten.

Während er weiterging und darüber nachdachte, wie er sich verhalten sollte, änderten sich die dumpfen Geräusche. Plötzlich hörte es sich an wie ein Kampf, und er meinte, einen erstickten Schrei zu hören.

Die einzige Waffe, die er bei sich trug, war sein Dolch. Er zog ihn aus der Scheide an seiner Hüfte und ging vorsichtig den Weg zurück, den er gekommen war. Vielleicht war der Kampf nur vorgetäuscht, eine Falle für ihn. In diesem Fall, dachte er bitter, hatte er Jan Dekkert gerade noch rechtzeitig in alles eingeweiht.

Vor ihm schälten sich aus dem Dunst zwei Gestalten, die sich am Boden wälzten und miteinander rangen. Er kannte sie beide und hätte nicht gewußt, auf wen er wetten sollte, obwohl einer der beiden seinen Gegner um Haupteslänge überragte und auch sonst kräftiger wirkte. Doch der kleinere der beiden Männer war gewitzt und wendig, und immer wieder gelang es ihm, der Umklammerung des anderen zu entkommen. Wie ein Wiesel oder, wenn es nach Dekkert ging, wie eine Ratte.

»Aufhören!« befahl Katoen und ließ den Dolch wieder in der Scheide verschwinden. »Ich habe keine Lust, länger hier herumzustehen und euch zuzusehen. Ihr bietet ohnehin eine traurige Vorstellung.«

Jaepke Dircks und Henk Bogaert lösten sich voneinander und blickten zu ihm auf. Der kleine, flinke Bogaert erhob sich als erster, klaubte seinen Hut vom Boden auf und stülpte ihn auf sein dunkles, struppiges Haar. Ein Grinsen schlich sich in sein ewig zerknautschtes Gesicht, das Katoen immer an ein ungemachtes Bett erinnerte.

»Der Kerl hier hat Euch verfolgt, Inspektor Katoen, schon eine ganze Weile. Ich kenne ihn. Das ist der berüchtigte Kuppler Dircks. Als ich ihn zur Rede stellen wollte, hat er mich angegriffen.«

Dircks war inzwischen auch aufgestanden und drohte dem kleineren Bogaert mit der Faust. »Was schleichst du mir auch hinterher, Mensch?«

»Regt euch ab, beide«, sagte Katoen und fuhr, zu Bogaert gewandt, fort: »Ich kenne Dircks und nehme an, er ist mir gefolgt, um mir etwas mitzuteilen.« Sein Blick wanderte zu dem Kuppler. »Ist es nicht so?«

»Genau so«, bestätigte Dircks.

»Er hätte zwanzigmal Gelegenheit gehabt, Euch etwas mitzuteilen«, entgegnete Bogaert. »Er ist Euch schon gefolgt, bevor Ihr auch nur am Singel wart.«

»Dann war er wohl sehr neugierig, so wie Ihr auch, Bogaert.«

»Ich bin hinter Euch her, weil ich Euch was fragen wollte«, erklärte Bogaert. »Ich habe Euren Büttel Dekkert auf dem Dam getroffen und von ihm erfahren, daß Ihr gerade zum Jordaan aufgebrochen wart. Also bin ich Euch nach in der Hoffnung, Euch noch zu erreichen. Dabei bin ich auf diesen Kerl gestoßen, habe mich aber erst einmal zurückgehalten, um zu sehen, ob er Euch wirklich verfolgt. Als er, nachdem Ihr die Prinsengracht überquert hattet, immer noch an Euch klebte, habe ich eingegriffen.« Er sprach in einem Ton, als erwarte er eine Belobigung.

Katoen aber fragte nur: »Was wollt Ihr denn von mir, Bogaert?«

»Na ja, letzte Nacht ist doch Euer anderer Büttel abgestochen worden, dieser Kampen. Vor kurzem habt Ihr einmal gesagt, wenn bei Euch eine Stelle frei würde, könnte ich vielleicht ...« Er verstummte, als er sah, wie Katoens Miene sich verfinsterte.

»Ihr verliert nicht viel Zeit, wie?«

»Na und? Soll ich warten, bis die Stelle weg ist?«

Er hatte nicht ganz unrecht. Im Grunde hätte Katoen froh sein sollen, daß Bogaert aufgetaucht war, nicht nur wegen Dircks. Er brauchte dringend einen Ersatzmann für Kampen und hatte schließlich schon selbst an den ehemaligen Nachtwächter gedacht. Bogaert bewarb sich zwar nun auf eine sehr pietätlose Weise, aber Katoen beschloß, darum kein weiteres Aufhebens zu machen.

»Geht zurück zum Dam und wartet im Rathaus auf mich!«

»Warum?«

»Damit Ihr den Anstellungsvertrag unterschreiben könnt, sobald ich zurückkomme.« Mit einem Seitenblick auf den Kuppler fuhr er fort: »Wenn Ihr Eure Arbeit quasi schon aufgenommen habt, wollt Ihr doch bestimmt auch ab dem heutigen Tag dafür bezahlt werden.«

»Aber sicher doch, Baas!« Henk Bogaert grinste erneut, dann machte er kehrt und ging.

»Und nun zu Euch, Dircks«, sagte Katoen. »Wolltet Ihr mich wirklich sprechen? Oder habt Ihr nur auf den dichtesten Nebel gewartet, um mich hinterrücks anzufallen und im Wasser der Prinsengracht verschwinden zu lassen?«

»Ich bin Euch nur gefolgt, um eine unbelebte Stelle abzupassen. Muß ja nicht jeder hören, was ich Euch zu sagen habe.« Der Kuppler bleckte seine schlechten Zähne. »Was ich am liebsten mit Euch anstellen würde, tut nichts zur Sache. Lebend seid Ihr für mich jedenfalls wertvoller als tot. Wenigstens die Kartenschnapper bezahlen mich für meine Botendienste.«

»Aber ich bezahle Euch doch auch.«

»So? Womit?«

»Mit meinem guten Willen. Ich könnte jederzeit zur Anzeige bringen, was Ihr vor fünf Nächten in der Sargmacherei Eures Schwagers veranstaltet habt.«

»Damit könnt Ihr mir nicht ewig drohen«, brach es aus Dircks hervor. »Einer Eurer Zeugen ist schon tot!«

Als er das hörte, verspürte Katoen den unbändigen Drang, dem Mann mittels seiner Faust zu weiteren Zahnlücken zu verhelfen, aber er beherrschte sich. Er war auf die Vermittlerdienste des Kupplers angewiesen.

Deshalb ließ er die geballte Rechte, wo sie war, und sagte nur: »Laßt hören, was Ihr mir mitzuteilen habt!«

»Heute abend, genau um Mitternacht, am *Grünen Papagei*.«

»Wenn es um die Wahl eines Treffpunkts geht, sind die Kartenschnapper nicht besonders einfallsreich.«

»War nicht meine Idee. Ich sage Euch nur, was mir aufgetragen worden ist. Ihr sollt allein kommen, wirklich allein, und ohne Waffen. Keine Pistole, kein Dolch, kein Degen – auch kein Stockdegen!«

»Ich habe verstanden.«

»Das ist auch gut so, Katoen. Wenn Ihr es wieder vermasselt, ist der Ofen endgültig aus!«

Kapitel 21

Die Kartenschnapper

Nacht, Nebel, Regen. Jeremias Katoen hatte den Eindruck, daß die ganze Welt sich gegen ihn verschworen hatte. Mit gesenktem Kopf und tief in die Stirn gezogenem Hut begab er sich zu dem verlassenen Teil des Hafens, wo der *Grüne Papagei* auf seinen Abriß wartete. Wer ihm hier auflauern wollte, hatte dazu die beste Gelegenheit. Katoen würde es höchstwahrscheinlich erst bemerken, wenn es längst zu spät war. Außerdem war er allein und unbewaffnet – diesmal wirklich. Nicht einmal eine versteckte Waffe trug er bei sich. Er nahm an, daß Jaepke Dircks nicht übertrieben hatte, als er sagte: »Wenn Ihr es wieder vermasselt, ist der Ofen endgültig aus!«

Er hatte Jan Dekkert noch einmal nachdrücklich verboten, ihm zu folgen, und Henk Bogaert wußte nichts von diesem nächtlichen Ausflug. Katoen hatte ihn nicht in das eingeweiht, was er Dekkert im *Damtänzer* erzählt hatte. So groß war sein Vertrauen in den neuen Büttel noch nicht. Er mochte sich, allein und ohne Waffen, in große Gefahr begeben, aber er mußte es tun. Vielleicht kam er tatsächlich hinter Joan Blaeus Geheimnis. Zumindest aber hoffte er auf die Belohnung. Joris Kampens Familie konnte das Geld wahrhaftig gebrauchen.

Der Besuch bei Kampens Witwe und den beiden Kindern war niederschmetternd gewesen. Bald würden es sogar drei Kinder sein, wie er von der Witwe erfahren hatte. Bei der Vorstellung, daß in dem schäbigen kleinen Hinterhaus im Jordaan jetzt ein Kind im Mutterleib reifte, das seinen Vater nie kennenlernen würde, krampfte sich alles in Katoen zusammen.

Noortje hatte keine Verwandten, auch nicht von der Seite ihres Mannes. Sie stand ganz allein mit Frans und Elka und konnte froh sein, daß wenigstens ein paar Nachbarn sich um sie kümmerten. Aber viel Geld hatten die auch nicht, sonst hätten sie sich längst woanders eine Wohnung gesucht.

Katoen hatte sich vorgenommen, alles zu tun, um die Witwe und ihre Kinder zu unterstützen, auch dann, wenn er sich die von Blaeu ausgesetzte Belohnung nicht verdiente. Zunächst einmal hatte er Noortje die vierzig Gulden überreicht, die er vom ersten Anteil der Belohnung übrig hatte. Damit sollte sie fürs erste durchkommen. Alles Weitere würde sich finden. Vielleicht konnte er ihr eine Stellung im Haus der van Rosvens vermitteln. Immerhin hatte ihr Mann sein Leben für Paulus van Rosven eingesetzt – und verloren. Aber mit einem Besuch bei der Familie van Rosven wollte er noch warten, bis sich die Wogen etwas geglättet hatten. Den Worten des Amtsrichters hatte er entnommen, daß die feinen Leute derzeit auf Amsterdams Ordnungshüter nicht gut zu sprechen waren. Katoen verstand diesen Zorn nur zu gut, auch wenn es kein gerechter war.

Nach dem Besuch bei Kampens Witwe war er ins Rathaus zurückgekehrt, um die Formalitäten zu erledigen, die aus Henk Bogaert einen ordentlichen Büttel der Stadt Amsterdam machten. Der Amtsrichter, der Bogaerts schlechten Ruf kannte, hatte sich zunächst erstaunt gezeigt, dann aber zugestimmt, nachdem Katoen ihm seine Gründe dargelegt hatte. Anschließend hatte Katoen dringende Korrespondenz erledigt und danach noch einmal persönlich sämtliche Büttel und Nachtwächter vernommen, die am Abend zuvor auf Marken gewesen waren. Aber niemand hatte ihm auch nur den kleinsten Hinweis auf den Mörder geben können.

Abends war er bei Joan Blaeu und Barent Vestens gewesen, um den Lederbeutel mit den Wechseln im Wert von zwölftausend Gulden in Empfang zu nehmen, den er jetzt fest in der Hand hielt. Es war wirklich nicht angenehm, zu wissen, daß ihn jederzeit jemand aus dem Nebel heraus anspringen und ihm den Beutel entreißen konnte, ein Kartenschnapper oder auch nur irgendein kleiner Straßenräuber. Wenn es dazu kam, würde Blaeu seine gestohlenen Karten wohl niemals wiedersehen.

Nachdem er sich von Blaeu verabschiedet hatte, hatte Vestens ihn beiseite genommen, um unter vier Augen mit ihm zu sprechen.

»Ich möchte Euch noch einmal ermahnen, heute nacht keinen Fehler zu begehen«, hatte der Hauptkontorist gesagt. »Es hängt viel davon ab, daß der Austausch glatt vonstatten geht. Tut bitte, was die Kartenschnapper von Euch verlangen, und versucht gar nicht erst, sie irgendwie zu hintergehen!«

»Das habe ich nicht vor.« Katoen hatte deutlich zu erkennen gegeben, daß er Vestens Belehrung als überflüssig empfand, beinahe schon als Beleidigung. »Es ist nicht meine Schuld, daß es beim letzten Mal schiefgegangen ist. Ich habe Blaeu nicht um diesen Auftrag gebeten, er hat mich gefragt.«

»So habe ich es nicht gemeint.«

»Wie dann?«

»Ich bin in großer Sorge um Joan. Nach außen hin wirkt er robust, und man vergißt leicht, daß er die Siebzig überschritten hat. Aber die Sache macht ihm sehr zu schaffen, mehr, als er zeigt. Ich würde ihm gern jede weitere Aufregung ersparen.«

»Ich werde tun, was in meiner Macht steht. Euch mehr zu versprechen, Mijnheer Vestens, wäre Prahlerei.«

»Ich weiß, daß Ihr Euer Bestes geben werdet«, hatte Vestens erwidert und einen tiefen Seufzer ausgestoßen. »Verzeiht, wenn ich Euch impertinent erschien. Meine Sorge um Joan ließ mich die gebotene Zurückhaltung vergessen.«

»Ihr scheint Euch ihm sehr verbunden zu fühlen.«

»Mein Vater ist früh gestorben. Joan ist für mich wie ein zweiter Vater oder wie ein älterer Bruder. Sein Bruder Cornelis ist dem alten Willem Blaeu schon nach wenigen Jahren ins Grab gefolgt. Kurz zuvor hatte ich in Blaeus Werkstatt in der Bloemgracht angefangen, damals noch als Kartenstecher.« Vestens hatte seine Hände erhoben. »Aber diese Bärenpranken, wie Joan sie einmal genannt hat, waren für die feine Arbeit mit dem Grabstichel nicht geeignet. Joan hat mich ins Kontor versetzt, und die Arbeit dort liegt mir sehr.«

»Und mit der Zeit seid Ihr zu Blaeus rechter Hand geworden.«

»So kann man es sagen. Aus der Zusammenarbeit ist eine Freundschaft erwachsen, und nur deshalb habe ich Euch um dieses Gespräch gebeten, Mijnheer Katoen. Um Joans und Eurer selbst willen: Gebt gut acht, wenn Ihr heute nacht unterwegs seid!«

Katoen lachte in sich hinein, als er sich an das Gespräch mit Vestens erinnerte. Der Hauptkontorist hatte gut reden. Hier draußen am Hafen, zu mitternächtlicher Stunde, eingehüllt von Dunkelheit und Nebel, nützten weise Ratschläge wenig. Hier konnte er sich nur auf sich selbst verlassen, auf seinen Verstand, seine Sinne und darauf, daß sich die Übungsstunden, die er bei Robbert Cors genommen hatte, in der Not als hilfreich erwiesen.

Seine innere Anspannung wuchs, als vor ihm die undeutlichen Umrisse des *Grünen Papageis* auftauchten. Gleichzeitig erklang dumpfes Glockenläuten, das die zwölfte Stunde verkündete.

Mitternacht. Er war auf die Minute pünktlich. Und die Kartenschnapper?

Als er auf das verlassene Gebäude zutrat, erscholl eine rauhe Stimme, die er nicht zum ersten Mal hörte: »Guten Abend, Katoen, Ihr seid ja die Pünktlichkeit in Person.« Aus dem Nebel löste sich die Gestalt des Kupplers Dircks, der langsam auf ihn zukam. »Um so besser, bei diesem Wetter stehe ich nicht gern unnütz im Regen herum.«

»Ihr schon wieder?« Katoen war nicht wenig überrascht. »Hättet Ihr mir das vorher gesagt, hätten wir den Weg gleich zusammen gehen oder uns ganz sparen können.«

»Tut mir leid, wenn Ihr jetzt enttäuscht seid.« Dircks grinste in einer Weise, die seine Worte Lügen strafte. »Ich befolge nur meine Anweisungen. Aber wenn es Euch tröstet, auch ich reiße mich nicht gerade um Eure Gesellschaft.« Er zeigte auf den großen Lederbeutel. »Da sind wohl die Wechsel drin, was?«

»Im Gegenzug erwarte ich die Ware.«

»Die habe ich nicht, leider.« Dircks schnitt eine Grimasse, die wohl so etwas wie Bedauern ausdrücken sollte, während in seinen Augen unverhohlene Gier flackerte.

»Warum seid Ihr dann hier?« fragte Katoen. Er spürte, daß es mit seiner Geduld bald ein Ende haben würde. Die vergangenen dreißig Stunden waren sehr aufreibend gewesen, und das machte sich bemerkbar.

»Ich soll Euch den Treffpunkt nennen.«

»Ich dachte, dies hier sei der Treffpunkt.«

»Nur für uns beide. Ihr müßt weiter zu den Hafenanlagen draußen vor der Stadt. Haltet nur auf die Hafenglocke zu, der Rest wird sich finden.«

Und schon war Jaepke Dircks so plötzlich im Nebel verschwunden, wie er daraus aufgetaucht war. Katoen starrte auf die Stelle, an der der Kuppler eben noch gestanden hatte, und dachte über dessen Botschaft nach.

Die Hafenglocke stand außerhalb der Stadtmauern inmitten des Wirrwarrs aus Schiffsanlegern und Hafengebäuden, in dem sich tagsüber Hafen- und Werftarbeiter, See- und Schauerleute tummelten. Das abendliche Läuten der Glocke war für alle das Zeichen, daß die Stadttore bald geschlossen wurden und daß es an der Zeit war, den äußeren Hafen zu verlassen. Es war ein eigenartiges Schauspiel, wenn die Geschäftigkeit Tausender Menschen auf einen Schlag zum Erliegen kam und alle den nördlichen Stadttoren zustrebten. Binnen Minuten war der Hafen dann verlassen und gehörte für die Nacht wieder dem Meer, dem man ihn entrissen hatte. Lediglich ein einsames Gasthaus gab es da draußen für die Besatzungen und Passagiere spät einlaufender Schiffe, die dort ausharren mußten, bis Amsterdam am nächsten Morgen seine Tore wieder öffnete.

Die Stadttore waren schon seit Stunden geschlossen, aber Katoen als Amtsinspektor würde keine Schwierigkeiten haben, trotzdem durchgelassen zu werden. Das gehörte zu den Privilegien seines Amtes. Die Kartenschnapper genossen dieses Privileg nicht, aber vielleicht hatten sie die Stadt noch vor dem Läuten der Hafenglocke verlassen.

Blieb noch die Frage zu klären, warum sie ihn erst zum *Grünen Papagei* und anschließend zur Hafenglocke bestellten. Die Antwort lautete: Es war eine Sicherheitsmaßnahme. Vermutlich hatte Dircks den Auftrag gehabt, ihn nur dann anzusprechen, wenn er sich an die Auflagen gehalten hatte und tatsächlich allein war. Wäre das nicht der Fall gewesen, hätte er von dem eigentlichen Treffpunkt niemals erfahren. Vielleicht wurde er weiterhin beobachtet, von Dircks oder jemand anderem, um zu gewährleisten, daß er niemanden über den wahren Treffpunkt in Kenntnis setzte. Er jedenfalls hätte es anstelle der Kartenschnapper so gehalten. Ob er das alles nun richtig deutete oder nicht, ihm blieb nichts anderes übrig, als zum nächsten Stadttor zu gehen.

Dort staunten die Wachen nicht wenig, als Katoen sie ohne Angabe von Gründen aufforderte, ihm das Tor zu öffnen. Sein Ansinnen war ungewöhnlich, aber sie hätten es ihm nur verwehren dürfen, wenn Amsterdam von feindlichen Truppen belagert gewesen wäre, und davon konnte zum Glück keine Rede sein. Also ließen die Wachen ihn passieren und hatten jetzt vermutlich für den Rest der Nacht Gesprächsstoff.

Schon nachdem er wenige Schritte gegangen war, verschwand Amsterdam in seinem Rücken hinter der Nebelwand, und er hatte das Gefühl, ganz allein auf der Welt zu sein. Wäre er schreckhaft gewesen, hätten sich ihm hier draußen die Nakkenhaare gesträubt. Die Geräusche des Hafens – das Glucksen des an Mauern und Pfählen leckenden Wassers, das Ächzen der hölzernen Stege unter seinem Gewicht, das entfernte Kreischen einer aufgeschreckten Möwe – vereinigten sich zu einem unheimlichen Konzert.

Vorsichtig setzte er einen Fuß vor den anderen, darauf bedacht, auf dem glitschigen Holz nicht auszurutschen. Hätte er sich nicht so gut ausgekannt, wäre es ein verwegenes, wenn nicht gar aussichtsloses Unterfangen gewesen, bei der schlechten Sicht die Hafenglocke zu finden. Selbst Katoen mußte mehrmals stehenbleiben, um sich zu orientieren.

Als er neben dem schmalen Holzgebäude stand, in dem die Reederei Berlage ihr Kontor eingerichtet hatte, wußte er, daß es bis zur Glocke nur noch ungefähr fünfzig Klafter strikt geradeaus waren. Gespannt auf das, was ihn dort erwartete, ging er weiter – und war plötzlich von fünf oder sechs Männern umgeben, die bis an die Zähne bewaffnet schienen. Degen, Dolche und Äxte waren auf ihn gerichtet, allerdings keine Schußwaffen. Wahrscheinlich wollten die Kartenschnapper vermeiden, daß ein Pistolenschuß die Wachen auf der Stadtmauer alarmierte.

Katoen blieb ruhig, denn er hatte mit so etwas gerechnet. Er war denen, die ihm hier aufgelauert hatten, auf Gedeih und

Verderb ausgeliefert. Falls sie es nicht ehrlich mit ihm meinten, würde der nächtliche Hafen wohl der letzte Ort sein, den er in seinem Leben sah.

Ein großer, knochiger Mann, dem die Nasenspitze fehlte, fuchtelte mit einem Dolch vor Katoen herum. »Nach links, Mijnheer, wenn's recht ist.«

Katoen sah prüfend nach links, wo sich eine Landungsbrükke im Nebel verlor. »Vielleicht mag jemand von Euren Leuten vorangehen. Ich kenne das Ziel nicht und könnte leicht einen falschen Schritt tun und ins Wasser fallen.«

Der Mann ohne Nasenspitze überlegte kurz und gab dann einem anderen einen Wink. Der Betreffende nickte knapp und betrat die Landungsbrücke.

»Hinterher!«

»Wenn's denn sein muß«, seufzte Katoen und befolgte die Anweisung.

Die übrigen Kartenschnapper hielten sich dicht hinter ihm, so daß er ihnen nicht weglaufen konnte. Wohin auch? Rechts und links standen zwar ein paar Lagerschuppen, aber dahinter erstreckte sich das Meer.

Vor einem der Lagerschuppen, dem größten weit und breit, blieb der Mann vor ihm stehen, und auch Katoen hielt an. Die übrigen Kartenschnapper bildeten einen dichten Kreis um ihn. Der erste Mann klopfte gegen die Tür und murmelte ein halblautes Wort, das Katoen nicht verstand. Ein kurzes metallisches Geräusch ertönte, wohl von einem Schlüssel, der im Schloß gedreht wurde, und die Tür schwang auf. Ein beißender Geruch schlug Katoen entgegen, ein Gemisch der verschiedenen Gewürze, die im Laufe der Zeit hier eingelagert worden waren.

»Worauf wartet ihr?« fragte der Mann, der die Tür geöffnet hatte. Er war kahlköpfig, stämmig und sehr muskulös.

Sie führten Katoen ins Innere des Lagerhauses, wo er einen Augenblick lang meinte, der starke Geruch würde ihm die Luft zum Atmen rauben. Eine einsame Tranfunzel, die auf dem Boden stand, entriß nur einen Ausschnitt des großen Raumes der Dunkelheit. Über eine wacklige Leiter ging es ein Stockwerk in die Tiefe, wo die Luft nicht weniger penetrant roch, aber um einiges feuchter war. Vermutlich befanden sie sich hier knapp oberhalb der Wasserlinie.

Der Raum am Fuße der Leiter wurde immerhin von gleich drei Laternen erhellt, und Katoens Blick fiel auf einen behelfsmäßigen Tisch aus zwei Fässern und einer darüber gelegten breiten Holzlatte. Eine Kiste hinter dem Tisch diente einer vermummten Gestalt als Sitzgelegenheit. Die Gestalt trug einen weiten Umhang und einen breitkrempigen Hut, und das Gesicht war hinter einer Stoffmaske verborgen, ähnlich der, die Anna Swalmius bei ihren nächtlichen Ausflügen getragen hatte. Die Hände steckten in schmucklosen schwarzen Lederhandschuhen. Rechts und links hinter dem Vermummten standen Wachen, und beide trugen Schußwaffen, der eine Mann eine Doppelpistole, der andere eine Radschloßpistole mit nur einem Lauf.

»Es freut mich, endlich dem Anführer der Kartenschnapper zu begegnen«, sagte Katoen. »Nach Eurem Namen zu fragen dürfte kaum Sinn haben, nehme ich an.«

Der Mann mit der verstümmelten Nase, ein Unterführer offenbar, trat neben ihn und hob drohend seinen Dolch. »Redet besser nur, wenn Ihr gefragt werdet, Mijnheer! Jetzt gebt mir Euren Beutel. Habt Euch lange genug damit abgeschleppt.«

Katoen hielt den Lederbeutel unverändert fest und sagte: »Bevor ich den Beutel hergebe, möchte ich die Gegenleistung sehen.«

Unsicher sah der Unterführer den Vermummten an. Der griff hinter sich und wuchtete eine dunkle Ledertasche auf den behelfsmäßigen Tisch.

»Darf ich hineinschauen?«

Der Vermummte schüttelte den Kopf und deutete auf Katoens Beutel.

»Erst wollen wir wissen, was da drin ist«, sagte der Unterführer.

»Nur Papier, seht selbst.«

Nun händigte Katoen ihm den Beutel aus. Die Sache länger hinauszuzögern konnte ihm keinen Vorteil einbringen. Offensichtlich war der geheimnisvolle Anführer der Kartenschnapper nicht gewillt, in Vorleistung zu treten, und seine Leute hätten Katoen den Beutel ohnehin jederzeit mit Gewalt abnehmen können. Auf einen Kampf, den er nur verlieren konnte, wollte er es nicht ankommen lassen.

Der Unterführer brachte den Beutel zum Tisch und öffnete ihn auf einen stummen Befehl des Vermummten hin. Dann begann der geheimnisvolle Anführer, die Wechselbündel eins nach dem anderen aus dem Beutel zu nehmen und fein säuberlich vor sich aufzustapeln.

Während er seine Beute sehr genau zählte, war er die Ruhe selbst, und als er fertig war, stopfte er die Wechsel zurück in den Beutel.

»Seid Ihr zufrieden?« fragte Katoen.

Der Vermummte nickte und gab dem Unterführer einen Wink. Der nahm die Ledertasche vom Tisch und stellte sie vor Katoen auf den Boden.

»Darf ich jetzt hineinschauen?«

Der Anführer nickte knapp, und Katoen hockte sich hin, um die Tasche zu öffnen. Sie enthielt eine Menge zusammengerollter Karten und ein dünnes Buch, das er neugierig öffnete. Aber es war nur ein Verzeichnis, in dem Land- und Seekarten aufgeführt und detailliert beschrieben waren.

»Jetzt bin ich doch ein wenig enttäuscht«, seufzte er, nachdem er die Tasche wieder verschlossen hatte. »Ich hatte auf ein altes Manuskript aus Kreuzfahrertagen gehofft. War so etwas nicht unter den gestohlenen Sachen? Oder vielleicht eine Karte der Tulpenküste?«

Der Unterführer warf ihm einen unwilligen Blick zu und näherte sich erneut dem Vermummten. Die beiden flüsterten kurz miteinander, und dann wandte der Unterführer sich an Katoen.

»Mehr haben wir nicht. Entweder Ihr nehmt jetzt die Tasche und verschwindet, oder …«

»Oder?«

Der Unterführer grinste, aber die verstümmelte Nase ließ es eher wie eine Grimasse aussehen. »Oder wir füttern die Fische – mit Euch!«

Katoen nahm die Tasche auf. »Ich glaube, ich sollte mich jetzt verabschieden.«

Sein Blick hing an dem Anführer, aber der sagte nichts und rührte sich auch nicht. Statt eines Menschen hätte ebensogut eine Strohpuppe auf der Kiste sitzen können.

Der Unterführer und seine Leute begleiteten Katoen in das obere Stockwerk und hinaus auf die Landungsbrücke, wo er erst einmal kräftig durchatmete. Aber die Kartenschnapper waren ungeduldig und drängten ihn in die Richtung, aus der sie gekommen waren. Jenseits der Landungsbrücke gingen sie noch ein Stück gemeinsam, bis Katoen einen unerwarteten Stoß in den Rücken erhielt, genau zwischen die Schulterblätter. Er rutschte aus und schlug der Länge nach hin. Weil er die Ledertasche mit den Karten nicht loslassen wollte, konnte er seinen Sturz nicht abfangen, und der Aufschlag war recht schmerzhaft.

Bis er sich wieder aufgerappelt hatte, waren die Kartenschnapper längst im Nebel verschwunden. Auch das Lagerhaus war von dieser Stelle aus nicht zu sehen. Kurz dachte Katoen daran, aus Leibeskräften nach den Wachen auf der Stadtmauer zu rufen, aber er ließ es bleiben. Ehe die Wachen eintrafen und er sie unterrichten konnte, würden die Kartenschnapper längst aus dem Lagerhaus verschwunden sein. Er vermutete, daß sie an der Landungsbrücke ein Boot liegen hatten, mit dem sie einen Punkt irgendwo außerhalb Amsterdams ansteuern würden, irgendeinen Unterschlupf, in dem sie unterkriechen konnten, bis am nächsten Morgen die Stadttore wieder geöffnet wurden.

Er schlug den Weg zur Stadtmauer ein und fragte sich, ob seine Mission erfolgreich gewesen war. Der kommende Tag würde es zeigen.

Kapitel 22

Das Schlangenkind

Mittwoch, 17. Mai 1671

Katoen erwachte mit heftigen Kopfschmerzen. Unwillig blinzelte er in das Tageslicht, das in sein Schlafzimmer fiel. Er brauchte geraume Zeit, bis er einigermaßen klar im Kopf war und sein nächtliches Abenteuer ihm wieder vor Augen stand. Er war in die Stadt zurückgekehrt und geradewegs zum Botermarkt gegangen, wo er sich hundemüde hingelegt hatte. Mit Joan Blaeu hatte er ein Treffen am Vormittag in der Gravenstraat verabredet. Der Kartenmacher hatte nicht gewollt, daß Katoen ihn nachts zu Hause aufsuchte; das hätte zu viel Aufsehen erregt.

Er hatte lange geschlafen, länger als sonst, was verständlich war. Die beiden vergangenen Nächte waren kurz und anstrengend gewesen. Er setzte sich auf, und sein Blick fiel auf die Ledertasche, die er neben sein Bett gestellt hatte. Leider enthielt sie keinen Hinweis auf die Tulpenküste, jedenfalls hatte er bei seiner eiligen Inspektion des Inhalts im Lagerhaus nichts dergleichen gefunden. Er nahm sich vor, sie noch einmal gründlich zu durchsuchen, bevor er sie zu Blaeu brachte.

Stimmen drangen an sein Ohr. Zunächst dachte er an das Markttreiben vor dem Haus, aber das konnte kaum sein. Der allgemeine Markttag war der Montag. Zwar priesen auch an den anderen Tagen ein paar unermüdliche Bauern auf dem Botermarkt ihre Waren an, aber ihre Zahl stand in keinem Verhältnis zu dem Gedrängel, das montags herrschte.

Was er hörte, schien ein Streit zwischen zwei Personen zu sein. War er davon geweckt worden? Beide Stimmen klangen hell, es waren Frauenstimmen. Die eine erkannte er nicht, die andere mit dem näselnden Tonfall mußte Greet Gerritsen gehören, seiner Vermieterin.

Offenbar trug sie an der Haustür mit der anderen Frau einen Disput aus. Als Katoen seinen Namen hörte, stemmte er sich aus dem Bett und streifte eilig seine Kleider über. Statt der Stiefel zog er die Hauspantoffeln an, die er von der Witwe Gerritsen zum Einzug geschenkt bekommen hatte. Das ging schneller und war bequemer.

Unten an der Haustür traf er tatsächlich auf seine Wirtin; sie keifte und gestikulierte wild, und es wollte überhaupt nicht zu ihrer sonst so gemütlichen, gutmütigen Art passen. »Ich sage es dir hundert- oder auch tausendmal, wenn du es nicht begreifen willst: Du kannst den Amtsinspektor Katoen nicht besuchen! Er schläft noch, und ich glaube, er hat den Schlaf bitter nötig. Außerdem – was will einer wie du von dem Herrn Amtsinspektor?«

»Ich habe etwas für ihn. Es ist wichtig, wirklich!«

Das war keine Frau, sondern ein Kind, und jetzt erkannte Katoen auch die Stimme.

»Felix!«

Vor der Haustür stand der Junge in seiner Waisenhauskleidung, die allerdings derart zerrissen und schmutzig war, daß man ihm im Waisenhaus dafür ordentlich den Kopf waschen würde. Katoen hatte das vor vielen Jahren schmerzhaft am eigenen Leib erfahren. Nicht nur die Kleidung sah mitgenommen aus, auch Felix selbst wirkte erschöpft und übernächtigt. Mit seinen schmalen Händen hielt er etwas fest umklammert.

Es sah aus wie ein Lederbeutel, ähnlich dem, in dem Katoen die Wechsel transportiert hatte.

Die Witwe Gerritsen, die Katoen erst jetzt wahrnahm, fuhr herum und sah ihn verwundert an. »Ihr kennt diesen ... Streuner, Mijnheer Katoen?«

»Ja, ich kenne ihn, und Ihr könnt ihn ruhig zu mir lassen.«

»Das wußte ich ja nicht, und ich wollte Euren Schlaf nicht stören. Ich dachte ... ich meinte ...«

Katoen bedachte sie mit jenem entwaffnenden Lächeln, dem sie nie widerstehen konnte. »Schon gut, Mevrouw Gerritsen, Ihr habt alles richtig gemacht. Wenn Ihr mir einen Gefallen tun wollt, so bereitet uns beiden ein kräftiges Frühstück. Ich glaube, Felix kann das ebensogut gebrauchen wie ich.«

»Aber gern«, sagte die Hauswirtin, lächelte zurück und schien mit sich und der Welt versöhnt. Als allerdings Felix an ihr vorbei ins Haus ging und dabei deutliche Schmutzspuren hinterließ, umwölkte sich ihre Stirn.

Nach einem kurzen Blick hinaus auf den Botermarkt, der im Nieselregen und im nicht mehr ganz so dichten Nebel trostlos wirkte, ging Katoen mit dem Jungen hinauf in seine Wohnung. Erst als sie in seinem Wohnzimmer standen, fragte er Felix, was der von ihm wolle.

»Solltest du nicht eigentlich im Waisenhaus sein? Und überhaupt, wie siehst du aus? Gar nicht wie ein ordentliches, folgsames Kind.«

Falls sein Tadel den Jungen traf, ließ der sich das nicht anmerken. Beinahe trotzig hielt er Katoen den Beutel hin, der recht schwer zu sein schien.

»Für mich?« fragte Katoen erstaunt.

Felix nickte zweimal.

Katoen legte den Beutel auf den Tisch und öffnete ihn. Er enthielt eine zusammengerollte Karte, ähnlich denen, die er in der Nacht im Austausch gegen die Wechsel erhalten hatte, und ein schweres Buch, offenbar sehr alt und in dickes Leder gebunden. Er schlug es auf und stellte fest, daß es von Hand geschrieben war, und zwar in Latein. Sein Onkel Adalbert hatte ihn für ein paar Jahre auf eine Lateinschule geschickt, aber das war lange her. Das Buch zu lesen würde ihn einige Mühe kosten. Immerhin gelang es ihm ohne große Anstrengung, den auf der ersten Seite in großer Schrift vermerkten Titel zu übersetzen: *Bericht des Kreuzfahrers Guillaume de Vailly über seine Erlebnisse während der Belagerung von Akkon und auf der beschwerlichen Heimreise nach dem Fall der Stadt im Jahre des Herrn 1291.*

Katoen holte tief Luft und wischte sich mit dem Handrükken ein paar Schweißperlen von der Stirn. Er konnte kaum glauben, was Felix ihm da gebracht hatte! Plötzlich fühlte er sich wie im Fieber. Er las den Titel noch einmal. Hatten seine Augen ihm vielleicht einen Streich gespielt? Nein, es war tatsächlich das alte Manuskript, von dem Sybrandt Swalmius ihm erzählt hatte, der Bericht jenes Kreuzfahrers, der durch widrige Umstände an die Tulpenküste verschlagen worden war. Der Bericht, dessen Angaben es Joan Blaeus Vater vermutlich ermöglicht hatten, eine Karte von jener geheimnisvollen Küste anzufertigen.

Katoen überlegte, was er von der Belagerung Akkons wußte, aber das war nicht viel. Seiner Erinnerung nach war es die letzte Bastion der Christen im Heiligen Land gewesen und schließlich von den Mameluken erobert worden. Diese letzte Schlacht schien der Verfasser der Handschrift miterlebt zu haben. Was Katoen aber vor allem lesen wollte, war die Beschreibung seiner Erlebnisse *auf der beschwerlichen Heimreise*.

Auf der folgenden Seite fand er seine Vermutung durch die farbige Zeichnung einer Tulpe bestätigt: schwarze Blütenblätter mit blutroten Tupfen! Er erinnerte sich, daß Swalmius die Zeichnung erwähnt hatte. Sein Blick verharrte lange auf dem

Bild, war es doch das erste Mal, daß er nicht nur ein einzelnes Blütenblatt der seltsamen Tulpe sah. Vielleicht stand er zu sehr unter dem Eindruck der Tulpenmorde, aber beim Anblick des Bildes spürte er das, was Swalmius beschrieben hatte: das Böse, das von dieser Blume ausging.

Er hätte sich gern länger mit dem Buch beschäftigt und mußte sich regelrecht zwingen, es beiseite zu legen. Aber da war noch die Karte, die er näher in Augenschein nehmen mußte. Er entrollte sie auf dem Tisch. Unten links prangte ein verschnörkelter Schriftzug: »Guilielmus Blaeu«. Das war der Name, mit dem Willem Blaeu seine Arbeiten gekennzeichnet hatte, Katoen hatte ihn schon auf einigen anderen Karten gesehen.

Mit wachsender Erregung beugte er sich über die bunte Karte. Es war eine große Seekarte, die über die Hälfte des Tisches einnahm. Sie zeigte einen Teil der Küste des Osmanischen Reiches, wo dieses an das Ägäische Meer mit seinen vielen kleinen Inseln grenzte. Die Küste selbst sah reichlich zerklüftet aus, und an einigen Stellen war der Unterschied zwischen einer vorgelagerten Insel und einer ins Meer reichenden Landzunge kaum zu erkennen.

Katoen beugte sich tiefer über die Karte und folgte mit dem Zeigefinger dem Verlauf der Küste, bis er plötzlich stutzte – da stand es deutlich in fetten schwarzen Buchstaben: ORA TULIPARUM. Selbst seine bescheidenen Erinnerungen an den Utrechter Lateinunterricht reichten aus, um das zu übersetzten: TULPENKÜSTE.

Obwohl er es geahnt hatte, kniff er die Augen zu und sah noch einmal genau hin. Vielleicht hatte er sich verlesen, vielleicht hatte ihm seine Phantasie einen Streich gespielt – aber nein, dort stand noch immer ORA TULIPARUM.

Der Küstenstrich, den die beiden Wörter bezeichneten, lag nördlich der Insel Rhodos und ragte weit ins Meer hinein. Erst bei genauerem Hinsehen erkannte Katoen dort zwei winzige schwarze Symbole. Eins stellte eine Festung dar, das andere eine Tulpe.

»Ist es das, was Ihr gesucht habt?«

Das war Felix, den er in seiner Erregung ganz vergessen hatte. Der Junge kauerte in Katoens weichem Sessel und beobachete ihn mit großen Augen.

»Das ist es, wahrhaftig! Aber woher weißt du das? Und woher hast du die Karte und das Buch?«

Bevor Felix antworten konnte, klopfte jemand an die Wohnungstür, und sie hörten die Witwe Gerritsen rufen: »Mijnheer Katoen, ich bringe das Frühstück.«

»Mach ihr auf«, wies Katoen den Jungen an.

Felix sprang aus dem Sessel und verließ das Wohnzimmer, während Katoen hastig die Karte zusammenrollte und, zusammen mit dem Buch, zurück in den Lederbeutel steckte. Als Felix die Tür öffnete, legte Katoen den Beutel auf die Anrichte unter dem Fenster.

Die Hauswirtin stellte ein großes Holztablett mit Brot, Butter, Käse, Schinken und Milch auf den Tisch und blieb abwartend stehen, den Blick in unverhohlener Neugier auf Felix gerichtet.

Katoen nickte ihr lächelnd zu. »Danke, das ist sehr freundlich von Euch.«

»Ich bin doch gern behilflich«, sagte die Witwe Gerritsen und zog sich widerwillig zurück.

»Du siehst sehr hungrig aus, Felix, und mir geht es ebenso.« Katoen deutete auf den Tisch mit dem Tablett. »Wir wollen erst einmal frühstücken.«

Das ließ der Junge sich nicht zweimal sagen. Er griff mit solch einem Eifer zu, daß Katoen ihn schließlich ermahnte, langsamer zu essen, weil er sich um das Wohlbefinden seines unerwarteten Gastes sorgte.

Als sie fertig waren, lag kaum noch ein eßbarer Krümel auf

dem Tablett. Felix rekelte sich wohlig im Sessel und rülpste laut. Er erschrak sichtlich und blickte Katoen ängstlich an.

»Nicht schlagen!« bat er. »Bitte, nicht schon wieder schlagen!«

»Weder habe ich dich geschlagen, noch habe ich das vor«, erwiderte Katoen verwirrt, aber dann begriff er und fragte: »Haben sie dich im Waisenhaus geschlagen?«

Felix schluckte und nickte.

»Oft?«

Der Junge nickte abermals.

Katoen erinnerte sich an seine eigene Zeit im Waisenhaus. Besonders am Anfang war es schlimm gewesen. Man verstieß leicht gegen die vielen Regeln, wenn man neu war. Die meisten Lehrer und Aufseher nahmen darauf keine Rücksicht, teils aus Gleichgültigkeit, teils weil sie überfordert waren. Auch er hatte damals Schläge bekommen, viele Schläge. Der Schmerz und das erbärmliche Gefühl, allein und vollkommen hilflos zu sein, waren auf einmal wieder gegenwärtig.

Als er Felix ins Waisenhaus gebracht hatte, war das in der besten Absicht geschehen. Er hatte dem Jungen etwas Gutes tun wollen, und nach seinem Dafürhalten war für Felix alles besser als sein bisheriges Dasein als Schaustück oder menschliches Werkzeug für einen Halunken wie Jaepke Dircks. Aber daran, daß die Anfangszeit im Waisenhaus besonders hart war, hatte er nicht gedacht. Vielleicht, weil er selbst sich, wenn er dort auch nie glücklich gewesen war, doch irgendwann im Waisenhaus eingewöhnt hatte. Aber es hatte Kinder gegeben, die an dem strengen Reglement und den Bestrafungen zerbrochen waren. Sie waren fortgelaufen, einige wieder und wieder, bis sie schließlich zur vermeintlichen seelischen Ertüchtigung ins Rasphuis gesteckt worden waren. Oder sie waren innerlich verkümmert und hatten sich von allem abgekapselt, so daß Schmerz und Kummer nicht mehr zu ihnen durchdrangen.

Besorgt blickte er Felix an und fragte: »Hast du Schmerzen?«

»Ja«, antwortete der Junge leise.

»Wo?«

Felix deutete auf seinen Rücken.

Katoen kniete sich neben ihn und hob vorsichtig erst das Wams und dann das Leibhemd des Jungen an. Etliche dicke rote Striemen zogen sich über den Rücken, so heftig, daß sie selbst einem erwachsenen Mann Schmerzen bereitet hätten.

»Ich hab das nicht gewollt«, sagte Felix. »Wenn ich etwas falsch gemacht hab, dann meistens, weil ich nicht dran gedacht hab.«

»Schon gut«, sagte Katoen und strich ihm sanft über den Kopf. »Warte hier. Ich gehe mal hinunter zur Witwe Gerritsen. Sie hat eine Salbe gegen Schmerzen.«

Als Katoen ihr das Tablett mit dem Geschirr zurückbrachte und nach der Salbe fragte, bestand seine Vermieterin darauf, mitzukommen. Und sie bestand darauf, Felix selbst zu behandeln, wobei sie mit einer Sanftheit zu Werke ging, die Katoen ihren rauhen, abgearbeiteten Händen nie zugetraut hätte.

»Der Junge kommt aus dem Waisenhaus, nicht wahr?« fragte sie, als sie fertig war.

»Er heißt Felix, und ja, er kommt aus dem Waisenhaus. Fortgelaufen, möchte ich sagen.«

»Ich an seiner Stelle wäre auch fortgelaufen«, sagte die Witwe mit Blick auf Felix' zerschundenen Rücken, während sie ihm behutsam das Leibhemd überstreifte.

»Es ist nicht immer leicht im Waisenhaus, aber er wird sich daran gewöhnen.«

»Das wird er nicht!« erwiderte sie mit einer Schärfe, die zu ihrer sonstigen Art im Widerspruch stand.

»Wie meint Ihr das, Mevrouw?«

Sie legte dem Jungen eine Hand auf den Kopf und strich

ihm über das Haar. »Er wird sich nicht daran gewöhnen müssen, weil er nicht dorthin zurückgeht.«

»Nicht?« wiederholte Katoen. »Und was soll aus ihm werden?«

»Ihr und ich, wir werden schon für ihn sorgen. Ich habe unten eine ruhige Kammer zum Hof raus, da steht nur Gerümpel drin. Die machen wir frei, und dann kann Felix darin schlafen. Und jetzt werde ich Wasser heiß machen, damit ich ihn und seine Kleider mal gründlich waschen kann.«

»Ich bringe ihn Euch«, versprach Katoen. »Aber vorher muß ich mich noch mit ihm unterhalten, dienstlich.«

Die Wirtin sah Katoen an. »Ihr seid also einverstanden?«

Er nickte und grinste dabei. »Ich will es mir doch nicht mit Euch verscherzen, Mevrouw Gerritsen.«

Als die Witwe gegangen war, fragte Felix: »Stimmt das? Darf ich hierbleiben?« In seinen dunklen Augen lagen Bangen und Hoffen zugleich.

Katoen lächelte. »Ja, es stimmt.«

Vielleicht täuschte er sich, aber das Gesicht des Jungen wirkte auf einmal verändert, wie von einer tiefen Traurigkeit befreit, und das schien ihm Lohn genug zu sein für das, was seine Wirtin und er auf sich genommen hatten. Er allein hätte sich niemals ausreichend um Felix kümmern können, sein Beruf ließ das nicht zu. Aber wenn die Witwe Gerritsen den Jungen bemutterte, wußte er ihn in guten Händen. Das und seine Reputation als Amtsinspektor sollten genügen, um die Waisenmeister, denen die Oberaufsicht über alle Waisenkinder Amsterdams oblag, zur Zustimmung zu bewegen.

»Wie bist du an das Buch und die Karte gekommen, Felix?«

»Als der Schulmeister im Waisenhaus mich wieder geschlagen hat, gestern nachmittag, weil ich im Unterricht aus dem Fenster geschaut hab, da bin ich weggelaufen. Ich wollte zu

Euch, hab mich aber nicht getraut. Ihr hattet mir doch verboten wegzulaufen.«

»Allerdings«, sagte Katoen und lächelte. »Aber wie mir scheint, genieße ich bei Amsterdams Gesetzesbrechern größere Autorität als bei den Waisen dieser Stadt. Erzähl weiter, was hast du dann getan?«

»Ich hab das Haus beobachtet.«

»Welches Haus?«

»Dieses.«

»Warum?«

Felix wackelte unentschieden mit dem Kopf. »Ich weiß nicht. Ich wollte warten, auf eine gute Gelegenheit.«

»Um mit mir zu reden, ohne daß ich böse werde?«

»Ja.«

»Aber das hast du nicht getan. Warum nicht?«

»Es gab keine gute Gelegenheit.«

»Das ist ein guter Grund«, gab Katoen zu, während er seine Pfeife von der Ablage nahm und mit den Überresten seines Vorrats an Virginia-Tabak stopfte. »Wie lange hast du hier gewartet?«

»Bis Ihr zur Gravenstraat gegangen seid. Da bin ich Euch hinterher. Ich dachte, unterwegs gibt's vielleicht eine Gelegenheit.«

»Aber die gab es nicht, wie?« fragte Katoen und entzündete die Pfeife mittels Schlageisen, Feuerstein und Zunderbüchse.

»Nein, Ihr seid ja dann zurück nach hier, bis Ihr abends wieder los seid.«

»Und du hast dich die ganze Zeit über draußen auf dem Botermarkt herumgetrieben?«

»Ja.«

»Alle Achtung, und das bei dem Wetter. Ausdauer hast du!« Katoen lehnte sich zurück, streckte die Beine weit von sich und gab sich ein paar Pfeifenzüge lang dem Genuß des würzigen

Tabaks hin, bevor er sagte: »Ich nehme an, du bist mir wiederum gefolgt, als ich in der Stunde vor Mitternacht das Haus verlassen habe.«

»Ja, das bin ich.«

»Darin mußt du wirklich geschickt sein. Ich habe nichts von alldem bemerkt.«

»Der Nebel hat mir geholfen, mich zu verstecken, und außerdem bin ich leise.«

»Bis wohin bist du mir gefolgt?«

»Bis in das Lagerhaus am Hafen.«

Jetzt war Katoen doch erstaunt. »Wie bist du aus der Stadt herausgekommen?«

»Durch das Stadttor, genau wie Ihr. Als die Wachen das Tor geschlossen hatten, war ich längst durchgeschlüpft.«

»Wenn das nicht gegen die Wachen spricht, dann spricht es für deine Fähigkeiten. Und wie war das mit dem Lagerhaus, bist du da auch schnell durch die Tür geschlüpft?«

»Nein, das ging nicht, die Männer haben sie zu schnell zugemacht. Aber ich hab ein loses Brett entdeckt. Ich mußte die Lücke nur ein wenig erweitern, und dann konnte ich rein.«

Was Felix da erzählte, mochte für einen ahnungslosen Zuhörer unglaublich klingen, aber Katoen zweifelte keinen Augenblick an seinen Worten. Er hatte sich schon in jener Nacht, in der er dem Jungen zum ersten Mal begegnet war, von dessen außergewöhnlichen Fähigkeiten überzeugen können. Nicht ohne Grund hatte Dircks ihn »Schlangenkind« genannt. Kein Wunder, daß es ihm innerhalb der kurzen Zeit schon zweimal gelungen war, aus dem Waisenhaus zu entwischen.

»Wie lange bist du mir danach noch gefolgt?« fragte Katoen.

»Gar nicht mehr. Ich bin in dem Lagerhaus geblieben.«

»Auch nachdem ich gegangen war?«

»Ja.«

»Aber warum?«

»Ich wollte Euch helfen. Ich dachte, die Männer reden was, wenn Ihr fort seid. Was, das Euch weiterbringt. Ich wollte doch …« Felix schluckte und senkte den Blick.

»Ja, was?«

Leise fuhr Felix fort: »Ich wollte Euch zeigen, daß ich zu was nütze bin, damit ich bei Euch bleiben kann.«

Katoen warf einen Blick auf den Lederbeutel, den Felix mitgebracht hatte. »Du bist sogar mehr als nützlich, möchte ich sagen. Aber wie bist du an den Beutel herangekommen?«

»Als Ihr weg wart, haben die Männer sich unterhalten. Über das Buch und die Karte, nach denen Ihr gefragt hattet. Sie haben gelacht und gesagt, daß beides doch vor Eurer Nase gewesen ist. Und der ohne Nasenspitze hat dabei auf diesen Beutel gezeigt.«

»Wo hat der gestanden?«

»Hinter dem Mann mit der Maske. Solange der an seinem Platz saß, konnte man den Beutel nicht sehen.«

Ob er wollte oder nicht, Katoen ärgerte sich darüber, daß die Kartenschnapper Buch und Karte doch dabeigehabt hatten. Hätten sie die Sachen herausgerückt, wenn er stärker darauf gedrängt hätte? Oder hatten sie ein Angebot erwartet, das über die zwölftausend Gulden hinausging? Er wußte es nicht und schluckte seinen Ärger herunter. Dank Felix war er jetzt im Besitz beider Sachen, ohne etwas dafür bezahlt zu haben.

»Wie hast du den Beutel an dich gebracht, Felix? Noch im Lagerhaus?«

»Nein, die Männer haben das Haus kurz nach Euch verlassen, mit einem großen Ruderboot«, sagte der Junge und bestätigte damit Katoens Vermutung. »Ich bin auch rauf auf das Boot und hab mich unter der Persenning versteckt. Die Männer sind außerhalb der Stadt an Land gegangen und haben in einem alten Bauernhaus übernachtet. Da wollten sie warten, bis am Morgen die Stadttore geöffnet werden. Als sie schliefen, hab ich mir den Beutel geholt und bin zurück zur Stadt.«

»Hatten die Kartenschnapper keinen Wachposten aufgestellt?«

»Doch, aber dem sind so oft die Augen zugefallen, daß er mich nicht bemerkt hat.«

Felix grinste. Offensichtlich hatte ihm das nächtliche Abenteuer, so unbequem und gefährlich es auch gewesen sein mochte, Spaß gemacht.

»Du warst sehr mutig, aber auch sehr leichtsinnig«, sagte Katoen. »Wenn die Kartenschnapper dich erwischt hätten, wärst du jetzt wohl nicht mehr am Leben.« Und obwohl er die Antwort ahnte, fragte er: »Warum hast du das alles auf dich genommen?«

»Für Euch.«

So knapp die Antwort auch ausfiel, so sehr berührte sie Katoen. Einige Minuten rauchte er schweigend seine Pfeife und dachte über Felix nach. Das Vertrauen, das der Junge in ihn setzte, freute ihn, aber es bedeutete auch eine Last. Zum ersten Mal in seinem Leben als erwachsener Mann fühlte er sich für einen anderen Menschen verantwortlich, und er fragte sich, ob er das wollte oder ob Felix zu viel von ihm erwartete.

Und da war noch etwas: Was Felix vollbracht hatte, erfüllte ihn mit Stolz. Kaum ein Erwachsener hätte das vermocht. Natürlich war ihm seine ungewöhnliche Fähigkeit, sich schlangengleich durch engste Lücken zu winden, dabei von Nutzen gewesen, aber das allein hätte nicht ausgereicht. Felix hatte Mut bewiesen, nicht kopflose Tollkühnheit, nein, er war sehr überlegt vorgegangen. Katoen war tatsächlich stolz auf ihn, als wäre er sein eigen Fleisch und Blut.

»Du warst mir eine große Hilfe«, lobte er den Jungen, »eine sehr große. Ohne dich wüßte ich nicht einmal mit Sicherheit, ob das Buch und die Karte existieren, geschweige denn, ob die

Kartenschnapper sie hatten. Ich danke dir!« Als Felix' Augen glücklich aufleuchteten, fügte Katoen halb scherzhaft hinzu: »Jetzt müßte ich noch den Namen des Mannes wissen, der sich unter der Maske versteckt hat. Du hast ihn nicht vielleicht gehört?«

»Nein, leider nicht, Mijnheer Katoen.«

»Sag Jeremias und du zu mir, das geht schneller.«

»Ja, Jeremias. Den Namen des Anführers hat wirklich keiner genannt, auch nicht in dem Bauernhaus, obwohl er dort seine Maske abgenommen hat.«

Vielleicht lag es an der Müdigkeit, die noch immer in ihm steckte, jedenfalls brauchte Katoen ein paar Sekunden, um die letzte Bemerkung des Jungen aufzunehmen. Er ließ die Hand mit der Pfeife sinken und starrte Felix an.

»Du hast das Gesicht des Anführers gesehen?«

»Das hab ich«, antwortete Felix vollkommen ruhig, als hätte er nicht die leiseste Ahnung, was das für Katoen bedeutete.

Katoen sprang von seinem Stuhl auf und kniete sich vor den Sessel, in dem Felix ein wenig verloren aussah. »Beschreib mir den Mann, Felix, in allen Einzelheiten!«

Kapitel 23

Enthüllungen

Es ging bereits auf Mittag zu, als Katoen in die Gravenstraat kam und zu Joan Blaeu geführt wurde, der ihn voller Ungeduld erwartete. Als er mit Blaeu und Barent Vestens allein war, machte der Kartenmacher seinem Ärger Luft.

»Den ganzen Morgen warte ich schon auf Euch, Katoen! Was fällt Euch ein, erst jetzt hier zu erscheinen? Ihr haltet die ganze Angelegenheit wohl für nicht sonderlich wichtig?«

»Es gibt noch andere wichtige Angelegenheiten, um die ich mich zu kümmern habe«, erwiderte Katoen kühl. »Aber das heißt nicht, daß ich Eure Sache vernachlässigt habe. Sonst hätte ich nicht mein Leben dafür aufs Spiel gesetzt, und das habe ich getan, als ich mich bei Nacht und Nebel draußen bei den Landungsbrücken mit den Kartenschnappern traf.«

»Ihr wart bei ihnen, wirklich?« fragte Blaeu, und seine Wut schien augenblicklich verraucht zu sein. »Habt Ihr mit ihnen gesprochen?«

»Ja«, sagte Katoen nur. Er hatte nicht vor, es Blaeu leichtzumachen.

»Und die gestohlenen Karten, habt Ihr die?«

Katoen stellte die Ledertasche mit den Karten auf den großen Tisch, der das Privatkontor des Kartenmachers beherrschte. »Hier sind sie. Schaut nach, ob sie vollständig sind.«

Blaeu und Vestens holten die Karten aus dem Beutel und sahen sich eine nach der anderen an. Sie wollten sich nichts anmerken lassen, aber Katoen entging nicht, daß sie unzufrieden waren und beunruhigt. Sich ahnungslos stellend, betrachtete er ein großes Ölbild, das Blaeus Vater Willem als Mann mittleren Alters im Kreise seiner Familie zeigte. Die Rechte von Willem Blaeu streichelte den Kopf eines der Jungen, und Katoen fragte sich, ob das Joan oder Cornelis war, vermochte es aber nicht zu sagen. Die Zeitläufte eines langen Lebens hatten Joan Blaeus Gesicht geformt, und jetzt, im Alter, hatte er mehr Ähnlichkeit mit seinem Vater als mit einem der beiden Jungen auf dem Bild.

Erst als Blaeu sich vernehmlich räusperte, drehte Katoen sich zu den beiden um. Die zusammengerollten Karten, die er ihnen zurückgebracht hatte, lagen fein säuberlich nebeneinander auf dem Tisch.

»Ich danke Euch für Eure Bemühungen, Mijnheer Katoen«, sagte der Kartenmacher feierlich. »Ich werde Euch eine Anweisung an meine Bank mitgeben, Euch die Belohnung auszuzahlen.«

»Dann seid Ihr also zufrieden? Sind alle gestohlenen Karten wieder da?«

»Ja«, sagte Blaeu nur und senkte den Blick, als Katoen ihm unverwandt in die Augen sah.

»Sonst vermißt Ihr nichts?«

»Ich wüßte nicht, was.«

»Vielleicht ein Buch, ein altes Manuskript?«

Blaeu, offensichtlich unangenehm berührt, atmete schwer. »Warum fangt Ihr schon wieder davon an?«

Vestens sprang seinem Brotherrn und väterlichen Freund bei und bedachte Katoen mit einem vorwurfsvollen Blick.

»Joan hat Euch doch bereits gesagt, daß er nichts von diesem Kreuzfahrer-Manuskript weiß.«

»Einen Kreuzfahrer habe ich jetzt gar nicht erwähnt«, stellte Katoen fest. »Wie kommt Ihr also darauf?«

»Das liegt doch nahe, nachdem Ihr Joan schon einmal auf dieses obskure Manuskript angesprochen habt.«

»So obskur ist das Manuskript gar nicht. Im Gegenteil, möchte ich behaupten, es ist sogar sehr konkret.« Während er sprach, holte Katoen den Beutel hervor, den er bisher unter seinem Umhang verborgen gehalten hatte, und legte ihn auf den Tisch. Unter den verwunderten Blicken der beiden anderen öffnete er ihn und nahm zuerst die Seekarte der Tulpenküste und anschließend das ledergebundene Manuskript heraus. Er entrollte die Karte und sagte: »Diese Karte, die einen Küstenabschnitt des Osmanischen Reiches zeigt, trägt den Schriftzug Eures Vaters, Mijnheer Blaeu, wie Ihr hier seht. Und hier«, Katoen zeigte auf das Gebiet gegenüber der Insel Rhodos, »ist eine Landzunge eingezeichnet, die den Namen ›Tulpenküste‹ trägt. Ich nehme an, Euer Vater hat diese Karte nach den Aufzeichnungen des Kreuzfahrers Guillaume de Vailly angefertigt.«

»Wer soll das sein?« fragte Vestens barsch.

Katoen rollte die Karte wieder zusammen und legte eine Hand auf das Buch. »Der Verfasser dieses Manuskripts, von dem hier angeblich niemand je gehört hat. Stammt denn auch die Karte nicht von hier, obwohl Willem Blaeu sie signiert hat?«

»Woher habt Ihr das Buch und die Karte?« fragte Blaeu, vergebens darum bemüht, seiner Stimme Festigkeit zu verleihen.

»Ebenfalls von den Kartenschnappern«, antwortete Katoen. »Allerdings haben sie diese beiden Dinge nicht ganz so freiwillig herausgegeben wie die übrigen Karten.« Er trat auf den alten Kartenmacher zu und sah ihn herausfordernd an. »Mijnheer Blaeu, Ihr seid einer der verdientesten Bürger Amsterdams, Mitglied des Magistrats, und Eure Ehrbarkeit wird weit über die Grenzen der Niederlande hinaus gerühmt. Wollt Ihr mir nicht endlich, was das Manuskript und diese Seekarte betrifft, die Wahrheit sagen?«

Blaeu, dessen Gesicht plötzlich fahl wirkte, ging langsam zwei Schritte rückwärts und ließ sich auf einen Stuhl sinken. »Ihr wißt ja schon alles«, sagte er leise.

»Dann stimmt es also, daß die Kartenschnapper Euch die Aufzeichnungen des Kreuzfahrers und die Karte der Tulpenküste entwendet haben?«

»Ja. Ich habe beides zusammen mit den übrigen Karten da auf dem Tisch in einem geheimen Versteck aufbewahrt. Es sind die wertvollsten Karten, die ich besitze. Und das Manuskript, nun, es hat seine eigene Geschichte.«

»Nach diesen Aufzeichnungen hat Euer Vater die Seekarte angefertigt, und die wiederum hat es der Ostindischen Kompanie ermöglicht, die *Admiraal van der Haghen* auf ihre geheime Expedition zu schicken.«

Blaeu sah Katoen erstaunt an. »Davon wißt Ihr auch? Woher?«

»Das möchte ich lieber für mich behalten. Mich interessiert viel mehr, was mit der speziellen Fracht geschehen ist, die die *Admiraal van der Haghen* nach Amsterdam gebracht hat.«

»Das weiß ich nicht.«

»Wollt Ihr mich schon wieder anlügen, Mijnheer Blaeu?«

»Ich weiß es wirklich nicht. Vielleicht hat mein Vater es gewußt, aber wenn es so war, dann hat er sein Wissen mit ins Grab genommen. Ich selbst bin mit der ganzen Geschichte nur in groben Zügen vertraut. Als die *Admiraal van der Haghen* nach Amsterdam zurückkehrte, war so einiges geschehen. Der Zusammenbruch des Tulpenmarktes hatte viele der vormals reichen Kaufleute ins Unglück gestürzt, und von Tulpen wollte niemand mehr so recht etwas wissen. Vielleicht wurde jener Teil der Schiffsladung, auf den Ihr anspielt, damals vernichtet. Ich habe keine Ahnung.«

Katoen konnte sich schwerlich vorstellen, daß die erbeuteten Tulpenzwiebeln vernichtet worden waren, nachdem man zuvor einen solchen Aufwand getrieben hatte, um in ihren Besitz zu gelangen. Immerhin lag es im Bereich des Möglichen. Dagegen sprach jedoch, daß der Tulpenmörder offenkundig im Besitz mindestens eines Exemplars jener Tulpe war, die Anna und ihr Ziehvater so klangvoll die Tulpe des Bösen nannten.

Der Kartenmacher saß zusammengesunken auf seinem Stuhl. Der Stolz und die Kraft, die zuvor von ihm ausgegangen waren, fehlten ihm mit einem Mal völlig. Katoen hatte nicht den Eindruck, daß Joan Blaeu in seiner gegenwärtigen Verfassung in der Lage war, großartige Lügengeschichten zu spinnen. Aber er nahm sich vor, ihn nicht zu unterschätzen. Er war ein sehr erfolgreicher Mann und hatte mit Sicherheit schon viele schwierige Situationen meistern müssen. Vielleicht hatte er auch gelernt, sich so gut zu verstellen, daß aus dem erfolgreichen Geschäftsmann in den Augen Außenstehender ein bemitleidenswerter alter Mann wurde. Und da, dachte Katoen, schließt sich gleich die nächste Frage an.

»Wenn diese ganze Geschichte so weit zurückliegt und Ihr in die Einzelheiten nicht eingeweiht seid, wie Ihr sagt, wieso seid Ihr dann so betroffen, Mijnheer Blaeu? Ich habe den Eindruck, das Manuskript und die Karte der Tulpenküste sind Euch weitaus wichtiger als die anderen, angeblich so wertvollen Karten.«

»Nicht nur angeblich«, meldete Vestens sich zu Wort. »Sie sind es wirklich.«

Katoen beachtete ihn nicht weiter und richtete seinen fragenden Blick wieder auf den Kartenmacher.

Der schien sich überwinden zu müssen, bevor er schließlich in schleppendem Ton zu sprechen begann: »Ich hatte die Tulpenküste und die Expedition der *Admiraal van der Haghen* wirklich fast vergessen, war ich doch damals, wie gesagt, nicht in die Sache eingebunden. Es war die Angelegenheit meines Vaters, und er hat nie darüber gesprochen. Für mich war das eine abgeschlossene Sache, viele Jahrzehnte lang, bis vor kurzem.« Er stieß einen tiefen Seufzer aus und schüttelte sein Haupt mit dem schütteren Haar, als könne er nicht glauben, was sich ereignet hatte.

»Was ist vor kurzem geschehen?« faßte Katoen nach.

»Einer meiner Söhne, eine Schwiegertochter und eine meiner Nichten, sie ...« Blaeu schüttelte sich förmlich, als er an das dachte, was zu erzählen er im Begriff war.

»Ja?«

»Sie sind überfallen worden, hier in Amsterdam, am hellichten Tag. Überfallen und verschleppt.«

Ungläubig sah Katoen ihn an. »Davon weiß ich gar nichts.«

»Wir haben es nicht angezeigt.«

»Warum nicht?«

»Sie sind wieder freigelassen worden«, erklärte Blaeu. »Es war nur eine Warnung. So stand es in dem Brief, den ich erhielt, als meine Lieben sich in der Gewalt der Entführer befanden. Der unbekannte Absender des Briefes hat mir damit gedroht, sich jederzeit und überall an meiner Familie zu vergreifen, ohne daß die Behörden oder sonstwer etwas dagegen unternehmen könnten. Anfangs habe ich das für einen üblen Scherz gehalten, aber als erst mein Sohn und dann die anderen beiden heimkehrten und von ihrer Verschleppung berichteten, wurde ich eines Besseren belehrt.«

»Und Ihr habt beschlossen, Euch nicht an die Behörden zu wenden«, stellte Katoen vorwurfsvoll fest.

»Die können meine Familie nicht schützen, niemand kann das. Die Entführer haben bewiesen, zu was sie imstande sind. Wer so etwas tut, der ist zu allem fähig. Zu allem!«

»Wir hätten Wachen für Euer Haus und Eure Familie abstellen können.«

»Rund um die Uhr, auf Schritt und Tritt, für den Rest des Lebens? Wohl kaum. Außerdem hat mir die vorletzte Nacht gezeigt, daß man sich nicht auf den Schutz Eurer Männer verlassen kann. Obwohl Ihr damit gerechnet habt, daß der Tulpenmörder erneut zuschlägt, konntet Ihr nicht verhindern, daß Paulus van Rosven ebenso ermordet wurde wie sein Vater.«

Das war ein Treffer mitten ins Herz, und Katoen konnte sich nicht dagegen wehren. Sicher, wenn es nach ihm gegangen wäre, hätte die Zusammenkunft der »Verehrer der Tulpe« am Montagabend nicht stattgefunden, aber das sprach ihn nicht von dem Vorwurf frei, versagt zu haben. Seine Aufgabe war es gewesen, für die Sicherheit der Tulpenfreunde zu sorgen, und er hatte sie nicht erfüllt. Blaeu hat ja recht, dachte Katoen bitter. Er konnte es dem Kartenmacher nicht verdenken, daß er sich nicht auf den Schutz der Behörden verlassen wollte.

»Was haben die Entführer von Euch verlangt?« setzte er die Befragung fort. »Die Unterlagen über die Tulpenküste, das Buch und die Karte?«

Blaeu nickte. »Ihr vermutet richtig, Mijnheer Katoen.«

»Ich vermute weiterhin, daß die Kartenschnapper dazwischengekommen sind.«

»Sie waren schon dazwischengekommen. In der Nacht zuvor hatte sich der Einbruch in mein Haus ereignet. Diese verkommene Bande! Daß die Kartenschnapper ausgerechnet mein Geheimversteck gefunden und geplündert haben … So ein schrecklicher Zufall!«

»Da irrt Ihr Euch, das war kein Zufall. Die Kartenschnapper kannten sich hier gut aus und haben genau das gefunden, was sie suchten: Eure wertvollsten Karten. Daß die Karte der Tulpenküste und das Manuskript des Guillaume de Vailly so unschätzbar viel wert sind, haben sie freilich auch erst am Tag nach dem Einbruch erfahren.«

»Wie das?«

»Sie haben hier bei Euch einen Spion. Deshalb kannten sie sich so gut hier aus, und daher haben sie dann auch erfahren, daß die Entführer Eurer Angehörigen sich brennend für die Tulpenküste interessieren. Das wird der Grund dafür sein, daß sie mir die Seekarte und das Buch nicht freiwillig ausgehändigt haben.«

Blaeu schüttelte heftig den Kopf »Nein, nein, das kann nicht sein! Der einzige, der außer meiner Familie von den Entführungen wußte, ist mein Freund Barent hier.«

»Und?« fragte Katoen. »Das genügt doch.«

Unsicher wanderte Blaeus Blick von Katoen zu Barent Vestens und zurück. »Aber, Katoen, Ihr wollt doch nicht andeuten, daß Barent …«

»Wer sonst? Er genießt Euer Vertrauen, und er kannte das Geheimversteck. Er wußte um die Entführungen und somit, daß es jemanden gibt, dem die Unterlagen über die Tulpenküste sehr viel wert sind. Also hat er beschlossen, sie auf eigene Faust zu verkaufen. Daß er dabei Eure Familie in Gefahr bringt, in Todesgefahr wahrscheinlich, hat ihn offenbar nicht gestört.«

Der Hauptkontorist blieb angesichts dieser Anschuldigungen erstaunlich ruhig. Mit verschränkten Armen stand er da, starr wie eine Statue, und hörte sich an, was Katoen zu sagen hatte. Hin und wieder zuckte ein Muskel in seinem bärtigen Gesicht, ohne daß erkennbar gewesen wäre, ob das ein Zeichen von Wut oder von Amüsement war.

»Ihr verfügt über eine ausschweifende Phantasie, Mijnheer Katoen«, sagte er ungerührt. »Gewiß könntet Ihr viel Geld verdienen, wenn Ihr den Schiffskapitänen helfen würdet, ihre Reiseerlebnisse zu Papier zu bringen. Die Reisen sind ja nicht immer so aufregend, wie sie oft dargestellt werden, aber Euch fällt, denke ich, schon etwas Spannendes ein.«

»Ihr überschätzt mich, Vestens. Für das, was ich eben gesagt habe, mußte ich keine Phantasie aufbringen, denn es ist die schlichte Wahrheit.«

Ein spöttischer Ausdruck schlich sich auf Vestens' Antlitz. »Ihr seid ein Angeber, der mehr verspricht, als er halten kann, Katoen. Euer erstes Treffen mit den Kartenschnappern ist gescheitert, und Ihr seid unfähig, den Tulpenmörder zu fassen. Eine Unfähigkeit, die Paulus van Rosven das Leben gekostet hat, von dem Büttel, der dabei umgekommen ist, ganz zu schweigen. Ihr habt einen Erfolg dringend nötig, und um Eure Unfähigkeit zu kaschieren und weil Euch nichts Besseres einfällt, beschuldigt Ihr mich.«

Zweifelnd sah Blaeu zu Katoen. »Ist es so, wie Barent sagt?«

»Nein, er lügt. Er belügt Euch schon eine ganze Weile. Weshalb, das wird er Euch besser sagen können. Ich für meinen Teil bin mir sicher, daß er nicht nur der Spion der Kartenschnapper ist, sondern ihr Anführer.«

»Jetzt schnappt Ihr vollends über, Katoen«, brauste Vestens auf; mit seiner Ruhe schien es vorbei zu sein. »Wollt Ihr behaupten, Ihr hättet mich gestern bei den Kartenschnappern gesehen?«

»Euer Gesicht war durch eine Maske verhüllt, aber Ihr wart dort.«

»Das wißt Ihr also, obwohl Ihr mich nicht erkannt habt! Woran seht Ihr das denn, vielleicht an meiner Statur?«

»Nein, die wurde durch einen Umhang verhüllt. Trotzdem hatte ich den Eindruck, daß der Anführer ein großer, kräftiger Mann ist, und das trifft zweifellos auf Euch zu.«

»Wie auf viele tausend andere Männer allein hier in Amsterdam«, erwiderte Vestens und lachte rauh. »Mehr habt Ihr nicht? Vielleicht erkennt Ihr meine Stimme wieder?«

»Nein, der maskierte Anführer hat sich in meiner Gegenwart nur durch Zeichen verständigt.«

»Na, das wird ja immer schöner! Ein stummer, maskierter Mann! Und da wollt Ihr mich erkannt haben? Seid Ihr ein Hellseher oder so etwas?«

Blaeu wirkte reichlich verwirrt, und sein fragender Blick pendelte zwischen seinem Hauptkontoristen und Katoen.

»Ich muß auch sagen, daß ich Euch nicht verstehe, Katoen. Wie kann man so schwere Anschuldigungen gegen jemanden erheben und dann nichts in der Hand haben? Kein Gericht der Welt würde Barent daraufhin schuldig sprechen. Ihr selbst seid Euer einziger Zeuge, noch dazu ein beklagenswert schlechter.«

»Irrtum«, sagte Katoen. »Ich habe noch einen Zeugen, und der hat gesehen, wie der Anführer der Kartenschnapper seine Maske abgenommen hat. Das Gesicht darunter war Eures, Vestens!«

Die Überheblichkeit wich aus Vestens' Miene, und erste Zweifel schlichen sich ein. »So? Wer ist denn Euer angeblicher Zeuge?«

»Derselbe, der in dem Bauernhaus, in dem Ihr Euch für die Nacht versteckt hattet, die Karte der Tulpenküste und den Bericht des Kreuzfahrers an sich genommen hat. Er wird vor Gericht aussagen, daß er Euch erkannt hat.«

Wohlweislich verschwieg Katoen, daß sein Zeuge ein Waisenjunge war, noch dazu einer, der Barent Vestens nie zuvor gesehen hatte. Aber er hegte keinen Zweifel daran, daß Vestens der kräftige Mann mit dem rotblonden Bart war, den Felix ihm am Morgen beschrieben hatte. Bei einer Gegenüberstellung würde der Junge ihn mit Sicherheit wiedererkennen.

Aber er wollte Felix, so es irgend ging, aus der Sache heraushalten und hoffte deshalb, daß er Vestens aus der Reserve locken konnte.

Blaeu starrte Vestens ungläubig an; er schien sich noch immer gegen den Gedanken zu sträuben, daß Katoen recht hatte. »Das ist doch alles nicht wahr, Barent, oder? Sagt doch etwas dazu!«

Vestens nahm die noch immer verschränkten Arme herunter und stützte sich auf die Lehne eines schweren Stuhls. »Was soll ich dazu sagen außer …«

Ruckartig hob er den Stuhl hoch und warf ihn nach Katoen. Der konnte sich im letzten Augenblick bücken. Der Stuhl streifte nur seine Wange und prallte hinter ihm gegen die Wand, wo das Holz krachend zersplitterte.

Vestens wollte aus dem Kontor fliehen, aber noch bevor er die Tür erreicht hatte, war Katoen mit einem langen Satz bei ihm und riß ihn zu Boden. Sie rangen miteinander, und Vestens erwies sich als durchaus ebenbürtiger Gegner. Während der vielen Jahre, die er als Kontorist gearbeitet hatte, waren seine Muskeln offensichtlich nicht verkümmert. Die beiden Männer rollten, ineinander verkrallt, über den gefliesten Boden, einmal gewann der eine die Oberhand, dann der andere.

In einer Ecke gelang es Vestens, sich auf Katoen zu setzen. Seine großen Hände legten sich um Katoens Hals, um ihm die Luft abzudrücken. Katoens Kehle schmerzte, und das Atmen fiel ihm schwer. Da erinnerte er sich an etwas, das er bei Robbert Cors gelernt hatte. Von einem Augenblick auf den anderen stellte er jede Gegenwehr ein. Jegliche Anspannung wich aus seinem Körper, als sei er bereits tot.

Tatsächlich reagierte Vestens wie erhofft und nahm für den Moment, den er benötigte, um sich über die neue Lage Klarheit zu verschaffen, den Druck von seinem Gegner. Dieser

Augenblick genügte Katoen, um seine Muskeln erneut anzuspannen und Vestens von sich zu schleudern. Der Kontorist rollte durch den halben Raum, bis ein kunstvoll geschnitztes Tischbein ihn aufhielt.

Katoen brauchte ein paar Sekunden, um wieder zu Atem zu kommen. Noch schmerzte das Luftholen, aber das würde bald vorübergehen. Während vor seinen Augen noch schwarze Flecke tanzten, sah er, wie Vestens sich an dem Tisch hochzog. Er wartete ab, was der Kontorist vorhatte. Wenn er den Raum verlassen wollte, mußte er erneut versuchen, an Katoen vorbeizukommen. Der wollte es nicht auf eine neuerliche Kraftprobe ankommen lassen und tastete nach seinem Dolch.

Vestens aber drehte sich um und lief auf die beiden großen Fenster zu. Schützend hob er die Arme vors Gesicht und sprang durch eines der Fenster. Das Klirren des zersplitternden Glases hallte ebenso laut in Katoens Ohren wie zuvor das Krachen des zerbrechenden Stuhls.

Vorbei an Joan Blaeu, der am Tisch saß und den Zweikampf entgeistert verfolgt hatte, ging er ohne Hast hinüber zu den Fenstern, hinter denen sich die Mauern der Nieuwe Kerk erhoben. Draußen kniete, blutüberströmt, Barent Vestens, flankiert und festgehalten von den beiden Männern, die Katoen dort postiert hatte: Jan Dekkert und Henk Bogaert.

»Ist er schwer verletzt?« rief Katoen nach draußen.

»Es sieht wohl schlimmer aus, als es ist«, antwortete Dekkert. »Ein paar Schnittwunden, die ordentlich bluten.«

»Dann bringt ihn wieder herein. Unsere Unterhaltung ist noch nicht beendet.«

Als die Büttel kurz darauf Vestens zurück ins Kontor brachten, hatten sie seine Hände mit eisernen Fesseln aneinandergekettet. Das Gesicht des Hauptkontoristen war unversehrt geblieben, aber Arme und Brust wiesen ein paar übel blutende Schnittverletzungen auf. Die Wunden verursachten ihm gehörige Schmerzen; Katoen sah, wie er die Zähne zusammenbiß.

»Vielleicht sollte sich das lieber ein Arzt ansehen«, meinte Dekkert.

»Das hat Zeit«, sagte Katoen und wandte sich an den Verletzten. »Nehmt doch Platz, Mijnheer Vestens. Das war alles ein wenig anstrengend, nicht wahr?«

Die Büttel verstanden den Hinweis und bugsierten ihren Gefangenen auf den letzten freien Stuhl. Dann bezog Dekkert Posten vor der Tür, während Bogaert sich vor die Fenster stellte.

Endlich löste Blaeu sich aus der Starre, die ihn befallen hatte, und sah Vestens kopfschüttelnd an. »Mein Herz will nicht glauben, was mein Verstand mir sagt, aber es ist wohl so. Warum, Barent, warum? Habe ich dich nicht immer wie meinen eigenen Sohn behandelt?«

»Redet Euch das nur ein!« brach es aus Vestens hervor. »Am Anfang mag es vielleicht so gewesen sein, und einmal habt Ihr sogar gesagt, ich sei wie ein Sohn für Euch, aber als Eure leiblichen Söhne heranwuchsen, war davon nicht mehr die Rede. Ich habe mich für Euch krummgelegt und habe meinen Teil dazu beigetragen, daß Euer Geschäft wuchs und Ihr die neue Werkstatt hier in der Gravenstraat einrichten konntet. Aber in Eure Familie habt Ihr mich nicht aufgenommen, mich nie Euren Sohn genannt, und nie habt Ihr mir meine Arbeit gedankt!«

»Das stimmt nicht, Barent. Ich habe mich immer um dich gekümmert, habe dich ins Kontor geholt, als sich herausstellte, daß die Arbeit als Kartenstecher nichts für dich ist. Ich habe für dich mehr getan als für jeden anderen meiner Angestellten, und nicht zuletzt habe ich dich auch weitaus besser bezahlt.«

»Trotzdem bin ich immer genau das geblieben, ein Angestellter. Hätte man mich entführt, hättet Ihr bestimmt nicht

Himmel und Hölle in Bewegung gesetzt, um mich zu beschützen!«

Während Vestens all die Anschuldigungen hervorbrachte, die sich über viele Jahre hinweg in ihm aufgestaut hatten, tropfte unaufhörlich sein Blut auf die hellen Fliesen. Niemand störte sich daran, am wenigsten Joan Blaeu. Mit wachsender Fassungslosigkeit starrte er seinen Hauptkontoristen an, ganz so, als sähe er ihn zum ersten Mal richtig.

Schließlich ergriff Katoen das Wort: »Ihr habt also beschlossen, Euch das, was Euch Eurer Auffassung nach zusteht, selbst zu holen, und zwar mit Hilfe der Kartenschnapper.«

Vestens grinste unvermittelt. »Ja, das war einfacher, als ich dachte. Ich mußte mich nur ein paar Abende im Labyrinth herumtreiben, und schon bin ich mit denen in Verbindung gekommen. Ich habe schnell festgestellt, daß mit den einst so gefürchteten Kartenschnappern nicht mehr viel los war. Ihr letzter Anführer hatte sich abgesetzt, weil er genug Beute gemacht hatte, und die Reste seiner Bande waren in der Auflösung begriffen. Da habe ich die Sache in die Hand genommen und sie wieder zusammengebracht. Hier im Kontor habe ich schließlich gelernt, wie man ein Geschäft führt.«

Jetzt verstand Katoen, warum vor dem Einbruch bei Blaeu von den Kartenschnappern lange Zeit so wenig zu hören gewesen war.

»Was ist mit den Leuten, die Blaeus Angehörige entführt haben?« fragte er.

»Was soll mit ihnen sein?« erwiderte Vestens.

»Was wißt Ihr über sie?«

»Sie sind gefährlich, sonst nichts.«

»Ihr habt noch keine Verbindung zu ihnen aufgenommen, um ihnen die Karte der Tulpenküste und das Manuskript des Kreuzfahrers anzubieten?«

»Das wäre noch gekommen, morgen.«

»Wieso morgen?«

Vestens grinste erneut, und diesmal zog sich sein Grinsen über das ganze Gesicht. »Weil unser vertrauensseliger Freund Joan mich morgen als seinen Verbindungsmann zu ihnen schikken wollte.«

Kapitel 24

Das Versprechen

Nachdem ein von Henk Bogaert herbeigeholter Arzt Barent Vestens' Wunden versorgt hatte, schafften sie den Gefangenen ins Rathaus und sperrten ihn im Keller ein. Der Tumult in Joan Blaeus Privatkontor sorgte für einige Aufregung in der Gravenstraat, und Katoen bat den Kartenmacher, seinen Angestellten und Nachbarn gegenüber Stillschweigen zu bewahren. Blaeu versprach es, wirkte dabei aber seltsam geistesabwesend. Die Aufregungen der vergangenen Tage waren wohl zu viel für ihn gewesen; auf Katoen machte er den Eindruck eines gebrochenen Mannes. Er widersprach auch nicht, als Katoen die Karte der Tulpenküste und das alte Manuskript wieder in Verwahrung nahm. Er bat den Amtsinspektor nur nachdrücklich, er möge sich um die Unbekannten kümmern, die Blaeus Familie bedrohten. Vermutlich traute er den Behörden, was den Schutz seiner Familie betraf, nach wie vor wenig zu, aber nach der erlittenen Enttäuschung brachte er schlicht nicht mehr die Kraft auf, selbst etwas zu unternehmen.

Nach einem schnellen Mittagsmahl, das er in einer Garküche am Dam einnahm, besuchte Katoen den neuen Gefangenen in seiner Zelle. An eine der Wände gekettet, hockte

Vestens auf der schmalen Pritsche, die als Schlafstätte und Sitzgelegenheit zugleich diente. Auf dem Boden neben ihm lag ein Stück Schwarzbrot neben einer Holzschale. Der wenig appetitlich anzusehende Brei in der Schale war nicht angerührt worden; der Holzlöffel stand fast aufrecht darin wie ein Soldat auf Wache.

»Habt Ihr keinen Hunger, Mijnheer?« fragte Katoen spöttisch. »Nun ja, vielleicht ginge es mir an Eurer Stelle ähnlich.«

Vestens sah ihn grimmig an. »Seid Ihr gekommen, um mich zu verhöhnen?«

»Nicht nur, vor allem möchte ich ein paar Antworten von Euch.«

»Worauf?«

»Auf alle Fragen, die man zu den Kartenschnappern nur stellen kann. Wie groß ist die Bande? Wer gehört dazu? Wo sind die Männer zu finden?«

»Warum sollte ich Euch das alles sagen?«

»Ihr könntet Eure Lage erheblich verbessern. Wenn Ihr mir vorbehaltlos Rede und Antwort steht, werde ich vor Gericht ein gutes Wort für Euch einlegen. Außerdem erspart Ihr Euch damit einiges.«

»Wovon sprecht Ihr, Katoen?«

»Hier unten haben noch fast alle geredet. Nicht umsonst nennt man dies hier den Geißelkeller. Beantwortet Ihr meine Fragen gleich, erspart Ihr Euch einiges an Schmerz.«

Vestens lachte heiser.

»Was amüsiert Euch so?«

»Euer sonniges Gemüt, Katoen. Ihr droht mir mit Schmerzen, dabei ist das, was ich von den Kartenschnappern zu erwarten habe, sollte ich auspacken, weitaus schlimmer. Mögen sie in der letzten Zeit auch nicht mehr groß in Erscheinung getreten sein, ihr Ehrenkodex ist nach wie vor intakt, und er ist sehr streng. Auf Verrat steht der Tod!«

»Im Zusammenhang mit solchen Gaunern und Halsabschneidern von Ehre zu sprechen erscheint mir gewagt.«

»So? Was versteht Ihr unter Ehre? Ist das, was Joan Blaeu mir angetan hat, vielleicht ehrenvoll?«

»Er hat Euch etwas angetan?« wiederholte Katoen fassungslos. »Was denn? Daß er Euch Lohn und Brot gegeben und immer für Euch gesorgt hat? Ihr seid ja vollkommen verblendet, Vestens, Ihr verwechselt Täter und Opfer!«

Damit verließ er die schmale Zelle, denn er hatte eingesehen, daß mit dem Mann in seiner augenblicklichen Verfassung nicht zu reden war. Vestens hatte sich seine eigene Moral geschaffen, der zufolge er der Gute war und Joan Blaeu der Böse. Vielleicht würden ein paar Tage im Geißelkeller ihn eines Besseren belehren, und vielleicht würden ein paar Peitschenhiebe die Kruste seiner scheinheiligen Ansichten aufbrechen. Mit seinem Wissen über die Kartenschnapper war er auf jeden Fall ein wichtiger Gefangener. Bevor er den Keller verließ, schärfte Katoen den Wachen ein, besonders gut auf ihn aufzupassen.

Oben stieß er auf den Amtsrichter, der ihn zu sich heranwinkte.

»Was höre ich da, Jeremias, Ihr habt den engsten Vertrauten von Joan Blaeu verhaftet? Steht das im Zusammenhang mit den Tulpenmorden?«

»Mittelbar.«

»Das müßt Ihr mir genauer erklären, aber vielleicht nicht hier auf dem Gang. Kommt doch mit in mein Amtszimmer. Bis zu nächsten Verhandlung habe ich noch ein paar Minuten Zeit.«

Ein paar Minuten würden kaum ausreichen, um van der Zyl alles zu berichten. Trotzdem leistete Katoen seiner Aufforderung Folge und erstattete in knappen Worten Bericht über die wichtigsten Ereignisse und Zusammenhänge. Der Zeitpunkt, seinen Vorgesetzten in alles Wesentliche einzuweihen, war gekommen. Auch wenn Katoen bestrebt gewesen war, möglichst wenig Aufhebens um Vestens' Verhaftung zu machen, ließ sich nicht vermeiden, daß in der Öffentlichkeit Gerüchte kursierten. Einige von Blaeus Angestellten hatten mitbekommen, daß Vestens als Gefangener zum Rathaus gebracht worden war. Sie würden es ihren Familien erzählen und ihren Freunden, und die würden es weiterverbreiten. Daß sich die Festnahme in der Werkstatt von Joan Blaeu ereignet hatte, einem der Amsterdamer Ratsherren, verhalf dem Tratsch zu zusätzlichem Nährboden. Falls in der Öffentlichkeit, vielleicht sogar im Magistrat, Fragen gestellt wurden, konnte Katoen froh sein, wenn der Amtsrichter ihm den Rücken freihielt.

Dessen Gesicht wurde, während Katoen sprach, immer länger, bis er schließlich aus seinem Stuhl aufstand und seine Kleider glattstrich. »Ich würde am liebsten sofort die ganze verwegene Geschichte hören, Jeremias, aber es geht beim besten Willen nicht. Vor mir liegt ein Nachmittag voller anstrengender Verfahren. Kommt doch heute abend zum Essen zu mir, damit wir in Ruhe über alles sprechen können. Aber treibt keinen Aufwand, es ist alles ganz zwanglos, nur Ihr und ich. Was Ihr mir zu berichten habt, dürfte nicht für fremde Ohren bestimmt sein. Und bis dahin zu niemandem ein Wort, auch nicht über unsere Verabredung!«

Katoen blieb den Nachmittag über nicht untätig. Nachdem er alle Formalitäten hinsichtlich des inhaftierten Barent Vestens erledigt hatte, suchte er die im Rathaus gelegene Waisenkammer auf, um mit den Waisenmeistern über Felix zu sprechen. Sie hörten sich genau an, was er zu sagen hatte, und schienen das Ungewöhnliche des Falles zu erkennen. Er erhielt ein Dokument, das Felix vorübergehend seiner Obhut unterstellte.

»Die Bestätigung der endgültigen Vormundschaft wird ein paar Tage dauern«, sagte einer der Waisenmeister, »aber letztlich dürfte dem nichts entgegenstehen. Ihr strebt doch die Vormundschaft über den Jungen an?«

Es war eine einfache Frage, und doch zögerte Katoen mit der Antwort. Er dachte über die Verpflichtung nach, die er damit einging, die ihn einschränkte und an ein anderes Leben band. An einen Jungen, dessen Herkunft im unklaren lag und womöglich sogar anrüchig war – wie seine eigene, wenn er an seine Mutter dachte. Einen Jungen, der niemanden auf der Welt hatte – wie er selbst für einige Jahre, als er nach dem Tod seines Vaters ins Waisenhaus gesteckt worden war. Er dachte an die erste Begegnung mit dem schmutzigen, verängstigten Jungen, dem Schlangenkind. Er dachte daran, wie Felix ihm am vergangenen Donnerstag zum Singel gefolgt war. Und er dachte an den Sonntagnachmittag in Lingelbachs Irrgarten. Es war einer seiner schönsten Sonntage seit langem gewesen. Ihm war, als spürte er wieder, wie Felix nach seiner Hand griff und sich ihm anvertraute.

»Habt Ihr meine Frage nicht verstanden, Mijnheer Katoen?« drängelte der Waisenmeister.

»Ich habe sie verstanden, und die Antwort lautet: Ja, ich beantrage hiermit die Vormundschaft über Felix.«

»Gut, das halten wir gleich fest.« Der Waisenmeister tunkte die Spitzes seines Federkiels ins Tintenfaß und stutzte plötzlich. »Aber der Junge hat ja gar keinen Familiennamen.«

»Doch, den hat er. Schreibt ›Katoen‹!«

Nach dem Gespräch mit den Waisenmeistern verließ er das Rathaus und legte den kurzen Weg zum Bankhaus de Koning zurück, das sich ebenfalls am Dam befand. Als er vor dem Gebäude mit dem reichverzierten Glockengiebel stand, dachte er an den toten Balthasar de Koning. Mit diesem Mord hatte für Katoen alles angefangen, und vielleicht war es der Anfang vom Ende seiner Tätigkeit als Amtsinspektor.

Die Tage waren verstrichen, ohne daß er auch nur einen greifbaren Hinweis auf den Tulpenmörder gefunden hatte. Seine letzte Hoffnung war das Treffen, das die geheimnisvollen Erpresser mit Joan Blaeu vereinbart hatten. Vielleicht standen sie in einem Zusammenhang mit den Tulpenmorden, wenn sie sich schon für die Lage der Tulpenküste interessierten.

Sollte auch das keine Früchte tragen, würde er sich wohl oder übel an den Gedanken gewöhnen müssen, daß der Mörder sich am nächsten Montag ein weiteres Opfer suchen würde. Das würde dann allerdings nicht mehr seine Angelegenheit sein. Sollte er Nicolaas van der Zyl dafür verfluchen, daß er ausgerechnet ihn, Katoen, mit der Suche nach dem Mörder betraut hatte? Wohl kaum, denn es war auf der einen Seite zwar eine undankbare Aufgabe, auf der anderen aber ein Vertrauensbeweis. Und war nicht er derjenige, der dieses Vertrauen durch sein Versagen enttäuschte?

Er wischte die düsteren Gedanken beiseite, um die Anweisung über fünfhundertvierzig Gulden, die er von Blaeu für seine Vermittlung bei den Kartenschnappern erhalten hatte, einzureichen. Der Kontorist, ein kleiner Mann mit schmalem Gesicht und schütterem Haar, studierte das Papier gründlich.

»Ist etwas nicht in Ordnung?« fragte Katoen.

»Doch, doch, die Unterschrift ist echt. Ich kenne den Schriftzug von Joan Blaeu so gut wie meinen eigenen. Ich betreue seine Angelegenheiten seit vielen Jahren.«

»Aha«, sagte Katoen nur. »Dann akzeptiert Ihr die Anweisung also.«

»Ja, gewiß, es ist bloß eine beträchtliche Summe, nicht? Wollt Ihr einen so großen Betrag wirklich mit Euch herumtragen?«

»Nein.«

Das eben noch skeptische Gesicht des Kontoristen hellte sich auf. »Nein, Ihr wollt es nicht ausbezahlt haben? Das ist gut, Mijnheer. Dann wollt Ihr das Geld also auf Euren Namen bei uns deponieren.«

»Nein.«

Die kurze Freude in dem schmalen Gesicht wich neuerlicher Skepsis. »Das verstehe ich nicht. Was soll denn mit dem Geld geschehen?«

»Ich möchte es auf einen anderen Namen deponieren, wenn das möglich ist.«

»Ach so, das geht selbstverständlich. Auf welchen Namen bitte?«

Katoen nannte den Namen von Joris Kampens Witwe.

Als er zu dem Hinterhaus im Jordaan kam, waren die beiden Kinder in der Schule. Noortje war trotzdem nicht allein, ein paar Nachbarn kümmerten sich um sie und hielten mit ihr zusammen die Totenwache. In dem kleinen Zimmer, in dem Joris Kampen aufgebahrt war, schliefen sonst die Kinder.

Der offene Sarg war vollkommen schmucklos und mutete an wie eine grob zusammengezimmerte Kiste. Er mußte sehr billig gewesen sein oder hatte vielleicht auch gar nichts gekostet, falls einer der Nachbarn selbst Hand angelegt hatte. In den ärmeren Gegenden Amsterdams war es üblich, daß Nachbarschaftsvereine sich allein für den Fall bildeten, daß jemand einen Angehörigen verlor. Eine Bestattung und alles, was damit zusammenhing, war sonst oft kaum zu bewältigen.

Der Tote lag mit den Füßen in Richtung Tür, wie es sich gehörte, war er doch in Erfüllung seiner Pflicht gestorben. Nur Verbrecher und Selbstmörder wurden mit dem Kopf zur Tür aufgebahrt und mit dem Kopf voran zu Grabe getragen. Joris hatte seine besten Kleider an und sah aus, als ob er schliefe. Ganz friedlich.

Viel zu friedlich, wenn man bedenkt, wie er gestorben ist, dachte Katoen. Es war ein böser Tod gewesen, ein unnötiger

Tod, und Katoen fragte sich zum wiederholten Mal, ob er sich etwas vorzuwerfen hatte. Auch wenn ihn keine unmittelbare Schuld traf, er konnte sich von einer Mitverantwortung nicht freisprechen. Gerade weil Joris Kampen *sein* Büttel gewesen war.

Er spürte Noortjes Blick, der unverwandt auf ihm ruhte. Es lag keine Anklage darin, und dafür war er dankbar. Vielmehr war es ein fragender Blick. Er enthielt die Frage nach dem Warum, aber auch noch mehr.

Noortje führte ihn in das enge, überladen wirkende Wohnzimmer und bot ihm Bier und Kuchen an, wie es sich bei einem Totenbesuch gehörte. Er griff zu, auch wenn er weder Durst noch Hunger verspürte, Appetit schon gar nicht. Aber er wollte die Frau auf keinen Fall kränken.

Bevor er sich an den Tisch setzte, überreichte er ihr das von dem Bankkontoristen ausgestellte Dokument, das sie zur Besitzerin von fünfhundertvierzig Gulden erklärte. Es dauerte eine ganze Weile, bis sie das überhaupt begriff. Fünfhundertvierzig Gulden! Eine solche Summe hatte sie nie besessen, und sie hatte auch nie ernsthaft daran denken können, jemals über einen solchen Betrag zu verfügen.

»Das hört sich jetzt sehr viel an«, sagte Katoen. »Trotzdem solltet Ihr sparsam damit umgehen, Noortje. Es soll Euch und Euren Kindern die Zukunft sichern. Schickt die Kinder auf gute Schulen, das ist wichtig!«

»Ja, das hätte Joris auch gewollt. Aber woher stammt das Geld?«

»Es ist die Belohnung dafür, daß wir eine Diebesbande festgesetzt haben«, sagte er, wie er es sich für diese Begegnung zurechtgelegt hatte, Wahrheit hin oder her. »Euer Joris hatte einen guten Anteil an den Ermittlungen, deshalb gebührt Euch das Geld.«

»Joris war ein guter Büttel, nicht wahr?«

»Der beste, den ich mir wünschen konnte.«

»Danke«, sagte Noortje, und Tränen schossen ihr in die Augen. Sie wandte sich ab.

Katoen setzte sich und aß gehorsam den schon etwas trokkenen Kuchen, den er mit dem Bier, das sehr gut schmeckte, herunterspülte. Erst als er mit seiner kleinen Mahlzeit fertig war, sah er wieder zu Noortje hinüber. Sie hatte ihre Tränen getrocknet, und ihr Blick schien schon seit geraumer Zeit auf ihm zu ruhen. Es war derselbe Blick, den er schon im Totenzimmer gespürt hatte und der ihm unangenehm war.

Und dann sprach Noortje die Frage, die in ihrem Blick lag, endlich aus: »Werdet Ihr Joris' Mörder finden, Mijnheer Katoen?«

»Das werde ich.«

»Versprecht Ihr mir das?«

Er holte tief Luft und sagte: »Ich verspreche es Euch, Noortje.«

Es war nicht einmal ein erzwungenes Versprechen. Tief in seinem Innern wußte er, daß er gar nicht anders konnte, wollte er sich nicht um sein Seelenheil bringen. Er würde sich immer vorwerfen, Joris Kampen in den Tod geschickt und nichts getan zu haben, um seinen Tod zu sühnen.

Ja, er würde den Tulpenmörder suchen und zur Strecke bringen, ganz gleich, ob als Amtsinspektor oder, wenn es nicht mehr innerhalb dieser Woche geschah, schlicht als Jeremias Katoen. Das Versprechen gab er nicht nur Noortje, sondern auch ihrem verstorbenen Mann – und sich selbst.

Kapitel 25

Später Besuch

Mit gemischten Gefühlen begab Katoen sich am Abend zum Damrak. Auf die Fragen des Amtsrichters nach dem Stand der Ermittlungen konnte er gut verzichten, aber das half nichts. Er brauchte van der Zyl für das, was er vorhatte. Für die Falle, die er morgen zu stellen beabsichtigte. Wem auch immer.

Als er in den Damrak einbog, sprach ihn plötzlich aus dem Nebel heraus eine heisere Stimme an: »Hat der Herr vielleicht einen Stüber übrig oder auch nur ein paar Pfennige?«

Ein alter Mann mit verfilztem Bart und zerrissenen Kleidern näherte sich ihm. Der linke Fuß steckte in einem aufgerissenen Stiefel, der rechte war nur mit schmutzigen Lappen umwickelt. Der Mund und das gesamte Gesicht des Alten waren schief, wie durch eine Krankheit entstellt. Der Mann streckte die geöffnete Rechte aus. »Ein wenig Geld für einen armen, alten, hungrigen Mann, bitte!«

Katoen blieb stehen und sagte: »Tut mir einen Gefallen und laßt mich in Ruhe, Alter. Ich habe mein Maß an Mildtätigkeit heute schon übererfüllt, glaubt mir.«

»Das will ich Euch gern glauben, Mijnheer, aber es nützt mir nichts. Es füllt meinen Magen nicht.«

Jetzt mußte Katoen lächeln. »Da habt Ihr allerdings recht. Womit wollt Ihr Euren Magen denn füllen, mit Brot und Wurst oder mit Bier und Schnaps?«

»Was würdet Ihr denn wählen?«

»Erst Brot und Wurst, dann Bier und Schnaps.«

»Das klingt gut«, meinte der Alte augenrollend. »Ich schließe mich Eurer Wahl gern an, falls Ihr das nötige Kleingeld habt.«

Der Mann war wirklich geschickt. Er hatte sein Kleingeld, wie er es nannte, schon allein damit verdient, daß er Katoen zum Lächeln brachte. Also bekam er fünf Stüber.

»Oh, sehr schön, danke. Aber auf die Wurst muß ich dann wohl verzichten.«

»Aber nicht doch, mein Bester.« Katoen verdoppelte die Anzahl der Münzen. »Da habt Ihr, und einen guten Rat gibt es noch dazu: Schaut genau hin, wen Ihr ansprecht. Es könnte ja mal einer darunter sein, der keinen Spaß versteht, ein Büttel aus dem Rathaus oder gar ein Amtsinspektor. Ihr wißt, das Betteln ist in Amsterdam verboten.«

Während er die Münzen schneller verschwinden ließ, als Katoens Blick es verfolgen konnte, nickte der Alte. »Das weiß ich, und es grämt mich auch sehr. Aber Ihr habt dafür gesorgt, daß ich meinen Kummer jetzt mit einem guten Kräuterschnaps herunterspülen kann. Ich wünsche Euch noch einen angenehmen Abend, Mijnheer.«

Mit diesen Worten wandte der Bettler sich in Richtung Dam und verschwand im Nebel, der gegen Abend wieder etwas dichter geworden war. Bei diesem Wetter, das sie vor dem Auge des Gesetzes verbarg, fiel es den Krüppeln, Bettlern und Zigeunern leicht, ihrer verbotenen Tätigkeit nachzugehen, aber auch bei gutem Wetter waren Amsterdams Gassen voll von ihnen, allen Verboten zum Trotz. Elend und Hunger, oft natürlich auch der Durst nach Schnaps, trieb die Ärmsten der Armen auf die Straßen, und Katoen für sein Teil hatte nichts dagegen. Von irgend etwas mußten diejenigen, die zu krank oder zu alt waren, um zu arbeiten, schließlich leben.

Übel war jedoch, daß Gauner und Halunken sich unter das Bettlervolk mischten und sich zuweilen zu regelrechten Banden zusammenschlossen. Wer in einer stillen Gasse von einem Bettler angesprochen wurde, mußte immer damit rechnen, im nächsten Augenblick ein scharfes Messer an der Kehle zu haben. Aus diesem Grund war das Betteln verboten, und die hohen Herren von Magistrat und Kirche versuchten, dem Unwesen durch die Einrichtung von Armenhospizen und Wohltätigkeitslotterien Einhalt zu gebieten. Ganze Steuern, wie die auf die Einfuhr von Getreide, auf pompöse Begräbnisse, auf Bankette oder Versteigerungen, wurden nur erhoben, um mit dem Geld die Armut zu bekämpfen. Aber es würde nie genug Hospize, kostenlose Brotausgaben und Geldspenden geben. Das Elend war ein gefräßiges Tier, ein gieriges Ungeheuer, dessen Hunger nicht zu stillen war.

Der Bettler mit dem schiefen Gesicht schien sich mit seinem Schicksal abgefunden und sich ein heiteres Gemüt bewahrt zu haben. Katoen kannte nicht wenige, die in besseren Verhältnissen lebten als der Alte, deren Gesicht nicht verunstaltet war und die doch nicht ansatzweise über solchen Witz und solche Schlagfertigkeit verfügten wie er. Noch immer schmunzelnd, setzte er seinen Weg fort.

Vor dem Haus des Amtsrichters blieb er stehen und dachte an den Dienstag der vergangenen Woche, als Nicolaas van der Zyl hier ein Fest für die »Verehrer der Tulpe« gegeben hatte. Er dachte auch an die schöne Catrijn und war froh, daß sie an diesem Abend nicht da sein würde. So brauchte er sich keine Gedanken darüber zu machen, was sie von ihm wollen könnte – oder er von ihr.

Im Gegensatz zu jenem Abend, an dem das Haus hell erleuchtet gewesen war und man das muntere Plaudern der Gäste bis hinaus auf den Damrak gehört hatte, wirkte es nun fast verlassen. Nur hinter einigen wenigen Fenstern im Erdgeschoß brannten Lampen, und niemand wäre auf die Idee gekommen, daß der Amtsrichter Besuch erwartete.

Van der Zyl öffnete die Haustür selbst und sagte nach einer kurzen Begrüßung: »Ich habe den Bediensteten heute abend freigegeben, damit wir gänzlich ungestört sind. Es gibt also nur ein einfaches Essen, ein paar kalte Speisen, die meine Köchin am Nachmittag vorbereitet hat. Das ist Euch hoffentlich recht, Jeremias.«

Das war eine gewaltige Untertreibung gewesen. Er führte seinen Gast in das kleine Zimmer, in dem sie sich über Katoens Besuch bei Antonius Swildens, dem Herausgeber des *Amsterdamer Volksblattes*, unterhalten hatten. Der Tisch war mit Schüsseln aus Porzellan und Schalen aus Kristall eingedeckt, allesamt gefüllt mit Speisen, wie manche arme Familie sie das ganze Jahr über nicht auf den Tisch bekam: Fleisch- und Fischpasteten, Muscheln und Krabben, einer Käsetorte und gefüllten Schinkenröllchen, Eierkuchen und Waffeln, Mandeln und Rosinen, gezuckerten Früchten und Nußkonfitüre. Dazu gab es roten Wein, »einen guten Burgunder«, wie van der Zyl sagte.

Der Tag war lang gewesen, und die üppig gedeckte Tafel weckte Katoens Appetit. Er ließ es sich ordentlich schmecken und genoß den Burgunder.

Van der Zyl erkundigte sich nach Barent Vestens: »Habt Ihr schon etwas aus ihm herausbekommen?«

»Nicht mehr als das, was er in der Gravenstraat erzählt hat. Im Augenblick zeigt er sich eher verstockt. Vielleicht müssen wir es mit der Peitsche versuchen, aber dazu sollte er sich erst etwas von seinen Verletzungen erholen.«

Van der Zyl schluckte den letzten Bissen einer Fleischpastete herunter und nickte beifällig. »Es ist gut, wenn Ihr da nichts überstürzt, Jeremias. Seid bei Vestens lieber etwas vorsichtig. Durch seine Stellung bei Joan Blaeu könnte er in höheren Kreisen Freunde gewonnen haben. Auch wenn wir die Peitsche tagtäglich anwenden, um den Übeltätern Geständnisse zu entlocken, verboten ist es dennoch. Wenn so ein Strolch wie dieser Kuppler, Dircks hieß er wohl, sich darüber beschwert, hört niemand zu, aber bei Vestens könnte das anders sein.«

»Das meiste hat er ohnehin schon ausgeplaudert«, sagte Katoen, während er sich ein Stück von der Käsetorte abschnitt. »Schön wäre es allerdings, wenn wir mit seiner Hilfe die ganze Kartenschnapperbande ausheben könnten, dann wären wir dieses Problem ein für allemal los. Aber auch wenn nicht, dürften wir für einige Zeit Ruhe vor den Kerlen haben. Vestens hat gestanden, ihr Anführer gewesen zu sein.«

Van der Zyl schüttelte den Kopf. »Unglaublich, das ist einfach unglaublich. Ich habe in meiner langen Zeit als Amtsrichter schon vieles gehört und gesehen, aber dies gehört mit Abstand zu den tollsten Geschichten. Mein guter Freund Joan Blaeu wird von einer Bande bestohlen, deren Kopf sein eigener Hauptkontorist ist, der Mann, dem er vertraut hat wie einem Sohn.«

»Das Vertrauen allein hat Vestens nicht genügt«, sagte Katoen und beschrieb, was Vestens zu seiner Tat getrieben hatte.

»Joan Blaeu, seine alten Karten, die Kartenschnapper und dann noch dieses alte Manuskript und die darauf basierende Seekarte, das alles schwirrt mir im Kopf herum wie ein Bienenschwarm. Da wir viel Zeit haben, möchte ich Euch bitten, mir die ganze Geschichte zu erzählen.«

»Das wird wohl das beste sein«, sagte Katoen und weihte seinen Gastgeber in die Zusammenhänge ein, wie er am Vortag schon Jan Dekkert im *Damtänzer* unterrichtet hatte. Schließlich war der Amtsrichter sein Vorgesetzter und hatte das Recht, ebenso gut informiert zu sein wie Katoens Büttel.

Während er sprach, sah Katoen das wachsende Erstaunen im Gesicht seines Gegenübers, aber van der Zyl stellte nur die nötigsten Zwischenfragen. Als Katoen endlich fertig war, lehnte der Amtsrichter sich zurück und nahm einen großen Schluck von dem Burgunder. Er schloß die Augen, wohl nicht, um den Wein zu genießen, sondern um das Gehörte zu überdenken und zu bewerten. Auch vor Gericht hatte Katoen ihn schon mit geschlossenen Augen erlebt, und mancher Zuschauer hatte darüber seine Witze gemacht, daß der Amtsrichter eingeschlafen sei. Aber das stimmte nicht, van der Zyl war stets hellwach und konzentriert.

Offenbar war sein scharfer Verstand auf etwas gestoßen, das ihn störte. Er öffnete die Augen, beugte sich ruckartig nach vorn und sagte: »Etwas paßt nicht in diese Geschichte oder, besser gesagt, jemand.«

»Der Tulpenmörder, ich weiß«, seufzte Katoen. »Ich habe mir wieder und wieder den Kopf darüber zerbrochen, warum er diese Morde begeht und was das seltsame Zeichen zu bedeuten hat, das er dabei hinterläßt. Ich muß gestehen, Nicolaas, ich weiß es nicht. Aber ich hoffe, morgen nachmittag an der Roten Mühle etwas schlauer zu werden.«

»Meint Ihr die alte Mühle an der Straße nach Utrecht? Ist das der Ort, an dem Joan Blaeu den geheimnisvollen Erpressern das Buch und die Seekarte aushändigen soll?« Als Katoen nickte, fuhr van der Zyl fort: »Und Ihr wollt wirklich als sein Gesandter dorthin gehen?«

»Bei den Kartenschnappern habe ich die Rolle schon einmal gespielt und Erfolg gehabt. Wer immer mich dort erwartet, vielleicht gelingt es mir, etwas aus ihm herauszubekommen, wenn ich ihm das Gewünschte überreiche.«

»Da Ihr es ansprecht, Jeremias, wo bewahrt Ihr die Karte und das Manuskript auf?«

»In meiner Wohnung.«

Van der Zyl runzelte die Stirn. »Habt Ihr dort denn einen sicher verschließbaren Schrank?«

Katoen grinste. »Das nicht, aber ein gutes Geheimversteck. Zwei lose Dielen in meinem Schlafzimmer. Aber laßt das bloß nicht meine Vermieterin hören, sonst läßt sie den Schaden umgehend reparieren.«

»Von mir erfährt sie nichts«, sagte der Amtsrichter lachend und fragte weiter: »Wie stellt Ihr Euch das Vorgehen morgen bei der Roten Mühle vor?«

»Das hängt davon ab, was und wer mich dort erwartet. Auf keinen Fall dürfen wir die Erpresser mit der Seekarte und dem Manuskript entkommen lassen.«

»Da stimme ich Euch zu.« Van der Zyl verteilte den Rest Burgunder auf ihre Gläser, aber es reichte nicht einmal, um sie halb zu füllen. »Auch wenn ich nicht ganz glauben mag, was Ihr von Swalmius und seiner Tochter über die unglaublichen Eigenschaften dieser Tulpe des Bösen gehört habt, allein die Möglichkeit, daß eine Gefahr von ihr ausgeht, ist beunruhigend genug.«

»Auf jeden Fall müssen unsere Männer das Gebiet um die Rote Mühle großflächig absperren, unauffällig natürlich und doch so, daß sie im richtigen Moment eingreifen können. Wir werden eine Reihe unterschiedlicher Signale vereinbaren, die ich geben werde, je nachdem, wie die Dinge sich entwickeln.«

»Ich werde dafür sorgen, daß genügend Männer zur Verfügung stehen«, versprach van der Zyl und hob sein Glas. »Trinken wir auf den morgigen Erfolg!«

Sie leerten ihre Gläser, und dann ging van der Zyl eine neue Karaffe holen. Der Wein darin war etwas dunkler als der Burgunder, und Katoen erkundigte sich nach der Herkunft.

»Probiert erst einmal, und dann versucht es zu erraten«, sagte der Amtsrichter und schenkte seinem Gast ein. »Ich bin gespannt auf Euer Urteil.«

Katoen führte das Glas zum Mund und nahm einen vorsichtigen Schluck, den er eine Weile im Mund behielt.

»Nun?« fragte van der Zyl.

»Ich glaube, der Burgunder liegt mir mehr. Dieser hier scheint mir etwas zu herb.«

»Das ist nach dem Burgunder ganz normal. Nehmt noch einen Schluck!«

Katoen kostete noch einmal, aber der herbe Geschmack blieb.

»Was denkt Ihr, Jeremias, wo kommt der Tropfen her?«

Van der Zyls Stimme hörte sich seltsam an, als käme sie aus weiter Ferne, als wäre der Nebel ins Haus eingedrungen, um auch hier alle Geräusche zu dämpfen. Katoen überlegte krampfhaft, was für ein Wein sich in seinem Glas befinden mochte, aber ihm wollte beim besten Willen kein einziges Weinanbaugebiet einfallen. Seltsam, wo er doch viele mit Namen kannte. Aber diese Namen erschienen ihm auf einmal schwer faßbar und ebenso weit weg wie der Amtsrichter und alles andere, was sich in diesem Raum befand. Selbst der Tisch, an dem er saß, schien sich von ihm zu entfernen und dabei in die Länge zu ziehen. Die Teller und Schüsseln, die auf ihm standen, veränderten ständig ihre Form, verbreiterten sich, flossen auseinander und zogen sich wieder zusammen.

Katoen wollte nach dem Tisch greifen und ihn festhalten, aber dabei verlor er den Halt und fiel vom Stuhl. Das letzte, was er wahrnahm, war das scharfgeschnittene Gesicht des Amtsrichters, der sich über ihn beugte und dabei eher neugierig aussah als besorgt.

Die Geräusche waren gar nicht in ihrem Kopf, waren nicht Bestandteil eines Traums. Irgendwann begriff sie es, und mit einem Mal war Greet Gerritsen hellwach. Sie hatte fest geschlafen, wie sie es meistens tat. Sie ruhte sich nicht unnütz aus, dazu war sie viel zu fromm. Die Prediger verkündeten es jeden Sonntag von der Kanzel herab: Gott liebte die Fleißigen. Und sie war fleißig, putzte und wusch, kaufte ein und kochte, schaffte und tat von der Frühe bis in den späten Abend, wenn sie sich mit dem guten Gefühl ins Bett legte, den Tag, den der Herr ihr geschenkt hatte, nicht verschwendet zu haben. Und als Dank dafür schenkte der Herrgott ihr einen gesunden Schlaf.

Doch der war jetzt gestört worden durch das Geräusch von Schritten und das Knarren der Treppe, das immer dann besonders laut zu hören war, wenn jemand sich anstrengte, leise zu sein. Ihr erster Gedanke galt dem Mieter der Wohnung im ersten Obergeschoß, Jeremias Katoen.

Als sie sich zu Bett begeben hatte, war er noch nicht zu Hause gewesen. Sie hatte bei ihm geklopft, um zu fragen, ob sie ihm ein spätes Abendessen bringen solle, doch er war nicht an der Tür erschienen. Wahrscheinlich steckt er mitten in wichtigen Ermittlungen, hatte sie sich gesagt. Sie war daran gewöhnt, daß er zu den unmöglichsten Zeiten heimkam, aber das warf sie ihm nicht vor, gewiß nicht, er tat ja nur seine Pflicht. Außerdem erfüllte es sie mit Stolz, daß ein so bedeutender Mann in ihrem Haus wohnte. Die Nachbarin zur Rechten, Tryntje Wijers, schaute immer ganz neidisch aus, wenn die Witwe Gerritsen ihr von dem Herrn Amtsinspektor erzählte.

Aber kam das Knarren dort draußen wirklich von Jeremias Katoen? Er kannte doch die Tücken der Treppe und trat für gewöhnlich so leise auf, daß sie ihn nicht hörte. Jetzt erst kam ihr der Gedanke, es könnte sich um Einbrecher handeln. Sollte sie einfach so tun, als hätte sie nichts gehört? Nein, Greet Gerritsen war keine furchtsame Person, sie nicht!

Sie schlug die dicke Daunendecke zurück, wälzte sich aus dem Bett und schlüpfte in die Filzpantoffeln, für die ihre Füße allmählich zu dick wurden. Dann schlüpfte sie in ihren schweren Schlafrock, stülpte eilig eine weiße Haube über ihr unordentliches Haar und lief in die Küche, wo sie ihr schärfstes Messer an sich nahm. Derart bewaffnet, schloß sie die Wohnungstür auf und trat hinaus ins Treppenhaus.

Zwei Männer, Fremde, vergeblich bemüht, die Treppe möglichst leise zu erklimmen, drehten sich zu ihr um. Der Lichtschein einer Handlaterne blendete sie, und ihr kam der Gedanke, daß sie Mut mit Waghalsigkeit verwechselt haben mochte. Auch mit ihrem Messer würde sie gegen die beiden Fremden den kürzeren ziehen. Sollte sie laut um Hilfe rufen? Sie wußte, daß ihr anderer Mieter, der Maler David Timmers, zu Hause war. Er würde sie gewiß hören und ihr zu Hilfe eilen.

Ein anderer Gedanke hielt sie davon ab, um Hilfe zu rufen. Der Junge schlief hinten in der kleinen Kammer. Auch er würde sie hören und wohl herauskommen. Sie wollte nicht riskieren, daß dem Kind, das Katoen in ihrer Obhut zurückgelassen hatte, etwas zustieß.

Die beiden Fremden schienen ebenfalls nicht recht zu wissen, was sie tun sollten. Einfach weglaufen konnten sie nicht, stand sie ihnen doch im Weg. Vielleicht war es besser, wenn sie sich schnell in ihre Wohnung zurückzog und die Tür verschloß.

Während ihr all diese Gedanken durch den Kopf schossen, stellte sie zu ihrem Erstaunen fest, daß die beiden Männer sehr ordentlich gekleidet waren. Einer war um die Vierzig und trug einen Bart um Mund und Kinn. Der andere mochte erst Mitte Zwanzig sein, hatte ein glattes Gesicht und frönte zur Freude der Witwe Gerritsen nicht der modischen Unsitte vieler junger Männer, die ihr Haar neuerdings bis weit über die Schultern herunterhängend trugen. Solch ein Erscheinungsbild hatte sie von Einbrechern nicht erwartet.

Der ältere der beiden lächelte plötzlich. »Entschuldigt die späte und unziemliche Störung, Mevrouw Gerritsen. Wir wollten Euch nicht aufwecken und schon gar nicht erschrecken.

Aber die Treppe – Ihr habt es ja wohl gehört. Bitte vergebt uns, falls wir Euch durch unser ungeschicktes Verhalten geängstigt haben.«

Auch solch ausgesuchte Höflichkeit hatte sie von Einbrechern nicht erwartet. Während der ältere Mann den rechten Arm des jüngeren nach unten drückte, damit der Schein der Laterne sie nicht länger blendete, überlegte die Witwe Gerritsen, ob sie es vielleicht gar nicht mit Einbrechern zu tun hatte.

»Wer seid Ihr, und was sucht Ihr hier?« fragte sie zögernd.

»Wir kommen vom Rathaus«, antwortete der ältere Mann. »Der Amtsinspektor Katoen, der Euch herzlich grüßen läßt, schickt uns, etwas aus seiner Wohnung zu holen, das er dringend benötigt.«

»Warum kommt er nicht selbst?«

»Er hat zu tun, wichtige Ermittlungen.«

Die Witwe Gerritsen war sich nicht sicher, was sie davon zu halten hatte.

»Kehrt ruhig in Euer warmes Bett zurück«, sagte der Bärtige. »Wir kommen schon zurecht. Der Amtsinspektor hat uns seine Schlüssel gegeben, und wenn wir fertig sind, schließen wir alles wieder ab.«

»Ja, meint Ihr?«

»Gewiß doch.« Der Mann nickte bekräftigend. »Es wäre dem Inspektor nicht recht, wenn Ihr seinetwegen um Euren Schlaf gebracht würdet. Er hat uns eingeschärft, Euch bloß nicht zu stören.«

»Tja, wenn das so ist, dann wünsche ich Euch eine gute Nacht, meine Herren.«

»Gute Nacht, Mevrouw«, antworteten die beiden wie aus einem Munde.

Greet Gerritsen ging zurück in ihre Wohnung und verschloß sie, während sie hörte, wie die beiden Männer zu

Katoens Wohnung gingen und sie öffneten. Sie brachte das Messer zurück in die Küche und setzte sich auf einen Stuhl. Ihr war jetzt nicht nach Schlafen, nicht, solange die beiden Männer im Haus waren. Wenn der Amtsinspektor sie geschickt hatte, dann würde das alles schon seine Ordnung haben.

Oder doch nicht? Etwas an dem, was der Mann auf der Treppe gesagt hatte, störte sie, aber sie kam einfach nicht darauf, was es war. Sie war schlichtweg zu müde, um einen klaren Gedanken zu fassen, vielleicht auch zu nervös. Sie goß sich einen Becher Milch ein, die würde sie beruhigen. Während sie die Milch in kleinen Schlucken trank, hörte sie, wie die Männer die Treppe wieder herunterkamen und das Haus verließen. Ein metallisches Geräusch verriet ihr, daß sie die Haustür tatsächlich wieder verschlossen.

Trotzdem verließ Greet Gerritsen ihre Wohnung noch einmal. Sie wollte sich selbst davon überzeugen, daß ihre Haustür richtig verschlossen war, und das war sie. Anschließend stieg sie die Treppe hinauf und fand auch Katoens Wohnungstür verschlossen vor.

Dann hat ja wohl doch alles seine Richtigkeit, sagte sie sich erleichtert, während sie wieder in ihre Wohnung ging. Morgen würde sie Tryntje Wijers aber was zu erzählen haben! Von dem nächtlichen Besuch und von ihrem umsichtigen Mieter, der seinen Männern gesagt hatte, sie sollten die Witwe Gerritsen nicht stören. Und der ihr sogar Grüße ausrichten ließ.

Sie stutzte, und plötzlich war ihr klar, was an den Worten des bärtigen Mannes sie gestört hatte: Wie hatte Katoen ihm auftragen können, sie einerseits nicht zu stören, ihr andererseits aber Grüße auszurichten? Ein Ding der Unmöglichkeit!

Ihr dämmerte, daß mit dem Besuch der beiden etwas ganz und gar nicht stimmte, und mit einem Mal packte sie die Sorge um den ihr anvertrauten Jungen wie eine böse Ahnung. Das mußte die Aufregung sein. Die hintere Kammer lag schließlich sehr ruhig. Wahrscheinlich schlief Felix selig und hatte von dem Besuch nichts mitbekommen.

Aber um sich zu beruhigen, begab Greet Gerritsen sich in den hinteren Teil des Hauses, um nach Felix zu schauen. Als sie vorsichtig die Tür zu seiner Kammer öffnete, sah sie im schwachen Nachtlicht, das durch das kleine Fenster hereinfiel, das zerwühlte Bett – es war leer!

Sie rief den Namen des Jungen, immer wieder und jedesmal lauter, aber sie erhielt keine Antwort.

Kapitel 26

Die Spinne im Netz (1)

Donnerstag, 18. Mai 1671

Ein schmerzhafter Singsang riß ihn aus dem Schlaf, und augenblicklich verblaßte die Erinnerung an wilde Träume, die ihn geplagt hatten. Sein Schädel war schwer und viel zu dick, jedenfalls fühlte es sich so an. So, als würde sein Kopf jeden Augenblick platzen. Wie nach einer durchzechten Nacht mit Schnaps, Likör, Wein und Bier – zuviel von allem und zuviel durcheinander. Dieses elendige Gefühl, als würde sich sein Magen gleich umdrehen, hatte er schon lange nicht mehr gehabt. Es fiel ihm sogar schwer, einen klaren Gedanken zu fassen, sich daran zu erinnern, was er getrunken hatte, wo und mit wem.

Da war der störende Gesang wieder. Nein, doch kein Gesang, jemand sprach zu ihm, aber die Worte vibrierten in seinem Kopf wie ein Lied, das jemand viel zu laut, viel zu schnell und viel zu falsch sang. Jede Silbe ein Schmerz.

Sein vernebelter Blick, der nichts als wabernde Schemen wahrnahm, klärte sich allmählich, und die Stimme, die zu ihm sprach, wurde erträglicher, wenn sie auch immer noch so undeutlich hallte, daß er kein Wort verstand. Immerhin erkannte er, daß es die Stimme eines Mannes war, und das Gesicht, das sich vor ihm aus dem Nebel schälte, war auch das eines

Mannes: scharfgeschnitten, dominiert von einer großen, etwas gebogenen Nase. Wie ein Raubvogel, der sich gleich auf sein Opfer stürzen wird, dachte er.

»Reißt Euch zusammen und kommt endlich zu Euch!« verlangte die Stimme, aber er fühlte sich unendlich müde, vollkommen zerschlagen.

Deshalb schloß er die Augen wieder und versuchte, in den Schlaf zurückzufallen, aus dem man ihn gerissen hatte. Die Träume mochten wild gewesen sein, aber bestimmt hatten sie ihn weniger angestrengt als das Erwachen. Da traf ihn etwas hart ins Gesicht. Ohrfeigen. Links, rechts, links, rechts.

»Werdet endlich wach, Jeremias, sonst schütte ich einen Eimer Wasser über Euch aus!«

Jeremias!

Das war sein Name, und mit dieser Erkenntnis kam die Erinnerung. An seinen Besuch bei Nicolaas van der Zyl. An das üppige Essen und den guten Wein, den Burgunder. Und an das letzte Glas, das er getrunken hatte. Oder sollte er besser sagen, das falsche Glas?

»Ihr habt mir etwas in den Wein getan«, sagte er zu dem Mann, der vor ihm stand, seinem Gastgeber, dem Mann mit dem Raubvogelgesicht. Seine Stimme hörte sich an wie das Krächzen eines Raben. Seine Zunge war belegt und schwer; sie schien ihm nur unter Protest zu gehorchen. »Warum?«

»Um Euch ungestört hierherzuschaffen«, antwortete der Amtsrichter. »Ich hoffe, es ist nicht zu unbequem.«

Nun, bequem hatte Katoen es allerdings nicht. Er saß auf einem klobigen Stuhl, und seine Arme waren hinter seinem Rücken an die Lehne gefesselt. Der Raum war kalt und feucht, und es roch muffig wie im Gefängnistrakt des Rooden-Poorts-Turms. Ein Gefängnis hätte das hier auch gut sein können, nur sah er weder Zellen noch Gitter. Der Raum, dessen Decke sich in einer sanften Rundung bog, war außergewöhnlich groß. Ein

Gewölbe geradezu, das von ein paar an den mächtigen Stützpfeilern aufgehängten Öllampen erhellt wurde und sich außerhalb ihres Lichtkreises in undurchdringlicher Finsternis verlor. Die Stützpfeiler und die Wände, soweit er sie erkennen konnte, waren feucht.

»Wo sind wir?«

Van der Zyl drehte sich einmal um sich selbst und breitete die Arme aus. »Das alles hier ist mein Reich. Ihr glaubt mir nicht? Doch, doch, es gehört zu meinem Haus und liegt direkt darunter. Ungewöhnlich, ich gebe es ja zu. Aber im Gegensatz zu den meisten Häusern Amsterdams ist dieses nicht auf Stützpfählen errichtet worden, sondern auf festem Grund. Eine Laune der Natur hat hier ein kleines Stück Land aufgeschüttet, und mein Schwiegervater hat das für seine Zwecke zu nutzen gewußt. Der alte Wouter Jaelens war durchaus nicht der Ehrenmann, als der er sich so erfolgreich ausgegeben hat. Seinen Reichtum verdankte er nicht nur legalen Geschäften. Einiges hat er dadurch verdient, daß er Waren unversteuert ein- und ausgeführt hat, und die hat er hier unten gelagert. Niemand vermutet solch ein großes Gewölbe so nahe am IJ. Nach seinem Tod habe ich sein Geschäft aufgelöst, um nicht in seine Machenschaften hineingezogen zu werden. Das wäre meinem Ruf als Amtsrichter schlecht bekommen.«

»Und Ihr nutzt das Gewölbe als Kerker«, stellte Katoen fest. »Damit seid Ihr auch nicht besser als Euer Schwiegervater.«

Van der Zyl schaute bekümmert drein. »Urteilt bitte nicht vorschnell, mein Lieber. Nur weil Ihr gebunden seid, solltet Ihr Euch nicht als Gefangenen betrachten. Ihr seid weiterhin mein Gast!«

»Wenn das so ist, würde ich gern gehen.«

»Oh, warum die Eile? Ich habe einiges mit Euch zu besprechen.«

»Das hätten wir auch in Eurer Wohnung erledigen können. Da fand ich es um einiges gemütlicher.«

»Tja, der gemütliche Teil ist wohl vorbei. Jetzt geht es ums Prinzipielle, und ich hoffe, ich kann Euch von meinen Ansichten überzeugen, Jeremias.«

»Nicht, solange Ihr in solchen Rätseln sprecht, van der Zyl.« Er nannte den Amtsrichter absichtlich beim Familiennamen, weil die Vertrautheit, die im Gebrauch des Vornamens lag, ihm angesichts der Umstände mehr als unangemessen erschien.

»Dann will ich mich deutlicher ausdrücken«, fuhr van der Zyl ungerührt fort. »Ihr seid eine Spinne, die in ihrem eigenen Netz gefangen ist. Eure Nachforschungen haben Euch leider auf eine Spur geführt, die Euch zu einer Gefahr für mich und meine Vertrauten macht. Ich hege aber die Hoffnung, daß Ihr Euch entschließt, mit uns gemeinsam unser Ziel zu verfolgen, wenn Ihr erst einmal erfahren habt, worum es geht. Dann seid Ihr frei und könnt weiter Eure Netze spinnen, um in Amsterdam für Ordnung zu sorgen.«

»Und wenn ich mich mit Eurem Ziel, welches auch immer das sein mag, nicht anfreunden kann?«

»Das wäre natürlich bedauerlich«, sagte der Amtsrichter, und seine betrübte Miene wirkte zu Katoens Verwunderung nicht aufgesetzt. »Aber ich bin zuversichtlich, daß Ihr meine Auffassung teilen werdet, wenn ich Euch erst eingeweiht habe.«

Die Worte erhielten in dem Gewölbe einen unwirklichen Hall, der sich in Katoens Kopf noch verstärkte und zu einem schmerzhaften Dröhnen anschwoll. Das Betäubungsmittel, das van der Zyl ihm mit dem letzten Glas Wein verabreicht hatte, mußte sehr stark gewesen sein. Es kostete Katoen einige Anstrengung, sich nicht einfach dem Schmerz hinzugeben, sondern seine Gedanken zu ordnen. Aber das mußte er, war ihm doch klargeworden, daß sein Leben davon abhing.

»Ehrlich gesagt, verstehe ich Euch immer noch nicht, van

der Zyl. Ihr selbst habt mich mit dem Fall betraut, und jetzt haltet Ihr mich gefangen, weil meine Nachforschungen Euch gefährlich sind, wie Ihr sagt. Warum habt Ihr mich überhaupt auf die Sache angesetzt?«

»Weil Ihr den Tulpenmörder finden solltet, das wißt Ihr doch. Es war nicht gelogen, als ich gesagt habe, mein eigenes Leben sei durch den Mörder bedroht.« Der Amtsrichter schüttelte den Kopf und sah enttäuscht aus, vielleicht auch traurig. »Aber Ihr habt nicht den Mörder aufgespürt, Jeremias, sondern mich.«

»Was soll das heißen, ich hätte Euch aufgespürt? Ihr habt mich doch in Euer Haus eingeladen.«

Van der Zyl lächelte. »Ist mein Haus nicht ein angenehmerer Ort als die Rote Mühle?«

Wieder hatte Katoen Mühe, den Faden nicht zu verlieren, die Kette des logischen Denkens nicht reißen zu lassen. Was der Amtsrichter da gesagt hatte, erlaubte nur einen Schluß. Und angesichts der Lage, in der Katoen sich befand, war dieser Schluß nicht einmal abwegig. In Anbetracht der Tatsache aber, daß er es mit dem ehrenwerten Amtsrichter von Amsterdam zu tun hatte, erschien ihm der Gedanke unglaublich.

Zögernd fragte er: »Soll das heißen, Ihr seid …«

»Ich bin derjenige, den Ihr morgen an der Roten Mühle treffen solltet«, bestätigte van der Zyl den ungeheuerlichen Verdacht. »Und wäre ich nicht selbst dagewesen, hättet Ihr mit einem meiner Vertrauten gesprochen. Nun seht Ihr sicher ein, daß Ihr gefährlich geworden seid für uns.«

»Ihr seid es, der Joan Blaeu erpreßt? Und Ihr seid verantwortlich für die Entführung seiner Angehörigen? Und dabei nennt Ihr den Mann Euren Freund!« Katoen machte keinen Hehl aus der Verachtung, die er für van der Zyl empfand.

»Ich hege immer noch freundschaftliche Gefühle für ihn, bewundere ihn und seinen Erfolg, aber leider ist es mir nicht gelungen, ihn von unseren Idealen zu überzeugen. Dann wäre vieles einfacher gewesen.«

»Ihr sprecht von dem Manuskript des Kreuzfahrers und der Karte, auf der man den Seeweg zur Tulpenküste findet.«

Katoen hatte noch nicht ganz ausgesprochen, als ihn die Erinnerung an sein Gespräch mit dem Amtsrichter überfiel. Er hatte verraten, wo er die Karte und das Manuskript aufbewahrte!

Van der Zyl mußte ihm angesehen haben, was in ihm vorging, denn er sagte: »Dank Euch haben wir endlich, wonach wir gesucht haben. Zwei meiner Freunde haben die Seekarte und das Buch aus Eurer Wohnung geholt.«

»Und niemand hat sie aufgehalten?«

»Im Gegenteil. Eure Hauswirtin hat sich gefreut, daß Ihr daran gedacht habt, ihr Grüße ausrichten zu lassen.«

Das bedeutete, daß der Witwe Gerritsen und Felix nichts geschehen war. Darüber war Katoen froh, aber an seinem Zorn auf sich selbst änderte es nichts. Was für ein Narr war er gewesen, das Versteck einfach so auszuplaudern! Er verfluchte seine Geschwätzigkeit, den roten Wein und seine Vertrauensseligkeit.

»Was wollt Ihr mit Eurer Beute anfangen, van der Zyl?«

»Muß ich Euch das wirklich sagen? Was fängt man schon mit einer Seekarte an?«

»Die Tulpe des Bösen!« Die Erkenntnis traf Katoen wie ein Schlag, und er begann das ganze Ausmaß dessen zu begreifen, was er nicht anders nennen konnte als Verschwörung. Noch lag allerdings einiges im dunkeln, und fast fürchtete er sich davor, die ganze Wahrheit zu erfahren. »Ihr wollt eine neue Expedition ausschicken und mehr von diesen verfluchten Tulpenzwiebeln holen!«

»Natürlich, was sonst?«

»Aber das kostet Geld, viel Geld. Ihr benötigt ein Schiff,

mindestens eines, müßt es ausrüsten, müßt eine Mannschaft anheuern und dazu Soldaten, weil man Euch die Zwiebeln der Bluttulpe kaum freiwillig aushändigen wird.«

»In unseren Reihen befinden sich viele reiche und einflußreiche Männer: Kaufleute, Bankiers, Offiziere. Reeder, Werftbesitzer, ja sogar …«

Katoen fiel ihm ins Wort: »Bankiers und Werftbesitzer? Heißt das, Balthasar de Koning und Jacob van Rosven haben zu Euch gehört?«

Der Amtsrichter nickte. »Jetzt versteht Ihr hoffentlich, warum ich befürchten mußte, dem Tulpenmörder ebenfalls zum Opfer zu fallen. Schon allein, um mich selbst zu schützen, mußte ich meinen besten Mann auf den Mörder ansetzen!«

Katoen ignorierte den Versuch, ihm Honig um den Bart zu schmieren, und sagte: »Aber nicht alle ›Verehrer der Tulpe‹ können zu Euch gehören. Joan Blaeu jedenfalls tut es nicht, das habt Ihr selbst eben gesagt.«

»Nicht alle, aber sehr viele. Zu den ›Verehrern der Tulpe‹ zählen einige der geachtetsten Bürger Amsterdams. Da ist es nur natürlich, daß die Wohlmeinenden sich vornehmlich aus ihren Reihen rekrutieren. Unser Einfluß ist allerdings nicht auf Amsterdam beschränkt. Auch in anderen Städten der Niederlande haben wir Vertraute.«

»Die Wohlmeinenden?« Trotz seiner wenig erfreulichen Lage mußte Katoen lachen, wenn es auch ein rauhes, verächtliches Lachen war, das in den Weiten des Gewölbes widerhallte. »Was für ein scheinheiliger Name für eine Bande von Entführern und Erpressern!«

»Ihr urteilt schon wieder vorschnell. Glaubt Ihr, so viele angesehene Bürger hätten sich uns angeschlossen, wenn unser Ziel unlauter wäre? Und wir erhalten ständig neuen Zulauf.«

»Auch von Paulus van Rosven?«

»Wie meint Ihr das?«

»Jacob van Rosvens Sohn ist das bislang letzte Opfer des Tulpenmörders, von dem wir wissen«, sagte Katoen und ließ den unglücklichen Joris Kampen, der in diesem Zusammenhang keine Rolle spielte, bewußt außen vor. »Ich will wissen, ob er auch einer der Euren war.«

»Noch nicht.« Nachdenklich rieb van der Zyl mit der Hand über sein Kinn. »Das ist eine seltsame Sache mit dem jungen van Rosven. Ich wollte ihn tatsächlich bitten, die Nachfolge seines Vaters in unserer Bruderschaft anzutreten, aber ich habe schnell gemerkt, daß ich sehr behutsam vorgehen und ihn ganz allmählich vertraut machen mußte mit dem, was wir beabsichtigen. Das entscheidende Gespräch, bei dem ich feststellen wollte, ob ich ihn einweihen und um seine Mithilfe bitten kann, hatte noch nicht stattgefunden, als er starb.«

»Interessant. Wenn wir davon ausgehen, daß der Tulpenmörder es tatsächlich auf die Mitglieder Eurer Bruderschaft abgesehen hat, muß er gewußt haben, daß Ihr Paulus van Rosven gewinnen wolltet. Er hat ihn gleichsam im Vorgriff auf Euer entscheidendes Gespräch ermordet. Was die Frage aufwirft, woher der Mörder das wissen konnte. Ihr solltet Euch mit dem Gedanken anfreunden, van der Zyl, daß der Tulpenmörder aus Euren eigenen Reihen kommt – daß er ein Mitglied Eurer Bruderschaft ist!«

»Unvorstellbar!«

»Und wenn nicht der Mörder selbst zu Euch gehört, muß es unter Euren Leuten einen Verräter geben. Das Ergebnis ist das gleiche.«

Der Amtsrichter wandte sich von Katoen ab und blickte minutenlang ins Leere. Offenbar hatten die letzten Worte seines Gefangenen ihm einigen Stoff zum Nachdenken gegeben.

Schließlich straffte sich die hochgewachsene Gestalt, und er sah Katoen fest in die Augen. »Ihr habt recht, leider. Wir brauchen Euch und Euren scharfen Verstand. Ihr müßt den Mörder und, sollten es zwei verschiedene Personen sein, auch den Verräter aufspüren. So viel hängt davon ab, daß unsere Pläne nicht gefährdet werden. Schließt Euch uns an, Jeremias! Ich habe von Anfang an gewußt, daß Ihr der Richtige für uns seid. Und vergeßt diese dumme Frist, die Ihr Euch selbst gesetzt habt. Selbstverständlich bleibt Ihr auf jeden Fall im Amt.«

»Aber was sind Eure Pläne?« fragte Katoen endlich.

»Im Grunde ist es schrecklich einfach.« Van der Zyl lächelte leicht, als bereite schon der Gedanke an das Ziel seiner Bruderschaft ihm innere Befriedigung. »Die Wohlmeinenden wollen die Republik der Vereinigten Niederlande vor dem Untergang bewahren!«

»Durch Erpressung, Entführung und wer weiß was noch alles für verbrecherische Machenschaften? Ihr scheint den Mund reichlich voll zu nehmen, van der Zyl.«

»Aber Ihr wißt doch, welche Gefahr unserem Land droht! Der Sonnenkönig und seine Verbündeten werden es überrennen. Wir müssen handeln, bevor es zu spät ist.«

»Was habt Ihr vor, eine eigene Armee aufstellen?«

»Im Gegenteil, wir werden eine Armee vernichten, unsere eigene.«

Katoen starrte den Amtsrichter entgeistert an. »Ihr redet irre!«

»Ihr begreift es immer noch nicht. Wir dürfen es gar nicht erst zum Krieg kommen lassen, sonst ist unser Land im Kampf gegen eine Übermacht verloren. Soll alles, was unsere Väter und Großväter so mühsam aufgebaut haben, zerstört werden?«

»Aber wenn wir uns nicht zum Kampf stellen, werden wir einfach überrannt. Dann sind die Niederlande erst recht verloren.«

»Falsch. Unsere Bruderschaft steht in Verhandlungen mit den Franzosen. Wenn wir dafür sorgen, daß sie auf keine nen-

nenswerte Gegenwehr treffen, wird alles weitgehend friedlich ablaufen. Gewiß, ausländische Truppen werden bei uns einmarschieren, aber ohne Kampf und Zerstörung. Die Aufgabe der fremden Soldaten wird lediglich darin bestehen, die Ordnung aufrechtzuerhalten, so lange, bis wir selbst wieder dazu in der Lage sind. Und dazu wiederum werden tatkräftige Männer gebraucht. Männer wie Ihr, Jeremias. Wenn ich einen hohen Posten in der neuen Regierung bekleide, könntet Ihr hier in Amsterdam auf meinem Stuhl Platz nehmen. Amtsrichter Jeremias Katoen, hört sich das nicht verlockend an?«

Katoen erinnerte sich, daß Catrijn an ihrem gemeinsamen Abend auf Volewijk etwas Ähnliches gesagt hatte, und erst jetzt verstand er die Zusammenhänge. Sie hatte auf die Verschwörung angespielt, in die ihr Bruder maßgeblich verwickelt war, und das bedeutete: Catrijn war entweder in alles eingeweiht oder zumindest grob über die Machenschaften ihres Bruders im Bilde. Als er daran dachte, wie sie sich auf Volewijk einander leidenschaftlich hingegeben hatten, fühlte er sich ausgenutzt. Hatte Nicolaas van der Zyl ihn als Spinne bezeichnet, die im eigenen Netz gefangen sei? Das Bild stimmte nicht. Katoen kam sich eher vor wie eine hilflose Fliege. Das klebrige Netz, in dem er hing, hatten andere gesponnen, der Amtsrichter und seine ebenso betörende wie berechnende Schwester.

»Was sagt Ihr zu meinem Vorschlag, Jeremias?« fragte van der Zyl in seine sich überschlagenden Gedanken hinein. »Wollt Ihr Seite an Seite mit mir dafür eintreten, daß die Niederlande auch in Zukunft ein blühendes Gemeinwesen sein werden?«

»Durch die Vernichtung der eigenen Armee?« fragte Katoen zurück. »Wie wollt Ihr das bewerkstelligen?«

»Die Tulpe des Bösen, Jeremias! Denkt an die Tulpe des Bösen!«

Nicht allein wegen der immer noch rasenden Kopfschmerzen brauchte Katoen lange, um zu einer Antwort zu finden.

Im Verlauf der Unterhaltung waren seine Gedanken klarer und flüssiger geworden, und das war auch nötig angesichts der beispiellosen Eröffnungen, die Nicolaas van der Zyl ihm machte. Aber das, was der Amtsrichter jetzt andeutete, überstieg alles Bisherige dermaßen, daß Katoens Verstand sich schlichtweg weigerte, es als Tatsache anzuerkennen. Er starrte van der Zyl an und fragte sich, ob das wirklich der Mann war, mit dem er über so viele Jahre hinweg zusammengearbeitet hatte. Der weithin geachtete Richter, der sich immer bemüht hatte, ein gerechtes Urteil zu fällen. Meinte er wirklich ernst, was er da andeutete? Und wenn ja, war er dann ein Verbrecher oder ein Wahnsinniger?

»Das kann nicht Euer Ernst sein«, brachte Katoen schließlich stockend hervor. »Ihr wollt eine ganze Armee töten, Zehntausende von Soldaten?«

»Nicht ich, sie werden es selbst tun, unter dem Einfluß der Tulpe, auf die der Kreuzfahrer Guillaume de Vailly durch Zufall gestoßen ist.«

»Es bleibt sich doch wohl gleich, ob Ihr selbst Hand anlegt oder ob Ihr die Männer mittels der Tulpe in den Tod treibt!« schrie Katoen.

Er war dabei, seine Fassung zu verlieren, aber dazu durfte es nicht kommen. Nur ein kühler Kopf konnte ihm jetzt helfen. Er dachte noch einmal über van der Zyls Plan nach, und bei genauerer Betrachtung erschien ihm die Sache gar nicht durchführbar.

Erleichtert sagte er: »Ihr könnt Euren Plan gar nicht verwirklichen, van der Zyl! Selbst wenn Eure Expedition zur Tulpenküste erfolgreich wäre, müßtet Ihr warten, bis aus den erbeuteten Zwiebeln Pflanzen werden, und für eine ganze Armee würdet Ihr auch eine ganze Menge Tulpen benötigen. Meint Ihr, die Franzosen und ihre Verbündeten würden so lange warten? Außerdem – wie wollt Ihr unsere Soldaten dazu bringen, sich der Tulpe des Bösen auszusetzen? Wollt Ihr ihnen befehlen, durch die Tulpenbeete zu marschieren?«

Der Amtsrichter hörte sich Katoens Einwände mit großer Gelassenheit an und erwiderte schließlich: »Es ist nett von Euch, daß Ihr Euch so viele Gedanken über unseren Plan macht, aber das wäre nicht nötig. Keines der von Euch heraufbeschworenen Probleme existiert, denn es ist uns gelungen, aus der Tulpenzwiebel einen Extrakt zu gewinnen, der dieselbe Wirkung entfaltet wie die Pflanze selbst, nur hundertmal stärker. Wir werden dafür sorgen, daß er in das Bier unserer Soldaten gelangt, und sie werden es anstandslos trinken, so wie Ihr vor ein paar Stunden den Wein mit dem Schlafmittel getrunken habt.«

Entsetzt erkannte Katoen, daß van der Zyl fest an das glaubte, was er von sich gab. Warum auch nicht? Wenn es den sogenannten Wohlmeinenden tatsächlich gelungen war, einen solchen Extrakt zu gewinnen, schien die Verwirklichung ihres Plans in greifbare Nähe gerückt. Was ihnen dazu noch fehlte, war eine ausreichende Zahl an Tulpenzwiebeln, aber dank der Seekarte und des alten Berichts, die ausgerechnet durch Katoens Leutseligkeit in ihre Hände gelangt waren, würde es ihnen möglich sein, die Tulpenküste anzusteuern und die dortige Festung zu überfallen, wie es mehr als dreißig Jahre zuvor schon einmal geschehen war. Vor seinem geistigen Auge entstand das Bild einer ganzen Armee, die vom Wahnsinn in den durch eigene Hand verursachten Tod getrieben wurde: Soldaten, die sich mit ihrer eigenen Pistole oder Muskete erschossen, die sich in ihren Degen oder Dolch stürzten, kompanie-, bataillons-, regimentsweise. Ein Heer von Leichen in einem Meer aus Blut.

»Das könnt Ihr nicht wirklich wollen«, flüsterte er hilflos. »So viele Tote?«

»Ihr Tod wird den Fortbestand unserer Nation sichern«,

sagte van der Zyl ungerührt. »Wir tun, was wir tun müssen, zum Wohl der Allgemeinheit.«

Das eben nahm Katoen ihm nicht ab. Schon als Catrijn ihm auf Volewijk ihre gemeinsame Zukunft ausgemalt hatte, war es ihm so vorgekommen, als habe sie hauptsächlich ihr eigenes Wohl im Sinn. Bei ihrem Bruder und seinen Mitverschwörern verhielt es sich gewiß nicht anders, von Ausnahmen vielleicht abgesehen.

Es gab immer einige Verblendete, die sich aus falscher Überzeugung für wahnwitzige Ziele einspannen ließen, aber das Gros dieser gar nicht so Wohlmeinenden hatte wahrscheinlich auch den eigenen Aufstieg im Hinterkopf. Van der Zyl hatte es selbst angedeutet, als er davon sprach, daß er in der neuen Regierung eine wichtige Stellung einnehmen werde.

Der Amtsrichter holte tief Luft, als hätte die lange Unterhaltung ihn erschöpft, und fragte: »Nun, wie steht es mit Euch, Jeremias? Kann ich auf Eure Hilfe zählen? Tretet Ihr unserer Bruderschaft bei?«

Vielleicht hätte Katoen einfach einwilligen sollen, um sich Zeit zu verschaffen; vielleicht hätte sich ihm dann eine Gelegenheit geboten, der Gewalt dieses Wahnsinnigen zu entkommen. Aber schon der bloße Gedanke daran, mit ihm gemeinsame Sache zu machen, verursachte Katoen Übelkeit. Wahrscheinlich hätte van der Zyl als erfahrener Richter eine Lüge ohnehin durchschaut.

Deshalb sagte Katoen: »Ich kann nur hoffen, daß irgend etwas an Eurem Plan scheitert. Vielleicht sinkt Euer Schiff, oder Eure Männer verlieren den Kampf gegen die Söldner an der Tulpenküste. Vielleicht stellt sich Euer Tulpenextrakt auch als gar nicht so wirksam heraus, wie Ihr behauptet.«

»Was den letzten Punkt betrifft, da könnt Ihr Euch gern selbst überzeugen.«

Van der Zyl rief etwas ins Dunkel des Gewölbes hinein,

zwei Namen wohl, aber der Widerhall verzerrte seine Stimme, so daß Katoen ihn nicht verstand.

Schritte und Stimmen waren zu hören, und bald traten drei Männer in den Lichtschein der Öllampen. Einem von ihnen hatte man, wie auch Katoen, die Hände auf den Rücken gefesselt. Es war ein alter Mann mit struppigem Bart und in abgerissenen Lumpen. Er trug nur einen Stiefel, um den anderen Fuß hatte er Lappen gewickelt. Es war der Bettler, der Katoen ein paar Stunden zuvor auf dem Weg zum Damrak angesprochen hatte. Sein schiefes Gesicht war angeschwollen, offenbar hatte man ihn geschlagen.

»Bringt den alten Schnorrer nur her!« rief van der Zyl den beiden anderen Männern zu, bevor er sich wieder an Katoen wandte. »Es war sein Pech, daß er ausgerechnet an Euch geraten ist. Vermutlich hätte er sich mit seinem versoffenen Kopf bald nicht mehr an Euch erinnert, aber meine Freunde wollten jedes Risiko vermeiden. Außerdem kommt der Alte uns jetzt ganz gelegen für eine kleine Demonstration.«

Die Männer, die der Amtsrichter als seine Freunde bezeichnet hatte, kannte Katoen nicht. Beide machten nicht den Eindruck von Schlägern, eher sahen sie aus wie anständige Bürger, aber auf ihren Gesichtern lag eine Entschlossenheit, die Katoen verriet, daß mit ihnen nicht zu spaßen war. Der ältere war um die Vierzig und trug einen sauber gestutzten Bart um Mund und Kinn. Der jüngere war glatt rasiert und kaum älter als fünfundzwanzig.

Der Bettler hatte etwas von einem gehetzten Tier, das, in die Enge getrieben, verzweifelt nach einer Fluchtmöglichkeit Ausschau hält. Seine Augen, von denen das rechte etwas höher saß als das linke, blickten hektisch hin und her, unfähig, sich auf einen Punkt zu konzentrieren. Bis er Katoen entdeckte. Er schien ihn wiederzuerkennen und öffnete seine geschwollenen Lippen.

»Bitte, Mijnheer, helft mir!« flehte er jämmerlich.

Jetzt war Katoen derjenige, der sich abwandte. Er konnte dem Mann nicht helfen, und er hielt dem verzweifelten Blick nicht länger stand.

»Seht nur hin, Jeremias, jetzt wird es spannend«, sagte van der Zyl und zog aus einer Tasche seines Wamses eine kleine Phiole mit einer hellen, leicht trüben Flüssigkeit. Er schüttelte sie kräftig, die Flüssigkeit verlor ihre Trübung und nahm das Aussehen klaren Wassers an.

Aber Katoen wußte, daß es kein Wasser war, sondern der Extrakt, den van der Zyl und seine Leute aus der Tulpe des Bösen gewonnen hatten. Was bedeutete, daß sie diese gefährliche Tulpe irgendwo züchteten, oder aber, daß sie im Besitz von Bluttulpenzwiebeln waren. Vielleicht beides. Jedoch schien die Anzahl der verfügbaren Exemplare gering zu sein, weshalb sie auf Nachschub von der Tulpenküste angewiesen waren.

Van der Zyl zog den Korken aus der Phiole und wandte sich erneut an seine beiden Helfer. »Haltet ihn gut fest!« Er ging auf die drei Männer zu und lächelte den Bettler unvermittelt an. »Jetzt gibt es was zu trinken, mein Alter, und das auch noch kostenlos. Brauchst nur den Mund aufzumachen.«

Der alte Mann ahnte, daß mit dem Inhalt der Phiole etwas nicht in Ordnung war, und preßte die Lippen zusammen. Van der Zyl packte ihn mit der Linken bei der Nase und drückte sie zu. Der Alte schnappte nach Luft, und den Moment nutzte van der Zyl, um ihm die Hälfte der Flüssigkeit in den Rachen zu gießen. Zwar hustete und prustete der Mann, aber das meiste hatte er wohl heruntergeschluckt.

»Das sollte mehr als genügen«, sagte der Amtsrichter zufrieden, verkorkte die Phiole wieder und steckte sie zurück in sein Wams. »Laßt ihn ruhig los.«

Die beiden Helfer folgten der Anweisung, und der Bettler stand schwankend da. Er war schwach auf den Beinen, was wohl an den Mißhandlungen lag, die er über sich hatte ergehen lassen müssen. Er stöhnte und schien etwas sagen zu wollen, aber über seine Lippen kamen nur undeutliche Laute, die entfernt an das Knurren eines Hundes erinnerten.

Katoen unterdrückte den Wunsch, wegzuschauen. Er mußte wissen, ob der Tulpenextrakt die verheerende Wirkung besaß, die van der Zyl ihm zuschrieb.

Der Bettler schwankte wie ein Schiff im Sturm, und Katoen rechnete jeden Augenblick damit, daß er zu Boden ging. Statt dessen stand der Mann plötzlich vollkommen still, und in die vorher ruhelosen Augen trat ein starrer, glasiger Ausdruck, fast wie der Blick eines Toten. Er öffnete die Lippen, soweit es ihm möglich war, legte den Kopf in den Nacken und stieß einen markerschütternden Schrei aus, den das Gewölbe als vielfaches Echo zurückwarf.

Von einer Sekunde auf die andere wurde der Bettler von heftigen Zuckungen geschüttelt. Er versuchte mit aller Gewalt, seine Arme zu bewegen, aber die Stricke, mit denen sie gebunden waren, gaben nicht nach. Wild ruckte der Kopf des Alten in alle Richtungen, als halte er nach etwas Bestimmtem Ausschau. Und dann stürmte er los.

Van der Zyl gab den beiden anderen Männern ein Zeichen, nicht einzugreifen, und der Bettler rannte mit gesenktem Kopf gegen einen der Pfeiler, auf denen das Gewölbe ruhte. Wieder und wieder rammte er seinen Kopf gegen den harten Stein, und es gab ein häßliches Knirschen, als seine Schädeldecke aufplatzte.

Katoens Blut geriet in Wallung. Er konnte das nicht länger tatenlos mit ansehen. Während van der Zyl und seine Freunde verfolgten, wie der Bettler versuchte, sich trotz gefesselter Hände das Leben zu nehmen, beugte er sich vor, bis er, obwohl noch mit den Armen an die Stuhllehne gebunden, auf seinen Füßen stand. Von den anderen unbemerkt, bewegte er sich seitwärts zu einem der Pfeiler und vollführte eine heftige Drehung, damit der Stuhl gegen den Stein schlug.

Die drei Verschwörer drehten sich um und blickten überrascht zu ihm herüber.

Zum zweiten Mal schlug er den Stuhl gegen den Stein, zum dritten Mal. Der Stuhl zerbrach, aber seine Hände waren immer noch gefesselt.

Und schon war der junge Mann bei ihm und hielt ihm eine Pistole mit kurzem Lauf unter die Nase. Keine Waffe für eine längere oder auch nur für eine mittlere Distanz, aber absolut tödlich, wenn sie aus unmittelbarer Nähe abgefeuert wurde.

»Das reicht«, sagte der Mann und drückte Katoen die Mündung der Waffe gegen die Stirn. »Seid jetzt ganz ruhig, oder Euer Kopf ist weg!«

Katoen blieb nichts anderes übrig, als zu gehorchen und zuzusehen, wie der alte Bettler mit blutig geschlagenem Schädel vor dem ebenfalls blutigen Pfeiler zusammenbrach. In das Blut, das sich auf den Boden ergoß, mischte sich die helle Masse seines Gehirns.

»Eine wahrhaft umwerfende Wirkung«, sagte van der Zyl und trat auf Katoen zu. »Euer Verhalten enttäuscht mich sehr, Jeremias. Ich hatte so gehofft, daß Ihr Euch uns anschließen würdet. Nun ja, vielleicht war das alles ein bißchen viel für Euch. Ich will Euch Gelegenheit geben, in Ruhe nachzudenken. Am Vormittag habe ich einen wichtigen Termin im Rathaus. Der Magistrat hat mich zur Berichterstattung geladen. Erst die Tulpenmorde, dann die Verhaftung von Joan Blaeus Hauptkontoristen, die hohen Herren werden allmählich nervös. Ich werde ihnen sagen, Ihr seid an dem Fall dran und verfolgt derzeit eine wichtige Spur, was ja nicht falsch ist. Wenn ich aus dem Rathaus zurückkomme, werde ich Euch noch einmal fragen, ob Ihr mit uns gemeinsame Sache machen wollt – und das wird das letzte Mal sein.«

»Und wenn ich bei meiner Ansicht bleibe?« fragte Katoen.

»Dann werde ich dem Magistrat wahrheitsgemäß berichten müssen, daß Ihr in Erfüllung Eurer Pflicht Euer Leben gelassen habt.«

Kapitel 27

Die Spinne im Netz (2)

Sie führten Katoen in einen Raum, in dem es nach Unrat und Erbrochenem stank. Vermutlich hatten sie hier den alten Bettler gefangengehalten. Van der Zyl selbst erlöste ihn von seinen Fesseln. Als Katoen seine Arme rieb, um das Blut wieder zum Zirkulieren zu bringen, stach es wie tausend Nadeln.

Bevor die schwere Holzbohlentür zufiel und von außen verriegelt wurde, sagte van der Zyl: »Ich hoffe, Ihr besinnt Euch noch anders. Wir könnten Euch so gut gebrauchen. Also nutzt die Zeit und geht in Euch, Jeremias!«

Dann war Katoen allein mit sich und der Finsternis. Naturgemäß gab es hier kein Fenster, und eine Lampe oder Kerze hatten sie ihm nicht dagelassen. Bevor sie die Tür geschlossen hatten, war sein Blick auf einen Strohhaufen in einer der hinteren Ecken gefallen, aber er ließ sich nicht auf dem Stroh nieder, weil der beißende, übelkeiterregende Gestank von dort kam. Statt dessen hockte er sich auf den kalten, nackten Stein neben der Tür, möglichst weit weg von dem Stroh.

Das Erlebte arbeitete in ihm, und er hörte wieder die Stimme des Amtsrichters, der ihn aufforderte, seiner Bruderschaft beizutreten. Aber das auch nur ernsthaft in Erwägung zu ziehen kam ihm schon vor wie ein Verrat an allem, woran er glaubte. Ein Verrat an der Menschlichkeit, an Gottes Geboten und an dem Eid, den er auf die Gesetze der Stadt Amsterdam geschworen hatte. Außerdem war ihm, als starre ihn aus der Dunkelheit das schiefe Gesicht des Bettlers mahnend an, und dann sah er den Alten wieder in Raserei verfallen und den Kopf gegen den Pfeiler schlagen, wieder und wieder, jeden Schmerz mißachtend, bis er tot am Boden lag.

Was konnte einen Menschen so weit treiben? Welche dunkle Kraft lag in dieser Blume, die vollkommen zu Recht die Tulpe des Bösen genannt wurde? Was machte sie mit einem Menschen, daß er danach trachtete, sein Leben zu beenden, noch dazu auf so grausame Weise? Verwirrte sie einfach den Verstand und löste in ihrem Opfer einen ungeheuren, unstillbaren, aberwitzigen Selbsthaß aus? Oder tat sie noch mehr? Ermöglichte sie dem, der ihrem Einfluß ausgesetzt war, den Blick in sein tiefstes Inneres und ließ ihn all das Dunkle und Böse, das in ihm schlummerte, erkennen? Sah er die vollkommene Verderbtheit, die jedem Menschen als Folge der Erbsünde innewohnte? War das eine Erkenntnis, die einen Menschen dazu brachte, die Welt um jeden Preis, auch um den der sündhaften Selbsttötung, von sich selbst befreien zu wollen?

Katoen war nie sonderlich religiös gewesen, aber der Gedanke daran, wie Nicolaas van der Zyl und seine Mitverschwörer sich gegen Gott versündigten, ließ ihn schaudern. Gott hatte den Menschen seine Gnade zuteil werden lassen, um sie vom Fluch der Erbsünde zu erlösen. Wie konnten die sogenannten Wohlmeinenden es wagen, Menschen in die tiefste Finsternis zurückzustoßen, indem sie sie dazu brachten, Hand an sich zu legen?

Er war fest entschlossen, alles in seiner Macht Stehende zu tun, um die Pläne der Verschwörer zu durchkreuzen. Und wenn er keine Möglichkeit haben sollte, zu handeln, weil jenseits dieses Kerkers der Tod auf ihn wartete, dann wollte er dem gefaßt entgegensehen, sich aber keinesfalls dieser unheiligen Bruderschaft anschließen, deren Mitglieder für ihn nichts anderes waren als Teufel in Menschengestalt.

In solche quälenden Gedanken versunken, hockte er Stunde um Stunde, frierend und von Kopfschmerz und Übelkeit geplagt, auf dem kalten Stein. Er war erschöpft und müde, aber schlafen konnte er nicht.

Er hörte nichts als sein eigenes Atmen, dann und wann einen von den feuchten Wänden fallenden Wassertropfen und zwei- oder dreimal das leise Quieken einer Ratte irgendwo in dem Kellergewölbe, zum Glück nicht in seiner Zelle. Und dann, irgendwann, war da noch etwas, ein metallisches Schaben dicht bei ihm, an der Tür. Das ist der Riegel, schoß es ihm durch den Kopf, jemand zieht den Riegel zurück!

Er hatte weder Schritte gehört noch Stimmen, aber das spielte im Augenblick keine Rolle. Vielleicht bot sich ihm eine Gelegenheit, freizukommen! Rasch erhob er sich, drückte sich mit dem Rücken gegen die Wand neben der Tür und ballte die Hände. Die Verschwörer hatten ihm seinen Dolch und sämtliche Gegenstände, die er als Waffe hätte verwenden können, abgenommen, also mußte er sich auf seine Fäuste verlassen.

Sehr langsam wurde die schwere Tür aufgezogen, so als sei das ein Kraftakt für den oder die Wohlmeinenden vor der Zelle. Katoen spürte, wie sein Herz schneller schlug. Er versuchte, ruhig zu atmen, und machte sich bereit, seine Fäuste ohne Rücksicht auf die Folgen dem ersten Verschwörer, der die Zelle betrat, ins Gesicht zu rammen.

Draußen im Gewölbe brannten noch die Öllampen. Ihr Lichtschein reichte zwar nicht bis in die Zelle, sorgte aber doch für ein diffuses Zwielicht, vor dem sich die Konturen des Eintretenden abzeichneten. Es war eine kleine Person, die

Gestalt eines Kindes, und im letzten Augenblick hielt Katoen seine Faust zurück.

»Felix?« fragte er leise und konnte kaum glauben, was er sah.

»Ja«, lautete die ganze, mit heller Stimme vorgetragene Antwort.

Seine Augen gewöhnten sich an das schwache Dämmerlicht, und er konnte das Gesicht des Jungen erkennen. Felix' dunkle Augen musterten ihn mit einem seltsamen Blick, wie ihn sonst eigentlich Erwachsene Kindern zuteil werden lassen. Große Sorge lag in diesem Blick. Felix' Kleidung war ähnlich schmutzig und zerrissen wie nach seinem Abenteuer mit den Kartenschnappern, und Katoen ahnte, daß der Junge einiges auf sich genommen hatte, um zu ihm zu gelangen.

Katoen ließ sich auf die Knie nieder, legte seine Arme um Felix und drückte ihn an sich. »Wie kommst du hierher, mein Sohn?« fragte er leise.

»Ich bin den Männern gefolgt, die aus deinem Zimmer die Sachen geholt haben. Ich hab gespürt, daß etwas nicht in Ordnung ist, daß du in Gefahr bist.«

»Du hast ein gutes Gespür«, sagte Katoen und enthielt sich jeglichen Vorwurfs. Natürlich hatte Felix sich in große Gefahr begeben, aber er hatte mutig gehandelt, nicht dumm oder leichtsinnig. Und ohne den Jungen wäre er vielleicht nie lebend aus der Zelle herausgekommen. »Wie bist du in das Gewölbe gelangt?«

»Es gibt einen schmalen Luftschacht, aber ich mußte lange warten, bis die Wache unaufmerksam wurde, viele Stunden.«

»Kommen wir auf dem Weg auch hinaus?«

»Ich schon«, sagte Felix, »aber du nicht.«

Katoen verstand. Er verfügte nicht über die Gabe, sich winden zu können wie eine Schlange.

Sollte er Felix auf dem Weg zurückschicken, auf dem er

gekommen war? Das widerstrebte ihm, weil dann dem Jungen die Gefahr drohte, von der Wache entdeckt zu werden. Vielleicht gab es einen anderen Weg aus dem Gewölbe, den sie gemeinsam gehen konnten? Immerhin war dies einmal das Warenlager eines Schmugglers gewesen. Van der Zyls geldgieriger Schwiegervater mußte doch eine Möglichkeit gehabt haben, das Schmuggelgut herein- und hinauszuschaffen, ohne daß es vom Damrak und den angrenzenden Gebäuden aus gesehen wurde.

»Laß uns schnell von hier verschwinden«, sagte Katoen und schob den Jungen aus der Zelle. »Aus welcher Richtung bist du gekommen?«

»Von da.« Felix zeigte nach rechts.

»Gut, dann nehmen wir diesen Weg«, entschied Katoen und zeigte nach links. »Aber erst holen wir uns etwas Licht.«

Sie gingen auf eine der Öllampen zu, die an den Stützpfeilern hingen. Neben einem Pfeiler lag etwas Dunkles auf dem Boden. Die Leiche des Bettlers.

»Sieh nicht hin!« sagte Katoen, als er die Ratten bemerkte, die an dem Toten nagten.

Er nahm die Lampe an sich und ging zu dem Pfeiler, an dem er den Stuhl zerschlagen hatte. Die Trümmer waren über den Boden verstreut. Er nahm sich eins der Stuhlbeine; es lag schwer in der Hand. Im Zweikampf nicht die schlechteste Waffe, dachte er und schob den Jungen weiter.

Sie gelangten an eine Abzweigung, aber Katoen entschied sich, seinem Gefühl folgend, dafür, im Hauptgewölbe zu bleiben. Ein paar alte Fässer und Kisten zeugten von dem regen Schmuggel, der hier einmal betrieben worden war.

Als sie um die nächste Biegung kamen, rief eine Stimme: »Laurens, bist du das?«

Das Licht der Öllampe fiel auf den jungen Mann, den Katoen einige Stunden zuvor bei van der Zyl gesehen hatte. War

Laurens der andere Mann, der mit dem Bart? Und warum hielt sich der junge Mann, der eine Handlaterne bei sich trug, hier auf?

Er hatte keine Zeit, sich darüber Gedanken zu machen, denn der Verschwörer, der ihn im Schein seiner Laterne erkannt hatte, nestelte schon seine kurzläufige Pistole hervor und richtete sie auf ihn.

Katoen schleuderte die Öllampe nach ihm und traf ihn im oberen Brustbereich. Die zweckentfremdete Lampe fiel scheppernd zu Boden, und ihr Licht erlosch.

Der Verschwörer hatte zwei schnelle Schritte nach hinten gemacht, um der Wucht des Wurfgeschosses zu entgehen. Dabei war er gestolpert und hingefallen. Im Liegen wollte er erneut auf Katoen anlegen, aber der war mit ein, zwei Sätzen bei ihm und trat ihm die Pistole aus der Hand. Sie schlitterte ein Stück über den Boden. Zu Katoens Erleichterung löste sich kein Schuß, der weitere Verschwörer hätte alarmieren können.

Der Mann am Boden griff mit beiden Händen nach Katoens linkem Bein, um ihn zu Fall zu bringen. Rasch und heftig ließ Katoen das Stuhlbein auf ihn niederfahren. Ein Schlag genügte, und der Mann blieb, mit einer blutigen Wunde am Kopf, bewußtlos liegen.

Katoen fesselte und knebelte ihn mit seinen eigenen Kleidern. Zum Glück war die Handlaterne des Verschwörers heil geblieben; die nahm er als Ersatz für die kaputte Öllampe an sich. Die Pistole konnte er dagegen nicht mehr gebrauchen: Der Bügel des Radschlosses war abgebrochen. Andere Waffen fand er bei dem Bewußtlosen nicht.

»Dann muß das Stuhlbein reichen«, sagte Katoen und sah Felix an. »Laß uns rasch weitergehen, ehe dieser Laurens oder andere von den Kerlen hier auftauchen.«

Bald wurde der Untergrund naß, und je weiter sie gingen,

desto höher stieg das Wasser, bis es schließlich Katoens Knie erreichte. Aber sie sahen Tageslicht vor sich und beschleunigten ihre Schritte. Es schien hier tatsächlich einen Ausgang ins Freie zu geben, den der Mann mit der Pistole wohl bewacht hatte.

Nach ein paar Klaftern erkannte Katoen, daß er sich nicht geirrt hatte. Der Ausgang lag direkt am IJ und weit genug im Wasser, daß wohl niemand auf die Idee kam, hinter der meeresumspülten Höhle ein solches Labyrinth zu vermuten. Er ließ Stuhlbein und Laterne einfach fallen und hob Felix, dem das Wasser schon bis zur Brust stand, hoch. Mit dem Jungen auf dem Arm watete er ins Freie und gelangte zwischen zwei alten Fischerbooten, die hier allmählich verrotteten, an Land.

Er setzte Felix ab und hockte sich selbst auf einen runden Stein, der halb aus dem Boden ragte. Es war ein gutes Gefühl, dem düsteren Kellergewölbe entronnen zu sein und die frische Luft zu atmen. Über den östlichen Dächern der Stadt rang die Vormittagssonne mit einer dicken Wolkenschicht. Als sie endlich durchbrach, fiel ihr Schein auf die andere Seite der Bucht, das Galgenfeld von Volewijk.

»Uns liegt hier eine Anzeige vom heutigen Tag vor, aufgegeben von der Witwe Greet Gerritsen, ansässig am Botermarkt. Sie berichtet von einem nächtlichen Besuch, den ihr angeblich unsere Büttel abgestattet haben, doch die wollen davon nichts wissen. Außerdem zeigt sie das Verschwinden ihres Mieters an, des Amtsinspektors Jeremias Katoen, sowie das eines Jungen namens Felix, der in der Obhut des Amtsinspektors steht. Warum gilt der Amtsinspektor Katoen als vermißt, wenn er doch, wie Ihr sagt, in dieser Angelegenheit ermittelt?«

»Tatsächlich ist er nicht vermißt, sondern in geheimer Mission unterwegs, und nur ich bin eingeweiht. Die beiden Männer, die in der Nacht im Haus der Witwe Gerritsen waren, habe ich ausgeschickt, um für Katoen wichtige Unterlagen aus seiner Wohnung zu holen. Was den verschwundenen Jungen betrifft, das ist mir zur Zeit auch ein Rätsel. Ich weiß nicht, ob dieses angebliche Verschwinden überhaupt im Zusammenhang mit dem Fall steht. Vielleicht ist der Junge auch nur weggelaufen, weil es ihm am Botermarkt nicht gefallen hat. Wie dem auch sei, ich habe die beiden Büttel des Amtsinspektors Katoen beauftragt, nach dem Kind zu suchen.«

Das war unverkennbar die Stimme des Amtsrichters gewesen. Die andere Stimme war Jeremias Katoen zwar bekannt vorgekommen, aber er hatte sie nicht zuordnen können. Als er die Tür zum Sitzungssaal aufstieß, sah er, daß der Seilermeister Philipp Schuiten den Vorsitz führte. Jetzt erinnerte er sich an den Klang von dessen Stimme und wußte, daß er gesprochen hatte.

Seite an Seite mit Felix trat Katoen in den Saal, und sie ernteten verdutzte, neugierige Blicke. Nicht nur daß die angeblich Verschwundenen in die Sondersitzung des Magistrats platzten, ihr Aufzug, abgerissen, schmutzig und durchnäßt, war dem Rahmen auch kaum angemessen. Aber sie hatten keine Zeit gehabt, sich zu säubern und umzuziehen.

Nachdem sie am IJ, ein gutes Stück nordwestlich der Mündung des Damraks, ans Tageslicht gekommen waren, hatten sie sich schnellstmöglich zum Rathaus begeben. Sobald Katoens Flucht oder der überwältigte Verschwörer entdeckt wurde, würden die Wohlmeinenden Nicolaas van der Zyl auf dem schnellsten Weg darüber in Kenntnis setzen. Katoen hatte vorher im Rathaus sein wollen, um ihn zur Rede zu stellen, und offenkundig war ihm das gelungen.

In van der Zyl arbeitete es, das war ihm anzusehen. Er öffnete den Mund, sagte aber nichts. Er schien sich nicht sicher zu sein, wie er sich zu Katoens Auftauchen verhalten sollte.

Dafür rief Philipp Schuiten in das allgemeine Stimmengewirr, das nach Katoens Eintreten entstanden war: »Mijnheer Katoen, was hat das zu bedeuten? Und wie seht Ihr aus?«

Katoen schloß die Tür, bevor er antwortete: »So würdet Ihr auch aussehen, Mijnheer Schuiten, wenn man Euch ein Betäubungsgift verabreicht und Euch die ganze Nacht über in einem unterirdischen Verlies gefangengehalten hätte. Und wenn Ihr dann noch auf der Flucht durch das Ufer des IJ gewatet wäret.«

Augenblicklich wurde es still im Saal, und das Erstaunen auf den Gesichtern wuchs. Schuiten fragte: »Man hat Euch betäubt und eingesperrt, einen Amtsinspektor? Wer tut so etwas?«

Katoen zeigte auf van der Zyl. »Dieser Mann dort, der Amtsrichter persönlich!«

Nach diesen Worten war es mit der Ruhe auch schon wieder vorbei, und das Stimmengewirr wurde erst richtig laut. Die meisten Ratsherren wollten nicht glauben, daß ihr Amtsrichter für eine solchen Frevel verantwortlich sein sollte.

Nur einer blieb seltsam ruhig: Joan Blaeu. Er saß auf seinem gepolsterten Stuhl und blickte van der Zyl unverwandt an. Vielleicht war ihm bei Katoens Worten etwas aufgegangen, und er sah plötzlich vieles von dem, was ihm in letzter Zeit widerfahren war, in einem anderen Licht.

Der Beschuldigte selbst blieb ebenfalls ruhig. Er stand abwartend vor dem langen Tisch, an dem die Ratsherren Platz genommen hatten.

Schuiten, der als Sitzungsvorstand in der Mitte saß, schlug so lange mit der Faust auf den Tisch, bis abermals Ruhe eingekehrt war. Dann richtete er seinen Blick wieder auf Katoen. »Eure Erklärung stößt hier auf allgemeinen Unglauben, Mijnheer Katoen. Seid Ihr sicher, daß Ihr daran festhalten wollt?«

Katoen zeigte auf Felix. »Wenn Ihr mir nicht glaubt, fragt den Jungen hier. Ohne seine Hilfe säße ich immer noch in van der Zyls Kerker. Aber wenn mein Wort und das eines elternlosen Jungen für Euch zu gering wiegen, dann fragt doch den Amtsrichter nach dem Kellergewölbe, das sich unter seinem Haus befindet und sich bis zum Ufer des IJ erstreckt. Nach dem Gewölbe, zu dem auch eine Kerkerzelle gehört und in dem vielleicht noch die Leiche eines Bettlers liegt, den van der Zyl und seine Mitverschwörer vergangene Nacht in den Tod getrieben haben.«

»Mitverschwörer?« wiederholte Schuiten. »Von was für einer Verschwörung sprecht Ihr?«

»Sie nennen sich die ›Wohlmeinenden‹, obwohl die ›Böswilligen‹ viel besser auf sie passen würde. Hohe Herren sollen es in der Mehrzahl sein, darunter etliche ›Verehrer der Tulpe‹, vielleicht auch einige aus Eurem Kreis. Das Ziel der Verschwörung ist schnell umrissen: Diese selbsternannten Wohlmeinenden wollen unsere Republik den Franzosen und ihren Verbündeten in die Hände spielen und daraus ihren Vorteil ziehen.«

Bevor durch Katoens Bemerkung über die Verstrickung achtbarer Bürger in die Verschwörung neue Aufregung entstehen konnte, sagte Schuiten rasch: »Mijnheer van der Zyl, nehmt doch Stellung zu diesen Vorwürfen!«

Lächelnd breitete der Amtsrichter die Arme aus. »Ich bin ganz erstaunt über die Phantasie des Amtsinspektors Katoen. Oder sollte ich besser sagen, über seinen Geisteszustand? Ich weiß nicht, was ihm zugestoßen ist, daß er herumläuft wie ein Vagabund, aber offenbar hat es seinen Verstand in Mitleidenschaft gezogen. Ihr alle kennt mich lange, meine Herren, mehr als das, Ihr vertraut mir, und das zu Recht. Könnt Ihr wirklich auch nur eine Sekunde lang glauben, daß an diesen wilden Anschuldigungen etwas Wahres ist?« Während er sprach, verließ er seinen Platz und ging langsam an dem Tisch entlang, bis er vor Blaeu stand. »Unser Freund Joan Blaeu kann bestätigen, daß ich mir nichts habe zuschulden kommen lassen.«

Der Kartenmacher schaute nicht weniger verblüfft drein

als Katoen. Aber schnell wurde aus seiner Verwunderung purer Schrecken, als der Amtsrichter ihn von seinem Stuhl hochriß, ihm die Arme um den Hals schlang und ihn an sich drückte.

»Beenden wir diese Posse«, sagte van der Zyl, jetzt nicht mehr in einschmeichelndem Ton, sondern mit harter, schneidender Stimme. »Ich werde den Saal jetzt verlassen. Wenn irgend jemand mich daran zu hindern sucht, breche ich Blaeu das Genick!«

Rückwärts gehend bewegte van der Zyl sich, seine Geisel im Schlepptau, langsam auf die Tür zu, und die Ratsherren verfolgten das Schauspiel fassungslos. Katoen hätte gern gewußt, was sie mehr verwirrte, daß Blaeu derart bedroht wurde oder die Tatsache, daß van der Zyls Verhalten einem Schuldeingeständnis gleichkam. Und noch lieber hätte er gewußt, bei wem das Entsetzen echt und bei wem nur vorgetäuscht war. Aber das würde er möglicherweise nie erfahren.

Als van der Zyl bei Katoen angelangt war, sagte er: »Ihr habt die falsche Entscheidung getroffen, Jeremias, leider. Nun öffnet mir die Tür – und versucht nicht, mich hereinzulegen!«

Katoen schob Felix zur Seite, damit der nicht in Gefahr geriet, und befolgte den Befehl des Amtsrichters. Er hatte nicht die Absicht, irgend etwas zu tun, das Blaeus Leben gefährden könnte.

»Brav«, sagte van der Zyl, während er sich langsam an Katoen vorbeischob. Kaum war er außerhalb des Saales, versetzte er seiner Geisel einen heftigen Stoß, drehte sich um und lief auf den Ausgang des Rathauses zu.

Katoen konnte Blaeu gerade noch auffangen, so daß er nicht gegen den Türpfosten prallte. Schuiten und ein paar der Ratsherren kamen herbeigeilt.

»Kümmert Euch um Blaeu und um meinen Jungen«, sagte Katoen zu Schuiten, der es übernahm, den schwer atmenden Kartenmacher zu stützen.

»Ihr könnt Euch auf mich verlassen«, erwiderte der Seilermeister.

Katoen lief dem flüchtenden Amtsrichter nach und sah gerade noch, wie er das Rathaus verließ. Draußen auf dem Dam glaubte Katoen zunächst, der Flüchtende sei ihm im Gewühl der Menschen und Marktstände entwischt, doch dann entdeckte er ihn, wie er sich einen Weg durch die Menge bahnte und in Richtung Damrak lief. Katoen folgte ihm, ohne auch nur zu versuchen, Verstärkung von den Wachen im Rathaus zu erhalten. Er mußte sich sputen, wollte er die Spur des Amtsrichters nicht doch noch verlieren.

Je länger er lief, desto stärker machten sich die hinter ihm liegenden Anstrengungen bemerkbar. Bei jedem Schritt spürte er schmerzhaftes Seitenstechen, und van der Zyl konnte seinen Vorsprung ständig vergrößern.

Aber Katoen biß die Zähne zusammen und lief weiter. Er fragte sich, was der Amtsrichter ausgerechnet am Damrak wollte. War sein Ziel etwa das eigene Haus, wo er auf Verstärkung durch seine Mitverschwörer hoffte? Aber was konnte er dadurch gewinnen? Wenn die Ratsherren erst die Wachen schickten – und das war nur eine Frage der Zeit –, würden die Verschwörer, die nicht so zahlreich waren, im Kampf unterliegen.

Auf der Höhe seines Hauses wandte van der Zyl sich aber nicht dem Gebäude zu, sondern dem Wasser. Er lief zum Kai und sprang in seine Jolle, die er in Windeseile losmachte und vom Ufer abstieß. Sie glitt hinaus auf den Kanal, und van der Zyl setzte das Segel.

Ich habe das Wettrennen verloren! Das war Katoens erster Gedanke, als er sah, wie der Amtsrichter sich vom Ufer entfernte. War er erst einmal draußen auf dem IJ, konnte er leicht die offene See erreichen und irgendwo unbehelligt wieder an Land gehen, in einer anderen Stadt, wo niemand ihn kannte, oder an einem unbelebten Küstenstrich.

Dann aber erkannte Katoen, daß van der Zyl es nicht leicht haben würde, aus dem Damrak hinauszukommen. An der Mündung war ein auslaufendes Fährschiff gleich mit zwei hereinkommenden Lastkähnen zusammengestoßen, und die drei Schiffe hatten sich unglücklich ineinander verkeilt. Bei dem Versuch, dieses Knäuel zu umfahren, behinderten auch die übrigen Schiffe einander. Van der Zyl lenkte die Jolle zum diesseitigen Ufer, vermutlich weil er eine schmale Lücke im Gewirr der Schiffe entdeckt hatte, durch die er sein kleines Boot manövrieren wollte. Mit seinen seglerischen Fähigkeiten würde er das bewältigen, aber es kostete Zeit.

Zeit, die Katoen nutzte. Er war stehengeblieben, als er die Jolle ablegen sah, und sog, vornübergebeugt und die Hände auf die Knie gestützt, in schnellen, gierigen Zügen frische Luft in seine Lungen. Jetzt sammelte er sämtliche Kräfte und rannte, so schnell er noch konnte, direkt am Kai entlang, wich um Haaresbreite einer schweren Kiste aus, die vom Giebelkran eines Kaufmannshauses herabgelassen wurde, sprang über einen Poller, an dem ein Leichter vertäut war, rempelte einen breitschultrigen Lastträger an, der gerade einen schweren Sack schulterte – und gelangte tatsächlich auf eine Höhe mit van der Zyls Segelboot, das nur sieben oder acht Fuß von ihm entfernt war.

Ein letzter Anlauf, ein Sprung, und Katoen landete in der Jolle, die unter seinem Aufprall heftig zu schwanken begann. Vier, fünf Sekunden lang glaubte er, entweder das Boot würde kentern oder er würde das Gleichgewicht verlieren und über Bord fallen. Aber nichts von beidem geschah. Er hielt sich mit der Rechten fest und sah van der Zyl an, der an der Ruderpinne saß und ihn entgeistert anstarrte.

»Ende des Ausflugs«, keuchte Katoen.

»Das muß nicht sein. Noch ist es nicht zu spät, Jeremias, Ihr könnt Euch noch immer auf die richtige Seite schlagen.«

»Da stehe ich schon.«

»Das ist bedauerlich.«

»Für Euch, van der Zyl. Eure feingesponnene Intrige wird ihre Wirkung nicht entfalten. Jetzt seid Ihr die Spinne, die sich im eigenen Netz verfangen hat!«

»Meint Ihr, Jeremias?«

Während der Amtsrichter noch sprach, ließ er die Ruderpinne los und schnellte nach vorn. Seine Arme umklammerten Katoens Oberschenkel, und das brachte ihn doch aus dem Gleichgewicht. Er stürzte und schlug hart im Boot auf. Van der Zyl warf sich erneut auf ihn und packte mit beiden Händen seinen Hals. Katoen versuchte seinerseits, dem Gegner die Luft abzudrücken.

Das war der Augenblick, in dem die führerlose Jolle die Kaimauer rammte und kenterte. Die beiden Männer, noch immer ineinander verschlungen, wurden ins kalte, brackige Wasser geschleudert. Katoen schluckte Wasser, das er prustend wieder ausstieß.

Dennoch hielt er van der Zyls Hals weiter umklammert und der Amtsrichter den seinen. Katoens Kopf tauchte unter die Wasserlinie und kam wieder hoch. Die Luft wurde ihm knapp, auch über Wasser, und er sah schwarze Punkte vor seinen Augen tanzen. Aber er hielt den Amtsrichter unbeirrt fest, immer an den alten Bettler denkend, für den es auch keine Gnade gegeben hatte.

Und wie der Bettler seinen Kopf wieder und wieder gegen den Pfeiler gestoßen hatte, so rammte Katoen jetzt mit letzter Kraft van der Zyls Schädel gegen die Kaimauer, einmal, zweimal, dreimal. Dunkle Schlieren bildeten sich rund um den Kopf des Amtsrichters. Es dauerte einen Moment, bis Katoen begriff, daß das Blut war, das Blut seines Gegners.

Van der Zyls Hände lösten sich von seinem Hals, und endlich konnte Katoen wieder atmen. Die Hände, die ihn eben noch gewürgt hatten, trieben kraftlos im Wasser. Nicht nur die

Hände. Jegliche Kraft war aus dem Körper des Amtsrichters gewichen, ganz so wie sein Leben. Der letzte Schlag gegen die Mauer hatte ihm den Rest gegeben.

Katoen, am Rande der Erschöpfung, hielt sich an einem der rostigen Eisenringe fest, die zum Vertäuen von Schiffen in die Kaimauer eingelassen waren, während Nicolaas van der Zyl neben ihm tiefer und tiefer sank. Es hatte keinen Sinn, die Leiche festzuhalten, und im Augenblick wäre er dazu auch zu schwach gewesen. Er holte tief Luft und beobachtete, wie der Damrak den Amtsrichter verschluckte.

Kapitel 28

Die Bruderschaft der Wohlmeinenden

Ausgelaugt und müde saß Jeremias Katoen in seiner Dienststube und blickte aus dem Fenster auf eine Stadt, in der das Leben wie gewohnt weiterging. Der Nebel, der in den vergangenen Tagen wie ein riesiges, alles erstickendes Tuch über Amsterdam gelegen hatte, war verschwunden, und er konnte über die Hausdächer hinweg bis zum Singel sehen, auf dem kleinere Frachtschiffe, Lastkähne, Leichter und Ruderboote kreuzten und den endlosen Kreislauf des Warenstroms, dem Amsterdam seinen Reichtum verdankte, aufrechterhielten.

Was sich einige Stunden zuvor am Damrak ereignet hatte, das wußten die Menschen da unten, die Kaufleute, Schiffer und Arbeiter, nicht, und hätten sie es gewußt, es hätte sie nicht davon abgehalten, ihre Schiffe und Boote zu be- und entladen, Frachtlisten zu prüfen und Schiffen, die auf längere Fahrt gingen, einen letzten Gruß nachzuwinken.

Lustlos nippte Katoen an dem Becher mit Heidelbeerschnaps und dachte an das, was glücklicherweise hinter ihm lag, an Nicolaas van der Zyls Flucht aus dem Rathaus und den Kampf auf Leben und Tod, den sie beide sich auf dem Damrak geliefert hatten. Das Ganze erschien ihm so unwirklich wie ein

Theaterstück, das man sich anschaut, ohne das Dargebotene für bare Münze zu nehmen. Und doch hatte er es erlebt, und noch jetzt spürte er van der Zyls eisernen Griff um seinen Hals und mußte einen dicken Kloß hinunterwürgen. Nachdem er nach dem gewonnenen Kampf mit letzter Kraft auf den Kai geklettert war, hatte er ein paar Minuten gebraucht, bis er wieder ansprechbar gewesen war.

Zum wiederholten Mal fragte er sich, ob er van der Zyls Tod begrüßte oder bedauerte, aber er fand keine rechte Antwort. Der Verschwörer van der Zyl, dem er in der vergangenen Nacht begegnet war, hatte den Tod gewiß verdient, und um den tat es ihm nicht leid. Aber es hatte auch den anderen gegeben, den Amtsrichter van der Zyl, den er über viele Jahre hinweg als gerechten, sich mit ganzer Kraft für die Belange Amsterdams und seiner ehrlichen Bürger einsetzenden Mann gekannt hatte. Um diesen Mann trauerte Katoen, und gleichzeitig sagte er sich, daß er den Verlust nicht zu verantworten hatte. Der aufrechte, ehrliche Nicolaas van der Zyl war nur noch eine Fassade gewesen, von ihm selbst zu jenem Zeitpunkt errichtet, als er dem Dunklen und Bösen, das in jedem Menschen verborgen lag, verfiel.

Katoens Gedanken kehrten zu den Ereignissen des Vormittags zurück. Nachdem er sich ein wenig erholt hatte, war er zum Rathaus zurückgekehrt, um dem Magistrat Bericht zu erstatten.

Schnell wurde der Beschluß gefaßt, van der Zyls Haus und das darunter liegende Gewölbe nach weiteren Verschwörern zu durchsuchen. Katoen hatte ein paar bewaffnete Wachen zu jener Stelle am Ufer des IJ geführt, wo er mit Felix aus dem Gewölbe herausgekommen war. Sie hielten dort Wache, damit keinem der Wohlmeinenden auf diesem Weg die Flucht gelang. Unterdessen wollte Philipp Schuiten mit weiteren Bewaffneten in das Haus des Amtsrichters eindringen. Katoen hatte vorgeschlagen, daß zuvor Felix beschreiben sollte, wie man vom Haus in das Gewölbe kam.

Der Plan ging auf. Er hörte Schüsse im Gewölbe, deren Echo wie rollender Donner tönte, aber keiner der Verschwörer kam zum IJ herausgelaufen. Katoen war das nur recht, dieses Gefecht überließ er gern den anderen. Er hatte vorerst genug an Kampf, Blut und Tod.

Schuitens Trupp war in dem Gewölbe auf insgesamt fünf Verschwörer gestoßen. Zwei von ihnen, darunter der ältere der beiden Männer, die in der Nacht den Bettler hergebracht hatten, starben im Kampf. Zu den drei Gefangenen zählte auch der Mann, den Katoen und Felix gefesselt und geknebelt zurückgelassen hatten und der noch in demselben Zustand vorgefunden worden war.

Anschließend war Katoen mit Felix zum Botermarkt gegangen, wo die Witwe Gerritsen zunächst höchst erfreut gewesen war, ihren Mieter und seinen Schützling gesund wiederzusehen, und dann die Hände über dem Kopf zusammengeschlagen hatte, weil die beiden so verdreckt und abgerissen daherkamen. Sie erhitzte einen großen Topf Wasser auf dem Herd, griff eigenhändig zu Bürste und Seife und schrubbte Felix von Kopf bis Fuß ab. Katoen wusch sich derweil selbst, bevor die brave Witwe auch ihn zum Objekt ihres Reinlichkeitsdranges machen konnte.

Auch das lag schon einige Stunden zurück. Inzwischen war der Magistrat erneut zusammengekommen, um über die Ereignisse zu beraten.

Zweimal war Katoen in den Sitzungssaal gerufen worden, einmal, um ausführlich Bericht zu erstatten, das zweite Mal, um Fragen zu beantworten, die sich im Laufe der Sitzung ergeben hatten. Jetzt wartete er ab, was die Amsterdamer Ratsherren beschlossen.

Irgendwann kam Philipp Schuiten in seine Dienststube, was

ihn überraschte, hatte er doch damit gerechnet, ein weiteres Mal vor den Rat zitiert zu werden. Der Seilermeister sah blaß aus, und unter seinen Augen lagen Schatten. Er schien sich ähnlich abgekämpft zu fühlen wie Katoen.

»Setzt Euch, Mijnheer Schuiten. Mögt Ihr etwas von dem Heidelbeerschnaps, den mein Onkel in Utrecht selbst brennt?«

Schuiten mochte, und Katoen füllte einen zweiten Becher mit der dunklen Flüssigkeit. Der Seilermeister nahm einen großen Schluck und schloß wohlig die Augen, als der Schnaps seine Kehle hinunterrann.

»Das tut gut«, seufzte er.

»Ihr habt ja auch eine lange Sitzung hinter Euch«, sagte Katoen mitfühlend.

»Es hat keine Sitzung gegeben«, erwiderte Schuiten zu Katoens Überraschung.

»Was, wieso? Ihr kommt doch gerade von der Sitzung, und ich habe zweimal vor der Ratsversammlung ausgesagt!«

»Eine Sitzung des Amsterdamer Magistrats endet stets mit einem Protokoll, in dem Verlauf und Ergebnis festgehalten werden. Gibt es ein solches Protokoll nicht, gibt es keinen Ratsbeschluß, und eine Sitzung hat niemals stattgefunden.«

Jetzt begriff Katoen. »Ihr meint, von der Sitzung soll niemand erfahren.«

Schuiten lächelte schwach. »Von was für einer Sitzung?« Er beugte sich vor und senkte die Stimme. »Hört mir gut zu, Katoen. Alles, was in der vergangenen Nacht und heute geschehen ist, müßt Ihr vergessen. Hört Ihr? Es hat sich niemals ereignet!«

Katoen verstand, was er hörte, und wollte es doch nicht glauben.

»Ich ahne, was in Euch vorgeht«, fuhr Schuiten fort. »Ihr

denkt, der Rat habe diese Entscheidung getroffen, um hochrangige Bürger, die der Bruderschaft der Wohlmeinenden angehören, zu schützen.«

»Auf diesen Gedanken könnte man kommen, in der Tat«, sagte Katoen frostig. »Zumal ich tatsächlich davon ausgehe, daß mehrere Ratsmitglieder zu den Verschwörern zählen.«

»Das mag sein, aber jetzt haben andere Interessen Vorrang. Wir haben lange darüber debattiert und sind schließlich zu einer einstimmigen Entscheidung gelangt. Die Stabilität unserer Nation in dieser schwierigen Lage ist wichtiger als die restlose Vernichtung der Verschwörer. Nun, da wir ihren Plan kennen, wird die Führung unserer Armee die nötige Vorsicht walten lassen. Mit dem Tulpenextrakt können sie uns kaum noch gefährlich werden. Außerdem haben wir in van der Zyls Haus die entwendete Seekarte und das Manuskript des Kreuzfahrers gefunden. Die Wohlmeinenden besitzen also keine Kenntnis über den Seeweg zur Tulpenküste und sind nicht in der Lage, weitere dieser gefährlichen Zwiebeln in die Niederlande zu bringen.«

»Was geschieht mit der Karte und dem Buch?«

»Beides ist dem rechtmäßigen Besitzer ausgehändigt worden, Joan Blaeu.«

»Warum ausgerechnet ihm?«

»Erstens ist er, wie ich schon sagte, der rechtmäßige Besitzer. Zweitens können wir wohl davon ausgehen, daß er der Bruderschaft der Wohlmeinenden nicht angehört.«

»Aber ihm sind die Unterlagen schon einmal gestohlen worden. Wenn Verschwörer im Magistrat sitzen, wissen sie nun, wo sie die Dokumente finden.«

»Blaeu hat versprochen, daß er sie gut verstecken wird, sehr gut, und daß er das Versteck niemandem verrät. Die bittere Erfahrung mit seinem Hauptkontoristen hat ihn vorsichtig werden lassen.«

»Die Verschwörer könnten erneut versuchen, ihn zu erpressen«, sagte Katoen kopfschüttelnd. »Ich halte das für keine gute Idee. Das beste wäre gewesen, die Karte und das Buch zu verbrennen.«

»Das können wir nicht, sie gehören Joan Blaeu. Und sie sind sehr wertvoll. Wie würde das aufgenommen, wenn wir einfach das Eigentum eines geschätzten Bürgers unserer Stadt vernichteten? Jeder Kaufmann in Amsterdam müßte befürchten, daß ihm ähnliches widerfährt. Nein, so können wir nicht miteinander umgehen.«

»Eure Bedenken in allen Ehren, Mijnheer Schuiten, aber sollte die Sicherheit unserer Nation nicht schwerer wiegen?«

»Ich für mein Teil würde Euch da sogar zustimmen, aber ich bin nicht der Magistrat, auch wenn ich zu Euch für ihn spreche. Uns bleibt nichts anderes übrig, als künftig ein wachsames Auge auf Joan Blaeu zu haben. Allerdings glaube ich nicht, daß die Wohlmeinenden ihren Plan weiterverfolgen werden. Nun, da wir von ihnen wissen, ist die Gefahr zu groß. Ich denke, Ihr, Jeremias Katoen, habt dieser dunklen Bruderschaft mit Eurem Einsatz heute den Todesstoß versetzt.«

Katoen war noch immer unzufrieden, was die Rückgabe der Karte und des Manuskriptes an Blaeu betraf, aber es lag nicht in seiner Macht, daran etwas zu ändern. So vieles war ihm noch unklar. Er fragte Schuiten: »Wie wollt Ihr der Öffentlichkeit den Tod des Amtsrichters erklären?«

»Es war ein Segelunfall, ganz einfach. Ihr, der tapfere Amtsinspektor Katoen, wart zufällig zugegen und habt versucht, Euren unglücklichen Vorgesetzten aus dem Damrak zu ziehen, leider vergebens.«

»Erwartet Ihr, daß ich bei seiner Beerdigung Tränen vergieße?«

»Wie es jetzt aussieht, wird es keine Beerdigung geben. Bislang haben wir van der Zyls Leichnam nicht gefunden.«

»Und was geschieht mit den Verschwörern, die in dem unterirdischen Gewölbe festgenommen worden sind?«

»Bislang schweigen sie eisern, aber das wird sich im Geißelkeller sicher geben. Niemand hat sie erkannt, und auch über ihre beiden toten Mitverschwörer wissen wir nichts. Wir gehen daher davon aus, daß sie nicht aus Amsterdam stammen. Gerade deshalb wird van der Zyl sie hier eingesetzt haben. Aller Voraussicht nach werden sie auf Lebenszeit aus den Niederlanden verbannt werden. Würden wir sie hinrichten, würde das zu viel Aufsehen erregen.«

»Ja, wahrscheinlich«, seufzte Katoen. »So viel Betrieb auf dem Galgenfeld würde die Leute stutzig machen.«

»Da wir von Galgenvögeln sprechen, wie steht es mit der Suche nach dem Tulpenmörder?«

»Der ist mir beinahe sympathisch geworden, seit ich weiß, daß seine Opfer zur Bruderschaft der Wohlmeinenden gehört haben.«

»Der junge van Rosven wohl nicht, und für Euren Büttel traf das ja wohl auch nicht zu. Offensichtlich nimmt der Mörder es mit seinen Opfern dann doch nicht so genau. Ein Grund mehr, seiner endlich habhaft zu werden.«

»Gewiß«, sagte Katoen und erzählte Schuiten von seiner Abmachung mit van der Zyl, daß er zum Ende der Woche von dem Fall und von seinem Amt zurücktreten werde, sollte er den Tulpenmörder bis dahin nicht gefaßt haben. »Dieses Wort habe ich van der Zyl in seiner Eigenschaft als Amtsrichter gegeben, und dazu stehe ich natürlich. Wenn Ihr möchtet, erkläre ich meinen Rücktritt auch sofort, dann haben wir einen sauberen Schnitt.«

»Das kommt nicht in Frage, Katoen, Ihr bleibt im Amt!« erwiderte Schuiten in einem Ton, der keinen Widerspruch duldete. »Van der Zyl hat einen Sündenbock gesucht, um vor dem Magistrat und der Öffentlichkeit gut dazustehen. Zugleich hat er Euch wiederholt als seinen besten Mann bezeichnet, und heute habt Ihr bewiesen, daß er nicht übertrieben hat. Daß Eure Fähigkeiten letztlich ihm selbst zum Verhängnis geworden sind, entbehrt nicht einer gewissen Ironie.«

»Die Spinne im Netz«, sagte Katoen leise.

»Wie meint Ihr?«

»Ach, schon gut.«

»Zurück zum Tulpenmörder. Was meint Ihr, Katoen, wird jetzt Schluß sein mit den Morden, da die Pläne der Wohlmeinenden doch durchkreuzt sind?«

»Schwer zu sagen. Wir wissen nicht, ob es dem Mörder darum geht, ihre Pläne zu durchkreuzen, oder schlicht darum, die Mitglieder der Bruderschaft, aus welchem Grund auch immer, ins Jenseits zu befördern. Ist letzteres der Fall, wird es weitere Morde geben.«

»Wir müssen ihn also kriegen. Sonst sterben vielleicht noch mehr Unschuldige, so wie Euer Büttel. Verfolgt Ihr denn eine bestimmte Spur?«

»Möglicherweise. Ich warte auf einen Brief aus Haarlem, dann sehe ich hoffentlich etwas klarer.«

»Einen Brief aus Haarlem? Nun ja, ich habe vollstes Vertrauen in Euch, Katoen, Ihr werdet das schon machen. Aber es gibt noch eine Aufgabe für Euch. Ihr seid in die ganze Geschichte eingeweiht, deshalb möchte ich keinen anderen damit betrauen.«

»Wovon sprecht Ihr?«

»Von der Tulpe des Bösen. Wir haben in van der Zyls Haus weder diese abscheulichen Tulpen noch einen Vorrat ihrer Zwiebeln gefunden. Auch die Blütenblätter, die der Tulpenmörder bei seinen Opfern hinterlassen hat, deuten ja darauf hin, daß es einige Exemplare dieser ominösen Tulpensorte bei uns geben muß. Findet die Tulpe des Bösen, Katoen, findet und vernichtet sie!«

Kapitel 29

Die Tulpe des Bösen

Freitag, 19. Mai 1671

Am Freitagvormittag lag Amsterdam im prächtigsten Sonnenschein, als seien Regen und Nebel der vergangenen Tage nur ein düsterer Traum gewesen. Es war, als atme die Stadt am IJ auf, nachdem die Gefahr durch die Bruderschaft der Wohlmeinenden gebannt war. Als Jeremias Katoen dieser Gedanke kam, mußte er über sich selbst lächeln. Das war natürlich Unsinn. Kaum ein Mensch in der Stadt wußte von den Wohlmeinenden und ihrem niederträchtigen Plan zur Erlangung der Macht. Für die Bürger von Amsterdam war es ein Tag wie jeder andere, und so sollte es auch sein.

Katoen fühlte sich besser als am Abend zuvor. Er hatte tief geschlafen und war am Morgen, als die Sonne durch sein Fenster schien, mit dem Gefühl erwacht, daß eine schwere Last von ihm genommen war. Zwar gab es noch einiges zu regeln, aber er glaubte zu wissen, was er zu tun hatte, damit auch die letzten unsichtbaren Schatten, die noch auf Amsterdam lagen, vertrieben wurden.

Beim Frühstück, von der fürsorglichen Witwe Gerritsen zubereitet, hatte er endlich Zeit gefunden, in Ruhe mit Felix zu sprechen und ihm zu erzählen, daß er die Vormundschaft über ihn beantragt hatte und daß er künftig auf den Namen Felix Katoen hören müßte. Felix schien nichts dagegen zu haben, im Gegenteil, sein schmales Gesicht strahlte mit der Sonne um die Wette. Als Katoen allerdings erwähnte, daß er sich in der nächsten Woche darum kümmern wolle, daß sein Schützling eine Schule besuchen könne, schien Felix' Freude ein wenig gedämpft. Anfangs würde es dem Jungen schwerfallen, in der Schule zurechtzukommen, wie er auch im Waisenhaus seine Probleme mit den dort herrschenden Regeln gehabt hatte, aber Katoen war sich sicher, daß er das schaffen würde. Er war klug und willensstark, und Katoen wollte ihm helfen, so gut er nur konnte.

Jetzt war Katoen unterwegs zum Jordaan, um ein Versprechen einzulösen, das er ein paar Tage zuvor gegeben hatte. Er traf Anna Swalmius im Hinterhof des Mietshauses an, in dem ihre kleine Wohnung lag. Die Ärmel ihres Kleides bis über die Ellbogen hochgekrempelt, hängte sie Wäsche auf, deren zahlreiche Flicken beredtes Zeugnis davon ablegten, in welch bescheidenen Verhältnissen sie und ihr Ziehvater lebten. Sie war überrascht, als er sie lächelnd begrüßte.

Es tat ihm gut, in ihr natürlich schönes Gesicht zu sehen, das trotz der Härten, die das Leben ihr beschert hatte, keine Zeichen von Verbitterung aufwies. Beim Erwachen am Morgen war er von dem guten Gefühl beseelt gewesen, etwas Angenehmes geträumt zu haben, aber den Traum selbst hatte er vergessen. Jetzte erinnerte er sich, daß er von Anna geträumt hatte.

»Das nenne ich eine Überraschung«, sagte sie, ohne in ihrer Beschäftigung innezuhalten. »Ein morgendlicher Besuch des Herrn Amtsinspektors, der noch dazu guter Laune ist, wie es scheint.«

»Bei Eurem Anblick bin ich das immer.« Er senkte die Stimme. »Es sei denn, Ihr geht mit dem Rapier auf mich los.«

Jetzt lächelte sie auch. »Ich bin ein braves Mädchen gewesen und habe das Rapier in den vergangenen Tagen nicht angerührt.«

»Gut so«, lobte Katoen. »Auch ich will mein Wort halten und Euch erzählen, was sich ereignet hat. Habt Ihr Zeit für einen kleinen Spaziergang? Es gibt so einiges, was ich Euch zu berichten habe.«

»Das klingt wichtig, also nehme ich mir die Zeit.«

Während sie die Prinsengracht entlang in Richtung IJ spazierten, erzählte Katoen ihr von den Ereignissen der vergangenen Tage. Anna zeigte sich erleichtert darüber, daß der Plan der Wohlmeinenden durchkreuzt worden und daß es gelungen war, die Karte der Tulpenküste und das alte Manuskript sicherzustellen. Ganz und gar nicht erfreut war sie jedoch über die Tatsache, daß der Magistrat Karte und Buch an Joan Blaeu zurückgegeben hatte.

»Wäre Blaeu nicht selbst Mitglied des Magistrats, hätten die Ratsherren anders entschieden«, schimpfte sie. »Am besten wäre es gewesen, man hätte die Seekarte und das Manuskript verbrannt!«

»Der Meinung bin ich auch, aber das zu entscheiden liegt weder bei Euch noch bei mir, Anna. Uns bleibt etwas anderes zu tun. Vielleicht möchtet Ihr dabeisein und Euer Ziehvater auch.«

Als Katoen ihr von seinem Vorhaben erzählte, begannen ihre braunen Augen zu funkeln und zu schimmern wie flüssiges Gold.

Drei Stunden später bewegte sich ein Zug von ungefähr zwanzig Reitern und fünf Planwagen auf der Straße von Amsterdam nach Utrecht in südlicher Richtung, bog an der Ruine der Roten Mühle nach links ab und folgte dem Weg, den Katoen am Mittwoch der vergangenen Woche genommen hatte, bis vor die hohe Mauer, die das Anwesen des Tulpenzüchters Willem van Dorp umschloß.

Katoen, der einen kräftigen Braunen ritt, rief: »Den Rammbock abladen!«

Jan Dekkert, auf einer Fuchsstute neben ihm, zeigte auf die Klingelschnur, die neben dem schweren Holzbohlentor hing. »Vielleicht sollten wir es erst einmal mit Klingeln versuchen, Baas. Das scheint mir die einfachere Methode zu sein.«

Henk Bogaert, dessen kleiner Grauer unruhig tänzelte, warf ein: »Dann können wir ihn aber nicht mehr überrumpeln.«

»Henk hat es erfaßt«, sagte Katoen. »Ich will da rein, bevor van Dorps Wachhunde, die zweibeinigen wie die vierbeinigen, überhaupt wissen, daß wir hier sind.«

»Also rechnet Ihr mit Gegenwehr?« fragte Dekkert.

»Die will ich durch unser überraschendes Eindringen gerade verhindern.« Katoen wandte sich an den gesamten Trupp, über den er das Kommando führte: »Sechs Männer an den Rammbock, alle anderen bleiben in den Wagen und im Sattel. Sobald das Tor offen ist, stürmen wir das Anwesen. Achtet auf meine Befehle!«

Der Rammbock war ein verkürzter Baumstamm, auf dessen einem Ende eine Eisenspitze saß. Links und rechts waren jeweils drei Eisenbügel als Tragegriffe in das Holz eingelassen. Sechs kräftige Männer der Amsterdamer Stadtwache hoben das Gerät an. Katoen zeigte auf das Tor und senkte seinen Arm in einer schnellen Bewegung. Die Männer stürmten los und rammten ihr Werkzeug mit voller Wucht gegen das Tor. Ein dumpfes Krachen ertönte, aber sonst schien der Ansturm nichts bewirkt zu haben; lediglich ein paar Holzsplitter hatte die Eisenspitze von dem Tor abgekratzt.

»Weiter!« befahl Katoen. »Immer weiter!«

Noch zweimal donnerte der Rammbock gegen das Tor, dann löste es sich aus seiner Verriegelung und sprang auf. Die

Männer legten die Ramme vor dem Zaun ab und stießen das Tor ganz auf.

»Hinein!« rief Katoen und galoppierte als erster durch das Tor, gefolgt von seinen Bütteln, den berittenen Wachen und den Planwagen, auf denen Musketiere saßen.

Katoen war abermals beeindruckt von der Größe der vielfarbigen Tulpenbeete, obwohl er wußte, daß der Eindruck auf einer Täuschung beruhte, die durch Willem van Dorps ausgeklügeltes Spiegelsystem erzeugt wurde. Zwei Männer kamen ihnen auf dem breiten Kiesweg, der zwischen den Beeten hindurch zum Haus führte, entgegen. Beide sahen verwegen aus, und sie waren sichtlich erbost darüber, daß Katoen und seine Begleiter hier einfach so eindrangen.

Der eine war Ebbo, der Mann mit dem entstellten Gesicht. Er führte den struppigen, großen Hund an der Leine, der so laut kläffte, daß die Pferde scheuten. Das Gesicht des Mannes neben Ebbo war zwar unversehrt, aber er war deswegen nicht viel ansehnlicher. Er hatte die groben, hinterhältigen Züge eines Halunken, dem man lieber nicht allein in einer dunklen Gasse begegnete. Seine Hände umklammerten den Stiel einer Forke mit zwei langen Zinken, und er schien im Begriff, diese als Waffe einzusetzen.

Katoen hob die rechte Hand, und sein Trupp hielt an. »Musketiere ausschwärmen und feuerbereit machen!«

Kaum hatte er den Befehl erteilt, da sprangen auch schon vierundzwanzig Musketiere aus den Wagen und nahmen in einer Linie links und rechts des Kieswegs Aufstellung, ohne darauf zu achten, daß sie auf den Beeten herumliefen und mit ihren schweren Stiefeln die Tulpen zertrampelten. Außerdem stießen sie gegen die Drähte und lösten damit eine der Alarmglocken aus, deren schrilles Gebimmel sogleich erscholl.

Sobald die Musketiere ihre Stützgabeln ins Erdreich gerammt und die schußbereiten Musketen aufgelegt hatten, rief

Katoen zu Ebbo und seinem Begleiter hinüber: »Wenn Ihr Dummheiten macht, lasse ich Euch in Stücke schießen. Und jetzt gebt den Weg frei!«

Bevor die beiden dem nachkommen konnten, traten zwei weitere Männer aus dem Haus und eilten herbei. Der eine war Willem van Dorp selbst, den anderen kannte Katoen nicht. Er war noch recht jung, von schlanker Gestalt und mit entschlossener Miene, bewaffnet mit einer doppelläufigen Pistole. Als er noch ungefähr zehn Fuß entfernt war, blieb er stehen und zielte auf Katoen und seine beiden Büttel, die sich an der Spitze der Kolonne befanden.

Auch van Dorp blieb stehen und rief empört: »Sie schon wieder, Katoen! Was soll dieser Auftritt? Warum zertrampeln Ihre Männer meine Tulpen? Ich werde mich beim Amtsrichter über Euch beschweren!«

»Da werdet Ihr nicht viel Glück haben, Mijnheer van Dorp«, erwiderte Katoen. »Nicolaas van der Zyl ist gestern im Damrak ertrunken.«

Auf dem Gesicht des Tulpenzüchters zeichnete sich echte Überraschung ab. »Ertrunken, sagt Ihr? Im Damrak?«

»Wie kommt es, daß Ihr noch nichts davon wißt?« fragte Katoen. »Steht es um die Nachrichtenübermittlung innerhalb Eurer Bruderschaft so schlecht? Oder haben Eure wohlmeinenden Mitverschwörer es unterlassen, mit Euch in Verbindung zu treten, um sich selbst nicht in Mißkredit zu bringen?«

Selbstverständlich hatte Katoen das Anwesen des Tulpennarren beobachten lassen. Zum einen hatte er wissen wollen, ob jemand aus der Stadt mit van Dorp in Verbindung trat, zum anderen hatte er verhindern wollen, daß der Tulpenzüchter sich mit einigen Exemplaren der Bluttulpe absetzte. Aber seit er am Vorabend zwei zuverlässige Männer der Stadtwache ausgesandt hatte, war niemand zu van Dorps Anwesen gekommen, und niemand hatte es verlassen.

Nach kurzem Zögern fragte van Dorp: »Was für eine Bruderschaft? Ich verstehe den Sinn Eurer Worte nicht, Katoen.«

»Ihr versteht mich sehr gut, und Ihr begreift hoffentlich, daß Euer schäbiges Spiel aus ist. Ich kenne Euren Plan, und der wird sich nicht verwirklichen lassen. Zwar weiß ich nicht, aus welchem Grund Ihr Euch dieser Sache verschrieben habt, aber das ist auch nicht wichtig für mich. Sagt jetzt Euren Leuten, sie sollen ihre Waffen fallen lassen!«

Mit einem Mal funkelte es gefährlich in van Dorps kleinen Augen, und er erwiderte: »Ihr erteilt mir keine Befehle, Katoen! Hier bin ich derjenige, der sagt, was zu geschehen hat. Und ich fordere Euch auf, augenblicklich mitsamt Euren Männern mein Grundstück zu verlassen!«

Der junge Mann hob seine Pistole ein Stück an, wie um van Dorps Worten Nachdruck zu verleihen. Fünf oder sechs Musketiere nahmen das zum Anlaß, ihre schweren Waffen abzufeuern. Der Mann mit der Pistole wurde von mehreren Kugeln in die Brust getroffen, taumelte ein paar Schritte zurück und fiel rücklings in ein Beet mit roten Tulpen. Das Wams über seiner Brust war ebenso zerfetzt wie das Fleisch darunter. Beißende Pulverschwaden zogen durch die Luft, während die Musketiere auch schon ihre Waffen nachluden.

Mit schreckgeweiteten Augen starrte van Dorp auf den Getroffenen, der reglos zwischen den Tulpen lag, und stammelte: »Das … ist mein Neffe Gysbert …«

Auch Katoen betrachtete den Mann im Tulpenbeet und sah seine blicklosen Augen. »Ihr solltet besser sagen, das *war* Euer Neffe.«

Kaum hatte Katoen ausgesprochen, da ließ der Mann mit der Forke sein Werkzeug fallen und trat ein paar Schritte zurück. Ebbo folgte ihm, den widerstrebenden Hund mit sich ziehend.

Van Dorp hatte sich gefaßt. »Dafür werde ich Euch zur Rechenschaft ziehen, Katoen. Ihr haltet Euch ohne Erlaubnis auf meinem Grund und Boden auf, und ihr hattet kein Recht, auf meinen Neffen zu schießen.«

»Irrtum, van Dorp. Ich darf auf jeden schießen lassen, der versucht, mich an der Ausübung meiner Pflicht zu hindern. Und das hat Euer Neffe getan. Meine Pflicht ist es nämlich, Euren Bestand an Bluttulpen zu vernichten.«

»Ich weiß schon wieder nicht, wovon Ihr sprecht.«

»Falsch, Ihr lügt mich schon wieder an. Ich spreche von der Tulpe, von der das Blütenblatt stammt, das ich Euch bei meinem ersten Besuch gezeigt habe und von der Ihr behauptet habt, Ihr würdet sie nicht kennen. Sie wird ›Bluttulpe‹ genannt oder auch ›Tulpe des Bösen‹, und das wißt Ihr nur zu gut, van Dorp. Ihr habt mich angelogen, und dafür gibt es nur eine vernünftige Erklärung. Ihr selbst seid es, der diese verfluchte Pflanze züchtet, vermutlich schon seit vielen Jahren. Ihr sorgt dafür, daß dieses Teufelsgewächs auch bei uns seinen Schrecken verbreiten kann. Zum Glück scheint die Zahl der Exemplare, die Ihr besitzt, nicht groß zu sein. Sonst hätten Eure Mitverschwörer es nicht nötig gehabt, ein Schiff zur Tulpenküste zu schicken.«

»Ihr seid ja völlig von Sinnen, Katoen, Ihr redet nur wirres Zeug. Ich habe Euch bei Eurem ersten Besuch nicht angelogen, und ich lüge Euch auch jetzt nicht an.«

»Ist das so?« fragte Katoen lauernd. »Wie kommt es dann, daß ich einen Zeugen für Eure Lüge habe?«

»Einen Zeugen? Den möchte ich sehen!«

»Das könnt Ihr haben«, sagte Katoen und lenkte seinen Braunen zu dem hintersten Planwagen. Dort stieg er ab und band das Pferd am Wagen an, bevor er Anna und Sybrandt Swalmius half, herauszuklettern.

Als er mit den beiden an die Spitze des Zuges zurückkehrte, stieß van Dorp wütend hervor: »Ihr wagt es, den Tulpenhasser hierherzubringen? Euch hat wohl nicht gereicht, was er beim letzten Mal mit meinen Blumen angestellt hat?«

»Sybrandt Swalmius kann bezeugen, daß Ihr sehr wohl Kenntnis von der Bluttulpe habt«, sagte Katoen ruhig und hoffte insgeheim, daß der alte Mann in diesem Augenblick klar genug war, um zu wiederholen, was er ihm einige Tage zuvor erzählt hatte.

Swalmius' kleine Gestalt schien zu wachsen, als er sich gerade aufrichtete und den Tulpenzüchter unverwandt anschaute. »Ihr müßt Euch an die Tulpe des Bösen erinnern, van Dorp. Willem Blaeu hat uns von ihr erzählt und uns das alte Manuskript gezeigt, in dem ein französischer Kreuzfahrer von der Blume berichtet. Wir beide haben in dem Manuskript gelesen und uns sogar darüber unterhalten. Vorn in dem Buch gab es eine Zeichnung, auf der die Tulpe des Bösen abgebildet war, tiefschwarz mit blutroten Flecken.«

»Ja, war das so?« erwiderte van Dorp kühl. »Dann muß ich es vergessen haben.«

»Ihr und eine derart besondere Tulpe vergessen?« ereiferte Swalmius sich. »Unmöglich! Bedenkt doch, van Dorp, eine schwarze Tulpe! So etwas hat es noch nie gegeben. Ich weiß noch, wie Ihr damals sagtet, Ihr würdet Euer Seelenheil dafür geben, auch nur ein Exemplar dieser Tulpe zu besitzen.«

Katoen mischte sich ein: »Ging es Euch nur darum, van Dorp, um den Besitz dieser Tulpe? Habt Ihr Euch allein deshalb mit den Verschwörern eingelassen, damit sie Euch die Zwiebeln zur Zucht überlassen? Oder steckt mehr dahinter?«

»Ich dachte, meine Beweggründe seien nicht wichtig für Euch«, entgegnete der Tulpenzüchter.

»Ihr habt recht, das sind sie nicht. Beenden wir also das Geplänkel.« Katoen drehte sich zu seinen Männern um. »Durchkämmt das Grundstück nach weiteren Personen und reißt die Holzgestelle mit den Spiegeln ein!«

»Was?« keifte van Dorp. »Warum wollt Ihr meine Spiegel zerstören, Katoen?«

»Weil ich Eure Tulpenzucht einmal in ihrer eigentlichen Pracht bewundern möchte.«

Die berittenen Wachen schwärmten aus, und mit Tränen in den Augen mußte Willem van Dorp mit ansehen, wie die Hufe ihrer Pferde seine Beete durchpflügten, wie die Männer Seile um die Holzgestelle banden und einen Spiegel nach dem anderen zum Einsturz brachten, wie sein gepflegtes Anwesen innerhalb von Minuten verwüstet wurde. Zu Katoens Überraschung stießen seine Leute auf keine weiteren Diener oder Wachen mit Ausnahme der ältlichen Dienstmagd, die sich angsterfüllt in ihrer Küche zwischen Herd und Porzellanschrank verkrochen hatte.

Während die Spiegel einer nach dem anderen unter lautem Krachen zerbarsten, beobachtete Katoen fasziniert, wie sich van Dorps scheinbar so riesiges Anwesen auf das tatsächliche Maß, das allerdings noch immer beträchtlich war, verkleinerte. Aus sechs großen Beeten mit Tulpen, deren violette Blütenblätter von feinen gelben Linien durchbrochen waren, wurde binnen Sekunden ein einziges. Aber das, wonach er eigentlich Ausschau hielt, sah er nicht.

»Ihr werdet dafür büßen, Katoen«, flüsterte van Dorp mit bleichem Gesicht. »Dafür werdet Ihr büßen!«

Der alte Sybrandt Swalmius aber lebte sichtlich auf und unterstützte die Wachen mit anfeuernden Rufen. Schließlich wandte er sich an Katoen: »Laßt uns doch hinter das Haus gehen, Mijnheer Katoen, da gibt es wohl auch noch einiges zu sehen.«

Katoen lächelte. »Das ist eine gute Idee!«

Eilig umrundeten Swalmius, Anna und er das Haus und sahen, wie die Wachen auf der Rückseite mit dem Einreißen der Spiegel begannen. Auch hier verschwanden ganze Tulpenbeete, als die Illusion ihrer Existenz zerstört wurde. Aber es geschah auch etwas, das Katoens Puls schneller gehen ließ: Wo eben noch mehrere Beete mit rot-blauen Blumen zu sehen gewesen waren, erschien auf einmal eines mit Tulpen, deren schwarze Blütenblätter mit blutroten Tropfen gezeichnet waren.

»Die Tulpe des Bösen!« entfuhr es Sybrandt Swalmius, und in seiner Stimme schwangen Staunen und Abscheu zugleich mit. »Sie ist es, ohne Zweifel!«

Anna wandte sich an Katoen: »Habt Ihr das gewußt, Jeremias?«

»Sagen wir, ich habe geahnt, daß Willem van Dorp sein ausgeklügeltes Spiegelsystem nicht nur benutzt, um die Anzahl seiner Tulpenbeete scheinbar zu vervielfachen, sondern auch, um ein bestimmtes Beet zu verbergen. Es ist durch die vorgegaukelten Beete vollkommen überlagert, geradezu unsichtbar gemacht worden.«

Anna sah ihn erstaunt an. »Ihr hört Euch an, als würdet Ihr van Dorp dafür bewundern.«

»Er ist zweifellos ein genialer Mann, aber leider auch ein durch seine unstillbare Tulpenleidenschaft Getriebener.«

Jan Dekkert, der dicht bei ihnen stand, sagte: »Seltsam, daß van Dorp und seinen Leuten nichts zugestoßen ist. Warum sind sie nicht unter den Einfluß dieser Tulpen geraten?«

»Er wird wissen, wie lange man sich in der Nähe des Beetes aufhalten darf, ohne den Verstand zu verlieren«, antwortete Katoen. »Auch Annas Vater Julien de Montfor und seine Gefährten haben das schließlich gewußt. Wir sollten übrigens ebenfalls zusehen, daß wir hier nicht zu lange herumstehen.«

Er winkte einen der Reiter heran und erteilte ihm ein paar Anweisungen. Anschließend ritt der Mann zurück zu den Planwagen und begegnete dabei van Dorp, der keuchend angelaufen kam und abrupt stehenblieb, als er sah, daß Katoen das Beet mit den Bluttulpen entdeckt hatte.

»Was sagt Ihr dazu?« fragte Katoen. »Könnt Ihr Euch noch

immer nicht erinnern? Die Tulpe des Bösen wächst sogar auf Eurem Anwesen.«

Er erhielt keine Antwort.

Der kurz zuvor ausgesandte Reiter kehrte zurück, gefolgt von einem der Planwagen, der in der Nähe der Tulpen des Bösen stehenblieb. Hastig luden Katoens Männer ein paar kleine Fässer mit dem billigen Tran ab, der in Lampen als Brennstoff verwendet wurde.

Als sie das Beet mit dem Inhalt der Fässer übergossen, erwachte van Dorp aus seiner Erstarrung und schrie: »Nein, nein, tut das nicht!«

Aber sie taten es, und bald war die gesamte Fläche mit Tran getränkt. Das hätte vermutlich schon gereicht, damit die Tulpen des Bösen eingingen, aber darauf wollte Katoen sich nicht verlassen. Einer seiner Leute brachte ihm ein brennendes Holzscheit aus der Küche, und er selbst schleuderte es mitten zwischen die unheilvollen Tulpen.

Das Beet, ungefähr fünfzehn Klafter lang und fünf Klafter breit, verwandelte sich binnen eines Augenblicks in ein flammendes Inferno. Die Blumen vergingen, und eine Säule aus tiefschwarzem Rauch wuchs in den Himmel. Es war, als hauchten die Tulpen ihre böse Seele aus.

Anna ergriff Katoens Arm und drückte ihn, was er als sehr angenehm empfand. Vermutlich waren ihre Gedanken bei ihrem leiblichen Vater, der so lange vergebens nach den geraubten Tulpenzwiebeln gesucht hatte.

Die Zwiebeln! Plötzlich wußte Katoen, daß seine Arbeit noch nicht getan war.

Er wandte sich an Dekkert und sagte: »Unsere Männer sollen das Haus und alle Anbauten gründlich durchsuchen und jede Tulpenzwiebel, die sie finden, ins Feuer werfen. Jede einzelne, verstanden?«

»Ja, Baas.«

Wenn van Dorp die Tulpe des Bösen hier gezüchtet hatte, mußte er auch Zwiebeln von ihr besitzen. Diese würden ungleich schwerer zu erkennen sein als die Blume selbst. Darum hielt Katoen es für das beste, wenn van Dorp keine einzige Tulpenzwiebel blieb.

Der Tulpenzüchter weinte wie ein Kind, als er sah, wie seine Zuchtzwiebeln kistenweise ins Feuer geworfen wurden. Schluchzend wandte er sich an Katoen: »Ihr vernichtet meine Existenz!«

»Ihr verfügt gewiß über Geldreserven. Und wenn nicht, so kümmert es mich auch nicht. Ihr habt Euch das alles selbst zuzuschreiben. Außerdem wird Euch der Verkauf Eures Grundstücks wohl etwas Geld einbringen.«

»Verkauf? Wie meint Ihr das?«

»Der Magistrat ersucht Euch, Amsterdam und die Niederlande bis zum Monatsende zu verlassen und niemals zurückzukehren.«

»Dazu hat er kein Recht, solange er mich nicht angeklagt und verurteilt hat!«

»Möchtet Ihr denn vor Gericht gestellt werden?« Als van Dorp schwieg, fuhr Katoen fort: »Na bitte, also erspart es Euch und dem Magistrat, diese Geschichte öffentlich aufzurollen. Sonst könnte es leicht sein, daß Ihr nicht in der Verbannung endet, sondern auf Volewijk.«

Van Dorp schluckte, sagte aber nichts mehr. Mit hängenden Schultern ging er zurück zu seinem Haus, ein gebrochener Mann, wie es aussah.

Anna, die seltsam unruhig wirkte, ließ Katoens Arm los und sagte: »Ich habe genug gesehen.« Sie wandte sich ab und entfernte sich von dem Feuer.

Katoen ging ihr nach. »Ihr scheint nicht so recht zufrieden, Anna. Verschafft es Euch keine Erleichterung, daß Julien de Montfors Mission erfüllt ist?«

»Ein wenig schon, aber mir bleibt noch etwas zu tun.«

»Was?«

»Ich werde mit dem nächsten Schiff nach Konstantinopel fahren, um den dortigen Behörden zu berichten, daß die Gefahr, die vor vielen Jahren durch die gestohlenen Tulpenzwiebeln heraufbeschworen wurde, gebannt ist.«

»Ihr allein?«

Sie verstand den Grund seiner Frage und lächelte. »Vergeßt nicht, ich weiß mich zu wehren.«

»Aber was wollt Ihr dadurch erreichen?«

»Ich will den Namen meines Vaters reinwaschen.«

Katoen begriff, und er wußte, daß er Anna von ihrem Plan nicht würde abbringen können. Deshalb fragte er nur: »Ich will nicht aufdringlich sein, Anna, aber könnt Ihr Euch eine solche Reise überhaupt leisten?«

»Ich habe einen Notgroschen angespart, der sollte genügen. Sorgen bereitet mir etwas anderes.«

»Euer Ziehvater, nehme ich an.«

»Ja, wer kümmert sich während meiner Abwesenheit um ihn?«

»Ich. Ich werde regelmäßig nach ihm sehen. Ich nehme an, sein Verlangen danach, Tulpen zu vernichten, dürfte einstweilen gestillt sein. Und was die Hausarbeit angeht, da wüßte ich auch jemanden.«

»Wen?«

»Die Witwe meines ermordeten Büttels, die es übrigens nicht sonderlich weit hat. Sie wohnt auch im Jordaan.«

»Das ist lieb von Euch, Jeremias. Allerdings weiß ich nicht, ob mein Notgroschen ausreicht, um sie zu bezahlen.«

»Keine Sorge, sie ist bereits bezahlt worden. Und sollte sie Auslagen haben, werde ich das regeln.«

Anna sah ihn dankbar an. »Würdet Ihr das wirklich für mich tun?«

»Ja, aber nur unter einer Bedingung.«

»Und die lautet?«

»Ganz einfach: Du kommst so schnell wie möglich nach Amsterdam zurück!«

Als Katoen die Arme um Anna legte und sie an sich zog, leistete sie keinen Widerstand. Auch nicht, als seine Lippen die ihren berührten.

Kapitel 30

Der letzte Akt

Sonnabend, 20. Mai 1671

Mit gemischten Gefühlen machte Jeremias Katoen sich am Abend des folgenden Tages auf den Weg von seiner Wohnung am Botermarkt zum gar nicht so weit entfernten Kloveniersburgwal. Sein Herz hätte leicht sein sollen, weil Anna und er zueinandergefunden hatten, aber bald schon würde sie Amsterdam auf unbestimmte Zeit verlassen. Am liebsten hätte er sie begleitet und vor allen Gefahren behütet, die solch eine Seereise mit sich brachte, doch er hatte in Amsterdam seine Pflichten zu erfüllen, in seinem Amt, gegenüber Felix und, wie er Anna versprochen hatte, gegenüber ihrem Ziehvater.

Mitten auf der breiten Brücke, die über die Binnenamstel führte, blieb er stehen und sah eine ganze Weile den Schiffen und Booten zu, die im Sonnenschein des milden Maiabends fleißig die verschiedensten Frachten transportierten. Die Schiffer und Kaufleute nutzten auch noch die letzte Stunde Tageslicht, bevor sie ihre Geschäfte für den Sonntag einstellen mußten. Es war ein schönes, friedliches Bild, aber was jetzt vor ihm lag, versprach weder schön noch friedlich zu werden. Schließlich gab er sich einen Ruck und setzte seinen Weg fort, um die Dinge, die noch auf ihre Erledigung warteten, zu Ende zu bringen.

Dabei hatte er anstelle von Beweisen nur Vermutungen. Und die beiden Briefe, die ihn zum Kloveniersburgwal führten. Dennoch mußte er das Versprechen, das er Joris Kampens Witwe, aber auch dem Toten und sich selbst gegeben hatte, erfüllen. Am Vormittag in der Noorderkerk, beim Trauergottesdienst für Kampen, hatte er das Versprechen im Angesicht des Sarges erneuert. Er würde den Mörder zur Strecke bringen!

Aus dem Haus am Kloveniersburgwal, in das er wollte, kamen ihm zwei Frauen fortgeschrittenen Alters entgegen, die sich eifrig über allerlei Krankheiten unterhielten. Eine trug einen großen Korb, die andere ein in ein weißes Tuch eingeschlagenes Päckchen. Also war auch Pieter Hartig noch fleißig bei der Arbeit.

Katoen betrat die Apotheke und sah Hartig, der, die Ärmel hochgekrempelt und eine Schürze vor dem Bauch, in einem großen dampfenden Kessel rührte. Als er den Besucher bemerkte, blickte er ihn grußlos an. Hartigs kantiges Gesicht mit dem vorspringenden Kinn war starr wie eine Maske. Ihre Blicke trafen sich kurz, dann war Katoen auch schon an ihm vorbei und ging nach oben zu Catrijns Wohnung. Wahrscheinlich, dachte er, kocht es jetzt nicht nur in Hartigs Kessel.

Catrijn, die Katoen mit einem zurückhaltenden Lächeln öffnete, trug ein schlichtes dunkelblaues Kleid mit einem Ausschnitt, der eingedenk der Trauer um ihren Bruder etwas zu offenherzig schien.

»Schön, daß du da bist, Jeremias, komm bitte herein.«

Er trat ein und legte seinen Hut ab. »Guten Abend, Catrijn. In deinem Brief stand etwas von einem Abendessen, das ich auf keinen Fall versäumen dürfe.«

Catrijn schloß die Wohnungstür und lehnte sich mit dem Rücken dagegen. Ihre Augen, die von derselben Farbe waren wie ihr Kleid, sahen Katoen lange an, bevor sie sagte: »Ich habe vielleicht ein wenig geflunkert. Es ist eher ein bescheidenes Mahl, das ich für uns beide zubereitet habe. Aber ich wollte so gern, daß du kommst. Ich habe mich am letzten Sonntag schlecht benommen, und dafür möchte ich mich entschuldigen. Ich bin eine eifersüchtige Kuh.« Ihr schüchternes Lächeln erstarb. »Außerdem möchte ich dir dafür danken, daß du dein Leben gewagt hast, um Nicolaas zu retten.«

»Leider vergebens«, seufzte er. »Dein Bruder liegt auf dem Grund des Damraks.«

»So ein dummer Segelunfall, und das passiert ausgerechnet ihm, der immer ein so guter Segler gewesen ist.« Sie schüttelte den Kopf, als könne sie es noch immer nicht fassen. »Aber wenigstens ist dir nichts zugestoßen!«

Sie kam auf ihn zu, legte die Arme um ihn und küßte ihn. Ihre warmen Rundungen, die sich gegen ihn preßten, und das betörende Parfum, das ihn umfing, hätten ihn unter anderen Umständen sicher schwach werden lassen.

Als Catrijn merkte, daß er ihre Zärtlichkeiten nicht erwiderte, ließ sie ihn los und trat einen Schritt zurück. »Was ist mit dir? Kannst du mein dummes Benehmen von Sonntag nicht vergessen?«

»Das habe ich längst.«

»Was ist es dann?«

»Ich war am Vormittag in der Noorderkerk und habe meinen Büttel Joris Kampen zu Grabe getragen.«

Sie nickte verständnisvoll. »Das ist der, den der Tulpenmörder getötet hat, nicht wahr?«

»Ja.«

»Hast du schon eine Spur von dem Mörder?«

»Möglicherweise. Wenn es stimmt, was ich vermute, dann bin ich dicht an ihm dran.«

»Du wirst ihn kriegen, da bin ich mir sicher.« Sie strich ihm sanft über die Wange wie eine Mutter, die ihr Kind tröstet.

»Geh doch in den Salon, Jeremias. Ich mache uns etwas zu trinken.«

Im Salon holte er nach, wozu er bei seinem ersten Besuch nicht gekommen war, er betrachtete die Gemälde an den Wänden. Sie wollten nicht so recht zu der gemütlichen, freundlichen Einrichtung passen. Alle Motive entstammten dem Alten Testament: Jakob, der am Fluß Jabbok mit dem Engel ringt; Moses, der das Goldene Kalb zerschlägt; Lot, der betrunken mit seinen beiden Töchtern in der Höhle liegt. Sowohl die Motive als auch ihre Ausgestaltung waren von düsterer Art.

Catrijn kehrte mit zwei schlanken, langstieligen Kristallgläsern zurück, die mit einer bernsteinfarbenen Flüssigkeit gefüllt waren. Sie reichte ihm eines. »Honiglikör, er wird dir schmekken.«

»Dessen bin ich mir sicher«, sagte er, stellte sein Glas aber auf den Tisch. »Doch zuvor möchte ich mir etwas anderes schmecken lassen.«

Diesmal umarmte er Catrijn und öffnete ihre Lippen mit seinen, ließ seine Zunge ihren Mund erkunden, während er begann, ihr Kleid aufzuknöpfen. Er hatte die Hälfte der Knöpfe geöffnet, da rutschte das Kleid ein Stück hinunter, wurde aber von Catrijns rechtem Arm aufgehalten, denn sie hielt noch immer ihr Glas in der Hand. Nachdem sie es ebenfalls auf den Tisch gestellt hatte, streifte Katoen das Kleid weiter nach unten bis auf ihre Hüften, dann tat er mit dem Unterkleid dasselbe. Seine Hände umfaßten ihre milchweißen Brüste, und er bedeckte die großen Brustwarzen, die sich unter seinen Berührungen versteiften, mit Küssen.

Catrijn erschauerte und sagte: »Das ist gut, Jeremias. Ich dachte schon, ich würde dich nicht mehr reizen und du hättest dich tatsächlich in dieses Swalmius-Weib verguckt.«

»Mich reizt nur eine Frau, und das bist du.« Er fuhr fort, ihre Brüste zu liebkosen, bis er, schwer atmend, sagte: »Ich will dich, Catrijn. Ich will den Rest meines Lebens mit dir verbringen!«

Sie lächelte. »Das will ich auch, Jeremias. Laß uns darauf anstoßen!«

Schnell griff er nach den Gläsern, reichte ihr das eine und hob das andere hoch. »Auf uns, Catrijn, möge uns nichts mehr trennen, es sei denn der Tod!«

»So sei es!« sagte sie und nahm einen großen Schluck.

Katoen setzte sein Glas an die Lippen und leerte es in einem Zug. Der süße Likör hatte einen würzigen Beigeschmack, der seine Veredelung durch Kräuter verriet.

Auch Catrijn leerte ihr Glas und sah ihn abwartend an. »Wie schmeckt dir der Likör, Jeremias?«

»Sehr gut. Dir auch, hoffe ich. Ich nehme an, der Honig und die Kräuter überlagern den Beigeschmack des Bluttulpenextrakts – falls er überhaupt einen Eigengeschmack besitzt.«

»Wie … meinst du das?« fragte sie verstört.

»Ich habe Grund zu der Annahme, daß du an der Verschwörung deines Bruders beteiligt bist. Da ist …«

»Verschwörung? Wovon sprichst du?«

»Das weißt du wahrscheinlich besser als ich. Schließlich hast du mich heute abend in dein Haus eingeladen, um dich für Nicolaas' Tod zu rächen. Das vermute ich jedenfalls. Schon auf Volewijk bist du mir seltsam vorgekommen mit deinen Zukunftsplänen für deinen Bruder und mich. Du warst so überzeugt davon, daß er bald eine höhere Stellung einnehmen würde. Was meinen Verdacht gegen dich erhärtet hat, ist der Tulpenextrakt selbst. Wo hatte Nicolaas ihn her? Irgendwann ist mir eingefallen, daß du selbst mir erzählt hast, du hättest bei deinem verstorbenen Mann das Apothekerhandwerk erlernt. Wem konnte Nicolaas bei der Herstellung des Tulpenextrakts also mehr vertrauen als seiner Schwester, mit der er auch sonst ein Herz und eine Seele war?«

Je länger Catrijn ihm zuhörte, desto heftiger ging ihr Atem, und ihre nackten Brüste hoben und senkten sich in einem schnellen Rhythmus. »Aber wenn du das glaubst, weshalb hast du dann ...« Sie sprach nicht weiter, sondern starrte auf das leere Glas in seiner Hand.

»Das ist dein Glas, und dir habe ich meines gegeben. Zur Sicherheit. Falls ich mich aber täusche und dich zu Unrecht verdächtigt habe, darfst du jetzt von Herzen über mich lachen.« Er sah ihr in die Augen, aber in ihrem Blick lag weder Spott noch Verärgerung, sondern nur blankes Entsetzen. »Du lachst nicht? Wahrscheinlich überlegst du, wie lange es dauert, bis die Tulpe des Bösen deinen Verstand verwirrt. Wenn ich an den armen Bettler denke, dem dein Bruder den Extrakt eingeflößt hat, gehe ich davon aus, daß es jeden Moment soweit sein kann. Oder war die Dosis diesmal etwas kleiner, damit man den Extrakt nicht durchschmeckt? Was hättest du eigentlich erzählt, wenn dein Plan aufgegangen wäre? Daß der Amtsinspektor Jeremias Katoen sich in einem plötzlichen Anfall von Wahnsinn das Leben genommen hat? Bei dir wird die Erklärung glaubhafter sein: Nachdem du schon deinen Mann verloren hattest, war der Tod deines Bruders einfach zu viel für dich.«

Seine letzten Worte hörte sie wohl schon nicht mehr. Wie von Furien gehetzt, lief sie zur Küche und kehrte kurz darauf mit einem großen Fleischmesser zurück.

»Wenn ich sterben muß, nehme ich dich mit!« kreischte sie und wollte sich, das Messer mit beiden Händen zum Stoß erhoben, auf ihn stürzen.

Doch bevor sie ihn erreichte, erstarrte sie, und ihr Blick ging plötzlich durch ihn hindurch. Er wußte nicht, was sie hinter ihm sah. Für ihn blieb es unsichtbar. Er konnte nur das erkennen, was sich in ihren Augen spiegelte, und das war eine Mischung aus Entsetzen und Haß – Haß auf sich selbst.

Catrijn stieß das Messer tief in ihre Brust und drehte es herum, wobei sie einen langgezogenen Schrei ausstieß, der in ein Röcheln überging. Das Röcheln wurde leiser und erstarb, als sie zu Boden fiel. Sie lag auf dem Rücken, den Kopf zur Seite gedreht, und aus der eben noch so schönen, jetzt grausam zerfleischten Brust rann ihr Blut auf den Teppich.

Während Katoen auf die Tote starrte, empfand er kein Bedauern, nur neuerliche Bestürzung darüber, was die Tulpe des Bösen anzurichten vermochte. Für Catrijn war dies ein gerechtes Ende. Sie selbst hätte ohne weiteres zugesehen, wie Zehntausende von Menschen auf diese furchtbare Art starben. Und sie hätte zugesehen, wie Katoen starb. Er konnte nur hoffen, daß sie das Geheimnis, wie der Extrakt aus der Bluttulpe gewonnen wurde, mit ins Jenseits genommen hatte.

Schließlich wandte er sich ab und ging in die Küche. Dort sah er eine Glaskaraffe, in der eine bernsteinfarbene Flüssigkeit schimmerte, zweifellos der Honiglikör. Daneben stand ein fingerhohes Fläschchen, zu zwei Dritteln mit einer durchsichtigen Flüssigkeit gefüllt. Das konnte nur der Tulpenextrakt sein. Er steckte das Behältnis ein in der Absicht, den Inhalt an einer unbedenklichen Stelle wegzuschütten, am besten ins IJ.

Als er zurück auf den Gang trat, hörte er laute Schritte auf der Treppe. Die Wohnungstür wurde aufgestoßen, und Pieter Hartig, noch immer mit der Schürze vor dem Bauch, stürmte herein. Vermutlich hatte er Catrijns Schrei gehört.

»Was ist passiert?«

»Im Salon«, sagte Katoen nur.

Der Apotheker lief an ihm vorbei in den Salon. Kaum dort angelangt, stieß er einen Schrei aus, der dem Catrijns an Lautstärke nicht nachstand.

Katoen folgte ihm und sah Hartig neben der Toten knien. Tränen rannen ihm übers Gesicht.

Nach einer Weile blickte er auf und fragte mit brüchiger Stimme: »Warum? Warum habt Ihr das getan?«

»Ihr irrt. Catrijn ist von eigener Hand gestorben. Der Tulpenextrakt, wißt Ihr?«

»Was soll ich wissen?«

Katoen holte die hölzerne Schnupftabakdose aus einer Tasche seines Wamses und zeigte Hartig das vertrocknete Blütenblatt. »Jetzt tut nicht so scheinheilig, Mann! Ihr seid es doch, der diese Blätter bei seinen Opfern hinterlassen hat. Ihr wißt genau, wovon ich spreche.«

»Ihr bezichtigt mich? Ich soll der Tulpenmörder sein? Aus welchem Grund sollte ich das getan haben?«

»Das ist in der Tat die Frage, an der ich mir lange die Zähne ausgebissen habe. Zu den Verschwörern könnt Ihr schlecht gehören, sonst würdet Ihr deren Reihen nicht auf so blutige Weise lichten. Aber wenn Ihr von der Verschwörung wußtet, warum habt Ihr sie nicht bei den Behörden angezeigt?«

Hartig sah ihn nur schweigend an.

Katoen zeigte auf die Tote.

»Wegen Catrijn. Sie ist der Schlüssel zu Eurem Verhalten. Eure unerwiderte, aber nichtsdestoweniger abgöttische Liebe hat Euch zu den Morden bewogen. Ihr habt mitbekommen, daß sie unten in der Apotheke den Tulpenextrakt herstellte. Ihr mögt ein verliebter Narr sein, aber Ihr seid nicht dumm; das zeigt Euer Vorgehen bei der Ausführung der Morde. Ihr habt Catrijn nachspioniert und herausgefunden, was sie mit ihrem Bruder ausheckte. Vielleicht habt Ihr die beiden sogar belauscht und auf diese Weise von den Ausmaßen der Verschwörung erfahren. Das konntet Ihr unmöglich den Behörden melden, denn dann hättet Ihr auch Catrijn ans Messer geliefert. Also seid Ihr auf die wahnsinnige Idee verfallen, jeden Montag einen der Verschwörer zu töten und solch ein Tulpenblatt bei dem Leichnam zu hinterlassen. Eure Hoffnung war, daß das dadurch entstehende Aufsehen die Verschwörer aufscheuchen und von ihrem Plan abbringen würde. So wolltet Ihr

Eure Catrijn davor bewahren, etwas zu tun, das sie den Kopf kosten könnte. Daß Ihr selbst damit etwas tut, das Euch den Kopf kosten wird, war Euch offenbar gleichgültig. Liebe macht eben nicht nur blind, sondern raubt einem auch den Verstand.«

»Ihr seid ein toller Märchenerzähler, Katoen.«

»Das hat man mir schon einmal gesagt. Ich wünschte, es wäre so.«

»Dann zeigt mir doch Beweise für Eure wüsten Behauptungen!«

»Soll ich meine Büttel anweisen, Eure Apotheke und Eure Wohnung zu durchsuchen? Würden sie auf weitere Blütenblätter wie dieses stoßen? Vielleicht auch auf die Kleider, die Ihr tragt, wenn Ihr als Frau unterwegs seid? Ihr werdet plötzlich so blaß. Also habe ich recht. Nur eins ist mir noch nicht klar: Wie kommt Ihr an die Blütenblätter? Catrijn hat den Extrakt doch aus den Zwiebeln gewonnen und nicht aus der Pflanze.«

Katoen konnte förmlich sehen, wie der Apotheker mit sich rang, ob er weiterhin leugnen sollte. Offenbar kam Hartig zu dem Schluß, daß Katoen zu viel wußte oder zumindest ahnte, denn er sagte: »Catrijn hat auch mit den Pflanzen experimentiert. Sie dachte, ich weiß nicht, wo sie Blumen und Zwiebeln versteckt. Aber natürlich wußte ich es.«

»Natürlich, es war ja Euer Hauptvergnügen, ihr nachzuschleichen. Schlaft Ihr eigentlich auch manchmal, oder streift Ihr unaufhörlich herum? Ihr wart es doch wohl, der noch in der Nacht nach dem Mord an Balthasar de Koning den Brief unter Antonius Swildens' Tür durchgeschoben hat. Nachdem Euer erster Mord so unerwartet wenig Aufsehen erregt hatte, wolltet Ihr sicherstellen, daß es mit dem zweiten anders wird – und hattet Erfolg. Ihr müßt auch Catrijns Bruder und Paulus van Rosven bespitzelt haben. So habt Ihr herausbekommen oder geschlußfolgert, daß der Amtsrichter den jungen van Rosven für seine Ziele gewinnen wollte. Und damit hattet Ihr ein weiteres Opfer auserkoren.«

Ohne auf Katoens Worte einzugehen, sagte Hartig: »Beantwortet mir auch eine Frage, Katoen: Wie seid Ihr darauf gekommen, daß ich mich als Frau verkleidet habe?«

»Man hat den Bankier Balthasar de Koning kurz vor seiner Ermordung mit einer unbekannten Frau gesehen. Das wollte nicht in mein Bild von dem Fall passen, zumal ich mir nicht so recht vorstellen konnte, daß ein grober Klotz wie Ihr überzeugend eine Frau spielt. Am letzten Dienstag allerdings hat Nicolaas van der Zyl erwähnt, daß Ihr ein gescheiterter Schauspieler seid. Das hat mich neugierig gemacht, und ich habe den Haarlemer Magistrat in einem Brief um genauere Auskunft über Euch gebeten. Die Antwort, die heute mit der Post kam, ist sehr aufschlußreich. Ihr seid für Eure Bühnenauftritte in Haarlem gefeiert worden, besonders für Eure Frauenrollen. Allerdings habt Ihr Eure Karriere zerstört, indem Ihr der Frau Eures Impresarios nachgestiegen seid und Euch um keinen Preis abweisen lassen wolltet. Und dann ist es während einer Aufführung auf offener Bühne zum Streit gekommen, so heftig, daß Ihr aus Haarlem verbannt worden seid.«

»Rebecca hat mich geliebt«, sagte Hartig trotzig. »Sie wollte es nur nicht zugeben, weil sie sich vor ihrem Mann gefürchtet hat. Und der hat dafür gesorgt, daß ich an keinem anständigen Theater in den Niederlanden mehr auftreten kann.«

»Also habt Ihr auf Apotheker umgesattelt«, ergänzte Katoen. »Im Rückblick eine verhängnisvolle Entscheidung. Genauso verhängnisvoll wie Eure Neigung, Euch unsterblich in Frauen zu verlieben, die gar nichts von Euch wissen wollen.«

»Das ist nicht wahr!« schrie Hartig. »Rebecca und Catrijn haben mich beide geliebt.« Für eine kleine Ewigkeit heftete er seinen Blick auf die Tote neben sich, bevor er wieder Katoen ansah. »Ihr habt mir Catrijn genommen!«

Mit der Kraft eines Raubtiers, das seine Beute anspringt, stieß er sich vom Boden ab. Seine Beute war Katoen. Aber der war vorbereitet und wich zur Seite aus. Von seinem eigenen Schwung mitgerissen, prallte der Apotheker gegen die Wand, direkt unter dem Bild von Jakob und dem Engel.

Benommen drehte Hartig sich um. Er war zu langsam, um Katoens Fäuste abzublocken. Wieder und wieder landeten sie in seinem Gesicht, schwere Schläge, die seinen Kopf hin und her warfen. Seine Lippen platzten auf, dann die Brauen. Blut rann ihm über das Gesicht. Katoen aber schlug weiter zu, immer an Joris Kampen denkend, bis Hartig schwer atmend auf die Knie sackte und den Kopf hängen ließ.

Die rechte Faust zum erneuten Schlag erhoben, hielt Katoen inne und starrte auf den vor ihm knienden Mann, der sich in einem erbarmungswürdigen Zustand befand. Doch in seinen Augen hatte Pieter Hartig kein Erbarmen verdient.

Hartig hob den Kopf und murmelte mit seinen aufgeplatzten, blutigen Lippen: »Warum macht Ihr nicht weiter?«

»Damit Ihr mir nicht wegsterbt«, sagte Katoen kalt. »Glaubt nicht, ich hätte Mitleid mit Euch. Aber ich möchte mich nicht um das Vergnügen bringen, Euch auf Volewijk baumeln zu sehen. Das wird im Stück Eures Lebens der einzig angemessene letzte Akt sein.«

Epilog (1)

Donnerstag, 22. Februar 1672

Der Winter in seiner ganzen Strenge hatte sich von der holländischen Küste zurückgezogen. Die Dächer Amsterdams waren nicht länger weiß, die Wege nicht mehr rutschig, das Wasser in den Grachten nicht mehr gefroren. Noch eine Woche zuvor war Katoen mit Felix auf der Binnenamstel Schlittschuh gelaufen, jetzt schwammen dort wieder Schiffe und Boote. Der Winter hatte sich zurückgezogen, aber noch nicht verabschiedet. Es war feuchtkalt, der Himmel bleigrau und verhangen, etwas Unheilvolles schien in der Luft zu liegen. Katoen war in äußerst gedrückter Stimmung.

Solange er beschäftigt war, im Dienst oder während der Stunden, die er mit Felix verbrachte, ließ es sich aushalten. Aber fast jeden Abend trieb es ihn, wie jetzt, hinaus zum Hafen. Dann stand er hier, manchmal eine ganze Stunde oder länger, blickte hinaus aufs IJ mit seinem unüberschaubaren Wald aus Masten und fragte sich, wann endlich eines der vielen Schiffe Anna zurückbringen würde.

Keine Woche nachdem sie ihm von ihrem Plan, nach Konstantinopel zu reisen, erzählt hatte, war sie auch schon an Bord eines osmanischen Handelsschiffes gegangen, dessen Kapitän eine billige Passage anbot und zudem Konstantinopel direkt ansteuern wollte. Nur ungern hatte er sie allein ziehen lassen, und mit jedem Monat, der ins Land ging, wuchs seine Sorge. Nicht ein einziger Brief von ihr war eingetroffen und auch sonst keine Nachricht. Die Sehnsucht nach ihr fraß ihn fast auf, aber zugleich fürchtete er sich vor dem Wiedersehen, fragte er sich, wie sie aufnehmen würde, was er ihr zu sagen hatte.

Ein kalter, ständig die Richtung wechselnder Wind blies über das IJ, und fröstelnd zog Katoen den wollenen Umhang vor seiner Brust zusammen. Vermutlich wäre es bei diesem Wetter vernünftig gewesen, heimzugehen und die Witwe Gerritsen um einen Becher warmes Bier oder eine Tasse warme Milch zu bitten, aber aus Vernunftgründen war er nicht hier. Natürlich grenzte das an Aberglauben, aber vielleicht brachte es Anna schneller zurück, wenn er hier auf sie wartete.

Und wenn sie gar nicht zurückkam? Wenn ihr etwas zugestoßen war? Diese Frage hatte sich im Laufe des Winters immer häufiger in seine Gedanken geschlichen, hatte immer wieder mit Macht an die Tür seines Verstandes gepocht. Aber er weigerte sich sie einzulassen. Es durfte nicht sein!

»Kann ich Euch helfen, Mijnheer? Ihr seht halb erfroren aus.«

Eine Frau sprach ihn von hinten an. Er war so versunken gewesen, daß er nicht gehört hatte, wie sie an ihn herangetreten war. Wohl eine der Dirnen, die hier am Hafen ihr unsittliches Geld verdienten. Sie mochte an seiner Kleidung erkannt haben, daß er weder ein einfacher Seemann noch ein Hafenarbeiter war. Jetzt glaubte sie wohl, einen guten Fang gemacht zu haben und ordentlich was verdienen zu können, wenn sie einem braven Bürger mit ihrem warmen Leib die Kälte aus den Knochen trieb. Ihn ärgerte, daß sie mit ihrem schändlichen Treiben nicht einmal die Abenddämmerung abwartete, und er fuhr herum, um sie zurechtzuweisen.

»Anna!«

Wahrscheinlich starrte er sie an wie einen Geist. Zum Greifen nah stand sie vor ihm, in einen dicken Kapuzenmantel gehüllt, und lächelte ihn an. Einfach so. Er wollte sie umarmen, küssen, aber er wagte nicht, sie zu berühren, weil er fürchtete, sie könnte verschwinden wie ein Traumbild, das um so schneller verblaßt, je angestrengter man es nach dem Erwachen festzuhalten sucht.

»Immerhin, du erkennst mich wieder«, sagte sie mit leisem Spott in der Stimme. »Aber einen Kuß scheinst du nicht für mich übrig zu haben. Hat dir inzwischen ein hübsches Amsterdamer Mädchen den Kopf verdreht, Jeremias?«

»Für mich gibt es kein anderes Mädchen, nicht in Amsterdam und auch sonst nirgends.« Er faßte sie an den Armen und zog sie zu sich heran. »Das ist gut!«

»Was?« fragte Anna.

»Du löst dich nicht in Luft auf.« Sein Gesicht näherte sich dem ihren, und ihrer beider Lippen verschmolzen zu einem nicht enden wollenden Kuß. »Ich lasse dich nie wieder fort, Anna, nie wieder!«

Als er sie so in den Armen hielt, spürte er keine Kälte mehr und keinen Wind. Es fühlte sich gut und richtig an, als hätte es nie etwas anderes gegeben, ganz so wie bei ihrem ersten Kuß damals im Garten des Tulpenzüchters van Dorp. Die vielen Monate, die dazwischenlagen, waren wie weggewischt.

Als sie sich schließlich voneinander lösten, musterte Anna ihn und fragte: »Geht es dir nicht gut, Jeremias? Du siehst so … so traurig aus.«

»Ich habe dir etwas mitzuteilen, Anna, es geht um deinen Ziehvater.«

»Ist er gestorben?«

Katoen war erstaunt. »Wie …?«

»Ich habe damit gerechnet. Bei unserem Abschied damals hat er mir gesagt, daß wir uns nicht wiedersehen würden. Den Sommer wollte er noch erleben, aber nicht mehr den Herbst. Und er hat mich ermutigt, nach Konstantinopel zu reisen und meine Pflicht zu erfüllen. Wann ist er von uns gegangen?«

»Am letzten Tag im August, es war ein sonniger, warmer Donnerstag. Noortje hat ihn gefunden, als sie kam, um nach ihm zu sehen und ihm ein Mittagessen zu bereiten. Er saß in seinem Sessel, ein Buch auf den Knien, und sah aus, als ob er schliefe. Wir haben die Totenmesse in der Noorderkerk abgehalten und ihn im Schatten der Kirche begraben.«

Anna streichelte seine Wange. »Ich danke dir – für alles. Und ich möchte das Grab besuchen.«

Katoen war erleichtert. Wie oft hatte er sich ausgemalt, wie es sein würde, ihr das zu sagen, und in seiner Vorstellung war Anna immer vor Trauer und Selbstvorwürfen zusammengebrochen oder hatte ihm heftige Vorhaltungen gemacht, weil er sich nicht genügend um Sybrandt Swalmius gekümmert habe. Er mußte über sich selbst lächeln. Wie dumm er doch gewesen war und wie falsch er Anna beurteilt hatte! Sie war eine starke Frau, man durfte sie nicht unterschätzen.

Neben ihr stand eine große Tasche, und Jeremias fragte: »Ist das dein ganzes Gepäck?«

»Ja.«

»Dann können wir es mit zur Noorderkerk nehmen.«

»Warum nicht? Dort in der Nähe liegt ja auch unsere – meine – Wohnung.«

»Nicht mehr. Ich habe sie nach dem Tod deines Ziehvaters aufgelöst. Da ich nicht wußte, wann du zurückkommst, fand ich es unsinnig, weiter die Miete zu bezahlen.«

»Das war richtig so. Aber wo wohne ich jetzt?«

Er räusperte sich. »Erst einmal bei mir am Botermarkt,

dachte ich. Meine Wohnung ist groß genug. Die Kammer, die ich gar nicht richtig genutzt habe, ist schon für dich hergerichtet. Ein Bett steht auch drin.«

Anna hob die Brauen, lächelte aber zugleich. »Ja? Hast du mir nicht erzählt, daß deine Wirtin es gar nicht schätzt, wenn ihre Mieter weiblichen Besuch erhalten?«

»Seit sie sich um Felix kümmert, hat ihr weiches Herz den Sieg über ihre strengen Ansichten errungen. Der Junge tut ihr gut.«

»Nicht nur ihr, glaube ich.«

Katoen lachte leise. »Warum wißt ihr Frauen immer, was in uns Männern vorgeht, wir Männer aber nie, wie es in euch aussieht?«

Anna lächelte. »Vielleicht wollt ihr das gar nicht wissen.«

Er nahm ihre vollgepackte, schwere Tasche auf, und sie gingen durch Straßen, auf denen trotz des Gewimmels von Menschen und Lastschlitten der dämpfende Mantel winterlicher Stille lag, zum Joordanviertel. Der kalte Wind schien die Menschen davon abzuhalten, viel miteinander zu reden. Sie schienen sich sogar langsamer zu bewegen, so als wollten sie ihre Kräfte sparen für Schneestürme, Nachrichten über irgendwo im Eis feststeckende Schiffe und alles, was der Winter noch für sie bereithielt.

Katoen und Anna jedoch waren nicht so still. Er löcherte sie mit Fragen nach ihrer Reise und stellte gleich am Anfang die wichtigste: »Hattest du Erfolg in Konstantinopel?«

»Wie man's nimmt. Es hat einige Zeit gebraucht, bis ich überhaupt bei jemandem vorsprechen durfte, der für mehr zuständig war als dafür, unliebsame Bittsteller abzuwimmeln. Der Mann hat mir dann zugehört und mir zu einer Unterredung mit seinem Vorgesetzten verholfen. Und so weiter. Schließlich habe ich mit einem hohen Beamten gesprochen, dessen Titel und Rang ich bis heute nicht kenne, aber er hat mir im Namen des Sultans gedankt und sogar ein Protokoll angefertigt, das ich unterschrieben habe. Da ich die Schrift des Protokolls nicht lesen konnte, weiß ich allerdings nicht, was drinsteht. Wozu auch? Wahrscheinlich liegt das Papier sowieso nur herum und wird von niemandem beachtet.« Sie seufzte. »Ich kann es nicht ändern. Ich habe getan, was in meiner Macht stand, um den Namen meines Vaters reinzuwaschen. Auf der Rückfahrt, in der dritten Nacht auf See, hatte ich jedenfalls einen Traum. Meine leiblichen Eltern sind mir erschienen, und sie sahen zufrieden aus.«

Dann erzählte sie von ihrem Aufenthalt im großen, fremden Konstaninopel und von ihrer Rückreise, die von zahlreichen Hindernissen begleitet gewesen war, bis sie schließlich auf Malta festsaß. Erst auf einem großen Kauffahrer der Ostindischen Kompanie, der auf der Heimfahrt Malta anlief, um seine Vorräte aufzufrischen, war sie glücklich nach Hause gelangt. Der Ostindienfahrer, zu groß für den Amsterdamer Hafen, hatte gegen Mittag vor der Insel Texel Anker geworfen, und Anna war mit einem der Fährkähne, die zwischen Amsterdam und Texel fuhren, zurückgekehrt.

»Hätte ich das alles gewußt, ich hätte mir noch mehr Sorgen um dich gemacht«, sagte Katoen, froh, daß jetzt sämtliche Fährnisse hinter ihr lagen. »Du solltest ein Buch schreiben über deine Erlebnisse, einen dieser abenteuerlichen Reiseberichte, wie dein Ziehvater sie so gern gelesen hat. Damit könntest du großen Erfolg haben.«

Mittlerweile hatten sie die Noorderkerk erreicht und betraten den Friedhof, der mit seinen winterlich kahlen Bäumen eher trostlos wirkte. Katoen führte Anna zum Grab, und sie staunte: »Ein richtiger Grabstein! Der war bestimmt nicht billig.«

»Er hat ihn verdient nach seinem harten Leben«, sagte Katoen.

Dann las Anna die Inschrift unter dem Namen und dem Sterbedatum: *Er war ein guter Vater.*

Mit feuchten Augen sah sie Katoen an. »Danke, Jeremias!«

Als Katoen eine Stunde später Anna der Witwe Gerritsen vorstellte, küßte diese Anna auf beide Wangen, wie sie es auch jeden Morgen und jeden Abend mit Felix tat. Zuweilen fehlte nicht viel, und die herzensgute Frau hätte auch Katoen mit mütterlichen Küssen bedacht.

»Das ist also die Frau, die unser Herr Katoen sich zum Heiraten ausgesucht hat«, sagte die Witwe in ihrer leutseligen Art. »Ich muß sagen, er hat eine gute Wahl getroffen.«

Katoen beeilte sich, Annas Reisetasche ins Haus zu tragen, bevor die beiden Frauen bemerkten, daß er errötete wie ein Kind.

Während sie in der Stube der Witwe auf das Abendessen warteten, das Greet Gerritsen zubereitete, kam Felix von der Schule heim. Katoen hatte öfter mit ihm über Anna gesprochen, und nie hatte der Junge erkennen lassen, daß er etwas gegen sie haben könnte. Jetzt aber verhielt er sich sehr zurückhaltend und gab, wenn Anna ihn etwas fragte, nur einsilbig Antwort.

Später, als sie in seiner Wohnung waren und Annas Tasche auspackten, sagte Katoen: »Es tut mir leid, daß Felix sich dir gegenüber schlecht benommen hat. Er wird sich an dich gewöhnen. In der Schule hatte er auch seine Schwierigkeiten, aber nach den ersten beiden Monaten ging es besser.«

»Ganz sicher wird er das. Ich an seiner Stelle wäre auch verärgert, wenn ich dich plötzlich mit jemandem teilen müßte.« Sie lächelte, doch dann wurde sie ernst und sagte: »Felix macht seinen Weg, das weiß ich. Aber was hat sich noch in Amsterdam getan, während ich fort war? Sind weitere Schritte gegen die Bruderschaft der Wohlmeinenden eingeleitet worden?«

»Nicht öffentlich. Insgeheim wurden die Magistrate aller

großen Städte sowie die Versammlung der Generalstaaten in Den Haag unterrichtet. Inwieweit dort etwas unternommen wurde, entzieht sich meiner Kenntnis. Aber es ist sicher schwierig, weil wir davon ausgehen müssen, daß überall, wo wichtige Entscheidungen getroffen werden, auch die Verschwörer mitzureden haben. Deshalb können wir nur hoffen, daß sie sich von dem Schlag, den wir ihnen hier in Amsterdam versetzt haben, nicht mehr erholen.«

»Was ist mit den festgenommenen Verschwörern geschehen?«

»Sie wurden unter der Auflage freigelassen, nie wieder einen Fuß auf niederländischen Boden zu setzen. Hoffentlich halten sie sich daran! Hätte man sie angeklagt, hätte das zu großes Aufsehen erregt. Vergiß nicht, für die Öffentlichkeit hat es die Tulpenverschwörung nie gegeben. Willem van Dorp hat, wie ich es ihm im Namen des Magistrats nahegelegt habe, Amsterdam und die Niederlande verlassen. Er soll nach Frankreich gegangen sein. Wer allerdings angeklagt wurde, ist Joan Blaeus Hauptkontorist, Barent Vestens. Ihm wurde zur Strafe die rechte Hand in siedendes Öl getaucht, und er ist ganz offiziell auf Lebenszeit aus den Niederlanden verbannt worden.«

»Und der Tulpenmörder?«

»Hartig? Auch gegen ihn wurde Anklage erhoben, wenn auch in einem nichtöffentlichen Verfahren. Man konnte ihn schlecht laufenlassen. Vielleicht hätte dieser Wahnsinnige einen Grund gefunden, neue Morde zu begehen. Oder er hätte verbreitet, was er über die Tulpe des Bösen wußte. Die Angehörigen der Bruderschaft sind nach außen hin ehrbare Bürger und werden schon deshalb nichts verraten, um ihre Existenz nicht zu gefährden. Hartig dagegen …« Er seufzte. »Ihm war nicht zu trauen, und er hatte den Tod mehr als verdient. Allerdings ist auch die Vollstreckung des Urteils unter Ausschluß der Öffentlichkeit erfolgt; seine Leiche wurde nicht auf Volewijk aufgehängt.«

»Was haben sie mit ihm gemacht?«

»Sie haben ihm den Kopf abgeschlagen und beides, Leiche und Kopf, an einem unbekannten Ort verscharrt. Da er keine Angehörigen hatte, wird niemand nach ihm fragen. Für die Öffentlichkeit war er nichts als ein wahnsinniger Mörder. Insgesamt ist alles erstaunlich verschwiegen vonstatten gegangen, was auch dem behutsamen Vorgehen des neuen Amtsrichters zuzuschreiben ist.«

»Des neuen Amtsrichters? Diese Stellung hat man nicht dir angeboten nach allem, was du für Amsterdam und die Niederlande getan hast?«

Er schüttelte den Kopf.

»Das hast du doch nicht ernstlich erwartet, oder? Vergiß nicht, ich bin der Sohn eines einfachen Seemans und einer …« Er brach ab und schwieg betreten.

»Du mußt deiner Mutter verzeihen, was sie gewesen ist und was sie getan hat. Wer weiß, was sie zu dem gemacht hat, was sie war. Vielleicht war sie genauso unglücklich darüber wie du.«

»Ja, vielleicht«, sagte er leise. »Lassen wir das. Es hat schon alles seine Richtigkeit, wie es jetzt ist. Der neue Amtsrichter ist nämlich der Seilermeister Philipp Schuiten, ein wahrhaft ehrbarer Mann. Er hat sich auch nicht um die Stellung gerissen, sondern mußte geradezu gedrängt werden, die Geschäftsführung der Seilerei seinem ältesten Sohn zu übertragen und in Amsterdam für Recht und Ordnung zu sorgen.«

Versonnen blickte Anna durch das kleine Fenster ihrer Kammer hinaus auf den Botermarkt. »Recht und Ordnung? Wird es das jemals geben?«

Katoen trat an ihre Seite und legte seine Hände auf ihre Schultern. »Was bedrückt dich, Anna? Du machst nicht gerade ein glückliches Gesicht.«

»Ich frage mich, ob die Gefahr, die von der Tulpe des Bösen ausgeht, wirklich beseitigt ist.«

»Wir haben alles dafür getan, was in unserer Macht steht.«

»Schon, aber mir wäre wohler, wenn der Magistrat das Manuskript des Kreuzfahrers und die Karte der Tulpenküste verbrannt und nicht an Joan Blaeu zurückgegeben hätte.«

Katoen küßte Anna auf Stirn und Augen. »Schluß jetzt mit den trüben Gedanken. Ich finde, für heute haben wir genug über die Vergangenheit gesprochen. Laß uns über die Zukunft reden!«

»Ach ja? Hast du da vielleicht schon genaue Vorstellungen?«

»Sehr genaue sogar, zum Beispiel diese hier«, sagte er und hob sie hoch, um sie sanft auf ihr Bett zu legen.

»Ich hatte mich schon gewundert, warum du in die kleine Kammer ein so breites Bett gestellt hast.« Anna lächelte jetzt, und in ihrem Gesicht war keine Spur mehr von der Nachdenklichkeit, die sie eben noch beherrscht hatte. »Hoffentlich erfährt die gute Witwe Gerritsen nichts davon.«

»Wir müssen eben leise sein«, sagte Katoen, während er sein Wams auszog.

Anna verschränkte die Hände hinter dem Kopf und sah zu, wie er sich entkleidete. Mit offensichtlichem Wohlgefallen betrachtete sie seinen schlanken und doch muskulösen Körper. »Ich glaube, ich bin ganz froh, daß du nicht zum Amtsrichter ernannt worden bist. Hinter dem Richterpult würdest du nur Fett ansetzen. So, wie du bist, gefällst du mir doch recht gut.«

»Recht gut nur, nicht mehr?«

Schelmisch erwiderte sie: »Das wird sich gleich herausstellen.«

»Eine Prüfung also«, sagte Katoen, als er vollkommen nackt war. »Und wie soll ich die ablegen, wenn du dich nicht ausziehst?«

»Das ist deine Aufgabe, Jeremias. Betrachte es als ersten Teil der Prüfung.«

Es dauerte sehr lange, bis Katoen diesen »ersten Teil der Prüfung« hinter sich gelassen hatte, denn er bedeckte jede Handbreit Haut, die er von Kleidung befreit hatte, mit Küssen. Anna erschauerte und wand sich vor Lust, als seine Hände und Lippen tiefer und tiefer wanderten, als er ihren kaum gewölbten Bauch und ihre schlanken Schenkel küßte.

Als er die Strümpfe von ihren Füßen zog und seine Lippen ihre Zehen berührten, sagte sie mit gespielter Empörung: »Du hast etwas vergessen.«

»Du irrst, Anna, ich habe mir nur das Beste bis zum Schluß aufgehoben.«

Seine Lippen wanderten an der Innenseite ihres linken Beins nach oben, bis sie ihren Schoß erreichten, der von einem zarten Geflecht dunklen Haars bedeckt war. Sanft drückte er Annas Schenkel auseinander, während er ihren Schoß mit Küssen bedeckte. Aus ihrem lustvollen Wimmern wurde ein spitzer Schrei, als seine Zunge tiefer glitt. Immer heftiger wand sich Annas Unterleib, bis er sich schließlich in wilder Ekstase aufbäumte.

Eine Ekstase, wie beide sie noch mehrmals in dieser Nacht auf unterschiedlichste Weise erlebten. Es war, als wollten sie alles nachholen, was ihnen in den zurückliegenden Monaten verwehrt gewesen war. Einer erkundete den Körper des anderen mit Augen, Händen und Lippen Stück für Stück, und erst Stunden später schliefen sie nebeneinander ein.

Selbst im Traum noch drückte Katoen Anna fest an sich und schwor sich, sie nie wieder loszulassen. Als er aber irgendwann, noch mitten in der Nacht, erwachte, war sie verschwunden.

Epilog (2)

Freitag, 23. Februar 1672

Was hatte ihn geweckt? War es Anna in einem der anderen Zimmer? Aber warum hätte sie das warme Bett verlassen sollen?

Verwirrt stand Katoen auf und starrte auf die Öllampe, die noch immer brannte. In der Kammer war Anna jedenfalls nicht. Nackt, wie er war, ging er durch die anderen Räume. Aber auch da fand er sie nicht.

Er ging zur Wohnungstür und stellte fest, daß sie nicht verschlossen war. Aber er wußte nicht mehr, ob er abgeschlossen hatte, als er nach dem Abendessen mit Anna nach oben gegangen war.

Einer plötzlichen Eingebung folgend, kehrte er in Annas Kammer zurück und suchte nach seinem Haustürschlüssel, der noch in seinem Wams stecken mußte – vergebens. Anna mußte ihn an sich genommen haben, eine andere Erklärung gab es nicht. Ihre Kleider aber lagen noch in derselben Unordnung auf dem Boden wie zuvor.

Er erinnerte sich an die Männerkleider, die Anna bei ihren nächtlichen Streifzügen getragen hatte und die sich in ihrem Reisegepäck befunden hatten. Er hatte ihr geholfen, sie in dem schmalen Schrank zu verstauen, der eine Ecke der Kammer einnahm. Die Kleider fehlten, ebenso die dazugehörigen Stiefel. Und das Rapier samt Bandelier.

Eine schreckliche Ahnung beschlich ihn, und ihm fiel wieder ein, was sie gesagt hatte, als er sie nach ihrem bekümmerten Gesichtsausdruck gefragt hatte. Plötzlich glaubte er zu wissen, wo er sie fand. Hastig, voller Sorge, zog er sich an, während in der Ferne ein Nachtwächter verkündete, daß es zweieinhalb Stunden nach Mitternacht sei.

Bevor er die Wohnung verließ, griff er in einer bösen Vorahnung nach seinem Stockdegen. Am Fuß der Treppe angekommen, stellte er fest, daß Anna die Haustür wieder verschlossen hatte. Um die Hausbewohner vor ungebetenen nächtlichen Besuchern zu bewahren? Oder um zu verhindern, daß er ihr folgte und sie aufhielt?

Er wollte bei seiner Wirtin klopfen, aber die war schon von seinen lauten Schritten auf der Treppe geweckt worden und öffnete zögernd die Tür.

»Euren Hausschlüssel, schnell!« verlangte Katoen.

Das schläfrige Gesicht unter der Nachthaube blinzelte ihn verständnislos an. »Was gibt es denn?«

»Ich brauche Euren Hausschlüssel, beeilt Euch!«

Endlich begriff sie und holte den Schlüssel. Er nahm ihn ihr aus der Hand und öffnete mit fliegenden Fingern die Tür.

»Schließt hinter mir wieder ab«, trug er der Witwe Gerritsen auf. »Und achtet darauf, daß Felix nicht wieder auf den Gedanken kommt, mir zu folgen!«

Sie wollte ihn noch etwas fragen, aber er hörte nicht mehr hin, sondern trat hinaus in die kalte Nachtluft. Seine Sorge um Anna ließ ihm alles andere unwichtig erscheinen. Mit jeder Sekunde wuchs seine Angst, sie zu verlieren – für immer. Waren die leidenschaftlichen Stunden, die sie miteinander verbracht hatten, nicht der Beginn eines neuen Lebens gewesen, sondern der Abschied davon?

Er wandte sich nach rechts und lief zu der Brücke, die über die Binnenamstel führte, und dann weiter die Kalverstraat entlang in Richtung Dam. Dabei begegnete er niemandem außer zwei Betrunkenen, die Arm in Arm von einer Straßenseite zur anderen torkelten. Die beiden nach Anna zu fragen wäre pure Zeitverschwendung gewesen, also hielt er sich nicht weiter mit ihnen auf. Wenn er sich nicht täuschte, kannte er Annas Ziel ohnehin.

Als er nur noch zwei, drei Minuten vom Dam entfernt war, hörte er aus einer der Seitengassen ein lautes Wimmern. Es war die Stimme einer Frau, und Katoen blieb stehen. Er war so schnell gelaufen, daß er heftig und stoßweise atmete.

Wieder hörte er die Frauenstimme: »Nicht, bitte nicht mehr schlagen!«

Ein lautes, kurzes Klatschen zeugte davon, daß die Bitte vergeblich gewesen war. Die schrille Stimme gehörte keinesfalls Anna, aber er ging trotzdem in die dunkle Gasse hinein, wo im Gegensatz zur Kalverstraat keine Laternen brannten. Die Frau schien wirklich Hilfe zu brauchen. Und zugleich dachte er bei jedem Schritt an Anna, deren Vorsprung ständig größer wurde.

»Elendes Miststück!« brüllte eine rauhe Männerstimme, die ihm vertraut vorkam, auch wenn er sie nicht erkannte. »Erst führe ich dir Freier mit prall gefüllter Börse zu, und dann willst du mich um meinen Anteil prellen? Dir werd ich's zeigen!«

Wieder klatschte es, einmal, zweimal, dreimal. Die Frau schrie auf, und dann jammerte sie wie ein kleines Kind.

Ein Streit zwischen Kuppler und Nachtläuferin also. Jetzt ärgerte er sich, daß er deshalb seinen Weg zum Dam unterbrochen hatte, und wollte schon umkehren. Wenn Kuppler und Dirnen sich gegenseitig das Leben schwermachten, was ging ihn das an? Er hatte für beide nichts übrig, für die Dirnen vielleicht noch weniger. Aber dann fielen Annas Worte ihm wieder ein: »Du mußt deiner Mutter verzeihen, was sie gewesen ist und was sie getan hat. Wer weiß, was sie zu dem gemacht hat, was sie war. Vielleicht war sie genauso unglücklich darüber wie du.« Hatte Anna recht? Hatte er sich sein Leben lang in den Haß auf seine Mutter, den Haß auf alle Dirnen dieser Welt, verrannt?

Wieder schlug der Kuppler zu, und sein Opfer heulte auf wie ein getretener Hund. Natürlich war das unmöglich, aber Katoen stellte sich vor, daß es seine Mutter war, die dort in der dunklen Gasse verprügelt wurde.

Er ging näher heran und rief: »Aufhören! Sofort aufhören!«

Die Gasse mündete in einen kleinen Hof, in den das Licht aus einem Fenster im Erdgeschoß eines der angrenzenden Häuser fiel. Der brave Bürger hinter dem Fenster war vielleicht durch den Lärm, den der Kuppler und die Nachtläuferin veranstalteten, geweckt worden, wagte aber nicht einzuschreiten.

Die Dirne kauerte nicht weit von dem Fenster entfernt am Boden. Sie hatte einen üppigen Körper und trug ein rotes Kleid, das ihre vollen Brüste mehr entblößte als verdeckte. Ob sie auch hübsch war, konnte Katoen nicht erkennen, so blutig hatte der Kuppler ihr von wirrem, hellem Haar umrahmtes Gesicht geschlagen.

Oder *die* Kuppler, denn gleich zwei Männer standen bei ihr und blickten Katoen erstaunt entgegen. Den einen kannte er nicht. Er war jung und feist, ein wahres Kraftpaket, stiernackig und mit Armen so dick wie bei anderen die Oberschenkel. Der andere aber, dessen Stimme Katoen eben gehört hatte, war ihm nur zu gut bekannt.

»Jaepke Dircks!« stieß er hervor.

»Mijnheer Katoen!« sagte Dircks spöttisch und deutete

eine Verbeugung an. »Freut mich, Euch zu sehen. Nun wird es vielleicht doch noch eine angenehme Nacht.«

»Für Euch sicher nicht«, erwiderte Katoen. »Nicht nach dem, was ich hier gesehen habe. Diesmal, Dircks, wandert Ihr ins Rasphuis!«

»Und Ihr ins Jenseits, Herr Amtsinspektor«, entgegnete Dircks und zog mit einer schnellen Bewegung einen Dolch aus seinem Stiefel.

»Das ist ein Amtsinspektor?« fragte der Feiste, der eine seltsam hohe Stimme hatte, fast die einer Frau. »Bist du verrückt, Jaepke, dich mit dem anzulegen?«

»Ganz und gar nicht. Das ist der Amtsinspektor Jeremias Katoen, und sein Kopf ist fünftausend Gulden wert.«

Das war Katoen neu, und er fragte: »Wer hat den Preis ausgesetzt?«

»Ein enttäuschter Tulpenzüchter.«

»Willem van Dorp?«

»Derselbe«, sagte Dircks mit einem falschen Lächeln und kam langsam auf Katoen zu.

»Das ist was anderes«, meinte der Feiste mit der hohen Stimme. »Machen wir halbe-halbe?«

»Klar doch, Truus«, antwortete Dircks. »Wir nehmen ihn uns von zwei Seiten vor, dann haben wir leichtes Spiel. Paß nur auf seinen Stock auf, das ist nämlich ein verkappter Degen!«

»Für die Hälfte von fünftausend Gulden ist mir das gleich«, piepste Truus und bückte sich nach etwas, das hinter ihm lag. Es war ein Stück Holz, Abfall wohl, ungefähr so lang wie ein Arm und in den Händen des kräftigen Kerls eine nicht zu unterschätzende Waffe.

Dircks und sein Kumpan kamen langsam auf Katoen zu, darauf bedacht, daß sie beide den gleichen Abstand zu ihm einhielten. Katoen drückte auf den kleinen Knopf an seinem Stockgriff und zog die Scheide von der Degenklinge. Er schleuderte sie nach dem Feisten, den er für unbeweglicher hielt als Dircks. Tatsächlich streifte das Holz den Kopf seines Gegners, aber Truus zeigte sich davon wenig beeindruckt.

»Ich habe immer gewußt, daß ich dich eines Tages zwischen die Finger kriege, Schnüffler!« zischte Dircks. »Ich habe die Peitschenhiebe nicht vergessen. Daß ich mich endlich an dir rächen kann und dafür auch noch ein kleines Vermögen kassiere, zeigt, daß es noch Gerechtigkeit gibt.« An seinen Komplizen gewandt, fügte er lauter hinzu: »Los, Truus, auf ihn!«

Aber noch lauter als Dircks' Stimme war eine Detonation, die über den Hinterhof rollte. Truus machte tatsächlich einen Satz nach vorn, doch er griff nicht Katoen an, sondern stürzte vornüber zu Boden. In seinem Rücken klaffte ein großes Loch.

Erst jetzt bemerkte Katoen, daß das erleuchtete Fenster geöffnet worden war. Darin lehnte ein weißbärtiger Mann im Nachthemd, eine weiße Zipfelmütze auf dem Kopf und in den Händen einen veritablen Schießprügel, aus dessen Mündung sich kräuselnder Rauch aufstieg.

»Ambrosius Nuyens, ehemals Mitglied der St.-Sebastians-Schützengilde, gern zu Diensten«, stellte er sich vor. »Ich habe alles gehört und konnte nicht tatenlos mit ansehen, wie diese Strolche einen Vertreter der Obrigkeit angreifen.«

»Eure Hilfe ist willkommen, wenn auch etwas spät, Mijnheer Nuyens. Diese Frau hier hätte sich auch darüber gefreut.«

Der Mann im Nachthemd streichelte den Lauf seiner alten Arkebuse. »Ich habe meine treue Malwine lange nicht mehr benutzt. Mußte sie erst hervorholen und schußbereit machen. Aber ich habe noch ein gutes Auge, wie? Haltet nur den zweiten Strolch etwas hin, bis ich nachgeladen habe, und ich will sehen, ob ich ihm die Rübe wegpusten kann.«

Darauf wollte Dircks es nicht ankommen lassen. Blitzschnell machte er kehrt, war mit zwei flinken Sätzen bei der

Nachtläuferin und hielt ihr den Dolch an die Kehle. »Wirf deinen Stockdegen weg, Katoen, sofort!«

Statt der Aufforderung zu folgen, trat Katoen langsam auf Dircks zu. »Weißt du nicht, daß ich mir nicht sonderlich viel aus Dirnen mache, Dircks? Amsterdam ist voll von ihnen, da kommt es auf eine mehr oder weniger nicht an. Mag sie ruhig draufgehen, Hauptsache, ich erwische dich!«

Mit aufgerissenen Augen verfolgte die Nachtläuferin, wie Katoen näher und näher kam, und auch Dircks starrte ihn ungläubig an.

»Das meinst du nicht ernst, Katoen«, sagte er, aber das Schwanken in seiner Stimme verriet seine Unsicherheit. »Du willst mich hereinlegen. Immerhin wollest du Betje eben noch helfen.«

»Da wußte ich auch noch nicht, daß ich Gelegenheit haben würde, mit dir abzurechnen, du Ratte!«

Ein hektisches Flackern trat in die tiefliegenden Augen des Kupplers. »Ein Schritt noch, und die Kleine stirbt!«

»Ja, und was dann?« fragte Katoen, ohne stehenzubleiben. »Dann kriege ich dich sogar wegen Mordes dran. Das erspart dir natürlich das Rasphuis. Tote werden dort nicht aufgenommen. Aber ich komme gern sonntags zu dir raus nach Volewijk.«

Die Unsicherheit des Kupplers wuchs, und sein Zögern kam Katoen zupaß. Ein Sprung nach vorn, ein schneller Stoß mit dem Degen, und Dircks widerfuhr das, was er der Nachtläuferin angedroht hatte: Die Klinge durchbohrte seinen Hals.

Der Kuppler starrte Katoen erschrocken, fast vorwurfsvoll an. Er öffnete die Lippen, aber was immer er auch hatte sagen wollen, es ging in dem Blutschwall unter, der sich aus seinem Mund ergoß.

Katoen zog seine Klinge zurück, und gleich darauf fiel Dircks neben der Dirne zu Boden, wo er sich in krampfhaften Zuckungen wälzte.

»Wenn es dich tröstet, Dircks, du bist gleich hinüber«, sagte Katoen. »Für einen wie dich geht es beinahe zu schnell.«

Er lehnte seinen Stockdegen an die Hauswand und half der Dirne auf, die ihm zitternd und weinend in die Arme sank. Zu seinem Erstaunen stellte er fest, daß er bei der Berührung keinen Ekel empfand, nicht einmal Widerwillen. Sie war ein Mensch in Not, nicht mehr, aber auch nicht weniger.

Sanft schob er sie von sich weg und wandte sich dem alten Mann im Fenster zu. »Mijnheer Nuyens, ich muß weiter. Nehmt die Frau zu Euch ins Haus, gebt ihr eine Decke und einen Schnaps. Dann ruft ihr einen Arzt und alarmiert die Nachtwächter. Wenn die Fragen haben, sollen sie sich morgen im Rathaus an mich wenden.«

»Jawohl, zu Befehl, sehr gern«, rief der Alte eifrig.

Katoen hörte ihn schon nicht mehr, er rannte zurück zur Kalverstraat.

Als er von der Kalverstraat auf den Dam hinauseilte, ahnte er, daß er zu spät kam. Er sah das große, zuckende, rote Licht hinter der Nieuwe Kerk, als hätte sich dort ein Tor zur Hölle aufgetan. Und schon hörte er die Signalstöße der Trompeter auf den Wachttürmen, gefolgt von dem durchdringenden, halb sirrenden, halb klappernden Geräusch, das die Rasseln der Nachtwächter machten. Wieder und wieder hallte der Schrei über den Dam: »Feuer!«

Hinter zahlreichen Fenstern gingen Lichter an, Haustüren wurden aufgerissen, und die Menschen, viele noch im Schlafrock oder nur halb angekleidet, stürzten ins Freie, sahen sich um, fragten ängstlich die Nachbarn, was los sei.

Wie in allen großen Städen, wo die Häuser dicht beieinanderstanden, in schmalen Gassen häufig sogar so eng, daß die Dächer sich fast berührten, war das Feuer ein gefürchteter Feind. Ein Teufel, unberechenbar und bösartig, der binnen kürzester Zeit ganze Stadtviertel zerstören und die Lebensgrundlage Tausender Menschen vernichten konnte.

Katoen drängte sich durch die Trauben von Schaulustigen, die sich auf dem eben noch leeren Dam bildeten, und lief zur Gravenstraat, wo er das Unglück in seinem ganzen schrecklichen Ausmaß sah. Ein großes Gebäude brannte lichterloh, und er erkannte auf den ersten Blick, daß dort nichts mehr zu retten war.

Aus den Türen, aus jeder Fensteröffnung züngelten die Flammen, leckten gierig an den Mauern empor, fraßen sich weiter und weiter in ihrer höllischen Unersättlichkeit. Von dem, was kurz zuvor noch die Werkstatt des berühmten Kartenmachers Joan Blaeu gewesen war, blieb nichts als ein riesiger Feuerschlund, der alles verschluckte, was seinen unzähligen heißen roten Zungen zu nahe kam.

Auch die Brandmeister, die herbeigeeilt waren, hatten die Lage erfaßt und wiesen die aus Männern der Nachbarschaft bestehenden Löschgruppen an, ihre Bemühungen ganz auf den Schutz der angrenzenden Häuser zu richten. Menschenketten bildeten sich, und Ledereimer, gefüllt mit Wasser aus dem nahen Nieuwezijds Voorburgwal, wanderten von Hand zu Hand zu den gefährdeten Gebäuden.

Leitern wurden herangebracht und an die Nachbarhäuser der brennenden Druckwerkstatt gestellt, und riesige Feuertücher wurden über die Gebäude gezogen, um anschließend mit Wasser besprengt zu werden. Lautes Gebimmel kündigte das Nahen einer Feuerspritze an, die, von zwei stämmigen Pferden gezogen, gleich darauf auch schon um eine Ecke kam. Mit geübten Griffen wurde sie in Stellung gebracht, um die Dächer zu besprengen. Nur den umsichtigen Brandmeistern, die mit ihren langen Stäben die Arbeiten dirigierten, war es zu verdanken, daß alles so geordnet und reibungslos ablief und sich nicht in ein wildes Drunter und Drüber verwandelte.

Katoen nahm das alles eher beiläufig auf, während sein Blick unentwegt die Menge absuchte, bis er sie schließlich sah, inmitten einer Gruppe von Nachtwächtern: Anna!

Sie trug die Männerkleidung, die er in ihrer Kammer gesucht und nicht gefunden hatte. Ihren Hut hatte sie verloren, das lange dunkle Haar flatterte im Nachtwind. Zwei Nachtwächter hielten sie an den Armen fest, und das Rapier samt Bandelier hatte man ihr abgenommen. Einer der Nachtwächter hielt es in Händen und sah es sich gerade aus der Nähe an.

Anna schien es gleichgültig zu sein, daß die Männer sie festhielten. Ihr Blick hing unverwandt an dem Haus, das in einer Schnelligkeit den Flammen zum Opfer fiel, als sei es aus Zunder erbaut. Das viele Papier und Holz, der Leim, das alles brannte wohl tatsächlich wie Zunder. Bald stürzte das Dach ächzend und krachend in sich zusammen, und Tausende von Funken stoben auf, flogen durch die Nacht wie ausschwärmende Glühwürmchen.

»Patrouilliert in den angrenzenden Straßen!« wies ein Brandmeister eine Gruppe Feuerhelfer an. »Paßt auf, daß der Funkenregen dort nicht neue Brände entfacht!«

Katoen kämpfte sich durch die Löschgruppen und wurde nur darum nicht von den Nachtwächtern aufgehalten, weil sie ihn erkannten. Als er endlich die Gruppe erreichte, in deren Mitte Anna stand, suchte er vergebens nach Worten. Er wußte, warum sie das getan hatte, er verstand es sogar, aber gutheißen konnte er es nicht. Sie hatte Leben und Eigentum vieler Amsterdamer Bürger in Gefahr gebracht.

Melchior Bicker, ein schnauzbärtiger Sergeant der Nachtwache, den Katoen recht gut kannte, trat auf ihn zu. »Inspektor Katoen, wie seid Ihr so schnell hergekommen? Hattet Ihr etwa um diese unchristliche Zeit noch im Rathaus zu tun?«

»Ich war in der Nähe«, sagte Katoen ausweichend und zeigte auf Anna. »Was ist mit der Frau?«

»Die? Eine Hexe ist das, eine wahre Teufelin! Sie hat den Brand gelegt, das können meine Männer bezeugen. Die Wahnsinnige hat eine Fensterscheibe eingeschlagen, ist in die Werkstatt des Kartenmachers Blaeu eingedrungen, hat dort überall Lampenöl vergossen und es am Ende angezündet. Meine Leute konnten sie aus dem Haus herausholen, aber den Brand selbst konnten sie nicht mehr löschen. Das Öl hat dafür gesorgt, daß die Flammen in weniger als fünf Minuten auf das ganze Gebäude übergesprungen sind.« Eigentlich war Bicker ein gutmütiger Mann, und Katoen kannte den korpulenten Endvierziger mit den rosigen Pausbacken als fröhlichen Zecher, aber jetzt war er zutiefst erbost, und das sonst freundlich dreinblickende Gesicht verhärtete sich, als sein Blick auf Anna fiel. Er spuckte verächtlich aus. »Am besten wär's gewesen, wir hätten das Weibsstück da drin verbrennen lassen!«

Eine schwarze Kutsche ratterte über das Pflaster, und der Kutscher zügelte die beiden ebenfalls schwarzen Zugpferde kurz vor der Absperrung, die Bickers Männer ein paar Häuser weiter gebildet hatten, damit die Arbeit der Löschgruppen nicht durch neugierige Gaffer behindert wurde. Eine Seitentür der Kutsche wurde geöffnet, und zwei Männer stiegen aus: Joan Blaeu und ein junger Mann, nicht viel älter als zwanzig, sehr schlank und mit glattem Gesicht. Eine gewisse Ähnlichkeit mit dem faltigen, bärtigen Antlitz des Kartenmachers war auf den ersten Blick zu sehen.

Katoen kannte den jungen Mann, wenn er auch noch nie mit ihm gesprochen hatte. Er war, obwohl er altersmäßig sein Enkel hätte sein können, ein Sohn des Kartenmachers, ebenfalls Joan mit Vornamen und zur Unterscheidung von seinem Vater allgemein Joan Blaeu II. genannt.

Fassungslos starrten beide auf die Flammen, in denen ein gut Teil dessen, was der ältere Joan Blaeu und sein Vater Willem als ihr Lebenswerk bezeichnen durften, verging. Katoen fragte sich, ob sie von blankem Entsetzen gepackt waren oder bereits ihr kaufmännisches Denken in Gang gesetzt hatten und den entstandenen Schaden überschlugen.

Ein Teil der Außenwand stürzte ein, und erneut stoben Funken auf, um sich mit dem Wind zu verteilen. Joan Blaeu II. faßte seinen Vater behutsam bei den Schultern und zog ihn ein Stück von dem Feuer fort. Dann entdeckten sie die Gruppe von Nachtwächtern mit Anna in der Mitte und gingen auf sie zu.

Mit zitternder Hand zeigte der alte Kartenmacher auf Anna. »Sie war es, das weiß ich! Die Tochter des Tulpenhassers ist schuld!«

Ob er es wirklich wußte oder ob es nur eine Vermutung war, jedenfalls hatte er recht. Es sah so aus, als wollte er sich mit bloßen Fäusten auf Anna stürzen, aber Katoen stellte sich ihm in den Weg.

»Ah, Mijnheer Katoen«, sagte Blaeu ohne jede Freundlichkeit. Er atmete schwer, und sein Gesicht war schweißnaß. Vielleicht rührte das von der großen Hitze des Feuers her, vielleicht aber auch von seiner Erregung, seiner Verzweiflung, seinem Zorn. »Ihr seid hier, aber Ihr kommt zu spät. Ihr hättet das verhindern müssen!«

Katoen war klar, daß der Alte nicht ahnte, wie tief der Vorwurf ihn traf, und er wollte es ihm auch nicht erklären. Also sagte er nur: »Glaubt mir, Mijnheer Blaeu, wenn ich gekonnt hätte, dann hätte ich es verhindert.«

»Ja, schon gut«, brummte der Alte. »Nicht Ihr seid schuld, sondern die da!« Wieder schleuderte er Anna zornige Blicke zu. »Sie ist es doch gewesen, nicht wahr?«

»Ja, Mijnheer«, sagte Sergeant Bicker, der zu ihnen getreten war und dem Kartenmacher auf ähnliche Weise Bericht erstattete wie zuvor Katoen.

Als der Sergeant geendet hatte, sagte Blaeu: »Anna Swalmius, das werdet Ihr mir büßen! Ich werde Euch vor Gericht bringen und dafür sorgen, daß Ihr ebenso verbrannt werdet, wie Ihr mein Haus, mein Geschäft verbrannt habt!«

Das schien Anna nicht im mindesten zu treffen. Sie streifte den Kartenmacher nur mit einem kurzen Blick, dann galt ihre ungeteilte Aufmerksamkeit wieder der heißen Waberlohe.

Joan Blaeu wandte sich an Katoen. »Ihr bürgt mir dafür, daß dieses Weib im Rathaus eingesperrt wird, bis man ihm den Prozeß macht!«

Katoens erster Impuls war, ihm zu widersprechen, ihn zu bitten, Anna seiner persönlichen Obhut zu übergeben. Aber ihm war klar, daß Blaeu sich darauf nicht einlassen würde, nicht hier und nicht jetzt. Er mußte eine andere Gelegenheit suchen, um sich für Anna zu verwenden. Wenn er jetzt widersprach, würde der Kartenmacher nur misstrauisch werden und kraft seiner Autorität als Ratsherr vielleicht sogar dafür sorgen, daß Anna in fremden Gewahrsam übergeben wurde. Dann brachte er sie schon lieber selbst in den Geißelkeller. Wie furchtbar es dort auch sein mochte, er konnte wenigstens versuchen, ihr die Haft so erträglich wie möglich zu gestalten.

»Ich werde den Amtsrichter Schuiten aufsuchen und Anzeige gegen Anna Swalmius erstatten!« Das brachte der Kartenmacher vor wie einen Schwur. Dann blickte er zu dem brennenden Haus hinüber, und seine Augen wurden feucht.

Katoen sagte leise: »Eine Frage, Mijnheer Blaeu: Hattet Ihr die Seekarte von der Tulpenküste und das Manuskript des Kreuzfahrers hier aufbewahrt?«

»Ja, in einem sehr guten Versteck.« Der Kartenmacher sah ihn verwundert an. »Aber was spielt das jetzt noch für eine Rolle?«

Eine große, dachte Katoen, als er Anna ansah. Blaeu und er hatten leise gesprochen, aber sie hatte trotzdem alles mitbekommen. Ein zufriedener Ausdruck lag auf ihrem Gesicht.

Kurz vor Sonnenaufgang setzte leichter Schneefall ein, und als Katoen die Gravenstraat aufsuchte, ließ ein heftiger Wind die Flocken ordentlich tanzen. Es war ein heiterer Anblick, der so gar nicht zu dem passen wollte, was er am Ort des Unglücks sah.

Von Joan Blaeus prächtiger Werkstatt, durch die der Kartenmacher Katoen einige Monate zuvor voller Stolz geführt hatte, war nichts geblieben als ein Haufen verkohlter, rauchender, stinkender Trümmer. Was verbrennen konnte, war verbrannt, und der Rest, Druckerpresse und Druckplatten, war in der höllischen Hitze geschmolzen. Damit stand zweifelsfrei fest, daß auch Guillaume de Vaillys Aufzeichnungen und die darauf basierende Seekarte vernichtet waren.

Noch immer war ein Brandmeister vor Ort, und eine bemannte Feuerspritze stand bereit für den Fall, daß das Feuer, durch eine unbemerkte Glut oder durch Funkenflug weitergetragen, in einem der Nachbarhäuser erneut auflodern sollte. So schwer hing der Brandgeruch in der Luft, daß Katoen den schaurigen Ort schnell wieder verließ und seine Schritte zum Rathaus lenkte. Trotz der Kälte standen allenthalben Menschen vor ihren Häusern und ereiferten sich über den Brand der vergangenen Nacht.

Im Keller des Rathauses führte der Profos, nachdem Katoen ihm das Schreiben des Amtsrichters gezeigt hatte, ihn zu Annas Zelle und schloß sie auf. Anna saß aufrecht auf ihrer schmalen Holzpritsche, auf den Knien eine Schale mit Brei und einen Brotkanten, aber sie aß nicht.

Als sie Katoen sah, sagte sie: »Es tut mir leid, Jeremias. Ich hätte dir das alles gern erspart, aber ich konnte nicht anders. Verstehst du das?«

»Ich verstehe es, aber ich billige es nicht«, antwortete er und hielt ihr den wollenen Umhang hin, den er ihr mitgebracht hatte. »Zieh das an, es ist kalt draußen, und es schneit.«

»Draußen? Was soll ich draußen?«

»Zieh das an«, wiederholte Katoen. »Und dann komm mit!«

Verwirrt stand sie auf und ließ sich den Umhang umlegen, der mit einer Kapuze versehen war. Katoen zog sie mit sich, so daß sie gar nicht dazu kam, ihm Fragen zu stellten. Sie traten ins Freie, und er führte sie in Richtung Damrak.

»Wohin gehen wir?« fragte Anna, die sich das alles noch immer nicht erklären konnte.

»Wir gehen spazieren. Nach der muffigen Luft im Geißelkeller wird dir das guttun.«

»Spazieren? Und dann?«

»Das wird sich finden.« Bislang hatte er sie kaum angesehen, aber jetzt wandte er sich ihr zu und fragte: »Wie konntest du das nur tun, Anna? Du hast so viele Leben in Gefahr gebracht!«

»Wie gesagt, ich konnte nicht anders. Erst jetzt hat mein Vater Julien de Montfor wirklich Ruhe gefunden. Ich fühle es.«

»Dabei konntest du nicht einmal davon ausgehen, daß die Karte und das Manuskript wirklich in der Gravenstraat lagen. Blaeu hätte sie auch in seiner alten Werkstatt in der Bloemgracht oder sonstwo aufbewahren können.«

»Aber sie waren dort!« sagte sie.

Sie gingen am Damrak entlang zum IJ, und Anna fing eine der Schneeflocken ein, die alles lustig umtanzten und gleichgültig waren gegenüber den Sorgen der Menschen. Ein paar Sekunden lang blieb die Flocke auf ihrer Handfläche liegen, dann war sie geschmolzen.

»Fort«, sagte Anna, »wie unsere Zukunft. Verfluch mich dafür, Jeremias, aber glaub mir, daß es mir unendlich leid tut!«

»Ich glaube dir, sonst wäre ich nicht hier.«

»Ja, ein schöner Spaziergang, mein letzter wahrscheinlich.«

»Das will ich nicht hoffen.«

»Seit wann erhalten Gefangene, die auf ihr Todesurteil warten, die Gelegenheit zu Spaziergängen?«

»Es wird kein Todesurteil geben. Es wird überhaupt kein Urteil geben.«

Anna blieb stehen und schüttelte den Kopf. »Das kann nicht sein! Du hast Joan Blaeu doch gehört!«

»Ich habe die ganze Nacht mit Joan Blaeu und Philipp Schuiten gesprochen. Es war nicht leicht, aber am Ende haben sie eingewilligt, dich freizulassen und auf eine Anklage zu verzichten. Offiziell wird die Ursache des Feuers ungeklärt bleiben.«

»Aber die Nachtwächter haben mich erwischt!«

»Ein wenig Geld wird sie zum Schweigen bringen. Ich habe etwas gespart, und Schuiten gibt noch was dazu.«

Eine ganze Weile war Anna sprachlos und sah ihn nur an. »Woher der Sinneswandel?« fragte sie endlich.

»Ich habe den beiden klargemacht, daß ich, sollte es zu einem Verfahren gegen dich kommen, öffentlich darlegen müßte, was dich zu deiner Tat getrieben hat. Damit würde die ganze Tulpenverschwörung, die so hübsch vertuscht worden ist, ans Licht kommen. Und das käme gerade jetzt, da jederzeit mit einer Kriegserklärung Frankreichs zu rechnen ist, dem Amsterdamer Magistrat und der Versammlung der Generalstaaten äußerst ungelegen.«

»Heißt das, du hast den Magistrat von Amsterdam und die Regierung der Niederlande erpreßt?«

Katoen seufzte schwer. »Ein unschöner Ausdruck. Sagen wir, ich habe einen Handel mit ihnen abgeschlossen.«

»Dein Schweigen im Tausch gegen meine Freiheit?«

»Nicht nur. Wir beide verpflichten uns zu absoluter Verschwiegenheit und verlassen die Niederlande innerhalb der nächsten Wochen. Und wir kehren zeit unseres Lebens nicht zurück.«

»Lebenslange Verbannung?«

»Ja.«

»Und du sagst *wir?*«

Katoen sah ihr tief in die Augen. »Habe ich dir gestern nicht gesagt, daß ich dich nie wieder fortlasse? Also versuchen wir drei zusammen unser Glück.«

»Wir drei? Du meinst Felix?«

Er nickte. »Glückwunsch, Anna, du bist soeben Mutter geworden.«

Anna wollte etwas sagen, aber die Stimme versagte ihr den Dienst. Tränen rannen über ihre Wangen.

»Ist das so schlimm?« fragte er.

Sie lächelte. »Nein, es ist sehr schön. Nur weiß ich nicht, ob Felix das auch so sieht.«

Jetzt lächelte auch Katoen. »Du wirst dich eben anstrengen und dich von deiner besten Seite zeigen müssen.«

»Das werde ich«, versprach sie. »Das werde ich!«

Sie umarmten und küßten sich, verhalten erst, dann leidenschaftlich. So standen sie ineinander verschlungen am Damrak, minutenlang, während die Flocken um sie tänzelten und der weiße Schleier auf ihren Kleidern immer dichter wurde.

Schließlich fragte Anna: »Aber wohin gehen wir?«

»Das wird sich finden«, wiederholte Katoen und zeigte zum IJ, wo ein Mast neben dem anderen aufragte. »Da liegen eine Menge Schiffe, oder?«

Zeittafel

1562 Erstmals werden in den Niederlanden Tulpen gesichtet.

1581 Die sieben nördlichen Provinzen der Spanischen Niederlande erklären als Republik der Vereinigten Niederlande ihre Unabhängigkeit von Spanien.

1593 Der Gelehrte Carolus Clusius wird als Professor für Botanik an die Universität von Leiden berufen. Er bringt einen Vorrat an Tulpenzwiebeln mit, und die in den Niederlanden zuvor nur vereinzelt gesehene Tulpe verbreitet sich bald über die gesamte Republik.

1598/99 Geburt des künftigen Amsterdamer Kartenmachers und Ratsherrn Joan Blaeu als Sohn des Kartenmachers Willem Blaeu.

1602 Um die Abwicklung des niederländischen Überseehandels zu verbessern, wird die Vereinigte Ostindische Kompanie gegründet.

1630 Joan Blaeu tritt in das Geschäft seines Vaters ein.

1633 Durch eine Gesetzesänderung wird der bislang beruflichen Händlern vorbehaltene Handel mit Tulpenzwiebeln in den Niederlanden jedermann erlaubt.

1634 Der Tulpenhandel wächst sich zu einem regelrechten Tulpenfieber aus, und die Preise für Tulpenzwiebeln steigen in schwindelerregende Höhen.

1637 Das Tulpenfieber führt zu einem Tulpenwahnsinn, als der Handel mit den Zwiebeln in sich zusammenbricht.

1638 Joan Blaeu und sein Bruder Cornelis führen nach dem Tod ihres Vaters dessen Geschäft fort.

1644 Cornelis Blaeu stirbt.

1648 Im Frieden zu Münster und Osnabrück wird die staatliche Unabhängigkeit der Vereinigten Niederlande garantiert.

1651 John Blaeu wird Mitglied des Amsterdamer Magistrats.

1665 Das neue Amsterdamer Rathaus auf dem Dam gilt als fertiggestellt, obwohl noch viele Innenarbeiten zu erledigen sind.

1667 Joan Blaeu eröffnet eine neue Druckwerkstatt in der Gravenstraat.

1669 Auf Betreiben des Malers Jan van der Heyden wird in Amsterdam die öffentliche Straßenbeleuchtung durch Öllampen eingeführt.

1670 Der französische König Ludwig XIV. trifft erste Vorkehrungen für einen Angriffskrieg gegen die Niederlande.

1672 Im Februar brennt die große Werkstatt des Kartenmachers Joan Blaeu in der Amsterdamer Gravenstraat aus.

Wilhelm III. von Oranien wird in den Niederlanden zum Generalkapitän berufen, um die Verteidigung des Landes zu organisieren.

Im März gibt der englische König Karl II. den Befehl zum Angriff auf die niederländische Smyrnaflotte.

Im April erklärt Ludwig XIV. den Niederlanden den Krieg und marschiert mit einer 130 000 Mann starken Armee im Feindesland ein.

Im Juni wird Wilhelm III. zum Statthalter der Niederlande ernannt.

Im September wird Joan Blaeu wegen Differenzen mit der Regierung Wilhelms III. zusammen mit fünfzehn weiteren Ratsherren aus dem Amsterdamer Magistrat ausgeschlossen.

1673 Im Dezember stirbt Joan Blaeu. Das Geschäft wird von seinen Söhnen Joan II. und Pieter fortgeführt.

1674 Friedensschluß zwischen den Niederlanden und ihren Feinden England, Köln und Münster.

1678 Friedensschluß zwischen den Niederlanden und Frankreich.

Nachwort des Autors

Der Kartenmacher Joan Blaeu hat wirklich gelebt, und sein Leben war sicher ereignisreich, aber in die Verschwörung um die Tulpe des Bösen war er nicht verstrickt, entspringt sie doch meiner Phantasie. Wie schon in meinem Roman *Die Farbe Blau* (in dem übrigens Jeremias Katoen zum ersten Mal ermittelt), der eine Verschwörungsgeschichte rund um Rembrandt erzählt, konnte ich auch bei meinem zweiten Ausflug in das Amsterdam des sogenannten Goldenen Zeitalters nicht der Versuchung widerstehen, eine bedeutende historische Persönlichkeit jener Zeit in meine Geschichte zu verwickeln.

Auch der schreckliche Brand in der Gravenstraat, der in den frühen Morgenstunden des 23. Februar 1672 ausbrach, hat sich ereignet, seine Ursache aber liegt im unklaren. Blaeus Unternehmen ist dabei ein wirtschaftlicher Schaden entstanden, von dem es sich nie erholt hat. Sieben Monate später traf Joan Blaeu ein weiterer herber Schlag: Nach einundzwanzig Jahren wurde er aus politischen Gründen aus dem Amsterdamer Magistrat ausgeschlossen. Diese beiden einschneidenden Ereignisse werden für eine Verschlechterung seines Gesundheitszustands und seinen Tod am 23. Dezember 1673 verantwortlich gemacht. Seine Söhne Joan II. und Pieter haben das Unternehmen fortgeführt, aber es war nach den durch das Feuer erlittenen Verlusten nicht mehr profitabel und mußte schließlich verkauft werden.

Die Tulpenverschwörung entspringt wie gesagt meiner Phantasie, und dasselbe trifft – zum Glück – auch auf die »Tulpe des Bösen« zu. Schwarze Tulpen hat es zu keiner Zeit gegeben (außer in einem Roman von Alexandre Dumas), und sämtliche Zuchtversuche in dieser Richtung haben allenfalls Pflanzen mit extrem dunklen, aber eben nicht schwarzen Blüten hervorgebracht. Das gilt auch für die bekannte Sorte »Queen of Night«, die in einem sehr dunklen Violett blüht. Wer dennoch irgendwo eine tiefschwarze Tulpe sieht, kann davon ausgehen, daß sie künstlich eingefärbt ist.

Wahr ist allerdings – und das ist eine nicht unwesentliche Inspiration für meine Tulpe des Bösen gewesen –, daß die Tulpe, wie viele andere Frühlingspflanzen auch, giftig ist. Besonders Zwiebel und Stengel enthalten Tulipanin, das bei Verzehr zu Erbrechen, Bauchkrämpfen, einem Abfall der Körpertemperatur, Schock, Apathie und Atemstillstand führen kann; auch Halluzinationen sind nach dem Verzehr von Tulpen schon aufgetreten. Aber wer ißt schon Tulpen in großen Mengen? Insofern war es vielleicht eine glückliche Fügung für den flämischen Tuchhändler, von dem ich zu Beginn dieses Buches berichte, daß seine Tulpenzwiebeln sich in eine blühende Blumenpracht verwandelt hatten.

Die größte Gefahr, die für die Niederländer im siebzehnten Jahrhundert von der Tulpe ausging, wohnte nicht der Pflanze inne, sondern den Menschen. Ihre Spekulations- und Gewinnsucht hat zu dem Desaster von 1637 geführt, als der Tulpenmarkt in sich zusammenbrach. Nicht einmal die ausgefallenen Muster der Blütenblätter, die so unvorhergesehen auftraten und so geschätzt wurden, sind der Tulpe anzulasten. Verantwortlich dafür sind die Blattlaus und ein von ihr übertragener

Virus. Der ist allerdings erst im zwanzigsten Jahrhundert entdeckt worden. Den Umstand, daß ausgerechnet jene Tulpen, mit denen die eifrig spekulierenden Niederländer die höchsten Preise erzielten, eigentlich krank waren, bezeichnet Mike Dash in seinem lesenswerten Buch *Tulpenwahn* völlig zu Recht als »die Ironie der Tulpenmanie«.

Wenn die Verschwörung um die Tulpe des Bösen auch eine erfundene ist, so entspringt doch vieles, was beim Lesen meines Romans eigentümlich erscheinen mag, realen Vorbildern. Besessene Tulpenzüchter wie den von mir erfundenen Willem van Dorp hat es wirklich gegeben. Einer von ihnen, ansässig im nordholländischen Hoorn, verlegte rund um seine wertvollen Beete einen Stolperdraht, der bei Berührung eine Alarmklingel auslöste. Und der Tulpenliebhaber Adriaen Pauw, Großsiegelbewahrer von Holland, konstruierte tatsächlich ein ausgeklügeltes System aus Holzgestellen und Spiegeln, um die Anzahl seiner Tulpen für das Auge des Betrachters zu vervielfältigen.

Zuweilen sind eben die unglaublichsten Dinge möglich, aber die Tulpe des Bösen bleibt, so hoffe ich, eine Ausgeburt meiner Phantasie.

Jörg Kastner
www.kastners-welten.de

Jörg Kastner

Die Farbe Blau

Roman

Amsterdam im Jahr 1669, es ist die Epoche Rembrandts. In der Stadt herrscht große Aufregung: Zwei angesehene Bürger haben bestialische Morde begangen und beide Male war ein Gemälde im Spiel: ein harmloses Familienbild wie von Rembrandts Hand, dabei aber von intensivem Blau dominiert. Als das »Todesbild« auf rätselhafte Weise verschwindet, schwört sich Cornelis Suythof, dem Rätsel auf die Spur zu kommen – war doch einer der vermeintlichen Mörder sein bester Freund …

»Ein deutscher Spannungsautor,
der Lust auf mehr macht.«
BILD am Sonntag

Knaur Taschenbuch Verlag

Jörg Kastner

Das Wahre Kreuz

Roman

Ägypten 1798. In einem Wüstentempel nahe Kairo wird eine unheimliche Zeremonie abgehalten: Männer in mittelalterlichen Ritterkostümen machen sich bereit, ein Menschenopfer darzubringen. Der junge Zeichner Bastien Topart, der im Gefolge Napoleons nach Ägypten gekommen ist, kann gerade noch rechtzeitig eingreifen. Doch das gerettete Mädchen schweigt im Angesicht des Grauens. Nur ein einziges Wort kommt über ihre Lippen: »Ourida«, das arabische Wort für »Rose« …

Ein historischer Pageturner des international erfolgreichen Autors Jörg Kastner – über das Mysterium einer uralten Reliquie, über die Gier nach Unbesiegbarkeit und über die große Liebe.

»Vor der exotischen Kulisse Kairos entwirft Kastner ein lebenspralles Drama.«
Hannoversche Allgemeine Zeitung

Knaur Taschenbuch Verlag

… denn das Zeichen des Tieres ist 666

Jörg Kastner

Teufelszahl

Thriller

Hals über Kopf begibt sich der junge Jesuitenbruder Paul Kadrell nach Rom. Ein Alptraum hat sich bewahrheitet: Sein alter Lehrer, Pater Sorelli, wurde ermordet und grausam zugerichtet. Auf seiner Stirn prangt die blutig eingeritzte Zahl des Teufels – 666. Als noch weitere Opfer mit dem Zeichen des Bösen gefunden werden, nimmt Kadrell zusammen mit der römischen Kommissarin Claudia Bianchi die Ermittlungen auf. Die beiden stoßen auf ein Manuskript, das den Tod nach sich zieht. Auf ein uraltes, von den Jesuiten gehütetes Geheimnis. Und auf Pauls wahre Identität …

Knaur Taschenbuch Verlag

Milâs
Yakaköy
Ciftlikköy
Gumüşlük
Bodrum
Ören
Kálimnos
Akyarlar
Marmara
Kós
Emecik
Ägäisc
Nísiros
Sími
Ora
Tílos
Alimiá
Hálki
Ródos